ハーフライン

HALF LINE

マンゴーベア［作
Kanapy［イラスト
加藤智子［訳

2

すばる舎
プレアデスプレス

［ハーフライン2 目次］

Book Design　Coji Kanazawa
Illustrations　Kanapy

09

自分から顔を突き出して、もう何度かキスをしてくれとせがむので、唇や額、頬、耳、うなじまでたっぷり口づけてやると、ハジュンは泣きじゃくって赤くなった目を閉じ、ようやく眠りについた。ムギョンは彼のまぶたを軽く撫《な》で、その手を引っ込めた。この調子では、明日の朝には目がパンパンに腫れていることだろう。

酒も飲んでいないヤツの酒癖を一通り受け止めてやったような気になり、声もなく苦笑いが出た。今日は前もって家に連絡を入れておいたから、彼の母親から電話がかかってくることもないだろう。ムギョンは二階に上がって自分も眠ろうかと思ったが、せっかくこうなったことだし一日くらい別にいいかと、そのままハジュンの隣に枕を置いて横になった。

『俺、お前のことが好きだ』

ハジュンの平然とした告白が再び耳元に響き、あの時の表情が目の前に描かれた。面白いヤツだとは思っていたが、今日は完全に油断してアッパーカットを一発食らった気分だった。あんな状況で、いきなり愛の告白だなんて。全世界のすべての告白事例をひっくり返しても、こんなふうに告白された人間は自分しかいないだろう。

「まったく、おかしなヤツだ」

ムギョンはハジュンをけなすように独り言を呟《つぶや》きながら、無表情で天井をじっと見上げた。いもしない誰かの視線を意識しているかのように、ぎこちなく固まった顔だった。

コホンと咳払《せきばら》いをして口元を手で覆ったムギョンは、最近暇潰しに観た映画を思い出した。宇宙人が出てくるSF映画なので、それなりに面白いだろうと思ってテレビの前に座っていたのだが、哲学的な禅問答が続き、結局は途中でチャンネルを変えてしまった映画だった。

退屈な禅問答をもう一度思い浮かべつつ、彼はシリアスな気分で眠ろうと努めた。憂鬱な顔をしたアンドロイドが、自分を作った科学者の前でなんと言っていたっけ。

人間はなぜ創造主になりたがるのですか？

すると、シニカルな顔の科学者はこう答えた。俺は、お前のことが好きなんだ……。

集中できなかった。気が散って、口角だけがピクピクと上がっていた唇は滑《なめ》らかな弧を描き、最後には隠せないほどの満面の笑みとなった。自分を騙《だま》すのに失敗したムギョンは、すぐに自分の状態を受け入れた。

よし、認めよう。

正直言って、とても気分がいい。

セフレの口から出る「好きだ」「愛してる」などという告白は、ムギョンが聞きたくない戯言《たわごと》ナンバーワンの座を固く守っていたが、ハジュンのあの発言は悪くなかった。最初は表情を固くして自分を避けてばかりだったヤツが好きだと言うレベルにまで来たんだから、ある種の勝利の喜びや満足感を覚えたとしても、おかしなことではないんじゃないか？

好きだから恋人にしてくれという要求でも飛び出してくるのかと思ったが、せいぜい「添い寝して抱きしめてキスをしてくれ」などという子どものデートみたいなセリフしか言わないヤツだ。一線さえ越えなければ、心の中で自分を好きだろうが好きじゃなかろうが大きな問題にはならなかった。そういう気持ちまでは止めることができない。人は自由意志を持つことのできる存在であり、人間の自由は尊重されなければならないのだ。

自分が恋という感情を警戒しているのは、それがすなわち相手を束縛したいという欲望に繋《つな》がるからだ。最初は切ない想いでも、相手を束縛し始めると朽ち果てて人を狂わせるから。束縛さえしないなら、徹底的に排除までする必要はないのではないだろうか。

呆気《あっけ》にとられはしたが、予想外の告白にビックリしたかと言えば、そんなことはなかった。はじめからイ・ハジュンが自分に他意があるのではないかと疑って、カマをかけたことから始まった関係だったから。

だが、いざ本格的に関係を持ち始めると、思った以上に淡泊なハジュンの態度のせいで、一瞬抱いていたその疑惑はくすみ、最近はほとんど消えてしまっていた。その上、ユン・チェフン……あのムカつく既婚男が現れたせいで、あの時感じていた疑問はまったくの見当違いだったと、内心結論だって下したところだった。

それくらい今日食らったアッパーカットは意外だった。と同時に、非常に大きな満足とうれしさを感じさせた。今回も自分の予想が的中したのだから、楽しくないわけがない。

イ・ハジュン。俺のことが好きなのか？

やっぱり、そうだったのか？

ムギョンはハジュンのほうを向いて彼の顔を見た。さっきまでの大騒ぎが今は他人事《ひとごと》のように、まるで眠った羊のごとく穏やかに目と口を閉じていた。自分のほうを向いて横たわった顔のそばに置かれた白い手の甲をじっと見つめていたムギョンは、自分の手首をギュッと掴《つか》んで前を歩いていた昼間の後ろ姿を目の前に描きながら小さく微笑《ほほえ》んだ。

ムギョンは掴まれていた手首を一度ぐるりと回しつつ、今度は自分の手をじっと見つめた。あんなふうに誰かに一方的に引っ張られたのはいつぶりだろう。心地いいデジャヴだ。大昔にたった一度だけ経験したことのある非常に懐《なつ》かしい感触を、あの時とはまったく関係のないイ・ハジュンを通じて久しぶりに味わった。

「イ・コーチ」

ムギョンは、眠っているハジュンに向かって小さな声で囁《ささや》いた。

「どういう結果になるか、よく考えてから告白しないと。俺は恋人は作らない」

長い人差し指が、高くそびえ立った鼻先をツンツンと軽くつついた。夢うつつでもそれを感じたのか、ハジュンは軽く眉間に皺《しわ》を寄せながら「うぅん」と小さく唸《うな》ると、またスヤスヤと寝息を立てた。

「あんまり残念がるなよ。お前じゃなくても、誰とも付き合う気はないんだから」

しかし本当に火事になったかと思って、とにかくムギョンを助けようという覚悟がオーラのごとく溢《あふ》れていた今日のイ・ハジュンの姿は、かなり健気《けなげ》だった。また一人、恩を返すべき人が増えるところだった。

「その立派な勇気に免じて、シーズンが終わるまでは可愛がってやるよ」

告白をしつつも一線を越えなかったところに、特に高得点を与えたかった。自分の立ち位置さえしっかり守れば、心の中では自分のことが好きだろうがそうじゃなかろうが、口出ししないつもりだった。

そう思うと、目を閉じて眠っている顔が今日はやけに特別に見えた。今まで一人で抱えて、気苦労が絶えなかったんじゃないだろうか。どうして既婚男なんかのために胸を痛めているのだろうかと怒りが爆発したのが、ついこの間のことだ。

それなのに、実は自分に想いを寄せていたとは。数か月の間、尻を差し出しながらも一度だって表に出すことはなかったのに、あんなに涙をポロポロ流しながら言うくらい熱烈に。

やはり、ご褒美をやらなければ。恋人にはなってやれなくとも、シーズンが終わるまで、たっぷり可愛がってやらないと。ムギョンは、また満足げにニッコリと笑って目を閉じた。

＊　＊　＊

胸の中で何かが小さく動く感覚に、ムギョンは顔をしかめ目を開けた。軽く俯《うつむ》くと、自分の腕の中で顔を赤くしたハジュンがモゾモゾと動いていた。何をしてるんだ？　すっかり眠り込んでいたムギョンは、テンションの低い寝ぼけ声で尋ねた。

「何してるんだ？」

「あ、起こしてごめん……」

ラリったウサギのように泣いたり笑ったりしながらのキスやハグのおねだりタイムは完全に過ぎ去ったのか、胸の中のプロフェッショナルなコーチは、いつもの無表情に小さじ一杯ほどのばつの悪さを振りかけたような顔に戻っていた。なんだか残念に思ったムギョンは、わけもなくさらに皮肉るように尋ねた。

「何をそんなにモゾモゾしてるんだ？　寝てるのに」

「携帯電話が、そっちにあるから」

そう言われてやっと、ヴーヴーとせわしなく鳴っているバイブレーションの音が聞こえてきた。昨日、机の上に置いたまま眠ってしまったらしい。

「取ればいいじゃないか」

「お前が離してくれないから……」

俺が？

ムギョンはさらに顔をしかめた。たしかに仰向けで眠ったはずなのに、目を開けるとハジュンが自分の胸にピッタリくっついて抱かれていた。当然、ハジュンのほうから潜り込んできたに決まっているだろうに、誰が離してくれないだって？　嘘《うそ》をついてやがるな。そんな嘘に騙されるか。気に入らないので、その体を抱き寄せた腕にさらに力を入れると、ハジュンが体をよじった。

「キム・ムギョン、離してくれ」

好きだと言って大泣きしていたくせに、もう心変わりしたのか？　好きなら一瞬でも離れたくないはずじゃないか。不満げな目で彼を見下ろしてから、ゴロンと体の向きを変えて起き上がった。机はムギョン側にあった。

　ムギョンはハジュンの携帯電話を取り、それを手渡す前に発信者の名前が表示されている液晶画面をじっと見つめた。画面を確認した目が細くなった。ジョン・ジェギュ。男の名前だった。

「ジョン・ジェギュって誰だ？」

「ジョン・コーチじゃないか」

ああ。ムギョンが暫《しばら》くボーッとしている間に、ハジュンが携帯電話を引ったくっていった。

「はい、ジョン・コーチ。イ・ハジュンです。はい、その資料なら今日出勤前にメールでお送りします。はい……」。

　続けられる純粋な業務連絡に暫く耳を傾けてから、ムギョンは伸びをした。そういえば、今日からシーズン後半の練習が始まる。なんとも短すぎるオフだった。

　ハジュンがモゾモゾ動いたせいで、予定よりも少し早く目が覚めた。ムギョンは電話をしているハジュンに背を向けて、明け方に届けられた朝食を食卓に持ってきて蓋を開けた。いつも似たようなメニューの調理済み料理が現れた。鶏胸肉、ブロッコリー、キャロットグラッセなどの低カロリー高タンパク質でビタミン豊富な料理の数々。

　朝食を見下ろしながら暫く考え込んでいると、通話を終えたハジュンがテーブルに近づいてきて、微妙な距離からムギョンをチラリと見た。ムギョンは、だるそうな表情でバスローブの腰紐をほどきながら言った。

「シャワーを浴びて出かけよう」

「えっ？」

「茹《ゆ》でた鶏肉にも飽きた。オフが終わって最初の練習日なんだから、何か美味《お》しいものでも食べてから出勤しよう」

　バスルームに向かったが、ハジュンはついてくることなく突っ立っていた。ムギョンが催促した。

「何してるんだ？　シャワーを浴びようって言ってるだろ」

「う、うん。俺もシャワーを浴びてくるよ」

「こっちに来い。告白しといて、何を避けてるんだ？」

　そう言って手を伸ばすと、ハジュンは少しモジモジしてから急いでついてきた。ムギョンはハジュンが羽織っていたバスローブを脱がせて床に落とし、彼を連れてバスルームへ入った。湯船に浸《つ》かるほどの時間的余裕はないので、キャンプ地でのようにシャワーヘッドの下に立って、一緒に髪や体を洗った。

ハジュンは様子を窺《うかが》っていて思い切り体も洗えずにいる雰囲気だったので、ムギョンは彼の代わりに髪と顔を洗ってやった。元々白い顔が、洗い終えた直後にはピカピカ光ってリンゴのようでかわいかった。目をパチクリさせている顔の上にタオルを乗せてやり、体を拭きながらドレスルームへ入った。

「イ・ハジュン、昨日着てきた服以外に、着替えはあるか？」

「あっ、いや……」

「これを着ろ。お前には少し大きいと思うけど、一日くらいは大丈夫だろ」

持っている服の中でサイズが小さく、あまり着ない服を差し出すと、ハジュンは躊躇《ためら》いつつも素直に受け取ってコクリと頷《うなず》いた。ハジュンの着替えも少し買っておかないと。そう思いながら外出の支度を終えて部屋を出ると、先に服を着終えたハジュンが気まずそうに立っていた。

ムギョンの手招きに、彼はまたもや急いで後を追ってきた。靴を履いて順番に玄関を出た。車に乗ると、ハジュンがモジモジしながら口を開いた。

「キム・ムギョン」

「ん？」

「……昨日、俺が言ったことなんだけどさ」

ムギョンは顔をしかめてハジュンに視線を向けた。

「なんだ？　我に返ったら後悔したのか？　取り消すつもりか？」

「えっ？　いやいや」

ハジュンが慌てた顔で首を横に振った。ムギョンは、話を促すような表情で彼をじっと見つめた。ハジュンは暫く躊躇ってから、また口を開いた。

「昨日、俺の具合が悪いから見逃してやるって言ってただろ？　だから、もしかして……不愉快だったり……」

「不愉快だったら？」

「……もう俺とは会いたくないとか、セ……今みたいな関係をやめたいとかだったら、そう言えよ……」

スピーカーのボリュームを下げるように、次第に小さくなっていく声を聞いて、ムギョンは鼻で笑いながら顔を背けた。

「言うんだったら、とっくに言ってるさ。シャワーを浴びて、服を着せて、メシを食いに行こうだなんて誘って車に乗せるかよ」

「……」

「今シーズンが終わるまでは有効だから心配するな。お前が俺のことを好きだからって、どうにもしないさ。恋人にしてくれって、せがみさえしなければいい」

「そんなことしないよ」

すぐにハジュンが首を横に振った。

恋人にしてくれだなんて言うなと言ったら、かえって顔が明るくなった。呆《あき》れて意地悪な言葉が自然と口をついて出た。

「何をうれしそうにヘラヘラしてるんだ？」

「俺は、お前がもうやめようって言うんじゃないかと思って……」

「予想が外れて、うれしいか？」

「ああ」

告白して「俺も好きだ」と返されたかのように、むしろいつもより明るい表情でハジュンは頷いた。まったく呆れる。心の中でそうこぼしつつも、ムギョンの車は朝食が摂《と》れそうなベトナムレストランに到着した。

車から降りる前、ハジュンはまるで練習場でコーチング中に注意事項を知らせる時のような表情と口調でムギョンに言った。

「キム・ムギョン。必要な時はいつでも言えよ。これからは、できるだけ優先的に協力するよ」

「イ・コーチ。練習の注意事項の指示でもしてらっしゃるんですか？」

「……似たようなものだろ？　お前にとってはコンディションに直結する問題なんだから」

「じゃあこれからはカーセックスも、しようって言えばしてくれるのか？」

「ああ、そうするさ」

冗談で投げかけた言葉にハジュンは躊躇うことなく答えると、クスッと笑って車から降りてしまった。ムギョンはむしろ面食らって、暫く固まったまま目をパチクリさせて座っていた。

どうして急に、そんなにサバサバしてるんだ？　本当に業務上のセックスパートナーみたいな態度を取るから、呆気にとられてしまった。

取り乱しながら好きだと言って涙も鼻水も垂れ流していたくせに、なんだかさらにクールになった気がする。

（まぁ……、これでいいのか？）

ムギョンは軽く首を傾《かし》げてからハジュンの後に続いて車を降り、二人は早朝から営業している店のテラス席で一緒に食事をした。完全にコンディションが戻ったのか、ハジュンは朝からよく食べた。向かいに座ったムギョンは、箸でフォーを軽くつまみながら、心から感心した。

「コーチはフラれた翌日も、よく食うなぁ」

「昨日、夕飯も食べずに寝たから……」

恥ずかしそうに言葉尻を濁すハジュンのために、ムギョンはサイドメニューの鶏手羽の料理も一つ注文してやった。ゆったりと朝食を終え、二人を乗せた車は練習場へと向かった。

「おはようございます、コーチ！」

「おはようございます、先輩！」

ガヤガヤと響く軽快な声。練習場に到着すると、暫く忘れていた騒がしさが一瞬で押し寄せてきた。短いながらもオフを楽しんで戻ってきた選手たちは休暇前よりも元気になっており、放っておいても走り回り続ける子犬のように活気で溢れていた。ハジュンは優しい先生のように、若者たちの間に歩いて入っていった。

「オフは楽しく過ごせたか？」

「はい！　コーチ、俺チェジュ島へ行ってきたんです。事務室にお土産を置いておきました。サツマイモのお菓子なんですけど、美味しいらしいですよ」

「本当に？　そんな気を遣わなくても良かったのに。旅費は全額、遊びに使わなきゃ」

「そんなに高価な物じゃありませんよ。他のコーチと分けて食べてくださいね」

到着するなり、シティーソウルの練習場のアイドル、イ・ハジュン・コーチは、並んで立っていたムギョンのそばから半強制的に離れて選手たちに囲まれた。ムギョンは眉間に皺を寄せて暫くその姿を見つめ、ズンズンと歩いていった。まるで記者たちの間を掻《か》き分けるように抜群に秀でた体格で押しのけると、群がっていた選手たちが自然と散らばってハジュンの隣が空いた。

こうしてハジュンの隣を占領したムギョンは、嘆くように独り言を言った。

「コーチだって健康に気を付けなきゃいけないのに、お土産にお菓子だなんて、ちょっと考えものだな」

おい、なんでまたそういうことを言うんだよ。ハジュンが口パクでそう言いながら、肘で腰を小突いた。するとチェジュ島に行ってきたという選手は、決まりが悪そうに笑った。

「砂糖控えめの低カロリーのお菓子だそうです」

黙れ。

お前の好きなイ・コーチが、昨日俺になんて言ったか知ってるか？　俺に好きだって言ったんだ。だから、もう付きまとうな。

……なんて言えるわけもなく表情を固くしていると、未だ決まりが悪そうにしている選手にハジュンが代わりに答えた。

「ありがとう、いただくよ。ムギョン先輩って、昔からちょっと言い方がキツいだろ？　ごめんな」

「いえ。そういうところも先輩の個性だと思います」

褒めているのか貶《けな》しているのか微妙な言葉を残して、若い選手たちは再びおしゃべりをしながら前を歩いていった。彼らが遠ざかると、ハジュンは困り顔で声を落として小言を言った。

「またお前は……なんなんだ？　せっかく買ってきてくれたのに。スタッフだけじゃなくて、同じ選手に対しても職場いびりか？　このチームじゃ、彼はお前よりも古株なんだぞ」

ムギョンが軽く顔をしかめた。好きなのはともかく、コーチとして小言を言うのはまた別のことのようだった。じゃあ、好きになった後と好きになる前の違いは一体なんなのだろう。カーセックスがオッケーかどうか、か？

心の中で文句を言いながらロッカールームへ入った。ムギョンよりも先に到着して着替えていたジョンギュがベンチに座っていたが、彼のほうを向くと大喜びした。

「よぉ、ムギョン」

「なんだよ、久しぶりに会うみたいに」

昨日会ったばかりなのに、ジョンギュは予定ギッシリのオフを送ってから再会したみたいに明るく笑っていた。ムギョンがそう言い放つなり、愛嬌《あいきょう》でも振りまくかのようにチョコチョコと大きな図体が近づいてきた。肩を指でツンツンとつつく素振りに、ムギョンは心から不愉快だと言わんばかりに顔をしかめ、その手を払いのけた。

「お前なぁ。そうやって、かわい子ぶったって似合わないんだよ。いい加減気付け」

「おい、そう言わずに教えてくれよ。昨日、ハジュンは大丈夫だったのか？」

その言葉にムギョンは眉間の皺を緩め、眉だけを軽く上げた。

「火事かと思って驚いたのか、暫く具合が悪かったけど、すぐに良くなったよ」

「なら、良かった。心配してたんだ。それより、二人きりで帰ってなんの話をしたんだ？　俺にも教えてくれるんだろ？」

なんの話って……。イ・ハジュンが俺のことを好きだと言ったんだ。分かったか？　イ・ハジュンは俺のことが好きなんだよ！

……と答えるわけにもいかないので、ムギョンは厭味たらしくニコリと微笑み、ジョンギュの肩をトントンと叩《たた》いた。

「プライベートなことだから、俺の口から言うのはちょっと……」

「なんか困ったことになったりしてないよな？」

「……そんなんじゃない」

イ・ハジュンにとっても、きっと。

一緒にロッカールームを出て、長い廊下を歩いた。建物の正面玄関から練習場へ出ると、芝生の上に立っているハジュンが見えた。まだ練習が始まる前なのでハジュンは芝生の隅にいたが、今まで見たことのない光景にムギョンの目が微《かす》かに大きくなった。どう考えてもリーグ関係者には見えない私服姿の女性数人が、ハジュンの前に立って一緒に話をしていた。

何がそんなに楽しいのか、ニコニコ笑いながらヒソヒソと話をしているハジュンの姿は、色が白いからか、そこだけキラキラと金色の日の光が差しているようだ。ジョンギュが後を追って出てくると、その姿を見て「ああ」と小さく言った。

「あの人たちも、マメだよな」

「……誰なんだ？」

「ハジュンのファンクラブ」

ムギョンは暫く黙ってから聞き返した。

「……なんだって？」

「選手の頃からのファンなんだけど、その中の数人が、あやって今もハジュンのことを応援してくれてるんだ。前のチームにいた時も一年に数回は必ず練習場に来てたみたいだけど、ここにも来たんだな」

ハハハ。ちょうどその時、遠く離れていても聞こえるほど大きく爽やかな笑い声がムギョンの耳にまで響いた。何か楽しい話でもしているのか、ハジュンは目を三日月のように思い切り細めて朗らかに笑っていた。

ムギョンは芝生の真ん中に向かって歩きながら、だんだんと胸の奥が、ジリジリと焦げつき始めたトッポギの鉄板のように真っ赤に煮えたぎっていくのを感じた。好きだなんて言っといて、やることはやってるじゃないか。好きになる前と好きになった後の違いは一体なんなんだよ！

練習開始時刻が近づき、ハジュンもファンクラブだという女性たちに手を振り別れの挨拶をした後、急いでコーチ陣に合流した。ヨーロッパのビッグクラブは、セキュリティの問題を含めた様々な理由から練習場を解放していなかったり、解放するにしても日程を指定して観覧を制限したりしていた。だがシティーソウルは多くのKリーグクラブがそうであるように、一般人による練習見学に寛大だった。訪問客たちは帰ることもなく芝生の周りのスタンドに座って手を振り、ハジュンも彼女たちに向かって小さく手を振り返していた。その光景を見てムギョンは一人、口の中で歯ぎしりをした。

ピーッ。

爽やかなホイッスルの音と共に、シーズン後半最初の練習が始まった。選手たちは二列になってトラックを走り、いくつかの小さな円になって指示に従いストレッチをした。ハジュンは久しぶりに会った選手たち一人ひとりを観察しながら、その間を行き来した。ムギョンとジョンギュが立っている場所まで来たハジュンは、まずジョンギュのコンディションをチェックした。ハジュンと向かい合って体を動かしていたジョンギュが、もう我慢できないというように囁いた。

「ハジュン、昨日ムギョンとなんの話をしたんだ？」

「えっ？」

「内緒話か？　俺には教えてくれないのか？」

ここまでくると、お節介も病気だ。好奇心を抑えられず、ついにハジュンに話しかけたジョンギュを、ムギョンは情けないという目で見つめた。ハジュンはなんと答えればいいか、すぐには言葉を見つけられず、まごまごと困った表情を浮かべていた。プライバシーの侵害もほどほどにしろと一言言おうとすると、ハジュンが「ふぅ」とため息をついて口を開いた。

「実は最近ちょっと困ってて、金を貸してくれって頼んだんだ」

夏の日差しを受けて透明なほどに光る芝生の上で、突然の沈黙がジョンギュとハジュンの間に落とされた。

(意外と嘘が上手いじゃないか)

一言言ってやろうとしていたムギョンは態勢を変え、漫談を観覧するような気分で、ゆったりと二人の会話を見物した。

「あー、そう……か」

「うん。だから他の人たちがいるところでは話せなかったんだ。デリケートな問題だろ?」

「……ハジュン! 俺には赤ん坊がいるからあいつみたいにはできないけど、ある程度なら力になれるから、本当に困ったら言うんだぞ」

ハジュンの手をガシッと掴み、大層な決心でもするかのようにシリアスになったジョンギュを、ムギョンはそれ以上待つことなく叱り飛ばした。

「お節介を焼いて、元も子もなくなってどうするんだ? お前にまで借金する必要はないから、ストレッチでも続けてろ」

その言葉にサッと目を合わせたハジュンが、ムギョンの前に近づいてきた。つい昨日一つのベッドの上で転がって涙交じりの告白を捧げた男と、久しぶりに選手とコーチとして向かい合った状況が気まずいのか、軽く咳払いをした。

ムギョンの口角が軽く上がった。短いと思っていたオフだが、ある意味では非常に長かった。

「左膝の上に足首を乗せて。尾骨をもっと下げて」

練習中に彼に触れられるのも久しぶりだ。白い手が自分の太ももの内側に落ちると、練習中にしては不適切な想像の数々が頭の中を勝手にかすめていった。ムギョンは、そんな想像を必死に押し返しながら笑顔で目の前の男を呼んだ。

「イ・コーチ」

「ん?」

「もしも本当に金が必要なら言えよ」

ハジュンがバカなことを言うなという表情で睨《にら》んだ。ムギョンは顎をクイッとさせて遠くを指し尋ねた。

「あの人たちとは、よく会うのか?」

「あの人たちって?」

「あそこにいる見学に来てる人たち。お前のファンクラブなんだろ？」

「いや、時々さ。みんな忙しいから頻繁には会えないよ」

ファンクラブという言葉が恥ずかしいのか、ハジュンは照れた表情を浮かべつつ答えた。時々は会うってことだ。ファンクラブとはいえ、だいぶ前に引退した選手に今も会いに来るということは、選手ではなく男として見ているということじゃないか？　目を細めてスタンドのほうを睨むと、ハジュンが尋ねた。

「それが、どうかしたのか？」

「いてっ、イ・コーチ。今、押されたところ、ちょっと痛いかも」

「えっ？　本当に？　どうして痛むんだろう」

もちろん嘘だ。ハジュンが驚いたように目を丸くして、ムギョンの脚の内側をグッグッと押しながら懸命に覗《のぞ》き込んだ。彼が仕事に没頭している間、ムギョンはわけもなくスタンドのほうを見つめて鼻で笑った。そして結局、仮病だということがバレて太ももを手のひらでバシッと叩かれたのだった。

＊　　＊　　＊

イ・ハジュンは自分の言ったことを守る男だった。

「誰かに見られたらどうするんだ」と言って断固拒否していた先日のことが嘘のように、ハジュンはムギョンの車の中でほんのりまだら模様になった白い裸体を一糸纏《まと》わずさらけ出していた。濃いグレーのレザーシートの上に横たわったハジュンを見下ろしながら、ムギョンは練習中に感じていた一抹の不安を完全に振り払った。

練習終了後、ムギョンは久しぶりに秘密の作戦を繰り広げるように、ハジュンをバス停付近でピックアップして自分の車に乗せた。一秒でも早く確証を得たかったので、彼の車は家ではなく、ひと気の少ない郊外へと向かった。今のところ、好きになる前と好きになった後の違いと思われる唯一の証拠を、ムギョンは目や体を通じて情熱的に確認しようとしていた。

「はぅ、う、うっ……」

蟻《あり》一匹すらいる気配はなかったが、一応野外に停《と》めた車の中なので、ハジュンは声を我慢しようと必死だった。しかし、我慢しようとしても自《おの》ずと漏れ出てしまうのか、たっぷり熱を帯びた喘《あえ》ぎ声を吐き出す喉は、すでに少し枯れていた。

裸の体が、内外を問わずピクピクしながら震えるように収縮と弛緩《しかん》を繰り返す。体液に濡《ぬ》れてテラテラ光る腰とお腹《なか》の滑らかな筋肉が、そのたびに激しく揺れた。その姿を、ムギョンはまるでダンスをしている人を見物するかのようにじっと見守った。もう少し腰を立てて、大きく開かれた両脚を上から押した。体重がかかって挿入が深くなると、ハジュンの腰が反射的にビクついた。

一般的な乗用車にしては、そこまで狭くはなかったが、小柄とはいえない二人の男がベッドの上でするように体位を自由に変えながら派手なセックスをするには無理があった。ムギョンは便宜上、そして約半分はわざと、二回目の射精に達するまでの間、ずっとハジュンを寝かせて挿入する正常位に限定していた。

「あっ、ううっ、あああ……！」

向かい合ってする姿勢は、とりあえず顔がよく見えるし声もよく聞こえて良い。強く浅く突っ込んでから突然スピードを落とし、内壁の突き当たり、狭い奥のほうまでズルズルとゆっくり滑り入れた。ハジュンの腰がビクンと跳ね、白い手が慌ただしくムギョンの手首をギュッと掴んだ。

ムギョンは黙って微笑んだ。ハジュンに手首を力いっぱい掴まれている感覚が、とても気に入った。このままじゃ病みつきになってしまうかもしれない。

しかし、それよりも好きなのは、やはり自分の手でハジュンの手首を掴むことだ。ムギョンは腕を上げ、自分を掴んだ手を軽く滑らせて払い落とすと、ハジュンの手首を固く掴んでシートの上に押しつけた。そして内壁の、あるポイントに角度を合わせてスピーディーに出し入れし始めた。

「はぁ、分かった。ここを、こすって、くれって、ふぅ、ことだろ？」

「あううっ、ちがっ、ち、違う、そこ、ちょっ、ふっ……！」

体位を変えずにいると中を刺激する角度もさほど変わらないので、同じポイントを突き続けることができる。

ぷっくり膨らんだ亀頭が、すでに何度も突き上げて擦った場所を再びズブズブと刺しながら刺激した。ハジュンは思い切り仰け反り、全身をプルプルと震わせた。すると、もう我慢できないというように、自分のお尻にピッタリくっついた石のように硬い太もも……正確にはズボンを指先で軽く引っ掻いた。本能的に押しのけようとする動作のようだが、手首を掴まれてまともに力が入らなかった。

「なんだよ。ん？　ふぅ、お前の好きな、ところばかり、突いてやるって、言ってん、のに！」

「あっ、す、好きって……！　ふぅ、ひど……あっ、すぎ……」

「ひどい？　何が？　気持ちいいのが？」

　ムギョンが二度射精する間に、ハジュンはすでに何度も自分の腹の上に精液をまき散らしていた。ムギョンが腰を打ちつけるたびに、もう何も出ずに萎えた性器が軽く揺れるだけだった。ムギョンは、ハジュンの腹の上を手のひらで覆って円を描くように優しく撫でた。激しく刺激され、性器で触れるだけでもハッキリと感じられるほどに腫れ上がったポイントを、さらに激しく突き始めた。そのたびに、滑らかで柔らかな内壁が驚いたかのようにビクビクと縮みながら、性器をさらに奥へ奥へと誘うように吸いついた。ムギョンの唇が微かな笑みを帯びた。

　ああ、イ・ハジュンが感じている。

　やはり単に開いていないから狭いのと、性感が高まってチュッチュッと吸いついてくる快感は次元が違う。無粋なヤツらは「あまりほぐさないほうが締まりが良くていい」などという戯言《たわごと》を抜かすが、とんでもないデタラメだ。セックスが下手だと自ら大声で叫んでいるようなものだ。ハジュンとのセックスだって、最初よりも今のほうがずっと良かった。初めての時は「そのまま挿《い》れろ」という言葉を鵜呑《うの》みにして前戯もせずに挿れたら、皮がめくれてしまうほどギチギチに自分のモノを締めつけた。

　ムギョンはハジュンの動きに応じるように、パンパンと突っ込んだ。前立腺を突き上げた性器が、そのままズルズルと滑って奥深くまで乱暴に突き刺さった。

「う、うっ、あっ、あ、あ……！」

　壊れたオルゴールのように、開いた唇の隙間から小さな喘ぎ声が止まることなく流れ続けた。収縮する腹筋がプルプルと震えた。あるポイントを中心に、残忍なほど絶え間なく浴びせられる快感に耐えに耐えていた黒い瞳がついに大きくなったかと思うと、その目尻から涙がこめかみの上に流れ落ちた。

「はぁ、あっ」

「ふぅ」

　奥深くにずっしりと突き入れた自分のモノが改めて滾るのを感じながら、ムギョンは長く息を吐いた。ちょうどいい例を思いついたので、ハジュンに教えてやりたかった。お前の泣き顔がそそると言ったのは、本当に悲しくて泣いて流れる涙じゃなくて、こんなふうに自分にハメられながら感じまくって流す涙を見た時、そういう時にそそられるという意味なんだと。しかし、体がひどく熱くなったムギョンも、今は荒い息を吐き出すだけで思うように喋《しゃべ》ることはできなかった。

「うっ、そ、うっ、そこ、ふぅ、ふっ、やめ、て……ふぁ、あ……」

一番奥の狭い場所の粘膜をずっしりと押しているだけで動かずにいるのに、ハジュンは腰を引いてくれと言わんばかりに泣きじゃくった。快感に耐えられないのか車の中だからか、最後まで声を大きく出すこともできず、白い指先で俺の太ももを引っ掻いてばかりだ。その感触に、下っ腹が引きつった。急に射精したい欲求が押し寄せてきた。

「あっ」

短いうめき声を吐き出し、ムギョンが腰を急いで引いた。

「あううっ！」

お腹を貫いてしまいそうな勢いで中を埋め尽くしていた陰茎が、内壁を引っ掻きながら突然ずるんと抜けると、ハジュンは驚いたように一瞬声を高くした。すぐに腰を立てて上体を屈《かが》めたムギョンは、自分の性器をシートの上にある顔のすぐ近くまで持っていった。紅潮した白い顔の上に、バッと精液が飛び散った。

性器の先から噴き出て顔の上に何度か注がれた液体は徐々に止まり、顎の先から首までポタポタと落ちた。昨日、自分を見つめて静かに微笑んでいた顔を、自分の体から出た体液がメチャクチャに汚していく。ムギョンはその姿を黙って見下ろし、ハジュンの唇についた精液を親指の先で拭った。

「はぁ、はぁ、あっ」

息を切らして激しく上下しているハジュンの胸も、ぺちゃんこになってピクピクしているお腹も、ムギョンがかけた体液で濡れていた。体内に挿れられていたものが抜けても、ぐったりと大きく開いたままの脚はガクガク震えていた。ムギョンは、大きな手で震える太ももを揉んだ。

いつもは中に出すのが好きなムギョンだが、なぜか今日は体の上に出したくなった。三度の射精でお腹、胸、そして最後は顔の上に順番に一度ずつぶっかけると、車内はしょっぱいにおいが充満し、精液でぐっしょり濡れたハジュンは、まるでポルノ映画の俳優のようだった。

ムギョンは自分のスーパーカーをかなり大事にしているので、たまにカーセックスをするにしても、ここまで車内をメチャクチャにしてヤることはなかった。そもそも、ゴムなしのセックスからしてハジュンが初めてだった。男同士だから妊娠の心配はないと思って始めたことだったが、今は必ずしもそれだけが理由とは言えない気がした。

ハジュンの言う「誰かの目に留まるかもしれない空間」の中で、わざわざ全裸にする必要も、体のあちこちに射精する必要もなかったが、なぜか今日はそうしたかった。

「コーチ。そうしてると、まるでポルノ俳優みたいだ」

頭の中に浮かんだ失礼な考えをそのまま口に出したのはハジュンをからかうためでもあったが、その言葉を聞いたハジュンの顔に微笑みが浮かんだ。恥ずかしがったり気を悪くしたりするどころか、ムギョンの言葉に満足でもするかのように笑っていた。

彼を何度も身震いさせた絶頂の余韻が未《いま》だに太ももと腰を細かく震わせている中、涙と精液が混ざって流れる顔に滲《にじ》んだ微笑みは、目の前の乱雑な風景にはまったく不釣り合いだった。

モヤモヤした気分でその顔を見下ろしていると、ハジュンが問いかけてきた。荒い吐息に混ざって出てくる声が不安定だった。

「ふぅ……、気に、入ったか？」

「……まぁ、新鮮ではあったな」

「もっとしたいなら、しろよ。好きなだけすればいい。昨日だって、最後までできなかっただろ？」

お前の好きにしろという言葉が、こんなにもスッキリしないことがあっただろうか。ムギョンは一瞬顔をしかめた。もちろん、まだどれだけだってやれる。しかしハジュンのその言葉に、残っていた欲求がむしろ萎えてしまった。

お互いに合意した関係を重要視していると思っていたが、もしかして自分にも自覚していなかった趣味が隠れていたのだろうか。イ・ハジュンが「ダメだ、イヤだ」と泣いて恥ずかしがらなきゃ発情しないという性癖でもできたのか？　ムギョンは遅まきながら自分のセックスの嗜好《しこう》に疑問を感じつつカバンを開けた。

スポーツ用ウェットティッシュを取り出して適当に何枚か抜き、自分がかけた不透明な体液を拭っていった。体の上についた精液が消え、白く美しい肌が完全に露《あら》わになった。無差別にかけられた体液は、傷の上にも公平に落ちていた。それも、しっかりと拭った。

そして、脱ぎ捨ててあったジャージをハジュンに羽織らせてやった。真夏の一番暑い時期にもかかわらず、セックスをするためにクーラーをフル稼働した車内はヒンヤリしており、冷風に晒されたシートは特に冷たかった。行為に熱中している時は気にならなかったが、熱と汗が引いた体は急激に体温を失っていた。ムギョンはリモコンでエアコンの設定温度を上げた。

やはり寒さを感じたのか、ハジュンは掛けられたジャージの中で軽く体をすくめた。ムギョンは、使用済みウェットティッシュを車内のゴミ箱に捨てながら勧めた。

「ウチでシャワーを浴びて帰れよ。一応拭いたけど、このまま帰るのはちょっとアレだろ」

「いや。家に帰ってすぐに洗えばいいさ。下の二人の帰りも遅いし」

「……でも」

「気にしないでくれ。自分でなんとかするから」

ハジュンとセックスを終えてこんな気分になったことはなかったが、なぜか後味が悪かった。以前から一度してみたかったカーセックスだったし、ハジュンは行為中ずっと、いつものように息が止まるほど感じていた。お互い十分に楽しんだはずなのに、一体なぜだろう。中に出してしまえば良かった。そうすれば、シャワーを浴びるために自分の家に行くしかなかっただろうから。

シートの上に横たわっていたハジュンが、ゆっくりと体を起こした。表情と口調は明るいが、いつもと同じように負担を感じているらしく、起き上がるスピードは遅く、体が重そうに見えた。激しく突かれまくって引っ掻き回されたお腹の中が痛むのか、それともまだ性感の余韻が残っているのか、息を切らしながら無意識に下っ腹を腕で抱えると、「しまった」という表情で座り直した。

ムギョンは、その横顔をじっと見つめて手を差し出した。

「こっちへ来い」

「えっ？」

「寒いだろ？　くっつけよ」

「いや、いいよ。俺、今……汚いから」

ムギョンが眉間に皺を寄せた。

「大したことない。どうせ俺のじゃないか」

彼の体を汚したものといっても、どうせほとんどがムギョンのかけた精液だった。もう何度か催促してようやく、ハジュンは遠慮がちに隣に近づいて肩を寄せた。その肩を抱くと、冷えた体温が手を伝って感じられた。何度か服の上からハジュンを撫でていたムギョンの頭にふと一つの疑問が思い浮かんだ。

（……もしかして俺は、イ・ハジュンのことを不憫《ふびん》に思ってるのか？）

告白してフラれても、自分と体を重ねようとする姿に同情でもしているのだろうか。ムギョンは疑問を解消しようとしたが、よく分からなかった。

自分こそ、気持ちのないセックスを何度も楽しんできた人間だ。必ずしもその二つが伴わなければならないとは思っていないのだから、体だけの関係を持つ人間を大して可哀想に思う理由はないではないか。人によっては体だけでも、あるいは体だけだからこそいいというタイプの人間だって、いくらでもいた。

セックスの相手に性欲以上のものを感じたことはなかったのに、正体不明の息苦しさのせいで窮屈な気持ちになった。吸えもしないタバコでも一本吸いたい気分だった。しかし、ムギョンがタバコを口にしたのは人生でたった一度だけ。初めてユース韓国代表に招集された日、らしくもなく少し緊張して、ジュンソンのタバコをこっそりくすねて咥《くわ》えてみたのがすべてだった。

一口二口吸うと目がシバシバして咳が出そうになるばかりで、「こんなもの、なんで吸うんだ？」と腹が立った。しかし、よりによってタバコを吸いに隠れた場所に先客がいたせいで、強がって咳を我慢するしかなかった。

数口吸っただけの吸い殻を捨て、平静を装いつつ、そいつにブツブツと何か偉そうに言って慌ただしく立ち去った。それがムギョンの最初で最後の喫煙経験だった。

「イ・ハジュン」

「ん？」

名前を呼ばれると、ムギョンにもたれてぼんやりとして軽く視線を震わせていた横顔がこちらを向いた。考えてみたら、自分に「好きだ」「愛している」などという言葉を口にした人間と関係を続けたのは初めてだ。普通は、その言葉が出た瞬間に関係を整理するから。

だからこんなにヘンな気分になるのか？　慣れていないから？

「なんだ？」

呼びかけておいて何も言わずにいると、再びハジュンが尋ねた。しかし、ムギョンには実は特に言いたいことはなかった。なんの話をしようか頭の中で考えをまとめる前に、とりあえず口を開いた。

こんな会話は望ましくない。切り捨てるのでなければ、感情と体がもつれ始めた相手に接する際には慎重になるべきだった。それなのに、なんでもいいから話をしたいという衝動を抑えられなかった。

「お前は」

そう切り出したムギョンは、ほんの少しの沈黙を置いてから言葉を続けた。

「俺に、訊《き》きたいことはないか？」

「……訊きたいこと？」

「どうでもいいことまで知ってるから、訊きたいことがあるんじゃないかと思って」

そう言い終えると、どうでもいい些細《ささい》なスキャンダルにまで精通していたのは選手たちの情報を把握するためだと言っていたイ・ハジュン・コーチの図々しい表情が思い出された。彼の嘘の実力を改めて実感している間、ハジュンは目を何度かパチクリさせてから微笑んだ。

「そりゃあ、たくさんあるさ。質問リストでも作ってやろうか？」

「訊けよ。答えられるものなら、答えてやるよ」

ムギョンがさらに肩を抱き寄せると、ハジュンはそれとなく甘えるように胸に入り込んできた。その動きに笑い出しそうになった。

はぁ、今までこんなことしなかったのに……。我慢していたものを一度爆発させたから、甘えん坊になったのか？今回はからかおうと思わず、ムギョンは口角を軽く上げた。笑いそうになっているのがバレるのではないかと、ハジュンの背中を完全に自分にもたれかけさせ、後ろから抱きかかえてしまった。

ハジュンは質問を選ぶように暫く黙っていたが、いきなり尋ねてきた。

「うーん……。今までセフレの中で一番気に入った人は？」

「なんだよ、お前」

内心、最初に何を訊くのか気になっていたのに、呆れた質問にムギョンは気が抜けて笑ってしまった。

「インタビューで誘導尋問する記者かよ。答えを決めつけて質問しやがって」

「訊けって言ったんだから、答えてくれよ」

「イ・ハジュン・コーチだって答えれば、お気に召しますか？」

「うん。満足だ」

ハジュンがニコッと笑いながら、また質問を選ぶかのように大人しくなった。今度は、少し恐る恐る口を開いた。

「家族の話を訊いてもいいかな」

「家族？」

「この前、お母さんの話をしてたから、ちょっと気になったんだ。お前はインタビューでも両親の話はあまりしないから……。答えたくないなら、答えなくてもいいよ」

インタビューでは、実の両親の話をするくらいならパク・ジュンソン監督の話をもう一度したほうがいいと、彼らの話題はほとんど口にしなかった。幼い頃に死んだので話せることも多くはなかったし、それほど愉快な話でもなかったから。

わざわざ人前でするほどの話ではないが、自分から質問しろと言っておいて二つ目の質問ですぐに手を引くのも可笑しかった。特段、隠そうとしたこともない。する必要がない話だと判断しただけだ。

「俺を一人残して逝くまでは、絵に描いたみたいに典型的な三人家族だったよ」

「そうか……」

「ドラマやニュースを見てると、嫁だろうが子どもだろうが支配しようとするイカれた野郎がいるだろ？　まさにそういう人間と暮らしてたんだ。絵に描いたようなクソ野郎が家の中にいるから、母さんや俺にはどうにもできない。クソみたいに生きてたよ」

答え終えると静寂が流れ、暫くしてからハジュンは軽く俯いた。

「ごめん、余計なことを訊いちゃったな」

「謝ることはない。とっくの昔に死んだ人間だ。もう俺とは関係ないから、わざわざ外で話す理由がないんだ」

誤った質問をしたと思ったのか、その後ハジュンは暫く口を閉ざしていた。待っても次の質問がないので、ムギョンは自分の後頭部の髪を手で散らした。

「他には？」

「えっ？」

「お終《しま》いか？」

「やめておくよ。またヘンなこと訊いたりしたら、いけないし」

まったく欲がない。好きだと告白するなら、何か望むものとか、少なくとも知りたいことくらいあるものなんじゃないか？　付き合うとまではいかなくとも、普通なら告白前に比べて相手に期待することがあるものなのに、まったくそんな感じがしない。

昨日のようにキスして抱きしめてやる程度のことが、イ・ハジュン、本当にお前が望むすべてだと？

シーズンが終わるまでは、可愛がってやると決めた。さっきはジョンギュを追い払おうとして言ったことだが、本当に金が必要ならば、いくらだってやることができた。「お前も俺を好きになってくれ」「付き合おう」以外なら、してくれと言われればなんだってしてやれるのに、どうして何も言わないのだろう。

今までムギョンに近づいてきた人の中には体や心を求める人もいたが、おこぼれや恩恵を狙う人も数え切れないほどいた。自分の利益を追い求めようとする人間の欲望を悪いと思ったことはないので、そういう人間たちがあからさまな下心を見せても、ムギョンは気乗りさえすれば惜しみなく望むものを与えてやるタイプだった。

もちろん、取り上げるのも気の向くままに。ムギョンを騙しているという自信に溢れて身の程も知らずに暴れた挙句、突然豹変《ひょうへん》した状況に戸惑いと狼狽《ろうばい》を味わう相手の顔は、おまけとして楽しんだ。

今回は、自分を騙そうとしているとしても最後まで騙されてやるつもりだ。それなのに、目の前にいるこの仔牛のやることといえば、突然猫を被《かぶ》って人を驚かすことだけだった。

「こっちを向いて座れよ」

ムギョンの胸に背中を預けていたハジュンが、シートの上でモゾモゾと振り返ってムギョンと向かい合って座った。お互いの脚が絡んで近づいた。身長に比べると小さな顔が、ムギョンの両手に捕らえられた。そうして頬を包んで予告もなしに唇を重ねると、突然触れた唇からビクンと驚いたような震えが微かに伝わってきた。

チュッチュッ、小さく音を立てるように短く口づけて、ゆっくりと体重を乗せながら舌で唇をこじ開けて入っていくと、待っていたと言わんばかりに口が開いた。「うぅん」という鼻にかかった声と共に、ハジュンのふわふわとした柔らかな舌がムギョンを迎え入れた。

エサを待つ小鳥のように自分の舌を啄《ついば》むハジュンのキスは、最初から今まで何一つ変わらない。そんなに食べたいなら「くれ」と言えばいいのに、昨日のように酩酊した雰囲気にならないと、自分からは滅多に求めないところも相変わらずだった。仕方ない。望むものがこれしかないなら、キスでもたくさんしてやるしかない。

「ふぅ、はぁ」

時折、唇が離れる時に出る吐息が甘い。ついさっきまで思い切り中を掻き回して精液をまき散らした体から出るにおいも、ただ甘く感じられるばかりだった。

あとは抱きしめてくれと言っていたっけ。キスを終えて胸の中にすっぽり抱きしめると、白いうなじを唇で撫でた。もう寒くはないのか、首はかなり温かくなっていた。もう何も訊かないと言っていたハジュンから、突然質問が飛び出した。

「お前はどうして……誰とも付き合わないんだ？」

唐突に魂胆を見せたかと思ったが、本当に気になっているだけのような口ぶりだった。

「急にどうして？」

「恋人ができたら、すごく優しくしてあげそうなのに、恋人を作らないから」

「俺がちょっと優しくしてやったからって、そんなことを思ったんだな？」

ハジュンはあえて否定せず、ムギョンを見つめているだけだった。

「セフレは重くないから、優しさを振りまくのにもいい。だが、それ以上はダメだ。ものすごく面倒になる。執着したり拘束しようとしたりして。見るも無残なことにしかならない」

「みんながみんな、そうなわけじゃないだろ？　ジョンギュにしたって、奥さんとラブラブだし。あの二人は付き合ってる頃から今まで、一度もケンカしたことがないんだってさ」

「それは、あのお節介野郎が変わってるだけだ。ジョンギュ以外で、そんなカップル見たことあるか？」

すると、ハジュンも微妙な表情で口を閉ざした。ジョンギュ夫妻のようなおしどり夫婦は、滅多にいないから微笑ましいと褒められるのだ。ジョンギュのヤツは他の人たちも同じだと思って「結婚しろ」だの「落ち着け」だの小言ばかり言うが、そんなものは世間知らずの戯言《ざれごと》だ。

「そろそろ行こう。服を着ろ。送ってやるよ」

「うん」

ハジュンが脱いでいた服を着ている間に、ズボンを少し下ろしただけだったムギョンは、後部座席から降りて運転席へと移動した。暫くして助手席のドアが開き、ハジュンがそこに腰掛けてシートベルトを締めた。カチャッという音を立ててバックルを挿《さ》す白い手の甲と手首に、ムギョンの視線が釘《くぎ》付けになった。嘔吐するほど驚きながらも自分を引っ張っていく後ろ姿、跡が残るほど強く自分の手首を握っていた手の力。意外と嘘が上手いイ・ハジュン・コーチの、あの告白だけは嘘ではないということはよく分かった。

「キム・ムギョン？」

「ああ」

行こうと言ったくせに出発せずぼんやりしていると、ハジュンが怪訝《けげん》そうにムギョンを呼んだ。ムギョンはすぐにエンジンをかけた。車が走っている間、ハジュンはいつものように姿勢よく座っていた。狭い車内でムギョンが三度射精するまで休む暇もなく突かれていたので、疲れていても不思議ではないのに。

マンション団地の前に到着するとハジュンはすぐに車のドアを開け、車を降りる前に、またトレーニングの指示を知らせでもするように真剣に言った。

「キム・ムギョン。また必要になったら言えよ。明日も大丈夫だから」

「……二日連続はキツいんだろ？」

「もう慣れたから、平気だと思う」

そう言うと、決まりが悪そうに笑いながら言葉を付け加えた。

「お前がロンドンへ戻ったら、もうしたくてもできないだろうし」

送ってくれてありがとう。そう言い残し、ハジュンはサッと車から降りた。開けられた車窓の外で手を振っている姿を見ていると、なぜかまた妙にスッキリしない気分になった。

好きだとすがるヤツを前にしているのに、なぜかえって突き放されているような気がするのだろうか。

まったく同じではないが、似たような気持ちならば子どもの頃に一度感じたことがあった。パク・ジュンソン監督以外にも、ムギョンを更生させようとした人は何人かいた。

その中で、おぼろげながら記憶に残っているのは小学六年生の時の担任だった。その教師はムギョンのことを気にして、放課後の予定を尋ねてきたり、他の子たちに内緒でおやつなどをくれたりもした。

　しかし、その頃のムギョンは何もかもが癪《しゃく》に障《さわ》るばかりで、彼がくれたおやつを見せつけるように床に捨てて踏みつけてしまったことが一度あった。かなり若かったその教師は、その光景に相当ショックを受けたのか、その後はムギョンに必要以上に話しかけなくなった。とはいえ、ムギョンを無視したり見て見ぬふりをしたりするわけではなく、優しい教師として行動していたが、当時のムギョンは彼が自分から距離を置こうとしているのが分かった。

　一度、深呼吸をした。初めてハジュンを家まで送り届けた時にはライラックの香りが広がっていたマンション団地から、今は木の葉と草から香る青臭さだけが微かに押し寄せてきた。

「行けよ」

　車から降りても歩き出す様子のないハジュンに言ったが、彼は「早く行け」というような手振りをするばかりで、背を向けようとはしなかった。彼を暫くじっと見つめてから、ムギョンは車をUターンさせた。

　毎度のことだが、ハジュンを自宅まで送る時は二人でいるからか距離が短く感じられるのに対し、帰り道は長く感じられた。エレベーターに乗って家に入ると、やはり臨時宿舎に来たようなものの寂しさがムギョンを出迎えた。シャワーを浴び、水を一杯飲んだ。バスローブに着替えてからソファに座った。

『お前がロンドンへ戻ったら、もうしたくてもできないだろうし』

　ハジュンの言葉が脳裏に蘇《よみがえ》った。そう言われてみると、ロンドンに戻るまであと少しだった。せいぜい四か月あまり。

　ワンシーズンを過ごす予定で、服数着と車数台以外ほとんどのものをロンドンに残してきた。マネージャーに準備を任せて一度も見ることなく契約したヴィラとは違い、ロンドンの家は自分の目でしっかり見て選んだ一軒家だった。

　グリーンフォードのスタジアムからもさほど遠くないロンドン北西部にあるムギョンの家は、韓国式の測定単位で

1　訳注：韓国の一坪と日本の一坪は同じ面積。

言うと三百坪[1]ほどで、庭まで合わせるとかなり広かった。多少古めかしい外観とは異なり、内部はモダンなインテリアで飾られていた。広々とした庭園には様々な木々が植えられて散歩用の小さな林を成しており、庭全体によく手入れされた芝生が敷かれていて、いつでもボールを蹴ったり寝転がったりすることができた。

家の中にはトレーニング施設やプール、大型ジャグジー、映画館顔負けのシアタールームなど、様々な設備を詰め込んだ。元はただ単に豪華で広いだけだった旧式住宅に自らあちこち手を入れて今の姿にしたので、ムギョンはイギリスの自宅にかなり愛着を持っていた。

だが、戻ったらもうハジュンを連れて仕事場から帰ることはないのだ。彼と寝室で転がることもできなくなる。

それだけではない。そこにはイ・ハジュンがいない。朝になって練習場に行ってもいないだろうし、コーチ陣の中に彼の姿が混ざっていることもないだろう。

彼の白い手で脚や腰や肩を触られたり押されたりすることも、軽く目を伏せて体をチェックする真剣な顔を見ながら一人心の中でほくそ笑むという些細な楽しみも、完全にお終いだ。

「……イマイチだな」

シーズンが終われば関係も終わるということは分かっていたのに、彼のいない光景を具体的に想像すると、自然と眉間に皺が寄った。

いない。

イ・ハジュンがいない。

彼抜きで過ごすロンドンでの生活を想像すると、違和感が針のように体をグサグサと突き刺す。まるで間違った組み合わせのまま完成を装ったパズルのようだ。ここに来るまでは、それがキム・ムギョンの日常だったのに、なぜ

……？

ステディなセフレとの関係を断ち切るということは、こういうものなのだろうか。習慣のように体に染みついたものが突然消えてしまうとなるとぎこちなく感じるのに似た類《たぐい》のことなのか？　それは困る。習慣のように続けていた行為を強制的に制限されることほど、スポーツ選手のコンディションに大きく影響を与えることも少ない。

「……」

突然、胸がドクンドクンと速く打ち始めた。ムギョンはソファから勢いよく立ち上がると、焦《あせ》っているかのように

その場をウロウロしてから冷蔵庫の前まで歩いていき、もう一杯水を飲んだ。いつかのようにタンッと音を立ててコップをテーブルの上に置き、虚空《こくう》を睨んだ。

人は望むものを自分の言葉に投影するものだ。さっきはハジュンに気になることを訊けと言ったムギョンは、実は自分もハジュンにいくつか尋ねたかった。

いつから自分のことが好きだったのか、何か理由があるのか、その怪我《けが》はどうしてできて、どの程度のものなのか、リハビリの可能性や予想される回復期間に関する精密検査はちゃんと受けたのか、万が一にでもまだ間に合うのなら、今からでもリハビリトレーニングをしたくはないのか……。関連知識は豊富だろうから訊くまでもないと思うが、ジョンギュの話によると、怪我をした直後の心理的なプレッシャーのせいで、すぐにキャリアを諦めたという面もありそうに思えた。それなら、もしかしてということもある。

これらすべてが、セフレに抱くには行き過ぎた関心だということくらいは分かっている。だから最後の最後まで尋ねるつもりはなかったのだが、自分自身のコンディションにも繋がる問題ならば話が違ってくる。ムギョンは困った状況を打開する答えをすぐに見つけ出した。

「一緒に行けばいいじゃないか」

このチームだけがイ・ハジュンの唯一の選択肢である理由はまったくない。他はともかくスポーツ科学を活かした環境という点なら、ここよりもロンドンのほうが様々な側面において桁違いにいい。何度考えても、あまりに素晴らしいアイデアだった。明日にでも、すぐに訊いてみよう。シーズンが終わったら一緒にロンドンに行くつもりはないか、と。一種のスカウトだ。

韓国でコーチの仕事をするより、キャリア的な面でも条件の面でもずっといいだろうから、ウィンウィンの結果だ。きっと喜ぶはずだ。家族思いなヤツだから躊躇いはするだろうが、まだ四か月も残っている。その間に何か方法を見つけられるだろう。

「よし」

満足な正解を見つけた喜びにムギョンはギュッと拳を握りしめ、まるで練習の末に初めてオーバーヘッドキックでゴールを決めた子どもの頃のように、心の中で「イエス」と叫んだ。

* * *

白い手が、手首をガシッと掴む。

自分を掴んだ手の主は、体は自分よりも小さいのに意外と力が強く、ムギョンはその後ろ姿だけを見つめながらフラフラと引っ張られてしまう。

ムギョンは真夜中に目を開けた。眠りから覚めてぼんやりとした目の前に、おぼろげな夜だけが広がっていた。ムギョンは何度かゆっくりと瞬《まばた》きをすると、手を上げて自分の手首を見た。夢でも見たのか、手首を掴まれた感覚が生々しく残っていた。

あの手の主は誰だったのだろう。夢に出てきたのが、最近自分を引っ張っていったイ・ハジュンだったのか大昔に会った別人なのか、ぼんやりとして今はもう思い出せなかった。

ハジュンの質問のせいで、久しぶりに昔のことを思い出したのだろうか。散らかった夢の切れ端を払いのけながらムギョンは再び目を閉じた。しかし、一度始まってしまった反芻《はんすう》は簡単には止まらず、ムギョンの頭の中に積み重なった。ムギョンは意識的に思考を停止するのを諦め、ただ記憶が流れていくがままにした。

こんな日に一番に思い出すのは「豚小屋」だ。

「悪魔」と母親が死んだ後、お荷物のように送られた児童施設のことをムギョンはそう呼んだ。小さくみすぼらしい豚の王様は、外では人格者のふりをして後援者たちに会い、関連部署の公務員たちを事あるごとに接待して支援金を手に入れていた。その一方で、自分が面倒を見るべき施設の子どもたちに対しては、薄情どころか残忍な人間だった。幼い頃から同級生たちよりも成長が早く、身長も体格も力もズバ抜けていて、性格まで反抗的で言うことを聞かないムギョンに対しては特に酷《ひど》かった。

つらかったかと訊かれれば、つらいというよりウンザリだったと答えるだろう。その頃のムギョンは泣いたり落ち込んだりすることもなく、自分をイジメる豚小屋の王様に屈することもなかった。そしてムギョンのそういうところが、さらに彼の怒りを買った。

『お兄ちゃん』

ギャーギャーと叫びながら暴れる園長に何発か殴られたある日の就寝時間、ぺちゃんこになった布団の上で横になっていると、隣で寝ていた四、五歳の子どもが小声でムギョンを呼んだ。ムギョンは、そちらへ軽く顔を向けて尋ねた。

『なんだ?』

『園長先生は、どうしてお兄ちゃんのことが嫌いなの?』

ムギョンはその子のほうに向き直って、クスリと笑った。

『嫌ってるんじゃなくて、怖がってるんだよ。俺は悪魔の子だから』

『なんでお兄ちゃんが悪魔の子なの?』

『親父が悪魔だから、悪魔の子さ』

『全然悪魔っぽくないよ。園長先生のほうが、よっぽど悪魔みたいだ』

『園長は悪魔じゃない。悪魔はあんなのよりも、ずっと恐ろしい。園長はただの豚だ。ブーブー鳴く豚』

『豚? 園長先生って、そんなに太ってるかな?』

その子は可笑《おか》しそうにケラケラ笑った。

太ってるから豚だと言ったんじゃなくて豚小屋の王様だから豚だと言ったのだが、そんな説明をしたところで、この子に理解できるだろうか。ムギョンは唇だけを動かして笑った。

豚は、まるでムギョンが降伏するまでやってやると言わんばかりに毎日のように暴れたが、ムギョンはそんな彼を見下していた。殴られまくりながらも時々皮肉っぽく笑って、園長の考えていることなどお見通しだというように嘲っては彼の神経を逆なでし、余計に鞭《むち》打たれた。

食事を与えてもらえなかったり鞭を打たれたりしても、真っ暗で狭いお仕置き部屋に閉じ込められても、ムギョンは彼のことなど怖くなかった。暴力も暗闇も、何も怖くなかった。ムギョンはすでに悪魔がどんな存在なのか知っていたし、くたばった悪魔に比べれば園長はブーブー鳴きながら暴れる低俗な獣に過ぎなかったから。

自分を恐れさせて屈服させようという魂胆と感情を剥《む》き出しにして暴れる人間など、怖くもなんともない。少なくともムギョンが知る限り、恐怖というものはそんなふうに作られるものではなかった。恐怖とは、自分にとって危険な相手の考えや思惑を予測できない時に初めて生まれる。悪魔のそばでも生き残った幼いムギョンが思うに、自分は豚野郎を怖がって縮み上がるには、あまりに強く特別な存在だった。

一度、頬を何発か殴られたことがある。狡猾《こうかつ》な豚は余程のことがない限り顔や手足など目につく部位は殴らなかったが、その時は学校の長期休みだったのだ。園長は他の子どもたちを周りに立たせ、殴られるムギョンを見守らせていた。しかしある瞬間、一人の女の子がグスグスとしゃくり上げ、そのうち声を出して泣き始めた。

『……おい！』

ムギョンは再び自分を殴ろうと飛んできた園長の手を何度か避けながら、その子の名前を呼んだ。今となっては名前までは思い出せない。顔を上げてこっちを見るまで二、三度呼んだような気がする。

避けることはできるが殴られてやっているんだと誇示するような動きに、園長の顔は一層赤くなったり青くなったりして、泣いていた子は顔を上げてムギョンを見た。両頬が真っ赤になった状態のまま、ムギョンはその子に笑顔でウィンクをしてやった。かなり滑稽な顔だったことだろう。

その子が目をパチクリさせて泣き止み、豚が激高して飛び掛かってきた。「あいつ、あのままくたばっちまうんじゃないか？」と心の中で嘲笑《あざわら》っていたあの一日が、児童施設時代の日々の中で一番記憶に残った。

とにかくその頃、ムギョンは生きるのがしんどく、つらいというよりすべてのことにウンザリしていた。強制的に地獄から抜け出しはしたが、その後に堕《お》ちた場所はそこよりも何一つマシなものなどない豚小屋だという点が、幼いムギョンを苛立《いらだ》たせた。

多くを望んではいなかった。悪魔の巣窟《そうくつ》や豚小屋ではなく、人間が暮らす場所に属したかった。どこへ行けばいいのかは分からなかったが、とにかくこのどん底から抜け出して、もっとマシな場所へ行きたかった。

幼いムギョンが正常な手続きに則《のっと》って児童施設から抜け出すには、誰かの養子になるしかなかった。だが、同級生よりも体が大きく背も高い強面《こわもて》のムギョンを引き取ろうとする人はいなかった。両親という存在にウンザリしていたムギョンも、誰かの子どもになって生きていきたくはなかった。

狭く真っ暗なお仕置き部屋に閉じ込められると、換気のために小さく開けられた窓らしからぬ窓だけをじっと睨んだ。どこにだって息をするための穴はあるものだから、ここから逃げ出す方法だってないわけではなかった。

『ここから脱け出して、一人で生きていくためには金が要る』

さほど長くない豚小屋での生活を経て結論を下したムギョンは準備に入った。一旦決めてしまえば、あとは行動するだけだ。

間もなくして、ムギョンは窃盗とスリを始めた。技術一つなく、その俊足だけを頼りに始めた盗みは、成功することもあったが失敗することのほうが多かった。

そんな時はいつも交番に連れていかれ、園長はドブネズミが化けた聖者のような顔をしてムギョンを迎えに来た。警察にペコペコした後、施設に戻ってからのことはわざわざ振り返る必要もない。

それでもやめなかった。誰かに助けてくれと訴えることもなかった。他の子たちよりも成長が早かったとはいえ、まだ小学生に過ぎなかった。いつか成功するだろうという非現実的な確信に満ちていたが、経済概念はなかった。百万ウォンくらいあれば、ここから逃げ出して一人で暮らせると固く信じているようなレベルだった。

だがいざ金を盗むのに成功すると、アイスクリームが食べたいとグズっていた、施設に来たばかりの隣の布団で寝ていた小さな子のことを思い出した。数日前、夕食抜きの罰を受けている時に、イチゴジャムを塗った食パンをこっそり分けてくれた隣の部屋の子のことも。だから、ムギョンが密かに目標の金額を貯めるのにかかる時間は延びざるを得なかった。

『ああ、兄貴がそっちへ行ってろって言ってたよ。ああ、そうだ』

飽きもせず、またどこかに獲物がいないかとウロウロしていたある日、電話をしている一人の男の姿がムギョンの目に入ってきた。

体に合わないブカブカのプリントシャツを着た男は、タバコをふかしながら何か話をしているところだった。彼のそばには、かなり大きな旅行カバンが置かれていた。

ちょっと盗みに慣れて大胆になったのだろうか。幼いムギョンは、そのカバンから金のにおいを嗅ぎ取り、一瞬様子を窺ってからパッとカバンをひったくった。

子どもの頃から衝動を前にして躊躇《ちゅうちょ》する性格ではなかった。選択を躊躇ったり悩んだりするだけの理由がなかったから。

『ん？　あれ？』

すぐに男の慌てた声が背後から聞こえた。ムギョンは後ろを振り返ることなく走った。

逃げ足には自信があった。施設でも学校でも、ムギョンほど足の速い子は一人もいなかった。スリに失敗したのだって、こっそり盗み損ねたり物を抜き取る過程で首根っこを掴まれたりして交番に連れていかれただけだ。とにかく逃げるのに成功さえすれば、追いつかれて捕まったことは一度もなかった。

『この野郎！　待て!!』

しかし、今回は相手も手ごわかった。腹の出た男は意外と足が速く、何より一人ではなかったのだ。

男数人がムギョンを追いかけてきていた。今までの大人たちとは違い、彼らは最後までムギョンを追ってくる勢いだった。

思ったよりカバンが重いのが問題だった。全力で走っても本来のスピードが出なかった。どう見ても普通のサラリーマンとは思えない険しい顔の男たちに追いかけられていると、いくら怖いもの知らずのムギョンといえども頭に浮かぶ言葉は一つだけだった。

『ヤバいことになった』

今回は交番に連れていかれるだけでは済まない。捕まったら死ぬ。警告音がサイレンのように耳元で響いた。

きっとあの時が、ムギョンが人生で一番全力疾走した瞬間だろう。味方陣営から相手方のゴール前まで時速三十八キロで走り抜けて話題になった去年のチャンピオンズリーグ決勝戦でも、あの時ほど必死に走ることはできなかった。

息を切らしながら見知らぬ町に迷い込み、キーッとブレーキをかけるように足を止め、大通りを曲がって住宅街の路地に入った。男たちは大通りの車道脇で自分を探しており、とりあえず彼らの視界から逃れるのが先だった。軽い上り坂を、がむしゃらに走っていたその時だった。

『ニャーン！』

慌ただしい足音に驚いたのか、物陰に潜んでいた一匹の猫が悲鳴のような鳴き声と共に道を横切った。驚いたムギョンは急ブレーキをかけ、全力疾走の最中に突然スピードを落とした体は豪快に転んでしまった。

ムギョンは冷や汗を流しながらガバッと起き上がった。一秒でも逃げ遅れてはいけない。だが、いざ再び走ろうとすると脚に力が入らなかった。見下ろすと、無残に擦りむいた膝の下から滲み出た血が脛《すね》を伝って流れていた。すぐに、パックリ割れた膝が骨まで疼《うず》くように痛み始めた。

『クソッ。これじゃあ、さっきみたいに走れない』

心の中では絶望しながらも、カバンはギュッと握ったまま死んだような顔で足を引きずって歩いていたその時、すぐ隣にあった二階建ての西洋風住宅の門がキィーッと開いて一人の子どもが飛び出してきた。塾に行くのか、手には手提げカバンを持っていた。その子とムギョンの目が合った。

『あの野郎、どこにいやがる!? 早く探せ!』

ちょうどその時、後ろから怒りに満ちたしゃがれ声が聞こえ始めた。驚いたムギョンが、なんとか足を引きずろうと頑張っていると、大きな飴玉《あめだま》のように目を丸くしたその子が、状況を把握しようとしている表情でキョロキョロと周りを見回した。

その時だった。突然ムギョンの手首がガシッと掴まれたのは。

ムギョンは眉間に皺を寄せて手の主を睨んだ。いつの間にかすぐそばまで近づいていた色白の少年が、何がなんだか分からないという顔で自分を見つめていた。

離せと叫ぼうとしたが、ヤツらに声が聞こえるんじゃないかと思い、すぐに口をつぐんだ。顔をしかめてその手を振り払おうとしたが、自分よりも小さなその子は意外と力が強かった。

『早く来て!』

急いで囁いたその子は、ムギョンの手首をグイッと引っ張った。ムギョンは足を引きずりながらその子の後をついていき、まだ開いたままだった門の中に入った。

その子の手が、音を立てないようにそっと門を閉めてかんぬきをかけると、家の前をドドッと数人が走っていく足音と怒りに満ちた声が聞こえてきた。

『どこへ行ったんだ? あのガキ!』

『さっき、たしかにこっちに行ったはずなんだが』

『車の陰も調べろ! どこかに隠れてるかもしれない』

すぐ近くで男たちの怒号が鳴り響く間、少年は足音を消しながらムギョンの手首を引っ張り続け、二人はそろりそろりと這《は》うように歩いて、奥にある塀にピタリと張りついた。

がむしゃらに走り続けた上に、外から聞こえてくる男たちの声のせいで、胸はもちろん頭まで破裂しそうに脈打っていた。息を大きく吐き出してはいけないような気がして口を閉じて息をしていると、やっと少年が手首を放してくれたので、塀にもたれたままズルズルとへたり込んだ。脚から力が抜けてしまったらしい。

『地下に潜りでもしたのか? 一体どこへ行ったんだ?』

『探し出せ! 見つけられなかったら、俺たち全員殺されるぞ』

塀を一枚挟んでライブ中継される物騒な会話にさらに冷や汗をかいていると、右往左往していた足音や声も少しずつ遠のいて最後にはまったく聞こえなくなり、呼吸も次第に落ち着いていった。

汗に濡れた額を涼しい風が撫でた。ムギョンはやっと口を開き、「はぁ」と大きく息を吐きながら周りを見回した。

庭の広い洋館は、まるでテレビや童話の絵本に出てくる家のように綺麗《きれい》に整えられていた。緑の芝が敷かれた地面、玄関に続く階段回りを飾る蔓《つる》バラ、あちこちに集まって咲いている名も知らぬ小さな花々。

そして塀のほうには大小様々な木々が並んでいた。自分と少年がもたれた塀の上には背の高いライラックの木が何本か伸びており、薄紫色の大きな影を作っていた。

もう死んだと思って胸がドキドキしていた時には鼻に入ってこなかった花の香りが、遅まきながらムギョンを包んだ。眩暈《めまい》がするほど濃厚なライラックの香りが五臓六腑《ごぞうろっぷ》に染み渡り、不安に駆られていた胸を優しく慰めた。

『それ、なぁに？』

少年もやっと声が出るようになったのか、カバンを指して小さな声で尋ねた。暫くクラクラする香りに心奪われていたムギョンはハッと我に返り、顔をしかめてカバンを見下ろした。

『俺だって知るかよ』

こんなに苦労したのに、金が入っていなかったらどうしよう。

ムギョンはそんなことを思いながら舌打ちをして、カバンのファスナーを開けた。ファスナーが全開になる前に、ムギョンの口から罵倒の言葉が飛び出した。

『クッソ……』

カバンの中に入っていたのは本当に金ではなかった。ファスナーを開けるや否や、山のような新聞紙が見えた。漁《あさ》ってみると、その下には個別にビニールに包まれた白い粉のようなものがギッシリ詰まっているだけだった。

だからあんなに重かったのか。腹が立って、その場でカバンを放り投げてしまいたかった。だが、そんな力もなくカバンの持ち手を叩いただけだった。

『クソッ。無駄骨だったじゃねぇか』

『これ、なんなの？』

『だから、知らねぇよ！』

大声を上げると、少年は口をつぐんだ。怖かったらしい。カバンは適当にどこかに捨てないと。男たちが追いかけてきたということは、何か使い道のある物なのかもしれないが、とにかく正体不明な物を命がけで追われてまで守る必要はない。ムギョンに必要なのは金だった。カバンを持って再び立ち上がると、少年は急いでムギョンを呼び止めた。

『ちょっと待って。膝を怪我してるじゃないか。薬を塗っていきなよ』

『要らない』

『母さんに薬を塗ってって頼むよ。ちょっと待ってて』

その優しい言葉に、ムギョンの胸に怒りが込み上げてきた。

絵に描いたような家、芳《かんば》しいライラックの木陰、薬を塗ってくれる母親、小綺麗なカバンを持って門から出てきた色白の少年。

こっちは膝を擦りむいて血をダラダラ流しながら帰っても「そんなザマして、今度はどこで何をしでかしやがったんだ」と殴られて、夕飯も食べさせてもらえないに決まっている。

他人と自分の境遇を比べたことはなかったが、本当に死にかけた後だからか気絶するほど走って疲れているからか、その日はやけに悔しさが吐き気のように込み上げてきた。この少年がいなかったら、男たちに捕まってどうなっていたか分からないということは頭では理解しているのに、ムギョンはとげとげしい言葉を吐いた。

『いいって言ってるだろ、クソ野郎。薬を塗ってくれるママがいて、結構なこった』

助けてあげたのに盗人猛々《ぬすっとたけだけ》しい暴言を吐かれた少年は、元々色白な上に真っ青になった顔で目をパチクリさせるだけだった。そんな少年を放置して、ムギョンはカバンを持ったままキィーッと門を開けて出ていった。

『ねぇ、待ちなよ』

だが見かけによらずめげない性格なのか、少年は暴言を吐かれても門の外までついてきてムギョンを引き留めた。その子の声が聞こえたが、ムギョンは振り返らなかった。本格的にアザになり始めた膝が痛み、足を引きずりながらも少年を無視して歩いた。

『ねぇ、待ってってば』

背後から少年の声がもう何度か聞こえたが、ムギョンは前だけを見て歩き続けた。ある瞬間から自分を呼ぶ声が消えた。

　暫く歩いてカバンをどうしようか悩み、交番の前に置いて逃げた。持ち主を失った物だから、警察が適当に探してくれるだろうと思った。今考えれば、意図せず正義を守る形となった。

　施設に戻ると、案の定「今度はどこで何をやらかして膝を擦りむいたんだ」と殴られ、食事も与えられずにお仕置き部屋に閉じ込められた。小言すら一字一句違うことなく予想通りだったので、むしろ面白くなってムギョンはクスクスと笑った。ズキズキ痛む膝を見下ろしながら、さっき薬を塗ってもらえば良かったと少し後悔した。

　軽くのぼせたまま、暗くて寒いカビ臭いお仕置き部屋で夜を過ごしたその日、ムギョンは換気窓を睨む代わりに、目を閉じてライラックの木陰で嗅いだ花の香りを思い出した。

　母親と一緒に捨て犬の面倒を見たことがあった。あまりにかわいいので連れ帰りたかったが、そんなことをしたところで悪魔の野郎が黙っていないだろうから。気を付けたものの、結局は疑《うたぐ》り深い悪魔にバレて、その子犬は死んでしまうところだった。それ以来、ムギョンは小さな動物に近寄らなくなった。

　昼間に出会った少年の印象は、あの白い子犬に似ていた。花の香りと共に少年の顔も思い出され、何度も目元をかすめた。

　こうして豚小屋のぬかるみで転げ回りながら、終わりの見えない徒労の日々を繰り返すこと約二年。中学に上がってジュンソンと出会い、ムギョンは喉から手が出るほど求めていた「人間が生きる場所」にやっと属することができた。

　彼は泥の中に埋もれていたムギョンの才能を、まるで砂金でも抽出するかのように発掘し、サッカー選手としての道を拓《ひら》くことで、どん底から引き上げた。ジュンソンからの恩恵は、それだけでは終わらなかった。ムギョンの暮らしぶりを知った彼は激怒し、施設の実態を告発することに力を注いだ。間もなく捜査のメスが入り、施設は閉鎖した。

　いざ調査が入ると、豚の王様はあんなにも媚びへつらって頼っていた人間たちから弊履のごとく捨てられた。他人の過《あやま》ちまで疑いをかけられ、横領や児童虐待をはじめ様々な罪で実刑判決が下された。何がそんなに悔しかったのか服役中に怒り狂って病にかかり、この世を去って久しい。

施設にいた子どもたちは散り散りになり、それぞれ別の施設に移ることになった。ムギョンも新しい施設を指定され、数少ない荷物をまとめて引っ越しの日を待っていた時、ジュンソンは一人別のことを考えていた。

『ムギョン、俺の息子にならないか？』

食事に誘われてついていったカムジャタン屋で、ジュンソンは笑いながらそう尋ねてきた。

その頃のムギョンは、ジュンソンの家に頻繁に出入りするようになっていた。彼の妻を「おばさん」と呼んで懐《なつ》いていたし、息子のヒョンミンとは実の兄弟のように仲良くなっていた。

予想外の提案に最初は驚いて目をパチクリさせていたムギョンは、すぐに笑いながら答えた。

『急に何を言い出すんだよ。鳥肌が立っただろ。イヤだね』

『息子になればいいじゃないか。サッカーをする時は監督で、家に帰ったら父親で。パク・ムギョン。どうだ？　キム・ムギョンに比べたらカッコ悪いかな』

『オッサン。俺は一人が楽なんだ。もう家族は必要ない。今まで通りサッカーする時は監督、家に帰ったらオッサンとキム・ムギョンとして過ごそう。母さんの代わりにおばさんがいて、ヒョンミンが弟もやってくれてるんだから、俺はそれでいい』

彼は苦笑するだけで、それ以上は無理強いすることはなかった。

取り皿に大きな骨付き肉を一つ乗せて必死にしゃぶりついていると、突然ジュンソンが尋ねてきた。

『ムギョン、分かってるよな？』

『何が？』

『お前は大物になる』

『ああ、分かってるさ』

図々しく笑いながら答えるとジュンソンはクスリと笑い、店員にもう一つ焼酎《ソジュ》グラスを持ってくるように頼んでムギョンに酒を注いでやった。ムギョンは十五歳になったばかりだった。実はジュンソンに隠れてジョンギュと二人で酒を飲んだことはあったが、あの時はなぜか少し大人になった気分がした。

しかしムギョンは新しい施設に引っ越すことはなかった。ジュンソンが自宅近くに小さな部屋を用意し、そこでムギョンが暮らせるようにしてくれたからだ。学校では練習をして、終わったらジュンソンの家に下校して夕飯を食べ、ヒョンミンとゲームをしたり宿題をしたりして過ごし、その部屋に帰って一人で寝た。

壁に貼られた数々のレジェンド選手たちのポスターを見ながら、ムギョンは夜ごと決意した。

必ず成功しなければ。

金を稼ぎまくるスター選手、韓国初のヨーロッパリーグのエースになる。そんな選手になって、オッサンやおばさん、そしてヒョンミンにも、一生贅沢《ぜいたく》させてやるんだ。

これしき、なんでもない。これは恩返しなんだから。俺は人間で、人間ならば恩を返さなきゃいけない。

こうして人間としての生き方を見つけてから数年、すでに有望株としてマスコミに取り上げられ始めて久しく、国際大会で頭角を現しつつ、高校に進学するなりヨーロッパリーグ行きの話まで出るようになった。体もグンと成長して顔つきも男らしくなり、ウンザリしていた頃の痕跡は今や見つけようと思っても見つけられなかった。

目標に向かって着々と段階を上っていく達成感にすっかりハマり、自分は人よりも優れていると思って日々を過ごしていたある日、ふとあの時の少年のことを思い出した。

もうすぐ韓国を発つことになるかもしれず、やり残したことはないかと考えていた時だった。人間ならば、恩は必ず返さなければならない。よく考えてみたら、ジュンソン以前にあの少年が自分にとって最初の恩人だった。

あの白い粉が怪しい薬だったということ、そして名も知らぬ少年が匿《かくま》ってくれなかったら、あの日自分は八つ裂きにされていたかもしれないという恐ろしい事実を、その頃のムギョンは十分に推測できた。

無我夢中で逃げた末にたどり着いた、土地勘のない路地だった。すでに数年前のことだったので、少年が自分のことを覚えているかどうかも自信がなかった。ムギョンも白くふわふわした子犬のような印象くらいしか脳裏に残っておらず、少年の顔はかなり昔にすっかり忘れてしまっていた。自分にしたって、まるでズタボロの野犬みたいなあの頃とはまったく別人のように変わっていた。

ムギョンは必死に記憶をひっくり返して、あの時の路地や家を探しに行った。幸い季節が似ていたため、散々彷徨《さまよ》った挙句に塀越しに薄紫色のライラックの影を見つけることができた。

記憶の中の風景と一寸違わぬ景色に内心うれしくなった。思わず微笑みながら駆け寄り、門の横にある呼び鈴を鳴らした。しかし返事はなく、誰も出てこなかった。

『留守か？』

いきなり訪ねたのだから、無駄足に終わっても仕方のないことだった。明日出直そうと思いつつ肩を落とすと、背後からおずおずとした声が聞こえてきた。

『どちら様ですか？』

ムギョンは振り返った。市場から帰ってきたのか、買い物かごを携えた中年女性が怪訝そうな目でムギョンを見ていた。

あの時、少年が言っていた母親か？　ムギョンはすぐに大人受けしそうなまっすぐな表情を浮かべ、深々と頭を下げて挨拶をした。

『こんにちは。ジョンウン高校サッカー部のキム・ムギョンといいます』

『サッカー部？　サッカー部の学生さんが、うちになんの用？』

女性はサッカーにまったく興味がないようだった。その頃のムギョンは、サッカーに少しでも興味がある人なら知らないはずがないほど注目されていた。

『以前、息子さんに助けてもらったことがあるんです。お礼を言いたくて、失礼を承知で伺いました』

『息子さん？　私に息子はいないけど』

女性は初耳だと言わんばかりに答えた。

ムギョンはハッとした。もう何年も前のことなのに、少年が引っ越してしまったという可能性は考えもしなかった。自分だって、もう施設で暮らしてはいないのに。

『ああ、ちょっと前のことなので……。引っ越したみたいですね。前の住人がどこへ引っ越したのか、ご存じありませんか？』

『さぁ、知らないねぇ。でも、前に住んでた人にも息子さんはいなかったし、大家さんにもあなたくらいの息子さんはいないけど？　この家の所有者も、何度か変わったから』

『そうですか。ありがとうございました』

それ以上尋ねることなく再びペコリと頭を下げたムギョンを、女性は先ほどとは違ってかなり好意的な目で一瞥《いちべつ》すると、門を開けて中へ入っていった。

人のいない路地に一人残ったムギョンは目的を失ってその場をうろつき、ライラックの木の枝が垂れ下がった塀にもたれかかった。

小さな雲のようにふっくら咲いた薄紫の花房の数々の隙

間から、真っ青な春の空が透けて見えた。膨らんではプシューッとへこんでしまったかのような予想以上に大きな喪失感が、濃厚な花の香りと共に胸の中にムクムクと広がっていった。

『まぁ、小学生の頃のことだし……。そりゃあ、とっくに引っ越しただろうな』

あの日とまったく同じように胸の奥深くに染み入る花の香りを嗅ぎながら、暫く立っていたムギョンは結局諦めて歩き出した。

今ならばともかく、その頃のムギョンは十何歳かの子どもに過ぎなかった。自分の足で探す以外の方法で人探しをするなんて考えもしなかった。暫くして韓国を発ち、プロサッカー選手としてのキャリアを歩み始めると、他のことに気を遣う暇がなくなった。

その上に十余年の年月が積み重なり、あの頃のことは今となっては時々思い出す追憶のようなものとして残った。特に花などに興味のなかったムギョンにとって、ライラックは一番好きな花になった。

イ・ハジュンのおかげで久しぶりに思い出した。自分の手首を掴んで慌てて前を歩いていった姿が、あの時の少年と重なったから。結局は探し出せないまま過ぎ去ってしまった最初の恩人。幸せな家庭で愛されているお坊ちゃんのようだったから、きっと今もどこかで元気に暮らしているだろう。

今ならその気になれば見つけ出せるだろうが、あの時見た家の風景や花の香り、春の花、綿毛のように白かった少年のイメージは、時間の経過と共にムギョンの頭の中でなぜか侵してはいけない永遠で完璧な幸せのシンボルのごとく残った。そして次第に、彼に会いに行こうという意思を白く眩《まぶ》しい日の光で漂白してしまった。

豚小屋の乱雑な風景から始まった思い出が、太陽の光を受けてキラキラ輝く白く美しい石英の小石のような色で終わった。過去を振り返ろうとしないムギョンだったが、なぜかたまにこうして思い出すことがあった。最初は無理やり断ち切ろうともしたが、いつからか思い出されるがままに放っておくようになった。ウンザリした気持ちで始まるとはいえ、最後あたりにはいつも悪くない思い出で締めくくられるからだ。

それもそのはず、キム・ムギョンの物語は悪魔の巣窟や豚小屋から始まり、最後には光り輝く頂点に到達して終わる英雄譚《えいゆうたん》だったから。

＊　＊　＊

明日も大丈夫だと言っていたハジュンだが、いざ夕飯に誘うと困り顔になった。すぐに拒むこともせずにモジモジしているので、ムギョンのほうから尋ねた。

「なんだ？　ダメなのか？」

「ごめん。昨日は忘れてたんだけど、今日は約束があったんだ」

今朝、練習場に到着するなりムギョンはまずハジュンを探した。いつものように数人の選手に取り囲まれて笑っている彼を「話がある」と言って引っ張り出し、空いている会議室に連れてきた。

朝っぱらから投げかける話ではない気がして、一緒に夕飯でも食べながら話そうかと思ったのだが今日は無理そうだ。少し気が抜けたが、急ぐ必要はなかった。

「約束って？」

「コーチたちとやってる勉強会の集まりなんだけど、この前の発表の打ち上げをすることになったんだ。地方からソウルに来る人もいるから、今日は絶対に顔を出さなくちゃいけなくて」

よりによって、どうして今日なんだ？　心の中で舌打ちをしたが、そんなに大事な日だというなら譲ってやることにした。一日分時間ができたことだし、マネージャーにロンドン移住に関する基本的な情報を調べておくように言っておかないと。ムギョンはサッカー選手の就労ビザで移住したので取り立てて気をつけることはなかったが、ハジュンの場合は異なるかもしれない。

「じゃあ、夕飯は明日一緒に食おう」

「ごめん。俺が大丈夫だって言ったのに」

しょんぼりして自分を見る表情に、ムギョンはクスリと笑った。それしきのことで、どうして二度も謝るんだ？

「構わない。別に今日しかないわけじゃないんだし」

むしろ好都合だ。さっきは気が急いて、到着するなりハジュンを引っ張ってきたが、いきなり居住地を海外に移そうと言うのだから、まずは考えと情報を整理してからゆっくり説得すべきだろう。

ハジュンにとっても望ましいと思った上での提案だが、とにかく一番の目的は現在の自分の生活パターンをキープすることなのだから。それ相応の補償も考えておかなければ。

まずは生活費や居住費、リハビリトレーニングにかかる費用などの経済的な部分はすべて負担するとして……それ以外に趣味などにかかる小遣い代わりの補助費、そして韓国に残る家族の生活費も出すと言えば……オッケーするかな？

服一着を受け取るのにも「高い」とブツブツ言っていたヤツだから、確信が持てなかった。意外と頑固なところがあるから、金を受け取ろうとしないかもしれない。

（何で釣れば、一発で承諾するだろうか）

会議室を出て、再び練習場に向かいながら知恵を絞ろうと黙って歩いていたムギョンは、ふと思いついて尋ねた。

「どこで集まるんだ？　送ってやるよ」

「えっ？　いや、いいよ。お前との約束でもないのに、わざわざ送ってくれなくても」

「俺の帰宅コースから遠くないなら、乗っていけよ」

ハジュンはクスリと笑い、まるで幼い子どもをなだめるように答えた。

「いいってば。みんなが集まってるかもしれないのに、お前が乗ってるような車から降りるのを見られたら、誰なのか質問されて面倒なことになる」

「今日は練習場と家を行き来するだけだから、マセラティに乗ってきたんだけど」

「お前、まるで安物の車みたいに……」

「シルバーの」

「いいって言ってるだろ」

ビビッドカラーのスポーツカーでさえなければ、さほど目立つこともないんじゃないか？　だがムギョンは意地を張ることなく引き下がった。どうせ今日は話せないのだから、説得する準備を完璧にしたほうが良さそうだ。並んで歩いていた二人は練習場に入って各自が向かうべき方向へ別れ、ハジュンはコーチ陣に、ムギョンは選手陣に合流した。

シーズン後半の初試合まで、あと一週間も残っていなかった。オフ気分は完全に振り払い、パフォーマンス向上に集中すべき時期だった。シーズン前半の成績を挽回《ばんかい》するため中・下位チームが勝ち点を一点でも多く獲得しようと必死に飛び掛かってくる時期でもあり、上位圏内での順位争いが次第に熾烈《しれつ》になる時期でもあった。

今はソウルにいるが、本来ムギョンは世界的な強豪チームのエースだ。韓国での練習を疎《おろそ》かにしそうなものだが、ムギョンは決められたサイクルを破るどころか指定の練習量を越えないことがなかった。チームで一番優秀な人が誠実に練習に臨むので、他の選手たちも自然と引っ張られて最善を尽くすという好循環がシティーソウルの練習場で起こっていた。ハジュンも、ムギョンにだけは催促ではなく「無理するな、十分に休め」という忠告しかしなかった。

「お疲れ様でした！」

猛暑の峠は過ぎたというものの、少し動いただけで汗がダラダラ流れる夏だ。練習を終えた選手たちは皆、汗に濡れたユニフォームをパタパタさせながら慌ただしくロッカールームへと向かった。

ムギョンも暑さだけには勝てなかった。ロッカーの前に立つなり練習用ユニフォームを脱ぎ捨て、すぐにシャワールームへ入り頭から冷水を被った。ずっと韓国でプレーしていなかったので、この忌《い》まわしいほどにジメジメした夏の暑さを忘れていた。

「駐車場まで歩くだけで、またシャワーを浴び直さなきゃいけなくなるんだよな」

「まったく、慣れないよ」

ムギョンは、「サウナの中で走っているようなものだ」と文句を言うジョンギュと共に駐車場へ向かい、選手たちと簡単な挨拶を交わすと急いで車に乗った。エンジンをかけている間にエアコンをフル稼働させ、素早くハンドルを回して練習場を出た。

（……こんなに暑いんだから、送ってやるって言われたら大人しく乗ってけばいいだろ）

やはりハジュンをピックアップしていったほうがいいんじゃないだろうか。そう思いながら電話をかけようとしたその時、急いで歩道を歩いていくハジュンが視界に入ってきた。約束の時間に遅れそうなのか、焦っている様子だった。

夕方とはいえ最近は太陽が沈むのも遅く、地熱が冷めるのはまだまだ先だった。案の定、暑いのか頬を軽く膨らませて「ふぅ」と息を吐きながら前髪をかき上げた。

ムギョンが赤信号に引っかかっている間、ハジュンはいつものバス停に立つ代わりに、青信号の横断歩道を渡って反対側の歩道へと向かった。向かいのバス停に立ち、バスの時刻を確認するように表示板をキョロキョロ見ると、ダメだと判断したのか手を上げてタクシーを捕まえ始めた。

勉強会の集まりに行くなんて一度や二度じゃないだろう

に、何をそんなに急いでいるのだろう。約束の時間で焦っている姿を見たことがないので、どうもスッキリしなかった。今からでも車をUターンして乗せてやろうと思ったところに、タイミングよく一台のタクシーがハジュンの前に停まり、一瞬の停車を終えて再び出発した。その横に立っていたハジュンの姿は、もう見えなくなっていた。

「……」

人差し指の先でハンドルをトントンと叩きながら、ムギョンは暫く悩んだ。ハジュンはすでにこの場を去り、車に乗せることはできなくなった。だから、このまま家に向かうべきだ。そう思いつつも、普段と違って急いでいるハジュンの姿が、誤って飛び出た釘のように無性に引っかかった。

ムギョンはスポーツ選手だけあって、時にはロジックよりも勘に頼ったほうがいいと思っていた。スポーツ評論家たちは、「彼のパフォーマンスはすべて、一つひとつ計算されたゲーマーとしての動きだ」と説明するが、必ずしもそうではなかった。

時には考えずに動くこともある。意識よりも五感のほうが先に試合で有利な流れを引き出すために何をすべきかに気付き、認識する前に行動するのだ。頭の片隅では「自分の直感は間違っている」「非合理的だ」と言い、また一方では「何かがヘンだ」「おかしい」と感じている。こういう場合、このまま通り過ぎてしまうと後で気になり続けることになるとムギョンは分かっていた。

(タクシーに乗っていくほど急いでるくせに。乗せてってやるって言ってるのに、どうして今日はあそこまで遠慮するんだ?)

ムギョンは直感を信じることにして、すぐにUターンした。Uターン可能エリアではなかったので抗議のクラクションが後を追ってきたが、無視してスピードを上げた。

反対車線はさほど混んでおらず、すぐにハジュンの乗ったタクシーに追いつくことができた。車一台を間に挟み、まるで尾行でもするかのように、いや、ムギョンは紛れもなくハジュンを尾行していた。

暫く走ってタクシーが路肩に停まり、ハジュンが車を降りた。運転手に会釈をして丁寧に挨拶する姿は、ムギョンの知るハジュンそのものだった。

到着したのはムギョンのまったく知らない街で、韓国で暮らしていた頃にも来たことのない場所だった。飲み屋が立ち並ぶ歓楽街は、まだ日が落ち切る前からネオンサインを灯《とも》して営業中だったし、すでにハメを外して楽しそうな人たちが夏の街を行き交っていた。

ムギョンの知るイ・ハジュンには、まったく似合わない空間だ。彼は軽く顔をしかめたが、すぐにハジュンの目的を思い出した。発表の打ち上げでコーチたちと集まると言っていたから、ビアホールのような適当な飲み屋で会うのが最も一般的だろう。

彼はすぐに店には入らなかった。あんなに急いで来たにもかかわらず、誰かを待っているかのように腕時計をチラチラ見ながら視線を遠くに向けて首を傾げた。まるで遠くから近づいてくるものをじっと見つめるミーアキャットのようだった。

ムギョンは適度に距離を取り、そんなハジュンを凝視した。彼の顔にやっと明るい笑顔が広がったかと思うと、ハジュンは誰かに向かって手を振った。ムギョンも自然と視線をそちらに移し、彼が待っていた人物の正体を確認した。

ムギョンの目が見開かれた。知らない人たちが立っていると思っていたのに、ハジュンが待っていたのはムギョンも知っている人だった。

ユン・チェフンが大股歩きでハジュンに近づいてきていた。

ハンドルにもたれていた体を起こした。ユン・チェフンがハジュンの髪をクシャクシャと散らした。キャンプ地でもそうしていたように、ハジュンは全面的に信頼する相手に向ける瞳で彼を見つめながら、笑みを含んだ唇を動かして彼の言葉に何か答えた。

今すぐ車から飛び降りて「何をしているんだ」と問い詰めそうになったが、ムギョンは気を落ち着かせた。

コーチの集まりだと言っていた。

だからユン・チェフンのヤツが来ても不思議ではない。

二人の様子がこの上なく目障りだったのは事実だが、ここで割り込んで「お前たちは何をしてるんだ」と問いただすにしては、ハジュン曰《いわ》く「ただ単に同じ業界の親しい先輩と後輩」が、いつものように目障りな振る舞いをしているだけだった。ムギョンは深呼吸をして、自分自身を抑えるためにハンドルをギュッと握った。

電話がかかってきたのか、ユン・チェフンが携帯電話を耳に当てた。彼が電話をしている間、ハジュンはじっと彼を見つめていた。飼い主が用を終えるのを待つ子犬のような姿に、また胸糞が悪くなった。

短い通話を終えたチェフンはハジュンの肩に手を乗せ、二人は並んで歩き始めた。その場に停車していたムギョンは、距離を保ったまま徐行して二人の後をつけた。

二人は少し歩いて向きを変え、歩道脇にあるコンビニに入った。店内の姿までは見えなかったが、暫くして何かがどっさり入ったビニール袋を携えたハジュンと、手ぶらのユン・チェフンが出てきた。あの図々しい野郎は図体だってハジュンよりもデカいくせに、なぜいつもハジュンに荷物を持たせるのか。

コンビニを出た二人は再び並んで歩き始め、狭めの路地に入った。これ以上は車では行けないので、ムギョンは路肩に車を停めて急いで降りた。自分に気付いた人々の視線を無視し、ほぼ走るようにして二人が入った路地へと進んでいった。

ちょうど二人は路地を抜けて、ある建物に入ろうとしていた。ムギョンはゆっくり後を追って彼らが消えた建物の入口に立った。そばに置かれた立て看板を見た目は瞬きもせず、彼は呆然《ぼうぜん》となった。

「……見間違いか？」

本来なら頭の中だけで回るべき現実を否定する独白が、独り言となって口から飛び出た。何度か瞬きをしてから看板に書かれた文字を確認しても、その内容は変わらなかった。建物自体に刻まれている店名もまた同じだ。

塀にかけられた横断幕には休憩と宿泊の価格を知らせる文章が書かれており、入口に置かれた立て看板には、安っぽい部屋の写真が何枚も載せられていた。否定しようとしても否定のしようがない。二人が並んで入っていった場所は、何度確認してもモーテルだった。

フッ。これ以上、他の推測や判断のしようがない事態に、ムギョンは失笑した。口角が歪《ゆが》み上がった。

自分のことを好きだと言った色白で真面目な顔で、二度も謝って弁明した今朝のイ・ハジュンを思い出した。ムギョンは唇の端を上げたまま、眉間に皺を寄せて看板を睨んだ。

勉強会の集まり？

そうだ。そういえば意外と嘘も上手かったっけ。「既婚男とは寝ない」だなんて、この世で一番正直ぶった顔で言っていたくせに、こんなことで人を裏切るとは。

人を驚かせるのが趣味なのは分かったが、これはないだろ。イ・ハジュン、イカれたか？　俺にフラれたからって自暴自棄になったのか？　ついこの前は好きだと言って泣いていたのに、たった数日でこんな……！

「……あのクソ野郎が」

結論を下すと、衝動が体を襲うのに数秒もかからなかった。直射日光を脳天に受けるよりももっと熱く、頭の中が坩堝《るつぼ》のように一瞬で真っ赤に煮えたぎった。

スタジアムでボールを追う時のような、しかしそれよりもずっとムカムカして荒っぽい集中力が、ムギョンの視界をグッと狭めた。ひたすら直進するように視野をブリンカーで遮った競走馬や獲物を追う犬のごとく周りが真っ暗になり、ただ自分が向かうべきドアだけが見えた。

後ろめたい秘密を隠すように真っ黒なスモークがかかったガラスドア。そのドアを開けて部屋まで駆け上がり、あの野郎を引きずり出して二度とこんなことができないようにするんだ。先ほど目撃した信頼する人を仰ぎ見る純粋な眼差《まなざ》しが脳裏にチラついては頭の中をグルグル回り、ムギョンの眉間に深く皺が寄った。汚らわしいクソ野郎め。既婚者のくせに、誰にちょっかいを出してるんだ？

お前ごときが！　誰のものに手を出してやがる！

ついにガラスドアの前に到着したムギョンは、歯ぎしりをしながら手を伸ばした。暑い中でもヒンヤリした金属製のドアハンドルをギュッと掴み、前を見つめた。

「……」

しかし、勢いよくドアハンドルを掴んだムギョンはピタリと動きを止めると、凍りついたように動かなくなった。彼は荒い息を抑えながら、ひたすらドアを見つめたまま立っていた。正確には、暗い色のガラスドアに映った自分の姿を、自分自身と目を合わせたまま。

大きく歪んだ顔、今にも誰かを引っ捕まえて殺さんとばかりにギラついた眼、何かを噛《か》み潰すかのように食いしばった歯と、そのせいで力が入った顎。

ムギョンは、その顔を知っていた。ずいぶんと長い間見ていなかった顔だった。

記憶に残った悪魔の姿が、深淵のように変わってしまった黒いドアの中にいた。

夕方とはいえ、夏はまだ蒸し暑かった。しかしムギョンはモゾモゾと背筋を伝い上がってくる悪寒を感じた。今もドアハンドルを掴んだままの手のひらに、冷や汗がカビのように滲んだ。すぐに手を離して後ずさった。多少の揉み合いにもビクともしない健康な体が、バランスを失ったかのようにフラついた。

「……クソッ……」

誰に向けたものかも分からない暴言が、口から小さく漏れた。入口から離れ、かなり後ろに退いたムギョンは、まるで結界でも張られて中に入ることができない悪魔のように建物を睨み、クルリと背を向けて路地へ出た。

そのまま振り返ることなく、早歩きで車を停めた大通りにたどり着いた。すぐに車に乗り込んでハンドルが壊れるのではないかと思うくらい強く握り、一度ガクンとうなだれてから顔を上げて前方を睨んだ。

何してるんだ？

一体何をしてるんだよ、キム・ムギョン。バカ野郎、イカれたか？

イ・ハジュンが誰のものだって？ あいつが俺のなんだっていうんだよ。

あいつがなんだからって、こんなにキレ散らかしてるんだ？

イ・ハジュンは、ただのセフレだ。俺のことが好きだからなんでも受け入れてくれて、男で同じチームのコーチだから組み敷くのが楽しいだけの……！

「クソッタレ！」

ガンッとハンドルの真ん中を一発殴り、ムギョンはエンジンをかけた。車は慌ただしく車線に進入し、速めのスピードで走っていった。

間違いなく、瞬間的におかしくなってしまったのだ。なんのために尾行までしてここまで来たのだろうか。先ほどのあのスッキリしない予感は、まさにこのことを悟らせるためにムギョンを襲ったに違いなかった。

そうだ。もしかしたら自分はイ・ハジュンを少し特別に思っていたのかもしれない。正気に戻ってみると、彼と自分の間にはすでにあまりに多くの特殊な状況が発生していた。一度も家に泊まることを許さなかったセフレを家に泊めたことが始まりだった。それだけでなく、ハジュンが使う部屋まで用意して、いつからか当然のように家まで送ってやるようになった。

彼が隣にいることに慣れ過ぎてしまったあまり、いつでもどこでも暇さえあれば、まずハジュンを探した。好きだと言われたにもかかわらず切り捨てなかったし、それ以上に今後もっと彼を可愛がってやろうと思っていた。

絶対に譲れないいくつかのことを除き、彼が望むことはなんでも叶《かな》える用意はできていた。知りたいことばかり増えるし、昨日はロンドンへ連れていこうとまで思っていたさ！

いつから自分は特定の相手との肉体関係にこんなにもしがみつく人間になったんだ？　セックスとは、単に適度な緊張感を楽しませてくれて、その時その時の生理的な欲求を解消して本業であるスポーツに支障が出ないようにするための手段なだけで、自分にとってただの一度も目的だったことはない。

セフレなど、どこでもいくらでも作ることができる。ハジュンとの関係は、韓国にいる間に騒がしい噂《うわさ》やスキャンダルに悩まされたくなくて妥協した臨時の方法に過ぎなかった。ロンドン？　言い出さなくて良かった。頭が一瞬おかしくなって、ちょっと思いついただけの単なるバカげた考えだ。

いつの間にこんなにもたくさんの例外ができたのだろうか。今まで一度だってこんなことはなかったのに、一体なぜ？　なぜなんだ？

どうして……？

考えは静かに長く続いた。顔をしかめていたムギョンがぼんやりとした表情に変わった。心の中で理由を自問しながら前だけを睨んでいたムギョンの背中に、モーテルの前で感じたものとは異なる悪寒が広がった。

ハンドルを握った手の甲に骨と血管が浮いた。焦る気持ちに目元が震えると、自然と喉仏が上下した。ハッと我に返ったムギョンはかぶりを振った。

……延長戦を考えている場合じゃない。手遅れになる前に「当分の間」を終わらせなければ。

車を停めて急いで部屋に上がったムギョンは、玄関に飾られた鏡の前で、つい先ほどのモーテルの黒いドアのように自分を映すその奥を凝視した。幸いにも、鏡の中にはいつもと同じキム・ムギョンの姿が映っているだけで、一瞬通り過ぎていった悪魔の姿は消えてなくなっていた。

ムギョンは靴を脱いで家の中に入った。一歩間違えれば人でも殺しそうな殺伐とした顔は、いつも自信満々に持ち上げられた眉の先が微かに下がり、少しスネたように今にも泣き出しそうな顔に変わっていた。

服も着替えずソファに転がったムギョンは、もの寂しいことこの上ない部屋の高い高い天井を見上げながら、止まることのない荒い呼吸を静めた。

そうだ、イ・ハジュンは俺のものじゃない。

彼の告白を拒み、恋人にはしないと強調したのは他でもなくムギョン自身だったし、今後もその決定が変わることは絶対ないのだから！

だから彼が誰と寝ようが首を突っ込むことではない。ユン・チェフンと不倫をしようが、その後始末は二人が勝手にすることだった。

理性的に考えようと必死に平然とした表情を繕いながら、同じ命題を心の中で何度も何度も繰り返していたムギョンの眉間に再び皺が寄った。彼はゴロンと寝返りを打ち、ソファとクッションの隙間に顔を埋めた。

いくらなんでも……クソッ。ついこの間、好きだって言ったくせに……。

あの野郎は一体……不倫なんて堂々とすることじゃないが、それにしたってどうしてあんな安っぽいモーテルに連れていくんだ……？

口を挟むことではなかったが、ユン・チェフンに対する暴言だけは止めることができなかった。あの男はまったく、純度百パーセントのクソ野郎だ。

10

子どもの頃ならばともかく、プロ選手になって以降ムギョンは特別なことがない限り遅刻をすることはなかった。おしゃべりと悪ふざけが共存する自由ストレッチの時間にたまに遅れて合流することはあっても、選手たちが監督の前に整列する時間になっても姿を現さなかったことなど今まで一度もなかった。

ハジュンは腕時計を確認しつつ練習場の入口をチラチラ見ると、声を落としてジョンギュに尋ねた。

「キム・ムギョンから、何か連絡は?」

「いや」

ジョンギュも「何事だ?」という顔で首を横に振った。すでに何度かムギョンに電話をかけてみたが、彼は電話に出なかった。ハジュンは軽くため息をついて、やむを得ず決められた位置に立った。監督も事前連絡を受けていないのか怪訝《けげん》そうな顔をしていたが、すぐに普段通り練習を始めた。一人のために練習開始時刻を遅らせるわけにはいかなかった。

選手たちに指示を出しながらも、ハジュンの目は練習場の入口ばかりに向いた。昨日、何か急ぎの話があったみたいだけど。ムギョンが来たらすぐに「今日は大丈夫だ」と言おうと思っていたのに。

「はぁ、頭が痛い」

練習中にジョンギュが後頭部をグッグッと押す姿を見て、ハジュンはしきりに入口を見つめていた視線を向けて、心配そうに尋ねた。

「大丈夫か? 練習もあるってのに、飲みすぎなんだよ」

「大先輩たちが、取り憑《つ》かれたみたいに飲みまくって。マジで死ぬ気かと思ったもんな」

ハジュンがジョンギュの首をマッサージしながら笑った。

「たまにしか集まれないからさ。あの人たちは泊まる部屋まで確保して飲むんだから、怖いもんナシだろ」

「はぁ。チェフンさんが来るっていうから、この前キャンプに来てくれた礼でも言おうと思って顔を出したけど、もう二度と参加するもんか」

「今日は休み休みやれよ。二日酔いの時に無理は良くない」

ジョンギュは昨日、コーチたちの集まりに挨拶がてら顔を見せたせいで、予定外に大酒を飲む羽目になった。

もう御免だと言わんばかりにやれやれとかぶりを振るジョンギュの心情は、ハジュンとしても理解できないわけではなかった。

昨日は、わざわざ地方からソウルに来た人たちまでが参加した大きな集まりだった。地方メンバーは一晩泊まる予定だったので、早い時間から近くのモーテルに部屋を予約し、近所の飲み屋へ移動して飲み会を開いた。

他の理由ならばともかく、ハジュンは飲み会のために外泊したくなかった。参加者の多くは彼の事情を理解してくれたが、「遠くから来た先輩たちだっているのに、一番年下が毎回途中で逃げ帰ってしまう」と不満を言う人もいた。だから飲み屋に移動する前に予約時刻よりも少し早く到着して、あらかじめつまみや酒、二日酔い防止飲料などを買い込んで、地方から来たコーチたちの宿泊先に挨拶しに行った。チェフンのアイデアだったが、効果抜群だったようだ。やはり彼は世渡り上手だ。

宿泊先のモーテルに入ると、無性に顔が熱くなった。試合や練習で数日外泊をしたことは何度もあるが、大抵は用途に合わせて用意された宿泊施設を利用したし、個人的な理由での外泊をほとんどしないハジュンは、モーテルに泊まったことは一度もなかった。よくよく考えれば誰でも利用可能な宿泊施設に過ぎないのだが、廊下でアダルトグッズの自販機を目《ま》の当たりにした時は、小っ恥ずかしさが押し寄せてきて、挨拶を終えるなり急いで逃げ出してしまいたかった。

うんうん唸《うな》っていたジョンギュが、突然「あっ」と言いながら目を見開いた。ハジュンもすぐに振り向いた。遅刻者が芝生の上をとぼとぼと歩いてきていた。

「キム・ムギョン！　どうしてこんなに遅い……んだ？」

ジョンギュが声をかけても返事もせずに歩いてくる男は、たしかにキム・ムギョンだった。

だが、元気いっぱいに声をかけたジョンギュが言葉尻を濁したのには理由があった。ハジュンも目を丸くして、近づいてくる男を見た。ゆっくりと歩み寄ってきた彼が数歩前に立つと、ハジュンは驚いて口を開いた。

「具合でも悪いのか？」

ハジュンは自然と眉をひそめて、心配そうに言った。しかしムギョンはそんなハジュンに一瞥《いちべつ》をくれただけで、何も答えず彼の横を通り過ぎていった。自分の場所をキープすると、遅刻したせいでみんなと一緒にするタイミングを逃した基本ストレッチを始めた。

ハジュンは言葉を失って彼をぼんやりと見つめた。二日酔いに苦しんでいるジョンギュとも比較にならないほど、ムギョンの顔色は悪かった。朝早くからいつもコンディションをベストに整えて完璧に一日を始める彼らしからぬ、生気など一切ない暗い顔をして、死んだ魚のような目で遠くを見つめたまま魂の抜けた体を動かしているだけの姿は、まるで壊れたロボットのようだった。

こんな姿は初めて見た。ハジュンは急いで彼に近づいた。

「キム・ムギョン、具合が悪いなら休め。一日くらい基本練習を飛ばしたからって、お前のコンディションは崩れない」

「……俺が判断する」

声も、風邪をひいたかのように低く枯れて沈んでいた。ハジュンはもどかしそうにムギョンの肩に手を乗せた。

「俺の仕事は選手のコンディション管理だ。どうして言う通りに――」

パシッ。小さな打撃音が上がるや否や、ハジュンの目が見開かれた。見間違えたのかと思って、自分の手を見下ろした。

錯覚ではなかった。肩に乗せていた手がムギョンに払われてヒリヒリした。そんなに強く叩《たた》かれたわけでもないのにヒリヒリとした痛みまで感じるのは、実際に体が覚えた感覚に別の感情が混ざったせいだ。熱でも帯びたかのように、手先だけではなく体全体が高山病にかかったかのごとくジンジンとしていた。

しかしハジュンは一瞬感じた困惑を急いで振り払い、ムギョンを観察することに集中した。体のコンディションだけではなく、気分そのものが相当に悪そうだった。

「コーチングに必要な時以外は、いちいち触るな」

「……うん。ごめん」

適当に謝りながら、ハジュンはムギョンがなぜこうなったのかを一生懸命考えてみた。しかし、思い当たる節は何もなかった。

昨日の夜、何かあったのか？　気になったが、とりあえず放っておこうと判断した。気分屋で気難しく、意外とデリケートなところがあるヤツだ。こういう時は、干渉する

2　訳注：韓国のモーテルは主にラブホテル的な用途で使われるが、旅行や出張など宿泊代を安く抑えたい時などにも使われる。

よりも一人でコンディショニングさせるほうがいい。

誰が見ても落ち込んでいる、普段も性格がいいとは言えないエースを刺激しようとする人は誰もいなかった。今日はジョンギュまでもが、ムギョンのそばでは遠慮がちに振る舞った。

そもそもKリーグでプレーするようなクラスの選手ではないし、来てくれと頼んだ人もいなかった。それでもパク・ジュンソン監督すらいないこの場所では、キム・ムギョンが王様だった。

王様が死にそうな顔で練習している間、いつもはガヤガヤとふざけることに余念のない若い選手たちも、今日は声を抑え気味にした。キャンプ初日や二日目よりも、ずっとピリピリした雰囲気が練習場を包んだ。

「何をぼんやりしてるんだ？　みんなペースを上げよう。集中！」

ハジュンはパンパンと手を叩きながら、わざと軽快な声で叫んだ。だが、雰囲気は簡単には変わらなかった。見て見ぬふりをして十分程度練習を進めていたハジュンはため息をつき、仕方なしにムギョンに再度近づいた。

「キム・ムギョン」

ムギョンは答える代わりに視線をチラリと送っただけだった。ハジュンは他の選手たちに聞こえないように声を落として言った。

「サッカーは練習の時からチームプレーだって知らないのか？　コンディションの悪い人間が一人いると、みんなに影響が及ぶんだ。怪我《けが》をした時にしか休んじゃいけないわけじゃない。休むべき時に休むことも、プロ選手のすべきことだって分かってるだろ？　今日は休め。コーチとしての指示だ」

返事はなかった。

一体どうしたのだろう。たしかに昨日までは練習場でピョンピョン飛び回ったり一緒に夕飯を食べようと誘ってきたりして、機嫌が良さそうだった。

一晩でこんな半分死んだような顔になってしまうなんて、一体何があったんだ？　ハジュンの頭が様々な考えでグチャグチャになっている間、ムギョンは芝生をトンと蹴飛ばすと、ため息交じりに呟《つぶや》いた。

「うちのコーチは、いつも正しいことしか言わないな」

「……」

「まるで道徳の教科書みたいだ」

本気なのか皮肉なのかも分からない。他に何か言うのかと思って待っていると、ムギョンは黙って背を向けた。事務棟のほうへ向かう彼の後ろ姿に、ハジュンだけでなくほとんどの選手たちが目をやった。

「ほらほら、練習に集中！」

大した話をしたわけでもないのに、内心緊張していたのか思わず長いため息が出た。ハジュンは大声で叫ぶとピーッとホイッスルを鳴らし、ムギョンに傾いていた関心を振り払った。

体を動かすと雑念が消える。みんなはすぐにムギョンがいなくなったことを忘れて運動に専念し始めたが、一人だけは例外だった。ハジュンはある程度練習が軌道に乗ると、周りの目を気にしながら静かにその場を離れた。

家に帰ったのか？　それとも医務室かどこかにいるのだろうか。

もしまだ残っているのなら話をする必要があると思い、ハジュンはロッカールームのある建物へと向かった。後でまた家で会えるだろうが、やはり気になるので後回しにはしたくなかった。建物に入るドアを開けたその時だった。

「うわっ、ビックリした」

ハジュンは思わず目をまん丸にして独り言を吐き出した。ロッカールームや医務室にいるか、もしくは家に帰ったと思っていたムギョンが、練習場が見渡せる階段の一番下で膝の上に頬杖をつき、外を見物でもするかのようにぼんやりして座っていたのだ。座っていても存在感がある大きな人影に、ハジュンは胸を撫《な》で下ろしながら咎《とが》めた。

「休めって言ったのに、どうしてこんなところにいるんだ？」

ムギョンは相変わらず頬杖をついて、近づいてくるハジュンをぼーっと見上げるだけで何も言わなかった。

ハジュンは、ムギョンの視線が向けられていたガラスドアの向こうを見た。

(何を見てたんだ？)

視界に入ってくるのは、ただの平凡な練習風景だけだ。すぐにムギョンに視線を戻し、彼のすぐ前まで近づいた。

「風邪でもひいたのか？　医務室に行こう」

「……いい」

「何言ってるんだ。こんなところにいないで、医務室で横になるなり家に帰って休むなりしろ。疲れてるみたいだけど、どうしたんだ？　お前らしくない」

なんだかんだ言っても、ムギョンは自己管理だけは徹底している。最近はそうでもないが、一時は何人もの人と繰り広げたスキャンダルや、たまにみんなで酒を飲むことくらいが例外なだけで、タバコも吸わないし、食事も特別なことがなければアスリート用のメニューを守る。他の選手たちより練習量に貪欲な分、休息もしっかり取らなければならない。誰よりもよく分かっているヤツなのに、どうして今日はこんな状態なのか分からなかった。

心配が先立った。何か言えないことでもあるのか？ 試合に負けた時とか機嫌が悪い時、大っぴらに文句を言ったり怒ったりすることはあっても、こんな態度になることはないのに……。今まで見たことのない、しゅんとして無気力な暗い表情に、思わず現実味のない言葉が飛び出た。

「キム・ムギョン。もし何かあるなら……、俺に手伝えることなら言えよ」

そう言いながらも、ハジュンは心の中で軽く自嘲せざるを得なかった。何かあったとしても、すべてを手にしたキム・ムギョンが苦しんでいることなのに、自分がどう手伝えるというのだろうか。

「手伝えないことでも、話すことで気が晴れるなら俺が聞くよ」

「何もない」

そう言いながらムギョンは立ち上がった。

「練習中に、こんなところに何しに来たんだ？ 早く戻って仕事しろ」

あまりに無気力で物悲しそうな顔を見ると、心の底から心配になった。十年間遠くから、そして近くで選手としてのムギョンを見守ってきた。練習の時も試合に臨む時も、ここまでモチベーションが完全削除されたような姿は初めて見た。

もしや自分と何か関係があるのだろうか。ふとそこまで考えが及んだハジュンは、彼が去ってしまう前に尋ねた。

「キム・ムギョン。昨日、何か言おうとしてたみたいだけど」

「……」

「なんだったんだ？ 今日は大丈夫だから、家に行って話そうか？」

「いい。その件は終わった。もう話すことはない」

ハジュンが言い終わるなり、ムギョンは断ち切るように答えた。しかし、話はないと言ったムギョンはすぐには立ち去らず、ハジュンを見て再び口を開いた。

「お前……」

そう短く呼ぶと、ハジュンを見つめた。ハジュンは目を合わせ彼が話を続けるのを待った。

しかしムギョンは過《あやま》ちでも犯したかのように自分から目を逸《そ》らし、また口を閉ざして背を向けてしまった。ロッカールームに向かう後ろ姿を見ながら、ハジュンは黙り込んだ。昨日何を話そうとしていたのか気になりはしたが、今は食い下がって問い詰めるタイミングではない気がした。

ムギョンの姿が見えなくなると、ハジュンは建物を出てコーチ陣に合流した。笑顔で練習を進めたが、ムギョンのことが気になって仕方なかった。決められたスケジュールが終わるとすぐ、少し躊躇《ためら》ってからムギョンに電話をかけた。しかし呼び出し音が鳴るだけで、携帯電話の向こう側の男はだんまりを決め込んでいた。

*　*　*

「ムギョン先輩のことなんですけど」

誰かが、そう切り出した。選手たちの視線が一瞬で彼に集まった。死にそうな顔で練習場に現れたあの日から、ムギョンが施設内の食堂で昼食を摂《と》らなくなって四日目だった。

相当な違和感を生む行為だったが、特に指摘すべき行動とも言えなかった。スポーツ選手だって社会人だ。練習の時間に戻ってきさえすれば、外で昼食を摂ってはいけないという規則はなかった。

この数日、ムギョンは午前の練習が終わると毎日練習場から出ていき、午後の練習が始まる頃になると戻ってきた。ちゃんと食べたのか確認することもできないのでもどかしかったが、ハジュンはまさかムギョンがそこまで自暴自棄になるとは思っていなかった。

選手の中にも、約束があるからと時々外食に出る人はいる。だが、普通の外食と最近のムギョンの行動は、小さな子どもでも区別できるほどに違いが明確だった。そして、その目立つ行動は陰口を生まざるを得なかった。それは監督やコーチがコントロールしようと思っても止められるものではない。

問題はどこで食事を済ませているのかなどではなく、チームの雰囲気だ。シーズン後半の初試合が目の前に迫っていた。エースが理由も明かさず、あんなふうに一匹狼で他のみんなを遠ざけていては、いくら優秀なチームでも最高のコンディションで試合をすることは困難だ。

ムギョンがどんなに素晴らしい選手であっても、チームがムギョン一人のために動くことはできない。ハジュンは、ムギョンがその程度も知らない生半可な選手だと思ったことはない。あの日から会話そのものを拒否するかのように貝のごとく口を閉ざしてしまったムギョンを、一体どうすれば原因不明の突然のスランプから引っ張り上げることができるか、皆目見当がつかなかった。

特別な解決策を見出せない監督やコーチ陣は、ムギョンのそんな態度を意識的に見て見ぬふりをして、何事もないかのように扱うことを選んだ。だが選手たちは選手たちで、彼らだけの違和感について話をしている最中だった。

「このところ静かだったのに、また火がついたみたいですね」

「火？　火って、なんの？」

続けられた言葉にジョンギュが尋ねると、話を切り出した選手が声を潜めた。

「昨日、知り合いが梨泰院《イテウォン》のクラブバーのオープンパーティーにVIP招待客として行ったんですけど、そこでムギョン先輩を見かけたそうですよ。めっちゃ美人と一緒にいたって」

「えっ？　マジで？」

「昨日も機嫌悪そうだったって言ってましたけど……。綺《き》麗《れい》な女性が隣にいるのに、不機嫌でいられるものなのかな」

聞き返したのはジョンギュだったが、目を見開いて箸を止めたのは隣に座っていたハジュンだった。幸い、彼の固まった姿を周りは大して気にしなかった。ハジュンは急いで表情を引き締め、コップを持ち上げて水を飲んだ。そうしている間も、ジョンギュと他の選手たちは話を続けた。

「どうしたんだろう。最近はマジで大人しかったのに。スキャンダルが出ないだけじゃなくて、本当にそんな気配すらなかったんだ。この前だって、落ち着くとか恋人を作るみたいなことまで言ってただろ？　あれからずっと静かだったから、何も言わないけど本当に恋人ができたんだって思ってたんだ」

「じゃあ、その彼女とケンカしたのかな？　何かあるっぽいですね」

「分からないさ。何も言わないんだから。俺には個人的な話もよくするけど、最近は……。見かけによらずおしゃべりなヤツなのに、どうもハッキリ言わないな」

ジョンギュがハジュンのほうを向いた。

「ハジュン、お前は？　何か聞いてないか？」

「まったく」

騒がしい頭をなだめながら、ご飯を一さじ口に入れたが、砂を噛《か》んだように口の中がパサついた。トレイには料理が半分ほど残っていたが、とてもじゃないが喉を通るとは思えなかった。突然、胃がギュッと絞られたかのようにムカムカした。

「お先に」

「なんだよ、そんなに残して」

「今日は胃の調子が悪いみたいだ」

ハジュンはトレイを返却して食堂を出て廊下を歩いた。向こうから歩いてきた選手がペコリと会釈をした。

「お食事はお済みですか？　コーチ」

「ああ、君もしっかり食べたか？」

なんでもないふりをして笑顔を作って歩いてはいるが、ハジュンの頭の中には、つい先ほど聞いた話が無秩序に鳴り響いていた。

食堂での会話を一言一言思い起こしていたハジュンは、ついクスッと笑ってしまった。ジョンギュが言った「落ち着き」の相手は、この関係を始めた頃のムギョンの言葉を借りれば、たしかに自分だったのに。ケンカしたという「彼女」は自分ではなかった。

目的地もなく彷徨《さまよ》っているかのようにとぼとぼと歩き、空いている休憩室のドアを開けた。ハジュンは閉めたドアにもたれかかってじっと立っていたが、椅子をキィーッと引くと力なくその上に座った。先ほどの話にそんなに驚いたのか、目の前に小さな星が飛び交ってクラクラした。

わざと後回しにしていた質問を、最終的に自分自身に投げかけざるを得なかった。

「当分の間」が終わったのか？

ムギョンと会話らしい会話をしたのは、彼からの夕飯の誘いを「約束があるから」と断った日が最後だった。そのすぐ前日、自分といつも通りセックスをして、その翌日も「夜に会おう」と言ったムギョンが、あの日から二人だけの秘密の業務を一切持ちかけてこなかった。

自分一人だけに冷たくて他に問題がないならともかく、練習場でも不機嫌をまき散らしているので問題がどこにあるのか把握しづらかった。自分だけのせいだとも考えにくかったので、知らない間に何かあったのかと思って記事も漁《あさ》ったし、事情を知っていそうな人に尋ねてもみた。しかし、少なくとも世間に知られるほどのことは何もなかった。

激変した彼の態度が不可解で、電話もかけてみたしメッセージも送ってみた。しかし電話に出るどころか、メッセージにも返事一つ返ってこなかった。練習場で声をかけても気のない返事をするだけで、まともに話をする前に避けられてしまう。

俺がなんだというんだ？　自分自身や、自分との関係のせいでムギョンがスランプに陥ったと思うのも自意識過剰のような気がした。こんな状況に突入してたった数日しか経《た》っていないのだから、決めつけないようにした。

それにしても、あまりにも急激な変化だった。今までムギョンは、ハジュンが拒まざるを得ないほど頻繁に……いや、正確には、いつもハジュンと退勤後の時間を過ごしたがった。何か事情があるわけでもないのに、こんなに何日も夜を共にしようと誘うどころか些細《ささい》な私語ですら話しかけてこないのは、彼とこんな関係になってから初めてだ。

自分がフェラをしてやっている最中だって、女性に会いに行くような感じで外出したこともある男だ。今さら彼が派手な場所で女性と一緒にいたからといって、驚くことはなかった。ムギョンと変わりなく過ごしていたならば、女性と一緒にいたところを見たという言葉にも特別な感情を覚えることはなかっただろう。だが、状況が変わった。

まったく夜を楽しまないならばともかく、明らかに自分を完全に排除して他の人と夜を共にしているということだった。この関係を続ける間は他の人とは関係を持たないでおこうと言ったのはムギョンだ。彼の気持ちが楽になることを願って「分かった」と答えたが、約束を守るも守らないも、どうせハジュンには選択肢すらなかった。

わざわざムギョンにまで同じ条件を強要したくなかった。唯一の存在になろうと欲張ったことも、一時的な唯一性に大きな意味を持たせたこともない。ただ、シーズンを終えてムギョンがイギリスに戻るまでは彼の隣にいられると思っていた。「その時までは、この関係は有効だ」と、彼がそう言ったから。

だが、よく考えてみると、その言葉は契約でも約束でもなんでもない、その時のキム・ムギョンの気まぐれだったのだ。

今まで彼と自分は「当分の間」という不透明な単語で、

二人の暗黙の契約期間を表現してきた。そして、終わりを決めるのは自分ではないということくらいは最初から分かっていた。

「そっか」

暫《しばら》く静かに物思いに耽《ふけ》っていたハジュンの口から、思わず独り言が出た。その口調はあまり動揺しておらず、落ち着いていた。

すべての事象が矢印となって一つの答えを示していた。本当はすでに分かっているのに、決められた答えを受け入れたくなくて、この数日間ずっと否定していたのかもしれない。

目に見えないこと、起こらないことには、もうすがらないことにしたのだから。どんな事情があるかも分からないし、ちょっとムギョンが自分を求めないからといって、この関係が終わるとは思わないように努めた。彼のほうから「二人の関係は終わりだ」と言ってくるまでは、勝手な憶測はしない、と。ただし、彼が終わりを告げたら何も言わずに頷《うなず》くと何度も心に決めた。

……だが、考えてみると、終わりを告げてくれると決まっているわけでもなかった。

プレゼントのように与えられた幸運は、ある日突然予告もなしに回収されていくのだ。今までの人生で味わった多くの喜びは、そんなふうに終わった。人を空高く持ち上げておいて、予告一つせずに地面へ突き落とす。

こんな状態になっても否定するのは……現実に忠実なのではなく、ただ状況把握ができていないとか、自分の信じたいように信じているだけの自己正当化に過ぎないだろう。

自分なりのやり方でも、決められた時間だけでも、彼の一番近くにいたかったが、それすらも最後まで許されたものではなかったようだ。残念ではあるが、受け入れられないほどではない。どうせ告白した時に奪われる覚悟をしていた役目だった。

……それにしたって、どうしてこんなに突然。

「やめようって、言えばいいじゃないか……」

恨み節の独り言が漏れた。最近、あんなにも暗い顔をしている理由と何か関係があるのだろうか。理由くらい尋ねたいと思いつつも、一方では「それを知ってどうするんだ?」とも思った。

期待はしていなかったが、あの日の告白が受け入れられて彼と恋人にでもなっていたら、こういった状況で理由を尋ねたり怒ったりしたのだろうか。しかし彼と自分の関係は始まりも終わりも曖昧なばかりで、波がさらってしまえば最初からなかったかのように消えてしまう小さな砂の家のごとく一時的なものだった。

自分なりに懸命に積み上げた砂の家が水で一気に流されてしまうかのように、心が虚《うつ》ろになった。それでも、この程度の虚《むな》しさで気持ちを整理できるのは、やはり彼に気持ちを伝えたからに違いない。一人で様々なことを考えてドギマギしていた時に突然終わりを迎えていたら、きっとこんなふうに冷静に考えをまとめることはできなかっただろう。

『お前と初めて寝た時は、何か特別な理由でもあったか?』

いつかのムギョンの言葉が耳元をかすめた。始まりに理由がなかったのだから、終わりにも理由は必要ないのだろうか。単に昨日までは平気だったが、今日になって突然顔も見たくなくなったのかもしれない。わざわざ終わりにしようという言葉を切り出すことすら面倒なほどに。

天井を仰いで目をギュッと閉じた。ハジュンは深呼吸して立ち上がり、両手を上げてバシッと音を出して両頬を叩いた。

「しっかりしよう」

もうすぐシーズン後半の初試合だ。今悩むべき問題は、なぜムギョンが自分とセフレ関係をやめようとしているのかではなく、突然うつ病にでもなったように周りと距離を置き始めた気まぐれなエースストライカーを、どうやって再びチームに融和させて最高の結果を引き出すか、だ。

たとえ気になることを尋ねるにしても、それは後だ。まずは優先課題に集中しなければならない。もし最近の彼のスランプに自分が影響しているのなら、セフレ関係を修復するためではなく、エースであるキム・ムギョンのコンディションを引き上げるために原因を知り、解決する必要があった。

(今はダメでも、タイミングを見計らおう。今は会話を避けられているみたいだけど、きっと話をするチャンスは来る)

ハジュンはまっすぐ前を向いて休憩室を出た。

*　*　*

夏の試合は、熱い太陽が沈んだ夜に行なわれる。

短いと言えば短く、長いと言えば長い夏のオフシーズン後に再びオープンしたスタジアムは、真夏の日差し顔負けの応援で熱気に満ち溢《あふ》れていた。広いスタジアムにキンキンと響くほど、応援歌と叫び声が絶え間なく鳴り響いていた。そして、その叫び声と感嘆が出るのは観客席からだけではなかった。

「人間じゃないな」

「ほんとヤバいよ」

ベンチに座ったサブメンバーたちは、感嘆どころか呆《あき》れたという口調で呟いた。ハジュンはその言葉に心の中で同意しながら、目の前のピッチを瞬《まばた》きもせずにじっと見つめていた。

今日、シティーソウルのスタッフたちは試合直前まで心配でたまらなかった。理由は言うまでもなく、数日前からまともに話もせずに硬い表情で帰ってしまうエースストライカーのせいだった。練習を怠ったりサボったりするわけではなかったが、どう見てもスランプに陥った姿に、コーチ全員が彼の競技力とチームワークを憂慮した。

当然ハジュンも、その中の一人だった。彼は一人悩んだ末、監督や他のコーチたちとの議論を経てムギョンのコーチングから外れた状態だった。もちろん彼らに「ムギョンとのセフレ関係が曖昧に終わり、彼は自分と顔を合わせたくないようだ。だから自分をムギョンの練習プログラムから外してはどうか」などという細かい説明はしなかった。

ただ、キム・ムギョンの練習環境に少しでも変化を与えたほうがいいのではないかと提案し、いつもと違うコーチたちが彼をチェックすることにした。みんなと話し合って練習プログラムを変えてみたり、食堂の調理師さんたちにこっそり頼んでムギョンの好物を作ってもらったりもした。

様々な努力の甲斐もなく、ムギョンの態度に大きな変化はなかった。みんながため息をつくたびに、ハジュンは一人で子どもの頃のムギョンを思い出したりもした。ちょっと機嫌を損ねると練習場から抜け出して、監督や先輩たちの前でも瞬き一つせず、毎日ムスッとした顔でイヤホンを耳に差して音楽を聴いたり寝たりしていた十六歳のキム・ムギョン。

（まったく、お前は十年経っても変わらないな）

そんなことを思ってクスリと笑ったものの、あの頃でさえ笑顔を見せたことがあったムギョンが、最近はそうでもないと思い至ると、さらに気が重くなった。

せめてパク監督が指揮を執っていれば……。パク監督に相談しようという意見も出たが、まだリハビリ治療中の人に心配をかけるという反対意見から実行されることはなかった。

「おおっ、そうだ！　入れろ、入れろ！」

一人のコーチの応援混じりの指示をBGMにして、ハジュンは目の前の試合に集中した。それまでの事情はどうあれ、驚くべき出来事は試合開始を知らせるホイッスルが鳴った後に始まった。

みんなの心配や悩みをよそに、今日ピッチに立ったムギョンは完璧なコンディションだったのだ。いや、身のこなしはむしろ普段以上にキレがあって正確でありながら、その勢いは狂暴という表現も大げさではなかった。

相手陣営から空高く上がったボールが、ヘディング争いの末、誰のものにもならず地面に落ちた。数人の選手の足の間で慌ただしく行き来していたボールが、ディフェンスの足に蹴られてゴールラインに向かって飛んでいった。ボールがラインを越え、シティーソウルにコーナーキックのチャンスが与えられた。

コーナーキッカーは、おかしなところにボールが行ってしまわないように慎重にボールを蹴り上げた。再びフィールドの中に飛び込んできたボールはシティーソウルの選手の前に落ち、何回かのパスの末にボールがたどり着いたのは、やはりムギョンの足元だった。

「すべての道はローマに通ず」という言葉のように、シティーソウルではすべてのボールはムギョンに通じる。最近はチームから完全に心が離れたような態度を見せていたにもかかわらず、彼は相変わらずエースだった。そして、今日は最高のパフォーマンスを見せることで、その事実を確固たるものにしていた。

プライベートはプライベート、仕事は仕事。ムギョンが時々こぼしているように、練習中の態度はどうあれ試合本番で威力を発揮してくれるのなら、今はその力に集中するだけだ。

ものすごいスピードで疾走するムギョンの前に、すでに前に立っていたディフェンダーが辛うじて立ちはだかったが、彼はさも左へ守備を避けると見せかけて、すぐさま右にボールを蹴った。スピーディーなフェイントにディフェンダーが足をもつれさせている隙に、ムギョンは直進した。暫くモタついていた間に後を追ってきた数人が彼を止めようとしたが、彼らが力を発揮する前にムギョンはシュートを放ってしまった。

白い光線のように飛んでいったボールはキーパーの手から遠く外れ、そのままゴールネットを揺らした。

ワーッ！

国際試合で飛び出すほどの大歓声が、雷のようにスタジアムに響いた。それもそのはず、今決まったゴールはムギョンの本日五本目のゴールだったのだ。今までハットトリックを何度も達成していたムギョンも、一試合で五本のゴールを決めたのは今日が初めてだった。

「はぁ……」

雄叫びを上げる他のスタッフたちの間で黙って立っていたハジュンの口からも、最後には自《おの》ずと震える嘆声が流れ出た。首筋にゾクゾクと鳥肌が立った。彼が選手としてのモチベーションをすっかり失ったのではないか、コンディションをマックスまで引き上げられないのではないかと心配していた自分がバカらしく思えた。やはり、この世で一番無駄な心配はキム・ムギョンの心配だ。

不快な感覚ではなかった。ただ、改めて圧倒されるだけだ。天が授けた才能は一種の秘境にも似て、間近で目にするだけでも人を戦慄させる何かがある。

その上、才能を盛った器までもが、神が作り上げた彫刻のように美しく強靭《きょうじん》な形態を備えているとなれば、魂を奪われるのは一瞬のこと。しっかりと掴《つか》んでいなければ、正気に戻った時には手遅れだ。その被造物のすぐ前に立っていると、自分の存在、苦悩、彼に抱いている俗物的な気持ちや欲望などもすべて、この上なくくだらないものに感じてしまうものだ。

サッカーの才能を持って生まれただけで、キム・ムギョンも一人の平凡な人間だということは頭では分かっているが、やはりこういう瞬間には理性よりも本能が先に動く。

ムギョンが決めたゴールだけで五本。シティーソウルは7対2の大勝利を収め、シーズン後半の扉を開いた。キム・ムギョンの五本のゴールを目《ま》の当たりにしたことはもちろん、全体的にゴールがポンポンと決まった面白い試合を思う存分楽しんだ応援席は、お祭りムードだった。

シティーソウルの選手たちも大はしゃぎしていた。このところチームを見下しているかのように傲慢な態度を取っていたエースに気兼ねしたり憚《はばか》ったりしそうなものだが、勝利に酔った選手たちは大喜びでムギョンを抱き寄せ、興奮を隠せずにいた。スタッフたちも含め全員がロッカールームに向かい、シーズン後半の初試合の大勝利を祝った。

試合が大勝利で終わった上に、体を思い切り動かした後だからか、ムギョンも最近の暗い顔に比べれば表情は悪くなかった。大騒ぎしている選手たちと適当にハイタッチして、ムギョンは水を飲みながらロッカールームを横切った。相手チームの選手とユニフォームを交換した後なので上半身裸で歩いていると、ハジュンと目が合った。

簡単に目が合ってしまったのは、ハジュンが彼をずっと見つめていたからだ。ムギョンは目を逸らさずにいたが、すぐに視線を別のところへ向けた。続いて選手たちは体を洗いにロッカールームを去り、シャワー室へと向かった。

がらんとしたロッカールームに残った熱気に暫く頬ずりしてから、ハジュンはスタッフたちと一緒に踵《きびす》を返した。間近で目の当たりにした圧倒的な勝利の熱気に軽く酔ったせいか、久しぶりにムギョンのベストコンディションを見たせいか、特に理由もないのに心臓がドキドキして、まるで彼に初めて惚れた時のように胸が高鳴っていた。

ハジュンは、ここ数日狙い続けていたチャンスを見つけた気がして、生唾を飲み込んだ。


ゴールを五本も決めたし、試合にも勝ったし、最近に比べたら機嫌も良さそうだし。

今日は話を切り出してもいいんじゃないだろうか。

「じゃあ明日はしっかり休んで、明後日《あさって》会おう。休みだからって、遊んで体を酷使しないように！　コンディションを完全に回復させるんだぞ」

「はい！」

監督の言葉に、選手たちは笑いながら元気な声で答えた。オフを終えた選手たちはパフォーマンスを引き上げようと、このところ普段よりも厳しい練習を行なってきた。苦労しただけの成果があったのだから、時には完全にリラックスすることも必要だ。監督は選手たちに一日の休暇を指示した。

選手たちが楽しげに騒ぎながら帰宅を急ぐ間、ハジュンはただ一人の姿を目で追った。ムギョンはジョンギュと何か少し話をすると、すぐに用件を終えたかのようにカバンを肩に掛け、駐車場へ向かおうとしていた。

慎重に、タイミングを見計らって声をかけたかったが、そんなことを言っている余裕もなかった。

「キム・ムギョン！」

彼の後ろ姿が視界から消える前に、急いで名前を呼んだ。もう少し落ち着いて声をかけるつもりが、誰が聞いても焦《あせ》りが滲《にじ》んだ声だった。

「キム・ムギョン、ちょっと待ってくれ」

一度焦ってしまった手前、余裕ぶるのも可笑《おか》しく思えて、堂々と慌てて追いかけながら彼を呼んだ。

幸い、ムギョンは足を止めて横を向いた。彼のそばにたどり着いたハジュンは、実に久しぶりに彼と顔を合わせる気がした。すれ違いざまに目を合わせる以上の、ハッキリした目的を持ってお互いを見つめる視線。

ムギョンは「なぜ呼び止めたんだ?」と尋ねもせずに、隣に立ったハジュンを見下ろした。なぜかついさっきロッカールームで見た表情より、また少し塞ぎ込んでいるような気がして、さらに焦った。

「ちょっと話をしよう」

「話?」

無愛想に返ってきた返事には、一分の隙すらなかった。しかし、すでに「覆水盆に返らず」だった。

とりあえず場所を変えなければならない。やたらと緊張する胸を落ち着かせるために、ハジュンは軽く握った拳で手のひらを押しながら答えた。

「ここでする話じゃないと思うから」

その言葉を聞いたムギョンは、また黙ってハジュンを見下ろしているだけだった。

硬い表情を読むことができなかった。怒っているようにも見えるが、それにしては気力がなさそうにも見えたし、ただ憂鬱っぽいというにしては熱気がなくもなかった。

ああ、この瞬間だけでも読心術が使えたら。彼の沈黙があまりにも長く感じられた。バカげた妄想を飲み込みつつ、彼が答えようが答えまいが、とにかく場所を変えようと言おうとすると、ムギョンが口を開いた。

「分かった」

「えっ?」

「場所を変えよう。人のいない場所に」

ハジュンが目を丸くした。自然とコクコクと首を縦に振った。

「うん」

車に行かなきゃいけないのかな? 様子を窺《うかが》っていると、ムギョンが先に歩き始めた。どこへ行くのか尋ねるのも憚られ、ハジュンは黙ってムギョンについていった。

二人は事務棟の中へ入った。試合を終えてオフを迎えたクラブの人たちが引き潮のように出ていった建物は静かだった。事務スタッフや管理人など、通常勤務をしている数人の気配だけが静かに感じられた。

やはり車や家に連れていく気はないようだ。選択を彼に任せて黙って後をついて歩いていると、ムギョンがふと足を止めた。ムギョンは、隅に位置しているあまり使われていない休憩室のドアを開けた。

「みんな帰ったし、ここでいいだろう」

ハジュンは頷いて同意を示しながら部屋に入った。ムギョンがドアを閉め、鍵をかける音が続いた。

部屋に入るや否や、体にかかる重力が二倍くらいに感じた。あまりに静かで、かえって耳がキーンとした。ムギョンと二人きりでいるといつも少し緊張はしたが、苦しい時間ではなかったのに。こちらから話をしようと言ったくせに、どう切り出すべきか分からなかった。

沈黙の重さに少しずつ押し潰されているような気がして、ハジュンは話し始めるのを躊躇った。

「脱げ」

しかし、先に口を開いたのはムギョンだった。

まったくの予想外の言葉に、体を押さえつけていたブラックホールのような沈黙は一瞬で真っ白に散り、軽くなりすぎて粉々に砕けてしまった。

「えっ？」

ハジュンは聞き返した。

突発的な状況に、大きく目を見開いた。会話の流れについていけずにキョトンとした。何かが引っかかっているように喉が重くなったので一度生唾を飲み込み、思うように動かない口でたどたどしく話し始めた。

「あ、そういうつもりじゃなくて……」

真っ白になった頭の中で、思考の欠片《かけら》が辛うじて一つずつ戻ってきた。面食らっている自分をぼんやりと見て黙っているムギョンに向かって、ハジュンは言った。

「お前に何かあったんじゃないかと思って、話がしたくて呼んだんだ」

「話？　俺とお前の関係に、これ以外になんの話が必要なんだ？」

しかしムギョンは、大したことではないという態度だった。

「イ・コーチは気の利《き》く人間だろ。空気が読めないタイプでもないし。どうせ結論は下したんだろ？　それなのにわざわざ二人きりで会おうなんて言ってきたのは、コレが惜しいからなんじゃないのか？」

違うに決まっている。

想定外の方向に流れていく会話に、ハジュンは困ってしまった。まだ習っていない問題を黒板の前に出て解けと強要されている子どものような気分になり、口を軽く開けてムギョンを見つめた。

暫くハジュンの答えを待っていたムギョンは、これといった表情の変化もなく、ドアのほうへ向き直りながら肩に掛けたカバンを揺らした。

「もういい。嫌がる人間に無理強いするつもりはない」

「あっ、いや」

そのままドアを開けて出ていこうとする動きに、思わず彼を引き留めてしまった。考えをまとめるよりも先に口が動いた。

「しよう。するよ」

一晩の幸運だろうが、「ステディ」だろうが、やめることにしたものの今日はやけに乗り気になったという気まぐれだろうが、ハジュンにしてみれば実はどれも同じだった。

少し場所が気になりはしたが、どうせもうみんな帰った後だった。

予想外の言葉を聞いたことへの驚きと、自分の姿が意図しない形で相手の目に映ったことからくる一瞬の困惑が静まると、ムギョンの提案を受け入れるのはさほど難しいことではなかった。話など、ムギョンが望むことを済ませた後にしても遅くはない。経験上、ムギョンはセックスを終えると気分がほぐれるタイプだから、いっそそのほうが話し合うにはいいかもしれない。

むしろ言い出したムギョンのほうが、ハジュンの承諾をさほど喜んではいないようだった。平らだった眉間を軽くしかめたまま動かなかった。カバンを掛けたままドアの前に立ち、ハジュンをじっと見ているだけ。

「しよう」と言うから「する」と答えたのに、今度は何が気に入らないのだろう。ハジュンは様子を窺った。やっとキム・ムギョンの考えていることが少し分かりそうな気がしたのに。彼が出す問題に正解を見つけることにも慣れたと思っていたが、今日は違う。これは難解すぎる。

「じゃあ脱げ」

スタスタと歩いてきたムギョンは、面倒だと言わんばかりにカバンをテーブルの上に放り投げながら再び言った。

なぜか現実味がなかった。理由も教えてくれず、いきなり自分を無視し始めたムギョンの態度からして突然すぎて受け入れるまでに時間がかかったが、今のこの状況にはその何倍も戸惑った。

それでも急いでズボンと下着を下ろし、チラリとムギョンを見上げた。彼は黙っていた。最後にシャツの裾をまくり上げた手が、微《かす》かに震えた。ハジュンが服をすべて脱いでいる間、彼はシャツ一枚すら脱がなかった。

「上がれ」

次に落とされた指示に、ハジュンはフラフラと後ろに置かれたテーブルの上に腰掛けた。コーティングされた木材の冷たさが、困惑で普段よりも火照《ほて》った素肌をゾクゾクと伝い上がってきた。

火事になったかと思って軽いパニックに陥ったあの日、ムギョンに引っ張られて机の上に横たわった時の冷たさが、感覚の中に蘇《よみがえ》った。頭はクラクラするし胃もムカムカして、彼を満足させられるか疑問に思ったが、彼から受けた親切に約束した形で報いたくて耐えたのだった。

あの時とは違う。コンディションが悪くなったと分かっていながら無理をして、結局耐えられなかったあの日だって、こんな気分にはならなかった。

ヤるのは別にいいけど、キム・ムギョンの雰囲気が……ちょっと怖い。

ムギョンはカバンを開けてローションを取り出した。彼は手に持ったそれを暫く見下ろしていたが、テーブルに近づいてきて座っているハジュンの脚の間に置いた。彼の手の動きを追っていた視線がローションの上に落ちた。ムギョンが言った。

「自分でほぐせ」

「……」

「前にも一度見せてくれただろ？　サービスで」

ムギョンは置いたローションから手を離し、テーブル近くに置かれた椅子の中から一脚をキィーッと引きずっていった。背もたれが前を向くようにして置いた椅子に座ったムギョンは、その上に腕をついて体を屈《かが》めながら言った。

「あの時、途中でやめたことを今日やってみろ。試合直後で疲れてるから、準備まではしてやれない」

サービスだなんて。いつ自分がそんなことをしたというのだろう。どういうことなのかまったく分からず記憶をひっくり返したハジュンは、ムギョンが似たようなことを言った日のことをおぼろげに思い出した。

二度目のセックスでのことだった。何も知らず、ただやみくもに「大丈夫だ」と言いながら初めて彼を受け入れた日、後ろが裂けてめくれ上がってしまいそうな感覚が想像以上に痛すぎて、二度目を前にして自分なりに調べて事前準備をしたのだった。

その時はただ自分ですればいいと思い、後ろに指を入れた。それを見て、サービス云々と言っていた彼の言葉がやっと思い出された。「前もってほぐしておかないと痛いから」と答えると、「そう言えばいいのに、なぜ見せつけるようなことをするんだ」と怒った姿も。それ以降は、ずっとムギョンが後ろをほぐしてくれていたので忘れていた。

ハジュンは自分の脚の間に置かれた半透明のチューブを見下ろすと、ゆっくりとそれを手に取った。プラスチックの蓋が開くカチッという音が、静かな室内にやけに大きく響いた。もう片方の手の上に、無色の粘液をジュッと絞り出した。多すぎるのではないかと思うほどに出し続けた。

あの時は機能的な手順だと考えて恥ずかしいなんて思いもしなかったが、今日は過去の行為すら今さらながら恥ずかしい。ローションが手から溢れそうになると、ハジュンはチューブを置いた。

ぐっしょり濡《ぬ》れて光る手をオロオロと見下ろしていたハジュンは、その手をゆっくりと脚の間の奥深い場所へと持っていった。

「……ふっ……」

手に絞ったばかりの冷たい粘液が、体で一番ひっそりと隠された場所に届いた。

テーブルもローションも、体に触れるすべてのものが冷たかった。少し前まで勝利の余熱にソワついて火照っていた体はいつの間にか冷め、手だけではなく全身が細く震えるようだった。

指が一本、二本と、ローションの力を借りて順番に中へ入っていった。自分の指なのに、人の指のような違和感があった。久しぶりに異物を受け入れて、閉ざされた体の中……熱く濡れた内壁が、入ってきたものを吐き出そうとするように波打った。

(違う、これじゃない)

まるで体がそう警告しているようだった。自分が知っているもの、自分に入ってくるべきものは、これではない、と。

気持ちいいからではなく、異物感のせいで喘《あえ》ぎ声が漏れた。

「うっ、あ……」

ムギョンは椅子に座って監視や品定めでもするように、目の前で脚を開いて後ろに指を突っ込んでいるハジュンを無表情で見ているだけだった。

一度もまともにしたことのない行為は、当然ながらこの上なく中途半端だった。ムギョンの手は、ハジュンのものよりも確実に大きかった。身長は十センチほどの差だが、体重はさらに差が大きいだけあって、体つきはもちろん骨格からしてハジュンとは違っていた。

手も大きいし、指も長くて太い。ハジュンは思わず、椅子の背もたれの上に投げ置かれた彼の手に視線を送っていた。

あんなに太い指を突っ込まれても、ムギョンに後ろを触られると、閉ざされていた入口はいつもすぐに柔らかくなった。どうやってああも簡単に感じるポイントを見つけるのか、瞬《またた》く間に全身が熱くなり、あの大きな手がほぼすべて入ってしまうかのように出し入れされても、痛いどころか目がチカチカするほど気持ちいいばかりだった。

自分の体だ。ムギョンよりはその中についていても当然よく知っているべきなのに、自分の指は体を熱くさせられなかった。根元まで押し入れてもムギョンの指ほど深いところには届かず、あちこち擦ってみたところでムギョンが触ってくれる時の快感が沸き上がってくることもなかった。

「あっ、うっ」

堅く重苦しい雰囲気に、体までが思うようにならず次第に焦ってくると、ハジュンの手の動きは荒くなった。

こんなこと、どうせ性器を挿《い》れる前に道を広げるための過程に過ぎないのだから、気持ちが良かろうが悪かろうが目的を達成すればそれでいい。指を押し入れたまま手首を大きく回しまくると、無理やり後ろが広がる痛みに一瞬で瞳が潤んだ。

それとほぼ同時に、ムギョンがガタッと立ち上がった。ズンズンと数歩で近づいてきた彼は、ハジュンの手首をひったくるように掴み寄せた。中を満たしていた指がズルリと抜け出た。

一瞬だがメチャクチャに掻《か》き回した入口と、その中がヒリヒリした。手首を掴まれたまま、小さく息を切らしながらムギョンを見上げた。眉間に皺《しわ》を寄せて面食らったようにハジュンを見ていた彼は、言葉を探すように唇をピクピクさせると、暫くしてから叱りつけた。

「……何してるんだよ、お前。こんなことすら、まともにできないのか?」

(ああ、できないよ。いつもお前がしてくれてたのに、いきなり上手くできるわけないだろ)

だが、そんなふうに答える雰囲気ではないので、ハジュンは恨めしさが固まった不平を飲み込んだ。情事の時に彼に咎められたのは一度や二度のことではない。ムギョンは入口をおずおずと確認すると、不満そうに言った。

「まだ挿れてもいないのに、腫れてるじゃないか」

舌打ちをしてハジュンを見下ろしてから、すぐさま目を逸らしてしまった。ハジュンは今度も彼の表情を読むことができなかった。

キャンプ地で見た彼と少し似ているような気もする。あの日のムギョンはハジュンに怒っていた。自分が夜の海に入っていくのを見てビックリして。その怒りも最後にはうやむやになり、後になって笑いかけてくれたが……。

今のムギョンは、あの時と似ているようで違った。怒っているのかと思いもしたが、その怒りが自分に向けられている感じがしない。何かに傷ついて怒っているふりをしているようでもあるし、それとも……。

「あっ!」

ムギョンの顔を見つめて彼の表情を読もうとしていたハジュンの考えが、一瞬でバラバラになった。相変わらず開いたままの脚、立てた膝の上にムギョンが唇を当てた。突如触れてきて肌を舐《な》める舌と滑る唇は、ゾクゾクとした感覚を急速に全身に送り出しながらハジュンの体を支配した。

ムギョンの唇が休むことなく、まるで水が流れるように膝から太ももの付け根に滑り落ちた。舌を半分出したまま、その肉の塊を押しつけながら白く柔らかな肌の上を滑った。カタツムリが這《は》っていったかのように、ムギョンが通り過ぎた肌の上に濡れた跡が残った。

時々唇を止めて執拗《しつよう》に一か所の肉を吸い上げると、まるでたき火から跳ね上がった小さな火花が、その部分から飛び散っているかのようだった。掴まれた脚が震えた。

「あっ、んんっ……うっ」

暫く太ももの内側の肉を舐めて口づけながらゆっくりと体を這い上がり、骨盤を経てお腹《なか》の上に唇が触れると、その部分をまたチュッチュッと音を立てて愛撫《あいぶ》していた唇と舌が、胸に到着した。

いつの間にかテーブルの上に寝そべっていたハジュンは、自分の脚の間で俯《うつむ》いた顔が、目を閉じたまま自分の体の上を行き来する様子を見下ろしていた。舌がグッと乳首を押し潰すと、目の前がクラッとしてぼやけ、早くも腰が跳ねた。

自分の指を突っ込んで掻き回していた時は大人しかったのに、久しぶりに受けるムギョンの愛撫に邪《よこしま》な体はすぐさま反応する。さほど雰囲気は良くないのに、あまりに感じているようで恥ずかしいくらいだった。歯を食いしばって声を我慢してみたが、ムギョンが唇で乳輪を覆ってチュッチュッと音が出るほど吸うと、その努力は虚しく崩れた。

「んっ！　はぁ、あうっ！」

完全に熱のこもった声が、羞恥心を無視して口から飛び出た。ムギョンの舌と唇が、両方の突起を行き交い、押し潰し、舐め上げ、歯で引っ掻いた。強い刺激に軽くぼんやりして思わず上体をよじると、赤く熟れた場所を平らな舌が優しく舐めた。

彼の提案を予想できなかったように、今日はこんな愛撫も想像していなかった。喘ぎながらぼーっとしているうちに、いつの間にローションを塗ったのか、ヌルヌルしたムギョンの指先が入口を探った。

さっき自分の指で引っ掻き回したせいで少し腫れた穴の上を、丸っこい親指の先でゆっくりと何度か擦ると、そうしている間もずっと黙っていたムギョンが落ち着いた声で尋ねた。

「痛くは……ないか？」

訊《き》いてはいけないことを訊くかのような躊躇い気味な口ぶりが意外だった。ハジュンは頷いた。

「痛くないよ。全然」

ヒリヒリもしないし、熱を帯びた痛みすらない。その答えに、ムギョンはハジュンの顔を見つめた。

今日は愛撫をしつつも滅多に目を合わせなかった彼がやっとくれた視線を、ハジュンはぼんやりと見つめ返した。最初に感じていた一瞬の恐怖は、彼が近づいてきた時にすでに霞《かす》んで消えた。何が原因かは分からないが、自分のことが嫌いになって突然無視して関係を清算しようとしているのだと思っていた。しかし本心がどうであろうと、現に自分に触れる彼は怖がる必要のない見慣れたキム・ムギョンのままだった。

入口を撫でていた丸い親指の先が一瞬離れたかと思うと、長く太い指がゆっくりと中へ入ってき始めた。内壁に鳥肌が立つかのごとく感覚が敏感になり、ゴッゴツした指の関節までが目に見えるように感じられた。根元まで入ってきた指先がグッと奥を押すと、腰がゾクゾクとして勝手に口が開いた。

「はっ！　あ、あ……！」

自然とお尻に力が入った。脚を開いた姿勢でテーブルの端に引っかかったつま先が、ゆっくりと丸まっていった。自分の指が出たり入ったりしていた時とはまったく異なる感覚に、開いた唇の間から漏れる息はすぐに熱くなった。

ローションをたっぷり纏った指が出し入れされるや否や、すぐに下のほうからグチュグチュという水音が聞こえてきた。完全に背中をつけて寝転がっていると、最初は体を冷やしていた冷たいテーブルが、ハジュンの体温のせいで今はむしろ生ぬるくなっていた。

押し入った指は、予告もなしに二本になり三本になった。最初はゆっくり出入りしていたものが、手首まで揺らしながらグチュグチュと中を丸ごと揺さぶっていた。

「あっ、うっ！　うっ……うっ、ふっ……」

内壁を突く指先の動きにつられ、潰れた声がどうしようもなく流れた。開いた内ももの筋肉が溶けてしまったかのように下肢から力が抜け、ハジュンはテーブルの端に引っかかった足に力を入れた。そうしなければ下半身がテーブルから滑り落ちてしまいそうだった。

なぜ自分の指では、こうならないのだろう。これも器用さの違いなのか？

ぼんやりした頭の片隅でそんなバカげたことを思った瞬間、感じるポイントを指先が強くねっとりと押してきた。ゾクッとした快感が爆発して、頭の中にあった考えがとろけた声で流れ出た。

「あ、あぅ、ふっ！　キム、ムギョン、お前の指、いい……」

「……クソッ、いいから黙れ」

ため息をつくように呟いたムギョンが指を抜いた。体の中を好き勝手に揺さぶっていたものが抜けると、霧が立ち込めたようにぼやけていたハジュンの頭の中に徐々に明瞭さが戻ってきた。

ムギョンはズボンのチャックを下ろしていた。ハジュンを舐めたり触ったりしている間に完全に勃起した大きなモノが、ビンッと飛び出るようにして腹のほうへと反り立った。いつも見ていた場面なのに、彼が自分に欲情する姿は二度と見られないと思っていたせいか、彼がちゃんと勃起したという事実そのものにハジュンは奇妙にも安心した。

指でたっぷり引っ掻き回された中が今もゾクゾクして、激しく息をしながらムギョンのモノをじっと見つめてから彼の顔を見上げた。ムギョンは目が合う前からハジュンを見ていたかのようにひねくれた笑みを浮かべ、もう一歩近づいてきた。

「そんなにチンコが好きか？」

そりゃあ、ムギョンのモノならなんだって好きだ。指でも性器でも唇でも……。

答える代わりに微かに頷くと、ムギョンは脚を乱暴に引き寄せて両手で膝裏を掴みさらに広げた。足が浮き、テーブルの端に引っかかっていたお尻の間にある柔らかくほぐれた入口が、彼の目の前に露《あら》わになった。

ムギョンは硬くなった亀頭の先を適当に当てて、そのまま突っ込んだ。ねじり込むように突き入れられた性器が、内壁を強く引っ掻きながらズプンと中に吸い込まれていく。

「はうっ、あっ！」

太いモノがいきなり中をみっちりと埋め尽くす感覚に、ハジュンは一瞬、呼吸の仕方も忘れて息を止めた。体が震え、半分ほど宙に浮いてしまったお尻に何度も痙攣《けいれん》するように力が入った。

ムギョンは一気に深くまで押し入ってきた。ゆっくりと、そしてギッチリと内壁を擦りながら進入する熱いモノが、ハジュンの感覚を再び根底から揺さぶった。浮き上がった血管と亀頭が中の肉をツンツンと引っ掻くのを感じるたびに、短い喘ぎ声が何度も上がった。

「んっ、ふっ！　あふっ、うっ……」

恥骨が会陰《えいん》にくっつくほど根元まで突っ込むと、亀頭が狭い奥に届いた。人の体は奥にいけばいくほど脆《もろ》くなり、刺激に敏感になる。ムギョンは突っ込んだモノをすぐには抜かず、体重を乗せた。グッグッと押しながら、深いところをぷっくりとした亀頭で何度か刺激した。

ムギョンにとってはなんということのない小さな動きだろうが、それを受けているハジュンの立場は違った。突っ込まれる角度が少し変わるだけで、そのたびに全身に電流が流れるかのように体中がビリビリしてビクついた。

「ふぅ、うっ、あっ、あ……！」

テーブルの上で脚を開いて横たわり、ムギョンの下でピクピクしている自分の姿は実験用のカエルのように見えていそうだ。恥ずかしいのに、本当に実験でもされているかのように体が勝手に刺激に反応するのが止められない。

歯を食いしばって声を殺そうとしたが、弱い粘膜をぽってりとしたモノが突き上げると、耳元がゾクゾクして口が開き、足腰が震えた。

そうやって中で小さく動いていたムギョンが突然後ろへ下がったかと思うと、勢いよく一気に深く入ってきた。その頃には恥ずかしさも吹き飛んでしまった。首がグッと反り返り、自分なりに懸命に我慢していた声が爆発した。

「あっ！　ああっ、はぁ！」

「クソッ、いつだって、ハメられさえすりゃ、死ぬほど悦《よろこ》びやがって」

怒っているかのように呟くと、突然動きが乱暴になった。体が押し上げられるほどにパンパンと打ちつけられ、ハジュンは声も上げられずに仰け反ったまま息を切らした。狭くなった中を撫で上げつつ入り切ったかと思えば、すぐに引っ掻き下ろしながら抜けていった。

「ふっ！　うっ！　うっ、ふっ！」

ずっしりとした体全体でパンパンと突き上げるたびに、深く突っ込まれる性器が体を貫通して喉まで飛び出そうで、喘ぎ声が途切れ途切れに出た。しきりに中が熱くなり、彼が出入りしている場所が燃えているようだった。頭が蒸気のようなものでいっぱいになって、考えることができなくなる。

快感が体中を駆け巡るスピードがあまりに速く、追いかけることができない。急速に熱っぽくなった体が赤く熟れていくのを感じた。何か掴めるものもなく、震える手はテーブルの滑《なめ》らかな面に爪を立てた後、今度はみぞおちの前あたりで拳を握るようにしたまま自分の肌を引っ掻いた。

反動で押し上げられていた体が、ある瞬間太ももを掴まれて引っ張り下ろされた。体と体がピッタリくっつくと同時に、性器がさらに奥深くまで入ってきた。ハジュンは思わず腰をよじりながら体を大きく震わせた。その状態でピストン運動が暫く止まっている間に、ハジュンは閉じていた目を開けてムギョンを見上げてみた。

快感で熱くなった視界が、曇ったガラス窓のようにぼやけて見える。激しく息をしつつ彼をじっと見つめていると、いつの間にか目に溜《た》まっていた涙がツーッと頬を伝って流れ落ちた。

ハジュンを見下ろしていたムギョンが、微かに顔をしかめた。次の瞬間、中をいっぱいにしていたモノが突然抜けていった。重ねていた体を離して立ったムギョンは、ハジュンを見ているだけで動くことなく黙っていた。暫く彼の次の行動を待っていたハジュンは、目をパチクリさせながら様子を窺った。

……まだどちらもイってないのに、終わったのか？

なぜかいつもと違ってさほど興奮していないようなムギョンの表情に、漠然とそんなことを思った。

そうなのか？　もう俺とのセックスは、キム・ムギョンをあまり興奮させないのかな。

体はまだ熱いが、二人の関係が終わったということを受け入れた瞬間よりも、気持ちがひっそりと沈んだ。濡れた瞳を瞬《またた》かせながら、相変わらず熱っぽい頭で「起き上がって服を着なければならないだろうか」と考えていると、ムギョンが口を開いた。

「突っ伏せろ」

その言葉に、ハジュンは横たわっていた体を急いで引きずり下ろした。足を床に下ろし、上体をテーブルに突っ伏して立つと、ムギョンが背後に近づいてくるのが感じられた。

大きな手がお尻の両側を掴んで開いた。熱くなった穴が空気に晒《さら》され、軽い悪寒で肩がブルブルと震えた。しかし寒さを感じたのも一瞬、すぐにムギョンのモノが後ろに突っ込まれた。

「はううっ！」

奥までズブンと突き入ってくるモノに、自然と声が大きくなる。姿勢を変えて、体から抜けたモノが改めて入り込んでくる圧迫感に目がクラクラしたが、ムギョンは余裕を与えることなく最初からスピーディーに動いた。

バシバシと肉がぶつかる音が絶え間なく部屋に響き、体重をかけてパンパンと打ちつける勢いで、体を乗せたそれなりの重さの長テーブルが軋《きし》みながら押されていった。

「あっ、あうっ、ふっ、ちょっ、待っ、あ、あっ……！」

せわしなく中を突きまくるモノに、息がグッグッと詰まる。今日のような日には何も言わず、ムギョンのしたいようにさせておきたかったのに、思わず拒む言葉が飛び出た。

「うっ、やめっ、ふぁ、あっ！」

しかしムギョンは止めなかった。根元まで突っ込まれるたびに体がフラつくように揺れ、テーブルがどんどん押されて、最初はテーブルにすべて密着していた腰のあたりが

宙に浮いた。
亀頭だけが引っかかるくらいに抜けたかと思えば、スピーディーに奥まで突き入ってくる体の重量感と、火がつきそうなほど擦れる内壁、接触というよりは叩かれていると表現してもいいほどの、こん棒のように体の中を強く殴る力に思考が停止してしまう。開いた口からよだれが垂れているにもかかわらず、口を閉じることすら考えられなかった。

「んっ、あっ、ふぅ、うっ……！」

火がついたように体が熱くなり、宙に浮いた腰と骨盤がガクガクと震えて座り込んでしまいそうだった。ハジュンは腕をつき、体をテーブルの上にのそのそと引き上げた。まるでムギョンが突っ込んでいる最中に前へ逃げようとしているかのような姿になると、突然ガシッと腰を抱き寄せた腕が、体を後ろへグイッと引き寄せた。

ギギギッと、床が金属の棒のようなもので引っ掻かれる音が鳴り、うつ伏せになっていた体が座った状態になった。すると、性器が深く入ってくる挿入感に口が大きく開いた。

どうなったのか状況を把握する前に、今度は太い竿が体をガンガンと突き上げていた。脚をガバッと開き、ムギョンの太ももの上にお尻をくっつけて座った状態になった体が、上下に激しく揺れた。何かを考える暇もなく、自分の骨盤を掴んだ彼の手の甲に自分の手を重ねて、ハジュンは出るがまま泣き声を流した。

全身が蒸発するように熱く、あまりに深くまで入ってくる性器を持て余し、そんな中でもそのすべての感覚が、とても……とても良かった。

二度と自分の中に入ってくることはないと思っていたムギョンのモノが、中を占領する快感で涙がポロポロと落ちた。

「ふうっ、ふっ、あっ、キム、ムギョン、あふっ、いいっ、あっ！　いい……！」

ムギョンに「いいか？」と訊かれて答えていた言葉を、今日はハジュンのほうから口にした。今度いつまた彼にこんな言葉を言えるか分からないという思いが、白く色褪《いろあ》せた頭の中でも無意識のように作動し、普段は恥ずかしくて言えずにいた言葉を吐き出させた。

すると、激しく体を突き上げていたピストン運動が突然止まり、背後から体をガバッと抱き寄せてくるガッチリした腕が感じられた。

息が止まるほど強いその力に、ハジュンは俯いたまま息を切らすばかりだった。性器が体の奥まで突っ込まれ、まるでムギョンに貫かれたような気分で全身をビクつかせた。ムギョンの脚を間に挟んで開いた太ももが、お腹が、胸が、肩や指先足先までが制御できずに震えた。うなじあたりに埋められた顔から低い声と共に長く熱い息が流れ出て、肌を半田ごてのように熱した。

「ふぅ……」

ムギョンがにおいでも嗅ぐようにして息を吸うたびに出る低い唸《うな》り声がハジュンの耳をくすぐると、首から肩に続く斜めのラインをガブッと強く噛まれた。

「あっ!」

ムギョンは普段も耳や首、肩などを噛むのが好きだったが、今日は自然と声が出てしまうほど痛かった。

硬い歯が刃物のように肌を噛んで引っ掻いた。その痛みに、性器を咥《くわ》えた中にもさらに力が入る。ただでさえ敏感になった肌に歯が食い込む鋭い痛みに耐えられず、ハジュンはムギョンの腕を力なく掴みながら喘いだ。

「あっ、いた、痛い……」

その言葉に、犬のごとく肩を噛んでいた動きがピタリと止まった。上体を抱き寄せていた片腕が外れ、手が這い上がってきてハジュンの喉を撫で上げた。

ムギョンの手は、まるでハジュンの首を絞めるかのように包み込んで顎の下まで届いた。俯いていた顔が自然と上がり、首が反り返る。

「カハッ……」

喉仏のある場所が手で押され、咳《せき》に似た喘ぎ声が出た。ムギョンはその状態で暫く動かず、相変わらずハジュンのうなじに顔を埋め、激しく息を切らしていた。

どれほど時間が過ぎただろうか。ハジュンの首まで上がってきていた手がスルスルと滑り落ちた。そして、すぐに先ほどと同じように体を動かし始めた。

中をいっぱいにしていたモノが滑り抜けていったかと思うと再び突き入ってくるスピードに、視界が暗くなる。肉がぶつかる鈍い音、突き上げられる反動で持ち上がったお尻が太ももの上に落ちて出るパンッという音で、耳がぼーっとした。

本当にもう何も考えられず、ハジュンは彼の体の上で口を開き、人形のように揺れていた。チカチカと視界が瞬き始めそうなハジュンに構わず、ムギョンは強く腰を打ちつけて何度か激しく中を突き刺した。それと同時に、ハジュンは脚を開いて座ったまま射精をして絶頂に至った。

硬い太ももの上に乗ったお尻と腰がビクンと跳ねた。中が意思とは無関係にうねりながら、キュッキュッと締まるのが自分でも分かった。

「はぁ、はぁ、うぅんっ、うっ……」

穴のほうでも、熱いものがドクドクとほとばしって中を満たした。ムギョンもしっかり射精したのは明らかだった。

彼の体液を体内で受けたのは一度や二度ではないが、その熱っぽさにとても安心した。ハジュンは思わず、それをもっと奥で受け止めたがるかのように後ろを締めつけながら、腰を下へ下へと押しつけた。射精に至ったムギョンの荒い息が、背中越しに首をくすぐった。ムギョンの手にグッと力が入り、ハジュンの腰を壊さんばかりに掴んできた。

だが、絶頂感に魂が抜けていたハジュンには余韻を楽しむ時間は大して与えられなかった。暫く束縛でもするかのように腰をガッチリ掴んでいたムギョンの手が、ハジュンの体を持ち上げたからだ。

まだ硬さを失っていない太いモノが、中からずるんと滑り出た。穴を塞いでいた物が消えると、入口から受け止めた液体が漏れ出て脚の内側を伝って流れた。

「あっ、はぁ、あ……」

大きな手の中で、絶頂の余波に震える体を未《いま》だに落ち着かせられずにフラフラしていると、ムギョンはスクッと立ち上がり、彼が座っていた椅子にハジュンを座らせた。

一糸まとわぬ裸体、だらしない姿勢で椅子に座り、プルプルと勝手に痙攣する自分の太ももの内側を、ハジュンは他人事《ひとごと》のようにぼんやりと見つめ、力なく顔を上げた。ムギョンはすでに背を向けて、テーブルの上に乗せていたカバンを漁っていた。いつも持ち歩いているスポーツ用ティッシュを取り出して自分の前を拭き、ジッとズボンのチャックを上げる音が聞こえた。

一息つくこともなくカバンを肩に掛けた彼が、ハジュンを振り返った。スタスタと近づいてきた彼は、一瞬軽く屈んだ。始めた時にローションを置いた場所……開いた太ももの間に、今度はティッシュが置かれていた。

暫くその手の動きを目で追っていたハジュンは、今はぼんやりとムギョンを見上げているだけだった。すると、無表情だったムギョンの顔にフッと笑みが広がった。いつもの彼がよく浮かべるイタズラっぽい微笑《ほほえ》みでも、人を見下すような傲慢な微笑みでもなかった。沈んだ声と同じくらい暗い笑みだった。

「チーム内にすぐケツを貸してくれる人がいるから、たしかに楽だな。試合直後が一番ヤりたくなるんだけど、普通はこんなに早く抜けないだろ」

「……」

「もしかして、これがイ・ハジュン・コーチだけの選手ケア法なのか？　経歴の長いベテランコーチでもないのに、みんなから大人気なのには理由があるんだろうな」

ムギョンは軽くため息をつきながら目を逸らした。

「後片付けは一人でできるよな？」

その言葉を最後に、ムギョンはドアへ向かって歩いていった。ハジュンは口をつぐんで彼が立っていた場所を見ているだけで、なんの返事もできなかった。ガチャッとドアが開く音が鳴ると、ようやく急いで彼を呼んだ。

「キム・ムギョン」

「……なんだよ」

ドアノブを掴んだまま振り返ることもないムギョンの後ろ姿を追い、ハジュンは椅子の背もたれで体を支えながら、力が入らない脚を必死に立てて立ち上がった。


「話をしよう……。セックスするためだけに呼んだんじゃない」

「最初に言っただろ。お前と俺の間に、これ以外になんの話が必要なんだ？」

何か言う隙すらなかった。言い終えると完全にドアを開け放ったムギョンは、そのまま休憩室を出ていってしまった。

バタンと虚しくドアが閉まる音、そして次第に遠ざかっていく廊下を歩く足音を聞きながら、ハジュンはバカみたいに突っ立っていたが、再び椅子の上にドサッと座った。彼を追いかけることができなかった。服も着ていない状態だったし、脚の間を流れ落ちる精液もそのままだったから。

喉がガチガチに固まっているみたいだった。頭がずっしりとして痛くなってきた。できることならば、もう大の字になって寝転んでしまいたかったが、そうはいかない。

はぁ。ため息をついてから、背もたれに体を預けて手のひらで顔を覆った。ハジュンは暫く息を整えてから、ムギョンが椅子に置いていったティッシュを引き抜いた。体を起こし、ぐっしょり濡れた後ろと脚の間についた精液を拭い、さらにティッシュを抜き取って椅子も拭いた。

椅子を元の場所に置くと服を着た。暫くテーブルの上に放置されていた服はヒンヤリしており、ある程度は外へ流れ出したものの、ちゃんと後ろを洗わずに服を着た気分は、ただただ不快なだけだった。

仕方ない、早く帰ってシャワーを浴びるしかない。それとも、どうせ誰もいないだろうし、シャワー室で洗って帰ろうか。

「……」

休憩室を出るためにカバンを持ったが、ハジュンは歩き出せずに、じっとそこに立っていた。困惑に満ちた重い頭でもギシギシと思考が巡った。

話をしたいと思っていたのは自分だけだったのだから、ムギョンが会話を望んでいなかったからといって彼のせいにすることはできない。一度セックスをすれば、多少スムーズに会話できるのではないかというのも自分の勝手な憶測で、人のことは必ずしも思い通りにいくものではない。

後処理もしにくい場所で、中に射精してティッシュだけを投げ置いて先に帰ってしまった態度も多少不満ではあったが、普段からキム・ムギョンは射精後のことを考えるような人ではなかった。

最近は、ハジュンがイヤだと言っても勝手に後ろを洗ったり体の上に出したものを拭いたりして、後始末の手伝いが楽しくなったようだが、ハジュンは基本的にムギョンにそんなことを望んだことはなかった。近頃のような雰囲気では言うまでもない。

そんなことはどうでもいい。関係ない。

『チーム内にすぐにケツを貸してくれる人がいるから、たしかに楽だな』

……だが、ハジュンがこのチームでコーチをしている理由は「すぐにケツを貸す」ためではない。それが選手たちをケアする方法だなんて、もっての外だ。

冗談でも自分が性的なニュアンスに敏感とは言えないが、キム・ムギョンの発言の意味が分からないほどバカではなかった。

ついさっきまで、7対2で終わった試合をそばで見守りながら勝利の熱気に酔いしれていたし、ヤバいという言葉が自ずと出てくるキム・ムギョンのパフォーマンスを見て感激に浸っていた。必ずしも選手としてプレーせずとも、ピッチの一部になる方法はいくらでもあった。

彼のパフォーマンスがまったく落ちていなかったことに

安堵《あんど》したことも、ムギョンのコンディションを引き上げるためならば性欲解消だろうがなんだろうが助けになりたいと思っていたのも事実だが……。

「キム・ムギョン」

口から静かに独り言がこぼれ出た。

「こんなのって……」

ハジュンは前髪をかき上げた。白い額の下にある眉間が狭まった。カバンを掛け直し、勢いよくドアを開けて部屋を出た。突然のセックスが体に負担を与えはしたが、歩けないほどではなかった。

建物を出てズンズンと歩き、いつもの癖でバス停に向かった体が歩道の真ん中でピタリと止まった。暫く躊躇うかのようにしかめっ面《つら》で黙って立っていたハジュンは、結局タクシーを拾った。

試合が終わり、人通りがなくなった夜の道は閑散としていた。ハジュンは、すぐに近づいてきた空車のタクシーに乗り込むと、運転手に目的地を告げた。

＊　＊　＊

車のキーを適当に放り投げ、ムギョンはドサッとソファに座り込んだ。五ゴールも決めるため縦横無尽に芝生を駆け回った体が、ダルくてたまらなかった。普段ならば試合直後でもここまで疲労感を覚えることはないが、今日はいつもとは違った。

試合を口実に、ここ最近心を騒がせていたストレスを完全に発散してしまったようだ。ムギョンは試合中にも体力を細かく配分するタイプだった。最短で九十分、時には二時間以上プレーしなければならないのに、短距離走の陸上選手のようにやみくもに走ってばかりでは後半にバテてしまう。

だが今日は、前・後半合わせて九十五分間ずっとサッカーに取り憑かれたかのように駆け回り、おかげで五本のゴールを決めるという快挙を成し遂げたので、それだけ疲れた。それに、イ・ハジュンのこともあったし。

「……」

団体練習の時を除き、数日前から自分をコーチングするスタッフにイ・ハジュンが含まれなくなったということからも、このまま無難に終わるのだろうかと思ったが、そんなわけはなかった。そうならないことを望みつつも、遅かれ早かれ一度は声をかけてくるだろうと思っていたが、やはり予想通りだった。

他でもなく、イ・コーチだから。なかったことにしてやり過ごすことはできず、仕事ではムギョンの担当を外れたとしても、ちゃんと話をして自分の不始末は自分で解決すべきだと思ったのだろう。尋ねずとも、彼の思惑は明らかだった。

ムギョンはクッションを持ち上げ、ポスッと顔を覆った。窒息でもしたいかのように、暫くそのままの状態で寝転んでいた。

もう知るか。いくらお人好しでも、あそこまでやれば俺の近くをウロつくこともないだろう。

俺は、お前と話し合いなんかするつもりはない。いっそ顔に唾を吐かれてもいいから、もう俺が好きだとか言って近づいてくれるな。

早くグリーンフォードに戻りたい。どうせジュンソンもいないチームで、義務感だけでプレーするのもウンザリだった。あと数か月残ったレンタル契約期間を一体どうやって耐えるべきか、考えただけでも息が詰まる。

人々はムギョンの韓国行きの決定を、一年という時間を無駄にする行為だと非難した。今となっては時間の無駄程度で済めば御の字だ。こんなところに人生の落とし穴、人生の罠が潜んでいるとは思わなかった。

イ・ハジュンは簡単そうに見えて難しい。最初、避け回られて気に障《さわ》っていた時からそうだったが、一見飾りのない滑らかな陶磁器のように無難で扱いやすそうだが、思わぬところに突き出た部分があるので相手をするのは容易《たやす》くない。

服を脱げと、セックスでもしようと言えば、そこで終わると思っていた。すぐさま「何を言ってるんだ?」と言って怒ると思ったのに、「する」という答えが返ってきたことからして予想外だった。

最近の雰囲気で、あんな状況で、一体なぜ「する」だなんて即答できるんだ? どうしても理解できなかった。また頭の中が騒がしくなったが、ムギョンは半ば自暴自棄になって決断した。クソッ。なるようになりやがれ。ここまできたんだから、最後に食って離れるんだ。セックスもできて愛想も尽かせられるなら、最高じゃないか?

普段もイ・ハジュンとする時には大して気にしたことのないセックスマナーなど、今日は特に考えたくなかった。

エネルギーを無駄遣いすることなく、ハメて出したらすぐに部屋を出てしまおうと思った。

そのつもりだったのに……すぐさま裂けんばかりに中に指を突っ込むヤツの突発的な行動に、また計画が狂った。頭おかしいだろ。

選手には「体を大事にしろ」と口うるさく小言を言うくせに、何をしてるんだ。

「あいつのほうこそ、イカれてるんじゃないか?」

もう考えたくない。

不平を独り言《ご》ちながら頭の中を空《から》っぽにしようとしたが、久しぶりに向かい合ったセックス中のイ・ハジュンの濡れた瞳と火照った白い顔は、干からびた鶏胸肉のように無味乾燥だった最近のムギョンの頭の中に、色とりどりに輝く紙吹雪のよう張りついて離れなかった。

今日は本当に指一本触れるつもりはなかった。準備だってイ・ハジュンにさせて、脚を開けと言って突っ込んでやろうと思っていた。

それなのにいざ近くに行くと、また放っておくことができずにいつものようにしてしまった。今日は本当にぞんざいにやるつもりだったのに!

妖しげな仔牛に決意が揺らいでしまった。自分は椅子に座っているだけでまだ何もしていないのに、イ・ハジュンは自らの手で後ろを真っ赤になるまでほじくり返した。

そしてムギョンがアレを取り出すと、目をキラキラさせながらあからさまに下半身だけをじっと見つめ、「そんなにチンコが好きか」と尋ねれば、平然と頷くあの図々しさ。

行為を始めつつもムカついたが、突っ込むとすぐに身をすくめるハジュンの姿を見たら、興奮で体が爆発しそうだった。その姿を、あの汚らわしい既婚野郎や他の男どもも見たのだと思うと、腹が立っておかしくなってしまいそうだった。

痛かろうがお構いなしに、後ろが裂けてしまえと言わんばかりにぶち込んで、他のヤツらには股を開けないようにしてしまおうか。そんな考えがガスのようにモワモワと頭の中をいっぱいにした時、イ・ハジュンが狙いすましたように涙を流したのだ。泣き顔を見ていると頭の中がごちゃごちゃになって本当におかしくなりそうで、結局は突っ伏させてバックだけでヤった。

今日に限って、尋ねてもいないのに「いい」だなんてセリフをなぜ何度も言うのか。そういうこともすべて男を狂わせようとする仕草に思えて怒りが込み上げてきた。だが、また自分の名前を呼びながら「いい」と泣きじゃくる声を聞いていると、その仕草にまんまと嵌《はま》って頭が熱くなった。

セックスをする時に濃くなる体臭は溶けた頭の中を杓子《しゃくし》のように掻き回し、もう頭がおかしくなる寸前だった。あのまま抱き上げて家に連れ帰ってしまいたかった。ベッドに寝かせて、気絶するまでぶっ込んでしまいたかった。ハジュンとセックスをしながらも、彼とヤる想像をした。

こんなふうに頭がのぼせ上がる自分がイヤだ。

予定外のセックスが終わるや否や押し寄せてきた感情は、生理的な快感でも、終わったということに対する爽快感でもなく、憂鬱さだけだった。

ちゃんと言葉で「やめよう」と言えば済む問題ではないかと言われるかもしれない。だが、すでに自分のことが好きだと告白してフラれた後ですら、「セフレ関係が終わらなくて良かった」と言って無邪気に笑っていたヤツだ。関係を清算しようと言うくらいでは、なんでもかんでもすべて受け入れるヤツを本当に切り離すのは難しい。

「やめよう」という言葉がどうしても出てこないから、時間稼ぎをしていたわけでは決してない。このまま自然にうやむやになったほうが、お互いのためだと思っただけだ。

……その結果、最悪の事態を迎えたことは認める。人の心を傷つける意地悪な言葉を選び取ることは子どもの頃から得意だったが、それも本心の時の話だ。心にもないことを言おうとするので胸が痛んで、目を合わせ続けているのも苦痛だった。

ゲームで人を欺くのは好きだが、日常生活での実際の嘘《うそ》にはさほど自信がない。嘘が上手かったなら、子どもの頃にあんなに殴られまくることも、今まで生きてきてあれだけ多くの敵を作ることもなかっただろう。

口ではペラペラ喋《しゃべ》っていたが、誰かが少し前に自分を見たなら、尻尾に火がついた犬のように見えたことだろう。もちろん、先ほどのような状況でイ・ハジュンがそこまで気付くことはできなかっただろうが。

服も着ていないヤツをほったらかして部屋を出てきたので、彼がちゃんと部屋を出るのを確認するまでその場を離れることもできなかった。万が一、休憩室に近づく人でもいたら困るからだ。まだ真っ裸でいるイ・ハジュンの姿を、誰かに見られでもしたらどうするんだ。

廊下の突き当たりで暫く待っていたが、彼が部屋から出てくる気配はなかった。何か口実を作って、もう一度部屋に入らなければならないだろうかと真剣に悩んでいると、ハジュンがドアを開けて出てきた。彼が休憩室を出ていく姿を確認して、ムギョンはすぐに踵を返して逃げるように建物を出た。顔まで見たくはなかった。

……どうして俺は、こんなふうになってしまったんだろう。

オッサンには申し訳ないが、もう違約金を支払ってグリーンフォードへ戻ってしまおうか。

イ・ハジュンを見るとおかしくなる。自分はこんなふうにみっともなく誰かのことを考え続けたりする人間ではない。夜ごとに特定の一人のことを夢見ることもない。セフレが他の誰かと関係を持とうが持つまいが、興味を持ったことも干渉したこともないし、その事実に怒ったこともない。

いや、百歩譲って怒ることだってあるとしよう。だって、そうしないと約束したのだから。俺のことが好きだと言っておいて、たった数日で他の男と寝たのだから！

だが、裏切られたと感じたならば切り捨ててしまえばいいのに、なぜその事実にしがみつくんだ？

こういう感情を発端にして、相手を苦しめることになるのだ。今はイ・ハジュンが他の男と寝たという事実に一人で心の中で怒っているだけで済んでいるが、本当にイ・ハジュンと二人きりになってその話を切り出したら、おかしくなって一つひとつ問いただすのは目に見えていた。

質問に答えるまで相手を夜通し苦しめて、その返答が本当なのか嘘なのか病的なほどにしがみつき、満足できる答えが出るとようやく安心して涙まで流すのに、次の日になれば昨日満足していたその答えは自分に問い詰められて言った嘘だと思い、また検証しつつ怒るのだろう。

周りのすべての人間を、さらにはイ・ハジュンが撫でた子犬まで憎み疑いながら、毎日のように嫉妬に苛《さいな》まれて最後には殺してしまうかもしれない。

おぞましい。こんな感情が芽生えてしまった以上、イ・ハジュンの近くにいることは、お互いにとって良くない。だから今からでもグリーンフォードに戻ることが最善の方法だった。シーズンはまだかなり残っているので、こっちの人たちとは完全に恨み合うことになってしまうだろうが、どうせ韓国での評判はこれ以上悪くなることもなかった。

だが、まだイ・ハジュンがいない場所には行きたくない。

近づいてこない彼を、ただ見ていたい。

そうしていれば次第に考えが整理できて、グリーンフォードに帰っても思い出さなくなるのではないだろうか。

こんなことを何度も考えてしまうことが本当にバカみたいだし、自分自身が生ごみ乾燥機の処理後にできた粉の粒のように感じた。

……いや、今日は「ように」じゃなく、本当にゴミだった。今までひどい振り方をしたセフレは一人や二人ではないが、それもすべてそれなりの理由があったからだ。イ・ハジュンのように自分に優しかった相手に、ここまで侮蔑感を与えて関係を終わらせたことはない。そんなことは人間のすることではない。

自己嫌悪が押し寄せてきたが、状況を確実に整理したということに満足しようと努めた。イ・ハジュンだって、こんな状況になってまでゴミのような男にこれ以上近づこうとはしないだろうから。

誰かに今の自分の状態について話したところで、どんな答えが返ってくるかは分かっている。イ・ハジュンのことが好きなんだ、と言うだろう。特にジョンギュのようなヤツは大喜びで即答してくれるはずだ。

だが、こんなものは好きという気持ちでもなんでもない。誰かのことが好きだという気持ちが、こんなメチャクチャな感情であるわけがない。これが世間で言う愛ならば、あいつがしていたことも愛だということになってしまう。

俺は、だんだんと似ていくだけだ。イヤでも仕方ない。イカれ野郎の息子だから。

ヴーッ。

クッションで作った逃げ場に顔を埋めていると、突然携帯電話が鳴った。誰かと話をする気分ではないので確認もせずに放っておいたが、バイブ音はしつこく響いた。ずっと纏わりついていた自己嫌悪をかき散らすほど長時間鳴り続けたバイブ音は暫くするとようやく途切れ、ムギョンは思わずため息をついた。

ヴーッ。

しかし一瞬の沈黙の後、再び電話が鳴り始めた。無視しようとしたが、もしかしたらジュンソンからの電話かもしれないと思った。リハビリは順調だとはいえ彼はまだ病人だし、思わぬ急変が起こる可能性はいくらでもあった。

ゴソゴソと腕をついて携帯電話を持ち上げた。クッションをどかして液晶を確認したムギョンの目が大きく見開かれた。

「なんだ、これ」

液晶には、こう映し出されていた。

[仔牛]

爆発間近の時限爆弾を持っているかのように、鳴り続ける携帯電話を焦って見下ろしていると、やっとバイブが止まった。ふぅ、と思わず大きくため息をついてホッとしたが、数秒後にまたブルルブルルとバイブ音が鳴り始めた。電話に出るまで攻勢が続けられる雰囲気だった。

ギリギリと歯ぎしりをしたムギョンは、仕方なく携帯電話を通話モードに切り替えた。

「……なんだ?」

――ドアを開けろ。

前後がまるっと削除された言葉、冷たい口調がすぐに耳元を殴った。自ずと生唾を飲み込んだ。ムギョンはドキドキする胸を、努めて落ち着かせながら答えた。

「お前、なんなんだよ。急に」

――ドアを開けろ。家に閉じこもっていたいなら、そうやってればいい。ドアを開けるまで帰らないから。

玄関のカギを渡していなくて本当に良かった。渡そうかとも思ったが、あまりに行きすぎた行為のような気がしてやめたのだ。過去の選択が今のムギョンを救った。

まただ。イ・ハジュンがまた予想外の行動をする。今までのパターンからして、あんなことを言われたら勝手に愛想を尽かして、最初の頃のように自分を避けて離れていくと思ったのに。

「話なら、明日練習場でしろ」

――個人的な話を、どうして職場でするんだ? ちょっとレンタルで来たチームで適当にプレーしたって好成績が出るから、仕事がバカらしいんだろう?

「……とにかく、明日にしろ」

――ここは高級住宅だから、防音はしっかりしてるか? 今からこのドアを蹴ったら、管理人が飛んでくるかな?

はぁ。ムギョンは天井を見上げて大きなため息をついた。やはりディフェンダーというものは、見かけだけ大人しそうなヤツらばかりで本当に大人しいヤツはいない! イ・ハジュンが本当に大人しいだけのヤツだったら、韓国代表としてプレーするディフェンダーなんかになれたわけがない。

はじめから分かり切っていた事実を、どうして見過ごしていたのだろうか。仔牛の猫被りに振り回されて忘れてしまっていた。

——数えるぞ。五、四、三、二……

「待て」

ムギョンが玄関のロックを解除した。機械音が鳴ると同時に電話が切れた。黙って待っていると、音もなくドアが開いた。

ついさっき体内に精液を出しっぱなしで逃げた、今は確実に過去のセフレとなった男が、硬い表情で立っていた。ムギョンは、緊張した心の内を隠して彼を見つめた。電話での荒々しい勢いとは違い、ハジュンは声を荒げたりドアを蹴り飛ばしたりせず、落ち着いて中へ入ってきて静かにドアを閉めた。

「……上がるか？」

あまりに落ち着き払った姿に、なぜかムギョンも落ち着きを取り戻してそう勧めたが、ハジュンは首を横に振った。

「わざわざ中にまで入ってする話じゃないと思う」

「……」

「さっき俺に言った言葉、どういう意味だ？」

分からずに訊いているはずがない。分かっているから怒っているのだろう。大きなミスを犯してしまったと狼狽《うろた》え、ムギョンは心の中で舌打ちをした。ハジュンの沸点を高く見積もり過ぎた。

「セフレをやめよう」とか「お前にはもう飽きた」などという通俗的な言葉で、ハジュンに愛想を尽かさせることはできなさそうだった。それで嫌気が差すようなヤツだったら、告白を拒まれた時にすでに立ち去っていただろう。

イ・ハジュンのほうから完全に見放してくれなければ、正気を保てずにいる自分は、また気まぐれを起こして彼に手を出してしまうんじゃないか？　休憩室で取った行動が嫌われる確実な方法だとは思っていたが、こんなに怒って家にまで押しかけてくるという結末はまったく予想していなかった。

「どういう意味か分かってるから、ウチまで来たんじゃないのか？」

「じゃあ俺の解釈通りだと思えばいいのか？　お前は、俺が選手たちに体を差し出して今のコーチの仕事を続けてると思ってるってことか？　年俸二千万ウォンちょっとの新人コーチの仕事を？」

そりゃあ、コーチの仕事を続けるためだとは思っていない。

　だが、自分以外の選手とも寝た可能性はあると思っている。

「分かった。コーチの仕事を続けるためじゃなくて、お前が好きで選手たちと寝てるって訂正するよ」

「お前、本当にイカれたか？　前にも、お前以外にそういう付き合いのある人はいないって言っただろ。それなのに、お前がわざわざ約束しろって言うから、お前と関係を続けている間は他の人とは会わないって約束までしたんだ。そんなに人を信じないいんだったら、あんな約束、どうして持ちかけたんだよ」

　ああ、話をそっちに持っていきたくない。

　自然と目を逸らしてしまった。ムギョンは顔を背けながら、手を上げた。

「ストップ。ああ、悪かった。さっきは、ひどいことを言ったよ。ごめん」

「急にどうしたんだよ。ついこの前まで、そんなんじゃなかったのに、なんで急に……？　どういうことなのか話せ。じゃなきゃ、俺だって説明できないだろ？」

　話せって、何を？　頼むから帰ってくれ。その話は、もう口にするな。

「キム・ムギョン」

　だが続いて聞こえてきた自分を呼ぶ声に、ムギョンの視線は導かれるようにハジュンへ向かった。

　硬直して憤りに満ちていた表情はある程度消え、これは一体どういう状況なのか知りたくてもどかしいという切迫さが、白い顔に満ち溢れていた。

　あの顔を見ろ。

　何を言われても信じざるを得ない顔だった。既婚男と笑いながらモーテルに入っていくなんて到底信じられない、道徳の教科書のような顔だ。年俸二千万ウォンちょっとのサッカーコーチの仕事を捨てて、詐欺でも働けば大金持ちになるんじゃないだろうか。

　人は生きていると本心が顔にも出ると言うが、こんなに清らかで、可愛らしくて、いい人そうな顔をして、どうしてお前は……。

「話せよ。なんの理由もなく、こんなことをするはずがない。そんな人間じゃないだろ。もちろん、お前は口は悪いほうだけど、一度だって人をあんなふうに……」

　言葉尻を濁らせるハジュンの唇がプルプルと震えた。その唇を見ていたムギョンは、ふと思った。

キスもしたんだろうか。

したんだろうな。イ・ハジュンはキスが好きだから。

キスをする時のハジュンは、セックスだけの時よりも、さらに愛おしい。突かれまくってキツくて泣いていても、口づけてやるとかえって後ろを締めつけながらすがってきて、エサを食べる小鳥のごとく「もっとくれ」とせがむように舌を差し出す。

あんなに好きなくせに、自分からは「してくれ」と言わないのがかわいくて、わざと出し惜しみした。

だから、自分もあまり多くはできなかったのに。最近になって頻繁にするようになったのに。

二人がモーテルに入っていく現場を見ても具体的な想像はしなかったのに、漠然と二人が寝たと思った時よりもなぜか余計に胸が苦しく熱くなった。モーテルのドアを開けようと向かっていった時のように、それ以外の考えがかき消されて視野が狭くなった。たった一つの考えが、頭の中を埋め尽くし始めた。今回はただハジュンの姿が見えるだけで、玄関にある鏡すら目に入らなかった。

「キスもしたのか？」

そして、いつかのように言葉が先に出てしまった。

「……はぁ？　キス？　他の選手と？　まだそんなこと言ってるのか？」

面食らったかのように返ってきた答えにも、ムギョンは退くことはできなかった。頭の片隅で「やめろ」という声が聞こえたが、口をついて出る言葉にブレーキをかけるには弱かった。

「ユン・チェフンと、だ」

今度は、答えもすぐには返ってこなかった。

その沈黙はまるで図星を指されたような反応に見えて、ムギョンはハジュンに近づいていった。今も靴を履いたまま玄関に立っているハジュンの前に、裸足で立った。

「お前たち二人でモーテルに行ったじゃないか。既婚者とは寝ないって、そういう関係じゃないって、俺の前であんなに言ってたくせに。嘘ついて、陰でコソコソ会いやがって」

「……お前、俺が……チェフンさんとモーテルに行ったことを、どうして知ってるんだ？」

ゆっくりと返答が返ってきた。否定も弁明もすることのない態度に、眉間の皺が深くなった。ムギョンは、ハジュンの額に触れんばかりに顔を近づけた。彼の手が、ハジュンの背後にある玄関のドアをついた。

「どうして俺が知ってるかなんて、どうだっていいだろ?」

「だって、勘違いしてるから。誰から聞いたんだ? ジョンギュか? ジョンギュに聞いたんだったら、そんなふうに思う理由がない」

ジョンギュ? どうしてここであいつの名前が出てくるんだ?

熱のこもった頭は、第三者の名前を取り除くべき異物としか認識しなかった。ハジュンは困り果てたようにキュッと口を結んで、ムギョンの胸元を押して距離を広げた。

「お前がチェフンさんのことを嫌ってるって知ってるから、集まりにチェフンさんが来るって言ったら嫌がるに決まってるから、あえて言わなかったんだ」

顔色一つ変えずに、すぐさま次の嘘を考え出す。これだからコロッと騙《だま》されてしまうのだ。

「まだ集まりとか言ってんのか? 一度失敗した嘘を繰り返すのは、ちょっと苦しいんじゃないか?」

「本当のことなんだよ! 地方から来るコーチもいるって言っただろ? モーテルは単にその人たちの宿泊先で、ちょっと挨拶しに行っただけだ。チェフンさんは、ただ一緒についてきてくれただけだし!」

「クソッ、そんなの信じられるか!」

爆発した怒鳴り声に、ハジュンの目と口が同時に開いた。ブレーキの利かない言葉の数々が、その顔に向かって放たれた。

「お前、ユン・チェフンのことが好きなんだろ? お前が誰かのことを、あんな表情で見つめてるのを見たことがないんだ。でも、既婚者だし! お前がその口で、そんな関係じゃないって言うから信じようとしたさ。だけど、他でもなくあんな場所に入っていったじゃないか。仲良く並んで笑いながら」

「キム・ムギョン」

「お前は、いつもそうだ! 周りの男たちみんなに思わせぶりな態度を取って、誰かに触られても押さえつけられてもヘラヘラしやがって。選手だろうがコーチだろうが、このチームの中でも誰と遊んだのか知ったことか。この前なんか女の人たちまで来てずいぶんと上機嫌でお楽しみだったけど、あの人たちは知ってるのか? お前が男にケツを掘られながら、ダラダラ垂れ流してるって。お前、それは詐欺だぞ、詐欺。メンツがあるなら、そんなことしちゃ――」

ドンッ！

ムギョンの言葉が突然の轟音《ごうおん》に遮られた。ハッと我に返って言葉を止め、まともに戻ってきた視界を確認すると、ハジュンが握った拳を背後にある玄関のドアの上に乗せていた。

「……お前、本当にイカれたんだな」

違うと、ムギョンはすぐに言い返せなかった。もしかしたら本当にイカれてしまったのかもしれないから。

「一体どれだけの人を侮辱するんだ？　俺、チェフンさん、俺のファン……。俺一人だけじゃなく、どうしてチェフンさんやファンの人たちまで、お前のバカげた妄想に付き合わされなきゃいけないんだ？」

ハジュンがドアの上に乗せていた手を下ろした。ヒラヒラと振り払った白い指先が赤くなっていた。ムギョンは叫んだ。

「なんでドアを殴るんだよ！　手の骨が折れるだろ！」

「俺は人は殴らないから、お前の代わりにこのドアが殴られたってことさ」

ハジュンは、とても小さく弱いため息をついて髪をかき上げた。もう怒ってもいないような力ない表情を、ムギョンは黙って見つめた。

「ああ、もうやめよう。一体どうしてお前がこんなことをするのか、俺もちょっと気が重いよ。正直、しんどいし。お前には失望した」

「……」

「こういう問題で、お前が俺に怒ること自体がバカげてるんだよ。お前だって、俺と関係を続けてる間に女性と会っただろ？　ついこの前も、梨泰院《イテウォン》のクラブで女性と一緒にいたらしいじゃないか。それなのに、どうして俺はダメなんだ？」

ムギョンの目が大きくなった。

「はぁ？　向こうから近づいてきて隣に座っただけで、何もしてない。クラブは、前からイベントの約束があったから仕方なく行ったんだ」

「もういい。知りたくもないから。お前が女性と会ってるからって、俺がとやかく言ったことがあるか？　どうせ俺は最初から、お前が俺だけとしかシないだなんて期待もしなかったさ。期待って言葉も可笑しいよな。そんなこと、望んだこともないから」

ハジュンは、ひたすら淡々とした口ぶりだった。ムギョンだけが悔しそうに声を荒げた。

「お前とすることにしてからは、お前としかシてない。海外ツアーに行った時だって、よそ見もしなかったんだ！」

「だから、知りたくないって言ってるだろ？　俺はお前が他の人と会おうが寝ようがどうだっていいのに、お前はなんなんだ？　お互い深い関係は結ばず、セックスだけをしようって言ったのはお前だ」

知りたくないだと？

俺のことが好きだって言ったくせに。好きなのに、そんなのあり得るのか？

俺はお前のことが好きじゃなくても、こんなに気になるのに。

「俺は、俺が見せられるものはすべて見せた。そして、お前はそれに答えたんだ。それなのに、どうして今さら急に態度を変えるのか……。まったく分からないよ」

「……」

「もう一度言うけど、チェフンさんと俺は、お前が考えてるような関係じゃない。モーテルは、飲み会の参加者の宿泊先だから少し寄っただけだし。信じられないなら、ジョンギュに訊いてみろ」

「……なんでさっきから、あいつの名前が出てくるんだ？」

「あの日、ジョンギュもそこにいたから。挨拶しに」

今度こそハンマーで後頭部を殴られた気がして、ムギョンは思わず唇を噛んだ。そんなムギョンのことなど知ったことではないと、一人考え込んで暫く黙っていたハジュンがコクリと頷いた。

「そうだな……。考えてみたら、たしかに誤解されても仕方ない状況だったよな。でも、そんな誤解をされたからって、お前にこんな扱いをされなきゃいけない理由があるか？　どう考えても、俺はないと思うけど」

誤解だと？

ムギョンの頭の中で歯車が慌ただしく動いた。ジョンギュに確認して本当に誤解だったら、本当にイ・ハジュンとユン・チェフンはそういう関係ではなく、約束を破ったこともなく、ムギョンとしかセックスをしていなかったのなら、ハジュンにここまで怒る理由はない。

今すぐ謝れば、イ・ハジュンは許してくれるかもしれない。いつも受け止めてくれるヤツだったから。悪かったと、誤解していたと、もう二度とあんなことはしないと、許してくれと。

……そんな謝罪のレパートリーすらも、誰かさんと瓜二つで吐き気がする。

誤解だったらなんだ？　それが誤解だからといって、たった数分前にこの場で自分がイ・ハジュンにイカれ野郎のごとく振る舞ったという事実は消えない。

ユン・チェフンがリストから消えたとしても、また誰かが代わりにその場所を占めるかもしれない。今はこの話に納得しても、明日になったらまた疑ってしまうかもしれない。ユン・チェフン以外のヤツを疑うかもしれない。ジョンギュの言うことすら信じられなくなるかも……。

結論は同じだ。イ・ハジュンは自分のそばから離れなければならないし、自分はもうイ・ハジュンに手を出してはならなかった。

「誤解だろうがなんだろうが、関係ない」

「……」

「いいから、もう俺のそばをウロつくな」

「言われなくても、帰ろうと思ってたさ」

沈黙の中で機械音が鳴り、ドアが開いた。ハジュンは足を踏み出すと暫く唇を噛み、ムギョンをまっすぐ見つめた。

「俺がお前を好きだってことは、お前に利用される理由にはなっても、お前に侮辱される理由にはならない」

答えないムギョンに、言葉を続けた。

「今回はこういう結果になったけど、今度また……もし他の誰かに好きだって言われても、こんな態度は取るな」

ムギョンは最後まで何も答えなかった。答えられなかったというほうが、より正確に近いだろう。まったく言い訳のしようがなかった。

音もなくドアが閉まった。硬くまっすぐな四角形。イ・ハジュンに似た断絶の形だった。

＊　＊　＊

ヴィラを出たハジュンは、とぼとぼと歩道を歩いた。ムギョンの家に向かっていた時は、あまりに腹が立ってかえって力がみなぎっていたのに、言うべきことを言い終えて最後の結論まで下してしまうと、すっかり力がなくなった。

言い争いの末に出た結論。誤解だからって何も変わらないから、俺の前から消えろ。

ここに来る時もタクシーに乗ってきたのに、帰りもタクシーに乗るとなるとお金がもったいなかったが、あれこれ気を遣うのに疲れた。こんな後味の悪い一日くらい、楽して帰ってもいい気がした。

タクシーに乗り込み、いつかの明け方のように時代遅れの流行歌を聴きながら、ハジュンは窓の外を眺めた。真っ暗になった街の上を、キラキラ光る灯《あか》りの数々が彩っていた。

風景は心の窓だ。気分が良かったなら美しいと思えたであろうたくさんの灯りが、今は世の中の悪い部分を上塗りして隠している模様のようにしか見えなかった。自分だけじゃなく多くの人が今日、怒り悲しみ理不尽なことを経験したのだろう。あの美しい光の狭間《はざま》で。

いや、ラッピングでもされているほうがマシだ。いくら悲しくたって、夜景くらい綺麗なほうがたしかにいい。今この風景に光がまったくなかったら、どれほど憂鬱だっただろう。

「ありがとうございました」

タクシーの運転手に礼を言って、ハジュンはマンション団地の中へと入った。

ゆっくり歩いている途中で、ムギョンの提案を受け入れ不安な気持ちで「これからどうなっていくのだろうか」と考えていた時のことを、ふと思い出した。まだ春の頃、ベンチの近くでライラックの木々が濃く香る花を咲かせていた時期。

『そう。私の息子なんだもの。なんだってやれるわ。きっと何もかも上手くいくはずよ』

家に帰り、ソワソワした気持ちで母を抱き寄せると、彼女は理由も知らないのに応援してくれた。「何かいいことがあったのか」と尋ねるので、笑いながら「そうだ」と答えた。ポジティブに考えようと心に決めたあの時から今までずっと、その決意を維持しようと最大限努力した。

ハジュンは家に向かっていた足を止め、向きを変えた。近づいていった場所は、マンション団地内のベンチだった。屋根の上に藤の葉が深い陰を作っている休憩場所の一番奥の椅子に座った。

暗い場所にお尻をつけて座るや否や、堰《せき》を切ったように涙がポロポロと落ちた。開けると泣き声が出てしまいそうなので、ハジュンは歯を食いしばって口をグッとつぐんだ。

誰に命令されたわけでもないが、俺が芝生の上を愛するようになった理由は、キム・ムギョン、お前だ。

俺は、どうしてもサッカーとお前を切り離して考えることができない。俺一人が勝手に憧れて真似事《まねごと》をしていただけとはいえ、それでも今はそれも俺の一部だ。

だからだろうか。俺だけじゃなくお前自身まで、お前に侮辱された気分になる。そんなふうには、したくない。

お前が好きだということも、お前に告白したことも、後悔しないと心に決めていたのに……。

いや、そんなこととは関係なく、どうせこうなる運命だったのか?

ふぅ、息を吐きながら顔を上げた。暗い藤の葉の形は、まともに見えもしなかった。ある程度乾いた涙を、ハジュンは手首の内側で拭った。コンビニに寄ってアイスパックでも買って、家に入る前にまぶたを冷やすつもりだった。

少しだけでも泣いたので、気持ちも落ち着いた。タクシーに乗って帰ってくる間に悩んでいたことに対する結論が出た。

ああ、消えよう。

ワールドスター、キム・ムギョンが消えるわけにはいかないから、動きやすい俺が消えてやるしかないだろう。

シティーソウル以外にも、チームはたくさんある。フニさんに頼めば、もしかしたら俺にもっと合うところを紹介してくれるかもしれない。

季節に似合わない冷ややかさで心がいっぱいになったが、それでも夏には変わりなかった。外に座っていると少しずつ暑くなり、ハジュンは立ち上がった。クスッと笑いが出た。生きるということは、こういうことだ。何かが起こってどんな感情に包まれたとしても、結局一番に感じるのは「夏だから暑い」ということ。

明日が休みで良かった。監督に連絡して、一日でも早く退職届を出さなければ。急ではあるが、自分一人が抜けるくらい、スタッフの流出と表現するほどのことでもない。どうせ仕事を覚えている途中の新人コーチなど、そこまで大した役割を任されているわけでもないのだから。

家に帰って、久しぶりに母さんに甘えなければ。ミンギョンやハギョンと話もして。そしたら、母さんは今日も「自慢の長男」と言ってくれるだろうし、双子は「お兄ちゃんは最高だ」と言ってくれるだろう。

一晩寝て起きれば、きっと明日は今日よりも平気になっているはずだ。

11

「退職届？」

ムギョンが聞き返した。

ロッカールームから出ようとすると、「ちょっと話をしよう」とジョンギュに引き留められた。連れ立って会議室に入り耳にした第一声は、ムギョンが夢にも思っていない言葉だった。

「ああ。急に辞めるなんて言い出すから、監督たちも不審がって俺に尋ねてくるんだよ。何かあったのかって。でも俺も何も聞いてないいんだ。お前、何か知らないか？」

「知らない」

キッパリ答えはしたが、あまりにも思い当たる節がありすぎた。ジョンギュの話によると、ハジュンは突然コーチの仕事を辞めると言って退職届を出したということだった。

退職届だなんて。彼に「ウロつくな」と言ったのは、話をしようなどとほざいて近くを歩き回るなという意味で、チームを辞めろという意味ではなかった。二人のうちどちらかが辞めなければならないなら自分が違約金を払ってでも辞めるべきで、ハジュンがここを辞める理由はまったくない。

レンタル契約だろうがなんだろうが、何もかもを反故《ほご》にしてイギリスに帰ってしまおうかと思いつつもそうできないのは、今すぐイ・ハジュンと会えなくなっても平気でいられる自信がまだなかったからだ。自分が望んでいるのは彼が無駄な未練を捨て、ゴミを見るような態度を取られてもいいからお互い適当に無視しつつ過ごすことだ。シーズンが終わるまで顔が見られるのなら、その時までには、この取っ散らかった感情の整理がつけられそうな気がしたから。

だからああ言ったのに、チームを辞めろなんて意味じゃなかったのに、退職届だなんて。

「それで？　退職届は受理されたのか？」

「いや。監督も、突然すぎるし何か理由があるんだろうと思って、とりあえず引き留めたってさ」

「イ・コーチは残ることにしたのか？」

「それが、かなり意志が固いみたいだ。こんなに急にチームを抜けるなんて意地を張るヤツじゃないのに。だから監督が……」

　ジョンギュの携帯電話にメッセージが届いたせいで話が途切れた。ムギョンは催促した。

「監督が、なんだって？」

「あ、うん。何か理由があるなら片付けてこいって、休暇を与えたそうだ」

「休暇？　どれくらい？」

「十日」

　十日。短いといえば短いような気もするし、長いといえば長いような気もする。

「じゃあ、休暇を受け入れて辞めないことにしたのか？」

「クラブ側としてもかなり便宜を図ってくれたから、とりあえずは休暇を取ることにしたらしい。その間に考えてみるって」

「お前は連絡したのか？」

「まだだ。俺も今朝聞いたばかりで。あのハジュンが辞めるって言うんだから、きっと何か理由があるんだろう。だから今は問い詰めずに少し時間をやったほうがいいんじゃないかと思ってさ」

　ムギョンがバンッと机を軽く叩《たた》いた。

「お節介野郎が、何を急にクールぶってんだよ。キャプテンだったら、事情を聞いたり引き留めたりするべきなんじゃないのか？」

「俺は選手団のキャプテンで、スタッフのキャプテンじゃないだろ」

　ジョンギュが悔しそうに不満を声に出した。

　余計なお節介は際限なく言うくせに、ちょっと利用してやろうかと思った時には役に立たない。まぁ役に立つ干渉なら、お節介とは言わないか。ムギョンは気に食わないというような目つきでジョンギュを見つめてから、考え直した。

　そうだ。かえって、良かったのかもしれない。

　十日間をイ・ハジュンなしで過ごしてみるのだ。別に初めてのことでもない。ついこの間だって海外ツアーに行ってきたじゃないか。あの時は、二週間もハジュンの髪一本見ずとも元気に過ごせた。

　あの時もハジュンのことを逐一思い出しはしたが、とにかく同じような日数の間、一度も連絡を取らずにツアーを終えたのだから、今回だって何も違いはないだろう。

　どうせシーズンが終われば、もう会うことのないヤツだ。

「目から遠ざかれば、心からも遠ざかる」と言ったものだ。この十日間をやり過ごすことができたら、もう何も心配せず残りの契約期間を終わらせてグリーンフォードに戻ればいいのだ。ムギョンは顔を撫《な》で上げながら決心した。

やれるぞ、キム・ムギョン。取っ散らかった感情は、自分でカタをつけろ。

十日後に戻ってくるハジュンは、最初の頃以上に自分によそよそしく振る舞うだろうし、そうなったら自分も同じようにシレッと合わせてやればいい。仲が良くも悪くもない、単に同じチームの選手とコーチとして付き合って、グリーンフォードに復帰すれば何もかもが綺麗《きれい》サッパリ終わる。

「まぁ、チェフンさんも帰ってきたし、あっちに移りたかったのかもな。やっぱりチェフンさんと一緒のほうが働きやすいだろうし」

お節介野郎が、固い決意の助けにもならない情報を流してきた。まるで何か知っていてやっているかのようで、なんだか憎たらしい。ムギョンはわけもなくキッと彼を睨《にら》んでから、尋ねないようにしていたことを我慢できずに質問した。

「ジョンギュ。お前、コーチの集まりについていったのか？」

「コーチの集まり？　ああ、飲み会のことか？　ちょっと挨拶しに寄っただけなのに首根っこを押さえられて死ぬかと思ったよ。とんだザルばかりだ」

「コーチの中に、モーテルに泊まった人もいたのか？」

「地方から来た人たちが数人。それがどうしたんだ？」

「いや、なんとなく。そういう集まりもあるんだなぁ、と思って」

ジョンギュも一緒にいたという話をハジュンが口にした時に、自分が誤解していたということはすでに確信していたが……もしかしてと思って確認してみたら案の定だ。

とうの昔に疑いは晴れたが、むしろだからこそやり切れないし忌々《いまいま》しかった。あんなにじっとりとした感情に襲われたということ自体が。何度も自分をコントロールできずに行動しようとしたという事実が。キム・ムギョンは、そんな人間であってはならない。

「そろそろ行こう。練習に遅れる」

ジョンギュの言葉に頷《うなず》きながらムギョンも椅子から立ち上がった。野外練習場に入ったムギョンは、芝生の上をザッと見渡した。ハジュンがいないことを確認でもするかのような動きだった。

色白の顔にいつも優しい微笑《ほほえ》みを浮かべて選手たちをチェックしていた若いコーチの姿は、当然だが見当たらなかった。他の選手たちはハジュンが退職届を出したという事実をまだ知らないのか、彼の話題を一言も口にすることなく雑談をしていた。

間もなく監督がやって来て、選手たちは整列した。

「今日の練習を始める前に、一つ連絡事項がある」

その言葉に、わけもなく生唾を飲み込んだ。

「イ・ハジュン・コーチは、私用のため十日ほど休むことになった」

えっ、マジ？　どうして？　お前、知ってた？　具合でも悪いのかな。ご家族に何かあったのかも。

豆の木がグングン大きくなるように、ひそひそ声がざわめきに変わった。黙々と練習ばかりしていると思われがちなスポーツ選手たちが、どれほどおしゃべりな存在なのかを知ればみんな驚くだろう。グリーンフォードもここも同じく、ロッカールームや練習場ではこの世のありとあらゆる話題が出るのだ。

スポーツ選手の生活には大きな変化要因はないし、変化が起きて良いこともない。個人の実力向上はあるものの、あるポイントを越えてしまえば常に同じ環境で同じような練習や試合サイクルを繰り返す単調な生活を送っている。そのせいか、干渉好きなジョンギュでなくとも憶測や想像が好きな人が多いので噂話《うわさばなし》が絶えない。

練習場の人気者が突然消えたので、みんなは今、頭の中で必死にその理由を探っているところなのだろう。その想像力を常に誰よりも大爆発させていた一人だけが、誰に何か言われたわけでもないのに罪人だと指をさされた気がして、ガチガチに固まって何かを考える余裕すら失っていた。

「イ・コーチがいない間、他のコーチたちが少し忙しくなるかもしれないから、しっかりついてくるように。さぁ、午前の練習を始めよう」

「はい！」

返事と共に、軽いランニングからスタートした。芝生をぐるりと囲むトラックを走りながら、ムギョンは一か所に集まって何かを話しているコーチたちを横目で見た。あの中にハジュンの姿がないことがとても不自然に感じる。

本来ならイ・ハジュンも、あの真ん中に立って笑っているべきだった。他のコーチたちに頭をクシャクシャ撫でられたり、自身が記録したノートを先輩たちの前で広げてブツブツと何かを議論したりしながら。

　そして自分も体をグッグッと伸ばしてストレッチをしたり、自分よりもかなり年上のコーチたちの間に混ざっているのが退屈なのか、時には選手たちを追いかけて一緒に軽く走ったりもした。

　ランニングが終わると合同ストレッチの時間だ。この時間になると、それが仕事だからではあるものの、ハジュンの白い手が自分の脚や背中や腕などを触って姿勢のチェックやマッサージをしてくれることが、ムギョンのささやかな楽しみだった。彼のボディタッチは争議の末に勝ち取った果実ではなかったのか？

　時に声を殺して軽い猥談《わいだん》をすると、少し顔をしかめて「黙れ」と言うようにムギョンを睨むのだが、その顔はむしろハジュンも意識しているということを表しているため楽しさが倍になるだけで、からかうのをやめようとはこれっぽっちも思わなかった。

　次に体力トレーニングを終えてからポジションごとに分かれてパス、ドリブル、トラッピングなどの練習をして、ムギョンと数人のフォワード選手たちは四十メートル走を繰り返した。

　普段ならこういう時、ハジュンは選手たちを観察しながらいつも持ち歩いているノートに何かを一生懸命書き込んだりしていた。ストップウォッチを持ったコーチに向かって何回か走ると、午前の練習が終わった。

「ついに外食に飽きたのか？」

　ほぼ一週間ぶりにクラブ内の食堂に入ると、ジョンギュがからかうようにムギョンに問いかけた。ムギョンは答えずにテーブルにトレイを下ろした。他の選手たちも興味津々《しんしん》な目でムギョンをチラリと見たが、ジョンギュのように堂々と声をかける度胸はなさそうだった。

　今まで食堂で食事を摂《と》ることを避けていたのはハジュンが原因なのだから、彼がいない日までわざわざ外食する必要はない。食欲もないが、しっかり食べてしっかり寝るのがプロ選手の一番の仕事だし、どんな状況でも生き残る一番の条件だ。

　どうにか食べ物を押し込み、栄養剤やサプリを飲んだおかげで、ムギョンはシーズン後半最初の試合で五本のゴールを決めることができた。ムギョンが黙々とスプーンを手に持っている間に、他の選手たちはせわしなく質問を始めた。

「ジョンギュ先輩。イ・コーチに何かあったんですか？」

「具合でも悪いんですか？」

「いや、単にちょっと私用があって……」

ジョンギュが言葉尻を濁しながらムギョンを見た。彼の眉間が狭まった。

「キム・ムギョン、どうしたんだ？」

「なんでもない」

ムギョンは白米を一さじ口に入れるや否や手で口元を覆い、ただただ顔をしかめていた。暫《しばら》くの間その状態でいたが、口に入れたものをなんとかゴクリと飲み込んだ。

「……なんだよ、料理が傷《いた》んでたのか？」

ジョンギュがあちこち料理をつついて食べ、後ろで話をしていた他の選手たちも箸を動かした。しかし料理には何も問題なく、いつもと同じ味だった。

「大丈夫だけど」

「俺のコンディションの問題みたいだ」

「えっ、どこか悪いのか？」

短く答えたムギョンはトレイを持って席を立った。料理がまるっと残ったトレイを返却すると思うと気が引けた。案の定、調理師の一人が心配そうな視線を送りながら尋ねた。

「キム・ムギョン選手、具合でも悪いの？　最近全然来てくれないから、何か気に入らないことでもあるのかと思ったよ」

「まさか。今日はちょっとコンディションが悪いみたいです。次は必ず平らげますよ」

「はぁ、体が商売道具の人が……心配だね。冷蔵庫にアワビがあるから、お粥《かゆ》でも作ってあげようか？」

「いいえ、大丈夫です」

親切な人たちがクズに温情を施す。善意が重く感じられ、ムギョンは急いで食堂を出て一人でいられる場所を探した。空いている会議室に入り、頭を抱えて座った。

（……これは違うだろ）

自分のせいでイ・ハジュンがここを辞めるかどうか悩むなんて、あべこべだ。そんな意味じゃなかったということだけはハッキリさせよう。単に距離を置こうという意味であって、チームを去れという意味ではなかったのだと。頑固ではあるが鈍いヤツじゃないから分かってくれるだろう。

そのためには今日、家を訪ねなければならない。昨日あんなことがあったのに、こちらから会いに行くなんて可笑《おか》しくはあるが、ハッキリとした理由のある訪問だ。仕方ない。

食事も摂れずに臨んだ午後の練習は、気が焦《あせ》ってなかなか普段通りに集中できなかった。それでもムギョンはなんとか決められた練習をこなし、チームメイトとの挨拶もそこそこに車に乗り込むと、スピードを上げた。

目を瞑《つむ》っていてもたどり着ける公営マンション団地の敷地に車を停《と》めたムギョンは、すぐさま携帯電話を取り出した。恥をかく覚悟などはすでにし終えて訪ねてきた立場なので、躊躇《ためら》うこともなく電話をかけた。

――……ただいま電話に出ることができません……。

思うように事が進まない。暫くそのままでいると、発信音はメッセージを残せというアナウンスに変わった。もう何度か電話をかけてみたが、毎回同じ機械音が流れるだけだった。

相手が出てくるまで粘れるのは自分だけだとでも？　ムギョンは眉間に皺《しわ》を寄せ、ドアをバンッ！　と強く閉めて車から降り立った。ハジュンの住む棟にズンズンと向かった彼は、シールなどを剥がした跡が年月の垢《あか》のようにこびりついたエレベーターに乗った。

ハジュンの自宅はワンフロアに数戸が並ぶ旧式マンションだった。非常連絡網で部屋番号を確認して彼の家の前に立った。わけもなくドアを睨んだが、残念ながらハジュンは家族と同居しているので、出てくるまでドアを蹴ってやるという脅迫をやり返すことはできなかった。ムギョンは丁重に呼び鈴を押した。

二回、三回、四回押しても返事は返ってこない。壊れているのでは、と疑った。コンコンとノックもしてみたが、ドアの向こうからはなんの気配も感じられなかった。

誰か一人でもいれば、こんなに静かなはずがないのに。留守なのか？

「どちら様ですか？」

突然聞き慣れない声が聞こえた。振り向くと、ムギョンよりも少し年上と思われる女性が驚いたようにムギョンを凝視していた。

「えっ、嘘《うそ》」

彼女はすぐにムギョンに気付いたのか、目を丸くして口元を隠した。ムギョンはペコリと会釈をした。

「やだ、嘘。キム・ムギョン選手じゃありませんか？　ハジュンに会いにいらしたの？」

その言葉にムギョンは一瞬たじろいで、「どうして分かったんですか？」と聞き返しそうになった。世間の人々に、自分がイ・ハジュンのことばかり考えているということがバレているかのような錯覚に襲われた。

「あ、はい。今、同じチームにいるんです」

「それなのに、ご存じなかったんですか？　今、留守ですよ。家族旅行で」

まったくの予想外の単語に、相槌《あいづち》すらすぐに打つことができなかった。

「……家族……旅行ですか？」

「ええ。下の子たち、ああ、双子の学校が始まる前にちょっと行ってくるって言って。いつも忙しくて遠出しようだなんて考えられないって言ってたのに、何かいいことでもあったのか、久しぶりに」

いいこと、だなんて。意外な答え、悪意のない手痛い単語に自然と表情がこわばりかけた。ムギョンは気が抜けた心の内を必死に隠して微笑んだ。

「どこへ行ったのか、ご存じありませんか？」

「そこまでは知りませんね」

「いつ帰ってくるかは？」

「さぁ。それも……」

「そうですか。ありがとうございました」

再度会釈をして、彼女のリクエストに応えてサインまで書いてやってから、エレベーターに乗った。

しっかり休暇を楽しむつもりらしい。昨夜までソウルにいたヤツが、この短時間で退職届を出して休暇をもらって旅行にまで行くなんて、なんとも行動が早い。ムギョンは昨日一日中反芻《はんすう》していたハジュンの別れの言葉を思い出さざるを得なかった。

『もうやめよう。一体どうしてお前がこんなことをするのか、俺もちょっと気が重いよ。正直、しんどいし。お前には失望した』

気が重くて、しんどくて、失望した。三連打を飛ばすなんて、本当に愛想が尽きたのか？　たった一日で切り替えて旅行に行くほどだとは。

どこへ行ったのか、調べようと思えばできないことはないが、なぜかやたらガックリした。車に戻ったムギョンはエンジンをかけてからも暫くそこに留まり、軽くため息をついて車を出した。

＊　＊　＊

その日の夜中、ムギョンは汗をダラダラ流しながら目を開けた。夕飯もそこそこに寝床に入ったが、腹も空《す》かなかった。ただ少し喉が渇いたのでサイドテーブルに置いた水を飲み、再び枕の上に頭をドサッと落とした。

時刻を確認しようと携帯電話の画面をつけた。深夜三時を少し過ぎていた。微妙な時間に目が覚めてしまった。悪夢にうなされでもしたかのように、暗闇の中でもぼんやりと目が回った。いつもと同じように、どんな夢を見ていたのかはよく思い出せない。いくつかの片鱗《へんりん》が、剃刀《かみそり》の刃のように時折記憶を切り取るだけだ。

このまま眠ったら、また気分の悪い夢を見てしまいそうだった。ムギョンは白く光る携帯電話の画面をぼんやりと見つめ、インターネットウィンドウを開いた。何をするために画面を開いたのか忘れてしまったかのように、その白いウィンドウを暫く見つめていた。そして自分の、正確にはほとんどエージェンシーが運営しているオフィシャルSNSに移動した。

友だちリストを開いてジョンギュのSNSのリンクをタップすると、もう二歳[3]になったであろう子どもの写真が画面いっぱいに映った。ぼんやりした目でスクロールし、ジョンギュの友だちリストをタップした。チェックするのも面倒なほどリストが長い。それでも一つひとつ確認しながらスクロールしていくが、いくら探してもハジュンのものと思われるSNSはなかった。

「つまらん」

目が痛いばかりで、不満げな独り言が口から出た。SNSをしているならジョンギュのリストにないわけがない。考え込んでいたムギョンは、ふと思いついて動画サイトに移動した。

画面をズラリと埋める様々なサムネイルを凝視していたムギョンは、導かれるようにキーパッドを叩いた。携帯電話に「仔牛」という単語で登録されている男の本名を入力すると、ムギョンほどは多くないが、予想通りいくつかの動画が出た。

3　訳注：韓国では数え年で年齢を表すため、ここでの二歳は日本でいうと〇歳から一歳にあたる。二〇二三年六月に満年齢方式に統一する制度が施行され、現在の韓国では数え年方式は廃止されている。

その中で数年前のものと思われる一つが目を引いた。

イ・ハジュン
メンタル最強イ・ハジュンがブチギレた瞬間
最強仁川《インチョン》

「……殺伐としたタイトルだな」

ぶつくさ言いながら、タイトルからして強烈な一つの動画をタップした。中継映像の一部なのか、スコアが左上に出ていた。応援の声と共に、ロングショットで撮られた芝生とその上を走る選手たちが映った。あまりに遠くから撮影されているので、どれがハジュンなのかすら分からなかった。

コーナーキックが飛んできて、ゴールの前で数人の選手たちがジャンプした。それぞれボールをキープしようとする選手たちの間で、一人が倒れて地面に転がった。解説者が声を上げた。

「あっ、パク・スンホ選手！　倒れてしまいました」

「衝突したようですね」

衝突シーンをクローズアップしたスロー映像が再生された。二人の選手がボールに向かってほぼ同時に飛び上がり、一人の選手が隣にいたもう一人の選手の顔を肘で殴りつけた。顔を攻撃された選手が顔面を覆いながら地面に墜落するように倒れるシーンがハッキリと捉えられていた。

スロー映像が終わって再びカメラがピッチを映すと、その間に試合は中断していた。両チームの選手たちが一か所に集まっている様子は、パッと見でも乱闘になりそうなくらい険悪な雰囲気だ。ついさっき肘打ちを食らわせた選手に詰め寄って怒りながら何かを叫んでいる人物の姿がアップになり、ムギョンの胸が一瞬止まったかのようにドクンと大きく跳ねた。

「イ・ハジュン選手、かなり怒っていますね」

「ああ、これはいけませんよ」

イ・ハジュンがものすごい勢いで声を上げると、叱責されていた相手チームの選手が胸ぐらを掴《つか》んでハジュンを押した。ハジュンが整った眉間に皺を寄せるなり、彼が何か言いもしないうちに他の選手たちがドドドッと押し寄せ、互いを押し合いへし合いする大荒れの様相を呈し、事態は混乱した。

乱闘に割って入った審判は、ハジュンと相手チームの選手両者にイエローカードを出した。ハジュンは目を見開いて不満を表したが、一度出されたカードは取り消されなかった。

彼はそれ以上判定に不満を表さず、腰に手を当てかぶりを振りながら後ろを向いた。相変わらず怒り心頭で息巻く選手たちに背を向けて一人観客席のほうへ歩いていくと、片手をバッと大きく振った。

ブー！　その動きが合図にでもなったかのように、相手チームと審判に向けられた大きなヤジが飛んできた。

［イ・ハジュン選手は、そう簡単にカッとなる性格ではないのですが。パク・スンホ選手が倒されて、相当頭にきたようです］

［ハハッ、観客のリアクションを煽って空気を変えようとしています。さすが人気選手らしいですね］

解説と共に、相変わらず怒りが収まらないかのように硬くなったハジュンの顔が再びクローズアップされたところで動画は切れた。停止した画面の中のハジュンを見ながら、ムギョンは黙々と考えた。

（……もっと早くこういう動画を見てたら、あそこまで怒らせたりしなかったのに）

なぜ、あんなことをしたんだろう。攻撃するにせよ防御するにせよ、敵を知り己を知ることが勝負に勝つ方法なのに、ムギョンはハジュンについて何一つまともに知らなかった。単に自分に見せてくれた姿だけを見て、彼のすべてを判断した。よく知りもしない状態で焦って行動してラインを越えた。だから困ったことになったのだ。

初歩的なミスだった。小さな試合一つプレーするにしても、まずモニタリングをして臨むものだ。興味を持ちさえすれば相手を把握することが特に好きなムギョンにとって、あれほどの関係変化を試みようとする相手について詳しく調べるのは基本中の基本だった。

準備もせずに下手に動いてしまった自分自身が理解できず、複雑な気持ちで再びサムネイル画面に戻った。さらにスクロールしていると、あるタイトルがパッと目に留まった。

《イ・ハジュン―キム・ムギョン、奇跡のアシスト》

ムギョンは、この世に存在するはずのない幽霊でも見たかのようにキョトンとした表情になった。だがすぐに、ジョンギュが前回のワールドカップでのアシストのことを何度か口にしていたのを思い出した。

彼の話はハッキリ覚えていたが、自分の目で確認したことは一度もなかった。ムギョンは画面をタップするのを暫く躊躇ってから、動画を再生した。

振り返りたくなくて、まともにモニタリングすらしなかった三年前のワールドカップのワンシーンが画面をいっぱいにした。グループ別リーグ最後の試合だったウルグアイ戦。この頃にはチームの雰囲気も韓国代表チームに対する世論も、これ以上悪くなりようのないほどメチャクチャになっていた。

それでもラストチャンスだった分だけ応援は激しく、選手たちはいつも以上に真剣に南米の強豪チームに熾烈《しれつ》に立ち向かった。それはムギョンも同じだったし、この日は先制ゴールも決めて、運が良ければ決勝トーナメントに上がれるかもしれないという希望を、ほんの一瞬味わったりもした。やる気だけで解決できる問題などないという教訓を与えられたかのように、結局は負けに終わり、二度と振り返りたくない試合になってしまったが。

「はい。韓国はしっかりボールをキープしています。今日はディフェンスがよく集中していますね」

わざと平静を装った解説者の声にも緊張が感じられた。どのリーグ試合とも比較にならない熱気を帯びた歓声が、スタジアムを覆い尽くした。

大韓民国《テーハンミングッ》！　ドンドンドン！　人々の歓声と応援席で響く打楽器などのリズムをBGMにして、ゴール前でボールがあちらこちらへ回った後、ある選手の足元に届いた。

イ・ハジュンだった。

韓国代表ユニフォームを着てピッチに立つ、確実に今より幼く活気がありそうなハジュンの姿が画面に映り、ムギョンは思わず喉を鳴らした。彼はペナルティエリアの前方脇に立っており、そこからパスを回すことなくスピーディーにボールを遠くへ蹴り上げた。

ボールの飛行距離が伸びると、カメラが引いてスタジアム全体を画面に映し出した。ボールは遠くに飛んでいき、ウルグアイのゴールに向かって走っていたある人物の足元を標的のごとく狙って落ちた。

そう、まさに三年前のキム・ムギョンの足元に。

宅配便と表現としても過言ではないほど正確なファーサイドクロスだった。数えるほどしか一緒にプレーしていないレフトバックのセンタリングにしては、ムギョンの動線やパターンを完全に知り尽くしているようだった。

すでに走っていたムギョンは、前にいたディフェンダーをいとも簡単に数歩で振り切り、そのままボールを蹴った。ちょうどキーパーもかなり前に出てきていたせいで、ウルグアイはまともに防御もできずにゴールを明け渡すしかなかった。

「ゴーーール！　ゴール！　ゴール！　ゴール！　先制ゴールです、ゴール！　この試合、二点差で勝てば韓国はベスト16に進出です！」

喉が張り裂けんばかりに解説者が叫んだ。いくらチームワークが崩れて世論が冷ややかになったとはいえ、ともかく勝利を目前にした人々は興奮した。それはピッチの上の選手たちも同じで、ゴールを決めた直後だけは不和やいざこざも忘れて声を上げて熱狂し、ゴールを決めた主役のそばにドドドッと集まった。カメラが韓国の選手たちを急いでクローズアップした。ムギョンは、一番に自分に近づいてきた選手を確認することができた。

当然といえば当然だが、それは先ほど決めたゴールをアシストしたハジュンだった。この時のムギョンは、ただゴールを決めたという喜びに浸っていただけで自分に向かって走ってきた選手をひとまとめにして認識しており、いちいち誰が誰なのか確認もしなかったし把握しようとも思わなかった。

自分に体をくっつけて立っている選手のことも、ゴールを決めさせてくれた感謝すべきアシストの立役者としか思っておらず、彼がどんな人なのかはまったく興味がなかった。背番号や名前、ポジションくらいは覚えていたはずだ。少なくとも、あの当時は。

ハジュンは、アシストを上げた選手としてムギョンに駆け寄って祝おうとしたようだ。そして画面の中のキム・ムギョンは重要な初ゴールを決めた喜びを思い切り味わっている最中で、高揚感に酔って特に何も考えずに自分に近づいてきた先制ゴールの助っ人を抱き寄せた。

全国のたくさんの人がこのシーンを見ただろうが、ハジュンの小さな行動に誰も注意を傾けはしなかっただろう。

ムギョンだって自分が告白されていなければ、今このシーンを見てもなんの違和感も持つことなくスルーしていたかもしれない。

一瞬、ハジュンの顔に困惑の色が差した。ムギョンのほうから抱き寄せたのに、彼はまるでムギョンにくっついてはいけないかのように首と上体に力を入れ、できるだけ体を離そうと頑張っているように見えた。だが、ムギョンが彼を抱いた直後に集まってきた選手たちが大喜びで声を上げながら二人を幾重にも取り囲んで圧迫し、彼らの重みで二人は自然と体をピッタリ密着させて立つしかなくなった。

その瞬間から、動画の中のハジュンは必死に持ち上げていた頭を諦めたかのようにガクッと下げると、ムギョンの肩に顔を埋めて首に腕を回した。携帯電話の小さな画面でも、白い耳が赤く染まったのが確認できた。

「……」

気のせいか？　ムギョンは再生バーを戻し、ハジュンが自分に駆け寄ってくる部分からもう一度再生した。二回、三回、四回。

何度巻き戻して見ても同じだった。ムギョンに抱き寄せられた彼は、困ってどうすればいいか分からない様子だったが、暫くすると、まるで「ええい、もう知るか」と心の中で叫びでもするかのように一人だけの小さな抵抗を諦め、肩に顔を埋めてムギョンを抱き返した。

赤く染まった耳。きっと肩に埋まって見えない顔も同じ色をしているのだろう。もう三年も前の映像だった。

『俺、お前のことが好きだ』

涙を露のように目に溜《た》めてこちらを見上げ、淡々と言った色白の顔が、ふいに視界を覆った。あの時、俺はなんと答えたっけ？

『セックスしてるうちに、情でも湧いたのか？』

だが、そう尋ねる前に口から出そうになった言葉は他にあった。訊《き》こうと思ってやめた言葉と、それまでムギョンの中でグルグル回りながらもスルーできなかった無数の質問が、混迷した心の中を埃《ほこり》のように漂った。

まだ見ていない映像がたくさん残っていたが、ムギョンは急激に押し寄せてくる疲労感に目を閉じた。ランダムに頭の中を飛び交う様々な質問が一か所に固まり、赤いまどろみの中へ引き込まれていく。

いつから？

俺のどこが好きなんだよ。

お前は本当に今のままで満足なのか？　もっとプレーしたくないのか？

俺と一緒にロンドンへ行くのはどうだ？　ここよりは選択肢も広がるし、いろんな面でいいはずだ。

怪我《けが》したところは大丈夫なのか？　今はまったく痛まないのか？

イ・ハジュン、お前は本当に俺のことが好きなのか？

ハハッ、まったく不思議だよ。どうして？

お前みたいな人間が、どうして俺のことが好きなんだ？


眠りから覚めると、コンディションは昨日より悪化していた。デリバリーされた朝食……いつも食べている鶏胸肉があまりにもパサパサしていて、とてもじゃないが飲み込めなかった。まったく呆《あき》れる。両親が死んだ翌日だって、しっかり食べたというのに。仕方なくパウダーを牛乳に溶かしたシェイクだけを流し込んで出勤した。

一日二日くらい食事が疎《おろそ》かになったからといって、すぐに練習に支障をきたすことはなかったが、長期化すると致命的だ。気になることはこれ以上先延ばしせずに調べて結論を下し、早くこの状況を解決しなければならなかった。

昨日のジョンギュよろしく、今日はムギョンがジョンギュを引っ張って会議室へ向かった。

「なんだよ」

「いくつか訊きたいことがある」

疲労感が大きくなると、携帯電話を見続けるのもつらくなった。インターネット上を飛び交っているほとんどの情報は刺激的な反面、中身がないということを、誰よりもムギョンが一番よく分かっていた。

まともに知りもしない人が書いた文章から真実を掘り起こそうと苦労するより、すぐそばにいる情報通を活用したほうが効率的だ。ジョンギュは人のことに興味津々《しんしん》なわりに鈍いタイプなので、こういう時にもってこいのヤツだ。

「イ・コーチのことなんだが」

「ハジュンがどうした？　何か連絡があったのか？」

「どうして怪我したんだ？　そんなにひどい怪我なのか？」

すると、ジョンギュは驚いたという表情で目をパチクリさせた。ムギョンは顔をしかめた。

「なんでそんな目で見るんだよ」

「その質問に呆れちまってさ。今まで知らなかったのか？　なんで怪我したのか」

「教えてくれなきゃ、知ってるわけないだろ」

「おい、このチームでハジュンの怪我の理由を知らないのは、きっとお前だけだぞ？　あんなに有名な話を、まさか知らないなんて思わないだろ」

「いいから、早く教えろ」

　ジョンギュは、なぜムギョンが突然この問題に興味を持ったのか訝《いぶか》しげな表情で、しかし問い詰めることもなく答えてくれた。

「お前はイギリスにいたから詳しくは知らないかもしれないけど……。何年か前にミョンシンデパート本店で火事があったの、知ってるだろ？　大火事になって建物のほぼ半分が焼けた」

「知ってる」

　ワールドカップが開かれた年のことだったと記憶している。その年の秋だか冬だかに、有名デパートで大きな火災が起きた。閉店間際だったので人が多くなかったのは不幸中の幸いだったが、むしろそのせいで対処が遅れて多くの死傷者が出た事件だった。

「ハジュンが進めてたフランスへの移籍が順調にいきそうな時だった。だから、その年は家族と一緒にクリスマスを過ごせなさそうだからって、双子のプレゼントを前もって買いに行って、事故に遭ったんだ」

「……」

「一階にいたから、幸い火が広がる前に救出はされたけど、火事になると火がゴォゴォ燃えてなくても煙のせいで逃げ出せないこともあるらしい。もっと早く外に出てれば怪我しなかったかもしれないけど、ハジュンの性格が……。一人の子どもがフロアの隅で恐怖に立ちすくんで逃げられずにいるのを見ちまって、その子を連れて出ようとして逃げるのが遅れたんだ」

「煙を吸っただけじゃ、怪我はしなかったはずだろ」

「そりゃそうさ。でも、デパートの建物が天井から燃えたから、吊《つ》り下がっていた照明だか、がれきだかがハジュンに落ちてきて怪我して……。すぐには逃げ出せず、煙を吸ってそこで気絶したんだ。なんとか避けて頭には当たらなかったけど」

　もう話したくないというようにジョンギュが言葉を濁した。

「とにかく、それで火傷《やけど》も負って手術したんだ。出血もひどかったし、煙もかなり吸って……。別にすぐそばで見てたわけじゃないけど、暫くは大変だったよ。そばで見守ってた家族も、もちろん。双子が『自分たちさえいなければ、お兄ちゃんがデパートに行くこともなかったし、怪我することもなかった』って泣き喚《わめ》いてた姿を今でも思い出すよ。ワールドカップが終わったばかりで、ちょっと名前も知られた頃だったから、一瞬だけどニュースにもなったし。だから、みんな知ってるよ。当然お前も知ってると思ってたさ」

火事……。

発表会場が煙でいっぱいになったあの日、なぜハジュンがあんなに奇妙な反応を見せたのか、ムギョンはやっと分かった。ジョンギュとチェフンが、大げさに感じるほどハジュンの状態を確認していた理由も。

自分だけが知らなかった。ジョンギュとチェフンだけでなく、このチームのみんな、いや、韓国でサッカーに興味のある人なら誰もが知っていることを一人だけ知らず、そんな経験をしたヤツを家に連れ込むなり浮かれて目隠しまでして、すぐに押し倒そうとした。

今でさえもう十分だと思っていた自分に対する幻滅が、さらに重く肩にのしかかる。ムギョンはこめかみを指で軽く押さえ、残りの質問を続けた。

「コーチングしてるところを見た感じ、日常的な運動は普通にできてたけど、リハビリが不可能なほどなのか？」

「お前、この前もその質問したよな？　そこまで細かく訊くのもなんだから、俺も詳しくは知らない。でも、そう簡単にいかないから諦めたんだろう。じゃなきゃ、移籍を進めてる最中だったのに検診も受けずに諦めたりするかよ。でも元々丈夫なヤツだったから、回復もかなり早かったそうだ」

そう言ったジョンギュは、また何かを見定めるように様子を窺《うかが》いながら尋ねた。

「どうして急に昔のことを？　もしかしてハジュンが辞めようとしてることと関係あるのか？」

「ない。ただ、辞めるって聞いて、付き合いのある期間のわりにイ・コーチについてあまり知らないなと思って」

「そんなことを思うなんて、お前にしちゃ珍しいじゃないか。でもお前たち、最初はお互い無関心だと思ってたけど、かなり仲良くなったよな。ハジュンが戻ってきたら、マジで三人で一杯やろう」

返事を濁しつつ、ムギョンは会議室を出た。練習場に出て芝生の上に足を踏み入れた彼は、昨日から頭の中で無秩序に騒いでいる質問と情報を少しずつ整理していった。

イ・ハジュンが自分のことが好きだと言ったのは最近だったが、昨日見た動画は三年前のものだ。このチームで出会ってセフレになってから生まれた感情だと思っていたが、もしかしたらムギョンの予想よりもずっと前からだったのかもしれない。

イ・ハジュンは火災現場で怪我を負って引退した。そんな不幸を、たかが数年で何事もなかったかのように受け入れることができる人間は多くない。火事になったと思った時、パニック状態になったのも不思議ではない。

それなのに、されるがまま黙って体を預けた。ムギョンが途中で気付かなかったら、最後まで我慢していたかもしれない。手荒なセックスの最中だったにもかかわらず血の気の一切ない真っ青な顔と、遠くを見つめるようにぼんやりとしていた視線が、目の前にチラつく。吐くほど驚いていたくせに、真っ青な顔をしたハジュンが煙の立ち込めた発表会場で最初にしたのは、ムギョンを探し、彼の手首を掴んで急いで避難することだった。

ムギョンは眉間に皺を寄せた。今まで感じたことのない痛みがズキズキと胸のあたりから全身に広がっていった。

「……イム・ジョンギュ」

「なんだ？」

「俺、心臓が痛い」

ジョンギュの瞳が不安そうに震えた。

「お前、最近どうしちまったんだ？　病院に行ったほうがいいんじゃないか？」

「そうかな」

「必ず行けよ。お前は、ちょっとくらい心気症があったっていい。一体いくらする体だと思ってんだ？」

ジョンギュが本気で心配そうに咎《とが》めた。練習が始まった。

ハジュンのいない練習場でトレーニングを終えて食堂に向かったムギョンは、今日は少しでも腹を満たそうとしたが、やはりほとんど食べられなかった。料理を丸々残したムギョンを見たジョンギュが、「本当に病院へ行けよ。いや、一緒に行こう」と語気を強めた。

朝はうららかだった空が午後から次第に灰色に曇り、練習を終える頃には突然雨が降り始めた。夕立のせいで練習は通常より十分ほど早く終了した。すでに汗に濡《ぬ》れた選手は、大して急ぐこともなくロッカールームへ向かった。

朝から頭の中がグチャグチャで、そろそろ熱まで出そうな気がしていたムギョンは、雨にでもぐっしょり濡れたくなり、すぐには建物に入らず深緑色に染まっていく芝生をわけもなくウロつき、まだ片付けられないまま地面に転がっているボールを蹴飛ばした。ボールは濡れた芝生の上を鈍く飛んでいき、ゴールの中へ落ちた。

止まったボールをぼんやりと見つめていたが、ずっとそうしているわけにもいかず踵《きびす》を返した。ロッカールームに向かおうとすると、建物から駐車場に続く通路がふと目に入った。降り注ぐ霧雨を半透明のテントのように前に垂らしてそこに立っていた男の姿が、まるで目の前に見えるかのようだった。

記憶の中に埋もれた声……始まりは躊躇いがちだったが、その最後は断固としていた口調が、水中に沈んでいた遺留品のようにぷかりと浮かび上がってきた。

『パス、出してやろうか?』

グッと歯を食いしばった。雨どいを流れる水のように、状況が次第にコントロールできないエリアに吸い込まれていくのが感じられた。十日後に彼が戻ってきたところで、計画通り遠くから見つめつつ気持ちを整理することで満足できるのだろうか。

ツアー時の二週間と今回の十日間は、まったく違う。あの二週間は、イ・ハジュンが自分に好きだと告白する前だった。帰ったらすぐに彼を抱くのだ、と思いながら耐えた二週間だった。ハジュンについて今よりもずっと知らないことが多かった二週間だった。

ジョンギュがハジュンの話をしようとしてくれたことがあった。その時ムギョンは、暗い話は聞きたくないと言って席を立った。

認めよう。俺はイ・ハジュンについて知ることを、わざと避けてきた。知れば知るほど、胸糞悪い事態に突き当たってしまうような気がして。

彼のいない場所を見つめていると、頭なのか胸なのか分からない体の中のどこかも、イ・ハジュンの大きさの分だけ空《から》になっていく。見えない内側に突然できた空洞に、感覚がバランスを失って傾き、船酔いのようなクラッとした眩暈《めまい》と吐き気を催した。

大変だ。どんどん状況が悪くなる。このままじゃ、とてもじゃないが自分のコンディションを維持することはできない。

じゃあ、どうすればいいんだ？

どうすることが自分にとって、そしてイ・ハジュンにとって最善の方法なのだろうか。

いくら網を投げても答えがかからない水面に、虚《むな》しい波紋が広がるだけだった。

＊　＊　＊

カバンからノートとペンを取り出した男は首にホイッスルを掛け、深呼吸を終えてから歩き始めた。ドアに向かっていた彼は、壁に掛かった鏡に顔を映してみた。そこに映る顔は今もかなり強固に見えたが、最後の隙さえも消したかった。

表情を引き締めて事務室のドアを押し開けた彼は、躊躇うことなく廊下と玄関を通り過ぎて建物の外へ出た。白く輝く日差しが、おかえりと言うように彼を迎えた。

「あっ、コーチ！」

ドアを開けて出るなり、ちょうど近くを通り過ぎた選手に声をかけられた。ハジュンは手を振ってみせた。数人の選手が近づいてきた。

「やぁ。しっかり練習してたか？」

「はい、もちろんです。大丈夫だったんですか？」

「うん。ちょっと家のことで休んでたんだ」

ざっくりとした説明で答えたハジュンは、練習場の中央へ向かった。彼を見つけた選手たちが、喜びを隠すことなく声をかけた。

思いがけず得た休暇の間、一生懸命悩んだ末にハジュンはチームを移らないことに決めた。

ムギョンに侮辱的な言葉を言われながら関係を終わらせた直後は、感情が溢れてチームを去ろうと決心した。だが、カッとなって爆発した感情が冷める前に提出した退職届を突き返されて次第に冷静さを取り戻してみると、なぜ自分が辞めなければならないのか分からなかった。家族と行った旅行先で出会った海辺の風景と甘くほろ苦いピニャ・コラーダの味は、ハジュンに理性と心のゆとりを取り戻させてくれた。

「寺が嫌なら、坊主が出ていく」[4]ということわざもあるように、どちらか一人が去らねばならないなら、どうしても俺の顔を見たくなくて耐えられないほうが動くべきだ。巨額の契約金とたくさんの人の期待を背負ったキム・ムギョンが、そう簡単に所属先を変えられるわけがない。だが、不倫したと誤解されて暴言まで吐かれた庶民の自分が、ワールドスターの面倒な手続きのことまで気遣う必要があるだろうか。

まだコーチ歴の浅いハジュンにとって、シティーソウルはこの上ない職場だった。もっと性格や状況に合うチームはあるだろうが、客観的に見て今のハジュンのスペックを基盤にコーチとしてのキャリアをこれ以上飾ってくれそうなチームは、少なくとも国内にはないと言っていい。まだ働き始めて一年も経《た》っていない時点での転職は、あまり賢明な選択とは言えなかった。つまり、職場を辞めて困るのはキム・ムギョンではなく、この業界に入ったばかりの月給取りであるイ・ハジュンなのだ。

(なんで俺が?)

その一言に要約できる、多少悔しさに近い心情で結論を下し、ハジュンはシティーソウルのコーチの席に戻ってきた。

もちろんムギョンと顔を合わせるのは少しつらくはあるだろうが、「近くをウロつくな」という彼の最後のリクエストは、忠実に聞いてやるつもりだった。もう彼に直接コーチングする仕事から外れてかなり経っていたから、お互い適当に避けつつ最小限の礼儀さえ守れば、あと数か月くらいは大きな問題になることはないだろう。

一度そう決めてしまうと、重要な時期にわざわざ休んでいる理由もなくなり、与えられた十日の休暇を使い切ることなく早めに復帰することにした。久しぶりに行った三泊四日の家族旅行で考えを整理した後、ハジュンは五日ぶりにチームに戻ってきた。

「よぉ、ハジュン」

チームキャプテンでありゴールキーパーのジョンギュが、うれしそうな顔で近づいてきた。気になることだらけといった目はしているが、特にあれこれ訊いてはこない。好奇心旺盛な彼が明らかに質問を我慢しているのが分かり、ハジュンはつい笑ってしまった。

「ジョンギュ。元気にしてたか?」

「お前さ、このままでいることにしたんだよな?」

4 訳注:「所属している集団が気に入らないなら、自分が離れるべきだ」という意味の韓国のことわざ。

ジョンギュ以外の選手たちは、ハジュンが辞めようとしたということをまったく知らないのが明白だった。ハジュンは笑いながら頷いた。

「ちょっと悩んでたんだけど、もう解決したよ。久しぶりに家族と旅行にも行ってきた」

「せっかくの休暇なんだから、一人でいいところに行ってくれれば良かったのに。なんで家族を引き連れて行ったんだ？」

「いや。俺がそうしたかったんだよ」

なんだかんだ言っても、家族は窮地に陥った時に駆け込む一番の逃げ場だった。責任の重さのせいでつらいこともたくさんあったが、家族がいなければ耐えられなかった瞬間も多い。

突然「旅行に行こう」だなんてウザかっただろうに、高校三年生の弟妹は喜んでついてきてくれたし、久しぶりにお互いの大切さを確認する時間は、憂鬱になりそうだったところを大いに助けられた。「俺だってこの家では自慢の息子であり兄なんだ」という、そんなプライドを包帯のように心にグルグル巻いて、自分自身を癒す時間でもあった。

心では自分自身を励ましながらも、視線はどうしても一人を探して芝生の上を彷徨《さまよ》ってしまう。どこにいるのか分からなければ、避けることもできないではないか。だが、いればイヤでも目立つであろう男の姿はどこにも見えなかった。ハジュンが自《おの》ずと怪訝《けげん》そうな表情になると、尋ねられてもいないうちからジョンギュが説明した。

「キム・ムギョン、最近調子が悪くて、ちょっと遅く来るんだ。監督の指示で」

「えっ？　どうして？　どこか悪いのか？」

反射的に質問が飛び出した。ジョンギュは困ったように頷いた。

「俺も心配になって、一緒に病院に検査を受けに行ったんだ。でも、なんの異常もないって」

「病院？　そんなにコンディションが悪いのか？」

「まず、まともに食事が摂れない。あいつがメシを食えないなんて初めて見たよ。それから、眠れもしない。睡眠薬を処方してもらってどうにか解決したけど、食えないのはどうしようもない。注射も打ったり、小分けにして食べたりしてはいるけど、あの図体にはそれしきじゃ足りないだろ」

「どういうことだよ。眠れないし食べられないじゃ、スポーツなんかできないじゃないか」

「それにさ、ずっと熱があるんだ。高くはないけど、ずっと微熱続きで。だから元気がない」

「風邪でもないのに?」

「そうなんだよ。でも、体にはなんの異常もないんだってさ。つーか、ヨンスさんが妊娠してた時みたいな症状なんだよな。ホルモンの検査をしても問題ないって言われたけど」

この十年間彼を見守ってきたが、怪我でもないのに練習ができないほどコンディションが悪くなった姿は一度も見たことがない。

望み通り目の前から消えてやったのだから、余計に飛び回っても足りないくらいだろうに、どうして。予想外のジョンギュの返事に、必死に立て直した心の中の垣根がグラつきかけた。

「あんなムギョン、今までで初めて見たよ。だから、ここ数日ずっと午後の練習だけ……」

そう言っていたジョンギュの視線が、ハジュンの背後に移った。ハジュンが振り向くよりも前に、ジョンギュが口を開いた。

「キム・ムギョン、今日は午前の練習に出ることにしたのか?」

ジョンギュの言葉に肩がガチガチに固まった。まだ目視できていない、背後に近づいてきているであろう人物の存在感が、高い絶壁のように突然大きくなってハジュンを押し潰そうとした。

どうして俺が出ていかなきゃならないんだ? 出ていくべき人間がいるとすれば、それは俺ではなくキム・ムギョンだ。俺は、このチームに残るんだ。

つい昨日まで自分自身を鼓舞して言い聞かせるのに使っていた言葉の数々が、すべて現実を忘れた無鉄砲さのように感じられる。ハジュンはすぐに笑いながら立ち去る用意をした。

「ジョンギュ。じゃあ俺はちょっとコーチたちに挨拶しに行くよ」

「あ、ああ。後でな」

素早く言い残し、ハジュンは急いでその場を離れた。とても後ろを振り向く気にはならなかった。遠く離れて初めて、ジョンギュのそばに立ったムギョンをチラリと見た。まるで声をかけたくて初めて彼に近づいた少年の頃、話をしている二人をこっそり見ていたあの時に戻ったような気がした。

コンディションが悪いというのは本当なのか、目の下にクマができて明らかに顔がやつれていた。体に異常はないというのが幸いだが、悪いところもないのに、なぜあんな状態なのだろう。

自分とあんなことがあった前にも「どこか具合が悪いのか？」と自然と声をかけてしまうくらいひどい顔色で練習に出て、チームのみんなを避けるように距離を置いていたこともあった。だが、あの時だって体のコンディションだけはしっかりしていた。みんなに心配をかけまくっておいて五本もゴールを決め、騙《だま》されたような気になったのが、ついこの前のことだった。

精神的なスランプなら本人の意思で解決できるとも言うが、フィジカルコンディションの低下はまた別問題だ。その上、病院の検診まで受けてもなんの異常も見つからなかったなんて。これは、真っ当な心配だ。二人の関係がどうなったにせよ、自分はこのチームのコーチで、彼がチームのエースだということだけは変わらないのだから。

選手たちに混ざって話をしていると、一人の選手がまたハジュンの背後を見ながら明るい顔になった。


「ムギョン先輩。具合はどうですか？」

……ウロつくなと言ったなら、そっちだって少しは避ける努力をすべきなんじゃないのか？

ハジュンはため息をつき、選手たちに言葉を残して再び別の場所へ移動した。コーチたちがハジュンを見て、手を上げて声をかけた。

「イ・コーチ、家のことは解決したのか？」

「はい、おかげさまで。一人で休みを取って、すみませんでした。俺のいない間、問題ありませんでした？」

「問題あったさ。キム・ムギョンの調子が悪くて、みんな心配してる」

「聞きました。突然どうしたんでしょう」

「おっ、ちょうどこっちに来てるな」

ハジュンはビックリして、また移動しようとした。もう声をかけに行くべきグループもなく、どこへ行こうか躊躇っている間に、背後から声が聞こえてきた。

「イ・コーチ」

聞こえないふりをするにはあまりにハッキリと自分の名前が呼ばれたし、周りの目もあった。仕方なく振り返った。今日初めてキム・ムギョンと間近で向き合う。口に出して尋ねることはできず、目だけで問いかけた。

（どうして、つきまとうんだ？　ウロつくなって言ったくせに）

しかし、分からないはずのないムギョンは、とぼけながら突拍子もない返事を口にした。

「ちょっと話をしたいんですが」

人前だからって、かしこまったふりをしている。ハジュンもムギョンを咎める表情を消し、なんでもないふうを装って答えた。

「……話って？　練習の話なら、ここでしろよ」

「いいえ。コーチに相談したいことがあるんです」

他のコーチたちが「早く行け」という視線を向け、黙って気を揉んでいた。ハジュンは選手たちからの人望が厚く、あれこれ話を聞いてやっているということはスタッフ全員が知っていた。状態の悪いムギョンにとって、ほんの少しでもコンディション改善に繋《つな》がるようなことがあるなら、みんなが諸手《もろて》を挙げて歓迎する雰囲気だった。

ついこの間「ウロつくな」と言ったくせに、この豹変《ひょうへん》した態度はなんだ？　ハジュンは困惑したが、ずっとそこに突っ立っているわけにもいかず、仕方なく歩き始めた。

ムギョンの前を歩きながら、ハジュンはかえって良かったと思った。どうせ同じチームで共にする時間を完全に避けることはできないのだから、慣れなければならない。もしかしたらムギョンも、今後の態度などを明確に指摘しておこうと思って、二人で話をしようと言ったのかもしれない。

ハジュンは、滅多に浮かべない歪《ゆが》んだ笑みを暫く唇に引っかけてから消した。ムギョンを真似《まね》て、どこかに入るなり「服を脱げ」と言ってみようか。「俺たち二人の間に、他になんの話があるんだ？」と皮肉りながら。

くだらないことを考えている間に二人は建物の中へ入り、ハジュンはどこへ向かおうか暫く躊躇ってから、コーチ事務室を終着地に決めた。コーチたちはみんな外に出ているから今は誰もいないだろうが、基本的に人の出入りが多い場所だ。まったく誰も来ないひっそりとした部屋より、こういう場所のほうが今の二人が話し合う静かな空間に相応《ふさわ》しかった。

先に事務室に入ったハジュンは、ドアが閉まるなり振り返って尋ねた。

「なんだ？」

ムギョンはドアにもたれかかったまま、数歩前に立っているハジュンをじっと見つめているだけだった。具合が悪いからか少し疲れた視線を自分に固定した彼を、ハジュンも黙って見つめ返した。できることなら視線を外したかったが、ここで先に目を逸《そ》らせば今までの関係を意識しているみたいで、にらめっこをするように耐えた。

目が疲れるだけなら耐えられそうだったが、何も握っていない手が気まずさに耐え切れず、何度も拳を握ったり開いたりを繰り返しつつモゾモゾする。無言でお互いを見つめている間、ハジュンは心の中で深いため息をつきながら、受け入れたくなかった事実を認めざるを得なかった。

(……俺はまだ、キム・ムギョンが好きなんだな)

侮辱されたことに対する悲しみや怒り、キム・ムギョンという人間に対する失望。そんなものは断片的な感情に過ぎず、好きという気持ちまで消し去ることはできなかったようだ。

もう少し事務的に表情を整えようと努めつつ促した。

「話があるなら早くしろよ。ウロつくなって言ったのに人を呼び出して、どんな話が残ってるっていうんだ?」

「……退職届を出したんだって?」

ハジュンの目が大きくなった。ジョンギュが知っているのはともかくとして、キム・ムギョンまで知っているとは思っていなかった。

たしかにあの二人はとても親しいから。もしジョンギュから聞いたのではないとしても、そこまで驚くほどのことではなかった。監督もムギョンのことは特別に思っているから、話したのかもしれない。

「ああ。でも、思いがけない休暇をもらって、ちょっとした旅行にも行ってきた。おかげ様で。ありがとな」

「なんでチームを辞めようだなんて思うんだ? 俺のせいで辞めるって、当てつけでもしようとしたのか?」

「キム・ムギョン様の言う通りにしてやろうとしたのに、何が不満なんだ? そうさ。よく考えたら、庶民の俺がワールドスターのお前の事情を汲《く》んで職場まで辞める必要はない気がして、退職届は返してもらったんだ。お前の気に障《さわ》るようなことはないから、これでいいだろ?」

「もういい。こんな話をしようと思って、呼んだんじゃない」

そっちから突っかかってきたくせに、先に手を引く。ムギョンは殊更《ことさら》に真剣な表情でハジュンを見つめていた。

今度はどんな厭味を言うつもりだ？　ハジュンは心の準備をして、彼の次の言葉を待った。

「俺が……」

「……」

「悪かった」

ため息のように飛び出した言葉に、ハジュンの目が見開かれた。だが、謝罪には目的語がなかったし、ハジュンは意味を推測する前に確かめた。

「何が？」

「前に家でお前に言ったこと、この前お前とシた後に言ったこと、態度も全部。俺が誤解して、怒りに任せてほざいて、意地を張った。悪かったよ」

期待もしていなかった瞬間が突然やって来た。ハジュンは目をパチクリさせた。

キム・ムギョンは自分勝手で口は悪いが、幸いなことに反省や謝罪までケチる人間ではない。だから、今の地位にまで上りつめることができたのだろう。だが、今回だけは彼も折れないだろうと思っていた。なぜなら、ハジュンも彼を腐《くさ》したから。

前にもムギョンはキャンプ地で、チェフンと自分の関係を怪しんだことがあった。これが二度目だったのでその点は驚かなかったが、彼は一線を越えた。自分だけではなく、チェフン、今も自分を応援してくれている感謝すべきオールドファンたち、シティーソウルの選手やコーチまでフル動員した。まるでハジュンがコーチの仕事をキープするために、チームの人たちと遊びまくっている人間であるかのように詰《なじ》った。

たとえハジュンが本当に選手コーチを問わず寝る人間だったとしても、あんな侮辱に耐える理由はない。キム・ムギョンと自分は合意の上で夜を共にする関係に過ぎず、自分のプライベートについて怒る資格は彼にはないからだ。

覆水盆に返らず。もう起こってしまったことだし、一言二言の謝罪で傷ついた気持ちが戻ることはないのだ。それでも謝られないよりはマシなので、ハジュンは淡々と答えた。

「もういい」

ずっと好きだった分、失望や喪失感などというわずかな単語では表現できない寂寞《せきばく》とした巨大な感情がハジュンを飲み込んだ。あえて相応しい単語を探すなら、「虚しさ」が一番近いのではないだろうか。しかもキム・ムギョンに対する自分の想いは、単純な恋愛感情というより天才に憧れる凡人の気持ちに通じる複雑なものだったから。

わざわざ呼び出して謝罪までするのは、彼が言い放った「ウロつくな」という言葉を取り消すためだろうか。だがハジュンは、もう彼のそばにいることを望まなかった。

一人でする恋は、時に寂しく侘《わび》しくなることはあっても、つらくはなかった。十年間ずっと片想いをしてきた自分にとって、どんな形であれ好きな人のそばにいるということは、最初に決めた覚悟以上に自分を消耗しなければならなかった。今は欲張らず、元いた場所に戻りたい。

それでも暫くの間彼のそばにいて、共に夜を過ごしつつ多くのものを受け取った。怒りや悲しみをひとしきり見送ったハジュンは、いい思い出だけをまとめて、嵐が過ぎ去った後に海辺に打ち寄せられた貝殻のように取っておこうと努めているところだった。

「謝ってくれたことには感謝する。謝罪は受け取るよ。でも、これからはお互い気まずいことは避けよう。シーズンが終わるまで、あと数か月しか残ってない。それまで無難に過ごすのは、そんなに難しいことじゃないだろ?」

「……」

「お前もついカッとなって言ったことなんだって、そう思うことにするよ。あの時の発言は俺も忘れるから、お前ももう気にするな。そしてこれからは、同じチームのコーチと選手として練習場だけで顔を合わせることにしよう」

思いがけず謝罪されて後腐れなく締めくくることになると、本当に「終わり」というピリオドが打たれたような気になり、スッキリしつつもなぜか名残惜しくなった。話をまとめたハジュンは、ジェスチャーでムギョンにどいてくれという意思を表した。

しかし、ムギョンはピクリともせず門番のように立っていた。ハジュンは軽く眉毛を上げながら促した。

「行こう。もうすぐ練習が始まるぞ」

気が急《せ》いているのはハジュンだけなのか、ムギョンは最初と変わらない無表情な顔で答えた。

「それだけか?」

「何が?」

「謝ったのに、それだけなのかよ」

「……じゃあ、他に何をどうすればいいっていうんだ?」

ぽかんとしたハジュンをじっと見ていたムギョンが、うなだれた。

「そんなの、忘れるとは言えないじゃないか」

「どういうことだ？」

「本当に忘れることにするなら……あんなことが起こる前に戻れるんじゃないか？」

ハジュンの眉間に微《かす》かに皺が寄った。

「起こる前？」

「もう、あんな誤解はしない。余計な干渉もしない。俺が全部直すよ。だから元通りに戻ろう」

「……俺とお前は本来、コーチと選手の関係だろ。それが俺たちの『元通り』だ」

「そう言うな。俺の言ってる意味が分からないわけじゃないだろ？」

ふぅ。ハジュンは我慢できずにため息をつきながら、洗うように両手で顔を撫で上げた。髪もかき上げてから、頭の後ろで軽く手を組んだ。数日かけてようやく落ち着かせた心に、また波風が立とうとしていた。

これ以上ここで話を続けたくないのに、ムギョンは畳みかけた。

「もう二度とあんなことにはならない。勝手に誤解してお前を侮辱したこと、心から謝るよ。他の選手たちに……体を差し出してコーチの仕事をしてるって言ったこと。あの時だって本心じゃなかった。自分で自分を制御できずに暴言を吐いた。ごめん」

「もしかしてお前、謝るからまたセフレに戻ろうって言ってるのか？」

ムギョンから返ってくる答えはなかった。肯定に繋がるその沈黙に暫く呆気《あっけ》にとられていたハジュンは、すぐに頬の内側を噛《か》んだ。

（お前、なんで俺にこんな……）

胸ぐらでも掴んでそう問いただしたいところを、辛うじて我慢した。熱の混ざった声が出ないように、ハジュンは込み上げる怒りを抑えながら、なんとか微笑んだ。

「俺はイヤだけど」

「あんなことが起こるまで、お前と俺の関係にはなんの問題もなかったじゃないか。あのことを忘れてやり過ごすことにしたなら、それ以前に戻れない理由はないだろ？」

「忘れてやり過ごそうってことは、その話をもう口にしないようにしようって意味だ。本当になかったことにはできないよ。もう起きてしまったことだし、お前が発した言葉は消えない」

ムギョンとの始まりが自縄自縛の要因になってしまったという事実は、キャンプ地でとっくに気付いていた。彼が自分のことを重く思ってしまうのではないかと恐れ、ワンナイトを頻繁に楽しんでいるふりをしたせいで、キム・ムギョンの目に映るイ・ハジュンという人間もそのイメージで固まってしまった。

他の選手たちとも同じような夜を過ごした人間として彼の目に映ったからといって、悔しく思ったりはしなかった。だが、そんな誤解をして人を非難するのは、また別問題ではないか。

だからといって、今さらキム・ムギョンに「実はお前が俺の初めてだったんだ」と、「自分の人生にはお前しかいなかった」と泣いて訴えでもするのか？　なぜ？　今さらそんな話をする必要があるだろうか。俺は潔白を証明しなければならない罪人ではなかった。そんな卑屈な真似をしたいだなんて、これっぽっちも思わない。

「すまない」と謝った後に「セフレに戻ろう」と言う男の前に証拠を差し出したところで、一体何になるというのか。

「話が出たついでに正直に言うよ。今こうしてお前と二人きりでいるのも、俺は気まずいんだ」

「……」

「一緒にいるだけでも気まずい相手と、どうやってそれ以上のことができるんだ？　お前がどう思っていようが、俺はイヤだ。その話も、俺の前で二度と口にしないでほしい」

「イヤだと？」

「ああ。イヤだ」

一蹴して、ハジュンはドアへ向かった。しかしムギョンは、どこうとしなかった。

「どけ。もう出るから」

「……考え直せよ、イ・コーチ。本当に悪いようにはしない。お前だって、今まで楽しんでたじゃないか」

「ああ。そうだったよ。でも状況が変わったし、もうお前とそういう関係になりたいって気持ちもない」

はぁ。ムギョンがドアに預けた頭をもたげながら、短くため息をついた。

「分かった。謝るだけじゃ足りないってことだな。じゃあ、どうすればまたシたくなるんだ？」

どうしたって、またシたくなるとは思えなかった。こんなにしつこく食い下がるなんて、彼らしくない。

「望みがあるなら言えよ。今までお前に、あまりにも何もしてやってなかった。その点も俺のミスだ。いろいろと家族に金だってかかるだろうから、そういう部分も必要ならいくらでも援助してやれる」

金だなんて。話が長引けば長引くほど無様だった。ハジュンの唇が力なく歪んだ。

厄落としだと思おう。初日に言いたいことを全部言わせてやれば、キム・ムギョンも明日からは大人しくなるだろう。

まさか自分のほうからキム・ムギョンを拒む日が来ようとは想像さえしていなかった。いつもそうだったが、人生というのは本当に一寸先も予測できないものだ。

「援助が必要で寝てたんなら、とっくにそう言ってると思わないか？」

「……」

「キム・ムギョン。言っておくが、俺はもうお前とは寝ない。お前が何をどうしようと、考えが変わることはない」

ムギョンは暫く答えなかった。彼は、軽く上げていた顔をゆっくりと正面に向かって引き下げた。

「じゃあ、どうしろってんだよ」

突然の激しい口調に、ハジュンの目が見開かれた。ついさっきまでムギョンの顔にぶら下がっていた疲れてだるそうな雰囲気は、いつの間にか消えていた。苦しんでいるかのようなしかめっ面《つら》、窮地に追い込まれた獣のような瞳に、思わず体が固まる。

ガシッ。大きな手が引っさらうようにして襟首を掴んだ。驚いて振り払おうとしたが、もう片方の手で腰を引き寄せられ、ムギョンとくっついてしまいそうなくらい体が近づいた。彼の胸を手で押し返しつつ、ハジュンは声を荒げないように努めた。

「離せ。そこをどけ」

「お前がいない間、何もできなかった。眠れもしないし、水だってまともに喉を通らない。あと数日で試合なのに、どうすればいいのか分からないんだ。お前がいなきゃ、ずっとこの状態のままなんだよ！」

「どうして、それが俺のせいなんだ？　お前、モテるだろ。お前とシたがる人なんて、いつも山ほどいるじゃないか。その人たちの中から選べよ。俺はもうイヤだから」

「イヤだなんて、言うなよ」

ムギョンの喉の奥から弱音が出た。ハジュンは腕に力を込めて、彼を押しのけようとした。

「どけって言ってるだろ」

「何もしない。何もしないから」

何もしないって、してるじゃないか。このバカ！

「ちょっとだけ、じっとしてろ」

「どけ」と叫んでやりたかったが、彼の思いつめたような声に、ハジュンは唇を噛みながらムギョンを睨むだけだった。

その沈黙を暗黙の了解と受け取ったのか、ムギョンはゆっくりとハジュンのうなじに顔を埋めた。すぐに鼻先と、いつもに比べて落ち葉のように干からびた熱い唇が肌に触れると、背中にゾクッと鳥肌が立った。

拳を握って耐えている間、ムギョンは彼が言った通りそれ以上のことはしなかった。ただハジュンの首に鼻と唇を押し当て、においでも嗅ぐように深呼吸をしているだけ。

だが、その熱い吐息が柔らかい首筋をくすぐるたびに目の前がクラクラして、彼の腕の中に閉じ込められた体が震えようとした。心が二分され、呆れ返る提案に怒りと戸惑いを感じる反面、体が慣れ切った硬い腕の力と体温、吐息に浸り、戻るべき場所に戻ってきたかのような落ち着きを感じている自分の存在もハッキリと分かった。ハジュンは口を閉じたまま歯ぎしりをした。


こんなふうだから、キム・ムギョンに甘く見られるのだ。

「すぐにケツを貸してくれる人がいるから楽だ」と言ってたっけ。すぐに体を差し出す人間に味を占めて、もう他の人を探すのも面倒になったのだろうか。

どこかに出会いを探しに行って、苦労して会話をして、お互いを誘惑して。そうしなければセックスに至らない相手より、いつどこでもすぐ隣にいて服さえ脱がせればいい自分に手を出すほうが、そりゃあ楽だろう。ムギョンにそんな扱いをされることを、もう寂しく思うこともないだろうと思ったのに、人を惨《みじ》めにする方法も様々だ。

自己嫌悪は必ずしもムギョンのせいだけではなく、自分自身の反応に起因するものが半分だった。肌に触れたところが、手や唇がハッキリと覚えていたぬくもりよりも熱く、一方では本当に熱が出ているのかと少なからず心配すらしてしまう自分がいた。

自分はキム・ムギョンにとって、チョロい男なのは確かなようだ。力なく失笑が漏れた。その笑い声に、やっとムギョンがゆっくりと顔を上げた。

「……どうして笑うんだ？」

ハジュンは再びクスッと苦笑いを浮かべて答えた。

「じゃあ泣こうか？　この状況、俺は笑えるんだけど」

「俺は冗談を言ったんじゃない」

「分かってる。だから余計に可笑しいんじゃないか」

ムギョンが顔を上げる間に、ハジュンは力いっぱい彼を突き飛ばして、その胸の中からすり抜けた。

「ふざけるのもいい加減にしろ。どいてくれ。もう練習が始まる。お前も俺も、そろそろ戻らないと」

その時、ガチャッと外からドアを開けようとする気配がした。今度はもうムギョンも耐え切れず、体重を乗せて押していたドアから離れた。開いたドアの隙間から、コーチが一人ズイッと入ってきた。

「ん？　お前たち、何か用でもあるのか？」

何かを取りに来たのか、彼は自分のデスクへ向かって歩きながら尋ねた。ハジュンは笑顔で答えた。

「はい、ちょっとプログラムを一緒に確認したくて。もう出ようとしてたところです」

「そうか、早く行けよ」

ハジュンが急いでドアをすり抜けると、彼の後をついてムギョンも部屋を出た。ハジュンが前に、ムギョンが後ろに、縦に並んで廊下を歩いている間、二人は一言も交わさなかった。

残りの数か月を適当に耐えることくらい問題ないと思ったのに、復帰初日から、なんてザマだ。

ウロつくなと言ってきたキム・ムギョンが、すぐに態度を急変させるとは思わなかった。建物の玄関を出る前に、前髪をかき上げながら平常心を取り戻そうと努めた。

「待てよ。まだ話は終わってないじゃないか」

ドアに手をかけると、ムギョンがさらに近づいてきた。ハジュンはあえてドアを開け放し、逃げなかった。

ムギョンの表情は、かなり切羽詰まっているように見えた。哀れと言ってもいいほどに。だが、それは今まで手にして遊んでいたオモチャを取り戻したい子どもの切実さに過ぎない。ついこの間までオモチャや道具としての役割でも十分満足していたが、そこにいたいという気持ちはもうすっかり蒸発してしまった。

気まぐれで捨ててしまった物を、また拾い上げたい気持ちもまったく理解できないわけではなかった。だが、彼のオモチャは残念ながらプラスチックの人形やロボットではなく人間だった。

「俺が言ってやれるのは一つだ。もう性欲処理は他を当たってくれ」

今度は返事を待つことなく、芝生の上へ抜け出るように歩き始めた。ハジュンはジョン・コーチに軽い会釈をしてコーチングのバトンタッチを告げ、ムギョンから逃れて他の選手たちをチェックしに行った。そして、もうムギョンのほうは見向きもしなかった。

ただでさえ久しぶりに戻った練習場だ。突発的状況になると、時間が経《た》つ体感速度は上がった。あまりに速く過ぎた午前の練習を終え、ハジュンは食堂へ向かった。すでに席を取っていたジョンギュが手を振った。

「ハジュン、久しぶりに一緒に食おう」

そちらに目をやったが、テーブルにムギョンはいなかった。最近も外で昼食を摂っているのだろうか。ハジュンは少し悩んだ末に頷き、ジョンギュの向かいに座った。数人の選手が声をかけてきた。ハジュンは微笑みながら「家の事情で休んだんだ」と嘘の答えを言って食事を始めた。

あまり食欲がない。周りの人たちにヘンに思われない程度に、ちょこちょこと適当に飲み込んでいると、ジョンギュが得意技のように毎度お馴染《なじ》みのケチをつけてきた。

「せっかく休暇をもらったのに、家の用事で使い切るなんて。いい加減、恋人でも作れ。いつも言ってるけど、お前を紹介してほしいっていう人は山ほどいるんだぞ」

聞かされたのは一度や二度ではない、今や諳《そら》んじてしまうほどの、いつもなら笑ってやり過ごしていた彼のお馴染みのコメントが、今日はやけに耳に引っかかった。唇に触れたコップをテーブルに置きながら、彼の言った単語を噛み締めた。

（恋人……）

恋人を作れば、一人ではなくなれば、さっきのような話をもう聞かなくて済むだろうか。

チェフンとの関係を怪しみ、不倫だという理由であんなにも詰《なじ》ったキム・ムギョンだ。恋人がいる人間にセフレの提案など、しつこく持ちかけてくることはなさそうだった。

「そうしようかな」

ハジュンが小さな声で独り言のように答えると、ジョンギュは携帯電話を持ち上げながら目を丸くした。

「マジ？　その気があるのか？　そう来なくちゃ。ヨンスさんの友だちに、メチャクチャいい人がいるんだよ。サッカーも好きだし、昔からお前のファンだったんだ」

「……考えてみるよ」

「うわぁ、珍しいこともあるもんだ。やっぱり、人って休むと余裕が生まれるものなんだな。いつも『興味ない』の一点張りだったのに」

ハジュンは苦笑いを浮かべた。

一人が寂しいから、つまらないから、みんなしてるから……。いくつかの理由で恋愛を求める人たちを見てきたが、ハジュンは一人抱いていた想いとは関係なく、そもそもその関係を特に欲しがったことはなかった。

ムギョンにしかときめかない自分の胸を時に恨みつつ、みんなのように気持ちが通じる相手と温かな言葉をやりとりする時間を送ってみたいと思ったりもした。だが、それすらも漠然とした想像や他人に鈍感な自分に対する嘲笑に近かっただけで、一人で過ごす時間の寂しさに耐えられずに悩んでいたわけではなかった。

正確には、寂しさを感じる暇もなかったと言うべきだろうか。父が亡くなってからは、ひたすら必死に両手で時間を掻《か》き分けて、今の生活にたどり着いた。

自分自身について少し考察してみると、やはり女性を紹介してもらうなんて身の程知らずだという結論に至った。相手に対する潜在的好感や関係に対する積極的な決意を抱いていなければ、自分に処された状況を免《まぬが》れたいという理由だけでその場へ出ていっても上手くいくわけはないし、貴重な時間を捻出して自分に会いに来る人に失礼なだけだ。

やはり「その気はない」とキッパリ断ろうとした瞬間、ハジュンの隣の席にトレイがゴトッと置かれた。顔を上げると、まさかこんなにすぐにこんなに近くに来るとは思っていなかった男がムスッとした顔で椅子に座っていた。誰にも気付かれることなくハジュンの表情が固まっていく中、軽く興奮したジョンギュが行動を急いだ。

「ちょっと待ってろ。写真を見せてやるから。めっちゃ美人だぞ。勤め先もいい。金融系の大企業だ」

「うわぁ、ほんとに綺麗だ」

隣に座った男のせいで、拒むことも承諾することもできずに返事を選んでいる間、周りばかりがワイワイと騒がしくなった。ムギョンが先に口を開いた。

「誰がそんなに美人なんだ?」

「ハジュンに紹介する女性だ。どうしたことか、会う気があるって言うんだよ。ヨンスさんの友だちに、前から『機会があれば必ず席を設けてほしい』って言ってた人がいるんだ」

その言葉に、質問した人もハジュンも答えなかった。

サーッと冷めた空気は、きっと自分だけが感じているのだろう。ハジュンは椅子を蹴って席を立ちたかったが、そんなことをしたらみんなにヘンに思われそうな気がした。反対に、笑顔でジョンギュに携帯電話を差し出した。

「うん。電話番号を教えてくれ」

ムギョンの視線を感じたが、ハジュンはジョンギュだけを見つめた。彼の視線を頬に穴でも空けんばかりに感じているのも、自分だけだろう。

「おおっ、イ・ハジュンがついに恋愛する気になったか！　そうさ、お前みたいな男がずっとフリーでいるなんて、国家規模の無駄使いだ」

ジョンギュは鼻歌を歌いながら、ハジュンの携帯電話に知らない番号を入力してくれた。

「名前はソン・ウンジュさん。絶対に連絡しろよ。上手くいくといいな」

「先輩、俺たちにも女の人を紹介してくださいよ」

数人の選手たちがスネたように言うと、ジョンギュは「俺は見る目が厳しいんだ」と返しつつ、もう少し大人になってから出直せ、などと冗談を言った。断ろうと決めたのに雰囲気に流されて電話番号を受け取ってしまい、携帯電話に入力された十一桁の数字が手のひらに重くのしかかった。胃もたれしそうな気分で席を立った。

「じゃあ、しっかり食べて」

「あれ？　もう食べ終わったのか？　なんだよ。女の人に会いに行くと思ったら、緊張して食事が喉を通らないのか？」

先に言い訳を作ってくれるジョンギュに感謝したいくらいだ。ハジュンはクスッと笑いながらトレイを持った。

「ああ。早く連絡してみなきゃな」

「頑張れよ」

ハジュンは背を向けてテーブルから離れた。ムギョンはその後ろ姿を暫く目で追ってから、小さなため息をついてトレイの上にスプーンを置いた。ジョンギュが憐れみの舌打ちをした。

「料理を持ってきたから少しは良くなったのかと思ったのに、今日も食わないつもりか？　シェイクみたいなモンばかり飲んだって、力なんか出るかよ。そのうち体を壊すんじゃないかって心配なんだ。少しは食え」

「イム・ジョンギュ。またお節介か？」

「この野郎。何日もまともに食えてないから、性格ばかり余計に悪くなりやがって。心配してやってるのに、その言い草かよ」

「人が恋愛しようがしまいが、偉そうに首を突っ込むな。イ・コーチは、そういうのが大嫌いだって知らないのか?」

「そっちの話か。キム・ムギョン選手。あなたの目は節穴ですか? さっき『早く連絡しなきゃ』って喜んでたのが見えなかったのか?」

「イ・コーチは優しいから、お前に無理やり押しつけられて、社交辞令で合わせてくれたんだろ」

隣に座っていた一人の選手が笑いながら割り込んだ。

「ああ見えてイ・コーチって、イヤなのにうれしそうなふりしたりしませんよ。何度も断ってたのに、初めて電話番号を受け取ったんですから」

ムギョンがシベリア寒波のような視線を送ると、正論を付け加えた選手は自分が何を誤ったのかも分からず、黙って食事を再開した。ムギョンは熱を冷まそうとするように、冷たい水で唇だけを少しずつ湿らせた。

だが、すぐに力が抜けたかのように背もたれに体を預けながら呟《つぶや》いた。

「……何はどうあれ、目に見えるほうが、いないよりはマシだな」

「何が?」

ムギョンはジョンギュをギロリと睨むだけで、答えなかった。

＊　＊　＊

昼休みなので、コーチ事務室は空《から》だった。ハジュンはゆっくりと中に入り、自分のデスクに着いた。ジョンギュが入力してくれた電話番号は、保存もせずに消してしまった。連絡できるわけがない。この人になんの落ち度があって、ムギョンに振り回されたくないという思いだけでその場にやって来た男と無駄な時間を送らなければならないというのか。

『あの人たちは知ってるのか? お前が男にケツを掘られながら、ダラダラ垂れ流してるって。お前、それは詐欺だぞ、詐欺』

ムギョンが自分に言い放った棘《とげ》のある言葉を思い出した。天井を仰ぎ見ながら背もたれに頭を預け、目を閉じた。

今も時々自分に会いに来るファンクラブに残った人たちは、今や友達、いや、親戚も同然だ。その中には結婚した人も、長年付き合っている彼氏がいる人もいた。

そのせいで彼の言葉がひどく侮辱的に感じられたが、女性を紹介してもらうことになればムギョンの言葉に間違いはない。彼の言う通り、男とセックスして快楽に涙まで流していた自分が、未《いま》だに自分を侮辱したあの男を憎むこともできない自分が、シレッと「あなたに好感を持っている」という顔をして女性に会いに行って笑ってみせたら、それは相手を騙す行為に過ぎないのではないだろうか。

こんなことになると分かっていたら、十日間フルで休んでくれば良かった。少しでもキム・ムギョンと顔を合わせる時間を減らすべきだった。

家族旅行に出発した日、当分の間ソウルでの出来事はすっかり忘れようと、カバンの奥底に携帯電話を埋めたまま取り出すこともなかった。観光地を回ってから宿泊先に戻って確認してみると、不在着信が数件あった。

彼が電話をかけてきた理由が収まらない怒りをさらに爆発させるためだったにせよ、一日で気が変わって謝るためだったにせよ、どちらにしてもまだ揺さぶられずに受け止める自信がなかった。どうせ海外なので通話が難しくもあったのだが、ソウルに戻ってからも連絡をしたりはしなかった。

自分自身を過信していた。彼の存在に無感覚になるには五日間はあまりに短かったし、状況を変化させるにしても到底足りなかった。

(辞めちゃえば良かったかな)

復帰初日にして、チームに戻ることにしたのは軽率な決断だったという後悔が押し寄せた。やはり退職すべきだったのに、旅行効果なのか不必要に楽観的になって現実感が鈍ってしまったようだ。完全に思い違いをした。

だが、イ・ハジュンはキム・ムギョンではない。辞めるという言葉を繰り返し口にするほど図々しい人間にはなれなかった。

「イ・コーチ、ちょっと話そうか」

落ち着かない気持ちを一人静めていると、事務室に入ってきた監督がハジュンを呼んだ。ハジュンは、わけもなく驚きながら立ち上がった。

「あ、はい。監督」

「今日からまた、キム・ムギョンのコーチングに加わってほしいんだ。いや、暫くは他の選手たちを別のコーチたちに任せて、彼のコーチングだけに集中してほしい」

ハジュンが目をパチクリさせて答えた。

「キム・ムギョンはスランプが深刻なので、環境に変化を与えるためにあえて抜けたんです。その効果はあったと思うんですが。担当が変わってから、五本もゴールを決めましたし」

「うむ。あの時はそうだったんだが、最近また体のコンディションが良くないんだ。同い年ってこともあって、他のコーチたちと比べてイ・コーチには親しみを持ってるみたいだぞ」

そんなわけないのに。だが、彼との不和を監督にさらけ出すわけにもいかない。ハジュンはハハッと笑いながら答えた。

「キム・ムギョンが、そう言ったんですか？」

「別にそういうわけじゃなくて、俺の判断だ。今日の午後から頼むよ。このところ、通常トレーニングはできずに個別で受けさせてるんだ」

顔が笑っているだけで、ふつふつと煮えたぎる心をハジュンは努めて静めた。

キム・ムギョンが何か言ったに違いない。彼はクラブの中での自分の立場をいつも上手く利用する選手だったし、それは本所属チームであるグリーンフォードでも同じだった。

マスコミが大げさに騒いでいる側面がないわけではないが、ビッグクラブの選手間には本当に睨み合いや勢力争いが存在する。十代でイングランド一部リーグに移籍したチームで唯一のアジア人選手であるムギョンが、その中で簡単に今の座に着いたわけではなかった。シティーソウルではそんな争いをする必要もなく自然と王座に着いたので、新米コーチ一人を思い通りにするくらい朝飯前だろう。

「分かりました」

やればいいんだろ、やれば。

監督と軽く話をしていると、午後の練習開始時刻が近づいてきた。ノートやタイマーなどの持ち物を手早くまとめた。ムギョンも練習場に来ていた。すでに他の選手たちが円を作って通常プログラムを進めている中、彼一人だけがベンチに座っていた。

「立て」

ハジュンは近づき、わざと冷たい声で指示した。ムギョンは、パッとハジュンを見上げると立ち上がった。

「まず、コンディションをチェックしよう。さっき食事は摂ったのか？」

「食べられなかった。最近ずっとこうだ」

「……まったく食べてないのか？」

「シェイクを一杯、飲んだ」

それはあくまで置き換え食品、補助食品に過ぎず、エネルギー消費の激しいスポーツ選手の主食にはなり得ない。

「昨日の睡眠時間は？」

「分からない。一時間は寝たかな」

本当のことを言っているのか、自分を見ろというアピールなのか。ハジュンはそれ以上質問もせず、暫くノートをじっと覗《のぞ》き込んでから顔を上げた。

「病院に行っても異常はなかったそうじゃないか。理由は分からないけど、フィジカルコンディションがかなり悪くなったな。栄養と睡眠が不足してるから、有酸素運動よりもストレッチを中心にして、まずは筋肉が固まらないように注意しないと。とりあえず座れ。下半身から始めよう」

ハジュンは、芝生の上に座ったムギョンの足首のストレッチからスタートさせた。できるだけ体には触れない動きで、それでいて効率的に。

だが、確実に柔軟性が大きく落ちたのが分かった。筋肉は強ければ強いほど、硬くはなく柔らかいものだ。ムギョンは図体こそ大きいが、普通の人よりも体はずっと柔らかかった。だが、今日は可動域も前に比べてずっと狭い。

ここまでコンディションが落ちたムギョンを目《ま》の当たりにするのは、ハジュンとしても滅多にない経験だった。彼との関係がどうなろうと、選手としてのキム・ムギョンが壊れることは望んでいない。そんな素振りは見せずにいたが、心配が雨雲のようにモクモクと急成長する中、ムギョンが尋ねた。

「女の人、本当に紹介してもらうつもりか？」

暫く黙ってストレッチの補助を続けていたハジュンは、機械的な口ぶりで答えた。

「キム・ムギョン選手。これからはプライベートな質問は控えてくれ」

「謝るって言ってるだろ。あの時は、好き勝手にほざいたって認める。悪かったよ」

ムギョンは、もどかしいと言わんばかりにため息をついた。ため息をつきたいのは、こっちだ。逆ギレもいいところだった。

「跪《ひざまず》きでもすればいいのか？　そしたら機嫌を直してくれるのか？」

「……」

「謝ってもダメ、見返りをやるのもダメなら、何をどうすればいいんだ？　俺の出す条件がどれも気に入らないなら、お前が提案しろよ」

条件という言葉に、つい苦笑いが静かに漏れた。口の外に出る声にも嘲笑が滲《にじ》んだ。

「お前さ、俺が言ったこと覚えてるのか……？」

ムギョンは、やっとハジュンをチラリと見た。

彼に好きだと告白もしたのに。バカみたいに涙まで見せて、自分なりに心の奥底に隠していた感情まで引っ張り出して見せてやったと思ったのに。そのことを完全に忘れていなければ、どうして自分にこんなことが言えるだろうか。

あの時は泣き喚いて彼にありとあらゆる姿を見せまくりながらも、かえってスッキリしただけでプライドが傷ついたとは感じなかった。すべては自分の正直な気持ちだったから。

その本心が、ムギョンにとって大した価値があると思ったことはなかったのに、今になって屈辱が塊となって胸にへばりついた。空に浮かべた風船が破裂して汚らしいゴミとなって散らばっている様子を見るのは、いくらそれ以上の何かを諦めた立場といえども愉快ではなかった。

ムギョンが少し声を落として答えた。

「それはどうせ終わった話なんじゃないのか？　もう気まずいからイヤなんだろ？　それとも、お前の中ではまだ続いてるから、そんな態度なのか？」

「だから、今お前がしてるそういう話も、もうする必要ないって言ってるんだ」

自分の中で続いてるからヘンになりそうなんだという事実だけは、ムギョンにバレたくない。今も心の片隅に彼に対するコントロールできない未練が残っていて、ついさっきだって彼の言葉に胸が弾んだという事実だけは絶対に。

ただでさえ、彼の手のひらの上でコロコロと転がされているゴムボールのような分際だ。その事実までバレてしまったら、完全にボロ切れ扱いされるに決まっている。

その時、ポケットの中に入れた携帯電話がヴーッと鳴った。ハジュンが俯《うつむ》いて携帯電話を取り出すと、ムギョンもそちらを見た。登録されていない番号からの着信だった。

練習中のちょっとした通話が禁止されている雰囲気でもない。加えて母親が頻繁に病院に通っているので、自宅に誰もいない時に宅配便ドライバーから電話がかかってくることもある。そのためハジュンは着信にはすべて応じることにしていた。ムギョンとの空気がヒートアップしていたのでかえって好都合だと思い、ハジュンは電話を持って立ち上がりながら言った。

「電話に出てくるから、ちょっと待っててくれ。俺が戻るまで、練習に集中する準備を整えておけよ」

ハジュンはムギョンから数歩離れ、背を向けて電話に出た。

「はい、イ・ハジュンです」

――あっ！　こんにちは。イ・ハジュン・コーチですよね？

「……どちら様でしょうか」

――すみません。自己紹介が遅れました。ソン・ウンジュといいます。ヨンスから電話番号を教えてもらって。本当は連絡を待つべきなんですけど、あまりに気になってしまって外回りの途中でこちらからお電話しました。ちょっとお話できますか？

ハジュンは目を丸くした。まさか、向こうから連絡してくるとは思ってもいなかった。

思わず後ろに座っているムギョンにチラリと視線を送り、もう数歩離れて声を落とした。

「あ、こんにちは。えっと、すみません。すぐに連絡しようと思ったんですが、ちょっと忙しくて」

――いえ。私ってば、せっかちで。こんなに急いで連絡したら失礼なのに、すみません。

連絡をしなければそれでいいと軽く考えていた。女性を紹介されたことがないので知らなかったが、自分の電話番号も相手に知らされるものだったらしい。考えてみれば、当たり前だった。

今からでも、会う気はないと言わなければ。喜んでいる相手に、初っ端《しょぱな》から断りの言葉を口にするなんて本当に申し訳ないが、仕方なかった。

「すみません」

――えっ？　何がですか？

「実は……今は誰かとお付き合いできる状況ではなくて……。さっきはジョンギュ……ヨンスさんの旦那さんと話をしていて、そういう雰囲気になったので……。電話番号まで受け取っておいて、こんなことを言うべきではないんですが、お会いするのは難しそうです」

電話の向こうの女性は少し驚いたように、「あっ、はい」と独り言のように呟くと、すぐに笑った。

――大丈夫ですよ。私も今から何かを期待してたわけじゃありませんし、間近でコーチを生で見られるかなっていう気持ちのほうが大きかったんです。私、サッカーも好きで何度か観戦にも行ったんですよ。仁川《インチョン》のチームに所属してらした時、ちょっとファンだったんです。

「……本当にすみません。軽率でした」

――昔もそうでしたけど、今も真面目なんですね。

「そうでしょうか」

――あっ、悪い意味で言ったんじゃありませんよ。そこが長所ってことです。

思いの外、明るく流れていく会話に思わず微笑んだ。

――あの、一つだけ伺ってもよろしいですか？

「はい、もちろん」

――私の写真、ご覧になりました？

「あ、はい……」

――どうでしたか？　正直なところ。

「ハハッ、写真を見ただけでも、僕にはもったいない人だと思いました」

彼女は答えが気に入ったかのように声を出して笑い、あえて会おうと無理強いするつもりはないのか、「今日も頑張ってくださいね。もしも気が変わったら、ご連絡を」というおどけたコメントで通話を簡潔に締めくくった。朗らかな人のようだ。

「では、失礼します。いい一日を。理解してくださって、本当にありがとうございます」

――はい。コーチも、いい一日を。

気まずく始まった通話をしている間、雨雲がかかっていた心は、むしろ楽になった。だがそれも一瞬のこと、電話を終えるなり背後にある現実が重くのしかかってきた。再びムギョンに近づくと、すでに彼の眉間は皺が寄りまくっていた。ハジュンは携帯電話をポケットに入れながら謝った。

「練習中に電話が長くなって、すまない。さぁ、集中しよう」

「イヤだイヤだって言ってたくせに、とんだ知能犯だな」

「なんだって？」

ムギョンは気に食わないと言わんばかりに睨んで、声をひそめた。

「お前だって誤解してる」

「練習に集中するぞ」

「性欲処理なんかじゃない。俺はイ・ハジュン、お前じゃなきゃダメなんだ」

その言葉に、ハジュンの目が丸くなった。いきなり何を言ってるんだ？

状況を把握してもいないうちから、胸が跳ねようとした。たしかにムギョンに怒っていたのに、彼の一言に傾いてしまう耳が恨めしかったが思い通りにはできない。

「それが問題だったら、お前の言う通り、誰でもいいから付き合ってとっくに解決してるさ。こんなふうにフラフラしてると思うか？」

「……どういうことだよ」

「お前がいない間に分かったんだけど、やっぱり俺はお前じゃなきゃ……そそられない体になっちまったみたいだ」

「急にどうして？」

ムギョンは困った質問でもされたかのように躊躇い、説明が面倒だと言わんばかりに肩をすくめた。

「理由なんか、どうだっていいだろ？　相性がいいからってことにしとけばいいじゃないか。俺たちは体の相性はバッチリだったたし、お前だってそれは否定できないはずだけど」

「……」

「最初から言ってるが、俺だってこんなふうに一人に限定して長く関係を続けたことはない。お前と寝るのが習慣みたいになったんだろうな。お前もスポーツしてたから分かるだろ？　繰り返してたことが突然断たれると、ペースが崩れるって」

だらだらと説明が続いたが、要はまたセフレになってくれという話にまったく変わりはなかった。ハジュンは、彼が言った言葉を親切に要約してやった。

「お前の大事なコンディション調整のために、俺と寝なきゃいけないってことか」

その言葉に、ムギョンはハジュンを睨むようにじっと凝視した。引け目を感じることはない。ハジュンもムギョンを睨み返してやった。

「分かった、分かった」

すると、ムギョンが降参と言わんばかりに手を上げて頷いた。

「付き合おう。恋人になろうぜ。女を紹介してもらってまで頑張ることないだろ。一度こじれちまった以上、セフレに戻るのはプライドが傷つくみたいだし、そうしよう。これでいいだろ?」

「だから、やめろってば!」

思わず声が大きくなった。叫んでしまってからビクリと驚いて周囲を確認したが、選手にせよコーチにせよ練習中に大声を出すのは特別なことでもないので、周りの選手やスタッフたちは誰も二人を見ていなかった。

ハジュンは髪をかき上げてから、また声を落として囁《ささや》いた。

「キム・ムギョン。俺は俺なりにお前のそばにいる方法を模索しただけだ。お前のそばで、つらくならずに頑張れると思ったけど、思い違いだった。いくらバカでも、俺は同じ過《あやま》ちは繰り返さない」

ムギョンの唇から細いため息が漏れた。思い通りにいかない会話に退屈して、もしくはイライラしてついたため息のようではなかった。彼は本当にこの状況を残念がっているようだった。

「一体何がそんなにつらかったっていうんだ? 今まで俺とお前、セックス以外は何もしてないだろ」


心から理解できないという口ぶりだ。皮肉ったり嘲笑《あざわら》ったりしようとしているわけではないことは、彼と向かい合っているハジュンが一番よく分かっていた。

今まさに、そういうところがつらいということを、キム・ムギョンは本当に理解できないのだろうか。

「……それすら分からないのに、どうやってお前と、そういうことができるっていうんだ?」

「謝ってもイヤ、見返りをやってもイヤ、恋人になるのもイヤなら……まったく方法がないってことか? 俺は、誰かに付き合おうって言ったのは初めてだ。それなのにイヤだって?」

セフレの提案を拒まれて「これでも食らえ」と言わんばかりに落とされた恋人の称号《タイトル》なんぞを、ありがたく頂戴してお仕えしなければならないというのか?

このまま放っておいたら、この話で何日も苦しめられそうな雰囲気だ。なんと言えば今日中に終わらせられるだろうか。柔らかな頬の内側の肉をグッと噛んでから、ハジュンはその口を開いた。

「ああ」

「……」

「お前はどうだろうと、俺は気持ちが冷めたらセックスもできない」

その言葉にムギョンの瞳が明らかにこわばった。緊張して、ハジュンは目を逸らした。嘘は言っていない。嫌いにはなれないだろうが、彼に対して最高潮に熱くなった気持ちに冷や水を浴びせられたのは事実だから。

ムギョンの顎に力が入り、いつもよりもさらに深い皺が眉間に刻まれるのが見えた。彼は暫く黙ってハジュンを見つめていたが、かえって声量を落として、低い声で再び尋ねた。

「……俺を試すのも、いい加減にしろよ。最後に聞く。本当に望んでることはないのか？」

「ない」

躊躇うことなく答えたハジュンは、暫く沈黙してから言葉を続けた。

「本当にない。最初から、お前に望むことなんてなかった。元通りに戻ろうって言ったよな？　そもそも……お前は俺のこと、覚えてもいなかっただろ」

「一体いつの話を……」

「あえて答えるなら、シーズンが終わるまでコーチと選手の関係で問題なく過ごしたい」

「……」

「最後までしっかりプレーしてもらって、このチームにリーグ優勝してほしい。お前がイギリスに戻るまで、無難に過ごしたい」

一つひとつ願いを言いながら高まった感情を整理するように、ハジュンの口調は音もなく降り注ぐ細かい砂のごとく整頓されており、またそれだけ干からびていた。視線を外していたハジュンは、ゆっくりとムギョンと目を合わせた。

「俺が望んでるのは、それだけだ。どれも、お前がその気になりさえすればできることだ」

「……」

「もしも、俺に気後《きおく》れしたり申し訳ないと思ってたりするなら……もういいから、やめろ。謝罪は受け取るって言ったじゃないか」

ハジュンが膝の上に手をつきながら話をまとめた。

「ちょっと休もう。お前、練習する準備が全然できてないみたいだし、俺もこんな状態じゃ、ちゃんとしたコーチングができない。事務室に行ってくるから、俺が戻ってくるまでに気を取り直して、練習の準備を終えた状態で会おう」

そう言って立ち上がろうとすると、ムギョンがガシッと手首を掴んだ。二人は暫く目を合わせたまま黙っていた。

そういえば、ずっと熱があると言っていたっけ。そのせいか、ムギョンの目はいつもより少し濡れているように見えた。散々人を傷つけるようなことを言っておいて、どうしてあっちが死にそうな顔をしているのか分からない。

他に未練はないが、心配にはなる。いっそ見せつけようと仮病を使っていればいいのに。ハジュンがそう思った時、ムギョンが乾いた唇を出し抜けに開いた。

「好きなんだよ」

あっ。

ハジュンは目を閉じそうになったところを耐えた。突然耳を打った一言に、心臓がドクンとした。だが今やこんな言葉を聞いても、期待より「今度は何を言おうとしているのだろうか」という恐れのほうが先に押し寄せてきた。

彼が吐き出した「好き」という言葉からは、さっき皮肉を言っていた時に声を覆っていた滑《なめ》らかなヴェールがすっかり剥ぎ取られ、荒く乱暴でぶっきらぼうな本音をそのまま露《あら》わにしていた。


「こうでも言えば、気が変わるか？　その言葉が聞きたくて、意地張ってんのか？」

「……」

「そんなことをしたところで、今より悪化する可能性もあるって思わないのか？　優しくするって、望みは全部聞いてやるって言ってるのに、そんなに名分が大事か？　……お前も気持ちが離れたなら、そんな言葉なんか必要ないじゃないか」

「お前に好きになってくれって、付き合いたいって、俺が一度でも言ったことがあるか？　勝手な推測はやめてくれ。一体何度言えばいいんだ？　俺は、もうやめたいって言ってるだろ」

会話とは葛藤や誤解を解く模範的な方法であるはずなのに、キム・ムギョンとは話せば話すほど、どんどんこじれていくだけのような気がする。同じ「終わらせる」にしても、もっといい方法があるはずだ。お互い踏み込まず、単なるチームメイトとしてほどほどにやり過ごすのであれば、過ぎたこともそれなりに上手く整理をつけて思い出にできるような気がしていたのに、それすらも邪魔しようとする。

ずっと平静を保っていたハジュンの眉が軽く歪み、唇には自嘲の色が滲んだ。

「よくも、そんなセリフまで軽々しく口にできるな」

気持ちを言葉に変えて彼に伝えるまで、少なからず時間がかかった。拒まれた後にも彼を恨まずにいられてうれしく思っていたのが、つい昨日のことのようなのに、あの言葉がこんなふうに戻ってくるとは思わなかった。

わざとやってるのか？　キム・ムギョン様に口答えした自分を苦しめたくて。

「じゃあ、どうしろってんだよ。あれもこれも、どれもイヤなんだろ!?」

声は落としたものの激しい口調で悔しそうに言い返すムギョンをじっと見つめると、結局ハジュンは視線をつま先に落とした。

「お前みたいに、とんとん拍子でやってきた人間には分からないかもしれないけど」

「何が」

「世の中には、思い通りにならないこともあるんだ」

今まで生きてきて拒まれたことなどないだろうから、受け入れられないのも理解できる。それにしたって。キム・ムギョンが正しく綺麗な言葉を選んで口にするような優しい男だと思ったことはないが、ここまで他人の気持ちを弄んで踏みにじる人間だと思ったこともない。

虚しくなる。いくら熱烈だったといっても、一方的な片想いは相手を理解するのになんの役にも立たなかった。十年間キム・ムギョンを見つめてきたと思っていたが、彼について何かを知っていたのか？　ほんの一瞬手にしたと思った輝きさえも、こんなにも早く色褪《いろあ》せてしまう。

手を振り払い、やっとハジュンが立ち上がると、ムギョンも続いて立ち上がった。ハジュンは、彼に指をさして警告した。

「ついてくるな。お前のせいで、また退職届を出したい気持ちでいっぱいだ。ここで大人しく心を静めながらストレッチでもしてろ」

そんなことを言っても警告になどなるまいと思ったが、意外にもムギョンはピタリと動きを止めると顎に力を入れた。芝生にムギョンを残し、ハジュンはもう何も言わず急いで歩き始めた。事務室ではなくトイレに立ち入り、洗面台の蛇口をひねって冷水を顔に打ちつけるように何度か浴びた。水がポタポタと落ちる顔を鏡に映すと、自分でも見慣れない表情をしていた。

恋愛ではなかったが、長期間体を重ねたということにおいて、少しくらいはそれと重なる部分もある関係だったのだろうか。

一度だって誰かと深い関係になったことはないし、別れたこともない。別れたことがないから、今のような気分を感じたこともない。悲しみも怒りもすべて整理したと思ったのに、知っている言葉で名前を付けて説明することのできない感情が、ぬかるみのように足元に敷かれる。恋も別れも、経験がないせいか何一つ思い通りにならない。

できることならこのまま早退でもしてしまいたかったが、監督に特別指示までされた身だ。あまりに長いこと席を外すわけにもいかず、再び芝生に向かって重い足を動かすと、ムギョンのそばには別の人がいた。

遠くでキーパーの練習をしていた、キャプテンのジョンギュだった。近づくと、ジョンギュが怪訝そうな顔を今度はハジュンに向けた。ハジュンのほうから先に尋ねた。

「どうしたんだ?」

「いや、あっちで見てたんだけど、お前たち、なんかヘンな空気だった気がして」

ただでさえ好奇心旺盛なジョンギュが、疑わしいと言わんばかりに目を細めた。

「お前ら、ケンカしただろ。考えてみたら最近二人とも、なんか引っかかるんだよな」

「そんなんじゃないよ。練習について、ちょっと意見が分かれただけだ」

二人で何か余計な話でもしたんじゃないだろうな? ギクリとしたハジュンは、すぐに笑ってみせつつムギョンのほうを向いた。

「キム・ムギョン、ゆっくりランニングでもして一回りしてこい。体をほぐしてから次のプログラムに移ろう」

相変わらず硬い顔のままだったが、ムギョンもジョンギュの前でまで意地を張るつもりはないのか、パンパンとズボンをはたきながら立ち上がった。やるともやらないとも言わず、ゆっくり足を動かして走り始めたが、一周もしないうちにその場に立ち止まった。

それでもジョンギュとハジュンからはかなり離れた場所までたどり着いた彼は、腰に手を当て暫く空を仰ぎ見ると、イラついているかのように練習場の端にある別の休憩用ベンチに向かった。置かれてあった水筒を開けて水を飲み、そのままベンチに座った。体を屈《かが》めて顎のあたりで手を組み、ただ他の選手たちを見つめていた。

目を大きくしてぼんやりとその姿を見つめているハジュンに、やっとジョンギュが恐る恐る耳打ちした。

「あいつ、最近はトラック一周すら走れないんだ。言っただろ？　メチャクチャな状態だって。食えず眠れずで元気がなくて、疲れてるってレベルじゃない。強がってるからあの程度で済んでるけど、お前の想像以上だと思うぞ」

「……一体どうして」

「さぁな。何があったのか訊いても答えないし、みんな心配しまくってるよ。何があったって体調管理だけはしっかりするヤツなのに、わけが分からない。いっそのこと、どこかに病気として現れてくれりゃ、薬で治療できるんだけど」

遠くから彼を見つめていたハジュンは、目を伏せた。自分のせいではないと分かっていても、彼の不調に対する責任があると言われでもしたかのように気が重くなった。無礼なキム・ムギョンの相手をするのは我慢できたが、弱ったキム・ムギョンを目の前で見ているのは、あまりに困難だった。

自分のいない五日間に何があったのか、この状況もキム・ムギョンのことも、何一つ理解できない。迷信やカルト的代替医療じゃあるまいし、病院でも原因が分からないのに俺とセックスすれば治るという確信はどこから出てくるんだ？　一体どうして、ああなのか分からない。

12

〈キム・ムギョン、スタメンから外される。「なぜ?」クラブチームとトラブルか〉
〈キム・ムギョン、Aマッチ目前に「コンディション不良」〉
〈「実は、かなり前から……」キム・ムギョンとシティーソウルのすれ違い〉

シーズン後半最初の試合を五本のゴールで飾ったムギョンが、すぐ次の試合のスタメンから外されると、それだけでもリアルタイムで記事が急増した。ハジュンはポータルサイトのスポーツニューススページにいち早く掲載されたヘッドラインの数々を見て、ため息をつきながら携帯電話の画面を消した。

監督の横顔が静かに物思いに耽《ふけ》っていた。それもそのはず。キム・ムギョンほどの選手が、よりによってシティーソウルに在籍している間にコンディションを崩したとなれば、その原因をクラブの選手管理に求める人が必ず出てくる。

ベンチに座っているムギョンは終始一貫してスポーツタオルを頭に乗せ、顔を半分ほど隠して黙っていた。観客席とピッチは騒がしかったが、シティーソウルのベンチは序盤から暗い雰囲気を消せずにいた。不幸中の幸いか、ムギョンが不在であるにもかかわらず、他のゴールゲッターたちが活発に動いて試合は順調に進んでいた。

「左! 左にもっとプレッシャーをかけろ! がら空きじゃないか!」

ベンチで試合を見ていたコーチのうちの一人が、応援を兼ねて叫んだ。じっと試合を見守っていたハジュンは、疲れて暫《しばら》く目を閉じた。

珍しく寝そびれて、目がショボショボした。三日ほど眠れなかっただけで試合観戦すらつらいというのに、まともに睡眠も食事も摂《と》れないという誰かさんが、ピッチの上を普段通り走れるわけがない。ハジュンは疲れた表情で選手たちを凝視していたが、ふと俯《うつむ》いた。

……もう、やめよう。

もう十分だ。謝ってきたし、キム・ムギョンにしては、やるだけやったじゃないか。

いく晩か悩んで決心した。復帰初日にひとしきり大騒ぎして以降、ムギョンはもうハジュンに「元に戻ろう」と無理を言うことはなかったが、これだけはハッキリと分からせてくれた。理由は分からないが、キム・ムギョンのあの熱病のような状態は、仮病でもなくアピールでもなく本物だ。彼のコンディションはどんどん悪くなるばかりで、好転する気配がなかった。

キム・ムギョンにイ・ハジュンとのセックスがそこまで必要ならば、自分が気持ちを切り替えたほうが合理的だ。自分一人が機嫌を直しさえすれば、ムギョンも監督も、チーム全体がなんの問題もなく回っていく。リーグだけでなく、もうすぐワールドカップの地域予選もあるのに、彼があんな状態では困る。

事がこじれる前までは、シーズンが終わるまで忠実に臨もうと決めた役目だった。意地を張ったところで得する人間は誰もいない。二度と可能性はないと言わんばかりに振る舞った手前、結局ムギョンの思い通りに動くと思うとプライドが傷つくのも事実だったし、引っ掻《か》かれた心や、硬くなった食パンの端のようにパサパサした気分、ムギョンに感じていた違和感も相変わらずだったが、深く考えないようにしよう、時間が解決してくれるだろうと思うことにした。

この世は何事も心の持ちようだ。その気になれば、いくらでも簡単に考えることができる。今日試合が終わったら、こちらから話を持ちかけよう。戻ろう、と。お前がそこまで望んでいる以前の関係に。

俺とセックスすれば状態が回復するはずだと信じ切っている理由は分からないが、捨てたオモチャを一度手にして遊んでみて、それが自分のコンディションの低調の原因ではないということに気付けば、またすぐに俺を解放してくれるかもしれない。

「ハジュン、今日試合後に約束あるか？」

ハーフタイムになって控室に入ってくる選手たちをチェックしていると、グローブを外して手首にクーリングスプレーを吹きかけていたジョンギュが声をかけてきた。

ハジュンは首を横に振った。

「いや」

「じゃあ、今夜俺と一杯やらないか？」

ハジュンは乾いた笑顔を浮かべてみせた。

「試合が終わってすぐ？　お前、疲れないか？　試合直後に飲んだら、体にも良くない」

「なぁに、たまになんだから別にいいだろ？　試合後に飲む酒は最高だぞ。もちろん、勝ち試合の後は」

やはりこの数日、気分が沈んでいたことを隠せていなかったようだ。ジョンギュが気遣ってくれているのがハッキリ分かって、ハジュンは暫く返事もせずに微笑《ほほえ》みを浮かべているだけだった。

今日の試合が終わったらすぐにムギョンに話を持ちかけようと思っていたのに、その状況を少しでも先延ばしにしたい本心がひょっこり顔を出し、今しがたなされた提案を承諾しろと囁《ささや》く。

「そうしよう。お互い時間が合う時に飲まないとな」

「よし。飲み会の時に一緒に飲んだけど、同じチームになってからは、まだ一度も二人で飲んだことないじゃないか。久しぶりに水入らずってのもいいだろ」

人が良さそうに笑ってみせるジョンギュを見ながら、ハジュンも笑った。ジョンギュも最近、ムギョンのことでかなり悩んでいたことだろう。二人は昔からの友人で、彼はチームのキャプテンでもあるのだから。

このすべての悩みが自分一人のせいで発生しているという事実が、今は少し滑稽に思えた。生まれてこの方、ここまでものすごい影響力を持った気になったのは初めてだ。まるで黒幕にでもなったみたいだ。

後半戦開始直後にゴールが一本決まった。その後、守備が上手く機能して点数が保たれると、監督は試合終了まで三分を残してムギョンを投入した。出場時間がかなり短かったこともあったが、たしかにムギョンは本来の競技力を見せることはできなかった。スピードはもちろん、シュートの精度がめっきり落ちて動きも重く、なぜ今日スタメンになれなかったのかをまざまざと見せつけることになった。風邪だの過労だのと、クラブは適当な声明をマスコミに出すことだろう。

試合感覚を失わないように少しプレーさせただけの監督も大きな期待はしていなかったのか、試合が終わっても特に何も言わなかった。とにかく試合は勝利に終わったので、ロッカールームの雰囲気も悪くなかった。ハジュンはスタッフルームで着替えてから、ジョンギュの車に乗った。ジョンギュが豪快に言った。

「何を食べようか。俺のおごりだ」

「いや。俺も払うよ」

「おごるって言われた時におごられとけ。滅多にないチャンスだぞ」

「じゃあ、高いもの」

冗談だったのに、ジョンギュは頷《うなず》きながら何を食べるか決めてしまった。

「じゃあ、焼肉にしよう。元気がない時には牛肉が一番だ」

「今日一日、兄貴って呼ばせてもらうよ」

笑って受け流すと、ジョンギュもクスクスと笑ってエンジンをかけた。目的地は、シーズン序盤にチームの飲み会を開いた店からさほど離れていない場所にある焼肉屋だった。車から降りて店に向かっていたハジュンは、狭苦しい裏路地の入口のあたりで足を止めた。

パク監督が倒れた場所だった。ムギョンと同じテーブルに着いたのは、あの日が初めてだった。目の前で向かい合った顔に、ただでさえ胸がドキドキしていたのに、何気ない顔で「カッコイイ」と褒め言葉をかけられたせいで心臓がバクバクして、震える手からグラスを滑らせてしまった。テーブルの上に大量の酒がこぼれて広がっていく様子に、目の前がクラッとした。

そのまま座っていたら恥ずかしい姿ばかり見せてしまいそうな気がして、急いで店を出た。しっかりしなきゃと思い、タバコでも吸おうと火照《ほて》った顔を冷ましながらこの路地に向かっていると、倒れている人の姿が目に入った。恥ずかしさも何もかも、一瞬ですべて吹き飛んでいった。

人生というものは、どんな些細《ささい》な偶然と偶然が重なって次に繋《つな》がるか分からない。あの日ムギョンのせいで席を立たなかったら、パク監督の発見はどれくらい遅れていただろうか。小さな偶然の繋がりが、彼の命を救った。

ムギョンと一緒に倒れた監督を病院に運ぶことになり、ひたすら避け続けていた彼と会話らしい会話を交わすことになった。

監督が長期休職に入ったら、ワンシーズンを犠牲にして韓国に来たムギョンがガックリするのは目に見えていた。だから勇気を出して自分から声をかけた。

あんなことがなかったら、ムギョンとの関係はそもそも始まることはなかったし、こんなことで悩むこともなかっただろうに。

「何してるんだ？」

前を歩いていたジョンギュが、ぼーっと突っ立っているハジュンに尋ねた。気を取り直して再び歩き始めた。彼は豪語した通り、まずは高級韓牛を二人前頼んだ。そして、ジョンギュは料理が出てきもしないうちに酒を注文した。

「焼酎《ソジュ》、大丈夫だよな？」

「うん。この店、静かでいいな」

「美味《うま》いって評判の店なんだけど、週末のほうがむしろ空《す》いてるんだ。俺たちみたいな人間が打ち上げするのにピッタリだろ」

軽く乾杯をして、おのおの焼酎《ソジュ》グラスを傾けた。一杯目は一気飲み。初めて飲んだ時に先輩たちからそう教わった。試合直後の疲れた体、空きっ腹に酒が入って一瞬でクラクラしていると、テーブルの中央に真っ赤な炭が置かれた。カッカッとした熱気が顔を温めると、なぜか酔いが回るのが余計に早くなる気がした。ハジュンは心配になって尋ねた。

「お前、本当に大丈夫なのか？　疲れてるだろうに」

「俺の酒量を知らないのか？　お前はゆっくりやれ。早く飲めなんて言わないから」

そう言っている間に料理が出てきた。ゆっくり飲むとは言いつつも、焼酎《ソジュ》の瓶はすぐに半分以上空き、ジョンギュはもう一本追加注文した。

娘の話、弟妹の話、チームのあれこれについて話をしていると、突然ジョンギュが本題を切り出そうとするように緊張した面持ちになった。ハジュンもつられて緊張し、そんなジョンギュを見つめた。

「ハジュン」

「ああ」

なんの話をしようとしているんだろう。もしかしてキム・ムギョンから何か聞いたんじゃないだろうな。

「この前も言ったけど、俺はキム・ムギョンほど稼いでなくても、お前が大変なら少しは助けてやれる。どれくらい必要なんだ？　言えよ」

ハジュンは焼酎《ソジュ》グラスを持ったまま、目をパチクリさせた。重々しい表情のジョンギュは、頷きながら話を続けた。

「ヨンスさんにも許可はもらった。お前は簡単に金を無心するような性格じゃないのに、キム・ムギョンに借金を頼むくらいなら、本当に困ってるんだろ？　あいつはああ見えてもケチだし、たくさん稼いでるからってポンポン使うタイプじゃないんだよ。自分にとって本当に大事だと思う人にしか金を使わない。そうじゃなきゃ、容赦なしだ。疑り深いし、恩着せがましいったらない。金持ちだから簡単に貸してくれると思ったんだろうが、あいつにはすがるな。イヤな気分になるだけだぞ」

ジョンギュの長話が終わると、ハジュンは暫くキョトンとしてから、つい声を出して笑ってしまった。とんだ勘違いをしているのに、妙に核心を突いている。焼酎《ソジュ》グラスを持ってクスクス笑うと、ジョンギュが顔をしかめた。

「なんだ？　キム・ムギョンほど貸してくれないだろうと思って、バカにしてるのか？」

「いや。金に困ってなんかいないよ。前に話した問題は解決したから、気にしなくてもいい」

「本当に？　じゃあ最近キム・ムギョンとお前、どうしてあんな雰囲気なんだ？」

ハジュンは鼻白んだ。他の人から見ても、そんなにあからさまだったのか。

「大したことじゃないよ。ただ、他のことでちょっと」

自分のことを思ってくれている人を騙《だま》そうと思うと、酒を飲むペースが上がってしまう。今日はやけに早く熱くなる体の中に焼酎《ソジュ》を流し込んで再びグラスを空けながら、ハジュンは適当に話題を変えた。

「お前、最近特別なことはないのか？」

「まぁ、俺はいつも一緒さ。あっ、そうだ。お前、ウンジュさんに連絡したのか？　電話番号を受け取ったなら、どうなったのか報告しろよ。いつ会うか決めたのか？」

「あ、うん……」

返事に困る話題の連続だ。

「俺が会うには、あまりにもったいない人みたいだから、会わないことにしたよ」

「えっ？　何言ってんだよ。お前にもったいない人なんか、いるわけないだろ。給料のせいか？　年俸だって、今はアレでも続けてれば上がるじゃないか。フィジカルコーチは将来性もあるんだから」

クスッと笑いが出た。ハジュンはジョンギュを見つめながら、どこかアッサリした口調で答えた。

「いや。金のせいじゃなくて、好きでもないのに会ったらソン・ウンジュさんを騙すことになるだろ？　俺は詐欺師にはなりたくない」

「会ってるうちに好きになっていくんだ。最初でハマらないからって、詐欺師って。とにかく、お前はクソ真面目だからいけない。これじゃあ、写真を見るだけで結婚するとかしないとか言いそうだ」

　ハジュンは笑顔を消さずに黙っていたが、横に置かれていたまだ使っていないビール用のコップを自分の前に置いた。

「ビールも頼もうか？」

　ジョンギュの質問に答えず、まだ栓の開いていない焼酎《ソジュ》の瓶を掴《つか》んだ。コップの中に透明な液体がトクトクと注がれると、ジョンギュの目が丸くなった。

「お前、それを飲むつもりか？」

　ハジュンは答える代わりに、コップに半分以上注がれたそれをまっすぐ持ち上げ、グビグビと飲み干した。誰も命令していないのに、飲み会の罰ゲームに当たった時や、新入り時代の歓迎会で無理やり飲まされた時のように飲むハジュンを、ジョンギュは止めることもできず見ているだけだった。

　白い顔が一瞬で赤く染まった。ハジュンが顔をしかめながらコップを置いた。

「あーっ。久しぶりに飲んだから、メチャクチャ苦いな」

「急にどうしたんだよ。そんな勢いで飲んで」

　口に残った酒の味と、今から口にする言葉のせいで苦笑いを浮かべた顔を、そのままジョンギュに向けた。

　急激に回り始めた酔いの勢いを借りて、言いにくいことが多少滑《なめ》らかに流れ出た。

「ジョンギュ。俺、女性に興味ないんだ」

　悲愴《ひそう》な一気飲みを経て軽く飛び出した言葉に、ジョンギュは気が抜けたようにぼやいた。

「何を今さら。俺だって知ってるさ。少しは興味を持てって言ってるんじゃないか」

「そうじゃなくて……。俺、女の人が好きじゃないんだ」

「じゃあ何が好きなんだよ。女が好きじゃないなら、犬？　猫？　まさか、男が好きなのか？」

「ああ」

　ハジュンは短く答えて、空《から》のコップに焼酎《ソジュ》をさらに注いだ。冗談めかして質問を投げかけたジョンギュの表情が固まった。鉄板の上で焼けていく高級肉が焦げないように端によけながら、ハジュンは話を続けた。

「できることなら言わないでおこうと思ったんだけど……知らないままだと、お前ずっとああだろ？　女の人と付き合え、紹介してやる、結婚しろって……。俺にはできない。この前だって、電話番号を受け取っておいて、自分はどうしてあんなことをしたんだろうって思った。申し訳なくて会えないよ。どうせ上手くいく可能性もないのに」

「あ……。そうだったのか……」

「ごめん。心の準備をする時間も与えず、突然こんなこと言って」

図々しくておしゃべりな彼が、自然に受け流せないほど驚いているということが如実に伝わってきた。言ってすぐに後悔しつつも、スッキリしたという面もなくはなかった。

心から自分のことを思っての行動なのは分かるが、幸せな家庭を築いたジョンギュが、女性とそうなる可能性などまったくない自分に、みんなと同じように恋愛や結婚、妻と子と仲睦まじく過ごす未来を頻繁に勧めてくることが、だんだんつらくなってきているところだった。最近は特に。

黙っていたジョンギュは、やっと考えを整理したかのように頭を振りながら早口で言った。

「いや！　いやいや、お前が謝ることないよ。人それぞれ好みは違うもんだし……。最近は、ほら、とにかく多様性の時代だって言うじゃないか。男が好きだっていいさ。いいヤツなら、性別なんかどうだっていい。男でもいいから優しいヤツと付き合って、お前も自分の幸せを……」

ジョンギュは、人が好みそうな他人の秘密を誰彼構わず言いふらすような口の軽い人間ではない。ハジュンには、彼は今日聞いた話を誰にも言わないだろうという確信があった。

「お前、じゃあ」

その時だった。ソワソワしているのか焼酎《ソジュ》グラスを口元に持っていったジョンギュが、何かに気付いたかのように声を上げた。

「おい、お前まさか」

「……」

「違うよな？」

どうしてもその名前を口にすることはできないと言わんばかりに、ジョンギュは途中で言葉を切ってから尋ねた。

そこまでは気付いてほしくなかったが、最近ムギョンとハジュンの間になぜあんな冷たい風が吹いているのか気になっていたジョンギュの意識は、自然とそこまで流れついたらしい。

「そうだよ」

今さらそれだけを否定しようとするのも可笑《おか》しい。酔いが回ったハジュンは、笑顔のまま静かに答えた。

「俺はバカみたいに……キム・ムギョンが好きなんだ」

「はぁ……おい。この世に男なんかいくらでもいるのに、どうしてよりによってキム・ムギョンなんかが好きなんだ？　あいつ、顔と体と金以外は何もないぞ」

並んで座っていたなら背中でも一発叩《たた》いていたと言わんばかりの、もどかしそうな口ぶりだった。

だろ？　お前も、何をバカなことしてるんだって思うだろ？　そう心の中で問いかけながら、ハジュンは苦笑いを浮かべた。

当事者に告白することはおろか、ただの一度だって誰かに吐き出すつもりのなかった想いだ。勇気を出して伝えたものの、今や鼻紙も同然になった十年間の片想い。

今となっては、それがまともな恋心だったのか、せいぜい自分一人でヒーロー視したり理想像を作ったりしていたに過ぎなかったのではないか、そう自問するようになった想い。

「自分でもやめたいよ。だけど、人の気持ちって思い通りにはいかないだろ？」

「キム・ムギョンと、そんなに親しくもなかったんじゃないか？　あいつ、このチームに来た時……」

お前のことを覚えてなかったのに。そう口には出せず、ジョンギュは言葉を濁した。ハジュンの口がさらに大きく曲がった。

人の話を聞いてあげることは多いが、自分が誰かに愚痴をこぼしたことはほとんどなかった。短時間で飲んだ酒が次第に体全体に広がっていくと、特に貸しがあるわけでもないのに何か見返りを求めたがるかのように、しきりに口が開こうとした。

「俺が初めてユース代表に招集されたのは、中三の時だった」

「ああ、そうだったよな。俺はその時は招集されなかった。うちのサッカー部からはムギョンだけが呼ばれて、どんだけドヤ顔してたか。あの時のことを思い出すと、今でも悔しいよ」

「中学生の時に行ったたって、どうせみんなベンチさ。キム・ムギョンは、当時もスタメンレギュラーだったけど」

ハジュンと話をしながらも、ジョンギュはいつからかテーブルの上に置かれた携帯電話のほうへ、なんだか焦《あせ》った視線を送っていた。

「俺、実はあの時はそんなに真面目にサッカーしてなかったんだ。いや、真面目にやってはいたけど、面白くはなかったって言うべきかな。サッカーをすれば支援金がもらえるって言われて始めたんだ。でも、いざやってみたら『意外と才能がある』とも言われたし、プロにさえなれば大学に行って就職するよりマシだって思って、一度やってみようって思ったんだ。当時は大学には行けそうにもなかったし」

「知ってる。お前、かなり苦労したもんな」

「そしたら、いきなり韓国代表でプレーしろって言われて、うれしさよりも怖かった。俺はただ、これをやれば食っていけそうだからやってたのに……突然、国を代表しろって言われるんだから」

その時、ジョンギュがハジュンの背後に視線を送った。店のずっしりしたガラスドアが開いて、大きな男が入ってきていた。

店内にいた数人の客が目を丸くしてそちらを見つめたが、酒に酔って話し込んでいたハジュンは、その雰囲気にまったく気付かなかった。

店に入ってきた男をジョンギュが困った表情で見つめている間、彼は躊躇《ためら》うことなく二人が座っているテーブルのほうへ歩いてきた。ジョンギュはこっそり手を上げてパパッと振った。近くに来るなというジェスチャーだった。だがムギョンは足を止めなかった。

「母さんがうつ病の薬に酒まで飲んで体が悪くなり始めた頃だったから、招集されたって家族には言えもしなかった。弟妹たちも大変な時だったから、母さんも俺も双子の世話で大忙しだったし……。練習に行くと先輩だらけで怖かったし、学校のコーチには『期待してる』ってプレッシャーばかりかけられるし」

「あ、ああ。そうだっただろうな」

「試合当日になってメチャクチャ緊張して、俺はどうしてこんなところに来ちゃったんだろうって思った。たかがベンチの分際で緊張して、建物の裏でこっそりサッカーシューズの紐《ひも》でも結び直そうと思ったんだけど、手が震えて全然結べないんだよ」

ムギョンがハジュンのすぐ後ろに立った。ジョンギュが固まって彼を見ると、ムギョンは軽く眉間に皺《しわ》を寄せ、ジョンギュを見下ろしながら人差し指を唇に当てた。

(騒がず黙ってろ)

口からは出ずとも、彼の言葉が聞こえてきそうだった。

ジョンギュは生唾を飲み込み、ムギョンとハジュンを交互に見た。

「その時、キム・ムギョンが来たんだ」

「えっ!? ……あ、ム、ムギョンが来たって?」

「ああ。俺のそばに来て、いきなりタバコを吸い始めるんだよ。試合を前にしてタバコを吸うヤツが一体どこにいる? ビックリして、一言二言言ったんだ」

ハジュンの口元に苦笑いが引っかかった。

「そんなに長く話をしたわけじゃないけど……。あの生意気なヤツが、タバコを捨てたと思ったら急に俺の前に跪《ひざまず》いて座ったんだ。それからサッカーシューズの紐を結んでくれて、『芝生なんかどこでも一緒なのに、何をそんなに緊張してるんだ?』って、ポンと肩を叩いてくれて……。それで、そのまま行っちゃったんだ」

苦笑を含んで軽く俯いたハジュンの目が深く沈んだ。初恋の思い出を回想しているにしては自嘲的な口調が、同意を求めた。

「言葉にすると、『大したことか?』って思うだろ? でも、あの時の俺はそれがすごくうれしかった」

「……」

「それが、すごくうれしかったんだ……」

昔の思い出に浸ってぼんやりしていた赤い顔が、次第に歪《ゆが》んでいった。ハジュンは顔を上げて不平を言った。

「あいつは、そういうヤツなんだ。無礼なようで突然優しくしてくる。それで、人を勘違いさせるんだ」

「そうか? 俺は一度もそんなことされたことないから、よく分からないけど……」

そう言いながら、ジョンギュは「お前が?」という目でハジュンの後ろに立っている男を見た。ムギョンは眉を吊《つ》り上げ「黙って聞いてろ」と言わんばかりに睨《にら》んだ。

「子どもが飲む薬って、わざと砂糖でコーティングしてあるだろ? 苦さを感じないように。キム・ムギョンは、それなんだ。ひどい態度ばかり取るなら夢を見たりもしないのに、優しくしてくれるから『もしかしてこいつも俺に好感を持ってるのかな』って期待ばかりしちゃって……。こんなふうに傷つくことなく気持ちを整理すべきだったのに、できなかった。俺は子どもの頃、甘い味がなくなるまで薬を舐《な》めては、最後に苦くなると泣いてたんだ。バカだろ?」

「お前はバカなんかじゃない。事情はよく知らないけど、そんなの分かり切ってるさ。ムギョンのヤツが一から千まで悪いに決まってる」

ハジュンはその答えが気に入ったのか短く笑うと、また無表情になり、向かいに座っているジョンギュではないどこかへぼんやりと視線を向けた。

「お前も知ってるよな？　あいつは初めて招集されたユース代表でプレーして、すぐにスカウトされて翌年イギリスに行っただろ？　俺は、それをすぐそばで見てた」

「ああ、そうだったな」

「ただでさえソワソワしてたのに、そういう場面まですぐそばで見たから、正気になれる気がしなかった。あの時から、他の人なんか目に入ってこないんだ」

普通の人たちと同じように、遠い観客席から、テレビ画面やポスター越しに接していたなら、ここまでハマりはしなかったのだろうか。しかしハジュンの初恋は、地面に落ちたばかりの彗星のように、天が降ろした少年神のように目の前で燃え上がり、その姿はついさっきまで現在進行形だった。

焼酎《ソジュ》の入ったコップが再びハジュンの唇に向かった。ジョンギュはそれを制止できず、気の毒そうな表情でそんなハジュンを見ているだけだった。

「キム・ムギョンはなんの意味もなく、ただ気の向くままにやっただけなのに、俺が勝手に惚れたんだ。あの場に座っていたのが俺じゃなくても同じことをしただろうし、そいつもキム・ムギョンのことを好きになってたはずだ」

「それは完全にお前の贔屓目《ひいきめ》だろ。そこまですごいヤツでもないのに、どうしてそんなに長いことしがみついてるんだ？」

「分からない。ずっとあいつのことを目標みたいに思って生きてたのかな？　急に諦めようと思うと、上手くいかないんだ」

ハジュンの手の動きが荒くなった。タンッと音を立ててコップを置いた白い手を、ジョンギュは不安そうな目で追った。

「あの時から、俺もちょっと変わりたかったんだ。いつかレギュラー選手としてスタメンでキム・ムギョンと一緒にプレーしてみたくて、サッカーにも興味を持ったから。キム・ムギョンみたいにはなれなくても、一緒にプレーすることはできるだろ？　実際、時々顔も合わせたし」

「……」

「ヨーロッパに行けるってなった時は、俺の人生も変わる

んだなって思ったけど……ダメなヤツは、やっぱりダメなんだよ」

「それは、お前がすごく優しいからさ。ダメなヤツなんかじゃない。そんなこと言うなよ」

ハジュンが弱々しく眉間に皺を寄せ、片方の口角を上げた。嘲笑《あざわら》うかのような歪んだ笑みだった。滅多に見せない表情に、ジョンギュは思わず緊張して口をつぐんだ。

かなり酔いが回ったらしく、ハジュンは焦点がぼやけた目を軽くこすりながら、テーブルの上に顔を伏せた。もうかなり舌がもつれていた。

「病院のベッドの上で、俺が何を考えてたか分かるか?」

「……」

「あのチビをほっといて避難してれば、こんなことにはならなかったのに。自分だけ逃げれば良かった。見て見ぬふりすれば良かった」

「ハジュン」

「俺が優しいって? 俺は、単に優柔不断で卑怯なヤツなんだ。いつも人目を気にして、口をつぐんで、陰で悔しがったりして。好きでやったならそこで満足すればいいのに、それもできない。本当にバカだ」

「それは、人間なら誰だってそう思うさ。お前が卑怯なわけじゃない」

ハジュンがテーブルの上を探ってコップを持った。だが焼酎《ソジュ》でいっぱいだったコップは、いつの間にかまた空《から》になっていた。手を動かして、今度は酒瓶を掴んだ。

その手の上に大きな手が覆いかぶさった。ハジュンは顔を上げ、自分を掴んだ手から続く手首と腕、肩と顔までを見上げた。聞こえてはならない声が、テーブルの上に落ちた。

「もうやめとけ」

ハジュンは口を軽く開き、目をパチクリさせてから眉間に皺を寄せた。驚きもしなかった。ただ、突然現れて飲酒の邪魔をするムギョンの存在が不満だという表情だった。

「放せ」

「こんなコップで焼酎《ソジュ》を飲むヤツがあるか」

ハジュンは、しかめた顔を今度はジョンギュに向けた。

「裏切られた」と言わんばかりの目でジョンギュを見ていた。彼はアタフタと弁明しながら手を横に振った。

「いや、俺は……。最近お前たちがギクシャクしてる気がして、俺が先に席を設けておくから後で合流しろって言ったら、キム・ムギョンは分かったたって言うし、こんな問題だなんて思ってなかったんだよ」

パシッ。ムギョンの手を払いのけ、ハジュンは椅子から立った。「ハジュン」と呼ぶ声を背にして、ドアに向かって歩いた。

座っている時には分からなかったが、立ち上がると目がグルグル回った。話をしながら酒を注ぎ足し続けていたので、かなりの量を飲んだようだ。

床がうねうねと波打つ。歩いていると急に硬いものに膝がぶつかり、ハジュンは「いてて……」と、思わず小さな嘆声をこぼした。

膝にぶつかった壁を押しのけようとしたが、上手くいかない。ああっ、なんなんだよ。拳で壁を殴ると、誰かに体が持ち上げられた。頭の下から聞こえる声も、今はこだまのようにキンキンと響いた。

「ハジュンが酔い潰れるの、初めて見たよ」

「こんなになるまでほっといて、お前は何してたんだ?」

「止める暇もなかったんだ。ガブガブ飲んでるのに、どうしろってんだよ」

「水でも買ってこい。支払いは俺がする」

支払いという言葉が耳に入ってきた。そういえば、高い肉をおごられに来たのに、愚痴っていてあまり肉を食べられなかった。

もったいない。頭の下に感じる支えに頬を埋めながら呟《つぶや》くと、耳元で質問が聞こえてきた。

「何がもったいないんだ?」

「肉」

「……まったく、本当に食べるのが好きだな」

ブツブツ言う声に続いてドアが開く音が聞こえ、爽やかな空気が体を包んだ。顔を火照らせていた熱気と酔いから暫《しば》し抜け出したハジュンは、瞬《まばた》きして自分の位置を確認した。

足が地面から離れたまま、ふわふわと浮いている。大きな手が太ももの後ろを押し、硬い腕が脚全体を支えていた。広くガッチリした背中が、自分の体を丸ごと受けとめていた。頭は「降りなければ」と言っているのに、鈍くなった体は脳の信号を無視してピクリともしなかった。

ガチャッという音と共に、背負われていた体が今度は流れるように倒れ込んで、椅子の上に座らされた。レザーシートに背中を預けたハジュンは、遅まきながら状況に気付いて首を横に振った。

「降りる」

「今のお前は、バスじゃ帰れない」

「イヤだ。降りる。帰れる」

しかし首を弱々しく左右に振っているだけで、肝心の体は重く沈んでまったく動かなかった。イライラしてため息をつきつつ反対側を向くと、バンッとドアが閉まった。

夜の駐車場に停《と》まっている車の中は真っ暗だ。だんだん意識が朦朧《もうろう》としていく。

「ほら、水だ」

ジョンギュがムギョンにペットボトルを差し出した。無理やり酒を飲ませたわけでもないのに、なんだか気にしているような態度だった。ムギョンはそれを受け取って、クスリと苦笑いをした。

「ジョンギュ、よくもお節介をしてくれたな」

「クソッ……。俺、もう他人のことに首を突っ込むのはマジでやめるぞ。今日決心した」

短時間であまりに膨大な量の情報を注ぎ込まれたジョンギュは、ブルブルと身震いする真似《まね》をした。

「ちゃんと送ってやって、円満に解決しろよ。お前のせいで相当つらい思いをしてるみたいだから、もうとやかく言わないで。誰かがお前のことを好きなのは、悪いことじゃないだろ？　シーズンが終わるまでだけでも、頼むから仲良くやってくれ」

「ハジュンはムギョンが好きだ」という事実を知っただけで、他の事情については何も知らないジョンギュは、ムギョンがハジュンに詰め寄ったり、また傷つけたりするのではないかと心配しているようだった。お節介な癖を直すと言ったそばから、性懲りもなく小言を並べる。ムギョンは答える代わりに短くアイコンタクトだけを残して、運転席に乗り込んだ。

彼は、助手席で眠った男が起きたり逃げたりするんじゃないかと心配でもするかのように、すぐさまエンジンをかけて急いで駐車場を出た。路地を抜けて大通りに入ると、ムギョンの車は他の車の流れに混ざり、行先を躊躇うように暫くフラフラしてから、まもなく直進し始めた。

＊　＊　＊

目的地に到着した車の内部は静まり返っていた。ムギョンはハンドルから手を離すこともなく前をじっと見ていたが、最後にはシートベルトを解除し、体を傾けてハジュンのそれも外してやった。

車から降りて助手席のドアを開けた。相変わらず眠ったままのハジュンの体を起こし、抱き上げようと上体を屈《かが》めて腕で背中を包むと、その感覚に目を覚ましたのかハジュンが体を縮めた。

「降りよう」

催促すると、ハジュンはムギョンを押しのけながら踏ん張った。

「行かない」

「車で夜を明かすつもりか？　行くぞ。部屋で休もう」

「イヤだ。家に帰る……」

ムカッときて、怒りたくなった。

どうしてイヤなんだよ。ここは、お前の家も同然だ。お前の部屋、ベッド、机まで揃《そろ》ってるじゃないか。だが、ムギョンは今にも口から飛び出しそうな怒りを飲み込み、落ち着いて言った。

「ああ。家に送ってやるよ。俺が言ってるのは、泥酔してるから酔いが覚めるまで少し休んでいけってことだ」

「イヤだって言ってるだろ。部屋に入りたくない……」

ムギョンは軽く笑った。

「どうしてイヤなんだ？　俺がイヤだから？　嘘《うそ》つけ。さっきその口で、まだ好きだって言ってたじゃないか」

ここ暫くいつも息が止まりそうなくらい苦しかった胸が、今は心地よくドキドキしていた。車を運転している間ずっと、ムギョンの心臓はそれ自体が果実にでもなったかのように熟し切った感情でいっぱいだった。つい先ほど酒に酔ってウトウトしながらハジュンが語っていた話の数々が、頭のてっぺんからつま先までムギョンを満たしていた。

ハジュンが話していたのは、初めてユース代表に招集された時のことだ。初招集といえば十六歳。十六歳からなら、今まで約十年。十年だなんて。予想よりもずっと昔からだった。

正直、重く感じても無理のない話だった。彼が一体いつから自分への想いを胸に抱いていたのか、漠然と気になりつつも尋ねるのを避けていた理由も、このせいだ。ただでさえ複雑な頭を余計に複雑にしたくなかったから。

それなのに、なぜだかバカみたいにニタニタしてしまう。本当にそんな子どもの頃から自分のことが好きだったのかと、ハジュンを問い詰めたかった。

初めての喫煙の煙たい感覚のせいで、他の部分はぼんやりとしか記憶に残っていなかったあのシーンの中の少年が他ならぬハジュンだったなんて、偶然にしては出来すぎではないか。「実はハジュンは自分のことを十年前から好きだったんだ」と誰彼構わず叫んで知らせたい気分だった。

「好きなくせに、どうしてイヤになったふりをしたんだ？」

「好きだったら、なんだよ……好きだからって、全部お前の言いなりにしなきゃいけないのか？」

「そんなに昔から好きだったくせに、すっとぼけてカモフラージュしてたのか？　イ・コーチ、今まで俺とヤれて、うれしかっただろうな」

「どうしろってんだよ……。俺がいつ、イヤだって言ったことでも、あるか？」

酔ってたどたどしく言葉を繋げるハジュンの頬を、ムギョンはクスッと笑いながら指で撫《な》で上げた。

「それなのに、どうして意地張るんだよ。今までしてたことをしようって言ってるのに、何が気に入らないんだ？」

「……俺は、お前がどうしてそれを理解できないのか、それが理解できないよ……」

呟くように愚痴を言うハジュンの顔をぼんやりと見ていたムギョンは、再び体を屈めた。

「分かったから、ちょっと降りろ。少し休んでから帰れって。こんなに酔った状態で帰るつもりか？」

「イヤ、だってば！」

もう少しなだめるような口調であやしながらハジュンを立たせようとしたが、今度は声まで荒げてきた。一瞬で気が急《せ》いた。抱きたいし、キスしたい。さっきジョンギュの前で話していたように、自分のことをポツポツと話すハジュンの声をもっと聞きたかった。

そうだ、思い出した。あのタバコ、ただでさえ捨てたかったところを、お前が叱りつけてきたおかげで捨てる名分ができて内心良かったと思った。靴紐を結んでやって一言言ったのは、なんだか決まりが悪くて強がりたかったからだったのだが、お前には秘密にする。

それにイ・ハジュン、お前は卑怯なんかじゃない。そういう人間は、そもそも人を助けたりしない。俺は経験してきたから分かる。他人を助ける人の中に、卑怯な人間など一人もいない。

訊《き》きたいことと言いたいことで頭の中がいっぱいになった。気持ちは急いているのに、腕を背中に回して立たせようとしても、ハジュンはすでに外されたシートベルトを荒縄のようにギュッと掴んで、てこでも動かなかった。息苦しい胸から深いため息が出て、甘く浸っていた心がふつふつと煮え始めた。

……どうしてそんなに意地を張るんだ？

お前がイヤだと言おうが、お構いなく部屋に引きずり込んでハメてしまったらどうする？　こんなに酔っていてはまともに力も出せず、今すぐ襲われてもピクリとも動けずにヤられるだろうに。

コーチの仕事だろうがなんだろうが、何もできないように家に閉じ込めてしまえば、どうしたって逃げられるものか。みんなには「俺のコンディションのために、自宅で個人コーチングをしてくれることになった」と言うのだ。お前は一日中家で俺の帰りだけを待ち、俺以外の人間とは会うこともないだろうから、他のヤツらとの関係をいたずらに怪しむ理由もなくなる。

家族のことは心配要らない。お前がいなくても生活に支障がないよう、俺がすべて面倒を見てやる。たっぷり金を抱えさせてやれば、お前がいない状況に家族もすぐに慣れるだろう。どうだ、完璧だろ？

「クソッ……。もういいから大人しくついてきてくれないか？」

声に苛立《いらだ》ちが滲《にじ》んだ。思うように従わずにいるハジュンに対し、まるで準備されていたかのようにダラダラと流れ出てきては頭の中を占領する抗《あらが》えない考えに吐き気がした。

独り言のように吐き出しながら、温かく柔らかなうなじに顔を埋めてため息をついた。酒の臭いさえもハジュンの体の匂いと混ざると、ただただ芳しい。これまでのどんな時よりも衝動は激しいのに、求めればいつだって惜しげもなく開かれていた体と、すがりつくようにくっついていた唇は、ただひたすら頑《かたく》なに拒んでいた。

彼のいない五日間でハッキリ分かった。今はグリーンフォードに帰ることも、彼が他のチームに行くのを放っておくこともできない。彼なしではコンディションをキープすることすら不可能だ。

理由がなんであれ、キム・ムギョンにはイ・ハジュンが必要だった。遠くから見つめる程度ではダメだ。彼がそばにいなければならなかったし、この体を抱かねばならなかった。

待っている間に血がカラカラに干からびていくような気

分だったが、下手に動いたりしたら本当に離れていってしまいそうなので、息を殺して待った。本当に別のチームに移ろうものなら、新しい職場での仕事を干してでも戻ってこさせるつもりだった。だが、実際に戻ってきても進展などなく、ずっとこの様子にこのザマだ。

意地ばかり張られるのでこちらもひねくれてしまったが、最初は十分礼儀を尽くして謝ったと思う。それでは足りないと言わんばかりに振る舞うので「見返りをやる」とも言ってみたし、「付き合おう」とも言った。「恋人にしてやる」と言ったのに、「気持ちが冷めた」と嫌がって逃げたのはイ・ハジュンだ。

心が離れたというのが嘘なら、結局何を望んでいるというんだ？　自分と同じような気持ち？　自分から好きと言ったから、同じ言葉を返してくれれば傷ついたプライドを回復させられるとムキになっているのだろうか。オーケストラを呼んで、バラの花束とダイヤの指輪を捧げながらプロポーズでもすれば受け入れてやるってことか？　さすが仔牛、雄牛並みに強情だ。

そんな無意味な名分など間に挟まなくたって、そこらの恋人なんぞ足元にも及ばないくらい優しくしてやれる自信がある。毎日のように口先だけでラブソングを歌うヤツらなんかよりも、ずっと。

一時的なトラブルはなかったことにして、今までのようにそばにくっついて可愛らしく抱かれてくれさえすれば、何不自由なく贅沢《ぜいたく》させてやるというのに、イ・ハジュンはまだまともな贅沢を味わったことがないから、きっと何も分からないのだ。

酔っているのでちゃんと聞こえているかどうか怪しいが、ムギョンは説明するようにハジュンに言った。

「お前も俺も、そのままだ。何も変わっちゃいない。俺がお前のことを誤解して暴言を吐いたこと、あれがダメだっただけだろ？　悪かったってば。お前が許してくれるまで、いくらでも許しを乞うことだってできる。俺にああだこうだ言われると思って勘違いしたのか？　もう、あんなことはしない。不満が出ないように、ちゃんとやるよ。俺のことを嫌いになったわけでもないくせに、ただ前みたいに付き合おうって言ってるのに、それのどこがそんなに難しいんだよ」

「……」

「なぁ、イ・ハジュン。俺を助けてくれ」

何年間も俺のことが好きだったと言って追いかけ回してくる人は、今までだっていなくはなかった。望むことも皆、似たり寄ったりだった。

よし。一歩譲って俺もイ・ハジュンのことが好きだとしよう。だが「好き」というのは具体的には一体なんだ？　セフレだろうが恋人だろうが、どうせセックスで他の関係と分けられ終結する関係だというのは同じだ。だから、あいつだって最初にセフレの提案をオッケーしたのだろう。

世間には、情欲と愛を勘違いしている人たちが溢《あふ》れている。誰だって同じだ。本気度などに縛られて見えもしない気持ちを証明したり受け取ったりしようとすると、余計な欲が生まれて防御線が崩れるだけだ。そんなことをしなくたって十分可能なことに囚《とら》われ溺れ、人がおかしくなってしまうのは一瞬のことかもしれない。

もう何度そうなるところだったか！　あの時、恋人同士だったら、その称号《タイトル》を口実にして一線を越えていたかもしれない。元ディフェンダーだから、最終防御線の重要性は誰よりもよく知っているはずだ。

すべてイ・ハジュンのためだ。それなのに、あいつは人の気も知らずにプライドばかり守ろうとする。

ああ。お前には理解できないかもしれないな。だが、俺は安全にいこうと言ってるんだ。

「獣かよ……」

「えっ？」

うなじに鼻を埋めてハジュンの体の匂いに浸りながら物思いに耽っていると、突然頭の上から非難の一言が降ってきた。ムギョンは顔を上げた。

ハジュンは、定まらない焦点を合わせようと必死に力を入れた目でムギョンを見下ろしていた。

「ヤれ。ヤれよ。わざわざ家にまで……上がることないだろ。ここでヤれよ……。お前、車でヤるの、好きじゃないか」

すると、突然腕を動かしてTシャツをまくり上げた。白い肌がふいに目を突いた。専用駐車場なので他の人に見られる心配はなかったが、車のドアを開けっぱなしにしたままだったので、ムギョンは反射的に周りを見回した。

たぶん脱ぎ捨てようとしたのだろうが、シャツをまともに掴むことのできない手から服が滑り落ち、再び体を覆った。しかしすでに衣服は乱れ、ハジュンは体の向きを変えて今度はズボンまで脱ごうとした。ムギョンが彼の手を掴むと、ハジュンは息巻きながら挑発的に言った。

「どうせ今日、ヤれって言うつもりだったんだ。ああ、お前の好きーなように……ヤれよ」

「お前、悪酔いしてるのか？」

「俺とシないと……ボールも蹴れないんだろ？　ヤれよ。キム・ムギョンはサッカーが上手くなきゃいけないんだ。俺のことなんか、どうでもいいだろ？」

「また人をクズに仕立てやがって。誰が今ヤろうっつった？　訊きたいこともあるし、お前も酔ってるから、部屋に上がって休んでけって言ってんだよ！」

今も自分に未練があるという彼の発言を聞いて、ここ数日このままでは死ぬんじゃないかと思っていた状態が少し好転するような気がしたのに、完全に水を差された。もちろん、彼とまた以前のような関係になることが最終目標ではあるが、今は気になることが多すぎるし、イ・ハジュンの十年について深く知るほうが先だった。

ムギョンを見つめていたハジュンがクスッと笑った。笑った？　ムギョンが眉間に皺を寄せながら彼を見つめると、ハジュンは普段なら想像できないほど皮肉っぽい口調で、躊躇いがちに言った。

「キム・ムギョン……」

「……」

「お前が俺なら……、その言葉、信じるか？」

フッ。

その言葉にムギョンの口からせせら笑いが漏れた。彼はハジュンをじっと見下ろし、軽く傾いた顔を片手で掴んだ。ピンク色に火照った肌が、手を熱くする。

「ああ、よし。ヤろう。ただでさえお前のケツに突っ込みたくて、最近イカれちまいそうだったんだ」

前歯の先だけがチラリと見えるくらいに開いた唇は、先ほどから蠱惑《こわく》的だった。ここまで体を投げ出されて拒む理由はない。ムギョンは俯き、そこに自分の唇を重ねた。

実に久しぶりに触れる柔らかくふわふわした感触、自分の唇の内側に流れ込んでくるアルコール臭の混ざった熱い吐息に、ピンと張られた弦のごとく今にも切れんばかりに理性が危なげに揺れた。下のほうで長いこと放出されることもなく溜《た》まっていた熱が急激に沸き立ち、体の外に溢れ出そうになった。

はぁ。ため息をつきながら、片腕を首の後ろに回して抱き寄せた。柔らかな髪を片手で散らし、力なく開いた唇の隙間を舌で分け入った。無礼な侵入者をも包み込む粘膜は滑らかで湿っており、柔らかな舌は触れただけでこちらを溶かそうとした。

こんなに甘いなんて、あり得るのか？　今まで味わったことのあるどんな果肉だって、こんな味を与えてくれたことはない。身の程も知らずに、これを食べずに生きていけると思っていた。こんなものを与えてから取り上げていくなんて、そんなことは許されない。

舌を長く突き出し、さらに熱い奥へと入り込んでいった。ハジュンが好きな、喉のあたりの奥深くまで。そこを舐めてやると、いつも喘《あえ》ぎながら肩を震わせていた。

「ふぅ、うっ……」

案の定、ハジュンの唇の間から細い声が漏れた。もう少し深く入れられるように頭を傾け、さらにねっとりと唇を押しつけると、バックルから外されていたシートベルトがシュルッと元の場所に戻る音が耳をかすめた。シートベルトを放したハジュンの手が、背中をぎゅっと掴んできた。

その力に、その小さな圧力に頭がクラクラして、ムギョンも腕に力を入れた。なんの問題もなかった頃に戻ったような気になり、ハジュンを抱き寄せた。

だが、背中を抱くようにしていたハジュンの手は、シャツの後ろ裾を引っ張った。いつもに比べて無力になった手はさほど強い力を出せなかったが、その動作が言わんとしていることは明白だった。

（どけ）

キスの最中に、顎に力が入った。

ムギョンは舌を引っ込め、ハジュンの下唇を噛《か》んだ。濡《ぬ》れた唇を噛まれながら、ハジュンは仰《の》け反った。

「はな、せ……。やめっ、やめろ……」

酔っ払っている上に、唇まで捕らえられて押し潰された不明瞭な発音でも、ハジュンは懸命に拒んだ。ムギョンは歯ぎしりをしつつ顔を上げた。

「なんだよ。ヤろうって大騒ぎしといて、今さら何を猫被ってんだ？」

「キスは、しない。イヤだ……」

解放されたハジュンは、顔を真横に向けて息を切らした。おちょくってんのか？　ムギョンは唇を震わせて笑い、また片手で頬を掴んで無理やり自分のほうへ向けた。

「何がイヤなんだよ。喉の奥に突っ込んでもらうのが好きなんだろ？　それともなんだ？　舌じゃなくてアレを突っ込んでくれって？」

再び唇を近づけると、ハジュンは身震いをするように首を横に振る。かなり本気な抵抗に、今度はムギョンも眉をひそめて身を引いた。

頭が熱くなりかけた。息を切らしているハジュンを見下ろし、またうなじに顔を埋めて柔らかく脆《もろ》い肉をガブッと噛んだ。ドラキュラにでもなったかのように首筋に歯を立て、一か所を執拗《しつよう》に舌で撫でると、突然ハジュンの肩がすくんだ。

「はぁ、あぅ、イヤだ、イヤ……！」

「どれもイヤなら、何をどうしろってんだ？　俺のことをからかってんのか？」

まるで胸ぐらを掴んで突き飛ばすかのように、ハジュンのうなじを乱暴に突き放しながら屈めていた体を起こした。ハジュンはすうーっと息を吸い込んで暫く息を止めてから吐き出すと、沈んだ声でまた途切れ途切れに言葉を繋いだ。

「ヤ、ヤれると思った……んだけど……」

「……」

「今度……するよ」

その言葉に、またムギョンが頭を傾けた。今度は端正で繊細な顎のラインの上に唇を押しつけた。軽く歯を立てると、ハジュンの肩がブルブルと震えた。ムギョンは、そこを齧《かじ》るように力を入れてから、チュッと音を立てて軽いキスだけを残して耳元へ唇を持っていった。熱く荒い呼吸と声が混ざり、低い囁きとなって出た。

「今度？　はぁ……いつ？　こんなに人をけしかけておいて、また退職届を出して逃げようと？　俺を干からびさせて殺すつもりか？」

「違う……。今日言おうと思ったんだ。またしようって、本当に言おうとしたんだ」

「……」

「明日、明日するよ……。約束する」

何もかも嘘で、芝居に見える。

ムギョンが耳を弱く噛むと、ハジュンはゆっくりかぶりを振りながら唇を振り払おうとした。言ってることとやってることが違うとしか思えず、疑う気持ちが一層強く心臓を締めつける。

「どうして今日はダメなんだ？　今日も明日も同じじゃないか」

「今は……こんなふうにはしたくない……」

そのセリフに、売り言葉に買い言葉のように込み上げていた質問の数々がムギョンの喉の奥で押さえつけられて引っ込んでいった。

軽く歪んだ表情を前にすると、ハジュンの昔の姿が収められた動画を見た時のように、ジョンギュからハジュンの怪我《けが》の話を初めて聞いた時のように、胸がズキンと痛む。声は震え、酒のせいか別の理由のせいか、赤くなった目尻からは今にも涙がこぼれ落ちそうだった。

こんなつもりじゃなかったのに。心の中でつい悪態をついてしまう。誰に向けられている暴言なのかすら分からない。最初から大人しく言うことを聞いてくれれば、ここまで腹が立つこともなかったのに。

「だから、どうして焚《た》きつけるようなことをするんだ？」

ふぅ。落ち着こうと長いため息をついて舌打ちすると、ハジュンはしゅんとした声で呟いた。

「ごめん……」

「……ああっ、クソッ。なんで謝るんだよ」

もうこれ以上の底はないと思っていたのに、今までで一番最低なヤツになった気分だ。

「お前、俺のことが好きだって言ったのは本当なのか？」

酒に酔って口ごもっている中でも、ハジュンはその質問にすんなりとは答えなかった。夜を明かしてでも、百回でも千回でも尋ねたい。だが、酔いが覚めることはないまま、ハジュンの口は手に余るほど重くなっていった。そのまま眠ってしまいそうな雰囲気に、ムギョンは諦めて体を起こした。

再びシートベルトを締めてやると、運転席に戻った。保証などない「今度」という約束を信じるわけではないが、他に方法もない。

それでもエンジンをかけられずに躊躇っていたムギョンは、結局ハンドルを一度叩いて暴言を飲み込みながらエンジンをかけた。深夜、車は再び目的地を変えた。道が混んでいたという言い訳でもできれば良かったが、久しぶりに走る道はガラガラだった。

古びたマンション団地内の駐車場に車を停めた時には、「イヤだ」と言ってばかりだったハジュンは酔い潰れていた。暫く躊躇っていたムギョンは大きなため息をついて車から降り、助手席のドアを開けた。

支えて歩いていくより背負っていったほうがマシだと思い、ハジュンの体を起こして目覚めさせた。すると、今回は抵抗せずムギョンの背に乗った。意識が朦朧としていても家に着いたということは分かったのか、先ほどのように「降りない」と躍起になることはなかった。

「ちゃんと腕を回せ」

酔っ払いを一人で背負おうとするので、初《しょ》っ端《ぱな》から難航した。それでも、どうにかハジュンの腕を自分の肩に引っかけさせて立ち上がった。

酒に酔ってぐったりした人間は重いと言うが、さほど重いとも感じなかった。背中に感じる重さと体温は、永遠に背負っていたいほど心地よく温かかった。

エレベーターに乗り、ハジュンの自宅へ向かった。すでに夜十一時を過ぎていた。人の家を訪問するには遅い時間だったが、インターホンを押すとすぐに奥から誰かが急いで近づいてくる音が聞こえた。

「お兄ちゃん？」

返事もしないうちから、相手が誰なのかまともに確認することもなくドアがバッと開いた。悪い癖だと後で教えてやらないと、と思いつつ挨拶をした。

「こんばんは」

暫く凍りついていた少女は、初めて会った時と同じく大声で名前を呼び捨てた。

「……あっ、キム・ムギョン！」

すると、後ろから誰かがダダダッと出てくる気配が感じられた。少女とよく似た少年が、そこに立って目を丸くしていた。

ウサギの巣に隊長ウサギを帰還させに来た気分だ。こちらもぽかんと二人を見て立っていると、すぐ目の前にいる少女が驚いた声で尋ねてきた。

「お兄ちゃん、どうしたんですか？」

やっと自分の兄の状態が目に入ったのか、少女はムギョンの背中の上を確認した。ムギョンは声を落として説明した。

「今日、お兄ちゃんはちょっと酒を飲みすぎたんだ。連れて入ってもいいかな？」

「はい、はい。どうぞ」

少女は急いで通り道を空けてくれた。ムギョンは頭をぶつけないように上体を少し屈めて玄関のドアをくぐった。そうしている間に、電話ではすでに挨拶を交わしたことのあるハジュンの母親までがリビングに出てきて、突然の夜の訪問者をぼんやりと見上げていた。

「こっちです。兄ちゃんの部屋はこっちです」

少年が片隅にある部屋のドアをバッと開けた。ムギョンが中に入ってベッドに近づくと、少年も急いで近寄ってきてハジュンをベッドに寝かせるのを手伝った。一人でも十分できることなのに割り込んでくる彼が少し邪魔だったが、とやかく言うわけにもいかない。

頭の下に枕を差し込んでやると、ハジュンは何やら寝言を言いながら横を向いて寝転んだ。今も赤く熟れた肌は、簡単に元の色に戻ろうとはしなかった。

穏やかに眠った顔からは、ついさっきまで自分を拒んでいた表情を見つけることはできない。ムギョンはぼんやりとその顔を見下ろしていたが、隣から聞こえてきた声にハッとした。

「兄ちゃん、何かあったんですか？　こんなにたくさん飲んだりしないのに」

ムギョンは言い訳を探してから答えた。

「最近、試合が上手くいって気分がいいんだってさ」

「あ、そうですか？　兄ちゃん、たしかに最近ご機嫌だと思いますよ。だって、キム・ムギョン選手と同じチームなんだから」

「……そうなのか？」

「はい。兄ちゃん、キム・ムギョン選手のことが大好きなんです」

その言葉を聞いて、なぜかムギョンは気分が沈んだ。ついさっき焼肉屋でハジュンが「自分のことを中学生の頃から想っていた」「自分を見ながらサッカーをしていた」という話を聞いた時はただ有頂天になるばかりだったのに、なぜこの話は同じように思えないのか理由が分からない。

ハジュンを寝かせて部屋から出ると、彼の母親が待っていた。ムギョンは会釈をして挨拶をした。

「こんばんは、お母さん」

「家まで送ってくれて、ありがとうございました。あんなに酔って人様に迷惑かける子じゃないのに、今日はどうしたのかしら」

ムギョンは、目だけを動かして家の中をサッと確認した。狭く古いリビングはキッチリと整理整頓されていたが、いくら掃いたり磨いたりしても消えない生活の疲労感と困窮が、あちこちから滲み出ていた。その感じは、イ・ハジュンから時々感じていた正体不明の危なっかしさとも似ていた。

「迷惑だなんて、全然」

「ちょっと待っててもらえます？　お茶でも淹《い》れるわ」

「いえ。こんな時間ですし、もう失礼します」

するとと弟妹が残念そうに口を開いた。

「もう帰っちゃうんですか？」

「お客さんをそのまま帰したりしたら、お兄ちゃんに叱られます」

……雛鳥みたいな雰囲気は遺伝なのか？

どうにもこうにもできず困り果てて立っていると、再びハジュンの母親が言った。

「ちょっと座って待っててください。あんたたちは部屋に戻りなさい。そんなふうに人をジロジロ見て突っ立ってるなんて失礼じゃないの」

「お母さん、あたしがお茶を淹れてくるよ。お母さんも一緒に座って待ってて」

少女がササッとシンク台の前に立った。少年は「一歩出遅れた」と言わんばかりに軽く唇を噛むと、とりあえず部屋に入るために背を向けた。

ムギョンは食卓を挟んでハジュンの母親と向かい合って座った。そうして座っていると、何も言わない善良な表情に耐えられなかった。

大切な息子さんにいろいろと酷《ひど》いことを言って、ここに来る直前まで悪いことをしようとしていた分際で、何も知らない家族からお礼をすべきお客様待遇を受けているなんて、ひどく気まずくて決まりが悪い。ハジュンが目覚めたら、すぐにでも石をぶつけられて追い出されるかもしれない。耐え切れずにムギョンが口を開いた。

「あの、もし良かったら、ちょっとイ・コーチの部屋にいてもいいですか？」

「ああ、そうします？　どうぞ。お友達だから、そのほうが気楽よね」

「友達」という言葉すら、チクチクと胸を突き刺す。ムギョンは急いで椅子から立ち上がり軽く会釈をして、逃げるようにハジュンの部屋へ入った。ドアを閉めて軽く一息ついてから、何歩か歩いてハジュンが寝ているベッドの端に静かに腰掛けた。ぐぅぐぅと深く寝入った姿が穏やかだった。「家に帰りたい」とあんなにグズっていたのに。俺の家ではこんなふうに穏やかに眠れないからか？　ふとそんなことを思い、ムギョンは唇を尖《とが》らせて立ち上がると部屋を見回した。

ベッドと机と本棚、小さなクローゼットとハンガーが置かれている程度だった。特に飾りもなく、シンプルなインテリアというより殺風景といったほうが適切な部屋だ。机の上は意外と乱雑に散らかっており、自分の家に置いてやったハジュンの机とはまったく違っていた。

本棚にはノートやらファイルやらがギッシリ詰まっていた。適当にノートを引っ張り出して、パラパラとめくってみた。ほとんどは勉強した時に書いたものなのか、スポーツ理学療法学や人体の構造、コーチングに関するメモが、いつも持ち歩いているノート同様にまとめられてある。

「面白くないな」

今度は、ノートの下の段に背表紙を見せて並んでいるクリアファイルの中から一つを取り出した。数字が書かれた紙でラベリングされているところを見ると、資料集か何かのようだ。適当に真ん中あたりのページを開いた。

〈キム・ムギョン、EPL最優秀選手賞受賞〉

突然飛び出した大きな文字に、ムギョンの手がピタッと止まった。

眉間に軽く皺を寄せ、静止画のように暫く黙って突っ立っていた彼は、指で挟んだ一枚を前後にめくりながら確認してみた。透明で薄いビニールのページの中に、スポーツ新聞記事の切り抜きが白い用紙にキッチリと貼られてスクラップされていた。

五年前、初めてリーグ優秀選手賞を受賞した時の、トロフィーを持ったスーツ姿のムギョンの写真が載った記事だった。内容は読むまでもない。

ゆっくりと手から滑り落ちるビニールのページをめくっていると、パラパラとページを繰るスピードが次第に速くなった。

中にスクラップされているのは、必ずしも新聞記事だけではなかった。雑誌やインターネットメディアのインタビュー資料、ファッションや広告のグラビア、プリントアウトした海外の報道資料、その上パパラッチ写真の一部や、何やら手書きのメモが添付されたグリーンフォードの戦術分析資料までギッシリ入っていた。

ムギョンはファイルを元の場所に戻し、別のファイルを抜き取った。中身は同じだった。違いがあるとすれば、さっきのファイルには五年前の資料が入っていたが、今抜き取ったものには三年前の資料が詰まっているということだけ。他の選手についてのものは一切ない、すべてムギョンに関するものばかりだった。

「……」

なんだよ、これ。

ムギョンは顔を上げて本棚に目を向けた。数字が書かれた紙でラベリングされた色とりどりのファイルが、本棚二段を埋め尽くしていた。よくよく見ると、ラベル用紙が色《いろ》褪《あ》せて変色したものから、かなり新しそうなものまでずらりと並んでいた。それらの背表紙を見つめて顔を硬直させたムギョンは、もう他のファイルを確認しようとも思えず無言で立っていた。

コンコン。

その時、ドアをノックする音がした。ムギョンは盗みがバレたかのようにギクッと驚いて身を翻し、急いでファイルを戻してからドアを開けた。

「お茶、どうぞ」

ハジュンの妹だった。後頭部をぶん殴られたかのように頭の中がクラクラしていたが、その誘いを拒む名分を見つけられず、ムギョンは彼女について部屋を出た。

食卓に着いて暫く待っていると、少女がティーカップを持ってきた。それをまずは母親に、そしてムギョンに差し出した。ムギョンの手には持ち手があまりに小さなカップだった。

「あっ！」

小ぢんまりした持ち手を掴んでカップを持ち上げようとして、誤って手を滑らせてカップが大きく傾いた。中身が服の上にこぼれ、紅茶なのか緑茶なのか分からない黄褐色の液体が、すぐさまシャツに滲んだ。

初対面の人たちの前でバカみたいなミスをしても、ムギョンは濡れていく服をぼんやりと見下ろしているだけだった。

「あら、どうしましょう。お茶だから落ちにくいのに」

ハジュンの母親が驚いて軽く声を上げた。「お気になさらず」と答えようとするが、なぜかすぐに言葉が出てこない。ゴクリと生唾を飲み込んでから、やっと落ち着いた声で答えることができた。

「大丈夫です」

ハジュンの母親は何度か口をパクパクさせると、おずおずと言った。

「キム選手。そう言わずに、服を着替えて一晩泊まっていきませんか？　ハジュンも最近、何かっていうとキム選手のお宅に泊まってくるし、今日はキム選手がウチに泊まってください。ハジュンのお友達で大事なお客様なんですから、このままじゃ申し訳なくて帰せませんよ。明日、朝食でも用意するから食べてってください。ねっ？」

するとハジュンの妹が困り果てたように囁いた。

「お母さん。どこで寝てもらうつもり？」

「ハギョンが一晩リビングで寝ればいいでしょ。ハギョンの部屋で寝てもらえばいいわ」

二人の会話をぼんやり聞いていたムギョンが口を開いた。

「じゃあ……イ・コーチの部屋で寝ます」

「ハジュンの部屋で？　もうハジュンは寝てるから、起こしてベッドから降りろって言うのもなんだけど」

「いいえ。俺が床で寝ます」

「お客様を床で寝かせるなんて、とんでもないわ」

「本当に大丈夫です」

彼女はまったく気が進まない様子だったが、最後には客であるムギョンの言うことを聞いてくれた。あまりに大きなサイズを間違えて買ってしまい、誰も着ないというTシャツとズボンを渡された。

浴室で簡単にシャワーを浴びて出てくると、その間にハギョンという少年が着替えさせたのか、ハジュンの服も替わっていた。家族だから当然のことだし、ここで自分が彼の服を着替えさせると言い張ることはできないことも分かっているが、ムギョンの眉間に深い皺が寄った。

少女が予備の寝具を持ってくると、少年がベッドの下にそれを敷いた。二人は母親の言うことに従いながらも、とても恥ずかしそうにしていた。ムギョンには、その気持ちが十分理解できた。自分に古びた家での暮らしぶりを見せるのが恥ずかしいのだ。

今は三百坪の邸宅で暮らし二十台以上の車を所有しているムギョンだが、子どもの頃はひと部屋に何十人と身を寄せて眠っていたし、施設を出た後も、台所すらない狭いワンルームに毎晩布団を敷いて眠った。ムギョンにとって貧窮はまったく不慣れでも気まずくもなかったが、この二人がそんな話まで知っているはずがなかった。

「じゃあ、おやすみなさい」

「ありがとう」

「あの、もし良かったら、ムギョン兄さんって呼んでもいいですか？」

ドアを閉める直前にハギョンという少年が尋ねた。ムギョンはクスッと笑って頷いた。

「ああ」

「おやすみなさい、ムギョン兄さん！」

元気に挨拶して部屋を出ていった少年のうれしそうな声が、ドアを閉めてからも聞こえてきた。やっと完全に緊張が解けたムギョンは、長いため息をついた。

道に迷っているかのように部屋の真ん中に突っ立っていたムギョンは、お客様用に敷かれた布団の上に横になる代わりに部屋の主が寝ているベッドをチラリと確認して、また本棚の前に立った。

……本格的に漁《あさ》ろうとすると少し良心の呵責《かしゃく》を感じたが、もう乗りかかった船だと思って目を瞑《つむ》ることにした。椅子を持ってきて本棚の前に座った。下の段の一番左、最も古そうなラベルが貼られたものをまず取り出してみた。

〈中学生有望株キム・ムギョン、韓国サッカーの未来となるか？〉

こまめにマスコミモニタリングをしている自分の記憶にもまったく残っていない昔の記事だった。ちょうど話題になって新聞やテレビに出始めた中学生の頃の姿を見ると、自然と眉間に皺が寄った。

二十六歳になった現在の自分から見ると、子どもっぽくもありながら今よりも強面《こわもて》で憎たらしいほどに聞き分けの悪そうな少年が、画質の悪い写真の中でボールを蹴っていた。

この頃は特に保存すべき資料が多くなかったのか、それとも気合を入れて集めていた時期ではなかったのか、中学生時代のスクラップはすぐに終わった。ちょっとしたインタビュー、ユース代表時代のＭＶＰ記事程度。自分ではよく思い出せないが、ハジュンが言うには自分と初めて会ったのがこの頃だったという話だった。

スクラップはさらに続いた。翌年からは資料がぐんと増え、ひと月の間にもかなりの量がスクラップされていた。天才高校生選手、いくつものプロチームからの激しいラブコール、イギリス二部リーグ進出。運も味方して、降格チームだった最初のチームはムギョンの移籍後一年で一部リーグに昇格し、その翌年ムギョンは現在のグリーンフォードへの移籍を成し遂げた。

韓国はもちろん、アジア人選手の歴史上例のない移籍金、そんな見出しが掲げられた頃のスクラップには、ムギョンのプライベートに関する記事が挟まり始めた。

ジュンソンと一緒に受けたインタビュー、監督への感謝を打ち明けるキム・ムギョン、初めてだったのでまともに対処できずに、さほど愉快とはいえない写真まで広まってしまった最初のスキャンダル、移籍後チームにちゃんと適応できるかどうかを悪口と楽観視を織り交ぜて推測する記事。

特にその記事にはファンが読んだかのようにいくつかの段落に細いアンダーラインが引かれており、余白に落書きやメモのように書き散らされた短いフレーズに目を奪われた。

できるぞ、キム・ムギョン。頑張れ。

グリーンフォードでの初ハットトリック、完全に主戦メンバー固定となったキム・ムギョンについての記事、アジア大会で優勝した時、新しく就任した監督との摩擦、受賞式、そしてまたスキャンダル、ゴール、酒に酔ってケンカ騒動を起こした時、ゴール、レッドカードを食らって怒っている姿、パーティーとスキャンダル、ゴール、各種賞の受賞候補にノミネートされたキム・ムギョン、その他いろいろ……。

ハジュンも自分で手に入れられる範囲で集めた資料の数々なのだろう。モニタリングしながら数多く見てきたが、こうしてたくさんの実物を目《ま》の当たりにすると、「この世に自分に関する話題がこんなにもあったのか」と今さら驚くほどだった。

それこそ中学三年生の時から今まで、キム・ムギョンという男の人生がこの小さな部屋でミニチュアのように縮小されて、誰も知らない博物館にひっそりと展示されている宝物のように大切に保管されていた。いや、キム・ムギョンの人生を越えて、もうこれはイ・ハジュンという人間が作った独立した世界の一部のように見えた。

暫く宙を見つめて考えに耽っていたムギョンは、最後のファイルを取り出すために手を上げた。その時、あまりに薄くてさっきは目に入ってこなかった一枚のクリアホルダーを見つけた。まるで厚いプラスチッククリアファイルの間に隠してあるかのように挟まっていたそれを、ムギョンは開いた。

今までのものと違って、中には記事や写真のような資料ではなく白黒の文書の塊が挟んであった。タイトルからして契約書のようだった。

Tours FC
一番上の行に書かれた文章に混じった文字を見て、ムギョンは中身を読まずともすぐに文書の正体を把握した。トゥールFC。フランスのサッカーチームの名前だった。

ムギョンは黙々とそれを見下ろしてから、そっと元の場所に戻した。深く短いため息をつき、椅子から立ち上がってベッドのほうへ近づいていった。

壁に背を向けて横になっているハジュンの横顔を黙って見下ろしていたムギョンは、ゆっくりとうつ伏せになるように体を傾け、隣で寝ている彼の肩の上に顔を乗せた。

「うーん……」

体に乗った重さが不快なのか、ハジュンは軽く顔をしかめながらすぐさま仰向けになった。ムギョンはめげずに、今度はハジュンの胸に顔を埋めた。酒のせいでドクンドクンと速く打つ心臓の鼓動が、ダイレクトに伝わってきた。

「まったく……ハンパないな、イ・コーチ」

イ・ハジュンの十年に対する確認を、わざわざ彼の口を通してする必要がなくなった。無表情な顔で抑揚なく呟き、ムギョンは目の前の壁を見つめた。


ベッドの隣に見える白い壁紙が貼られた壁は、落書きや傷一つなく綺麗《きれい》だったが、古い家なので、仕方なく全体的に変色して濁った色合いになっていた。

時の流れはすべてを変える。いいほうにも、悪いほうにも。

この世に変わらないもの、揺らがないものはない。その事実こそが「あいつ」をイカれさせる最大の原因だった。

記憶のある一番幼い頃から、自分の父親という名の付いた狂人は、いつも同じようなことを言っていた。少し目を離すと「母さんがよそ見をしている」と言い張り、自分の知らない店のレシートが一枚出てきただけでも「自分に隠れて誰に会いに行ったのか」と責め立てるので、母は自由に買い物に行くこともできなかった。

時には集まりなどに出かけることを笑いながら許しても出発直前に気が変わり、外出の支度を終えた母の何着もない服を破ってしまったこともあった。どこから流れてきたかも分からない、もしかしたら本人がくっつけてきたのかもしれないカフェや食堂などに立ち寄った小さな痕跡が目に入っただけで、「お前が男に会いに行ったという証拠だ」と声を上げたりもした。

ヤツはいつも突然豹変《ひょうへん》した。つい一分前までご機嫌そうに微笑みを浮かべていても些細なことで揚げ足を取って、そこからはケンカ、いや、正確には一方的な審問と暴力が始まり、いつも同じ、たった一つの結論に達した。

お前は変わった。変わるんだ。

今回は上手く隠したな。だが、そうやって出歩いていると、そのうちバレるぞ。

それからお前。お前も同じだ。二人とも、よく覚えとけ。さもなくば殺してやる！

最初は怖いとばかり思っていたが、ムギョンが物事を考えられるくらいに成長すると、彼の叫びはこの世にまたとない戯言《ざれごと》、狂犬が吠える鳴き声と変わりなくなった。母さんはそんな人間じゃないのに、なぜ毎日のようにあんなことを言うのだろう。悪魔。怪物。あんなヤツ、早く死んじまえ。俺がもう少し大きくなったら、まずあいつを殺して母さんと二人きりで暮らすんだ。

驚くべきことだった。人生でヤツと共にした短い期間、一瞬の例外もなくヤツを憎んでいたと信じてきたのに、ヤツが毎日のように叫んでいた言葉の一部は、たしかに自分の中心部まで染み込んでいたのだ。

自分がハジュンに何をしているのか気付いてからは、毎日があの怪物の声がどれほどたくさん自分の中に残っていたかを確認するおぞましい日々だった。ハジュンを疑って責め立てていた自分のザマが、ヤツにそっくりだったから。

今でさえそうなのに、彼を完全に手にしたという証でもできたりしたら、本当にヤツのように完全にイカれてしまうんじゃないだろうか。

絶対にあんなふうにだけはならないと心に決めたが、悪魔の言葉は、まるで体内に刻まれた入れ墨のごとく自分にこびりついて決して離れないもののように思えた。代々続く呪いのように、悪魔の習性をあいつから引き継いだのだ。

それが分かったのに、イ・ハジュンから離れることもできない。出口のない迷路に閉じ込められたような気になり、毎日毎日胸なのか喉なのか分からない場所が燃え上がった。

心臓の鼓動を聞きながら白い壁を見ていると、頭の上に突然トンと手が乗った。胸を押す重さに違和感を覚えたのか、その手がムギョンの横顔を探り始めた。指が顔をくすぐる感触に、かせ糸のようにもつれていた思考が落ち着いていく。ムギョンはゆっくりと体を持ち上げると、彼の胸を自由にしてやった。

ハジュンは目を半分ほど開けていた。眠そうな瞳が、自分を見下ろしているムギョンをじっと見つめる。

「……なんだ……？」

寝言のように、だるそうに沈んだ声が質問調で流れ出た。

どうしてお前が俺の部屋にいるんだ？　まるでそう問うように戸惑った表情でムギョンをゆっくり確認していたハジュンは、何か結論を下したのか突然クスッと笑った。

その表情に、ムギョンもつい微笑みが出た。なぜここにいるんだ、出ていけと怒られても文句も言えないのに、笑ってくれるなんてどれだけありがたいことか。

再び体を屈めて顔を近づけ、まず手を握った。顔の向きを変えてその手のひらに唇を当てると、何が可笑しいのかクスクスと声まで出して笑う。

「くすぐったい」

「イ・ハジュン」

「ん？」

ムギョンは目を閉じた。

今までハジュンの前で何度も口にした単語、しかし状況から逃れるために適当にまき散らしたその言葉が、初めて腹の底から込み上げるように自然と口の外へ漏れ出た。

「ごめん」

ムギョンの顔がさらに下り、今やハジュンの体に自分の体をほとんど重ねてうつ伏せになった。彼の首の少し上、枕の余った空間に顔を埋め、もう一度耳元で囁いた。

「ごめん」

何に謝っていて、なぜ申し訳なく思っているのか、いちいち説明すればキリがない。長い長い過《あやま》ちに対する短い謝罪の言葉だけを繰り返した。すると笑いが滲んだだるそうな声が返ってきた。

「まったく。最近、お前に謝られてばかりだから、夢でも謝ってるんだな」

夢じゃないんだ、イ・コーチ。

まぁいい。好きなように考えろ。

「ごめん」

「いいってば」

ウンザリするように、ため息交じりに出てきた返事に、今度も込み上げるように、しかしゆっくりと慎重に言葉が口の外へ出た。

「じゃあ……好きだ」

その言葉に、ハジュンの体がピクリと小さく緊張するのが感じられた。

言い放ったムギョンの目も、自《おの》ずと大きくなった。喉と胸の間で燃え上がり、最近ずっと食事も摂れず、眠れもしなかった原因の熱い塊が抜けていったかのように、心臓のあたりが徐々に楽になり始めたのだ。

サッカーを始めたばかりの頃、手癖を捨て切れずにたった一度だけ盗みをしたことがあった。その事実を隠して嘘をつき、結局ジュンソンにバレた時に感じた「かえって良かった」という自暴自棄な安らぎを思い出す。あの時と似たようでありながらも別の、非常に不慣れな感覚だった。

その硬くも柔らかに体中に広がっていく感覚を労わるようにゆっくりと追うと、夢を見ている最中のハジュンは、すぐに単調なほど穏やかな口調で答えた。

「ああ、俺も」

子どものつまらない質問か何かに習慣的に答えるかのような言い方だった。平然と出てきたその言葉に、風邪でもひいたみたいに喉と目頭が熱くなった。歯を食いしばって耐えたが、下睫毛《したまつげ》が濡れると最後にはゆっくりと涙が流れ落ちた。

ハジュンに「好きだ」とわんわん泣かれた時は、少し不《ふ》憫《びん》でありつつもかわいかったのに、いざ自分がその立場になると不憫でもないし、かわいいどころかバカみたいだ。

「ツケが回る」という言葉は自分のためにあったようだ。

うなじのあたりに突っ込んだまま顔を上げられずにいると、クスクスという笑い声が聞こえた。ムギョンは顔を上げた。ハジュンは決まりが悪そうな笑顔で呟いた。

「あー……明日、宝くじでも買わなきゃ。飲みすぎたからかな。こんな夢、初めて見たよ」

正気か？

イ・ハジュンにとってキム・ムギョンの夢なんかが、宝くじを買うほどの夢なのか。なんだかグッときて、もう一度言った。

「好きだ」

「お前が、俺を？」

「イ・ハジュン、好きだ。本当に好きだ。すごく」

セックスを前にして人を誘惑する時は、これよりもっと気の利《き》いたセリフを言えたのに、いざ好きだと言おうとすると、グズっている子どものような言葉しか出てこなかった。

ハジュンが呆《あき》れたというようにクスッと笑いながら、顔を背けた。

「下心が見え見えの夢だな……」

ムギョンの告白を夢だと勘違いしているハジュンは、眠いのか目も閉じたまま半ばいたずらっぽい調子だった。それでもムギョンの口からは「夢じゃないんだ」「起きてちゃんと俺を見ろ」という言葉がなかなか出てこなかった。目の前のハジュンは、夢だという錯覚の中で実に久しぶりに安らかに見えた。

いくら夢だと思っていたって、どうして今も自分に「俺も」だなんて答えることができるのだろうか。わざと傷つけようとまき散らした言葉の数々がなかったとしても、自分は彼の気持ちを試して無視して意地を張っていたのに。

最初から今まで、彼が自分を想っているという事実にうれしさを感じながらも、それがすぐに変わってしまう偽物ではないかといつも怪しみ、そんな自分が疎《うと》ましくて彼を突き放すくせに、その愛情が本当に自分から離れていってしまうのではないかと恐れた。

自分で考えてもバカらしくてたまらないのに、どうして。

「イ・コーチは……」

「よく食うって？」

何度も言ったわけでもないのに、「よく食べる」と言われたことが記憶に残っているのか、すぐに言い返してきた。

冗談めかして言葉を遮ったハジュンの唇に軽く口づけると、やっとハジュンが目を開けた。酔いと眠気が混ざり、落ち着きなく濡れた目がビクッと大きく開いた。

「なんだ、お前。泣いてるのか？」

驚いたように言葉を速めながら、ムギョンの目尻に手を当てたハジュンの顔を見て、すぐさま「しまった」という苦笑いが滲んだ。彼はずっと夢を見ているのだから。

目尻に触れていた指先をムギョンが唇で撫でると、ハジュンの目がとろんと細くなった。その目つきがセクシーで、今度はまぶたに口づけた。酒と眠気に酔ったハジュンは、それでもムギョンを押し返さなかった。口づけに軽く惚けた表情が愛おしい。

いつもノートを持ち歩いて一生懸命にその日の練習項目を記録し、理学療法士や医療チームでもないのでわざわざそこまでする必要はないだろうに、毎回自ら選手の状態をチェックし、筋肉をほぐし、せっかく十日も休暇をもらっておいて五日で戻ってくる誠実でマメなイ・コーチ。

そんな彼が十年間ひっそり積み上げた心の中の宮殿の風景を目にすれば、主人公であるムギョン自身でなくとも誰だって感嘆するはずだ。褒め称《たた》えなければ気が済まない。

「イ・コーチは、すごくカッコよくて……」

「……」

「素敵で、かわいくて、優しくて、誠実で、賢くて、タフで、セクシーで……。一人でもこんなに完璧なのに、どうして俺みたいなヤツのことが好きなんだ？」

そう言い終える頃には、ハジュンの目尻と頬が赤くなっていた。夢でも褒められると恥ずかしいのだろうか。それでも表情だけは素っ気なかった。ゆっくり目を瞬《またた》かせながらムギョンを見上げると、ムスッとして答えた。

「何言ってるんだか……。そこらへんの人たちを百人捕まえて訊いてみろ。お前と俺、どっちのほうが完璧なのか」

そこらへんの人たちなんか、見せてやってる姿しか知らないんだから当然だ。カッコイイふり、強いふり、イケてるふり、完璧なふりをすることは、キム・ムギョンの人生そのものだ。

隠したい部分もあるが、人々から羨望の眼差《まなざ》しを向けられて自慢に値する面が自分にはたくさんあるということも、よく知っている。そういう部分は自分でも気に入っている。軽い関係でそういう一面だけを見せてやるのは簡単だし、だからこそ自分の気分も良くなる。

だが、イ・ハジュン。お前は、そうじゃない俺もたくさん見たのに。

「俺が至らないヤツだって、イ・コーチは知ってるじゃないか」

「それはそうだな。お前はひどかった。自分勝手で性格が悪いのは昔から知ってたけど、そばで過ごしてみると意外と器が小さいし……ものすごく意地っ張りだし、かなりの気まぐれだ」

全面的に同意するが、いざハジュンにずけずけと非難されると、自然といじけた物言いになった。

「だから、イヤなのか？」

「そういう時は、ムカつきはするけど……イヤなんじゃなくて……」

「俺のどこが好きなんだ？」

「分からない。俺も最近考えてたんだけど……。顔が好きなのかな？」

「顔？　俺の顔のどこが一番好きなんだ？」

「全部いいけど。鼻と額？　顎も好きだ」

子どもっぽい流れの会話にもきちんと答えてくれていた

ハジュンが、クスリと笑った。

「意外といいところもたくさんあった」

「……どんなところ？」

「いろいろ優しくしてくれただろ？　お金だってたくさん使って。俺はお前に百ウォンも使ってないのに、お前はもう俺に一千万ウォン以上使った」

案外、計算が正確だった。ハジュンが感じている自分の魅力ポイントが財力なら、もう少し強くアピールしても良さそうだ。

「俺が持ってるのは金しかない。あの程度、まだ使ったとも言えないけど」

「お前は、どうして夢でも憎たらしいんだよ……」

これは違ったか。

これ以上何か言ったら減点されるだけのような気がして、ムギョンは口をつぐんで、今度はハジュンの頬に口づけた。チュッと軽い音が出るキスをされても、ハジュンはムギョンを押しのけなかった。きっと夢だと思っているのだろう。

贅沢にもハジュンの告白を拒んだ日、ハジュンはベッドで一緒に寝て抱きしめてキスしてくれと言ってきた。立場が違うので同じ要求ができるかどうかは分からなかったが、とにかく夢だと思って自分を受け入れてくれている時に、なんでも要求するほうが賢明だろうか。

「抱きしめてもいいか？」

「何を訊いてるんだよ」

なんの気ない口調だけでは「構わないに決まっている」という同意の意味なのか、「今さら何をいちいち訊いてるんだ」とケチをつけているのか、見分けがつかず苦笑いが出た。

腕を広げると、何も言わずとも彼は寝返りを打ってムギョンの背中に腕を回し、胸の中に潜り込んできた。抱き寄せた体からも寝転んでいるベッドからも、ハジュンのにおいが香った。永遠に変わることのなさそうなにおい。体から香るほんのりとしたにおいさえも、ひたむきな彼に似ていた。

（キスしてもいいか？）

そう尋ねようとして、やめた。夢の中にいるイ・ハジュンは、きっと「いい」と言うだろうが、さっき車で自分にキスされながら「また今度する」と半泣きになっていた彼を思い出し、なぜかその言葉までは出てこなかった。

ハジュンが自分のことを好きになり始めた十六歳の頃は、

制服を着て登校して午前の授業を数時間受け、午後はずっと練習に参加する日がほとんどだった。もうぼんやりとしか思い出せないほど昔のことだ。

天才と言われながらボールを蹴り、日常的にジュンソンの家に出入りするのにも慣れ、豚小屋から脱出して一年ほどが過ぎた頃。

身長と体格がグングン成長して顔が凛々《りり》しくなり、どこへ行っても人々から好意的な目で見られた。朝に目覚めてから一日中耳に入ってくるのは賞賛の言葉だけだった。我が物顔で調子に乗って、ウンザリした日々に別れを告げ、ただひたすら楽しかった。その一方で「泥沼に落ちて人間以下の者たちに混ざって生きていくことは二度としない」と、人知れず決心に決心を重ねていた頃でもあった。

だが自分はすでに悪魔のようなヤツの血を半分引いて生まれ、豚の王様が統治する豚小屋で長年生きてきた。どうすればまともな人間になって、やっとのことで紛れ込んだ人間たちの世界で生きていけるのだろうか。

勉強とは壁を作ったムギョンだったが、その疑問に答えを求めて図書館を覗《のぞ》き込んだ。図書館に入ると、チラチラと自分を見る好奇心のこもった視線を無視し、書架のあちこちを行き来しながら、それらしいタイトルの書かれた本を数冊選んでページをパラパラとめくった。そしてムギョンは自分が探していた答えに一番近い文章を発見した。

「獣ですら恩を知る。人間ならば当然恩を知り、恩を返さねばならない」

自分はただ平凡な人になりたかったのであって、聖人君子になりたいわけではなかった。本を漁ってみると「人間ならば」しなければならないことのハードルはあまりに高かった。パクのオッサンやおばさんだって、そこまですべてのことを守りながら生きてはいなかった。だから、いくつかの答えの中から自分が一番上手くできそうなものを一つ決め、それだけは必ず守ろうと心に決めた。

この世で一番変わらない関係があるとすれば、ジュンソンと自分のような関係、つまり恩人だ。恩は一度発生したら消えないからだ。

恩を受けたら必ず返す。それを人生の原則、あるいは目標や原動力にして、ムギョンは現在の位置まで来た。

逆に言えば、ダメなこと、一番警戒すべきことは、あのイカれた野郎の二の舞を演じることだ。別に難しいこととは思わなかった。最初から芽を摘んでしまえばいいのだだから。あの悪魔だって母と出会って結婚して自分が生まれていなければ、誰一人不幸にすることはなかっただろう。

母とそれなりに親しくしていた近所の女性は、たまにムギョンと出くわすたびに「気持ち悪い」と言わんばかりに、あるいは感心でもするかのようにブツブツ言っていた。血は争えない、と。

成長に伴って次第にあいつと顔が似ていくのが、まったく気に食わなかった。それでもあいつよりは自分のほうがずっとカッコよかったし、大事なのは中身だから気にしなかった。ヤツとは違う生き方をすれば済むことだった。ムギョンの人生は、すでに両親が送っていた生涯とは完全に軌跡を異にしていた。

世間の人たちの口から、テレビで、映画で、本で、よく騒がれている愛。

それは簡単に変わり、濁りながら消え、人を狂わせる。その狂気に苦しめられ、最後にはすべてを壊してしまった怪物が、まさに自分の父親だった。

解決策はシンプルだった。最初から、彼のような感情を介して誰にも縛られなければいい。パートナーやら恋人やら夫婦のような関係、「愛する人」というものは、今後一切キム・ムギョンの人生には存在しないだろう。誰かを特別に思うようになれば、体の中に隠れている悪い種が芽吹き、自分はあの悪魔のように変わってしまうかもしれないから。

……だが、そう決心したのも、約十年前。子どもの頃のことだ。

最初に決心したようには生きてこられなかった。元々途切れなかった誘惑は、十九歳で一部リーグデビューしてからはぐっと増え、数え切れないほどたくさんの人が手を伸ばしてきた。ジュンソンも彼の家族もいない遠く離れた土地で、神経戦と新人いびりに一番苛《さいな》まれていた時期に差し伸べられる手や人肌のぬくもり、甘い言葉などは到底拒むことのできない誘惑だった。

ムギョンは、さらに上に行くことだけを渇望《かつぼう》しながら必死に走っているところだったし、青年期に突入したばかりの健康な体は、それに見合った欲望も抱えていた。ムギョンに近づいてきた人たちは欲望を適切に弄ぶ方法を教えてくれたし、ムギョンはその「ゲーム」に中毒のようにハマっていった。

大丈夫だ。これは単なる遊びだから。

心さえ縛られなければ、体だけならどうだっていい。だが、それ以上は絶対にダメだ。

そう自分自身に念押しして、遊びのラインを越えて深まった気持ちを露《あら》わにする人に出くわすと、ルールも知らずにゲームに割り込んできた人を嘲笑うかのように背を向けた。関係を続ける期間は次第に短くなり、最後にはほとんど一回きりになり、一度セックスをした相手とその後二度三度会うのも面倒に感じた。

時の流れはすべてを変える。約十年で、キム・ムギョンはそう変わった。他人を傷つける怪物になりたくなくて誰とも関係を結ばないと決心していた少年は、ヤリ捨てのセックスに没頭し、他人の愛情を嘲笑い傷つけながら、それでいて自分自身に言い訳を並べる男になった。

それなのに、同じ十年を送っている間、誰かさんは……。

「イ・ハジュン」

名前を呼ぶが、目を閉じたハジュンは答えなかった。

「イ・コーチ、寝てるのか？」

自分に抱かれて再び寝入った息遣いが優しい。眠った顔すら端正な彼は、夢も美しい夢しか見ないように見える。

だが、世の中の苦難という苦難が避けていったかのごとく、柔順で無邪気な表情で眠っている彼にも悪夢はある。彼を揺さぶり変えるほどの出来事が数多く起こったことだろう。だからこの一途さは、彼がそこまで不幸ではなかったかのように見せるものではなく、彼がより芯のしっかりした人であることを物語る証拠に過ぎない。

人は知っていることだけが見えるのだと、時々ムギョンは偉そうに言った。だから試合前だろうと人と接する時だろうと、相手の戦力や習性を把握することが重要なのだと。

キム・ムギョンのプレーは創造的だ、彼は心理戦に長《た》けている、彼は夜も素晴らしいプレイヤーだ、彼の誘惑は拒めない……。昼は評論家たちから、夜は好事家たちから賞賛と嘲弄を代わる代わる聞いているうちに、自分のやり方が正しいという確信は次第に堅固なものになっていった。

今でもまったくの誤りではなかったと思うが、その言葉には罠があった。知っていることだけが見えるのなら、人は自分が知っている範囲以上のものは見えないのだ。海の前に立っていても足元にある小さな水たまりだけを覗き込み、レンガの数をひたすら数えるだけで壁の向こうを見ようとはしなくなる。

十年。遠くに流れて霞《かす》んでしまった数々の瞬間。

だから言葉だけで聞いた時は単なる短い単語としてしか認識せず、胸に飾って自慢できる勲章程度に感じていた時間。だが、年輪のように目に見える証拠を目の当たりにすると、その時間の厚みが杭《くい》のように全身に打ち込まれた。

目を覆っていた殻のようなものがぽろりと取れたような気がした。イカれてしまわないように反対方向に逃げていると思っていたのに、目を開けてみるとすでに絶壁の前にたどり着いていたような気分。

イ・ハジュン。お前にとって誰かが好きというのは、こういうことなんだな。

ごめん。何が見えていても、俺はよく分かってなかった。自分の足元だけを見て、まったく見当外れなことばかり言っていた。

最初の決心を守り抜いてもいない分際で、今さら自分自身を裏切るような気分に陥ってもがいていたのは、良く言えば自意識過剰、悪く言えば虚勢だ。

見るまでもなくすべて台無しになるのだと、自分なんかが誰かの隣を占めることはできないと、無欲を装って言い訳してきたが、結果的に悩みはすべてハジュンに押しつけて、自分はいいとこ取りしたかっただけだ。

今は、ハジュンが自分に対する想いをそんなに長い間抱いていたという事実がうれしいばかりではない。丁寧に積み重ねた真心を自分の水準に引きずり落とし、疑い試しながら、最後まで刺したり引っ掻いたりして傷を負わせたという事実だけを実感した。

山河も変わるといわれる十年という長い年月の間、俺のことを大切に想い続けてきたイ・ハジュンに、今夜の酔いと夢から覚めた後も許してもらうには、一体どうすればいいのだろうか。

ハジュンが見ている自分はこんなにもすごくて大切な人だったのに、そんな彼に散々見苦しい姿を見せた。遅まきながら恥ずかしくなり、できることならば彼の頭の中からここ最近の記憶を消し去りたくなった。

ムギョンはいつか映画で観た超能力者のようにハジュンの額に手を乗せ、記憶が消えればいいと思いつつ見つめたが、当然そんなことをしても無駄だと分かっていた。一人悩んだところですぐに答えが出るはずもなく、ムギョンは短いため息と共にこの夜をやり過ごすことにした。

「おやすみ」

バカなヤツ。名前などがなんの役に立つのだろう。

愛という単語を避けたからといって、結果は変わらない。別の名前を付けたところで、キム・ムギョンの心はすっかりイ・ハジュンに傾いていた。セフレ、友達、同僚……。どんなラッピングをしたって中身は変わらない。

認めよう。

回避するには、もう手遅れだった。仕方ない。これからは、この気持ちがあの怪物のように変わらないように努力するしかない。それはもう、こっちの責任でやることだった。

できるぞ、キム・ムギョン。

今までみんなが不可能だと揶揄《やゆ》して否定していたことを、数え切れないほど現実にしてきた。愛だからといって、成し遂げられない理由がどこにある？

いつか、あるスポーツメディアのインタビューに答えたことがあった。俺の敵、俺のライバルは、すべて自分自身だと。敵がいるのなら、戦って勝てばいい。

シングルベッドは体格のいい成人男性二人を受け止めるには狭く窮屈だったが、床に降りようとは思わなかった。柔らかな髪に唇を当てながら、ムギョンも目を閉じた。

13

(頭がガンガンする……)

ハジュンは、目を開けて一番にそう思った。あんなにたくさん酒を飲んだのは、生まれて初めてだった。自分を酔わせようと、先輩たちが目をギラつかせて大量の酒を無理やり飲ませようとしてきた新人時代だって、どうにか彼らのご機嫌を取って逃れてきたというのに。

(これが二日酔いってやつか？)

じっと横になっているだけなのに、誰かに頭をガンガンと拳で殴られているかのようにグラグラした。キム・ムギョンの話題さえ出なければ、あそこまで飲んだりはしなかっただろうに、昨日は「酒が酒を呼ぶ」という感覚が初めて分かった。ある瞬間から、意思とは無関係にグラスを持ち上げていた。

慣れない苦痛に、怒りがグッと込み上げる。憎きキム・ムギョン。この頭痛もすべてキム・ムギョンのせいだ。寝返りを打つと、一人で寝ているベッドの隣のスペースをわけもなくトントンと叩《たた》いた。いつも一人で眠っているシングルベッドが、今日はやけに寂しい。あるべきものがなくなったような気分だった。

「……」

どこからどこまでが現実で夢なのか、境目も曖昧だった。店にムギョンが来たのは現実だったのか？

ジョンギュが言い訳しながら困っていたのを思い出した。まんまと一杯食わされた気になり、勢いよく立ち上がって店から出ようとして転んだような……。ムギョンの車に乗せられて彼の家へ行ったところまでは、たしかに現実だ。その後からは頭がグルグルして記憶が曖昧だった。

家までどうやって帰ってきたのだろう。昨夜、この部屋にムギョンがいる夢を見たような気もするが。時計を確認すると、もうすぐミンギョンが起こしに来る時間だった。喉が渇いたので、体を起こしてドアを開けた。

「まぁ。どうしたらそんなに上手く卵焼きが巻けるの？私より上手だわ」

「こう見えて、手際はいいんですよ」

「はぁ、ハジュンはこういうのは全然ダメなの。キム選手って、見かけによらず器用なのね」

まだ夢を見てるのか？

目に飛び込んできたキッチンの光景は、あまりに異様だった。ドアを開けたにもかかわらず、その先に足を踏み出せずにぼんやり立っていると、食卓についていたハギョンが朝の挨拶をしてきた。

「兄ちゃん！　起きた？　大丈夫？」

返事もできずに目を泳がせている間に、ムギョンも振り向いた。母も一緒だった。

「ハジュン、体は大丈夫？　昨日は、どうしてあんなに飲んだの？」

「……あ、いや。成り行きで」

「昨日、キム選手があんたを背負って連れ帰ってくれたのよ。そのまま帰しちゃ私の気が済まないから、泊まってもらったの。朝食でも用意してお帰りいただこうと思ったのに、なぜかキム選手が一緒に作ってくれてるわ」

決まりが悪そうに笑う彼女は、スーパースターが自分の家のキッチンで卵焼きを作っている状況が、ただただ楽しそうだった。その気持ちは十分理解できるが、ハジュンは笑顔も返事もなかなか返すことができなかった。

「ほら、兄ちゃん。これ飲んで」

「あ、うん。ありがとう」

ハギョンが、水がなみなみ入ったコップを差し出してきた。ちょうど喉が渇いていたのですぐに受け取って飲むと、甘く冷たいものがグングン喉を通った。

はぁ。小さくため息までついて一瞬で空にしたコップを、ハギョンがすぐさま受け取って持っていってしまった。

「さっき、兄ちゃんが目を覚ましたら飲ませるんだって、ムギョン兄さんが水にハチミツを溶かしておいたんだ」

「……俺、ちょっとシャワー[5]浴びてくるよ」

喉の渇きが解消された快感が、一瞬で毒を飲んだような気分に変わった。

ハジュンはそそくさと浴室に入り、目を覚ますためにまず歯を磨いた。急いでシャワーまで浴び終えて、顔に冷水を浴びせまくった。水がポタポタと落ちる顔を鏡に映した彼は、冷たい水を被っても火照《ほて》ったままの頬をどうにもできず、最後にはゆっくり両手で包んだ。

幕が掛かったように記憶が不透明な中でも、昨夜聞いたり言ったりした複数のフレーズが途切れ途切れに思い出さ

5　訳注：韓国では水やお湯にハチミツを溶かしたものを、二日酔いの時によく飲む。

れた。

『ヤれ。ヤれよ。わざわざ家にまで……上がることないだろ。ここでヤれよ』

『お前の好きーなように……ヤれよ』

「はぁ……」

大きなため息が出た。永遠に浴室に閉じこもっていたい気分だったが、恨めしい出勤時間が刻々と近づいていた。ハジュンは服を纏《まと》ってドアの外へ出た。

いつの間にかミンギョンまで合流していた。標準サイズを優に超える男性を含め、四人もの人間が立っているキッチンは普段の何倍も混み合っていて、間に挟まろうという気すら起きなかった。ミンギョンが、ふと思い出したようにムギョンに言った。

「そうだ、キム・ムギョン選手。この前はプレゼントをありがとうございました」

「プレゼント?」

「ぬいぐるみです。お兄ちゃんが、キム・ムギョン選手がくれたって言ってましたけど」

ムギョンの鼻白む表情が見える。ただでさえ頭が痛いし恥ずかしいのに、浴室を出るなり聞こえてくる話題まで、まったく最高だった。

「ミンギョン、早く学校に行かないと。ご飯を食べよう」

これ以上放っておいたらどんな話が飛び出すか分からないので、会話を遮って近づいた。

「お兄ちゃん、仕事に行けそう? なんであんなに飲んだの?」

「仕事をしてると、そういう日もあるんだよ」

出来上がった料理を急いで食卓に運んだ。すると、母がご飯をよそいながらムギョンを促した。

「キム選手、もう座ってください。朝食を作ってあげるつもりだったのに、ずいぶんとこき使っちゃったわね」

来客を意識した、普段より豪勢な朝の食卓だった。ムギョンは、スプーンを持ち上げて食べ始めた。ハジュンは恥ずかしさも暫《しばら》く忘れ、そんなムギョンをじっと見つめた。

「どうです? お口に合うかしら」

「美味《おい》しいです。最近食欲がなくて、ちょっと悩んでたんですけど、お母さんのおかげで完全に元に戻ったみたいです」

「うれしいこと言ってくれちゃって。たくさん食べてくださいね」

うれしいことを言ってくれるだって？　ハジュンは呆《あき》れ返って笑ってしまいそうになった。猫被りはウンザリだと言っていつも俺をいびっていたくせに、本物の猫被りの達人は一体どっちなんだ。

　ともかく、お世辞ではないのか本当に以前のようによく食べている。最近食べられないと言っていたのは嘘《うそ》ではないと知っているので、その姿を見て内心ホッとした。

「ハジュンは食べられそう？　スープでも一口飲んで」

「うん、大丈夫。食べるよ」

　そうは言ったものの二日酔いのせいで胃がムカムカして、ちょこちょこ食べる素振りをしつつ食卓の風景を見渡した。すでに家族全員がムギョンに心を奪われているのは明らかだった。

　そういえば、キム・ムギョンと母はすでに何度か電話で話したこともある仲だった。まともに挨拶を交わしもしないうちにぬいぐるみのプレゼントをもらったミンギョンが好意的なのは言うまでもなく、スター選手にはとりあえず興味を持つハギョンも当然のように大喜びしていた。

　ムギョンが意図したわけではないだろうに、いつの間にこんな状況になったのか不思議なくらいだった。群衆の中の孤独というのは、こんな気分のことを言うのだろうか。

「行ってきます」

「ムギョン兄さん！　また遊びに来てくださいね」

　双子を送り出し、ムギョンと並んで玄関に立った。一緒に出勤するのは初めてでもないのに、出発地がムギョンの家ではなく自分の家だというところからくる妙な気恥ずかしさがあった。母が玄関の前まで出てきて挨拶をした。

「お気を付けて。またいらしてね」

「はい、また伺います」

（まただって？　こんなこと、もう二度とない）

　心の中では絶叫したが、ハジュンは平静を装って歩き出した。並んでエレベーターに乗っても、じっと前だけを見た。バス停に続く近道のほうへ体を向ける。その時になって初めてムギョンが口を開いた。

「あっちの駐車場に車を停《と》めてある」

「お前は乗っていけよ」

　後ろも振り返らずに歩みを速めた。いつもの道を歩いてバス停に立っていると、暫くして隣に背の高い人影がズイッと現れた。顔を向けるなり、すでにスーパーカーに乗って出発したとばかり思っていたムギョンが、隣に立って様子を窺《うかが》うようにチラチラとこちらに視線を下ろした。

眉をひそめる暇もなかった。今日に限って一秒の遅れもなく、ちょうどピッタリにバスが到着した。乗ろうかどうしようか悩んで突っ立っていると、毎朝顔を合わせる運転手が催促してきた。

「乗らないんですか？」

「……乗ります」

交通カードを機械に当ててバスに乗り込んだ。ハジュンの通勤バスは閑散としている。続いて乗ってきたムギョンに運転手が目を丸くして瞬《まばた》きをしたものの、特に騒ぎは起きなかった。

路線バスに不自然に突き刺さった彫刻のような男が、天井に頭をぶつけそうになりながらスタスタと歩いてきて、一人掛けの椅子に座ったハジュンのすぐ後ろの席に座った。ハジュンは窓の外を眺めるだけで、知らない人が乗ってきたかのように目もくれなかった。ブルンという荒いエンジン音と共にバスが出発した。

窓の外に見える風景は退屈なほどいつもと同じなのに、後ろに座っている男のせいで、通勤バスの中は完全に日常から逸脱した空間になった。日陰に入ると、真っ暗になった窓にバスの中の様子が映った。見ないようにしていたのに、つい後ろにチラリと向けた視線が、同じように窓を通じて前を見ていたムギョンの視線とぶつかった。

ビクッと驚いて、顔を真正面に向けた。悪いのはキム・ムギョンなのに、どうして自分が後ろめたさを感じて目を逸《そ》らさなければならないのか分からないが、どうにも気まずくて仕方ない。

朝食の時にはほとんどまっさらだった昨夜の記憶が、欠片《かけら》ほどではあるが、次第に脳裏に浮かび上がってきた。

『じゃあ……好きだ』

『イ・ハジュン、好きだ。本当に好きだ。すごく』

……いいや。やっぱり、あれは夢だったんだ。

ムギョンと同じ部屋で寝たのは事実だったとしても、すべてが現実だったはずはない。

そう考えると、余計に恥ずかしくなった。キム・ムギョンにあんな態度を取られたのに、彼に好きだと言われる夢を見るなんて。性格がいいと褒められて嫌な気分になったことはないが、ここまでくると単に分別がないだけではないだろうか。恥ずかしくてたまらない。

そんなことを考えていたら、降車ボタンを押すのを忘れていた。瞬間的にビクッと驚いて手を上げたが、大きな手が先にボタンを覆った。

　間もなく停車したバスから、ハジュンは今度も急いで降りた。ムギョンが数歩後ろをついてきているのは分かっていたが、透明人間と歩いているかのように声をかけることも振り返ることもなく、頑《かたく》なに前だけを見ながら練習場に向かって歩みを速めた。

「ハジュン！」

　建物の中に入るや否や、待ち構えていたかのように背の高い男がハジュンに向かって慌ただしく近づいてきた。

　今日はジョンギュと顔を合わせても親切な笑顔が出てこない。無愛想な顔で軽く睨《にら》みつけると、彼は困ったような表情で手を合わせた。

「ハジュン、悪かった。本当にわざとじゃない。三人で一緒に飲みたかっただけで、他意はなかったんだ」

　昨日はからかわれたと思って腹が立ったが、酔いが覚めて理性を取り戻した今は、ジョンギュがわざとあんなことをするわけがないということくらい、言われずとも分かっていた。なぜなら酒の席を設ける前には、自分がムギョンのことが好きだということをジョンギュは知り得なかったのだから。

　それでもやたらぶっきらぼうになってしまうのは、ジョンギュやムギョンが恨めしいからというより、恥ずかしかったからだ。とりあえず、あんなにも酔った姿を人に見せるという状況からして不慣れだった。

　ムギョンも建物の中に入ってきたのか、ジョンギュの視線がハジュンの背後に向けられた。そして尋ねた。

「お前たち、一緒に来たのか？」

「二人とも、早く着替えてこい」

　背の高い二人の男の間に挟まっているのが窮屈になって会話を終わらせると、ハジュンは急いで事務室に向かった。

　ドアを閉めるや否や、自然と長いため息が出た。ゾンビになった気になってヨロヨロと歩き、自分の席から練習に必要な物をまとめた。

　必ずしも恥ずかしさのせいだけではなく、生まれて初めて経験した二日酔いのせいで顔の火照りが冷めない。頭もクリアにならず、軽い眩暈《めまい》が続き、体が水を吸ったように重い。もう絶対に飲みすぎたりするものか。

　うららかな陽気と眩《まぶ》しい太陽を苦痛に感じる、ということもあるのだと初めて知った。いつもならば爽快な日差しが、まるで昼に外に出てきた吸血鬼の体に吸収される猛毒みたいで参ってしまった。選手たちがランニングをしている間、ハジュンは特にメモを取ることもなくノートだけを覗《のぞ》き込みながら、みんなが走り終えるのを待った。続いて一番苦痛な仕事の時間が戻ってきた。

「脚を開いて」

力ない声で指示すると、ムギョンは脚を開いて座った。ハジュンも向かい合って座り、彼の手を掴《つか》んで引っ張った。誠意のない掛け声が、横一直線に描かれたグラフのように沈んだトーンで流れ出た。

「いち、にぃ、さん、しぃ」

「イ・コーチ」

「黙って。ごぉ、ろく、しち、はち」

次は彼の背後に回って、腰のあたりを前に押した。続いて寝かせて脚をほぐし、うつ伏せにして腕と肩をほぐした。ちゃんと朝食を摂《と》ったから今日は筋力トレーニングを少し増やしてもいいだろうと思い、腕立て伏せやランニングなどの道具を使わない筋力トレーニングもしっかりやらせた。かなり体力のあるヤツだから、暫くフラフラしていたとはいえ基礎体力はさほど落ちてはいないようだった。良かった。

昼食の時間になったが、相変わらず胃が少しムカムカして食欲がなかった。ハジュンは食事を諦め、事務室のデスクに座って時間を潰した。暫くぼんやり壁を見てから、背もたれに頭を預けて目を閉じた。

……何がどうなっているのか、何をどうすればいいのかも分からない。

そういえばムギョンに、彼が望むセフレの関係に戻ろうと言おうとしていた。その決心を思い出すと、昨夜アルコールが作った幕に隠されていた記憶の断片が、また浮かび上がってきた。

『今度？　はぁ……いつ？　こんなに人をけしかけておいて、また退職届を出して逃げようと？』

『どうして今日はダメなんだ？　今日も明日も同じじゃないか』

このシーンは、確実に夢ではない。酔った自分を家に上げようとするムギョンを「今度しよう」となだめ、家に送ってくれとせがむように頼んだ記憶がハッキリしているから。

下心満々で酒に酔った人間を連れ込もうとしていた破廉恥なキム・ムギョンと、「好きだ」と優しく囁《ささや》いていたキム・

ムギョン。この二人が、一晩に共存できるわけがない。どちらかが偽物だったとしか思えない。

「これでも飲め」

目を閉じて考えに耽《ふけ》っていたハジュンは、近づいてきたことすら気付いていなかった他人の声に、ビクッと驚いた。素早く姿勢を立て直した。誰もいないはずの事務室に、いつの間にか人が入ってきて、自分の隣に立っていた。

思わず、真顔でいかつい声が出た。

「事務室に入る時にはノックしろ」

「したさ」

聞こえなかったけど。

顔をしかめている間に、ムギョンは何かチューブのようなものを机に置いた。ムスッとした顔で見下ろしていると、ムギョンは机の上に手を突いて言った。

「食事が摂れなかった時、これで凌《しの》いでたんだけど、二日酔いの時にも良さそうだぞ」

「……要らない。俺は選手でもないし、昼一食抜いたからって別にどうなるわけでもない」

ムギョンに穴が開くほど見つめられていると分かっていながら、ハジュンは屈することなく机の上だけを見下ろしていた。彼は休暇後の復帰初日のように、やたらと丁寧な言葉遣いで話しかけてきた。

「イ・コーチ」

「……」

「練習が終わったら、俺にちょっと時間をください」

やはり顔を見られない。ハジュンは目を向けずに答えた。

「……今日は疲れてるから、早く帰らなきゃ」

「どうせ、またお前んちに行かなきゃいけないんだ」

「えっ？　どうして？」

そう尋ねたもののすぐに、バスに乗ってきたせいで今もマンション団地の駐車場に停めてあるムギョンのスーパーカーのことを思い出した。金だってたんまり持ってるくせに、それくらい誰かに移動させればいいものを、わざわざ。

心の中でぶつくさ言っていると、なぜムギョンが自分に付きまとうのかにふと気付いた。ハジュンは机の上に置かれたシェイクのチューブをじっと見下ろしてから、それをガシッと掴んだ。

そういえば、「明日」しようと自分の口で約束したのだ。ムギョンに何度も念押しされた記憶も残っていた。本来の関係に戻るという目標をついに達成したといううれしさから、食べ物を持ってチョロチョロと駆け寄ってきて、「夜に時間を作ってくれ」とわざと礼儀正しいふりをしているようだ。エサを太らせるオオカミのような行為。

口にした言葉は守るしかない。朝から続く軽い胃のムカつきと微《かす》かな眩暈は相変わらずだったが、ハジュンは蓋をひねり取って中身をグビグビ飲み込んだ。ムギョンとのセックスにはいつも体力をどん底まで消耗させられるのに、今日のような日に食事まで抜いたら到底耐えられそうになかった。

空《から》になったチューブをゴミ箱に投げ入れ、ハジュンは手をヒラヒラ振った。

「分かった。練習が終わったら一緒に帰るから、とりあえず出ていけ。ここは選手の休憩室じゃないんだから、用もないのに事務室にちょこちょこ出入りするな」

ムギョンが返事もしないうちにドアが開き、コーチが一人入ってきた。ムギョンは机のほうに斜めに屈《かが》めていた体を立て直し、「じゃあ後で会おう」とだけ言い残して事務室を出ていった。

＊　＊　＊

朝の出勤時には閑散としている通勤コースだが、退勤時はそうとも限らない。路線バスに乗るにはあまりにムギョンが目立ってしまう時間帯なので、大事を取ってタクシーを使うことにした。二人は後部座席に並んで座り、一言も交わさないままハジュンの家に到着した。

すでに決定事項だったので、行くだの行かないだの、するだのしないだの、わざわざ揉める気力もなかった。あまり気乗りしないことを前にした時のスッキリしない気分で、ハジュンは大人しくムギョンの後に続いて助手席に乗り、シートベルトを締めた。ムギョンは一度ハジュンをチラリと見ただけで、何も言わずエンジンをかけて車を出発させた。

家に行くと思っていたのに、ムギョンは別方向へかなり長いこと車を走らせた。今日も車でヤりたいのだろう。だるいから、ヤるにしてもベッドでヤりたかったのに。

（……どうでもいいか）

ハジュンは窓のほうへ顔を向け、日が暮れ始めた空をじっと見つめた。まだ暑さは残っていたが、いつの間にか一日の気温差が大きくなり、夜になるのが早くなった。

車は、ドライブコースとして愛されそうな叙情的な風景の中をかなり走り、ついに高台にある道の路肩で停まった。夕焼けが絶頂を迎え、空は山すそから開花する巨大なバラの花びらのように見えた。

欄干あたりで車から降り、その空を眺めている人たちの姿がいくつか見えた。道の向こうには、かなり高級そうなレストランなのかカフェなのかが灯《あか》りをともしていた。暫く風景に心を奪われて思考を止めていたハジュンは、すぐに軽く眉をひそめた。

まさか、こんなところでセックスすると言うんじゃないだろうな？　彼は、車に乗ってから初めて口を開いた。

「ここは人が多すぎるじゃないか」

「もっと静かな場所がいいのか？」

「……当たり前だろ？」

ハジュンが聞き返すと、ムギョンは頷《うなず》きながら再びエンジンをかけた。

「じゃあ、もう少し行こうか」

どんどん薄暗くなっていく空の下、車はひと気のない道の奥へと入っていった。さらに十分ほど進んだ車が停まった場所は、周りが暗くて人の姿など見えない散策路のあたりだった。

ハジュンは窓の外を見渡し、本当に誰もいないか確認してからシートベルトを外した。前回、車でヤった時は裸になったから、今日も脱がなきゃいけないんだろうか。自分では決められず、ムギョンに尋ねた。

「全部脱ごうか？」

「……えっ？」

「服だよ。ズボンだけ脱いだほうが楽そうだけど、全部脱いだほうがいいって言うんなら、そうするし」

ムギョンは何も言わず、固まった表情でこちらを見た。ハジュンは、細いため息をつきながら促した。

「俺、今日は細かいことに気を遣う気力がないんだ。早く言ってくれ」

やっとハッとしたかのように、ムギョンは急いで首を横に振った。

「服は脱がなくてもいい」

「あ……口でヤるのか？」

今日みたいなだるい日は、そのほうがマシかもしれないと思ってホッとしたのが、少し顔に出てしまった。すると、ついにムギョンの顔が軽く歪《ゆが》んだ。

「イ・ハジュン、わざと言ってんのか？」

「何が？」

ムギョンは短くため息をついて、目をグッと手で押して離した。そして、再びハジュンのほうを向いてキッパリと言った。

「セックスしに来たわけじゃない」

「……じゃあ？」

「昨日の話、どうせまともに覚えてもいないだろうから、ハッキリさせておこうと思って会おうって言ったんだ」

「覚えてるよ。だから一緒に来たんじゃないか。今日からまたヤることにしたって、覚えてる」

ムギョンはハジュンをじっと見つめた。

「それ以外は、覚えてないのか？」

「それ以外って？」

「俺が、好きだって言ったのは？」

「……」

「忘れちまったのか？」

ハジュンは口をつぐんだ。目をまん丸にして、まるで怖がっているかのように自分を見つめている顔に向かって、ムギョンはもう一度尋ねた。

「お前も、俺が好きだって言ってたけど、それも？」

「……あれは……」

「夢じゃない」

ハジュンは口をさらに固くつぐんだ。頭の中がグチャグチャで真っ白になり、どんな適切な返答も浮かばなかった。

二人とも暫く黙っていた。ムギョンの手がゆっくりと近づいてきて、ひじ掛けの上に置いた手を握った。ハジュンはビクッと肩を震わせたが、握られた手を引っ込めはしなかった。

「今さら何言ってるんだと思うだろうけど、本気なんだ」

「……」

「好きだ、イ・ハジュン。最後にもう一度だけチャンスをくれ。今度は、お前をガッカリさせたりしないから」

これはまたなんの冗談かと思い彼を見たが、声は潔く、顔は真剣そのものだった。彼の後ろにある窓から、垂れた木の葉の影が揺れているのが見えた。きっと外に出れば、サラサラと風が砕ける音がすることだろう。

ハジュンは、その風景をじっと眺めてから視線を落とした。何か言おうとして暫く開いていた口が、再びグッと閉じた。口とは違って閉じられない耳に、ムギョンの声が流れ込んできた。

「本当は車の中じゃなくて、もっとカッコよく、ちゃんと告白したかったんだけど……。こうして静かに話をするのも、悪くなさそうだな」

間違いなく韓国語なのに、外国語を話している人を前にした気分だ。

急になんなんだ？　こういうことをする必要はないと、ハッキリ言ったのに。わざわざここまでしなくたって、約束は守るのに。

「改めて、悪かったよ」

「……」

「あれが悪かった、これが悪かったって言うのもやめる。何から何まで全部、俺が悪かったんだから」

ハジュンが、やっと口を開いた。

「もう、謝罪はいい」

「まだ怒ってるじゃないか。それに、俺が申し訳ないと思ってるから何度も謝るんだ」

そうなのか？　話を聞きながらも、ハジュンは自分の気持ちを正確に把握できなかった。特に怒っているわけではなかった。ムギョンは「誤解して暴言を吐いて悪かった」と、すでに何度も謝った。

その件に対する怒りは、もう収まった……正確には、すべて蒸発したと思っている。もう少し時が流れて記憶が薄くなれば、「そんなこともあったよな」くらいに思えるはずだ。間違いなく不愉快な経験ではあったが、今さら謝罪の有無を問い詰めて神経をすり減らしたくはない、と言ったほうが適切だろう。

再び黙り込んだハジュンの顔をじっと見ていたムギョンが尋ねた。

「謝罪じゃなくて、好きだって言ったことに対する返事はないのか？」

かなり余裕ぶった態度だったが、その裏側に滲《にじ》んでいる焦《あせ》っていじけた雰囲気を、ハジュンも感じることができた。その言葉に対する答えがすぐに出てこなくて混乱しているのは、ハジュンのほうだった。

たしかに、まだキム・ムギョンのことが好きだ。目の前に座っている男の姿を視界に収めていても、それでもなお見つめていたい。なんと答えるべきか、こうして困っている瞬間にも、彼を見つめることを簡単には止められないくらいに。

にもかかわらず、おかしなほど心がスッキリしない。疑問が大きくなりすぎて、他の感情を取って食われているような気もした。ハジュンは生唾を飲み込んで、気になっていることを尋ねた。

「お前、どうしたんだよ」

望んでいた返事ではなかっただろうに、それでも沈黙よりはマシだと思ったのか、ムギョンはニコッと笑った。多少、決まりが悪そうな表情ではあったが、彼は笑顔のまま口を開いた。

「自分がとんでもない勘違いをしてるって、気付いたんだ」

「勘違いって？」

「自動車にリンゴって名付けたところで、リンゴにはならないだろ？」

「……」

「好きな人にセフレって名付けたところで、他のものになりはしないさ」

ハジュンの疑問を解消するには、まったく助けにならない回答だった。

(だから俺が言ってるのは、たった一日の間に、どうしてそう思ったのかってことなんだけど……)

ムギョンの微笑《ほほえ》みが曇り、また真剣な顔になった。ハジュンはまだ状況を把握できず、彼をじっと見ているだけだった。

「お前が、俺のことを好きだって言ったの……最初はセフレとして付き合ってるうちに感情が芽生えたんだろうと思った。でもお前、言っただろ？　中学の頃から俺に気があったって。お前の告白を、あまりに軽く受け流してしまったってことは分かってる。これから本当に変わるよ。お前は真剣なのに、俺一人だけ誤魔化し続けたくない」

昨日、ジョンギュとの会話を盗み聞きしたから、こんなことを言っているのか？　だが、ムギョンの家に事実上引きずられるようにして行ったのが、その直後だ。あの話を聞いてそんなことを思ったのなら、酔った自分を家に連れていって「部屋に上がろう」とゴネることもなかったはずだ。

黙ってムギョンの言葉を考え込んでいたハジュンは、ゆっくりと顔をしかめた。予想外のリアクションだったのか、ムギョンは少し緊張した面持ちでハジュンを見つめた。怒っているかのように眉間に皺《しわ》を寄せていた顔が、熱を帯びて赤くなった。ハジュンは、彼に向かって尋ねた。

「お前……見たのか？」

「……えっ？　何を？」

　ムギョンはとぼけた。ハジュンは、唇を噛《か》みながら髪をかき上げた。隣に座った男を睨んでいた顔が、カッと熱くなる。

　突然あんなことを言い出すなんて、昨日一晩泊まった自分の部屋で何を見たのか、尋ねずとも明らかだった。人の携帯だって、いつも許可なくいじっていたヤツだ。部屋にまで入って、大人しくしていたわけがない。

　朝から恥ずかしいことの連続だ。いくら、すでに彼に丸出しにした想いとはいえ、だからこそ余計に恥ずかしかった。どんなに好きな人にだって、日記帳まで開けっぴろげにしたくはないというものだ。

　ハジュンが顔をしかめると、ムギョンも最後まで言い逃れるつもりはないのか、言い訳がましく言った。

「部屋の中を見てたら、偶然見ちまったんだ」

「壁に飾ってある額縁でもあるまいし、偶然見ただって？　プライベートには干渉しないんだろ!?　そういうのは全部、プライバシーの侵害だ。分かるか？」

　突然の叱責にムギョンが答えられずにいると、ハジュンはため息をつき、ぶっきらぼうに吐き出した。

「あのファイル、全部捨てるつもりだったんだけど、時間がなくてまだ片付けてないだけなんだ」

「捨てるな。捨てるんなら、俺にくれ」

　ムギョンがビクッと驚きながら、すがるように引き留める。

　彼の告白を前にしても、恥ずかしいからか決まりが悪いからか、他のことが考えられなかった。朝から今までずっと、彼と一緒にいる場所から逃げたくてたまらなかった。もう車から降りて一人で帰ってしまいたいが、人がいない場所に行こうと言い張ったせいで、薄暗い道にはバスはおろかタクシー一台通らなかった。

　硬い表情でフロントガラスの外だけを見つめているハジュンの横顔を凝視していたムギョンは、分かったと言うように頷いてハンドルを握った。

「昨日は、お前も俺のことがまだ好きだって言ってたから、すぐに喜んでくれるかと思ったけど、やっぱり二つ返事とはいかないな……。分かった。これは夢じゃないから、すぐに返事をもらうのは無理だよな？」

「……」

「俺だって今までズルズル引きずっておいて、お前にだけすぐに返事をくれだなんて言えないさ。ちゃんと待つよ。でも、これだけは分かってくれ」

エンジンがかかった。だがムギョンはすぐに車を動かさず、付け加えた。

「今度は本当に、ふざけてなんかいないんだ」

ハジュンは黙って軽く目を伏せた。二人を乗せた車は、もう真っ暗になった道を割って進んだ。

行きと同様に重い沈黙の中戻ってきた車が、マンション団地の前に停まった。ハジュンは「乗せてくれてありがとう」だとか、「気を付けて帰れよ」などという挨拶もせず、車のドアを開けて降りた。すると運転席側のドアも開き、ムギョンも続いて降りた。

どうして？　ハジュンは目だけでそう尋ねた。ムギョンは、ズンズンと躊躇《ためら》うこともなく歩いてきて隣に立った。

「いつも、お前の後ろ姿を見送るのがイヤだったんだ」

「……」

「棟の前まで送るよ。それくらいは、いいだろ？」

とある夜明け、すっかり酒に酔った状態で訪ねてきた彼に言われた言葉を思い出した。体にグッと入っていた力が、すっかり抜けてしまった。複雑な気持ちで二、三度頷くと、ムギョンが「行こう」というような手振りをして、ハジュンは彼と並んで歩いた。

彼が自分のことを好きだと言っているのに、今日は酒を飲んでもいないし、神経戦を繰り広げもせず、こんなに優しいのに、なぜこんなにとりとめもない気持ちになるのか分からない。胸はドキドキ高鳴ったが、ときめいたからというより、何かに追われているような不安を感じている時に似た気分だった。

早く部屋に入って休みたかった。生まれて初めて経験する二日酔いのせいで、コンディションが最悪だからかもしれない。キム・ムギョンも、よりによってこんな日に複雑な話を持ち出してくれたものだ。建物の入口に着くと、ハジュンはやっと口を開いた。

「送ってくれて、ありがとう。じゃあな」

ハジュンは自分を見下ろしている視線を避け、軽く俯《うつむ》いたままだった。ムギョンはすぐには背を向けずに、何かを躊躇っているように立っていた。

「イ・ハジュン。ちょっと俺を見てくれ」

いつもの傲慢さや、みなぎる自信などは滲んでいない焦った口調。あの時のように、カマをかけようとしているのではないということが、彼が本気だということが感じられた。

多くの解説者や評価家の評価通り、ムギョンはかなり腕《うで》利《き》きのギャンブラーだったが、芝居ならばともかくポーカーフェイスにおいては才能がない。上塗りされていない彼の本気は、簡単に露《あら》わになる。

……分かってる。分かってるけど。

ハジュンはゆっくり顔を上げ、ムギョンを見つめた。整ったシャープな顔が、また何かを怪しむように目を細めていた。何かを見定めていたり、何かが気になっていたりする時の癖か、軽く首を傾《かし》げていた。

「大丈夫なんだよな？」

「……何が？」

ムギョンは何に対する質問なのかは説明せず、ハジュンを見下ろしているだけだった。なんともないふりをして見つめていたが、彼の突き刺すような視線に次第に耐えられなくなった。ハジュンは結局我慢できず、眉をひそめて顔を背けた。

ふぅ。ため息をつきながら、塗装の上に手垢《てあか》が付いた壁だけを穴が空くほど見つめていると、短い沈黙の間に、前兆も脈絡もなしに突然込み上げてきた涙が一筋、頬を伝って流れ落ちた。驚いたハジュンは、頬についた涙を急いで手首の内側でスッと拭った。

「イ・ハジュン」

驚いて自分を抱き寄せようとするムギョンを、ハジュンは手で制止した。瞬間的に込み上げて流れた涙は幸いすぐに止まり、それ以上流れ出ることはなかった。

泣くつもりじゃなかったのに。

悲しくもないし、怒ってもいないし、なんだかヘコむ。

「お前のせいじゃない。大丈夫だ」

バカみたいに涙を見せてしまったので、そのまま黙ってエレベーターに向かうこともできなくなった。慌てた表情になったムギョンに、再び目を合わせて暫く言葉を探した。

「自分でも、どうして泣いてるのか分からない」

考えをまとめながら、ハジュンは重くなった喉で生唾を飲み込んだ。

「ああ、そうだ。まだお前のことが好きだし、お前がそう言ってくれるのも、ありがたい。でも」

「……でも？」

「俺は、お前のことが好きで別につらかったことはない。

むしろ逆だ。お前ももう分かってるだろうけど、お前は俺にとってヒーローみたいな人間だったから。俺にとっては……呼吸と似てる。もう、お前のことが好きじゃない自分を想像すると、自分じゃないみたいでぎこちないんだ」

　ハジュンは一度すすり上げながら、息を整えた。

「お前が見たファイルなんかは、別に大したものじゃない。何年分も溜《た》まってるからたくさんあるように見えるだけで、俺にとってはただの小さな楽しみだし、趣味みたいなものだった。他人にはどう見えるか分からないけど」

「……」

「お前と前みたいに過ごしてた時も……ああ、正直何度も寂しい思いはしたけど、平気だった。何はともあれ、好きな人と親しく過ごせるようになったんだから、イヤなわけないだろ？　自分でやるって決めたんだし、期待を捨ててからはスッキリもしたし。あんなふうにお前とケンカになるまで、俺の心は穏やかだった」

　止まっていた涙が、またポロリと落ちた。驚いたムギョンは反射的にビクッと肩を揺らしたが、すぐさまハジュンの体に触れることはできなかった。

「それなのに……これからまた、お前のそばにいるって思うと、どうしてこんなにつらいんだろう……」

　言葉尻が濁り、さっきよりも涙がたくさん流れた。ハジュンは片手で目を覆った。ムギョンの胸の中でバカみたいに泣いた時のように、今度も上手くコントロールできなかった。

　ムギョンに好きだと告白した時、彼が今のように答えてくれていたら、すぐに喜べただろうか。彼が誤解して言い争う前だったら、違っただろうか。

　内心待ち続けていた言葉、喜んで受け取ればいい言葉なのに、心が重い。その事実自体に気落ちする。

　セフレに戻ろうというムギョンの提案を承諾するつもりだった。シーズンが終わるまで、彼の望み通りすぐに尻を差し出してやって、彼がロンドンに戻ったらすべて忘れてしまおうと決心した。どうせあと数か月も残っていなかったし、適当に割り切って過ごせば、どうにかなると思った。

　どうせムギョンとのセックスを嫌がったこともない。別に、もったいつけるような体でもない。どう考えても、多くのものがかかっているキム・ムギョンのサッカーのほうが、自分一人の気持ちより重要に思えた。彼によく言われていたように、猫を被って逃げるようなことでもないと思うことにした。

それなのに、たった一晩で突然好きだなんて。

すっかり干からびて沈んだ心が、そのペースに追いつけない。信じていないわけではないが、その言葉を純粋に喜ぶにしては、あまりに多くのことが起こりすぎたようだ。まだムギョンに向かっている恋心とは、また別に動く気持ちが存在していた。

彼に好きだと言われているのに、こんな夢のような瞬間に、しきりに別の言葉ばかりが思い浮かぶ。

「男にケツを掘られながら女にヘラヘラしている詐欺師だ」と言ったくせに。勝手に人のことを誤解しておいて、必死に説明したら「誤解だろうがなんだろうが関係ないからウロつくな」と言ったくせに。「思わせぶりな態度ばかり取って、体を差し出してコーチの仕事をしてるんじゃないか？」と言ったくせに。そのくせ「謝るから、またセフレに戻ろう」と言い張って、勇気を振り絞ってした告白まで皮肉ったくせに。

十年間彼のことが好きだったという言葉に、部屋に置かれたスクラップファイルなんかに、ちょっと感心して、今は俺のことが好きだと言っているのかもしれないが、その健気《けなげ》さがどれだけ続くだろうか。彼にとってどうでもいい分際だった時だって、何度も地面に放り投げられたような気分になったのに、あの言葉に浮かれた挙句、また落っこちでもしたら、その時はどうなるか分からない。

片想いに慣れすぎたのだろうか。今は、何か起こりもしないうちから彼とぶつかるのが怖かった。自分の恋は、こんなにも怖がりで弱くて未熟なものだった。それでもかなり進歩したと思っていたのに、嫌われるんじゃないかと恐れて近づけなかった少年の頃と、何一つ変わっていないようだ。

視界を覆っていた手をどけた。ムギョンは、目も口もわずかに開けてハジュンを見下ろしていた。何を言えばいいのか分からないという表情だ。ハジュンには、彼の戸惑いが理解できた。自分自身も、今の自分に戸惑っていたから。

「イ・ハジュン……俺は……」

力ない声で、たどたどしく名前を呼ぶ。弁明でもしたそうな雰囲気だったが、ムギョンの口から普段のような巧言は出てこなかった。ムギョンの眉間にも次第に皺が寄った。目の前に立った体を抱き寄せようとするかのように上がった腕が、躊躇った。自分を抱きしめることもできずにモタモタしている彼の姿は、ハジュンには珍しかった。

　だが、ムギョンは躊躇《ちゅうちょ》しつつも結局ハジュンを抱き寄せた。今までにないほど恐る恐る自分を抱く腕の柔らかな圧迫感に、ハジュンもあえて抜け出そうと頑張ったり振り切ったりせず、目を閉じた。

　こんなにも困り果てた彼を見るのは初めてだ。少しも嘘とは思えない謝罪が、耳の上に雨水のように滴《したた》り落ちた。

「俺が悪かった。本当に……本当にごめん。ごめん。ごめん」

　声が震えていた。自分を抱く腕に力が入り、速まった彼の言葉尻が潰れるように濁った。

　ハジュンは答えなかった。ごめんという言葉は嫌というほど聞いた。彼の謝罪が本気でないとは思っていない。もっと謝ってほしいとも、過《あやま》ちを詫びろと強要したいわけでもない。俺が望むなら跪《ひざまず》くと言ってたっけ？　キム・ムギョンが跪く姿なんか、絶対に見たくもない。

　もう平気になったと思っていたのに。大げさに痛がっているだけなのかもしれないが、仕方ない。転んだ子どもは、知らんぷりして放っておけば泣きもしないが、構うと泣くという。可笑《おか》しなことだ。ムギョンに無礼に振る舞われていた時には、彼に巻き込まれたくないという意地に埋もれ、サッと軽く撫《な》でれば乗り越えられると思っていた傷の数々が、彼の労いを前にすると余計に痛みが増すようだった。

「どうすればいいんだよ。どうすれば……」

　ムギョンの囁きは、後に続く言葉を見つけられずに濁った。

　どうすれば、また俺を好きになってくれるんだ？　そう尋ねられたら、ハジュンは「まだお前のことが好きだ」と答えるだろう。

　どうすれば俺を許してくれるのか？　そう尋ねられたら、ハジュンは「もうお前を許した」と答えるだろう。

「どうすれば……また俺の隣にいてくれるんだ？」

　ハジュンは答えなかった。彼自身も答えを見つけられないかのように、ムギョンの胸に抱かれた体が微かにうごめいた。ムギョンは歯を食いしばった。

　すべて自分のせいだ。ハジュンが惜しげもなく自分に体を差し出してくれた時、好きだという気持ちを露わにして見せてくれた時、いや、せめて休暇が終わって彼が戻ってきて初めて謝った時にでも正直になっていれば、ここまでのことにはならなかっただろう。

　チャンスはいくらでもあったのに。ムギョンが自責している間に涙を止めたハジュンの、重く沈んだ声が聞こえてきた。

「ポジションを守らないとは言ってない。お前のコンディションのためにも、そんなことはしない」

ストレートな単語は使わなかったが、承諾でもなく拒絶でもない遠回しな返事の意味が、嫌というほどハッキリ分かった。ムギョンの頭の中が燃えていくようだった。ハジュンを暫くじっと見つめていたムギョンは、歯ぎしりをした。

もちろん、彼を抱くのは難しくない。ついさっきまで体を差し出すつもりで車に乗っていたイ・ハジュンなのだから。今だって、脱げと言えば脱ぐだろうし、横になれと言えば横になるだろう。

それなのに、これは一体どうしたことか。昨夜まで、彼の体さえ手に入ればすべてが正常に戻る気がしていたのに、もうそれだけではまったく満足できなくなった。頭の中を支配していた想像のように彼を家の中に閉じ込めて自分だけを見つめさせるにしても、一度認めたこの渇きは解消されないだろう。

ハジュンは静かに尋ねた。

「もう行こうか。お前の家でもいいし。ウチも今日は遅くまで誰もいないけど、ウチでヤるのは、やっぱりちょっとな」

地面に転がっている石ころのように扱って弾いて遊んでいた珠《たま》は、一度その持ち主がしまい込んでしまえば再び手に入れることは難しい、貴重なものだった。

ハジュンを抱き寄せた腕に、さらに力が入っていった。ムギョンは眉を寄せたまま暫く目を閉じてから開けた。言葉に力が入っていった。

「セフレの提案は取り消す」

「……」

「俺はもう、お前と恋人にならなきゃヤらない」

美しい髪から香る匂いや、嗅ぎ慣れた体のにおい、胸に入ってくる体の形、体温まで、何一つムギョンをソワソワさせないものはない。

頭の中では「このままじゃ本当に逃してしまうから、今からでも縛っておけ」とか、「大丈夫だと言っている時に、後悔しないように一回でも抱いておけ」とギャーギャー喚《わめ》く声も聞こえるが、ムギョンは、たった一つの自分の敵に「黙れ」と叫んだ。

腕の力を抜き、体を少し離した。涙は止まったものの目尻は赤いままの白い顔をじっと見つめ、ムギョンは歯を軽く食いしばり、ハジュンの頬の上に唇を落とした。

「明日、練習場で会おう」

穏やかな別れの挨拶を装ったが、一文字一文字を言い捨てている気分だ。ハジュンは、そんなムギョンを力ない目で見てから軽く目を伏せた。

「ヤらなきゃ、お前のコンディションが上がらないんだろ?」

ムギョンは笑いながら肩をすくめた。

「俺のことを嫌いにはなってないって言われたから、耐えられるさ。……今のところは」

「……」

しかし、すぐに余裕を失ったため息が漏れる。

「ああ。一緒にはいたいけど、そんなことをして、自分が何をするか正直自信がない。俺は最低な野郎だからな」

「ヤってもいいって言ってるのに、どうしたんだよ」

「そういうことばかり言うな。本当に、おかしくなりそうなんだから」

ムギョンは腹から込み上げてくるため息を、なんとか飲み込んだ。気になっているのか、なかなか歩き出せずにいるハジュンをやっと送り出し、踵《きびす》を返した。マンションの建物から車を停めた団地の前までの距離が、とても遠く感じられた。乾いた道路が、まるで沼のようだった。

地面にズブズブと沈む足を引きずり、どうにかして車に乗ったムギョンは、倒れ込むようにハンドルに突っ伏した。やっと、ため息混じりの暴言が力なく漏れた。

「あー……クソッ……」

良心はあるので、飛び上がって喜んでくれるなんて期待はしていなかったが、あのリアクションは予測範囲を大きく越えていた。ジョンギュの言う通り、一から千まですべて自分が悪いのだから、他の人を恨むこともできない。

追い回して無理を言っていた時は、涙を見せるどころか、一言もスルーせず、きちんと言い返してきていたから、これほどとは思わなかった。内側からアザになっているとも知らず、肌の表面に絆創膏《ばんそうこう》をいくつか貼ってやって、「大丈夫じゃないか?」と言って終わらせようとするところだった。

今も好きだし、許したとも言っていたが、恋人になるのは難しそうだ。

言葉のブーメランとよく言うように、要約すれば、ハジュンから返ってきた返事は自分が彼にしつこく言っていた言葉と似通っていた。ハンドルに頭を突っ込んで虚空《こくう》を睨みながら、ムギョンは自分にぼんやりと問いかけた。

(これから、どうしよう)

これだけはハッキリしていた。片方にだけ有利なルールで回っていた不公平なお試しゲームは終わり、ボールはすでにハーフラインに置かれているということだ。

仕方ない。最終防衛ラインを越えてゴールを決めるのがフォワードの仕事である以上、手段や方法は、これから頭が爆発するほど悩むしかない。

嫌いになったと言われれば、また好きにさせるよう頑張り、許せないと言われれば、許してもらえるように努力するが、どこから攻略すべきかも分からない。ガチガチに緊張してむやみに鉄壁を張るだけの防御より、必要に応じて隙すらもコントロールする流動的な守備のほうが、フォワードにとっては厄介だということを、ハジュンは知っているに違いなかった。

残念ながら引退はしたものの、さすが韓国代表選手だったディフェンダーだ。

14

ロッカールームに入ったムギョンを、ジョンギュがまじまじと見つめた。

最初は黙ってその視線を受け流していたムギョンも、結局耐えられずに彼の顔を軽く叩《たた》いた。

「そんなに見るなら、金を払え。穴が空いちまう」

「つーか、練習しに来るだけなのに、なんでそんなにキメてるんだ？　授賞式にでも行くのか？」

「これしきのことで」

普段もおでこを見せるヘアスタイルではあったが、今日はオールバックで額を完全に出して練習場に現れたムギョンを、しきりにジョンギュがからかった。

チッ。ムギョンは舌打ちをした。ヨーロッパでサッカー選手といえば普通は人よりもファッションに気を遣うし、オシャレの仕方も千差万別だからこんなことをネタにからかってくる人なんかほとんどいないのに、ここじゃ少し目立つだけでお節介の嵐だ。もちろん、みんながジョンギュのようにムギョンをからかうわけではなかった。

「素敵ですね、ムギョン先輩。今日はどこかいいところへ行くんですか？」

「練習場が一番いいところだろ」

「さすが、ムギョン先輩」

イ・ハジュンがいるんだから、一番いいところじゃないか？　ムギョンは鼻で笑って、練習場に出た。暑さも峠を越え、野外練習にピッタリの季節になりつつあった。

ハジュンがお気に入りだという額が完全に露《あら》わになるようにヘアスタイルも変え、最近はコンディションがメチャクチャで適当だった髭剃りも、今日は丁寧に仕上げた。元がかなりいいので、少し気を遣っただけでも見違えた。だから野郎どもが揃《そろ》いも揃って大げさに騒いで目を向けるのも仕方ない。

一晩中悩んだものの、この状況を今すぐ解決できそうな、これといった名案は思いつかなかった。一人でウジウジ固執したところで、静まったハジュンの想いは蘇《よみがえ》らない。固執するエネルギーがあるなら、もう一度振り向かせるために少しでも努力したほうがいい。

誰かを誘惑する際に、ルックスを強調するのは基本中の基本だ。ハジュンは夢うつつでも俺の顔が好きだと言うくらいだったから、尚更だった。

ハジュンとの会話でまったくいい結果を得られなかったにもかかわらず、わざと彼につらく当たろうと努めていた時に比べれば、ずっとやる気が出た。いつも気の向くまま喚《わめ》きながら生きてきたので、あれこれ悩んで行動するのは性に合わない。少なくとも今残っている選択肢は、攻撃《アタック》だけではないか。

自分の欲望を肯定するだけでも、人は追い風に乗るのだ。その事実を知らなかったわけでもないのに、初めて感じるタイプの混乱だったせいか、あまりに長いこと無駄骨を折っていた。

外に出る前に鏡を見て、身だしなみの最終チェックをしていると、ジョンギュが近づいてきて声を落とした。

「お前、あの日ハジュンとはどうなったんだ？　上手く解決できたのか？」

「人のことには首を突っ込まないって決めたんじゃなかったっけ？」

「バカ野郎、これは例外だ。気にならないほうがおかしいだろ」

そんなジョンギュを疎《うと》むような目で見つつ、ムギョンは一文字ずつ、ハッキリとした発音で一蹴した。

「ほっとけ」

この野郎、礼儀がどうのこうのと続く小言を背に、ムギョンはロッカールームを出た。人の気も知らないで、根掘り葉掘り訊《き》いてきやがる。言うほどのことがないから、言わないんだろうが。

だが考えてみると、ジョンギュのおかげで状況が変わったという面がないわけでもない。後で娘にプレゼントの一つでも買ってやれば、たちまちヘラヘラするだろう。

青い空の下の緑色の芝生。眩《まばゆ》い風景の真ん中に、ハジュンはすでに出てきていた。この胸の中でグズグズ泣いていた姿は影も形もなく、大人びた表情だった。ノートをめくりながら立っている彼の横顔に、感嘆のため息が漏れた。

今まで何度も思ったことに、今日も変わりはなかった。練習場に閉じこもっているにはもったいない美貌だ。もちろん、だからといって、わざわざ人の多い場所に連れていって見せびらかしたいという意味ではない。

「コーチ！」

足を止め、知らず知らずのうちに口も軽く開けたまま、若草の茂る牧場にいる白いユニコーンのような姿に見惚れていると、突然割り込んできたオランウータンみたいなヤツがダダダッと走ってきて、ハジュンを背後からガシッと抱き寄せた。ノートを読むのに集中していたハジュンは、ビクッと驚いて振り返った。

ハジュンが何か答えもしないうちに、ムギョンはズンズンと早足で歩いていって、オランウータンの腕を掴《つか》んでハジュンの体から引き剥がした。オランウータンとハジュンが同時に面食らって、ムギョンを見つめた。

「集中してる人の後ろから、あんなふうに飛びついたら、怪我《けが》させるかもしれないだろ」

ムギョンが低い声で叱ると、オランウータンはばつの悪そうな表情になって俯《うつむ》いた。

「すみません、コーチ。ちょっとふざけただけで……、そんなつもりじゃありませんでした」

「いやいや。キム・ムギョンが大げさなんだよ。気にしないで」

ハジュンが慰めたが、それでもムギョンの険悪な雰囲気が気になるのか、その選手はすぐにその場を離れた。ハジュンの隣には、ムギョン一人だけが残った。

ムギョンは顔を軽くしかめて練習場を見渡した。どこもかしこも、いかがわしい男どもがウヨウヨしている。バイキンのようなヤツらめ。俺だってむやみには触れないのに、他のヤツに手出しさせるわけにはいかない。ハジュンにとっては、あまりにも危険な勤務環境だった。

「キム・ムギョン……」

やれやれと首を横に振っていたムギョンは、ハジュンの呼びかけに横を向いた。彼は硬い表情でノートだけを見下ろしながら言った。

「さっきの、どういうつもりだ？」

「俺が何か間違ったこと言ったか？　ああいうおふざけが、一歩間違えれば本当に怪我を呼ぶんだ」

「仕事の邪魔をするんじゃない。またヘンな想像して、関係ない選手に絡むな」

ムギョンは短い沈黙を飲み込んで答えた。

「ヘンな想像なんかしてない」

あらぬ想像など、本当にしていなかった。けれども、他のヤツらが好き勝手に身を寄せて抱きしめている様子を、どうして黙って見ていられようか。だが、そんな説明をしたところでハジュンは同意してくれそうにない。ムギョンは静かにハジュンのそばに張りついてから、彼を呼んだ。

「イ・ハジュン」

「なんだよ」

「ちょっと俺を見ろ」

ハジュンが「なんなんだ?」という目でムギョンを見上げた。ムギョンが咳払《せきばら》いをすると、ハジュンはぽかんとした口調で尋ねた。

「何?」

何って。ヘアスタイルを変えたじゃないか。

そう目で訴えたが、ハジュンは「本当に分からない」と言わんばかりにキョトンとしてムギョンを見ていた。ちょうどその時、他のコーチたちに呼ばれ、そちらへ向かって歩いていってしまった。

(あの仔牛め、すっとぼけやがって……)

今や心の中で思い浮かべた言葉が暴言として飛び出すことはない。だが、ついにムギョンは心の中で不平を言った。自分の一挙手一投足を分析するイ・ハジュンだ。絶対に気付いていないわけがないのに、すっとぼけて知らん顔してやがる。どうやら、ルックスアピールは大きな成果を上げられずに終わったようだ。


「はい、整列!」

監督の号令で、選手たちが集まった。監督が連絡事項を告げた。

「みんな知ってると思うが、今週はAマッチウィークだから試合はない。だが、招集対象以外の選手は通常練習をして、招集された選手は今日の午後からオリエンテーションが始まるそうだ。しっかり練習して、いい結果を持ち帰ってきてくれ」

いつの間にか、来年のワールドカップに向けて本格的に動き出す時期が近づいていた。開催前年に、各大陸の地域最終予選を勝ち抜いたチームだけがワールドカップ本戦に進出できる。初戦の相手はレバノンで、それほど手強い相手ではない。アジア予選からワールドカップ本戦進出までは、さほど苦労しそうになかったので、選手たちは監督の話を聞いても普段通り淡々としていた。

「イ・コーチ、ちょっとこっちに来てくれ!」

選手たちがランニングをしている間、ベンチの近くに立っていた監督がハジュンを呼んだ。

「なんですか?」

駆け寄って尋ねると、監督が声を少し落として言った。

「イ・コーチ。今度のAマッチに、スタッフとして参加してはどうだ?」

「えっ? 俺がですか?」

韓国代表チームのコーチ陣は年初に協会がすでに選び終えており、新人コーチであるハジュンは当然、その人選に含まれていなかった。思いがけない提案に、ハジュンは目をパチクリさせながらぽかんとした表情を浮かべた。

「いい経験になるんじゃないか? とりあえずは臨時ということだが、今回の働きぶりによっては、来年正式にコーチ陣に入れてもらえるかもしれないぞ」

「すごくありがたい話です。でも、そんな提案が、どうして俺に……」

目を丸くしているハジュンに向き合っていた監督が、少し決まりが悪そうな表情を浮かべた。

「俺が何かしたわけじゃなくて。ここだけの話だが、実はキム・ムギョンのエージェンシーが要請したらしい。あの事務所、協会にかなりの影響力があるだろ?」

「……」

「キム・ムギョンが、イ・コーチが一緒じゃなきゃイヤだって言ったらしいぞ? お前たち、本当に仲良くなったみたいだな」

ハハッと笑う監督は、心から満足しているように見えた。ぎこちなく愛想笑いをしていたハジュンは複雑な気持ちで、ランニング中のムギョンに目を向けた。

もうコンディションは完全に回復したのか、今日はまたピョンピョンと飛び回っている。「お前とセックスできなきゃ、死んでしまう」と言ってウジウジくよくよしていたのに、ヤらなくてもずいぶんと元気そうだ。昨日、さほどいい結論で会話が終わったとも思えないが、意気揚々として、しっかりオシャレまでして、完全に元気を取り戻したようだ。

後になっていつも思うのは、「この世で一番無駄な心配は、キム・ムギョンの心配だ」ということだ。ハジュンはフィールドに戻る代わりにベンチに座り、遠くから選手たちを見つめた。

来年には、またワールドカップが帰ってくる。

三年前のイ・ハジュン最後のワールドカップは、本当に「過去のこと」になってしまった。

「キム・ムギョンがいるんだから、ベスト16進出くらいは可能じゃないか?」と、韓国中がワクワクして、いつになく期待を寄せていたワールドカップだった。だがいざ始まってみると、それまでのどの大会とも比較にならないくらい無残に終わった。

ベスト16に進出失敗などというのは毎度のこととはいえ、ワールドカップの期間中、韓国代表チームに対する世論やチーム内の雰囲気があそこまで険悪だったことは、ハジュンが知る限り、近年のワールドカップでは一度もなかったのだから。

それでも自分にとっては、悪くない最後のワールドカップだった。スタメンでムギョンと一緒に試合に出たいという夢も叶《かな》ったし、たとえ負け試合に終わり、しかもムギョンはまともに覚えていなかったにしても、彼のゴールにアシストで寄与もしたし、彼が笑いながら自分を抱きしめてくれたのだから。

ハジュンは、よく「もっと評価されるべきだ」と言われる選手だった。国内リーグのサッカーマニアたちの間では認知度も高かったし、代表チームにもコンスタントに招集されていた。だが、主戦メンバーではなかったので、世間からは大して注目されていなかった。

成り行きで始めたにしてはかなり上手くいったほうだとは思うが、それでも現役時代にずっと運が味方してくれたわけでもなかった。ハジュンの役割を効果的に活用する戦術を駆使できる監督に、あまり多く出会えなかったというのが一番大きかった。

あのワールドカップでのアシストを含めた複数の活躍により、ハジュンはほぼ初めて世間の注目を浴びた。その可能性を真剣に想像したことすらなかったヨーロッパ進出も、契約段階までいった。注目されるのが遅かったとはいえ、まだ二十三歳だったたし、そこから物事が上手く運んでいたなら、今までの運のなかった頃のことなどは、すべて忘れていただろう。

考えてみれば、そういった流れにもムギョンの功労はあった。ギスギスしたチームで、まともに練習もできずにいた中、彼に正確なクロスを上げることができたのは、普段からキム・ムギョンのサッカーについて研究しまくっていたおかげだったから。あそこを走っていたのがキム・ムギョンじゃなかったら、自分もあそこまで力を発揮できなかっただろう。

思い出に浸っていたハジュンは、記憶を振り払うように頭を振ってベンチから立ち上がり、ムギョンを見た。まったく、天邪鬼《あまのじゃく》なヤツだ。イヤだイヤだと言っている時は「ヤろう」とうるさかったのに、分かったと承諾した途端、「そんなふうにはできない」と言って聞かない。

　ムギョンが何を望んでいるのかは分かっている。衝動にせよ気まぐれにせよ、今の彼は恋愛がしたいのだろう。できることなら望み通りにしてやりたいが、彼が頭の中に描いているであろう優しい恋人役を受け持つには、少なくとも今の自分はあまりに疲弊している気がした。

　職場でたまに会う人たちの前で笑ってみせるのは簡単だが、ムギョンといる時は違う。セックスだけの関係だった時だって、喜怒哀楽を味わい尽くしたというのに。経験はないが、恋人というものは当然それよりもずっと密接な関係に違いない。

　それだけ大きな感情の振り幅に耐える自信は、まだなかった。何をどこまでどう考えるべきか要領も掴めないのに、相変わらず頭の中はひたすら複雑だった。やはり人間には、体だけではなく心にもリハビリが必要らしい。リハビリが終わっても、ムギョンが自分に興味を持ち続けているかどうかは……正直期待していなかった。

とにかく、良かった。別に俺と関係を持たなくたって、キム・ムギョンのコンディションは好調なようだから。

＊　＊　＊

　Aマッチに招集された韓国代表選手たちの練習場所は坡州《パジュ》[6]にあるトレーニングセンターだった。シティーソウルからはムギョンとジョンギュが招集され、ハジュン以外にももう一人がスタッフとして参加することになった。

　トレーニングセンターに入ったムギョンは、今日もめげることなく額を露わにしたヘアスタイルだった。彼はハジュンを探してキョロキョロした。昨日、練習から一緒に帰ろうとしたのに、ムギョンがロッカールームにいる間にハジュンはいち早く帰宅してしまったのだ。

「よぉ、ジョンギュ」

　入口から入るや否や、一人の選手がジョンギュに近づきながら声をかけた。彼はジョンギュと軽くハイタッチをした後、隣に立っているムギョンをチラリと確認した。すぐにジョンギュがしゃしゃり出た。

6　訳注：ソウル市から見て北西に位置する京畿道（キョンギド）にある市。ソウル中心部から車で四十分ほどかかる。

「久しぶりだろ？　挨拶しろよ。ヒョンジンは今回、夏の移籍市場でカタールへ移ったんだ。あっちは、どうだ？」

「人が住むところなんて、どこも一緒さ。でも、慣れるまでちょっと時間がかかりそうだ。キム・ムギョン、久しぶりだな」

ムギョンは暫《しばら》く無表情で彼を見つめていたが、すぐに微笑《ほほえ》んで手を差し出した。

「ああ、久しぶり。今回も頑張ろうな」

挨拶を交わした相手の選手は、握手を受け入れながらも少し意外そうにムギョンをチラリと見て、軽く雑談を交わしてからその場を離れた。ジョンギュが声を抑えて言い聞かせた。

「余計なことを言わずに、しっかり挨拶回りしろ。お前としょっちゅう会ってる人もいるけど、そうじゃない人もいるから……。自分からアピールして、愛想よく振る舞え」

「分かった」

ムギョンは小さくため息をついた。みんなと仲が悪いわけではなかったが、ここに集まっている人たちの中には、ジョンギュの言う通りムギョンにいい感情を持っていない人も混ざっている。言われなくても、自分が一番よく分かっていた。

韓国代表招集は毎年あるので、あのワールドカップ後も一年に数回ほど会い、共にプレーもした。

だが、大規模なトーナメント戦がない時の親善試合は、ほとんどが一回きりの大会だ。多忙な選手たちがバタバタと集まって、どうにかこうにか足並みを揃え、わだかまりを解決する暇もなく別れる。ワールドカップのように長期間を共にしつつ、前回と違う結果を出すためには努力するしかなかった。

頭が痛くなると、ハジュンに会いたくなった。ムギョンは急いで視線を動かし、スタッフたちが集まっているところを見た。すると、彼の目が見開かれた。

「なんだ」

ムギョンの口から飛び出した一言に、ジョンギュが尋ねた。

「何が？」

「あいつもコーチとして来てるのか？」

「誰？」

ジョンギュが、ムギョンの視線を追った。

「ユンとかいうヤツさ」

「チェフンさん？　当たり前だろ。フィジカルコーチは何人もいないんだから、そりゃ任命されただろうよ。来年のワールドカップの準備のために韓国に帰ってきてくれって頼んだって噂《うわさ》もあるし」

ジョンギュが目を細めた。

「お前、またチェフンさんを目の敵《かたき》にしてつらく当たるなよ。あの時は外部練習だったたし、チェフンさんがうちのチームの所属じゃなかったから何事もなかっただけで、ここであんなことしたら、お前マジで暴言吐かれて殴られるかもしれないぞ。初日からゴタゴタを起こさないで、大人しくしてろ」

ジョンギュの言葉に答えもせず、ムギョンはそっちのほうばかり見ていた。案の定、ハジュンは彼の隣にピッタリくっついて立っていた。自分の前にいる時とは違い、いつものようにニコニコ笑って。自分とああなってから、ずっと元気がなさそうだったのに、ユン・チェフンと会うや否や、あんなに生き生きするなんて。

バカらしい。代表チームのコーチ陣にハジュンを入れてくれと要請したのは、自分と一緒にいさせたかったからで、ユンの野郎にくっついている姿を見るためなんかじゃない！

もう自分は近くで笑顔も見られないというのに、あの既婚男はあんなにかわいい微笑みの洗礼を滝のように受けているなんて。人にいい思いばかりさせているという鬱憤に歯ぎしりをしているというのに、人の気も知らずにジョンギュが言った。

「突っ立ってないで、挨拶しに行こう。チェフンさんとも打ち解けてからスタートすれば、その後のことも順調にいくもんだ」

「イヤだ」

「おい、何がイヤなんだよ。幼稚園児みたいな真似《まね》はやめろ」

ジョンギュが背中をバシッと叩き、脚に力を入れて踏ん張っていたムギョンを引きずっていった。スタッフ陣に近づいたムギョンが顔を硬くしている間に、ジョンギュが先に声をかけた。

「チェフンさん！　こんにちは」

話に熱中していたチェフンとハジュンが、同時に振り向いた。

「ああ、ジョンギュか。やぁ」

「うちのチームからは、俺とキム・ムギョンが招集されました」

ジョンギュが「早く挨拶しろ」と催促するように、ムギョンの肩に腕を掛けた。ムギョンを見つめるチェフンの目は冷たく、ムギョンの目も石のように硬かった。

みんなが楽しげに挨拶を交わしているトレーニングセンターの中、二人の間にだけ目に見えない緊張が立ち込め、空気が薄氷のように凍りついた。ムギョンの視線が、無意識のうちに隣に立っているハジュンに向かった。

目が合った瞬間、肩の力が抜けた。心の中で諦め混じりのため息をつきながら、ムギョンはペコリと会釈をした。

「代表チームでも、よろしくお願いします」

ジョンギュすら驚いたのか、一瞬静寂が流れた。

ムギョンの丁寧な挨拶に一番驚いたのは挨拶をされた当の本人であるチェフンだったようで、彼はすぐには返事もできずに目を丸くしてから、咳払いをして笑ってみせた。

「ああ。こちらこそ、よろしく。今度は、しっかり呼吸を合わせような」

「はい」

原因や発端はともかくとして、一度こじれた関係、しかも、意地を張っていたほうから下手に出るのは、プライドが傷つくことだ。

ムギョンは、後ろ手に組んだ手でギュッと拳を作った。仕方なかった。必ずしもジョンギュが言ったように韓国代表チームの雰囲気を和やかにするためや、自分のイメージ管理のためではなかった。さっき目が合ったハジュンの表情が、ムギョンに頭を下げさせたのだ。

あんなに不安げな顔で俺を見ることか?

ついさっきまで、ユンの野郎の前でニコニコ笑っていたくせに。

そういう関係ではないという言葉を、もう怪しんではいない。だが、それとは無関係に、ハジュンがユン・チェフンの前だけでいつも見せる笑顔のせいで、彼のことが気に食わなかった。あの表情さえなければ、最初から二人の関係を怪しんだりしなかったかもしれない。相手を心から信じ、頼り切っている安らかな笑顔。

好きだという自分には一度も見せてくれたことのない表情だった。最初は自分の前ではいつも顔を硬くしてばかりだったし、その後よく笑顔を見せるようになってからも、ムギョンは自分に向けられたハジュンの笑顔にあんな安らぎを感じたことは一度もない。まだまだ先は長いということを実感した。

まだ笑わせることはできなくても、もう好き勝手に行動して彼を不安にさせたくなかった。

ハジュンも今回の代表チームの一員になれるのならば、なおのこと来年まで無事チームを引っ張っていき、前回のワールドカップの時とは違う結果を出したい。チェフンが手で合図をしながら言った。

「そろそろ選手たちが集合するみたいだ。早く行きなよ」

「はい」

もう一度ハジュンと目を合わせてから、ムギョンは背を向けてどこか虚空《こくう》を見つめながらとぼとぼと歩いた。他の選手たちに混ざって監督の前に整列したムギョンは、今まで見逃してきた新しい可能性に気付き、夢中で考え込んだ。

もう二人の関係を怪しんではいないが、一時はハジュンの不倫相手、けしからんよそ者男扱いしていたチェフンの存在は、ムギョンの中で新しい疑問を派生させた。

今のように関係がこじれるまで、ハジュンはそれほどセックスを嫌がったことはない。遠慮するどころか、ヤるたびに感心するほど敏感に反応して、感じまくっていた。

あんなに抱かれるのが好きなヤツに向かって、俺はただ自己満足のためだけに「セックスはしない」と負け惜しみを言ってるんじゃないだろうか。

たしかにハジュンは肉体関係まで拒むことはなかった。誰かに強要されているわけでもないのに、ムギョン一人が我慢しているだけ。

もしかして……俺はイ・ハジュンに禁欲を要求しているんだろうか。

こんなことをして、イ・ハジュンが欲求不満にでもなってしまったら、どうしよう。

急に焦《あせ》ってきた。付き合っているわけでもないし、以前のように相手はお互いだけだと約束したセフレ関係でもない。ハジュンが思う存分他の人と付き合ったり寝たりしても、自分には何も言えない。特に最近のような状況では、尚更。

ユン・チェフンのような既婚者でなくとも、この世には男が山ほどいるし、ハジュンがその気になりさえすれば、どんな男だろうと落とすのは簡単だ。今も俺のことが好きだと言ってはいたものの、こんな状況になってしまったからには、その言葉が必ずしもムギョン以外の男との可能性をシャットアウトするという意味には思えなかった。それだけは絶対にイヤだ！

　考えもしなかった落とし穴に遅まきながら気付いたムギョンは、不安な表情でハジュンを見つめた。彼は、ムギョンの知らない誰かの近くに立って何か話をしていた。どこへ行ってもバイキンの襲撃は避けられない。しかし、よそ見をする暇もなく、すぐに基礎練習が始まった。

＊　＊　＊

　招集初日の練習は、比較的短めだった。それでも、それぞれ別のチームでプレーしている選手たちが一か所に集まって足並みを揃えたせいか、練習が終わった頃には、普段の何倍も動いたかのように選手たちは皆疲れ切っていた。

　ぱらぱらと帰っていく選手の群れに混ざり、シティーソウルのメンバーたちもトレーニングセンターを出た。ムギョンはジョンギュと、ハジュンはチェフンと並んで。チェフンが言った。

「ここからバスで帰ると、かなり時間がかかるぞ。ハジュン、乗せてってあげるよ」

「ありがとうございます、チェフンさん」

「坡州《パジュ》まで通うのは、大変だろ？　招集練習がある間は、一緒に通おうか？」

「いいんですか？」

　ありがたい話だった。だが、あまりに迷惑ではないだろうか。返事に悩んでいると、ポケットの中の携帯電話が鳴った。取り出すや否や、画面に映し出されたメッセージがハジュンの目に入ってきた。

［一緒に帰ろう。駐車場で待ってる］

　ムギョンから送られてきた短い文章。ハジュンは暫くそれを見下ろしていたが、何も返さず携帯電話をポケットに入れた。

「チェフンさん、そういえば俺、ソウルの練習場に寄らなきゃいけないんでした。チームの人に乗せてもらいます」

「そうか？　分かった。じゃあ、また明日。しっかり休んで。ユン運転手が必要なら、いつでも言えよ」

「はい。ありがとうございます、チェフンさん。お気を付けて」

　チェフンを見送ったハジュンは、飽きもせずに車が一台、また一台と出ていくのを見守った。雨の日に玄関で傘を持って迎えにきてくれる人を待つかのように突っ立っていたハジュンは、トレーニングセンターの外はもちろん室内ロビーまでが閑散となって初めて、ゆっくりと歩き始めた。人々が乗ってきた車はほとんど出ていき、駐車場もひっそりしていた。だが、一見して高級車と分かる車が一台ぽつんと残っていた。

(……あんなに大騒ぎして、一日持ったなら、いいほうだよな)

少しシニカルに考えながら、ハジュンは車に近づいて助手席のドアを開けた。運転席に座って携帯電話を見ていた男が、ハジュンのほうを見てニッと笑った。

ずっと待っていただろうに、「どうしてメッセージに返事をしなかったのか」とか、「なぜこんなに遅いのか」などと文句を言うことも一切なかった。こいつなりに配慮しているつもりなのかもしれないが、突然の親切一辺倒な姿は、ハジュンにとってはただ気まずいだけだった。

シャワーを済ませた彼の額に、前髪が下りていた。つい視線をそれとなく額に固定すると、ムギョンはそんなハジュンの視線を追い、鏡で自分の顔を見てまた笑った。

「ああ、今日はどこが変わったか分かるか?」

ギクリとしたハジュンは、黙って顔を正面に向けた。ムギョンはあえて返事を求めず、他の質問をしつつ車を出発させた。

「どこへ行こうか? 今から何か予定はあるのか?」

「いや」

「今日のスケジュールは終わり?」

「うん」

後ろに流れていく風景を見ながら、ハジュンはぼんやりと明日の出勤ルートを考えた。京畿道《キョンギド》の外れにあるトレーニングセンターからソウル市内まで、かなり時間がかかる。代表チームのコーチとして参加できることになったのはうれしいが、マイカーなしでの通勤は少しきつい。やはり後でチェフンに連絡して先ほどの厚意に甘えようと思っていると、突然ムギョンが尋ねてきた。

「晩メシでも一緒にどうだ?」

「……いや。食事は家族とすることにした」

「じゃあ、そっちの席の前にある収納ボックスを開けてみてくれないか? ちょっと物を取ってほしいんだ」

かなり日も落ちたというのに、サングラスでもかけるつもりなのだろうか。疑問に思ったが、ハジュンは大人しくグローブボックスを開けた。中には他にゴチャゴチャと入っている物もなく、小さな箱がぽつんと入れられていた。ハジュンは、それを取り出してムギョンに差し出した。

「これ？」

「ケースも開けて」

また言われた通りに蓋を開けた。分離する構造ではなく、上蓋と下がくっついたまま開け閉めできるように作られた、かなり高級そうなケースだった。蓋を開けたハジュンは、そのまま動きを止めて中身を見下ろしてから、ムギョンに尋ねた。

「これが今、必要なのか？」

ケースに入っているのは、こちらも明らかに高級そうな腕時計だった。濃い茶色のレザーベルトに、軽くピンクがかった金のフレームとバックル。短針と長針と秒針もフレームと同じ色の金属でできていて、文字盤も同じ材質で飾られていた。

文字盤の上部中央に小さく刻まれたブランドネームは、こういったものに疎《うと》いハジュンでもすぐに分かるほどのものだった。正確な値段は分からないが、こういう腕時計が車一台分くらいすることくらいは聞きかじっていた。

ムギョンはすでに片方の手首に腕時計をつけていたし、両腕にジャラジャラと腕時計をつけて金持ち自慢をするのでなければ、今これが必要とは思えなかった。

「当分、二人きりで話をする機会もあまりなさそうだから、できるだけ時間を有効活用しないとな。気に入るかどうか、つけてみろよ。お前はメタルバンドのものよりも革のほうが好きそうな気がしたから、そっちのタイプのにしたんだ」

その腕時計の持ち主が誰なのかやっと気付いたハジュンは、眉間に深く皺《しわ》を寄せながら箱を元通り閉じてしまった。

「要らない」

「どうして？　お前だって、腕時計は使うだろ？」

「俺のは、練習の時にタイムを計るのに使うんだ。こんな高級時計は必要ない。邪魔になるだけだ」

ハジュンはグローブボックスを開け、箱を元の場所に戻した。ムギョンはハンドルを握ったまま肩をすくめた。

「じゃあ、ショッピングにでも行こうか？　必要なものでも、欲しいものでも、なんでも買えよ」

「いい。必要なものも、欲しいものもない」

「……じゃあ家族にプレゼントは？　お母さんや弟妹にプレゼントをあげたら、喜ぶと思うけど」

「理由のないプレゼントを喜ぶ人はいない」

「理由はあるさ。この前、一晩世話にもなったし、お礼のプレゼントだ」

ハジュンが「疲れた」と言わんばかりにため息をついて冷ややかな雰囲気を醸し出すと、ムギョンは口をつぐみ、そんなハジュンをチラリと見た。暫く黙って前を見つめていたハジュンが声を低めた。

「前にスーツを買ってくれた時、セックスする関係だから受け取ってもいいって言ったよな」

「……」

「今は何もしてないんだから、こんな物を受け取る理由はないじゃないか」

「イ・ハジュン。あの時は、お前がわざわざ理由を訊くから」

「似合いもしないくせに、どうしてそんなに回りくどいんだ？　ヤりたいならヤりたいって言えよ。お前がヤりたいならヤるって言っただろ。一人でヘンな責任を感じたりせずに、お前のしたい通りにしろってば」

「したいから、こうしてるんじゃないか」

ハジュンは答えず、ムギョンもそれ以上言葉を続けられず、ため息をついた。無言のまま車は暫く走り、このまま終わってしまうかと思われた会話をムギョンが続けた。

「言っただろ？　俺は今、お前と恋人になりたいんだ。でも、お前がイヤだって言うから、プレゼントでも贈ってカッコつけたかったんだ。他意はない」

「……」

「あの時だって、あげたいからあげたんだ。お前とセックスする関係だからって、その契約金代わりにやったんじゃなくて」

ハジュンは黙り込んでいた。固く閉ざされた助手席の前のグローブボックスを見ながら、ムギョンは心の中で軽く愚痴をこぼした。一億ウォン以上はするものなのに、一度もつけることなく突き返されるとは。ルックスアピールに続いて、財力アピールも失敗だった。

そういえばあの時も「こんな高価なスーツ」と文句を言われて、「セックスする関係で、この程度も受け取れないのか」と、やり合った気がする。自分が口にした言葉なんか、こっちはいちいち思い出せないのに、ハジュンはすべて心に留めているようだ。盗みがバレる寸前のコソ泥のように心が重かった。

自分の些細《ささい》な記事を一つひとつスクラップして保管し、

些細な練習項目一つひとつを毎日すべて記録しているイ・ハジュンだ。なんの気なしに吐き捨てた言葉だって、スクラップして記録している可能性も十分ある。他にヘンなことは言っていなかっただろうか。そう考えると、何か一言口にするのも気が重くなった。

二人とも黙りこくってしまい、重くなった空気を希釈しようとムギョンは途中から音楽をかけた。いつもハジュンと二人きりで車に乗っている時は、ラジオや音楽はまったく聴かなかった。イ・ハジュンといる時の沈黙を苦しく思ったこともないし、音楽よりも、時折自分に言葉をかけたり返事をしたりするハジュンの声を聞くほうが好きだったから。

堂々と誇れる長所といえばルックスと財力の二つなのに、そのどちらも効かないなら、一体何をアピールすればハジュンの心を取り戻せるのだろうか。夏の日に防疫車が撒《ま》く殺虫剤で遮られた視界のように、目の前が真っ白だった。

息が詰まるような雰囲気の中、それでもこの道がずっと続いてほしいと願った。しかし、無言で道路を走っている間に、車はハジュンの住むマンション団地の前に到着してしまった。

今すぐゴールを決められないなら、せめて失点くらいは防がねばならない。一緒に車で練習に通えば、少なくともイ・ハジュンが他のヤツらから狙われることは防げるだろう。代表チームのトレーニングセンターはソウル市内からかなり遠いから、車に乗せてやるとハジュンに言ってくるヤツらも当然いるはずだ。ユンの野郎はもちろん、自分以外誰の車にも乗せたくなかった。

「明日の朝も、ここに来るよ。トレーニングセンターに通う間は、一緒に乗っていこう。さっきみたいに、お前に不快な思いはさせないから」

ハジュンはすぐには答えずにいたが、訝《いぶか》しげな表情を浮かべてムギョンを見て言った。

「キム・ムギョン。俺は、お前の恋人になるつもりはない」

「わざわざ何度も言わなくても、分かってる」

「それでもお前とセックスはするって言ったのは、俺とヤらなきゃコンディションが悪くなるって、お前が大騒ぎするから」

「ああ。それも分かってる」

ムギョンをじっと見ていたハジュンは、顔を正面に向けて髪をかき上げた。

「でも、俺が思うに……もう俺とヤらなくても、問題なさそうだけど」

「……」

「セックスも必要ないなら、正直もう、こんなふうに同じ車に乗って一緒にいる必要もない。俺は今日、お前が俺と寝るつもりなんだと思ったから乗ったんだ」

やっとハジュンが何を言っているのか分かったムギョンが、皺を寄せた眉の下にある目を大きくしてから、再び細めた。

「まだ俺のこと好きなんだろ?」

「言ったじゃないか。俺は好きだからって、必ずしも恋人になったり……しなくてもいい」

ムギョンは、彼の言葉を再び思い出した。一人で俺のことを想っていた時は、つらくなかったと言っていた。片想いのほうが楽で、付き合うのがつらいだなんて。普通の人の考えとは正反対だ。

しかし、単に独特な思考回路だと思うわけにはいかない。イ・ハジュンだって、最初からそうだったわけではないのだから。彼は、すでに一度勇気を出して失敗した上で結論を下したのだ。ああいう結論を下すまでの過程を、ムギョンは誰よりも一番よく知っていた。自分自身の行動こそが、その過程そのものだったから。

まだ自分のことが好きだという言葉も蜃気楼《しんきろう》のように思えるが、そのたびに思い出すのは、ハジュンの部屋で見た十年分の想いの年輪だった。石の塔のように積み上げてきたであろう時間が一瞬で消えてしまうなんて、彼が言うよりもずっと非現実的に思える。高層ビルが一瞬で崩れるなんてことは、現実ではよくあることだが。

「まだ好きだからって、これからもずっと好きでいたいって意味じゃない」

「……」

「お前には、俺の言うことがどう聞こえるか分からないけど……俺は、そうなんだ」

やむを得ずバレてしまったし、意思に反して未練が胸をかき乱してはいるが、ムギョンに向かった気持ちをかき消すために努力しているところだと、まるでハジュンはそう言っているようだった。

強大な不安感が「せめて残ったエサだけでも早くかっさらえ」と急《せ》かす。だが、ここで「じゃあセックスでもしよう」とがっつくのは、どう考えてもすべてを崩壊させてしまう選択肢に思えた。いくら視界が真っ白でも、掻《か》き分けて前に進まなければ。怖がって妥協したら足踏みし続けることになるだろうという予感にゾッとした。俺が散々あんなことをしたせいで、イ・ハジュンまでこんなふうになってしまったんじゃないか。

ハジュンのせいで途方に暮れながらも、可笑《おか》しなことに、彼が書いた文字が頭の中で彼の声で再生されつつムギョンを応援した。できるぞ、キム・ムギョン。頑張れ。

「イ・ハジュン。時間をくれ」

「……」

「昔のよしみってのもあるし、挽回《ばんかい》するチャンスくらいくれたっていいだろ？　そしたら、お前の考えだって変わるかもしれないし。いや、俺が必ず変えてみせる。俺を好きになったことを後悔させないようにするよ」

ハジュンが小さくため息をついた。壮大な覚悟の末に急激にスケールの小さな話を口にしようとすると面映ゆくなったが、ムギョンは屈することなく言葉を続けた。

「だから、とりあえず……俺の車で通おう」

ムギョンの顔は、ついさっきまで浮かべていたやけに余裕ぶった微笑みも消え、「このオモチャを買ってくれない？」と尋ねつつ親の顔色を窺《うかが》う子どものような印象を、いっぱいに含んでいた。

黙っていると近寄りがたいほど鋭く傲慢な見た目のくせに、あの顔で子どもみたいな雰囲気を醸《かも》し出せるのも才能だと思いつつ、ハジュンは彼を見た。

ジュニアユースサッカーチームのコーチとして働いていた頃、「一体どうしてやればいいのだろうか」と悩まされた子が一人いた。なぜかその子と向き合った時のような気分に囚《とら》われた。

そして、どうにも参ってしまう。そんなことしちゃダメじゃないか？　フニさんに迷惑をかけるよりはマシだから。そう自分自身に質問と弁明を交互に向けてから、最後には頷《うなず》いた。微笑みながらシートベルトを外すムギョンを、ハジュンが止めた。

「降りなくていい。一人で帰るから」

「……」

「成り行きで、たまにならともかく、しょっちゅうウロウロされたら誰かに見られるかもしれないし、気になるんだ」

ハジュンは完全に車から降りた。それ以上ゴネることもできないので、ムギョンは外したシートベルトを手離すこともできず、スッキリしない表情でハジュンを見つめた。

彼は一言で次の行動を指示した。

「帰れよ」

ムギョンは暫く躊躇《ためら》っていたが、すぐに諦めたかのように頷いた。車を出発させるまで、ハジュンはその場から微動だにしなかった。バックミラー越しに小さくなっていく彼を見ていたムギョンは、覚悟を新たにした。

イケてるルックスも通用せず、高価なプレゼント作戦も失敗なら、残る方法は一つだけだった。暫くコンディションが低下してフラフラした姿ばかり見せていたから、次の試合で活躍してカッコイイ姿を見せてやるのだ。イ・ハジュンはサッカー選手キム・ムギョンが好きなのだから。試合で蘇った姿を見れば、少しくらいは心が動くかもしれない。

何をやるにしたって、その後だ。それまでは大人しく言うことを聞きながら、地道に運転手役を務めなければ。何事にも、ステップというものがあるのだ。

*　*　*

数日にわたる代表チームの練習期間中、ムギョンはジョンギュと共に他の選手たちと交流し、イメージ刷新にそれなりの努力を傾けた。幸い、代表チームにさほど根に持つタイプの人はいなかったので、ムギョンはほんの少しの努力ですぐにチームに溶け込むことができた。

予選当日、ワールドカップ競技場[7]のロッカールーム。ユニフォームに着替えて試合の準備をしている選手たちの間に、監督が慌ただしく入ってきた。

「急な変更がある」

雑談をしていた選手たちは、おしゃべりをやめて注目した。試合直前での突然の変更は、あまり歓迎されることではない。

「やっぱり、今日はヒョンミンは来られないらしい。盲腸だそうだ」

「えっ?」

選手たちがざわついた。ムギョンも目を見開いた。

彼は今年三十一歳になるミッドフィルダーで、代表チームのキャプテンだった。出発前に、「腹痛で、集合場所に行けそうにない。遅れたりはしないから自分の足で競技場

7　訳注：二〇〇二年のワールドカップのために建設された、ソウル市麻浦（マポ）区にあるサッカー専用スタジアム。

に行く」と連絡をしてきたのだが、単なる腹痛ではなかったようだ。

すでに起こってしまったことをあげつらったところで仕方ない。監督はすぐに新しい指示に入った。

「ヒョンミンのポジションにヒョンジンが入って、それから臨時キャプテンは」

みんながジョンギュを見つめた。キャプテンを務めるのはゴールキーパーが多いし、元々人望の厚いタイプだったので自然な流れだった。特に副キャプテンが決められているわけではなかったが、全員が当然のようにジョンギュのことを副キャプテンと思っていたのだ。

「キム・ムギョン、頼む」

「えっ？」

驚いたように聞き返したのは、指名された当の本人であるムギョンだった。他の選手たちの目も泳いだ。

いくら前よりはマシになったとはいえ、監督もムギョンに対する代表チーム内の評判や彼の性格を知らないわけがないのに、いきなりキャプテンだなんて。

ムギョンだって、空気が読めないわけではない。新手のイジメかと思って微《かす》かに眉間に皺を寄せていても、監督は決定を覆《くつがえ》さなかった。

「ほら。キャプテンマークだ」

監督が腕章を手渡すと、ムギョンは驚きを隠せないまま、とりあえず受け取った。しかし、それをじっと見下ろしているだけで、すぐに腕にはめることはできなかった。

グリーンフォードで長年プレーしてきたとはいえ、まだ自分の上には先輩が何人もいるし、なんらかの理由でキャプテンや副キャプテンが試合から外れても、ムギョンが腕章をつけることは今までなかった。代表チームでは言うまでもなく、キャプテンになるなんて今まで一度も考えたこともなかった。

普通、キャプテンは試合全体を俯瞰《ふかん》して選手たちを上手く鼓舞できる人が任されることが多いので、フォワードよりはミッドフィルダーやディフェンダー、さらにはゴールキーパーが受け持つ場合が多い。適任者であるイム・ジョンギュを差し置いて、どうして俺なんだ？　ムギョンはチラリとジョンギュのほうを見たが、彼は「別に意外でもない」と言わんばかりの淡々とした表情だった。

(何がなんだか)

だが、今こんな問題でとやかく言っている時間はない。

ムギョンは急いで腕章をはめた。

ミッドフィルダーに欠員が出たため、戦術にも変更があった。元々フォワード二人をツートップで配置しようとしていた監督は、ムギョンをワントップにしてセンターとディフェンスを強化することにした。ロッカールームでの指示が終わると、選手たちは列を成して入場前の待機場所へ向かった。

地域予選。それほど緊張することもない試合だったが、ムギョンはいつになく張り詰めた気持ちで、入場口の向こうに広がる若草色のフィールドを見つめた。

やはり片腕にはめたキャプテンマークがぎこちない。重さにして一グラムになるかどうかの軽く薄い腕章一枚が、砂袋のようにずっしりと感じられた。それを手で軽く撫《な》でている間に、入場時刻が近づいてきた。選手たちは縦に並んでフィールドに向かい、数年ぶりに行なわれるワールドカップ予選を観戦しに来た観客たちの歓声が彼らを出迎えた。

本格的に試合が始まる前、選手たちは士気を高めるために円陣を組んだ。

「キム・ムギョン。キャプテンなんだから、なんか言えよ」

ジョンギュが切り出した。ムギョンは、選手たちとサッと目を合わせながら短く咳払いをした。自分が代表チームの選手たちにこんなことを言う状況になるなんて、夢にも思っていなかったのに。

だが、最近ハジュンの前ではまったく披露できずにいただけで、元々はTPOに合わせて饒舌《じょうぜつ》に喋《しゃべ》ることにあまり困難を感じたことのないムギョンだ。彼は準備でもしてあるかのように、スラスラと話し始めた。

「監督の言った通り、別に手強い相手じゃない。だが、来年のワールドカップのための大事なステップの一つなのは間違いないし、勝ち負けにこだわるより、しっかりと最初の覚悟を決めることを目標にすればいい試合だと思う。もちろん負けてもいいって話じゃなくて、当然勝たなきゃいけない。やれるって自信を持って、来年の本大会まで、最後まで同じマインドで行こう」

そしてムギョンは一呼吸置いて、言葉を続けた。

「前回のワールドカップでは、俺がいろいろと至らない姿を見せたけど、今回はしっかり努力しようと思う。あの時一緒だったみんなには申し訳なく思ってるし、今度のワールドカップは最初から頑張って……優勝とまでは言えないけど」

そう言うと、数人がクスクスと苦笑いをした。短期的な目標を立てる時は、遠くにある荒唐無稽なものを追わず、目の前のものから。これもまたムギョンのルールだった。

「来年は本当にベスト16、いや、最低でもベスト8進出。頑張ろう」

「頑張ろう。ファイト」

一人の選手が口添えするように言い、円陣を組んだ選手たちは両隣と肩を組んで体を屈《かが》めた。ムギョンが先導して叫んだ。

「やるぞ！」

「やるぞ！」

ムギョンの掛け声に続いて同時に声を上げ、その後一斉に体を起こした選手たちは、手を叩きながら散らばって列に並んだ。国歌が鳴り響いている間に、観客席の歓声は次第に大きくなっていた。

両国の国歌斉唱が終わるや否や、選手たちは各自のポジションへと向かった。最前線のフォワードとして、キャプテンとして、ハーフライン付近に立ったムギョンは、試合開始のホイッスルが鳴る前に観客席をザッと見渡してから、ベンチのほうへと目を向けた。

数人のコーチたちの間で、今日も当然のようにユン・チェフンの隣に立っているハジュンが、すぐさま目に入ってきた。距離が遠く、意見交換をするほどではなかったが、ムギョンは手を骨盤に引っかけてサッと腕を出してみせた。

(見ろ、イ・ハジュン。俺がキャプテンだ。臨時だけど)

心の中ではそう声をかけたが、ハジュンが聞き取れるわけはない。

ムギョンはレバノンのキャプテンと代表チームのペナントを交換した後、握手を交わしてポジションについた。ホイッスルが鳴り、試合が始まった。

「キム・ムギョンがキャプテンって、本当なんだな」

試合開始を見守っていたチェフンが、軽く笑いながら言った。ハジュンは彼のほうを向いた。

「ちょっと意外ですね。副キャプテンだってハッキリとした言葉はまだなかったけど、ヒョンミンさんが抜けたらジョンギュがキャプテンを任されると思ってたのに」

「いや、さすが監督だよ。ずっと任せるわけじゃなくても、今日みたいな難しくない試合の時にキム・ムギョンに一度キャプテンをやらせれば、チームワーク向上に一役買うことになるだろう」

「そうでしょうか」

「ああ。ああいうタイプはキャプテンマークをつけてやると、ものすごく張り切るから」

その言葉に、ハジュンもクスッと笑わずにはいられなかった。やはりチェフンは素晴らしいコーチだった。数回しか会っていないのに、すでにムギョンについてほぼすべてのことを把握したようだった。ハジュンは微笑みを浮かべた顔で、芝生の上を注視し続けた。

試合は、本当にチェフンの言う通りに進んだ。ワントップ戦術の場合、受け取ったボールを正確にゴールに繋《つな》げる責任を一人で背負う立場として、フォワードは簡単に持ち場を離れることができない。ムギョンのように相手陣営を欺き壊しながら活発にフィールドを駆け回るのが好きな選手にとってワントップ戦術は、実は制約が大きく、相応《ふさわ》しい戦略ではない。

いつもの彼なら、さほど注意を配ったり視野を広く持ったりすることはなかっただろう。だが、今日のムギョンはポジションを大きく離れることなく、終始一貫して向こう側の陣営で起こっていることに対し、彼がよく使う表現を借りるなら、お節介を焼きまくっているところだった。

「ボールをキープするな！ すぐにパスしろ！」

「左！ もっと速く動け！」

「おい、そっちじゃないだろ！ ヨンジュンにパスしろってば！」

キャプテンの腕章をはめた腕を指揮者にでもなったかのように大きく振り回しながら、様々な指示を大声で叫ぶ姿がベンチからもよく見えた。その姿を、多くのスタッフたちは戦力差が明確な試合の様子よりも興味深そうに見守った。中継カメラも、ムギョンのそんな姿を追っていた。

前半二十分足らずで、ゴールを決めようと走っていたムギョンに、あるレバノンの選手がペナルティエリアで強引なファウルをかけた。ムギョンが地面に転がると、審判はすぐさまカードを掲げ、韓国にペナルティキックが与えられた。

キッカーはムギョンだった。彼は腰に手を当てて立ち狙いを定めてから、軽い助走後に力強くボールを蹴った。流れるような美しい軌跡を描きながら、スピーディーに飛んでいったボールは、ゴールキーパーのジャンプも虚《むな》しくゴールネットを揺らした。

ただでさえスタジアムを埋め尽くしていた応援の声が、大歓声に変わった。ムギョンに先制ゴールを奪われてから右往左往して崩れ始めた相手チームは、前半四十分でさらにワンゴールを食らい、2対0で前半戦が終了した。いくら最後まで分からないのがサッカーだとはいえ、ここまでくれば心配する必要のない展開だった。

ハーフタイム、選手たちはロッカールームにドドッと押し寄せ、着替えて水分補給をして、前半で痛みを感じたり少し無理がかかったりした部分にテーピングをしたり、スプレーを吹きかけたりするのに忙しかった。ムギョンも急いで服を着替えて腕章をつけ直してから、選手たちをチェックして回り始めた。

「さっき蹴られたところは、どうだ？」

「平気です。ちょっとかすっただけです」

隣から聞こえてきた会話に、ある選手の脚にテーピングを施していたハジュンは、ふと顔を上げた。前半戦でタックルされた選手に、ムギョンが声をかけていた。

その態度から、人民をチェックする独裁者の自己陶酔に似た気配が感じられないとは言えなかったが、ハーフタイムになると大抵いつも一人で座って後半戦のためにメンタルを整えていた時に比べてチームの士気も上がり、ムギョン本人もかえって余裕そうに見えた。チェフンの言う通り、腕章効果がかなりポジティブに作用しているようだった。

そんなことを考えている間、すぐに視線を外そうとしていた思いとは裏腹に、ムギョンを凝視し続けてしまった。ムギョンも視線に気付いたのかこちらに顔を向け、ふいに目が合った。

ハジュンは思わず肩を小さくビクつかせたが、それだけだった。平然と施していたテーピングを終え、ムギョンに近づいて彼をチェックした。

「お前は、どこも問題ないか？」

彼もペナルティキック前にファウルタックルを食らって転んだのだから、少しでも痛みを感じるところがあるかもしれない。だが、ムギョンはハジュンの質問に首を横に振った。

「全然平気だ」

良かったと思いながら頷いた。それでも念のため、ぶつかったところをチェックしようとムギョンを椅子に座らせ、彼の前に膝をついて座った。

「ぶつかったのは、ここだよな？」

ムギョンは、ボールをキープしてゴールに向かって走っていた最中に、レバノン側のディフェンダーに脛《すね》の下のほうを蹴られて転んだ。実際、ボールには足も触れなかったし、フォワードの脚を狙ったファウルだったので、その選手にはイエローカードが出され、ムギョンはペナルティキックのチャンスを得て先制ゴールを決めたのだ。

「押されると、ちょっと痛いな」

ムギョンは大したことないように言ったが、ハジュンの眉間には微かに皺が寄った。関節の部分ではないので、ぶつかったくらいでは長期的な問題が起こることはなさそうだが、すでに赤いアザが広がり始めていた。レガースを絶妙に避けてタックルが入ったのだ。

選手時代にもファウルタックルを嫌っていたハジュンだった。走っている人の脚を攻撃する行為は意図が明白で、大きな怪我に繋がらないことがほとんどとはいえ、それだって単に運任せの結果に過ぎない。どんな怪我に繋がるか分からない、こんな行為を同業者同士でするなんて。

特別な処置までは必要ないだろうが、打撲に軟膏《なんこう》くらいは塗っておいたほうがいいと思った。ハジュンは立ち上がった。

「ちょっと座ってろ」

みんなが忙しくしている中、医療チームに頼むほどのことではないので、ハジュンは打撲用の軟膏だけを受け取って戻ってきた。試合の時に履く長いソックスを下ろしたムギョンは、ハジュンに言われた通りにその場に大人しく座っていた。

ハジュンは再び屈んで、左手の指先に不透明な白い軟膏をたっぷり絞った。アザが濃くなり始めた脛と足首の間あたりにそれをしっかり塗り込み、「他のところは大丈夫か」と尋ねるために顔を上げた。

「他の――」

だがハジュンは一瞬、自分が何を言おうとしたのかも忘れた。ムギョンと目を合わせたまま、軟膏を塗っていた手をおもむろに止めた。

猛獣と目が合った獲物のように、体が固まった。もう何度も見て慣れたと思っていた瞳、それでいてここ最近はずっと見ることのできなかった瞳が、自分のことを穴が開くほどじっと見つめていた。瞳の奥から燃え上がるような、勝利を味わっているムギョンのジリジリとした熱い眼差《まなざ》し。

試合が終わった直後には必ず。それが一時期、ムギョンと自分の間にある約束だった。

　セフレ関係に戻ろうとゴネていたムギョンは、一晩で手のひらを返すように言うことを変え、恋人でなければイヤだと意地を張っている最中だった。だからと言って、彼が急に別人になるわけではない。

　長い時間をかけて彼の体に染みついたであろう欲望の習慣が変わったはずもない。

「……他に、痛むところはないか？」

　なんとか言葉を繋げ、ハジュンは彼の脛を見て俯き目を逸《そ》らした。

「痛むところはない」

　低くなった声に滲《にじ》んだ熱も、ハジュンは感じることができた。

　痛むところはないが、他の問題はあると言っているように聞こえる。体が勝手に緊張して、耳と顎の間のどこかが、風邪でもひいたかのようにズキズキした。

「みんな、準備が終わったら、こっちに集合！」

　その時、監督が手を叩きながら選手たちを集めた。ハジュンは、脛の上に乗せたままだった手を引っ込めた。ムギョンは、ごく小さくため息をついて、下ろしていたソックスを引き上げた。

　ハジュンは、膝をついて座っていた姿勢から立ち上がった。微笑んでいるムギョンの顔が、まっすぐ目に入ってきた。その微笑みすら、猛獣の顔に辛うじて引っかかっているように危うげに見えた。

　……最初からムギョンにダメだと言ったこともない。コンディションがどうとかと言って、どうしても自分とセックスをしなければならないと言い張るので、「二人の関係がどうなろうと、それだけはイギリスに戻るまで好きにしろ」とハッキリと意思を伝えた。その決定は、決して軽い気持ちで下したわけではなかった。

　選手たちは、円陣を組んで後半戦に向けた監督の指示を聞いていた。ハジュンは、他のスタッフたちと共にその様子を見守ってから、背を向けた。後半戦開始時刻が迫っていた。あらかじめベンチに行って試合の準備をするため、コーチたちは先に入場口へと向かった。

「イ・コーチ。ちょっと」

　その時、ムギョンがハジュンを呼び止めた。返事もしないうちにハジュンの腕を掴むと、自分のほうへグイッと引き寄せた。

ビックリして周りを見回したが、気にしている人は誰もいなかった。元々、誰彼構わず抱きついてふざけているのが選手たちの日常だ。自分が気にしているだけで、単純にくっついて立っているとか、抱き寄せるとか程度では誰も気にしない。ムギョンは声を落として、囁《ささや》くように早口で尋ねた。小さく低い声だったが、熱が満ちていた。

「後半戦も、気合入れたいんだけど」

「……」

「ちょっとだけ、抱きしめてもいいか？」

「もう抱き寄せてるくせに」

なんともないふりをしているが、それなりに頑張って絞り出した返事だった。ムギョンはフッと照れ笑いを浮かべると、ハジュンの腰にそっと腕を回し、軽く俯いてうなじのあたりに顔を近づけた。

二人きりでいる時のように肌に顔を埋め、鼻をくっつけるような動作ではなかったが、ムギョンが体のにおいでも嗅ぐかのように深く息を吸い込むと、他の人には感じられないその呼吸が、ハジュンには敏感に感じられた。

首の後ろにゾクッと鳥肌が立ち、貧血でも起こしたかのように一瞬クラッとして目の前がぼやけた。だがムギョンの腕に背中を支えられていたので、ハジュンは黙々と耐えることができた。

ムギョンがハジュンを抱きしめて首のあたりに顔を傾けていた時間は、実際には五秒になるかならないかほどの短い時間だったはずだ。スタッフたち全員が外に行ってしまう前に、ムギョンは腕をほどいてくれたから。

「後半戦も、頑張ってくるよ」

ムギョンは、まるで今のは軽いハグだったと言わんばかりに、抱き寄せていた背中をトンと手のひらで軽く叩いて走っていった。ハジュンも急いでみんなの後について入場口を抜け、自分の持ち場へと向かった。暫く席を立っていた観衆たちもぽつぽつと席を埋め、スタジアムは再び満席になった。間もなく選手たちが入場し、後半戦が始まった。

ハジュンはノートを広げた。正式に代表チームのスタッフになれるかどうかはまだハッキリしていないので、結果がどうなろうと、ここにいる間は最善を尽くさなければならなかった。シティーソウルの選手たちのプレータイプや試合での癖、各試合の時のブレ、身体的特性などを細かく記録して管理しているように、代表チームの選手たちも同様に記録するつもりだった。

前半戦の時と同様、試合を熱心に観戦しながら一生懸命記録を取っていたハジュンのペンの動きが、ある瞬間ゆっくりになって止まった。白いノートを見つめて物思いに耽《ふけ》っていた顔が、芝生の上を懸命に走っているムギョンに向かった。

黒い瞳が追撃するように執拗《しつよう》に彼の動きを追う。しかし、それも一瞬のこと。ハジュンはペンを持ち直し、書いていた文章の最後に句点を打った。試合は大きな番狂わせもなく進み、逆転もなかった。後半四十分にムギョンがさらにワンゴールを決めたことで点数差が広がり、試合は3対0の完璧な勝利で終わった。

* * *

代表チームの選手たちを乗せたバスは、勝利の喜びで騒がしかった。プロになって初めてキャプテンを務めたムギョンは、座席に座るや否や携帯電話の画面を点《つ》けた。普段ならば、試合の反応や関連記事は自宅で一人になった時に確認するのだが、今日は少し気持ちが急《せ》いた。

ポータルサイトのメイン画面に、韓国代表チームがレバノン戦に3対0で勝利したというバナーが表示されていた。タップすると、観戦中に人々が残したコメントがずらりと並んだ。

@*******：キム・ムギョンがｗｗｗキャプテンｗｗｗｗ

最初に目に入ってきたコメントからして気に入らない。眉を軽く吊《つ》り上げ、画面をスクロールした。

@*******：でも、意外とリーダーシップがあるね。一匹
　狼だと思ってたけど。

@*******：いかにも威張るの好きそうじゃん。

言いたい放題だった。さらにスクロールをすると、あるコメントがふと目に入ってきた。

@*******：今日は勝てたけど、ゼロトップ戦術は非効率
　的。キム・ムギョンには行動範囲を広く持たせないと。ミドルとかフルバックに上手くパ

スしてくれる人もいないし。

そして、その下。

@*******：イ・ハジュンがいた頃が良かった。前回のワールドカップのウルグアイ戦でのクロス、最高だった（泣）

ムギョンはそれ以上スクロールせず、そのコメントだけを見つめてから画面を消した。自然と目が隣へ向く。隣に座っているハジュンは窓の外を眺めているだけで、騒がしい雰囲気に混ざることなく、一人で静かに物思いにでも耽っているようだった。

代表チームは坡州《パジュ》にあるトレーニングセンターを練習場として使っていたが、ソウルにあるスタジアムに移動する際に坡州《パジュ》に集合するのは時間と体力の無駄だったので、今日はスタジアムに近いシティーソウルの練習場を借りて集合場所にしたのだ。ムギョンとハジュンにとっては日常的なその場所で、代表チームは勝利を祝った。

「みんな、お疲れ様でした！」

「お疲れ様でした！」

監督が、解散前に短く締めの挨拶をした。

「今日は帰ってしっかり休んで、海外組は出国前に一度集まってお祝いしよう。個人的には、去年の一次予選の時に比べてチームワークがかなり良くなったと思う。このまま来年まで突っ走ろう」

「はい！」

元気に答えた選手たちが各々帰宅を急ぐ中、ムギョンもハジュンを探してキョロキョロした。代表チームの練習場からの帰り道ではなかったが、今日までは「一緒に出退勤しよう」という提案は有効だろう。

「キム・ムギョン」

探していた相手の声が、背後から聞こえてきた。

ムギョンはクルッと振り返った。カバンを肩に掛けたハジュンが、そこに立っていた。

「イ・コーチ。探したじゃないか。帰ろう」

ムギョンは微笑みながらハジュンに近づいた。エスコートでもするかのように駐車場のほうへ腕を伸ばすと、ハジュンは何も言わずに車の前までムギョンについてきた。エンジンをかけて出発の準備をするムギョンに、助手席に座ってシートベルトを締めたハジュンが尋ねた。

「今から、何か約束とか予定はあるか？」

「いや」

最近は人と会って遊びたいという気も特に起こらず、夜遊びを断って久しかった。首を横に振ると、ハジュンが宣言するように言った。

「じゃあ、今日はお前の家に行こう」

「えっ？」

ハジュンの突然の爆弾発言に、ムギョンはアクセルを踏み間違えそうになった。目を丸くしてハジュンを見つめた。彼はなんだか気に入らないと言わんばかりに眉間に皺を寄せ、言うべきことがあるかのように口をピクリとさせて、再び口をつぐんで前髪をかき上げた。その後に、比較的落ち着いた声が流れ出た。

「どうして、そう自分勝手なんだ？」

「……何が？」

「人に恥をかかせまくっておいて、自分勝手にセフレに戻ろうって言い張るし、人がせっかく心を決めてお前の言う通りにしようって言ったのに、今度は恋人じゃなきゃヤらないだって？　だったら匂わすなよ。ヤりたいオーラ出しまくって、気に障《さわ》る行動ばかり取り続けてるじゃないか」

気に障る行動を取ったのか……？　俺が……？

自分なりにハジュンにいいところを見せようと頑張っていたと思っていたのに、ムギョンは多少、いや、かなり大きなショックを受けた。しかし、その言葉にタックルをかけるタイミングではないということくらいは分かっていた。

「どうして、なんでもお前が勝手に進めて、勝手に決めるんだ？　いつだって、言う通りにしろって言うばっかりで。何もかも、そんなにチョロいか？　あんなに大騒ぎして、俺が今まで悩んでたことに一体なんの意味があったんだか」

そこまで言ったハジュンは、きちんと文章を終わらせることもせず、もう話す気力もなくなったと言わんばかりに短くため息をついた。手を顎に当てたまま正面を見た。

ムギョンは急いで弁明したい気分になったが、なんとか耐えることができた。

チョロいだなんて、全然そんなことない。本当は、勝手にお前に禁欲を強要しているみたいで、ただでさえ気になっていたんだと、俺と同じようにお前だって性欲を持つ健康体の男なのに、関係を新しく始めたいという考えだけにしがみついて、一人で意地を張っているのではないかと悩んだんだ、と。

俺だって、そう考えていたんだ。でも、そんなふうに言ったら、また寝ようという話にしかならない気がして、本当に獣扱いされるんじゃないかと思って言えなかったのに！

いくら気持ちが残っているとはいえ、明らかに自分と距離を置きたがっているんだから、少しでもマシになった姿を見せなきゃいけないじゃないか。だから、言いたいことややりたいことの八割もできず、ハジュンはもちろんユン・チェフンに対してだって、自分なりに気を付けて接しようと努力したのに、それさえもハジュンの目には自分勝手な行動に映ったらしい。

少なからず悔しさを抱えて、心の中では言い訳を叫んだが、今さらそんな言葉を並べたところで、それこそ彼の気に障るだけのような気がした。

「勝手に決めて、決めた通りに従えって言うのはやめろ」

「従えなんて言ってない。そんな意味で言ったんじゃない」

「俺にだって結論を下した理由があるし、状況によって考えることや、確認したいことがあるんだ」

確認？　何を？

ハジュンの横顔は、ずっと前を向いたままだった。

「車を出せ」

彼の口調は、練習中に選手に指示を出す時のようにハッキリしていた。

(分かりましたよ、コーチ)

ムギョンは心の中でそう答えながら、ハンドルを回した。なるようになれという、少し自暴自棄な思いを胸の片隅に抱えたまま。

いいだろう。イ・ハジュンのほうから爆弾のように近づいてきたなら、俺だって潔く応じてやるべきじゃないか？ルックスもダメ、金もダメだったが、やはり試合でカッコイイ姿を見せてやるのが正解だったのか。

とにかく、ハジュンから「共に夜を過ごそう」という言葉を引き出したのは……言い争いになる前のことを併せて考えても、たぶんこれが初めてなのだ。

＊　＊　＊

運転している人間の気持ちはソワソワ揺れ動いていたが、車は揺れることなく道路をスピーディーに直進していった。

ピッ。カードキーをかざすと、小さな機械音が響いて玄関のドアが開いた。聞き慣れたこの音さえ、心臓を震わせる音のように感じられる。

よく考えたらさほど前のことでもなかったが、一緒に家の中に入るのは、かなり久しぶりのような気がした。ハジュンは、ムギョンよりも先に靴を脱いで家に上がった。振り返ることもなくズンズンと歩いてリビングにたどり着いた彼はカバンを下ろしながら、たった一言投げかけた。

「シャワー浴びてくる」

「ああ」

出陣を目前にした戦士のように、悲壮感までもがひしひしと伝わるハジュンの言葉に、ムギョンも切なげに答えた。最後まで振り返ることもなく、そのままバスルームに向かっていくハジュンの姿を見つめ、腰に手を当てて弱々しくかぶりを振った。

いいザマかもしれないが、「覆水盆に返らず」だ。このまま体まで離れていくのを放っておくのも賢明な選択ではない気がするし、何よりも今までハジュンとの体の相性だけは、最初から最後まで一貫してピッタリだった。

以前から存在していたという気持ちは、秘密にされていただけ。結局この関係は、体から始まってここまで来たのだ。ならば、きっかけがなんであろうと体で解決できる部分もあるかもしれない。せっかくのチャンスだ。冷ややかになったコーチに、暫く忘れていたキム・ムギョンのセックスの素晴らしさをもう一度思い出させてやろう。

ムギョンは、持ち主を失って放置されていた白いバスローブを取り出した。ハジュンのために買った服が、たったバスローブ数着とスーツ一着だけという呆《あき》れた事実を今さらながら実感する。この家の一部屋、いや二部屋ほどを彼のドレスルームにして新品の服でいっぱいにするくらい朝飯前だったのに、一体今まで何をしていたのだろう。

意味のない後悔をして心の中でブツブツ言っている間に、ハジュンがバスルームから出てきた。ムギョンはバスローブを手に持ち、彼をぼんやり見つめた。

彼は一糸纏《まと》わぬ姿だった。選手以外のスタッフたちとはシャワー室を一緒に使うことも稀《まれ》なので、このところずっと彼の体を見られずにいた。白い肌と、腰に残った傷痕までが、目を通じて全身を突き刺すように襲いかかってきた。

ムギョンが何も言えずに彼を見つめている間、ハジュンも黙ってムギョンに近づき、ムギョンが持っていたバスローブを手に取った。しかし、バスローブの袖に腕を通して腰紐《こしひも》をまともに結びもしないうちに、ムギョンの腕がハジュンの腰を抱き寄せた。

前合わせがはだけ、紐がしっぽのように後ろに長く垂れてしまった。

「ちょっ……」

たぶん「ちょっと」と言おうとしたハジュンの言葉は、そこで途切れた。ムギョンがキスをしたり口を塞いだりしたからではない。ハジュンが自ら口を閉じて、話すのをやめただけだ。

オアシスを発見した放浪者さながら、ムギョンは構わずハジュンの首筋に顔を埋めた。先ほどスタジアムでしたような、人目を気にして軽く俯いたまま息を吸うような行為ではなかった。

鼻と唇を粘土か何かに埋め、そのまま息を止めようとするみたいにして、ムギョンは彼の肌に顔を強く押しつけて目を閉じた。柔らかな肌の感触が唇をくすぐる。シャワーを浴びたせいで体から香る特有のにおいが薄まってしまい、むしろ残念だった。

腰とお尻に回していた腕に軽く力を入れると、ピクッと驚いた体がほんの少し前に傾いて寄りかかってきた。今度は彼の肩のあたりに顔を埋め、ムギョンは寝室へ向かった。

暫く放置されっぱなしだった部屋に、久しぶりに人が入る。歩いている途中にもムギョンは耐え切れず、唇が触れるがままにハジュンの肌を舐《な》めたり甘噛《あまが》みしたりした。頭上から、聞きたくてたまらなかった声が漏れ始めた。

「はぁ、うっ……」

いつものそれに比べれば小さく、まるで上手く耐え切れないかのようにこぼれ落ちる喘《あえ》ぎ声は、だからこそ一層刺激的だった。まだ何もしていないというのに、ムギョンの股間は熱く膨らんだ。

「イ・ハジュン」

何か特別に言うことがあったからではなく、ただ呼びたいから彼の名前を呼んだ。ゆっくりベッドに寝かせた体が、はだけたバスローブの隙間から露わになった。

男の体にこんな例えは恥ずかしいかもしれないが、ムギョンはまるで花の中心部を見ているような気がした。開花したばかりのみずみずしい花びらの真ん中。そして、その柔らかな肌に今から触れるのだ。

久々に感じる肌と体温の間に、邪魔になる物は一切挟みたくなかった。ムギョンは、ハジュンの体に半分ほど引っかかったバスローブを完全に脱がせ、自分も素早く服を脱ぎ捨ててから、彼の体の上を這《は》うようにうつ伏せになって肩を抱き寄せた。

すぐに俯いて口づけようとすると、同じように息を荒くしたハジュンが、ムギョンの顎と口元を指で軽くタッチした。

キスを制止するジェスチャーだ。ムギョンが傾けた顔を止めている間、静まり返った部屋にハジュンの囁きが鮮明に響いた。

「今まで通りにしたい」

「今まで通り?」

どういう意味なのか分からず、ムギョンが尋ねた。

「今まで通り……。キスで始めたことなんて、ほとんどないだろ?」

その言葉に、ムギョンは面食らった顔をして聞き返した。

「しちゃダメか?」

「……今度」

ムギョンは暫く黙ってハジュンを見下ろしていたが、すぐに納得したかのように頷いた。引き出しの中に放置されっぱなしで外の空気に触れることのなかったローションを取り出し、適当にそばに置いた。

気乗りしない。他意はなく、セックスをしに来ただけ、ということか。

ハジュンに好きだと言われる前は、自分もハジュンに簡単には唇を許さなかった。今まで何人もの人に触れさせていた唇を今さらもったいぶっているからではなく、単なるおふざけだった。

キスが好きなハジュンが、なかなかねだることもできずにヤキモキしている姿がかわいくて。ただそれだけだったのに。今になって、からかわれていたハジュンの気持ちの半分くらいは理解できそうだった。胸がヒリついて、なんとも最悪な気分だ。

今日は何がなんでもイ・ハジュンに合わせるのだ。覚悟を決めつつ細くため息をついたムギョンはキスを諦め、目的地を失った唇を鎖骨のあたりに押しつけた。

唇以外にも口づける場所はたくさんある。わざとチュッチュッと大きく音を立てながら口づけ、美しい線を水平に描いている鎖骨の下を隅々《すみずみ》まで舐めた。

「……ふっ、うっ、ふっ……」

浴びせられる濃厚な愛撫《あいぶ》に耐え切れず、ハジュンの腰が弱く跳ねる。ムギョンは、鎖骨を包んだ肌を端から端まで塗り潰すように唇を押しつけ舌で舐め、そのまま顔を下げると、いきなり胸の上の突起を吸い上げた。喘ぎ声をこぼしていた唇は、最初こそ閉じようと努力しているようだったが、その甲斐《かい》もなく最後には開いてしまった。

「んんっ、はぁ、あっ！」

キスは拒んだものの、小さな愛撫にも敏感に反応するハジュンの体は、久しぶりに抱いても以前のままだった。家に入る前から勃起していたムギョンの性器は、すでに痛いほど反り立っていた。

まだ挿《い》れるつもりはなかった。ムギョンは棒のように硬くなったモノを、ハジュンの太ももの内側にこすりつけた。亀頭の先から滲み出たカウパー液が白い肌について、乾いた摩擦を和らげてくれる。特に締めつけられているわけでもなく、ただ弾力のある柔らかな肌に性器をこすりつけているだけなのに、それだけでも興奮で頭がクラクラした。

「はぁ、イ・コーチ。どこに触れても、どこをこすっても、人をおかしくさせやがって」

「あっ、くすぐったい……」

ハジュンも柔らかな肌に触れる硬い熱に戸惑っているのか、それとも興奮しているのか、何度も脚を閉じようとした。

「そういうことされると、余計にそそる」

揺れる脚を股に挟んで押さえつけた。胸の突起の片方を吸っている間に、もう片方はまだ触れてもいないのにしっかりと立っていた。

手を当てると、ピンと立ったものが指先をくすぐる。今度は反対に、吸っていたものに手を乗せ、指でいじっていたものを唇で覆うと、シーツから背中が少し浮き上がって仰《の》け反った。

「あうっ、やめっ……」

その言葉を無視して、今にも流れ落ちそうな露に似た乳首を舌でねっとりと舐め上げた。プルプルと震える体、あばら骨のあたりを絞るように掴んで、自分の上半身を徐々に下ろしながら、みぞおちからおへその下の股のあたりまでを舌で撫でまくった。浮ついた喘ぎ声が頭上に注がれる。

幸いにも、ハジュンのモノもしっかり勃《た》っていた。隣にあるまだらな傷痕と、それとは対照的な白い肌が眩しく視界を覆う。骨盤の端から性器まで続く、脚と腰が繋がる鼠《そ》径部《けいぶ》のもちもちした肌に、ムギョンは食いちぎるように歯を立てて噛みついた。

だんだん唇が中心部へと近づいていく。ピンと反り立った性器の下、睾丸《こうがん》を舌で強く引っ掻くと、慣れない刺激にハジュンのお尻が驚いたように大きく揺れた。

「ふっ、あっ！」

下のほうを愛撫しようとムギョンが動いたせいで、体重を乗せて押さえつけられていた脚が解放され、ハジュンはまるで逃げようとするかのようにシーツの上で激しくもがいた。ムギョンは両腕を太ももの下に押し入れ、ハジュンの骨盤ごと抱えてしまった。

しっかり拘束してから、口を開けて勃っている性器を口に含んだ。日に焼けた腕に捕らえられた白い太ももが、罠にかかった動物のようにもがいた。

「イヤ、ふっ、うっ！　そんなとこ、口で、あっ、はぁ……！」

やめろと言おうとしたのであろうハジュンの声は、性器が舌に包まれて愛撫されると喘ぎ声に埋もれて途切れた。脈動するような抵抗が、むしろムギョンの体を一層熱くした。

今まで通りにしろと言った。たしかに始める前のキスなら二人の間では珍しいが、挿入前のオーラルセックスならすでにしたことがあるから、できない理由はない。性器を丸々飲み込んだまま中で舌を動かすと、ハジュンの腰とお尻が一緒になってピクピクしながら跳ね上がった。

「うぅんっ、あうっ、あっ、舐め、るな……ふぅ！」

どうにかして抜け出そうと腰をひねるが、抱え込まれた体はビクともせずに虚しく揺れるだけだった。ひとしきり舌であちこちを撫でていたモノを、チュッチュッと音を出して吸い上げた。腕の中の体に力が入り、口の中の性器も軽く揺れた。

その時、尿道の部分を舌で潰すように押すと、太ももの筋肉に力が入って硬くなるのが感じられた。

「はぁ、あ……あっ！」

久しぶりだからか、最初の射精は意外とすぐだった。

熱い液体が口の中に滲むように広がっていく感覚と共に、腕の中に閉じ込めた脚がガタガタ震えた。やっと抜け出すのを諦めたのか、ガクンと脱力した。

ムギョンは拘束していた下半身を解放してやった。だがハジュンは体を起こしたり、ずり上げたりする様子も見せず、たった今味わった絶頂の余韻に苦しんでいるかのように息を切らしているだけだった。

以前は「男のモノなんて、どうやって口に入れられるんだ？」とものすごく抵抗があったが、今はもう舐めたくて仕方ないくらいだ。もう一度できないこともないが、こちらも我慢の限界だった。

チュッと骨盤の上に口づけながら、ムギョンは急いでローションを手に絞った。ぐったりと開いている脚の間にも粘液を塗ったところで、ハジュンがやっとムギョンと目を合わせた。

「自分で……」

「ん？」

ピクピクしている唇を見つめると、ハジュンは手を差し出して言った。

「自分でやる。お前は……ちょっと待ってろ」

「えっ？」

聞き返したムギョンに説明を付け足すことなく、ハジュンはシーツの上に置かれたローションを拾い上げた。射精に至る快感を経て疲れ切ったように甘く惚《ほう》けた顔も、白い手の上に透明な粘液がたっぷりかかった姿さえも、ムギョンの目には淫乱極まりなく映った。

それなのに、ただ見てろだって？

「どうして？今までだって、穴は俺がほぐしてやってたじゃないか」

「今日は自分でしたいんだ。お前にされると……」

そう言ったハジュンは、肩をビクビクさせながら自分の指を一本、お尻の間の奥へ押し入れた。ハジュンの指の関節が一つずつ姿を隠すたびに、徐々にムギョンの眉間が狭まっていった。

こんなのを、ただ見ていろだなんて、拷問だった。

「はぁ、考えるのがつらい……から……」

「いや……セックスしながら、何を考えるっていうんだよ」

普通は他のことを考えないようにセックスをする。それに、その考えというのがなんであろうと、自分に有利なものではない気がする。

いくら考えても、ハジュンが何を考えているのか分からない。不安、そして目の前の光景がもたらす巨大な欲求が、今にもムギョンの気をおかしくさせそうだった。

……もしかして、最近他の男と乳繰り合ったのか？　後ろの状態を見せたくないから、わざと。

クソッ、だからって、何をどうするっつーんだ。ムギョンはもわもわと立ち上る思考を、無理やり押さえつけた。

「あうっ、うっ」

ハジュンはどうにかして指をもう一本押し入れていた。手首を目一杯曲げ、自分の中をほじくる手の動きは刺激的でありながらも下手くそだった。

前にも感じたが、何気に気が短いのか、イ・ハジュンは自分の後ろをほぐすのがさほど上手くはなかった。あの時だって、自分がすぐに止めていなければ穴がただれてしまっていただろう。

「イ・ハジュン。ゆっくりやれ。そんなんじゃ、怪我するぞ」

刺激的な自慰シーンを見ているというよりも、よちよち歩きをハラハラしながら見守っているかのような心情になった。ムギョンは眉をひそめてハジュンの手の動きを見守った。もう数え切れないほどやったのに、なぜ未《いま》だにこんなフラついている仔牛を見ているような気分にさせるのか。

案の定、焦っていく手の動きを見兼ねたムギョンは、ハジュンの手首を掴んだ。ハジュンはすぐに体を硬くして、鋭く言い放った。

「自分でやる」

「分かった。お前がやれ。俺はただちょっと、手伝おうとしてるだけだ」

ムギョンは近づき、脚を広げたハジュンの背後に回って座った。手首を掴まれたせいで、ハジュンの指は体内から半分ほど抜けていた。その手の甲に自分の手を重ねるようにして掴んだムギョンは、再び指を押し入れた。

「あっ、はぁ！」

「ゆっくりやるんだ。最初から急いでやると、腫れるだけでほぐれない」

「んんっ、うっ、自分で、やる……」

「自分でやれてないから、こうしてるんだろ」

掴んだ手をゆっくり抜いて、ゆっくり押し入れた。自分に掴まれた濡《ぬ》れた白い手が、意思を失ってこちらの調節するスピードで穴を出入りする様子を見下ろしていると、欲望がさらに膨れ上がっていく気がする。

だが、まだだ。ちゃんとほぐれるまで、もっとしなければならなかった。久しぶりのチャンスなのだから、少しのミスもあってはならない。ほぐし足りない状態で挿入して怪我でもさせたら、そこですべてが終わってしまうかもしれないのだから。

ハジュンの手だって一般的な男性の手に比べれば決して小さくはなかったが、ムギョンの手に比べるとこぢんまりして見えた。いつも、太く長い指を四本も受け入れるまで広げていた入口だ。イ・ハジュンの指二本程度では、ほぐれない気がする。ハジュンの手の甲に重ねて前後に動かしていたムギョンの手が、さらに下へと滑った。

「あ、あ……やめ、やめろ、あっ……！」

ハジュンの指二本が入り込んでいる最中の穴の中に、ムギョンの中指が一緒に押し入っていった。まるで一体になっているかのようにピッタリと重ねられていた二つの手の指が絡まり、なんの違和感もなくスムーズに入っていった。

懸命に出し入れしていたが、やはりハジュンの指は中で空回りしていたようだ。今頃すでに膨れ上がっているべき敏感な部位が、まださほど目立たず指先に感じられもしなかった。体の中に入れた太く長い中指で、あるポイントをグッと押したムギョンは、ぽってりとした耳を優しく噛みながら教えてやった。

「自分の体なのに、どうして分からないんだ？　お前が感じる場所はここだ、イ・ハジュン」

「うっ、はぁ……！　ダメ、あっ……」

「ここをたくさん触ってやると、すぐにほぐれる。ずっと見当違いなところばかり擦ってたみたいだけど」

「ふうっ、うっ、そこ、ダメ、触る……なぁ、あっ……！」

案の定、一瞬で体の力が抜けていく。

「イ・コーチ、一回自分で触ってみろ。俺の指があるところ、一緒に押してみろよ」

「あっ、やめ……っ。そこ、押したら、もう、ふううっ……！」

「どうせ俺のが入ったら、ここも押されるんだ」

アレを挿れたら中がいっぱいになって避けられないのだから、無駄な努力だ。ノンストップで一か所を押したり擦ったりするたびに、中に閉じ込められていたハジュンの指も揺れ、内壁のあちこちを引っ掻いた。

そうしている間にムギョンの指も二本に増え、ハジュンは小さくすくみ上がりながらムギョンの肩に頭を預けた。開いた唇からは、浮ついた喘ぎ声が抑え切れないかのように流れた。

「はぁ、あっ！　はうっ、ふぁ、あ……もう、もう抜いて……」

できることなら指だけでもう一度イかせたいが、そんなことをしたら本当に「ここでやめよう」と言われるんじゃないかと心配になった。

大きく感じているかのように、ハジュンの腰は震えまくって跳ね始めた。ムギョンはやっと、いつの間にか二本に増えた自分の指とハジュンの指を一緒に抜いた。

「ふぅ、はぁ、あっ」

穴に入っていたものがなくなっても、ハジュンはムギョンに背中を預け、暫く体を震わせたまま動けなかった。そのまま寝かせようとしたが、ハジュンのほうが一足早く上体をフラリと傾け、シーツの上に腕をついて四つん這いになった。荒い呼吸に混じって、力ない声が流れ出る。

「もう……ヤれよ……」

顔を見ながらヤりたかったのに。心の中で軽く不満を抱いたが、今日はとりあえずハジュンの意思に従うことにする。体位なんか、途中で変えればいいのだから。

ムギョンは彼の体に近づき、膝立ちになった。さっきからカウパー液を垂れ流している性器で、そのまま入口をツンと突いた。ほぐしたばかりの入口が、いつの間にか少し縮んでいた。

「緊張ほぐせよ、イ・コーチ」

「緊張……してない」

ムギョンはグッと口をつぐみ、鼻で息を長く吐きながら、片手で背中を、もう片方の手でお尻を撫でた。手が肌をかすめるたび、ハジュンはうめき声を漏らし体を細く震わせた。

愛撫するように、なだめるように、肌をさすっていた手を滑らせた。ハジュンの骨盤あたりを掴み、ゆっくりと腰を押しつけた。硬く反り立った性器は一瞬で柔らかな中へと吸い込まれ、すんなりと挿入できた。まだすべては入り切っていない性器を咥《くわ》えた後ろが、ギュッときつく締め上げてくる。

「あぅ、ふっ……うっ、あっ……」

内壁が勝手にうねり、吐息の混ざった喘ぎ声が出まくる。四つん這いの姿勢で俯いていたハジュンの首が後ろに反り返って、黒い頭頂部が見えた。

頭頂部だなんて。残念だ。最初に挿入された時の快感と異物感、ともすれば微かに苦痛が混じっていたかもしれないハジュンの表情が、ムギョンは好きだった。

性器はまだ半分も入っていなかった。ムギョンは上体を深く傾け、ハジュンの背中に体重を乗せながら体を重ねた。久しぶりの挿入の感覚に耐えるだけでも大変な体は、その重さに勝てず、ぺちゃんとベッドの上にうつ伏せになった。

「はぁ、ああ……！」

自然と性器が奥まで滑り込み、全身がムギョンに押し潰される。唇の間から小さく、それでいて悲鳴のような喘ぎ声が短く流れ出た。

触れた太ももとふくらはぎに思い切り力が入り、お尻がキュッと縮まった。あっ、あっ。小さく流れ出る喘ぎ声と共に、肩と胸がガタガタと小刻みに震え始めた。

ムギョンは、ハジュンの顎を掴んで自分のほうへ顔を向けさせた。絶対に見せたくないのか、ハジュンは逆方向に首の力を入れて抗《あらが》った。だが、最後まで入り切った性器で中を撫でるように腰をグリンと回すと、全身が感電でもしたかのように震えて抵抗が消える。

そして、ハジュンの顔が目に入ってきた。一瞬、抵抗すら忘れた、苦しいのか感じているのか見分けのつかない顔が。微かに眉をひそめ、唇を開き、性感で目の焦点が合っていないその顔を目の当《ま》たりにした瞬間、ムギョンはそれだけで絶頂に達しそうになった。

「はぁ、イ・ハジュン……メチャクチャいい……」

「あっ、はううっ……ふっ！」

今まではもう少し余裕があった気がするのに、頭がクラクラして、全身を圧迫するような快感に我を忘れる。完全に体を重ねたムギョンは、すぐにスピードを上げて腰を動かし始めた。

「ふぅ、あっ」

「——あっ、あぅ、ふっ！」

奥まで入っていた性器がほぼ抜け切ったかと思うと、うんと狭くなった中をスピーディーに突き刺した。太く突き出た亀頭が快感ポイントを押し、ゴツゴツした血管がその後ろを引っ掻きながらお腹《なか》の中をいっぱいにする。

肉と肉とがパンパンとぶつかる音が部屋中に響き、その音よりも一拍早く、ムギョンの荒ぶった性器がハジュンを奥深くまで激しく突き上げた。

「あっ、あっ！　ああっ、あっ！」

一瞬も休む間もなく太いモノが狭い中をいっぱいにして、出たり入ったりを繰り返した。一番奥に亀頭がズンズンと激しく突き刺さるたびにお尻に力が入り、ハジュンの体がビクビクと跳ねた。

久しぶりに重ねる体だった。その上、「心が繋がった関係は、つらいからイヤだ」と突き放しながらも自分を受け入れたハジュンは、以前と同じように感じていた。彼の顔を確認し、自分のモノをしっかりと咥え込んでウネウネと締め上げる粘膜の感触を何度も体感したムギョンは、初めて安堵《あんど》感に浸った。

余裕を取り戻すと、激しく動きまくっていた腰の動きがやっとゆっくりになっていった。ハジュンの肩を後ろから拘束するように抱き寄せ、腰をゆっくりと突き上げた。

「……ふぅぅ、あ、あっ……」

激しいピストン運動を受けてすっかり熱く敏感になった内壁は、ねっとりとした動きにまた別の快楽を感じているかのようにプルプルとビクついた。

ハジュンのお尻に陰毛が擦れるほどピッタリ体をくっつけ、ゆっくりと腰を回し、奥に埋めたまま小さなピストン運動を繰り返した。奥の狭い部分が亀頭を咥え込むのを感じ、ムギョンはハジュンの体を抱いた腕に力を入れた。

後ろから抱き寄せたまま片腕を滑らせた。亀頭が埋まっているであろうおへそのあたりを手で探りながらグッグッと押すと、ハジュンは慌てて身をよじった。腹の皮膚の下にある異物の存在が、手でもハッキリと感じられた。

ムギョンは微笑んだ。この体の中が、完全に俺でいっぱいになった。

「あっ！ ふぅ、はぅ、あっ、離して、離してくれ、あ、あ……」

下敷きになった体が、窒息でもしているかのようにもがく。

「はぁ」と、ハジュンの耳元に息を吐きながら、ムギョンは腰をゆっくりと後ろに引いて、同じようにゆっくりと押し入れた。ハジュンのお尻がムギョンの恥骨と太ももにぶつかってパンッと音が上がるたびに、亀頭の先を咥えている粘膜がビクッとして、ずるんと後ろに抜け出るたびに吸い上げるように内壁の肉が性器全体を舐め下ろした。

ゆっくりだったピストン運動が、その中の動きに導かれるように次第に速くなった。

「あっ、あっ！ あっ！ あっ！」

「ああ、イ・ハジュン。いい。いいぞ。お前は最高だ」

「はうっ、はぁ、あっ！」

ズブッと深く突き入れた性器を抜かずに、一息ついた。

長いこと突き上げ続けていた腰のスピードをどうにか緩め、今度はゆっくりと抜いた。

「んっ、あっ、はぁぁ……」

速くなっては遅くなり、また速くなる。スピードが変わり続けるピストン運動に、内壁が鞣《なめ》されるように柔らかくなる。強く締めつけては緩んでを繰り返しながら、性器を咥え込む。

ハジュンの腰が痙攣《けいれん》するように震えた。むしろさっきよりも感じているかのように、激しくぶつかるムギョンの上半身に触れた背中やお尻がピクつき、締めつけた。つま先がシーツの上を滑り、ムギョンの脚を蹴るようにしてかすめた。

腰の動きを繰り返せば繰り返すほど、肉体的な快感とはまた別の喜びがムギョンの心の中に広がっていった。

良かった。イ・ハジュンとのセックスは、以前のままだった。

体まで前とは違っていたら、本当に絶望していたかもしれない。

ホッとしたムギョンは、再びハジュンの顔を自分のほうへ向けた。今度は、無意識の中に引き込まれるように彼の唇に自分の唇を埋めた。

「あっ、イヤだ、やめっ……」

今や拒否の言葉すら、セックスの途中で一度や二度は必ず飛び出す、性感をかき立てるスパイスのようだった。舌で唇をこじ開けて、中に入り込もうとした。

「——イヤ、だってば！」

じわじわと盛り上がりつつあった雰囲気が刺々《とげとげ》しくなったのは一瞬だった。ジタバタと胸の中でもがいていた体が一瞬硬直したかと思うと、思い切りムギョンを突き放したのだ。

とはいえ、本当にムギョンが力なく突き飛ばされるわけはなかった。しかし問題は、その抵抗が今度こそ本当に、本心だということだった。

(俺は一体何をしてたんだ？)

ムギョンは動きを止め、相変わらず自分の下でうつ伏せになっているハジュンを見下ろした。当の本人であるハジュンのほうこそ、驚いた表情をしていた。目を丸くして体を横に傾け、自分が突き放したムギョンを見上げていた。

熱っぽいままの顔で辛うじて口をつぐみ、生唾を飲み込むようにゴクリと喉を鳴らすと、フラフラしながら起き上がろうとした。まだ性器が半分ほど刺さったまま自分を避けて動くのを、ムギョンは今度はあえて制止することなく腰を後ろに引いてやった。

体を起こしたハジュンは、ヘッドボードの前に置かれた枕にもたれて座った。太ももの間から流れ落ちるローションと体液が、部屋の照明を受けてテラテラと光っているのが丸見えだった。彼はクシャクシャになった布団を引っ張って裸体を隠すと、低い声で言った。

「……ダメそうだ」

流れ出た声は、意気消沈したように弱々しかった。その言葉に、ムギョンはやっと目を見開いて、彼に近づいて座った。

「何がダメなんだ？」

「ヤってみても、よく……分からない」

「どうしたんだよ。悦《よろこ》んでたじゃないか。今までみたいに。何も変わってなかった」

ハジュンは首を横に振った。呆然《ぼうぜん》とハジュンを見つめていたムギョンの顔が、わずかに歪《ゆが》んだ。

彼は、「確認したいことがある」と言った。何を確認したかったんだろう。もう確認が済んで、それで「ダメそうだ」と言ったのだろうか。

何が問題だったんだ？　今までと同じように、ハジュンは死ぬほど感じていた。最初に「キスをするな」と言われたのに、我慢できずに勝手にしようとしたのは俺が悪い。だけどイ・ハジュン、お前はキスが好きだったじゃないか。好きな人との口づけを嫌がる人間が、この世のどこにいる？

この前の車内での出来事も含めれば、彼にキスを拒まれたのはこれで二回目だった。あの時は、そうされても仕方なかったとはいえ、今日は……。

ムギョンは軽く腕を広げ、さらに近づいてハジュンにくっついた。経験したことがないほど胸の鼓動が速まったが、彼の前で不安げな姿を見せたくなかった。

「まだキスはしたくないか？　分かった。ごめん。するなって言われたことは何もしないから。ほら、こっちに来いよ」

しかし、唖然とした表情で座っていたハジュンは、目をパチクリさせながら気持ちを落ち着けているようだった。そして、期待していた答えとは違う、いや、ムギョンのかけた言葉ともまったくズレた返事をした。

「急にできないって言って……ごめん。お前はまだ終わってないから、口でしてやるよ」

はぁ。その言葉にムギョンの口からもため息が漏れた。

「誰がそんな話をしてる?」

ハジュンを見つめる瞳に、むくむくと恨めしさが満ちていった。やがてムギョンは思い切り眉をひそめ、今にも泣き出しそうな顔をハジュンに向けた。

「もう俺のこと、好きじゃないんだろ? お前にとって俺は、ただの救いようのないクズだ」

「……」

「嫌いになったんだ。完全に気持ちが冷めたんだろ? どうして否定したんだ?」

「……違う。嫌いなら、最初からヤることもなかった。できないよ」

「嫌いでもないけど好きでもない、か? とにかく、前とは何か違うんだろ? そりゃあ、同じなわけないよな。あんなことがあったのに同じなんて、そっちのほうがあり得ない」

言葉尻にため息がついて出た。涙が出そうになり、ムギョンは口をグッとつぐんで暫く虚空を見つめ、一つ、二つ、三つと数を数えた。


「ヤれば分かりそうな気がしたから、ヤろうって言ったのか? 前と同じかどうか?」

そう尋ねながら再びハジュンを見ると、彼は「自分にも分からない」と言わんばかりの曖昧な表情をしていた。

難しい問題だ。当然だ。自分の気持ちの行方を探して、誰よりも長い間彷徨《さまよ》っていたのは、他でもなくキム・ムギョン、自分自身なのに。

相手ばかりを「人を勘違いさせて苦しめるな」と叱るわけにもいかない。こういう時には、自分にできることをしつつ最後まで耐え抜くのだ。

「でもな、イ・ハジュン。俺はお前が好きだ。こんなふうに突き放すなよ。まだ、お前の気持ちには及ばないだろうけど、もっと努力するよ」

その言葉に、ハジュンは一層困惑した瞳でムギョンを凝視してから、視線を少し落としてたどたどしく話し始めた。

「嫌いなんじゃない。そうじゃなくて」

嫌いになったくせに、どうしてそう否定するんだ?

大半は自分のせいとはいえ、いざこんな事態になってしまうとハジュンのことを恨めしく思ってしまいそうになる。ムギョンはむくれた目でハジュンを見て、グッと口をつぐんだ。

「最近、どうしてもお前のことが分からないんだ……。俺のことが好きだって言うけど、その言葉も、俺に対する行動も、ものすごく遠く感じるんだ。最初は自分が疲れたせいかと思ったけど、それだけじゃない気がする」

「……」

「事がこじれたら、最初に戻れって言うだろ？　ずっと一人で考えてばかりだから、いっそお前の言う通り、今までみたいにヤってみれば何が違うせいなのか、どうしてこんなふうに感じるのか、スッキリしない理由が分かるような気がしたんだけど、よく分からないや。ただ……お前が急に変わったような気がして、モヤモヤするんだ」

「モヤモヤする？」

ハジュンが再び顔を上げた。

「俺はいきなりお前に、誰にでも体を差し出す人間扱いされて、誤解だって分かっても失《う》せろって言われたから失せて、戻ってきたらまたセックスしようって言われた。それがすべてなんだ」

「……」

「拒んでも、ずっとネチネチ皮肉ってたじゃないか。それなのに突然好きだなんて、わけが分からない。俺の気持ちを知ってても、前日の夜ですら、あんな感じだったのに」

「イ・ハジュン、それは……」

「十年が、お前が思ってたより長いから？　それとも、あのつまらないファイルを何冊か見たからか？　俺がいじらしいか？　そんなの、お前のお得意の単なる気まぐれじゃないか」

「つまらないだって？　お前が作り上げてきたものじゃないか！　そんなふうに言うな」

ムギョンは深くため息をついた。

「いくら謝ってもダメか？　いくら本気で好きでも？　これからお前に優しくして、望むことをなんでもやってあげて、欲しいものをすべて持たせてやっても……それでも、どうしてもダメそうか？」

ハジュンは、じっくり考え込むように眉間に深く皺を寄せ、ムギョンの顎のあたり見つめた。そして、おぼろげに答えを思いついたかのように目を大きく開けて、ムギョンと目を合わせた。

「お前一人で下した結論は散々聞いた。俺が知りたいのは……なぜお前がそういう結論を下したか、その理由だ」

「理由？　好きだから好きで、悪いことをしたから申し訳なく思ってるんじゃないか。他にどんな理由があるんだ？」

目を細めたハジュンは、首を横に振った。

「どうして俺にあんなことを？」

「えっ？」

「俺の知るお前は……性格は悪くても、根は悪い人間じゃないのに」

ハジュンの目の色が、解くべき問題に集中しているかのように深まった。

「あんなことまで言う人間じゃないのに、まるで俺をわざと傷つけようとするみたいに振る舞ったじゃないか。お前はバカでもないし、あんなことを言われて俺がどんな気持ちになるか分からなかったとは、どうしても思えない」

ムギョンは口をつぐんだ。

過大評価だ。ただのバカだと思ってくれればいいのに。

「最近のお前を見ていて、ずっとモヤモヤしてた理由がやっと分かった気がする。決して暴言を吐かれたからでも、お前が嫌いになったからでも、好きだからって言われて決まりが悪いからでもない」

ハジュンの口調が、事情聴取中の刑事や、生徒をたしなめる教師のように、次第にハッキリしていった。

「俺は……理解したいんだ。ごめん、好きだ。そんなふうに、お前一人で考え終えて結論だけを投げられたら、俺にはイエスかノーか二つの選択肢しかないじゃないか。これは、そんな二者択一の問題じゃない。答えを聞きたいなら、まずはお前が俺に説明しないと」

人が話しながら答えを見つけていく時特有の鮮明さが、ついさっきまで快感に喘いでいた色白の顔に、インクで引いた線のようにくっきりと描かれる。その線が美しすぎて言葉に詰まっているのに、それでも目が離せない。

「そうだ。最初から、それが知りたかったんだ。どうして俺にあんなことをしたんだ？　キム・ムギョン」

一番大きな盗品が見つかってしまった。

ムギョンは生唾を何度か飲み込んでいて、すぐに口を開けなかった。だがハジュンは、答えを聞くまでは引かないと言わんばかりに、いつものように硬い表情でムギョンを見ていた。

だから答えなければならなかった。現象の原因と結果をいつも懸命に記録し研究している真面目なイ・ハジュン・コーチを納得させられる答えを。

「……俺もずっと軽い付き合いしかしてこなかったから、まともな恋愛をしたことがないだろ？　誤ってお前を傷つけちまうんじゃないかと思って」

　言い訳をしていても、まったく通用する気がしない。0点の嘘。案の定、ハジュンの口調はさらに激しくなった。

「バカ言え。傷つけるんじゃないかって心配してるヤツが、あんなことを言うか？　その心配で、今度は人も殺しそうだな」

「……」

「俺だって、こんなことしたくない。したこともないし」

　イカれて、お前を傷つけてしまいそうで。

　いや、本当はイカれて、自分を傷つけてしまいそうで。今まで徹底的に守り続けてきたルールを破って、おかしくなってしまいそうで。上手くやってきたと自負していた人生が、台無しになってしまいそうで。

　それでも、お前から甘い汁だけは吸いたいから。ただ、最初から最後まで自分のことしか考えていなかったから。

　だが、こんな言葉も彼の望む答えではないのだろう。

「俺だって、お前に好きだって言われた時、ちゃんと喜びたかった。こんなこと考えたくないんだよ！」


　最後に少し声を荒げたハジュンは、髪をかき上げながら重苦しいため息をつき、それでも黙っているムギョンを見つめてから体を起こした。

「……シャワー浴びてくるよ。とにかく、俺のほうからヤろうって言ったくせに、最後までできずに悪かった」

　最後まで責任感に溢《あふ》れていた。

　ベッドの端に引っかけていたバスローブを適当に羽織ってドアから出ていく後ろ姿を、ムギョンはぼんやりと見つめるだけで、立ち上がって追いかけることもできなかった。ハジュンが座っていた場所を見つめ、そのまま後ろ向きでベッドの上に力なく倒れ込んだ。

　ポジションを勘違いしていたようだ。ディフェンダーとフォワードじゃなくて、警察と泥棒だったのか？

(自首して、光を求めよう)[8]

　頭の中で古典的なキャッチコピーが電光掲示板のようにピカピカ光っていても、ムギョンはその「理由」をハジュンの前で言う勇気がなかなか湧いてこなかった。

15

Aマッチ週間が終わるや否や、待っていましたと言わんばかりに次のリーグ試合の予定が決まった。選手たちはそれぞれ大きなカバンを肩に掛けて列を作り、遠征試合へと向かうバスに乗り込んだ。

ムギョンは、知らない人なら見過ごすだろうが、彼のことをよく知っている人が見ればすぐに気付くであろう鬱々とした顔で、とぼとぼとバスに乗った。車内をサッと確認すると、ハジュンは窓際の後方座席に一人で座り、いつものようにノートを覗《のぞ》き込んでいた。

ムギョンは鼻から小さく息を吐き、誰かが座るんじゃないかと彼の隣の座席にズンズン近づき、棚にカバンを載せてドサッと座った。シティーソウルの選手やスタッフたちは二人が並んで座っている姿に慣れすぎて、ハジュンの隣の座席が空いていても、どうせもう誰も座ろうと思わないということをムギョンは知らなかった。

あの日は結局、あのまま別れてしまった。容疑者キム・ムギョンは最後まで自白できず、イ・ハジュン捜査官も夜通し取り調べるつもりはなかったのか、ゴソゴソと服を手早く着て家へ帰っていった。シャワーを浴び終えた後、完全に落ち着きを取り戻したイ・ハジュン・コーチの姿で部屋に戻ってくるなり、落ちこぼれのために宿題を出した。

『今すぐが難しいなら、ゆっくり考えをまとめてから教えてくれ』

ハジュンは、隣の座席に座ったのが誰なのか確認するようにムギョンに一瞥《いちべつ》をくれただけで、すぐにノートに視線を戻した。喜んで迎えてほしいと望んでいたわけでもないので、ムギョンは耳にイヤホンを挿《さ》し、腕を組んで目を閉じてしまった。

彼の言う通り、あの質問に今すぐ答えるのは難しいが、それでも隣で耐え続けた。「耐える者に勝利あり」という言葉があるが、その通りだ。試験問題とは違って、人生における問題は絶えず動いてその姿や状況を変え、諦めたら答えを求めるポイントに到達することもできないのだから。ムギョンの人生からして、耐えに耐えて今に至ったと言っ

8 訳注：犯罪者に自首を促すために韓国でよく使われるキャッチコピー。元々は一九九〇年代まで使われていた、韓国に潜り込んだ北朝鮮のスパイに自首を促す「暗闇の中で震えていないで、自首して光を求めよう」というフレーズ。

ても過言ではなかった。いつものように耐えながら走っていれば、また新しい局面が見えるだろう。

出発して三十分ほどが過ぎると、総じてどこでも寝ることができる選手たちはほとんど眠りにつき、二時間強の距離を走るバスの中は静かになった。道路を走るバスの振動の中、ゆっくりと資料をめくっていたハジュンは少し車に酔ったような気がして、顔を上げて窓の外を見た。

自分も少し眠ろうかと思った瞬間、バスがトンネルに入った。真っ黒な暗幕が窓の外に垂れ下がり、隣で頭を斜めに傾けて寝ている男の顔が窓に映った。

(カッコイイ……)

何かを考えもしないうちに、感想が一言パッと頭に浮かんだ。ハジュンは、そんな自分がバカらしくなって眉をひそめた。もしかして、本当に顔が理由でキム・ムギョンへの気持ちを捨てられずにいるのだろうか。

「うーん……」

その時、ムギョンが眉間に軽く皺《しわ》を寄せて体の向きを変えた。ハジュンはビックリして、暗くてまともに見えもしないノートに視線を落とした。ムギョンの頭が横に倒れ、ハジュンのほうへゆらりと傾いた。そして大きな体をモゾモゾさせながらハジュンの肩に頭を預けると、やっと動きを止めた。

ハジュンは隣を見たが、彼は目を閉じたままだった。寝たふりをしているわけではないのか、頭を受け止めてくれる支えを見つけたその顔に、微《かす》かな満足感が漂っていた。そのまま軽く口を開け、また穏やかな呼吸と共に眠り続けた。

ダメだ。こんな姿勢で寝たら、首を寝違えるかもしれない。そう思いながらもハジュンはムギョンを起こせず、おずおずと彼を見ると、肩が揺れないように気を付けつつモゾモゾと腕を動かした。脱いであったジャージの上着を丸めて、ガクンと曲がった彼の首と自分の肩の間にそっと押し入れて枕を作ってやった。バスは静かに走り続けた。

「起きろ、キム・ムギョン」

ムギョンは自分を起こす声に目を開けた。遠征試合前にしては、昨夜はあまり熟睡できなかったせいで、目を覚ますのに少し時間がかかった。

着いたのか？　寝ぼけた体を起こして目をしばしばさせ

ると、いつの間にかカバンを持って、ジャージの上着もしっかり着たハジュンが目の前で手をヒラヒラさせて目を覚まさせた。

「着いたぞ。シャキッとしろ」

「ああ」

ムギョンはグッと背伸びをして立ち上がり、首を左右に曲げて棚に載せてあったカバンを下ろした。軽い睡眠不足のせいもあるが、試合続きのスケジュールはたしかに少し疲れる。

心の中で不平を言いながらバスから降りたムギョンは、クスッと笑ってしまった。年末のＥＰＬの殺人的な試合スケジュールに比べたら大したことでもないのに、韓国に来て数か月で贅沢《ぜいたく》な愚痴だ。

スタジアムに入って服を着替えた選手たちは、すぐに外に出て準備運動をした。試合が始まるまでにはまだ少し時間があったが、ウォーミングアップ中の選手たちを一目見ようと、熱心なファンたちはすでに席に着き、懸命に写真を撮ったり選手たちに声援を送ったりしていた。

「キム・ムギョン選手！　頑張ってください！」

ホームチームのファンと思《おぼ》しき一人の女性が、ムギョンに対してだけは「キム・ムギョンなら、敵も味方も関係ない」という態度で叫んだ。ムギョンが笑いながら手を振ってみせると、周りの人たちまでワーッと喜んで、一緒になって手を振り返してきた。

遠征試合時の相手チームのファンたちへのアピールはムギョンの長年の趣味の一つで、ある時は「いつでもどこでも公平なスターのサービスだ」と褒められ、またある時には「悪趣味で無礼な行為だ」と悪く言われた。同じ行動を取っても、その時その時の雰囲気や相手の好みによって評価は千差万別なのだから、人の評判などにこだわって生きるのは時間の無駄だ。

「ほらほら、みんな集まって！」

しかし、特定の一人にとって、いつも信じられるいい人でいたいなら？

短時間で相手から好かれて魅力的に見せることなど、瞬《まばた》きよりも容易《たやす》い。だが、誰かの本気を手に入れようと努力したことのないムギョンにとって、あの質問は今までの人生でただの一度も挑戦したことのない、実に大きな課題だった。

監督の隣に立っているハジュンを見つめ、ムギョンはべンチに近づいていった。九月。残りのレンタル契約期間は、あと二か月ほどだった。「意図的な時間の浪費」と自ら釘《くぎ》を刺していた韓国でのワンシーズンも、予想外の暴風を巻き起こしながら三分の二ほどが過ぎ去ってしまった。

円陣を組んでファイトと叫ぶと、選手たちはフィールドへと走っていった。キム・ムギョンを先頭に立たせたシティーソウルは一位をキープしたままシーズンを駆け抜け、今は勝ち点を大きく引き離して他のチームが追いつけないほどだった。番狂わせさえなければ、リーグ優勝はほぼ確実だった。

いつものように相手チームはムギョンを牽制《けんせい》すること自体が戦略なのか、守備メインで動いた。いくらムギョンが飛ぼうが這《は》おうが、足を縛る戦略を取られてしまっては、相手チームのディフェンダーが気を緩めるまでは、なかなか自分の実力を見せつけることができない。とりあえずムギョンは隙を窺《うかが》いながら、他の選手たちの足の間をボールが行き来するのを見守った。

サッカーをするのは、機械ではなく人間だ。九十分にわたる試合の中、こんなふうに序盤から防御ばかりに重点を置いていれば、必ずディフェンダーたちが気を抜く瞬間がくる。その時まで力を蓄えつつ集中力をキープして、隙を突けばいいのだ。ムギョンはあちこち移動しながらボールを受け取るのに適切な場所を探し、シティーソウルの選手たちは彼にボールを渡そうとしたが、パスはことごとく相手ディフェンダーにカットされた。

だが、ムギョンが待っていた瞬間は暫《しばら》くして訪れた。前半二十五分あたり、コーナーキックのチャンスを得たシティーソウルがボールを遠くに蹴り上げ、その軌跡を追って走ったムギョンがディフェンダーを跳ねのけてボールをキープすることに成功したのだ。彼が一番好きな攻め方ができる状況だった。このままボールをドリブルして相手陣営まで突進し、ゴールに蹴り入れるのだ。ムギョンはすぐにダッシュを始め、ディフェンダーも必死に彼に張りついた。

ムギョンに向かって走ってきたのは、やっと二十歳になったかならないかの一人の若い選手だった。試合経験が少なく、意欲に溢《あふ》れ、活躍したいという欲望に沸き立った若い選手たちは、特にミスをしがちだ。

彼の脚が、ムギョンの足首あたりに横から突っ込んできた。明らかな反則タックルだった。豹《ひょう》のごとくドリブルをして走っていたムギョンは、スピードを出していた分、一瞬でピッチに倒れて派手に転がった。

競り合いの末の転倒は、サッカーの試合中、五分に一度は起こると言っても過言ではない。ファウルを取るためにわざと大げさに転ぶケースも多いが、今回は違った。ムギョンが転んだ瞬間から、応援とヤジを交互に送っていた観客席も次第にざわつき始めた。

芝生の上に倒れたムギョンは、ディフェンダーに蹴られた足首を抱えたまま起き上がれずにいた。ファウルを犯した選手は、自分でも驚いたかのようにぼーっとその場に立ち尽くし、転がっているムギョンを見ているだけだった。シティーソウルのベンチでは、ハジュンが真っ先に立ち上がった。

「怪我《けが》したみたいですよ？」

一人のスタッフが心配そうに呟《つぶや》いた。監督が審判に試合中断を要請した。

選手たちが一人二人と集まってきて、彼の状態を確認した。その間にムギョンは体を起こして座っていたが、相変わらず簡単には立ち上がれなかった。担架を持った医療チームが急いでコートの中に入り、その上にムギョンを寝かせた。

ハジュンはスタッフに許可されたエリアの際まで歩いていって、ベンチに向かってくる担架を見つめた。彼の目は大きく見開かれていた。担がれてきたムギョンは、自分を出迎えるようにベンチから出てきているハジュンを見ると、ひそめた眉を緩めもせずに口角を上げて笑った。

「イ・コーチ、出迎えに来てくれたのか？」

すると、ハジュンの顔が歪《ゆが》んだ。

ハジュンは担架に付き添って歩いた。そして医療チームがムギョンの足首をチェックしている間も、凍りついたように隣でうずくまって座ったまま動かなかった。怪我をしたのは、よりによって右足首だ。普段からハジュンが気にしていたところだった。応急処置として保冷剤を当てて包帯を巻いている間、ムギョンは時折顔を歪めながらも黙っていた。

クソッ……バカ野郎の蹴りをまともに食らっちまった。

ムギョンが心の中で悪態をついて文句を言っている間にも、ハジュンは魂が抜けたように隣で座っているだけだった。処置を終えた医療チームが席を外すと、彼はやっと足首にそっと手を乗せて尋ねた。

「どうしよう。かなり痛いか？」

　そりゃあ、足首を思い切り蹴られたんだから、痛いに決まっている。

　足首の怪我は初めてではなかった。二部リーグにいた頃、誤って蹴られて怪我したことがあったが、その時は左足で六週間ほど試合に出られなかった。あの時のほうがずっと痛かった。もちろん心配がないわけではないが、ムギョンにもスポーツ選手としての長年の勘があった。

　それほど大きな怪我ではない。いつまでも試合を止めているわけにもいかないから担架で運ばれただけで、試合中でなければ足を引きずりながら歩けるレベルだ。

「大丈夫だ」と、「今日の試合には戻れそうにないし、最悪の場合二週間くらいは試合に出られないかもしれないが、そこまで深刻な怪我じゃなさそうだ」と、ムギョンはどっしり構えて答えようとした。

「本当に、どうしよう……」

「イ・コーチ、大丈……」

「ああ、足首の怪我は後遺症が残ることもあるし、ものすごく危険なのに」

　ムギョンは言いかけて、口をつぐんだ。

泣き出しそうな顔で、どうすればいいのか分からず地団太を踏む子どものように小さく詰まった声で呟いていたハジュンの目から、ついに絵画のような涙が一粒ポロリと落ちたのだ。

　呆気《あっけ》に取られて瞬きもせずに彼を見つめていたムギョンは、必要以上に平気なふりをしようとしていた顔を、急いで苦しそうに歪めて唸《うな》った。

「痛い」

　頭の中で電球が光ってひらめいた。

　これだ。

　いくらカッコつけてみたところで、イ・ハジュンには通用しなかった。完全に間違った戦略を取っていた。優しいイ・コーチには、可哀想に見せる作戦のほうが効くんだ！

　やはり天はキム・ムギョンの味方だし、人間は知っている分だけ考えることができる。自分は他人の弱った姿にさほど同情するタイプではないので、優しい彼の気持ちを推測できなかった。ムギョンは今にも泣きそうな顔をしながら、全力でメソメソした。

「イ・ハジュン、ものすごく痛い。こんなに痛いのは、生まれて初めてだ」

「ああ、どうしよう。大変だ」

ハジュンの呟きは小さかったが、泣き喚《わめ》いているかのように悲痛だった。すると、突然ガンッと拳を芝生の上に叩《たた》き下ろした。綺麗《きれい》に芝が植えられていた地面がへこんで土が跳ね上がる様子を見て、ムギョンの目がまん丸くなった。

「チクショウ、あのクソ野郎。誰の足だと思って……！」

堪《こら》えるように独り言を呟くハジュンを見て、口までぽかんと開いてしまった。

ムギョンは幻想の中の生き物でも見るかのように信じられないという表情でハジュンを見て、暗い顔で足首を見下ろしている彼に恐る恐る尋ねた。

「イ・コーチ、暴言も吐けるのか？」

「だったらなんだ？　俺は暴言も吐けないとでも⁉」

ハジュンは呆《あき》れたと言わんばかりに言い返してきた。だが、ムギョンとしては道理に適った質問だった。

（今までひどいこと言われまくっても、俺には一度も暴言を吐いたことなんてないじゃないか……）

なかなか止まらないのか黙って涙を拭うハジュンを見ていると、ムギョンも思わず目頭が熱くなった。我慢しようとしたが、今回は五つまで数えても無駄だった。下睫毛《したまつげ》に留まっていた涙が結局ポロポロと流れ落ちると、ハジュンはさらに気落ちした。

「医療チーム、医療チームを呼んでくるよ。こんなことしてる場合じゃない。病院に行かなきゃ」

「いや、ここで手を握っててくれ。痛すぎて、一人じゃ耐えられない」

「えっ？　ああ。うん」

躊躇《ためら》うことなくすぐさま差し出された白い手を、ムギョンは力を込めて握ってグイッと引き寄せた。ハジュンはムギョンのそばに座り、オロオロしながら手の甲を撫《な》でてくれた。

ムギョンが泣き声を出すように「ううっ」と大きく息を吐くと、ハジュンは一層驚いて、今度は両手でムギョンの手を掴《つか》んだ。彼は、その場で叫んで医療チームを呼んだ後、「そんなに痛いのか？」「もう少しだけ待ってろ」と焦《あせ》りつつも励ましてくれた。

だが、ムギョンが泣き顔を浮かべていたのは痛いからではなかった。一応、怪我は怪我なので心配がないわけではなかったが、それよりもハジュンが自分のために泣きながら手を握ってくれているこの瞬間がうれしかったのだ。

（良かった……。本当に、まだ俺に愛想が尽きたわけじゃないんだ……）

それこそ涙なしでは迎えられない、キム・ムギョンの今年最高に幸せな瞬間だった。

その間に、ムギョンの足首を蹴った選手はレッドカードを受けて退場させられ、シティーソウルは十一対十という有利な人数で円滑な試合を進めていた。ムギョンはハジュンの手を握り、まるで死にゆく人のように苦しんだ。そこへ近づいてきた医療チームスタッフが驚いて尋ねた。

「そんなに痛いんですか？　病院に運んだほうがいいでしょうか」

いいえ、最後まで試合を見届けられそうです。

そう答えたかったが、ハジュンが先に答えた。

「はい、早く病院に行きましょう。応急処置だけで、どうにかできる怪我じゃないみたいです」

今さら、その言葉に逆らうわけにもいかなかった。

＊　＊　＊

「Ⅰ度足関節捻挫。所見：二週間欠場見込み。回復トレーニングプログラムと治療に専念し、全快と一日でも早い復帰に集中すること」

ハジュンは医療チームの所見書をきっちり貼り、その下に要約メモを書き留めたノートを閉じると、片足首に簡易ギプスをして懸命に下半身の筋トレをしているムギョンを無愛想な顔で見つめた。

キム・ムギョンが国内リーグでファウルを食らって負傷したというニュースは、全世界に広がった。ベンチで顔をしかめて涙ぐむ気の毒な表情が鮮明に写った写真と共に。彼の足首に怪我を負わせた相手チームのディフェンダーは、各国のファンたちから飛んでくる非難に対処するため、「故意ではなかった」「過《あやま》ちを心から悔やんでいる」という公式謝罪文まで掲載しなければならなかった。その後、クラブが「重い怪我ではないので、すぐに回復するだろう」という見解を出して、やっと騒ぎが収まった。

よりによってシーズン後半でムギョンが離脱することになったので、たしかにダメージはあった。しかし、失点さえなければ今のところ大きな問題はなかった。軌道に乗ったシティーソウルはチームワークも安定し、ムギョンがいなくても順調に試合を行なっていたし、この先二週間は強豪チームとの試合はなかったので、監督は「充電期間だと思え」とムギョンに言い聞かせた。

「終わったぞ、イ・コーチ」

彼を見守っていたハジュンは体を屈《かが》め、内ももの長い筋肉を手で押してチェックしながら尋ねた。

「ここを押すと、どうだ？」

「うん、ちょっと張る感じがする」

「軽くマッサージしてほぐすから、レッグカールをもう三セットしよう。できそうか？」

「もちろん。問題ないさ」

ムギョンは肩をすくめて余裕ぶった。小憎らしいほど、どっしり構えている。あの日、痛くて死にそうだと大騒ぎしていたムギョンの態度は、やはり怪しい。

「じゃあ、移動しよう」

別の器具に移ろうと指示して体を翻そうとしたが、ムギョンには立ち上がる気配がなかった。

知らんぷりして一人で歩いていったところで、トレーニングをする本人がついてこなければ意味がない。ハジュンは静かに向き直った。待っていましたと言わんばかりにムギョンが手を差し出した。ハジュンはぶっきらぼうに尋ねた。

「……また？」

「早く治したいなら、足首に体重をかけるなって言ったじゃないか。一人で立ち上がったりして、足を踏み外しでもしたらどうするんだよ。手を握ってくれ」

片足立ちでスクワットだってしていらっしゃるのに、なんとも大げさなことだ。

我慢しよう。何はどうあれ、キム・ムギョンは怪我人だ。ハジュンはその言葉を心の中で呪文のように唱えながら彼の手を取り、彼を支えて立ち上がるのを手伝ってやった。ムギョンはわざとうんうん唸りつつその巨体を立たせると、隣に立てかけておいた松葉杖をついた。

そうだ。

この世に危険ではない怪我などないが、I度足関節捻挫があそこまで泣き喚くほどの怪我かと言われれば……決してそうではない。

去年、弟のハギョンもバスケをしていて似たような角度で足を挫《くじ》き、友達に支えてもらいながら足を引きずって帰ってきたことがあった。その時だって、二週間ですっかり治った。

みんなもいるところで、大いに取り乱してしまった。理性を取り戻すと、残ったのは恥ずかしさだけだった。未熟ではあるものの、れっきとしたプロリーグのコーチなのに、みんなが忙しく動き回っている中で自分が取るべき行動も取れず、理性を失って涙なんかを流してしまうとは。

もちろんフィジカルコーチの役割は、あくまでも試合時以外における選手たちのコンディショニングを通じた身体能力の向上と怪我の防止だ。拡大解釈するにしても、怪我の回復とリハビリのためのトレーニングを行なうところまでがコーチの仕事であり、すでに負ってしまった怪我の処置は医療チームの管轄だった。

とはいえビックリして泣いてしまったのは、どう考えてもコーチ失格に近い行為だし……何より、とんでもなく恥ずかしかった。

現場で力が及ばなかったならば、今からでもリカバリーするしかない。ムギョンの足首ならいつも気にかけていたので、どうせならこの機会にしっかり強化トレーニングをさせるつもりだった。他の器具に移ろうと歩いていると、突然ムギョンが立ち止まった。ハジュンは抑揚のない口調で機械的に尋ねた。

「今度はなんだ?」

ムギョンがしゅんと眉を下げた。

「さっき足首がメチャクチャ痛かった。ズキズキする。本当だってば」

「うん、そうか。今は大丈夫だってことだろ?」

「いや、まだ少し痛い。イ・コーチが、ちょっとここを撫でてくれれば、痛くなくなると思う。ああ、強くじゃなくて優しく」

その「ここ」は、足首とはまったく関係のない頬のあたりだった。ハジュンの目つきが冷たくなった。

(この仮病常習犯が……)

シティーソウルに来たばかりの頃から、自分の前でいつも痛がるふりばかりしていたキム・ムギョンだ。今や本当に怪我人になってしまったので、痛いという言葉イコール仮病だとは言えない。しかし、むしろその弱みに付け込んで、回復トレーニングをしている間ずっと、大きな図体をして隙さえあれば「痛い」「元気が出ない」「このままじゃ大変なことになるんじゃないか」といった様々なレパートリーでまくし立てながら、「頭を触ってくれ」「脚に触れてくれ」「手を握ってくれ」などと、幼稚な要求事項にはキリがなかった。

とてもじゃないが我慢できず、この前は「笑わせるな」と言って軽くデコピンを一発食らわせたところ、みんなが見ている前でゴロゴロとのたうち回るほどの勢いで大げさに痛がるので、恥ずかしくて死ぬかと思った。

「こんにちは」

頬を撫でるか叩くか、どちらにしようかと真剣に悩んでいたその時、ハキハキした声が広い室内練習場に響いた。ドアが開いて複数の人が入ってきた。向かい合って立っていたムギョンとハジュンも、声が聞こえたほうへ顔を向けた。トレーニングに邁進《まいしん》していた選手と、彼らの補助をしていたスタッフたちの視線がこぞって訪問者たちに集中した。

丈の短いオフショルダーワンピースを着た美人が、汗臭い練習場にいる人々の視線を一気に奪った。Kリーグの女神という愛称で有名な、今売れっ子のスポーツキャスターだった。

「今日は練習風景を撮影すると事前にお伝えしていたんですが、お邪魔しても構いませんか？」

「こんにちは」

ムギョンが挨拶すると、彼らが近づいてきた。キャスターの後ろに、ずっしりとした撮影機材を持った撮影スタッフや記者と思しき人たちが、さらに数名立っていた。彼女が尋ねた。

「もうトレーニングを始めてらっしゃったんですね？」

ついさっきまで泣きそうな顔をして痛がっていたキム・ムギョンは、打って変わって彼の専売特許である余裕に溢れた微笑《ほほえ》みを浮かべ、テレビ局の人たちを迎えた。

「負傷兵は、一日中ひたすら回復トレーニングをしないといけませんから」

「でも、回復スピードが速いと伺いましたよ。そのおかげで撮影に応じてくださる時間ができたんですから、私たちとしては、ほんの少しは怪我の功名だと思っても構いませんよね？」

「解釈はご自由にどうぞ」

クスリと軽く笑って答えたムギョンに、彼を見つめていたキャスターの顔がいかにもはにかむように変わった。その隣で二人の姿を眺めていたハジュンは、なぜか席を外さなければならないような気になった。気まずくなって、他の選手のトレーニングをチェックしに、その場を離れた。

治療・回復トレーニング以外のスケジュールがキャンセルになったことで若干の余裕ができ、ムギョンは帰国直後から「ドキュメンタリーを撮りたい」としつこくコンタクトしてきていたテレビ局の提案を承諾した。

当初、少し失礼な断り方をしたせいで、今さらオッケーしてもいいものか少し心配もした。だが、いざ打ち合わせをしてみると、担当プロデューサーは「あの時のことは気にしていない」と言いながら人の良さそうな笑顔を見せた。スポーツ専門のドキュメンタリーというよりは、夜の時間帯に様々なテーマを扱う四十分のドキュメンタリー番組で、ムギョンを扱いたいという提案だった。

マスコミは、怪我をした選手……正確には怪我をした選手の「感動の復活劇」を好むので、絶好のタイミングでのウィンウィンの案件だった。宣伝効果を狙ったクラブ側も「いい機会だ」と喜び、必ずクラブ内部を撮影してくれと申し入れた。

最初はプライベートを晒《さら》すようで抵抗があったが、韓国生活が長くなってムギョンの考えも少し変わった。今後ムギョンが韓国で選手として活動することは、引退が迫りでもしない限り二度とないだろうし、記念を兼ねてちょっとした映像くらいは残しても悪くはないんじゃないだろうか。そんな感傷的な気持ちが、ふと生まれたのだ。

以上が、突然テレビ局の人たちが室内練習場を訪れた理由だった。トレーニングをしながらもキャスターとムギョンから目を離せずにいた一人の選手が、隣に立っているハジュンに同意を求めるように尋ねた。

「ミン・ジェヨン、ヤバいですね。生で見ると、さらに美人に見えますよ。ムギョン先輩は美人は見慣れてるから、あの程度じゃ特になんとも思わないのかな？」

ハジュンはキッパリと答えた。

「人の外見を評価するようなことを言うもんじゃない」

「まぁ、やっぱりミン・ジェヨンよりはハ・ウヌですよね。ムギョン先輩はトップ女優とスキャンダルになったんだし、よっぽどの美人じゃなきゃ」

ハジュンが眉間に皺を寄せて刺すような視線を送ると、その選手はやっと口をつぐんだ。しかし正直なところ、ハジュンも彼女からなかなか目が離せなかった。

いつも写真や動画では見ていたものの、ムギョンが女性と話をしている姿を実際に目にしたことはなかった。今おしゃべりを交わしている二人が「恋人同士だ」と言われても不自然ではないように思えた。なぜムギョンが女性にモテるのか、今さらながら分かったような気がする。たぶん自分が彼女と二人きりで立っていても、周りの人の目には絶対にあんな雰囲気には映らないだろう。

「イ・コーチ！」

遠くから二人を見守っていると、突然ムギョンが手を振ってハジュンを呼んだ。「俺？」と聞き返すような表情で胸を軽く指さすと、ムギョンは頷《うなず》いて再びハジュンを呼んだ。

ハジュンは少し躊躇ってから、撮影スタッフたちがいるあたりへ近づいていった。キャスターのミン・ジェヨンが会釈をして挨拶した。

「こんにちは、イ・ハジュン・コーチ。ミン・ジェヨンです」

「こんにちは、イ・ハジュンです」

ジェヨンは手を差し出して握手を求めた。ハジュンも挨拶をしながら手を差し出すと、ムギョンが割り込んできて、彼女の手を握って軽く揺らしつつ尋ねた。

「そういえば、俺とまだ握手してませんでしたっけ？」

「いえ、初日に」

と、彼女が言い終えもしないうちに素早く話題を変えた。

「挨拶はお済みでしょうが、こちらはうちのチームのフィジカルコーチのイ・ハジュンです。とても優秀なコーチなので、俺のリハビリトレーニングのコーチングは今、ほとんど彼が受け持っています」

ジェヨンが明るく笑いながら、ハジュンに顔を向けた。

「コーチ、大丈夫でしょうか。今日はキム・ムギョン選手の練習風景を撮影する関係上、コーチも多少は映ってしまうと思いますが……。途中で質問もたくさん挟みますし」

「……はい、構いません」

映ると言ったって、トレーニングをサポートする様子が少し映るくらいだろう。ハジュンは頷いた。

「フルバックとして活躍されていた頃のコーチ、大好きでした。コーチになられても、相変わらず素敵ですね」

「僕のこと、ご存じなんですか？」

「もちろんです。私はKリーグキャスターのミン・ジェヨンですよ。十年以上サッカーを見てきていますから」

「あ……ありがとうございます」

近くで見ると、遠くから見た時よりもずっと美人だった。美しい有名人に過去の活躍を褒められると照れくさくなって思わず微笑んでしまった。すると、ムギョンがハジュンの肩を急いで叩いた。

「イ・コーチ、呼ばれてるぞ」

「えっ？　誰？」

「ほら、あそこ。指示された運動を、やり終えたみたいだ」

ハジュンがキョロキョロすると、ムギョンはハジュンの肩に松葉杖をついていないほうの腕を回しながら笑った。

「あれ？　違ったか？　聞き間違いかな」

自分を呼ぶ声を聞き逃したのではと思ってハジュンが選手たちをチェックしている間に、ムギョンはスタッフたちと軽く言葉を交わして撮影に入った。暫く中断されていたトレーニングが再開された。

密着番組はもちろんグラビアやCMなどで様々な撮影に慣れているムギョンは、カメラの前でも自然体だった。あまりに自然で、どうすれば自分がカッコよく見えるのか熟知しているかのように、二人だけでトレーニングする時とはまるで違って表情まで重々しくなった。ハジュンはぼんやり彼を見ていて、次の指示を忘れそうになった。

今日のトレーニングを始めてかなり時間も経《た》っているので相当疲れているだろうに、まだ顔を作る余裕があるなんて、大したものだと言うべきだろうか。怪我をしていないほうの脚を台に乗せたまま上半身を鍛える運動を行なうムギョンを黙って見ていると、ハジュンはやはり感心してしまった。回復トレーニングプログラム中でも、ムギョンは通常の二倍近い強度と量のトレーニングを、「疲れた」と不平を一切言うことなく消化していた。

屋外グラウンドでの練習ではあまり見ることのできない上半身の筋肉が、力を使う方向に沿って盛り上がり、硬くなっては緩んだ。ガッチリした体のあちこちがピクピクしている様子が、服の上からでもしっかり分かった。巨大だが鈍さのない体がスピーディーに軽やかに動く光景には、いつも見惚れてしまう。ハジュンは少し赤くなった顔を俯《うつむ》かせた。

「いつものように、自然に接してくださいね」

「あ、はい」

一人のスタッフが、顔を赤くしたハジュンにマイクをつけながら囁《ささや》いた。別に撮影のせいで緊張してるわけじゃなかったんだけど。かえって決まりが悪くなったハジュンは、小さく咳払《せきばら》いをした。ミン・ジェヨンがハジュンに近づいて尋ねた。

「怪我をしている状態で、こんなトレーニングを行なって軽い怪我で済んだから、仮病だの大げさだの文句を言っているだけで、本当に誤って足首やら膝やらに大怪我を負っていたら、彼の冗談に不満を感じる暇もなかっただろう。ジェヨンに向かって説明してからムギョンのほうを見ると、いつの間にか彼もハジュンを見つめていた。その瞳は、まるでハジュンの言葉に耳を傾けているかのように真剣だった。

「……今回のキム・ムギョン選手の怪我は、さほど重いものではありません。生まれつき身体能力がズバ抜けていますし、トレーニングにも積極的なので、すぐにスタジアムでファンの皆さんにお目にかかれると思います。キム・ムギョン選手は、これよりもずっと大きなプレッシャーや試練にも常に打ち勝ってきたんですから」

も大丈夫なんですか？」

「今は怪我した足首を使うことができませんが、だからと言って怪我をしたほうの脚を休ませたままだと筋力が低下して、足首が完治した後にも問題が出るんです。体のバランスも崩れやすいので、周りの筋肉を鍛え続けてやらないといけません」

「負傷後のトレーニングは、やはり特に大変そうですね」

その言葉に、ハジュンは一瞬答えを失ったかのように沈黙してから、すぐに微笑んだ。

「はい。スポーツ選手が行なうトレーニングの中で最も大変なのが回復トレーニング、リハビリトレーニングなんじゃないかと思います。いくら軽い怪我でも、リハビリ中は試合に出られないプレッシャーに耐えるのもつらいですし……どうしても『完治しないかもしれない』という恐怖心を持ってしまうものなんです」

なんだかんだ言っても、ムギョンがピッチで倒れて立ち上がれずにいる姿を目撃した瞬間は、目の前が真っ暗になった。彼が出場した試合は欠かすことなく見てきたし、初めて見た光景でもなかったのに、実際に目《ま》の当たりにした時のショックは想像を軽く超えた。

＊　＊　＊

一日で終わったと思っていたのに、急遽「追加撮影が必要だ」ということでテレビ局の人たちが放送日二日前に再び練習場にやって来た。

単に近くでカメラが回っているだけでも普段の三倍は疲

れる気がした。今回は予想もしていなかった突然の撮影だったからか余計に。それに、なぜあんなにも自分に話しかけるのだろうか。現役時代にも感じたことのない疲労が押し寄せ、その余波は今日も続いていた。

家族写真を除いて今までカメラといえば、クラブで必要なオフィシャルフォトの撮影や試合中継に映ったことがあるだけで、すぐそばでレンズを突きつけられての撮影は初めてだった。現役時代に短めのインタビュー程度なら受けたことはあったが、長くても数分で、一瞬で過ぎていくものだった。

カメラの前でカッコよく見せるのも、誰にでもできることではない。今さらながらキム・ムギョンのメンタルの強さに舌を巻いたハジュンは、帰宅しようと廊下に出た。

もうかなり日が短くなり、まだ七時にもなっていないのに空が真っ暗だった。バスに乗るために事務室のある建物を出たハジュンは、ふと横を見た。向かいにある室内練習場の灯《あか》りがまだ点《つ》いていた。

練習はもう終わったから、最後の人が消し忘れたらしい。放っておけば管理人が消すだろうが、せっかく目についたのだからスタッフの手間を減らしてやりたいと思い、ハジュンは室内練習場のほうへと向きを変えた。

ドアを開けて中へ入り、消灯ボタンを探していたハジュンは動きを止めた。誰もいないと思っていた練習場から、微かにギシギシという音が聞こえてきたのだ。音の発生源を探していたハジュンの眉間に軽く皺が寄った。

「お前、何してるんだ？」

がらんとした練習場にハジュンの声が微かに響いた。音は、ムギョンの体重とバーベルの重量を支えているベンチから出ていた。ベンチプレスをしていた彼はバーベルをラックに乗せてから、ゆっくりと体を起こした。

彼は、スポーツタオルを軽く顔に押し当ててから尋ねた。

「まだ帰ってなかったのか？」

ハジュンは足早に彼に近づいた。

「それはこっちのセリフだ。どうしてまだ残ってるんだ？　勝手にトレーニングを増やすなって言ったろ？」

「順調に回復してるし、通常ルーティンが減って体が重いから、ちょっとだけな。足首とはそんなに関係ない部分だから、大丈夫だろ」

「お前は肉屋の肉か？　筋肉は密接に繋《つな》がってるんだ。体は、パーツごとに切り離して使うものじゃない。立て。早く家に帰れ」

するとムギョンは軽く眉を寄せ、かわい子ぶるようにハジュンを上目遣いで見ながら笑った。

「怒るなよ。イ・コーチに怒られると、足首が痛む」

「……怪我したからって、仮病ばかり増えて」

「本当なんだけど」

ムギョンは苦笑いを消さなかった。ベンチから立ち上がる様子もないので、ハジュンはわざと厳しい顔をして再び催促した。

「早く立て。もう終わりにして、家に帰って休めってば」

「分かった。たしかに、ちょっと無理したみたいだな。すぐに立ち上がれないや」

ムギョンがそう言うと、やっとハジュンの硬い表情が心配そうに緩んだ。

「……どうしたんだ？　本当に痛いのか？」

「うーん、少し……？　お前がハグしてくれれば、立ち上がれそうなんだけど」

ハジュンは不審そうに目を細めた。

「お前、いつも俺に小細工してるって言ってたよな？　お前のほうこそ、シレッと小細工するな」

「イ・コーチは記憶力が良すぎて困る。そういうことは忘れてくれればいいのに」

クスッと笑いながら答えると、手を差し出した。

「じゃあ、手を握ってくれ。まだ一人じゃ立ち上がれない」

「まだ仮病を使うつもりか？　今ここには誰もいない。そんなことしたって、大目に見てやらないぞ」

「つれないですねぇ」

ハジュンは小さく鼻で笑ったが、結局は手を差し出した。比較的軽傷とはいえ、早く完全に回復させるには、できるだけ怪我した足首に負担をかけないようにしなければならない。

完全に治るまで足首に簡易ギプスをして、できれば移動する時も松葉杖を使うように、と医者は言った。ムギョンは片足でだっていくらでも立ち上がれるだろうし、松葉杖もベンチに立てかけてあったが、一度だけ騙《だま》されてやることにした。

「あ……」

だが、差し出された手を掴んで立ち上がりかけたムギョンは、再びベンチに腰掛けながら、まっすぐ立っていたハジュンを自分のほうへと引き寄せた。

油断していた体がグラリと傾いてバランスを失い、本能的に目の前にいる人に掴まろうとして倒れた。再びベンチに寝転んでしまったムギョンの上に、ハジュンもうつ伏せの体をくっつける体勢になった。

「何をするんだ」と叱りつつ起き上がろうとしたが、ムギョンの腕が背中にきつく回され、その動きすらも阻《はば》まれてしまった。

「離せ」

声ばかり低くしたところで、どうせムギョンには痛くも痒《かゆ》くもない威嚇をしてみたが、やはり彼はまったく気にしていないかのように腕の力を緩めなかった。ハジュンは諦めを込めたため息をつき、ムギョンの上でうつ伏せになったまま、彼が解放してくれるのを待った。ついさっきまでトレーニングをしていた体は熱く、いつもよりも硬かった。

心臓のすぐそばに顔を乗せたわけでもないのに、ドクンドクンとスピーディーに打つ心臓の鼓動が頬から微かに伝わってきた。体に軽く滲《にじ》んだ汗が不快に感じられそうなものだが、全然平気だった。

顔の下にある胸は広くガッチリしていた。広々とした胸板がもたらす本能的な抱擁感のせいか、高い体温に包まれたせいか、なぜか一瞬で眠気に襲われたかのようにだるくなり、ハジュンはゆっくりと瞬きをした。

なぜこの状態でいるのかさえ忘れ、下のほうに見える床の木目を眺めていると、低く呟く声が聞こえてきた。

「昨日オッサンの家に行ったんだ」

「オッサン？」

「パク監督のことだ」

ああ。ハジュンは彼の胸に顔をくっつけて、小さく頷いた。

「この前、インタビューの撮影でちょっと行ったんだけど、その時は少ししか居られなかったから」

「うん」

「やっぱり年内の復帰は無理みたいだ。最後の一試合だけでも、オッサンの選手としてプレーできればと思ったんだけど……。経過は悪くないらしいが、サッカーの監督っていうポストも集中力が必要な仕事だし、ベンチで興奮して倒れでもしないか心配した医者に止められてるみたいなんだ」

ハジュンは黙って頷いた。一瞬忘れていたが、ムギョンがここに来たのは、ただひとえにパク・ジュンソン監督とワンシーズンを送るためだった。尊敬する人と一つのフィールドを共有したい気持ちは、誰よりもよく分かる。

「未来のことは分からないだろ？　パク監督が代表チームの監督になったら、また一緒にプレーできるかも」

「オッサンが代表チームを引き受けるかな？　オファーが来ても、やらないと思うぞ。あの人、意外と肝が小さいんだ」

　やっとのことで初めてプロチームの監督のオファーを承諾したということは、そうかもしれない。付け加える言葉に困って、ハジュンは口をつぐんだ。

「一度倒れたからか、一気に老け込んだ気がするよ。おばさんも、会うたびに年を取ってるみたいだし。昔は、二人とも俺より背は低くても大きく見えたのに、今はものすごく小さくなっちまった」

「俺も母さんを見ると、時々そう思うことがあるよ。毎日見てるのに、やけにそう感じる時があるんだ」

　大きな手がトンと軽く頭の上に乗せられた。ハジュンは目を丸くした。ムギョンが落ち着きを失っているように見えたから、自分なりに慰めようとして言ったことなのに、ムギョンはまるで逆にハジュンを慰めるかのように頭をゆっくりと撫でた。

　だから、どうしてまたそういうことするんだよ。心の中で不満そうに呟きながらも、ハジュンはあえてその手を払うことなく、うつ伏せのままでいた。

「イ・コーチ」

「ん？」

「この前、訊《き》かれたことなんだけど」

「……ああ」

「言わなきゃ……永遠に恋人にはなれないのか？」

　ハジュンは即答せずに口をつぐんだ。

　心はただ静かだった。状況をハッキリさせるだけでも、どこかもどかしかった煙のような雑念が散らばっていく時がある。自分が何に不満や疑問を抱いているかすらハッキリせず苦しんでいた時期を過ぎ、明確になった質問を彼に投げかけたら、ずっと自分を苦しめていた焦りも消えた。

　説明を求めたあの日から今まで、ハジュンは催促することなくムギョンが答えてくれるのを待っていた。そうしていると、自分が答えを待っているのか、質問が遠くまで流れていくのを待っているのか、その境界線もぼんやりして曖昧になってしまった。

　ハジュンが体を起こそうとすると、今度はムギョンも腕の力を緩めてくれた。二人の顔が上下で向き合った。ムギョンは軽く眉をひそめて苦笑いを浮かべながら尋ねた。

「恥ずかしくて、どうしても言えそうにないんだ。一回だけ見逃してくれないか？」

「一回？　今までだって、何回も見逃してやったと思うけど」

「じゃあ、ラスト一回」

自分を見つめるムギョンの表情は、今日も見慣れなかった。温かく柔らかく、この世に二つとない大切なものを抱いているような瞳だ。

一晩で自分を好きになったという彼の思考回路はまったく理解できなかったが、彼に好きだと言われてから、その気持ちが一瞬の気まぐれなのかもしれないと想定したことはあれど、嘘《うそ》だと疑ったことはない。

むしろ、疑ったのは自分自身の気持ちだ。十年間の片想いといえば、何かものすごいもののように聞こえるかもしれないが、実際のところはムギョンが自分に対して眉をひそめるのではないかと怖くて近づけず、彼の表情ばかりを窺って、自分自身が作り上げた幻想を追っていた時間に過ぎなかったのではないだろうか。

共に夜を過ごす関係になり、ただ遠くから見つめていた彼のことが少しずつ分かっていくような気がしてうれしかったが、それも一瞬のこと。壁にぶつかってからは、くるくると体を丸める虫のように、また縮こまってしまった。一度自覚してからは、いつもその疑惑が心の片隅を占めていた。

今も、その状態で留まっている。自分を好きだというムギョンのことを決まり悪く感じるのはきっと、相変わらず自分が彼の外身だけを見ているせいなのだから。

時が過ぎ、「恋人やパートナーという名で彼の隣にいる自信がなかったのは、単にムギョンが自分を苦しめていることだけが理由ではない」という事実に徐々に気付き始めた。人は、自分が信じていたものを怪しまねばならなくなった時が一番つらくなるのだ。

俺はこの気持ちに自信を持ちたいのに。

お前を知って理解して、俺が作り上げた幻想ではないキム・ムギョンという男を愛しているという確信を持ちたいのに。

体だけの関係だと強調しながらも、時々あまりに親しげにしたり優しくしたりして自分を混乱に陥れたキム・ムギョン、自分を性欲解消道具とでも思っているかのようにセフレに戻ろうとやり込めて意地を張っていたキム・ムギョン、俺のことが好きだと言うキム・ムギョン。これらの間のどこかに進化論におけるブラックボックスのように真っ黒に塗られた部分がある。その中身が知りたい。

だがムギョン一人に答えを求めるばかりで、自分の疑いを言葉にしたら、彼が今あんなにも大切に思っている十年間の気持ちがつまらないものだと知らせてしまうことになるのではと恐れている自分は、やはり臆病者だ。

行きすぎた潔癖症なのだろうか。みんな、こんなふうに心もとない恋をしているのだろうか。恋だの恋愛だのについて世間で言われる話を思うと、それが正しいのかもしれない。自分にとっては、何もかもが未知の領域に過ぎない。

沈黙が長くなったと思ったのか、ムギョンの手が、座っているハジュンのうなじまで伝い上がってきた。

「イ・ハジュン、フラれてからずっとグチグチ言ってて、みっともなく思うかもしれないけど、もう一度だけブリーフィングするよ」

彼が目を合わせた。

「何が気になってるのかは分かってる。お前の言う通り、考えをまとめてみたんだけど……どうしても言えないんだ。だけど、最後に一度だけ目を瞑《つむ》ってくれるなら、二度とあんなことはしないって誓える」

「……」

「今までお前を苦しめてたってことも分かってる。でも、せっかくなら恋愛だってちゃんとやらないと。お前にしてやりたいことが、まだたくさんあるんだ」

長い指が頬を優しくかすめる。

「無礼者のキム・ムギョンとセフレ止まりで終わるなんて、悔しくないか？　過ちを悔い改めたキム・ムギョンと、恋人として付き合ってみるのはどうだ？」

朗読でも聞くかのように、その言葉に耳を任せて暫くぼんやりしていたハジュンは、苦笑いを浮かべながら完全に立ち上がった。

「ああ。見逃してやれないこともないけど」

「本当に？」

ムギョンが目を見開き、勢いよく立ち上がった。手を掴んでくれと言っていたのに、やはり大嘘だった。

「今日はダメだ」

「じゃあ？」

「俺があの話をしてから、今日お前が見逃してくれって言うまで、どれくらいかかった？　お前も大人しく待て。お前の都合のいいようにばかりはできないだろ？」

「イ・ハジュン。意地も張れるのか？　何かにつけて、かわいいヤツだ」

自分はキム・ムギョンのように素早く大胆に決断を下すタイプにはなれない。融通が利《き》かないともよく言われるし、「そんなだから大成功できないのだ」とけなされたこともある。でも、こういう人間なんだから仕方ないだろ。

ムギョンが初めて自分に口づけた日。彼の後について車に乗ったことが、イ・ハジュンの人生で一番衝動的な決断だった。その決断が人生の幸運だったのか失敗だったのかは、これから分かるだろう。

ハジュンは彼を見た。キム・ムギョンは自分のヒーローだったし、すべてがただひたすら完璧に見える男だった。一匹狼で自分勝手な性格さえも特別に感じられた。

今はもう彼のことが完璧な男には見えない。キム・ムギョンは到底理解できない、矛盾だらけで幼稚な子どものような面ばかりだ。

しかし理解しがたいのとは別に、そんなキム・ムギョンも……やっぱり好きだ。

一人で彼を見つめていた過去の自分よりは、今のありのままのキム・ムギョンを見ている自分であるべきなのだと、その程度は確信が持てるのではないだろうか。ハジュンは笑いながらカバンを肩に掛けた。

「早く帰ろう。電気を消すぞ」

誤魔化しただけで承諾も同然の返事に機嫌が良くなったのか、ムギョンはそれ以上痛がるふりもせず、すぐに松葉杖をついてハジュンと並んで歩いた。自分の目の高さよりも少し上にある彼の顔を、ハジュンは黙って盗み見た。

直線的な横顔、スッと伸びた眉と鋭い目、高い鼻、角ばった顎のラインは彼の基盤を成している自信と強さを、太い書体で描いたかのように見る者の視線を奪う。

だが、今や自分の目には太い線の中に入った細い亀裂も見えた。昔は見えなかったその亀裂こそが、もしかしたら自分の気持ちをここまで鷲掴《わしづか》みにする男の、もう一つの側面であり色合いであり光なのかもしれないと思った。

「……俺が何をどうしたからって、そんなことを言うんだ」と突っぱねたり、「そんなことはしていない」と言い逃れようとしたり、「ケンカする時は、みんな同じだろ？」と聞き返したり、「全部お前の誤解だ」と意地を張ったなら。

そんなふうに言われていたら、前よりもずっとムギョンに腹が立っていただろう。恋人だの恋愛だのという口先だけの言葉の数々を跳ねつけ、キム・ムギョンに暴言でも投げつけて、今度こそ彼がいないどこかへ行ってしまっていたかもしれない。

だがムギョンは、ただ恥ずかしそうに「言えそうにない」と言った。彼が何を隠そうとしているのかは分からないが、ハジュンに質問された理由は把握しているという意味だ。

一体なぜ彼があんな行動を取ったのか、なぜ突然自分を好きだと言ったのかは今も気になっているが、わざわざ人の弱みをほじくり返す趣味はない。ムギョンが自分自身の矛盾に気付いて認めたならば、それで十分だと思った。

「あっ、雨だ」

ムギョンが呟いた。室内練習場を出ると、ついさっきまで月が明るく見えるほど晴れていた空から雨が降り落ちていた。手を出して雨粒を確認しながらハジュンが言った。

「傘を取りに事務室に戻るよ」

「傘なんか要らない。俺の車に乗っていけ。雨粒が一滴も当たらないように、家の前まで送ってやるよ」

それも悪くはないが、なぜか今日は雨が降る風景を見ながらバスに乗って一人で帰りたかった。答えにならない答えを聞いたので、今まで抱いていた数々の疑問やぎこちなさ、曖昧な感情を整理する時間が必要だった。

ちょうど明日は休日だった。休日が明けて、またムギョンに会う時には、今までの悩みは綺麗に無くして彼の気持ちに返事をしたい。とりあえず整理がついたら、もう彼の前では過ぎたことは口にはしないと決めた。

降り注ぐ雨を眺めて暫《しば》し物思いに耽《ふけ》っていると、ムギョンが肩に軽く腕を掛けてきた。顔を向けると、彼はこっちを見下ろし笑っていた。

「こうしてると、初めてキスした日のことを思い出すな。お前は？」

「まったく、図々しいんだから」

自分に気持ちなんか一切なかったくせに、勝手に口づけて「カマかけてみようと思って」と、今みたいな笑顔で言った彼を思い出すと、今もあの時の彼が憎らしかった。ムギョンはさらに顔を近づけ、額をくっつけて声を落として尋ねた。

「今も俺とキスするのはイヤか？」

「……イヤじゃないけど、しない」

ムギョンは額をくっつけたまま、眉間に皺を寄せた。

「どうして？」

「今日はお前の車には乗らないから」

ムギョンのことを獣のようだと非難したこともあるが、実は自分だって大して変わりはなかった。ここで雰囲気に流されてムギョンに唇を預けてしまっては、あれよあれよという間に彼の家についていってベッドになだれ込まない自信はなかった。

今日のような日には、雰囲気に身を任せたほうが賢明だという人もいるかもしれないが、とにかくイ・ハジュンのやり方は違う。ムギョンは、ため息混じりに言った。

「イ・コーチは、人をヤキモキさせる駆け引きに飛び抜けた才能があるんだよな。はなから妖しい仔牛だと思ってたよ」

今度はハジュンが軽く眉間に皺を寄せた。

「仔牛？」

ムギョンがクスクス笑いながら顔を上げた。目の前にあるいたずらっぽい顔についつい見惚れている間に、拒まれたキスが額の上にチュッと乗せられ、その次にはまぶたに、頬に、雪のように舞い落ちてきた。唇が触れたところが熱の花が咲くかのようにカッカッと火照《ほて》り、ハジュンは顔を軽く俯かせた。

「分かった」

ムギョンが言った。

「唇は、イ・コーチが正式に宿題の採点をしてくれる日のために、とっておくよ。大人しく待ってれば、ご褒美もくれるんだよな？」

「……白紙の答案用紙を出した分際で、何がご褒美だ」

「でも、採点はしてくれないと。しっかり休んで、明後日《あさって》に会おう。俺はこう見えても今メチャクチャ焦ってるんだ。でも、いい子で待つよ」

そう言うとムギョンは帰るつもりがないかのようにドアの近くにもたれて立っているだけだった。ハジュンは尋ねた。

「お前は帰らないのか？」

「汗かいたから、シャワーを浴びて帰らなきゃ」

ハジュンは最後まで自分から目を離さない彼を暫く見つめてから短く息を吐くと、手を振りながら背を向けた。足早に事務室に戻って置き傘を持ち、バス停へ向かった。

待てと言ったのは自分なのに、可笑《おか》しなことにもうすでに胸がドキドキしていた。

＊　＊　＊

　久しぶりに母の通院に付き添って家に帰ったハジュンは、散らかり放題だった机を片付けながら、後回しにしていた細かい練習記録をまとめた。そこには、ムギョンの回復トレーニングの記録も含まれていた。

　思った通りムギョンの回復スピードは速く、予定通り次の試合から出場できそうだった。とりあえず途中出場で状態を確認し、問題がないと判断されれば、その次の試合からはまたスタメンでプレーすることになるだろう。

　他のコーチたちと行なっている勉強会の課題に取り組んだり、ベッドに横になってネットサーフィンをしたりして、それからまた机の前に座ってムギョンを想った。彼と過ごした時間や、彼との間にあった出来事を振り返ると微笑んでしまうものの、やはりあのブラックボックスの部分に思い至るとクエスチョンマークが浮かんだ。

　だが、問題を解く途中で行き詰まったら、諦めて次の問題にスキップするのも一つのコツだ。そうすれば、後で自然と答えが分かることもある。今ここで気がかりなことにしがみつく必要はない。もうすでにムギョンのそばにいると決めたのだから、いずれにせよ彼について知ることになるのだ。

「お兄ちゃん、テレビ見ないの?」

「兄ちゃんも出るんだろ?」

　夜になり、リビングで果物を食べていた弟妹に呼ばれた。そういえば今日はムギョンのドキュメンタリーの放送日だった。

　見ないわけにはいかない。ハジュンは机の上に広げていたノートを閉じ、リビングへ出た。ハジュンもほんの少し映るという情報を事前に入手していた家族は、番組のオープニングも見逃さない勢いで、テレビの前でスタンバイしていた。

　あくまでも番組の主役はキム・ムギョンなのに、あまりにも大きな期待をしているようなので、ハジュンは改めて言い聞かせた。

「ほんの少し出るだけだぞ。キム・ムギョンがトレーニングしてる場面に、おまけでチラッと」

「それでも!　後でダウンロードして永久保存しなきゃ」

そう言い終わるや否や、ミン・ジェヨンの声で番組が始まった。

［アジアサッカー界の星、韓国に二人と現れないであろう空前絶後の天才、スポーツ界の韓流スター……。彼を飾る華麗な呼び名は数多くありますが、彼の素顔を知る人は多くありません］

ソファに座っていたハジュンは、何気ない表情で画面を見つめた。十年間、彼を追いかけてきたのだ。こういった番組で語られるレベルのムギョンの逸話に、自分が知らない情報はほとんどないと言っても過言ではなかった。

もしかしたらそのせいで余計に、ムギョンが変わったあのポイントが気になったのだろうか。論理的な疑問ではなく、ムギョンについてすべてを知りたいという一種の欲だったのかもしれないという思いが新たに湧いてきて、首を傾《かし》げた。

画面は順々にムギョンのエピソードを繰り広げた。パク・ジュンソン監督に出会ってサッカー選手としての指導を受けた話、卒業アルバム、中学高校の選手時代、イングランド二部リーグ時代、EPL最優秀選手賞、Kリーグで活躍している姿など。テレビのドキュメンタリーだからか、彼の色恋沙汰などは一切言及されなかった。

「あっ、兄ちゃんだ！」

「えっ。お兄ちゃん、いきなり出てきた」

先日負傷した時の映像に続いてリハビリトレーニングのシーンに移ったかと思うと、突然ハジュンの顔が映った。

思っていたよりも、デカデカと出た。ハジュンは驚いて口を軽く開けた。ミンギョンとハギョンは大喜びで騒いだ。

画面には、ムギョンのトレーニングについてインタビューを受けた時の様子が映っていた。

「兄ちゃん、出ずっぱりじゃん」

追加撮影をしに来た日の光景も続いた。ムギョンと一緒にトレーニングをしながら会話しているところも撮られていた。

別に重要なシーンとも思えないのに、なぜこんなにもたくさん自分を映しているのか理解できなかった。一瞬で終わると思って家族と一緒にテレビを見始めたハジュンは、いたたまれない気分になり、自分の登場シーンが早く過ぎることだけを今か今かと待った。

やっとリハビリトレーニングのシーンが終わり、続いてムギョンの超人的な精神力と、アジア人選手として世界トップレベルの座に上りつめるまでに、どれほど努力が必要だったかについて語られた。それなりに感動的な話だったが、やはりすでに知っている内容だった。
［……こうして、今や世界的スポーツスターとしての地位を築いたキム・ムギョン選手。そんな彼にも、つらい過去がありました］
　すると、突然画面が切り替わった。貧しそうな古びた住宅地だった。ミン・ジェヨンが路地を歩く姿が映った。
［ここが、キム・ムギョン選手が幼少時代を過ごした町です。キム・ムギョン選手が児童養護施設で育ったという事実は有名ですが、それ以前に家族と暮らしていた頃のことについては、あまり知られていません］
　そして、一軒の古い家がフォーカスされた。ムギョンが幼少期を過ごした家だという説明が続いた。頬杖をついてテレビを見ていたハジュンの目が丸くなった。ムギョンの児童養護施設時代よりも前のことについては、彼にもまったく情報がなかったからだ。
　十一歳の頃、両親が事故で同時に亡くなったという事実と、中学生の頃まで児童養護施設で育ち、その施設もとうの昔に閉鎖したということくらいが知られているだけで、ムギョンもパク監督も、彼の幼少期については詳しい話を明かしたことはなかった。
　画面はミン・ジェヨンが町の住民にインタビューするシーンに変わった。インタビューを受けている人の顔は、隠されていて見えなかった。
［キム・ムギョン選手が子どもの頃、ご近所だったということですね？］
［はい、そうです］
［キム選手は、どんなお子さんでしたか？］
［元気な子でしたよ。近所の人たちはみんな、そう思っていました。まともに育つのが難しい環境だったのに、あんなスター選手になって本当にすごいですよ］
［難しい環境とおっしゃいますと、どういった問題があったんですか？］
［あの子のお父さん、いえ、キム・ムギョン選手の父親がまったく、はぁ……口では言い表せないくらいのろくでなしだったんです。家庭で暴力を振るって］
［家庭内暴力ですか？］
［はい。オセロ症候群っていうんですっけ？　あの人、いえ、キム選手の父親が、それだったんです。普通の時はこ

の上なく愛妻家みたいに振る舞うのに、一瞬で人が変わるんです。その嫉妬深さのせいで、いつも奥さんを苦しめて。言うまでもなく、息子のキム選手もね。警察が来たこともあるんですよ。近所のみんなで『そのうち大変なことになるんじゃ』って思ってたら、ご両親が先立たれて……」

会話を聞いていたハジュンの眉間に深い皺が寄った。ミンギョンとハギョンは、口を開けて画面をぼんやり見つめていた。

（……こんな内容を、キム・ムギョンが許可したって？今まで一度も公《おおやけ》にしたことのない話を、こんなテレビ番組で突然？）

そのインタビューシーンだけ、トーンも演出も異質だった。有名人のサクセスストーリーを扱うドキュメンタリーに、いきなり別ジャンルの映像が割り込んだような不自然さ。完成済みの番組に無理やりはめ込んだような違和感を消せない。「複雑な家庭環境を克服してヒーローになったキム・ムギョン選手は、本当にすごい」という褒め言葉で飾ってはいるが、ほんの少し飛び出た釘《くぎ》のように引っかかる内容だった。

嫌な予感がして、携帯電話の画面を点《つ》けてポータルサイトを開いた。キム・ムギョンの名前を入力すると、予想通り「オセロ症候群」「キム・ムギョンの父親」など、先ほどの放送で挙げられた刺激的な単語の数々が、すでにリアルタイム検索ワードランキング上位を争っていた。そうしている間に番組はCMに入った。

ハジュンはソファから立ち上がり、部屋に入った。急いでムギョンに電話をかけた。だが、呼び出し音が暫く鳴ってから「電話に出られない」というアナウンスが続くだけだった。大したことじゃないかもしれないのに、キム・ムギョンが許可して放送されたのかもしれないのに、胸が不安げに跳ね始めた。どうすればいいか分からず暫く突っ立っていたハジュンは、上着を羽織った。

「母さん、俺ちょっと出かけてくるよ」

「こんな夜に、どこへ？」

まだテレビの前に張りついている家族に短く言葉を残し、ハジュンは急いで玄関を出た。マンション団地の入口まで走って捕まえたタクシーに乗り込むと、すぐさま目的地を告げた。比較的空《す》いている道を全速力で走るタクシーが、今日はやけに遅く感じられた。

「運転手さん、急いでください」

「はい、できるだけスピード出してますよ」

タクシーを降りたハジュンは、いつもは欠かさないお礼の言葉も忘れ、慌てて乗り込んだエレベーターから降りるなり、急いでドアに駆け寄り呼び鈴を押した。しかしドアの向こうからはなんの返事もなかった。

ドアを開ける方法はない。この家に出入りするようになってから、エレベーターに乗れるように登録はしたが、玄関のスペアキーはもらっていなかった。

「キム・ムギョン」

もう一度呼び鈴を押しながら、ムギョンの名前を呼んだ。相変わらず、うんともすんとも言わない。

(いないのかな……)

再び電話を手にした。ここに到着するまでに何度も電話をかけたが、アナウンスが流れるだけだったので、あまり期待はできなかった。

――ただいま電話に出ることができません……

電話を切り、今度は呼び鈴を押す代わりにドンドンとドアを叩いてみた。

「キム・ムギョン！　キム・ムギョン！　ムギョン！」

やはり返事はない。もう何度かドアを叩いたハジュンは、途方に暮れてガックリと肩を落とした。頭の中がグチャグチャだった。

……そうだ、きっと合意の上での放送だったんだ。常識的に考えても、そうに決まってる。どうして早とちりして驚いて駆けつけて、こんなことをしてるのか。ムギョンが見たらむしろヘンに思うかもしれないのに、それでもその場からなかなか離れられなかった。ハジュンは玄関の前で迷子のように突っ立っていた。

「どうして電話に出ないんだよ……」

ドアに背をもたれさせて立った。理由の分からない悔しさに、みぞおちが小さく痛んで涙が出そうになった。

もしも、万が一にでも、あの放送が合意の上でなかったら……。そしたら、どうしよう？

そうして突っ立ったまま足元の大理石の床だけを見つめていると、スーッとエレベーターのドアが開く音が聞こえた。ハジュンは弾かれるように顔を上げた。

「イ・ハジュン？」

エレベーターから降りてきたのは、待ちわびていたムギョンだった。ハジュンは、ドアにもたれかかっていた体を立て直し、慌ただしく彼に近づいた。ムギョンは平然とした表情だった。

「どうしたんだ？　こんな夜に。明日会おうって言ったのに」

「……お前、どこか出かけてたのか？」

「えっ？　俺？」

ムギョンは照れくさそうな顔になってモジモジすると、それまで後ろに隠していた片手をゆっくり前に差し出した。

「アイスクリームが食べたくなって、ちょっと買いに行ってたんだけど……」

彼の手には本当にアイスクリームの絵が描かれた袋が提げられていた。ハジュンは、ぼんやりとそれを見下ろした。

そういえば、松葉杖も見当たらなかった。昨日まで松葉杖をついて足を引きずって歩いていたのに、やはりもう痛くもないのに仮病を使っていたのだ。気が抜けて、いじめるような口調で尋ねた。

「どこかでアイスクリームを作って凍らせてきたのか……？」

「この店が近くにないから、車で行ってきたんだ。夜にこんなもん食っちゃダメなんだけど、たまに食いたくなるんだよな」

「そうか……。なら、いい。帰るよ」

やはり大したことじゃなかったようだ。緊張が解けると全身の力が抜けて、どこかに座り込んでしまいたくなった。ムギョンの横を通り過ぎて再びエレベーターに乗ろうとすると、彼がハジュンの腕を掴んだ。

「どこ行くんだよ。ここまで来ておいて。入れよ。何か用があるから来たんじゃないのか？」

「いや、なんでもない」

「なんでもないことないだろ。お前が用もなしに、夜に家まで来るはずがない。もしかして、今日採点したくなって、居ても立ってもいられなくなったのか？」

笑顔を前にすると、確認済みの放送内容だから平然としているのか、事情を知らないからなのか、見分けがつかない。ハジュンは彼の顔をじっと見て尋ねた。

「……お前、放送見てないのか？　今日はお前のドキュメンタリーの放送日だろ」

「あれか？　急ぐことないから、後でモニタリングしようと思ってたけど。どうして？　なんかヘンなシーンでも映ってたか？　エージェンシーの担当者が、放送前のチェックも終えたって言ってたのに」

「どうして電話に出なかったんだ？」

「うっかり家に置いて出かけちまったんだ。とにかく入れよ。せっかく来たのに、このまま帰せない」

ムギョンは、ハジュンの手首を引き寄せながら玄関のドアを開けた。意地を張って帰る理由も特にないので、フラつきつつ彼の後について中に入り、引っ張られるがままにソファに座った。ハジュンにアイスクリームを取り分けてから、ムギョンは携帯電話を確認した。画面を覗き込んだ彼の眉間に細く皺が寄った。

「なんでこんなにたくさん着信があるんだ？」

独り言を呟く声が聞こえた。ハジュン以外にも多くの人が電話をかけてきたに違いない。ムギョンはハジュンをチラリと見ると、ソファから立ち上がってどこかへ電話をかけた。

「ああ、俺だよ。何かあったのか？」

人の電話を盗み聞きするのは失礼だと分かっているが、電話で話すムギョンの声に自然と耳が向いた。ムギョンは少し声を低めると数歩移動し、ハジュンに声がよく聞こえない場所へ行った。

「どういうことだ？　事前に確認したんだろ!?」

暫く声を抑えて通話していたムギョンが、突然声を荒げた。彼の声に集中し切っていたハジュンは、驚いて思わず体をビクリとさせた。ムギョンは、もういくつか言葉を交わすと、苛立《いらだ》っているように通話を終わらせようとした。

「もういい。とりあえず切るぞ。今度話そう。もう放送されちまったんだから、仕方ないだろ。……そんなことしたところで、はした金だ。大した額にもならない」

そう言うと、床に何かを落とした音が聞こえた。躊躇いながら振り返ると、ムギョンの携帯電話が彼の足元に転がっていた。

やはり合意したものではなかったのだ。ハジュンは、まるで過ちを犯したかのようにソファに座ったまま固まって、生唾を飲み込んだ。何もできないくせに、どうして。なんのために焦って訪ねてきたのか、今さらながらバカみたいだと思ったが、じっとしているわけにもいかなかった。

ムギョンがソファに近づいてくる足音が聞こえた。ドクンドクンと高鳴る胸を辛うじて押さえつけ、ハジュンは彼が自分にたどり着く前に顔を上げてムギョンを見つめた。激怒しているんじゃないかと心配したが、ムギョンはただ少し疲れたようにムスッとした表情で向かいに座った。

「お前も、放送を見て来たのか?」

「うん」

ハジュンは少し間を取ってから、すぐに言葉を続けた。

「どうしても、合意の上での放送とは思えなくて」

「当たり前だろ。事前チェックもしたって言ってたし、後から編集で挿入したんだろうっていうのがエージェンシーの主張だ」

「そうかもしれない。あの部分だけ、ブチッと切れてるみたいで、ちょっとヘンだったから」

短い会話の後、沈黙が流れた。こんなことを言いに来たわけじゃないのに、切り出す言葉が見つからなかった。口の中が干からびていくようだ。

何度か唇を小さく上下させていたハジュンは、結局一番ありきたりな質問をした。

「大丈夫か……?」

「何が?」

「プライベートなのに……あんなふうに合意もなしに」

「そりゃあ、ただじゃ済ませないさ。賠償請求したところではした金だし、クレームを入れたところで社内の懲戒処分で済ますだろうから、大した意味もないだろうけど腹が立つから」

ムギョンは鼻で笑った。

「あのプロデューサー、まともそうだったのに、今まで会ったマスコミの人間の中で最悪だな。ああいうヤツらなんか、今まで散々相手にしてきたと思ったけど、俺もまだまだだな」

それから、溶けていくアイスクリームを見て、手で合図をしながら促した。

「食えよ。それ、美味《うま》いぞ」

「……お前が食べたいから、買ったんだろ?」

「俺は後で食えばいい」

ハジュンは仕方なくスプーンを持ち、指一関節分くらいの量をすくって口に入れた。ラベンダーの香りを纏《まと》っているということが分かっただけで、美味《おい》しいのか不味《まず》いのかはまったく判断できなかった。口の中でアイスクリームを溶かしていると、ムギョンが質問を投げかけた。

「……どこまで出たんだ?」

「えっ?」

「番組で、どんな内容をくっちゃべってた?」

喉を通り過ぎる頃には、柔らかなアイスクリームが重い石のように感じられた。なんとかそれを飲み込んだが、それでもハジュンはすぐには口を開けなかった。

「お前が子どもの頃に住んでたっていう家が……映って、近所の人がインタビューに答えてた。お前の両親の話」

「親父？」

「うん」

「それだけか？　あいつがイカれてたって？」

「ああ。お前やお母さんを苦しめてたって話」

ムギョンはソファの背もたれに体を預けた。

「その程度なら、お前にもした話だな。この前、教えてやっただろ？　父親が絵に描いたようにイカれてて、俺や母さんをいたぶってたって」

ハジュンは頷いた。家族の話が聞きたいと言うと、彼は簡単にまとめて話してくれた。そして、誤った質問をしてしまったと思ったハジュンは、それ以上は何も尋ねなかった。

父親がそんなことをしたのは病的な猜疑心《さいぎしん》のせいだとまでは言わなかったが、わざわざ人にするほどの話ではないと判断したのだろう。もし自分だったとしても、誰かに問い詰められでもしない限りは明かさないと思った。

キム・ムギョンの父親が家庭内暴力の常習犯で精神的に不安定だったからといって、彼に対する評価は変わらない。多くの他人にとっては単なる刺激的なワードであり、一時的に注目して消費するだけの些細《ささい》な情報に過ぎない。だが、今まで本人が話してこなかった理由があるはずなのに、そういうことを勝手に放送してしまうなんて。

プライドの高いキム・ムギョンのことだ。弱点を不意打ちされた今、相当不愉快に思っているはずだ。

「……ああ」

無表情で座って物思いに耽り、無言でぼんやりと視線を落としていたムギョンが、手で顔を覆い小さくため息をついた。ハジュンは不安げな目で、そんな彼を見つめるだけだった。

頭痛でもするのか大きな手で顔を暫く覆っていたムギョンは、目元を撫で下ろしながらハジュンに向かってクスリと笑ってみせた。

「やっぱり、ムカつくな。クソッ、胸糞悪すぎて言葉も出ねぇ」

ハジュンは笑えなかった。彼の笑みには、いつもの余裕はまったくなかった。ムギョンは力ない声で言った。

「イ・ハジュン、悪いんだけど帰ってくれ」

「……」

「今、あんまり機嫌が良くないんだ。こういう時にお前と一緒にいたくない。このままじゃ、お前に八つ当たりしちまうんじゃないかって、怖いんだ。だから帰れ」

だが、ハジュンは立ち上がらなかった。「気持ちをちゃんと落ち着かせて、ぐっすり寝ろ」と声をかけて帰るためだけに、こんな時間に彼の家に来たわけではなかった。かといって、何をしにここまで来たのかと訊かれたら、ハッキリとした答えを用意しているわけでもなかったが。

　こういう時に一人でいたいという気持ちも、もちろんハジュンには理解できた。でも今は……キム・ムギョンを一人にするわけにはいかない。

「何してる？　帰れって言ってるだろ」

「帰らない」

　その言葉にムギョンは顔をしかめると、スクッと立ち上がってハジュンに近づいてきた。彼の手に腕を掴まれ、結局ハジュンは無理やり立たされた。彼の顔が目の前にあった。表情は硬く固まり、近くで見ると怒りに満ちた瞳が激しく揺れていた。

　ほら見ろ。やっぱり不安だ。一人にしたら、本当に何かやらかしそうだ。

　最近は、何度かの浮き沈みを経て最終的に多少落ち着いたとはいえ、今までキム・ムギョンはマスコミとも少なからずトラブルを起こしてきた。イギリスでは自分に対するデマ記事を書いたタブロイド紙の記者と。執拗《しつよう》に付きまとってきたパパラッチのカメラを壊したり、ケンカをして騒ぎになったりしたこともあった。もちろん、許可もなく彼のプライベートを放送した人たちがすぐそばにいるわけではなかったが、こうも怒りを噛《か》み締めているとなると、何をしでかすか分からない。

　間接的に耳にしただけの様々な彼の行ないが、まるで実際に見たかのように目に浮かんだ。自然と緊張が走った。ハジュンが口をグッとつぐんでいる間、ムギョンの口角が斜めに上がった。近くで聞く声も熱気を帯び、不安定だった。

「お前、おとり捜査でもしてるのか？　人が怒ってる時にわざわざそばにくっついて、俺がヘマしたらケチでもつけようってか？　帰れって言ってるだろ。こういう時に意地張るな！」

「ヘマしろよ」

「なんだって？」

「八つ当たりしたいなら、しろよ。お前の好きにしろ」

ムギョンが「何を言っているんだ」と言わんばかりに眉間の皺をさらに深めた。ハジュンは自分を掴んだムギョンの手を振り払う代わりに、彼の胸にもたれかかった。

「俺たちはまだ恋人じゃない。俺はまだ答えてない」

「……」

「今日は何をしても責めない。暴言を吐こうが何をしようが……。宿題の採点には含めないから、怒りなら俺にぶつけろ。一人でいて、とんでもないことをやらかしたりせずに、俺にしろ」

「……お前、なんなんだ？　俺を試してるのか？」

自分のことを彼のオモチャのような存在だと思っていたことがあった。今日、八つ当たり用のオモチャになったからといって、すでに下した決断は、この先は、変わりはしない。

ハジュンはムギョンの肩に顔をグッと埋めながら、さらに密着した。

「頼む、キム・ムギョン。いいから、俺と一緒にいよう……」

どうしても隠せない震えが声に滲んだ。ムギョンは硬く固まったまま、銅像のように動かずにいた。

抑えようと努めているにもかかわらず、緊張で息の音までがゼェゼェと速まった。すると突然ムギョンがハジュンの腰を引っさらい、脚ごと持ち上げた。そして荷物を担ぐようにして、ハジュンのみぞおちのあたりが彼の肩に乗っかるような体勢になった。

首がガクンと曲がり、視界には彼の背中と、横目にチラリとリビングの一部が映るだけだった。「下ろせ」と、「まだ足首が治っていないんだから、こんなことをしちゃダメだ」と叫びたかったが、声が出てこなかった。ハジュンは何も言わず、目を丸くするだけだった。

ムギョンは、ハジュンを荷物のように担いでズンズン歩いた。ぐるんと視界がひっくり返ったかと思うと、どこかにドサッと下ろされ寝かされた。慣れた場所だった。自分を見下ろしているムギョンが、今日はやけに大きく見えた。得体の知れない重圧感で心が押し潰されそうだ。重い沈黙に、なんでもいいから何か言いたくなって小さな声で尋ねた。

「服、脱ごうか……？」

しかしムギョンは、答える代わりにベッドに上がり上体を屈めた。ハジュンは、そんな彼をじっと見つめた。まだ服も脱いでいないのに、肩が震えて腕に鳥肌が立つ。ムギョンは相変わらずゴツゴツした岩のように固まったまま、むしろ睨《にら》むようにこちらを見ていた。胸がさらに重くなった。

速まった呼吸に耐え切れず、口が開いてしまいそうになった。そうなると息も上がりそうで、できるだけ小さく呼吸をしようと努めながら目を閉じた。すると、ムギョンの低い声が耳に流れ込んできた。

「目を開けて、俺を見ろ」

ハジュンは閉じていた目をゆっくり開けた。すぐさまムギョンの顔が近づいてきて、唇に唇が重ねられた。速く短いスタッカートのような呼吸が、一瞬止まった。息を飲み込む音までが詰まり、また目を閉じた。

顎が震え始めた。怒った彼に、唇を噛みちぎられてしまいそうだった。この次にどんな状況や感覚が迫りくるか予想できず、唇を合わせたまま荒い呼吸だけを続けていたが、ムギョンは動きを止めて何もしなかった。

怪訝《けげん》に思ったハジュンは、恐る恐るまぶたを上げて再び目を開けた。ムギョンが動き始めたのは、その時だった。

彼は顔を左右に小さくゆっくり振り、ハジュンの唇に自分の唇を擦りつけた。柔らかな感触が何度か唇を撫でると、キスを受け入れる準備をしつつも固く閉じていた唇が、ヒビが入っていくようにやっと開いた。

「ふっ……」

吐息混じりの喘《あえ》ぎ声を漏らしながらハジュンの口が開くと、ムギョンは舌を突き出した。しかしそれもすぐ入ってくることはなく、ゆっくりとハジュンの唇を舐《な》めるだけだった。

下唇と上唇を交互に行き交い、口紅でも塗るようにゆっくり擦られる感覚に、ハジュンの唇の間から次第に荒い息が漏れ始めた。さっきまでの冷たく硬い呼吸ではなく、生ぬるく湿った息遣いだった。

「んっ、うっ……」

何度も舌で撫でられて濡《ぬ》れた唇は艶《つや》めき、軽く腫れ上がったようにも見えた。ムギョンはその唇にチュッと音を立てて自分の唇を押しつけると、今度はハジュンの下唇を歯の間に挟んで噛んだ。顎にほとんど力を入れず、軽く掴むように唇を咥《くわ》えた歯は内側の粘膜を優しく引っ掻《か》きながら離れ、今度は上唇を同じように咥えて引っ張った。

まったく予想していなかったゆっくりとして優しい、それでいてねっとりとしたキスだった。ムギョンが泥酔した夏の夜明けにしてくれたキス、彼は覚えていない口づけとも似ていた。

自分から八つ当たりしろと名乗り出たくせに、内臓までもがすくんでしまいそうだった緊張が徐々にほぐれていった。凍りついていたものが溶けていくかのように、まぶたの奥に熱い湿りけが巡った。我慢しようとしたが、溢れた涙がこめかみを伝って流れ落ちるのを止められなかった。

ムギョンは黙って顔を持ち上げ、流れる涙を唇で拭った。

「ふうっ、うっ」

泣き声なのか喘ぎ声なのかよく分からない小さな声も流れた。その声を飲み込もうとするように、ムギョンはまた唇を重ねて舌をゆっくり中に押し入れた。

焼けるように熱くなった舌が、慌ただしくムギョンを迎え入れた。ハジュンは、ムギョンの首にモゾモゾと腕を回した。こうしてもいいのかと尋ねるような、弱々しい動きだった。

キスをしている間、ハジュンの首や顎のあたりの柔らかな肌、胸、耳たぶに触れながら滑《なめ》らかに動いていたムギョンの手も、すぐに首の後ろに入り込んできた。手のひら全体でハジュンの後頭部を持ち上げ、挿入でもするかのように舌を深く押し入れた。

するとハジュンは、腕に力を入れてムギョンを抱き寄せた。まだキスをしているだけなのに、全身が細く震えた。

「うっ、ふうっ、んっ」

ひとたび奥まで入った舌は、ゆっくりねっとり動いた。上顎を撫で、喉の奥のほうを優しく擦ってするりと抜け、一息ついてから再び入り込みハジュンの舌に絡んだ。

何度も突つかれては擦られた舌が、ヒリついて麻痺《まひ》したみたいだった。だが、感覚が鈍ったような気がしたのは単なる思い違いだった。いざムギョンが強く唇を重ねて舌を吸い上げてくると、敏感になった肉の塊に微弱電流にも似た痺《しび》れが走った。ハジュンは思わず仰《の》け反り、浮ついた声を上げた。

「はぁ、あっ……！」

湿った音を立てて吸われていた舌が、やっと解放された。快感で熱を帯び、涙まで流してぼやけた視界で辛うじてムギョンと目を合わせると、彼はうんと熱くなった声で不満そうに呟いた。

「ふぅ、イ・ハジュン……今日は叱ってやらないとな」

出し抜けに責められて、ハジュンは濡れた目を訝《いぶか》しげに瞬《また》かせながら彼を見上げた。今日したことといえば、不要な事故を防ごうと名乗り出ただけなのに、叱らなきゃいけないだなんて何がいけなかったんだろう。

「元々ちょっと頑固なところがあるのは知ってるけど、危ないと思ったら逃げないと。どうして自分から飛び込んでくるんだ？　お前は、どうしていつも」

「……うっ、危ないったって、どうせ相手はお前だろ？　別に……」

「減らず口は一丁前だな。だったら泣きべそかくな」

そう言いながら、ムギョンの唇が頬を撫でた。唇から伝わる熱に小さく喘ぎつつ縮こまると、硬く膨らんだ腕が肩を抱きすくめた。

独り言のように呟く声が、耳に入ってきた。ハジュンに向けられたものというより、ムギョン自身に腹を立てているような口調だった。

「バカかよ。あんなヤツがしたことのせいで、お前に八つ当たりなんて、そんなことすると思ったのか？」

答えを求める質問でもないのか、まだ返事もしていないのに再び唇が重ねられた。鋭く逆立っていた感覚が静まってもいないうちに舌を優しく噛まれると、顔全体が痺れていくようだった。口の中で小さなパチパチキャンディが絶え間なく跳ねているようにくすぐったかった。

ただ息を荒げながら予想外のキスの余韻に喘いでいる間に、ムギョンはハジュンのシャツを脱がせ、その体を唇で上から下へなぞり書きした。上着だけを引っかけて大急ぎで家を出たせいで、部屋着のままのズボンと下着が一瞬で脱がされた。

すでに何度も手で撫でられて敏感になった首筋と鎖骨のあたりは、唇がかすめるだけでも熱くなった。胸まで下りていった彼の唇が乳首を飲み込む前から、ハジュンは上体を引き上げようとした。

「あっ、あっ！」

だが、ハジュンの肩を掴み下ろすムギョンの手のほうが速かった。ハジュンが逃げられないように肩をホールドしたムギョンは、乳首はもちろん周りの肉まで一口で飲み込み、音を立てて吸い上げた。

チュッチュッと音を立てて胸を吸われ、その上に小さく結ばれた突起は、舌で押し潰されて肌の下に埋まってしまいそうだった。しかし、押し潰されれば押し潰されるほど、むしろ突起は反抗するかのようにビンビン立つばかりだった。

こうして何度も交互に舐められる両乳首は赤く充血していき、ハジュンの反り立った性器からはねっとりした透明の液体が垂れ始めた。

「はう、うっ……」

ビクンビクンと跳ねる腰を、ムギョンは手で撫で上げながら、立った乳首をゆっくり舐めた。指がもう片方の乳首を弾《はじ》くようにいじり続けた。

くすぐったいようなズキズキ痛むような、それでいてゾクッとしたりチクリとしたりするような複数の感覚が混ざり、指先まで何度も広がった。目の前の情景がゆっくり揺らぐような錯覚に陥った。ハジュンは耐え切れず、自分の乳首を触るムギョンの手を掴んだ。

「……はっ、はぁ。キム・ムギョン、やめろ……」

水滴のように立ったものを舐めていたムギョンは、舌を出したまま顎まで伝い上がり、耳を軽く噛んだ。胸を探っていた手が滑り落ち、性器を撫でた。透明なカウパー液がべっとりついた手のひらを、ハジュンの目の前で広げて見せながら笑った。

「なんで止めるんだよ。もう少しで乳首を吸っただけでイきそうだったのに」

ハジュンの火照った顔が、殊更《ことさら》赤く熟れた。ただでさえ下っ腹が熱くなっているのをハッキリ感じたからだ。ムギョンはニッと笑ってくっついてきた。

「好きにしろって言っといて、やめろなんて言っちゃダメだろ」

腕が腰に強く絡みついてきた。それすらも刺激になり、思わず喘ぎ声が出た。ぐるんと体がひっくり返されたかと思うと、気付いた時には寝転がったムギョンの上にうつ伏せの姿勢になっていた。両脚が彼の体の両側に落ち、自然と股が開いた。

「それとも、早く後ろをほじくってほしいのか?」

「ち、違う……」

相変わらず腰を掴んだまま、ムギョンはもう片方の腕を伸ばし、引き出しの中からローションを取り出した。カチッと蓋を開ける音が聞こえるや否や、天井を向いて露《あら》わになったお尻の間にひんやりした粘液がたっぷり注がれた。ヒヤッとした感覚に、ハジュンはムギョンの肩に顔をくっつけ、細く息を吐いた。

中指と薬指の、丸い指先が濡れた入口に当たった。すぐに入ってくるのかと思って体を硬くしたが、指はまるで弾力のある生地か何かをいじくるかのように、何度も穴を上下にさすり、皺の上に円を描いて擦りながら、ツンツン押すだけだった。

初めは何を遊んでるんだかと思って待っていたが、次第にベトついた入口が熱くなり始めた。

「あっ、あ……」

「ふわふわしてる。お前は穴もかわいいんだから」

「なっ、はうっ、うっ……」

困惑してしまうような褒め言葉を耳にして、自然と抵抗する言葉が出かかった。だが言い終えもしないうちに、入口の下をツーッと伝い下りていった指二本が、ローションを垂れ流した会陰《えいん》を滑り上がり、狭くすぼまっている後ろの隙間から、そのまま入り込んだ。

「あっ！　ふ……あ……」

「ふっ……、そんなに久しぶりでもないのに、なんでこんなに狭いんだ……」

長く太い指が、内壁をゆっくり擦りながら滑り込んできた。彼の指の第二関節あたりまでが入っただろうか。前回も「自分で指を入れて触ってみろ」と促されたポイントをゆっくりさするように押されると、お腹《なか》の奥のほうの感覚が一瞬でもつれた。すぐさま腰が跳ね上がり、自分でも感じるほどに中がギュッと締まった。

指がぐりんと中を掻き回すと、内壁が防御するように狭まった。その激しい圧迫感に、まださほど深くは入れていない指が押し出されそうになった。ムギョンは手に力を入れ、ギチギチに狭まる粘膜をゆっくり掻き分けて入っていった。

とうとう根元まで押し入れられ、指と手のひらを繋ぐ関節の部分がお尻に触れるのが感じられた。太く長い指が泳ぐように中で動くと、内臓が丸ごと引っ掻き回されるような感じがして、全身がガクガクと震えた。

「ふぅ、あっ、うっ！」

「力、抜けって」

「あっ、抜いて、抜いてる……あっ、はっ……」

「好きにしろって言っといて、これじゃあ寂しいだろ」

ムギョンはハジュンが落ち着くのを待つかのように、もう片方の手でお尻を揉むと、ゼェゼェと息を荒げているハジュンの体を自分のほうへと引き上げた。肩にもたれていたハジュンの顔が、体を伝い上がってきて、また唇が触れた。

チュッチュッと音がする短いキスを何度かされ、彼の唇の感触に体を預けたハジュンは呆《ほう》けた表情になった。ムギョンの手がお尻から背中を撫で上げ、肩甲骨《けんこうこつ》の下のあたりを抱いてトントンと叩いた。

「最初に怖がったりするから、ちゃんと体がほぐれないじゃないか」

「ふっ、うっ」

「俺を見ろ、イ・ハジュン。怒ってない。こんな夜に駆けつけてきてくれたお前に、怒るわけないだろ」

「あっ、うん、分かって、あっ……」

「気持ち良くしてやるよ。緊張するな。なっ？」

もう怖がっても緊張してもいないと思っていたが、体というものは頭よりもほぐれるのが遅いらしい。なだめるような口調に、また涙がじわりと滲み出た。ムギョンは苦笑いを浮かべながら、まぶたの上を唇で撫でた。その感触に、目ではなく胸の奥のどこかで芽吹くようなくすぐったさを感じた。

お尻の間の指が前後に動き、ゆっくりと中を撫でた。さっきよりもスムーズに指が奥まで入っていった。

「あっ、あぅ、んっ！」

一瞬の揉み合いの末に、やっと後ろが広がり始めた。体温でローションが溶けて水っぽくなり、ベトついたクチュクチュという音が小さく耳に響いた。

最初は指一本さえ押し出そうとしていた体は、ひとたびほぐれてしまうと、すぐさま三本の指を容易《たやす》く飲み込んだ。ムギョンは指を根元まで入れてグッと奥を突き上げ、関節を曲げて感じるポイントを擦りながら抜いた。その行為を繰り返すたびに、うつ伏せの上体が驚いたようにビクビクと跳ねた。

最後に一本残った指も押し入れ、親指に繋がる部分まで滑り込ませて挿入を深めた。さらに奥を突くと、震える息が漏れ出た。ハジュンは、ムギョンの肩に顔をくっつけて首を横に振った。

「あっ、あぅ、ふうっ、も、もういい。し、しても、してもいい……！」

「もう少しだけ」

「あっ、あっ！　ふっ、ふぅ！」

根元まで突っ込んだまま関節を曲げて手首ごと揺らすと、

クチュクチュという音が空気を露骨に濡らす。音の響くスピードが、次第に速まっていった。

「あっ、あっ！　揺らす、な、あっ……！」

浅いピストン運動までしながら、感じるポイントを押したり揺らしたりする指先にさらに力が入る。ハジュンは声を上げてすくみ上がった。指先が白くなるほどベッドシーツを引っ掻いて握りしめた。

その動きに、ムギョンも熱く長い息を吐いた。もう片方の手でハジュンの手を掴み、自分の首の後ろに引っかけた。すぐにムギョンにしがみつくように両腕が絡みついてきた。

「俺も、はぁ、できることなら今すぐハメたい」

「ハ、ハメろ、今、大丈、ふうっ！」

「ハメろ？　イ・コーチ、今ハメろって言ったのか？」

コーチと呼ばれて、メチャクチャに踏み潰された正気が一瞬戻ってきた。ついさっき自分の口で吐き出した言葉もぼんやりして、まるで他人の発言のようだった。否定するように顔を横に振った。小さく笑う声と共に、奥を揺さぶっていた手がずるんと抜けていった。

体の中をゆっくり擦りながら滑り出ていく太い指の節々がハッキリ感じられた。広い胸の中に閉じ込められた体が、感電でもしたかのように小さく震えた。突然空《から》になってしまった後ろが、反射的に狭まった。

内壁が熱く火照るのが分かった。ハジュンがその熱に耐えながら喘いでいる間に、寝転んでいたムギョンは体を起こした。彼の上でうつ伏せになっていたハジュンの体が、自然とシーツの上に滑り落ちた。姿勢を立て直しもしないうちに、ムギョンは相変わらずうつ伏せになっているハジュンの後ろで体を屈めた。ハジュンが振り返る前に、また入口にムギョンの指が当たり、耳に囁き声が流れ込んできた。

「うーん。一回抜けば、完全に緊張がほぐれると思うんだけど……」

「――いや、いや、違っ……あっ、あっ……！」

さっきとは角度を変え、手の甲を上に向けたムギョンの手が再び中へゆっくり入り込んできた。

予想外の二度目の挿入に、腰がビクつく。お腹とお尻、太ももの内側までがブルブルと痙攣《けいれん》を起こした。指を咥えた粘膜も、振動するように細かく震えた。

「ふうっ、ふぅ、あっ」

あっという間に二本から三本に増えた指が、おへそ側の内壁をグッグッとこねくり回しながら、グチュグチュと水音を立ててピストン運動をした。さっきから押し寄せていた射精感が一瞬で高まった。

ハジュンは手を後ろに伸ばしてムギョンの手を掴もうとしたが、かすめるばかりでまともに掴めなかった。かぶりを振って泣き声を上げた。

「あっ、出る、出る……！」

「我慢するな」

その言葉と共に、チュッと音を立ててお尻の上に乗せられたのは唇に違いなかった。

小さく不慣れな感触に、自然と穴がキュッと縮まった。その瞬間、ゆっくりと抜けていった指が四本になって奥深くに押し入ってきた。ハジュンは目の前が真っ白になった。ずっとビクビクしていた性器の先から、もう我慢できないと言わんばかりに不透明な液体がポタポタと流れ落ち、シーツに広がっていった。

「はぁ、はっ！　あっ、うぅ……」

痺れすぎて、体のあちこちで小さな火花が跳ねるようにヒリヒリした。よだれが垂れるほど開いた唇を閉じる気も起きずにうつ伏せのまま体をガタガタ震わせているハジュンの背中を、ムギョンがゆっくり撫でた。

その優しいタッチすら、今はあまりに刺激的だ。ハジュンが思わず首を横に振っている間に、大きな手が太ももを掴み押した。再び両脚が大きく開かれ、ムギョンはハジュンの背中に体重を乗せながら体を重ねた。

シーツに伸びた手の甲の上にも、ムギョンの手のひらが重ねられた。いつの間に服を脱いだのか、彼の熱を帯びた肌が背中に触れる。厚くガッチリした胸筋が、普段よりもさらにパツパツに膨らんでいた。重なってうつ伏せになると、体格差がハッキリ分かった。

滴が落ちるような音を立てて、首の後ろに点を打つように唇がトントンと落ちた。彼の声が耳に流れ込んだ。

「ほらな。これで緊張がほぐれただろ」

「ふっ、うっ……！」

彼の言う通りすっかり力が抜けて感覚だけが敏感になった体の上を、羽根で撫でるようにムギョンの唇がかすめた。耳やうなじ、肩の上を愛撫《あいぶ》するムギョンの動きに合わせて、硬く熱の満ちた先端がハジュンのお尻の間や会陰を何気なく押したり擦ったりした。そのたびに、お尻がビクビクして小さく力が入った。

吸ったり舐めたりするわけでもない、優しく軽い愛撫に過ぎないのに、背中越しの行為は目に見えないせいか、小さな接触も泡のように大きく膨らんで近づいてくる。視界がクラクラして、ハジュンは酔ったように何度もゆっくりと瞬きした。

そうしている間にも、ムギョンは徐々に体を下げながら肩甲骨の間に口づけ、そのさらに下や脊椎のある場所を唇でなぞった。手は腰のラインに沿って下がっていき、尾骨の上で愛撫を止めた。

「ふっ、あっ……」

背中の上で筆を動かすような愛撫を受けている間、ハジュンは涙まで滲ませて全身を震わせていた。体の中を引っ掻き回され射精に至るや否や、その上に紙のように薄く繊細な快感が、もう一枚、もう一枚と重なっていくようだった。

あまりに体が敏感になって怖いくらいだった。お尻を優しく撫でる手の動きまでもが下っ腹を疼《うず》かせ、正体不明の痛みのように感じられた。

「……はぁ、あっ！　あっ！」

辛うじて出る喘ぎ声と共に、ハジュンの背中にあるいくつもの細い筋肉が激しくビクついた。尾骨の上で止まっていると思っていたムギョンの唇がさらに下り、さっき思い切り指で掻き回された穴の入口に触れたのだ。

「ダ、ダ……メ……」

ハジュンは力なく首を横に振った。首や背中に軽いキスをしていた前戯の続きをするように、ムギョンは軽く膨れ上がった皺の上に口づけた。

「あっ！　あううっ……！」

そして突然、舌で穴をゆっくりと撫で上げた。

たった一度舐めただけなのに、ハジュンの腰は反射的に持ち上がってガクガクと震えた。刺激を避けようとする行動だったが、実際にはムギョンにお尻を突き出すような姿になった。ムギョンは親指の平らな部分で入口を擦り、また舌を出して円を描くように舐めた。

「ああっ……！　ふうっ、ふっ、あ、それ、やめっ……」

ハジュンは力の抜けた腕をゴソゴソと後ろに伸ばし、自分のお尻の間を手で覆った。シーツの上でゆっくりもがくたびに、背中と腰の滑らかな筋肉が面白いほどピクピクしたが、ハジュンはまるで自分の体が骨まで溶けた軟体動物にでもなったかのように感じた。

「なんだよ、イヤなのか?」

ムギョンの舌が、今度はハジュンの手のひらに触れた。手のひらの上のミルクを舐められるような感触に耐えられず拳を握ると、今度はムギョンの手がハジュンの手首を掴んでどかしてしまった。露わになった会陰から尾骨までを、濡れた肉の塊がカタツムリのようにゆっくりと這い上がっていく。

「あっ……はっ、あっ、あっ……!」

快感と恥ずかしさで、体の奥が煮えたぎった。射精をしている時にも指で掻き回された入口が、体が、ものすごく熱い。「好きにしろと言っておいて、やめろと言うのか」と彼に責められたように、できることなら今日は彼を止めたくない。だが、またこの前のような愛撫をされては、もう耐えられそうになかった。

ムギョンの舌と唇で粘膜や皺を舐められ、穴が吸い上げられる時の快感を思い出すと、お腹の中で鳥肌が立つようにゾクゾクした。全身から冷や汗が出た。

「あっ、やめ……。これ、やめる……んんっ、ああっ! あっ!」

スーッ。舌が後ろを溶かさんばかりに何度も撫で上げた。開いた唇と、高く立てた腰がプルプル震える。ハジュンの頭の中が白く霞《かす》んだ。ムギョンを止めなければという考えすら、かき乱された水面のように次第に乱れ始めた。

ムギョンは動きを止めなかったが、記憶に残っていた燃え上がるように熱く執拗《しつよう》な感覚は、今日はなかった。その代わり、舌で入口を撫でられ、お尻や尾骨に口づけられるたび、刺繍《ししゅう》のように目が細かく繊細な快感が、体の上に広がる絵の具のようにようようと這い上がってきた。

自分が味わっている快感が刺激なのか恐怖なのか区別できずに硬直しかけていた気持ちも次第にほぐれ、ムギョンの愛撫が後ろをかすめるのに合わせて、息を切らして思わず腰を持ち上げた。体の中心部から始まった苦しい甘さが、指先やつま先まで波を立てながら広がっていった。

しかし、いくら穏やかな波でも耐えていればいつか限界が来る。ハジュンは、すすり泣きながらゆっくり体を引き上げようと小さく這った。しかし、まともに前に進みもしないうちに大きな手が腰を引っ張り、元の位置に戻された。そしてムギョンが再びお尻に顔を埋めると、ハジュンは我慢できず口を開けた。

「ふうっ、キム、ムギョン、もう、お前の、お前ので

「……」

「ん？」

「口じゃなくて、お前の……」

「俺のなんだ？　手？」

そう尋ねながらも、後ろに口づける小さなイタズラを、彼は止めなかった。

「いや、手、手じゃなくて……」

「じゃあ？」

ムギョンが舌を平たく長く突き出し、ヒクヒクしている入口をねっとりと舐めると、ハジュンはシーツに顔を擦りつけ絶え入るような声を出した。反射的にキュッと塞がって締めつける場所を舌先でツンツンと突けば、呂律《ろれつ》が回らないながらも言葉が速まった。

「あっ、頼む、うっ……！　お前の、なぁ……、早く……！」

「お前のって言われるだけじゃ、分からないけど」

「うっ、ふぅ、うっ……」

最後まで言い出せないハジュンの代わりに、ムギョンは答えを投げかけつつ、ビクビクしている入口に濃厚な愛撫を続けた。

「俺のチンコ？」

「はぁ、あっ！　うぅん、うん、チ……それ、挿《い》れてくれ……」

暫く黙っていたムギョンが、ガバッと覆いかぶさるように体を重ねてきた。

「あー……ヤバい」

うつ伏せだった体が仰向けにされ、ずいぶん前から勃《た》っていた熱く硬い性器がすぐさま入口に当てられた。亀頭がグッと突いてきたかと思うと、ずるんと滑って血管の浮いた竿が入口全体を擦る。会陰と睾丸《こうがん》にまで刺激が来て、顔が真っ赤になったハジュンは仰け反りながら喘いだ。

「ふぅ、ああっ！」

「ゆっくりしようと思ったのに……協力してくれないな」

一回、二回、三回……。入ってくるかと思わせるように入口にぶつけられた性器は、滑っては睾丸の下のほうを突き上げるばかりだった。ぷっくりとして熱いモノが触れるたびにビクつきながら受け入れ体勢を取っていた穴が空振りで縮まってばかりいると、次第にお腹が熱くなってきた。

誰がゆっくりしてくれって言った？　ムギョンのことが憎くなりそうだった。一瞬乾いていた涙が再び溜《た》まり始め、もう何度目か分からないほど陰茎で入口を擦られたハジュンは、耐え切れずに泣き出した。

「あっ、ふうっ、もう、あっ、もう……キム・ムギョン、もうやめ……ッ！」

やめろと言うのはできるだけ我慢しようと決心したことも忘れ、懇願するように彼の名を呼んだ。すると入口をグッと重く押していたモノが、やっと中をこじ開けてゆっくり入ってきた。

「今度はチンコって、ちゃんと言わなきゃダメだぞ」

「あ、あ……ああっ……！」

じわじわと入ってきた。アイドリングしている自動車のように、ずっと空《から》っぽだったお腹を締めつけようと縮こまって震えていた中が、ついに入ってきた性器を熱烈に迎え入れた。

中がどれほど激しくムギョンのモノに絡みついているか、彼の性器の形や表面に浮いた血管、どこまで入ってどんな角度で動いているのかまで、嫌というほど生々しく感じた。ハジュンは声すらまともに出せなかった。

「ふぅ、ふっ……はぅ、あっ……」

ゆっくり中を擦るように進入して、指でたっぷりいじめられた前立腺のあたりに、ぷっくりと飛び出た亀頭が届いた。ムギョンはわざと細かく腰を揺らしながら突き上げた。体の内と外が重く痺れていく中、突然稲妻のように強力な快感が猛スピードで迫ってきた。ハジュンは口を開けて仰け反った。

「はっ、はぁ、あっ、あ……！」

まだ入ってきている途中なのに、耐えられないほど大きな快感が全身を襲った。抵抗する力が出るどころか、喘ぎ声さえ息をする音に混ざって小さくこぼれ出るだけだった。

力なく開いた唇の間から長く吐かれた息と、少しかすれた声が不規則に流れ出ている間に、ムギョンは腰を押しつけて一番奥まで自分を突き入れた。内壁が急に狭まるポイントまで届いた亀頭を、柔らかくぬるぬるした粘膜が、口づけるようにヒクつきながら締めた。

そして完全に体を合わせたムギョンが口を開けた時、彼の声にもたっぷり熱が満ちて余裕などはなかった。

「はぁ、イ・ハジュン。メチャクチャいい。おかしくなりそうだ……」

「あっ、あ、俺も、俺……も……」

ガッチリした腕が首や肩の後ろを包んだ。胸が苦しくなるくらい深いところまでムギョンを受け入れたまま強く抱きしめられると、本当に息ができなくなる。ハジュンは慌ただしく息を切らした。

それでも、彼の胸の中から抜け出したいなどとは少しも思わなかった。むしろ、さらに彼の胸の奥へと潜り込んだ。自由にならない腕を懸命に動かし、ムギョンの肩に手を回した。

ムギョンは唇でハジュンの前髪をかき上げた。続いて、軽く汗ばんだ額に口づけ、こめかみと頬を伝い下りている間に、体の奥に埋まっていた性器が抜け始めた。

「……ふっ、うう、うっ！」

ムギョンに組み敷かれて固く胸に閉じ込められた体は、向きを変えることすらできなかった。ハジュンは開いた脚を、ただガタガタと震わせるだけだった。つま先が縮こまって丸まり、シーツを蹴ったり滑ったりした。まるで性器を中に留めようとするように、両脚がムギョンの腰に絡まった。

「ふぁ、うっ、はうっ、ふっ！　うっ！」

だが快感で力が抜けた脚では、ムギョンの腰の動きを止めることはできなかった。ゆっくりと抜けていく性器に絡みついた内壁が、余すことなく擦られていった。目がグルグル回って、涙が込み上げた。

腕の中に閉じ込められた体、口の中にある舌、お尻や中の内壁までがブルブルと震えた。ハジュンが感覚を鎮《しず》められずに彷徨《さまよ》う中、入口に亀頭が引っかかるくらいまで抜けた性器は、予告もなく強くスピーディーに内壁を打ち、奥深くまで突っ込んできた。

「――うっ、あっ……」

体は大きく揺れたが、開いた口からは微かな喘ぎ声が漏れただけだった。

ムギョンの唇が今度は耳元に移動して、音を立てながらキスを浴びせた。耳の中に小さな振動が響き、ただでさえクラクラしていた感覚が完全にひっくり返った。

「はぁ、ふっ……！　うっ、ふうっ、はぁ、ああっ、あっ！」

二度目の絶頂は、深い場所からゆっくりと引き上げられるように始まった。

視界がクラクラと波打った。骨盤と腰が細かく速く震えて断続的にビクビクと痙攣を起こし、白い太ももの内側の長い筋肉がヒクヒクと姿を現しては消えた。それでも、射精したばかりで半勃ちの性器からは何も出てこなかった。

ふわりと浮かび上がった体が、突然ベッドの下までズシンと沈んだような錯覚を覚えた。ふわふわした底なし沼に落ちたような寂しさで頭の中がかき乱されると、ふと怖くなった。

「あふっ、ふっ、ヘンだ……！」

「ヘン？」

「ふうっ……はぁ……！　キム・ムギョン、俺、ヘン、今日ホントに、ヘンだ……あっ、あっ！」

「ああ、大丈夫だ。こっちに来い」

目を開けて夢を見ているみたいだ。ものすごい快感が、まるで金縛りのように感覚を混線させる。

ふぅ、と泣き声が飛び出した。ムギョンは閉じ込めていたハジュンの手首を導いて、自分の体の後ろに引っかけた。ハジュンは慌ただしく彼の首に腕を回し、しがみつくように彼に密着した。

太く硬い腕が、背中を支えるように包み込む。ムギョンはなだめるように、あるいは求愛するように耳元で囁き続けた。

「大丈夫。俺が抱きしめてるから。はぁ、イ・ハジュン。好きだ」

「はぁ、ふっ！　うん、俺、あっ、俺も、ふうっ、いい、いい」

「好きだって言ってくれ。俺のことが好きだって言ってくれよ」

「好きだ、はぁ、あっ、キム・ムギョン……す……好きだ……」

絶頂が訪れたかのようにムギョンの体にグッと力が入ったかと思うと、長いため息が漏れた。すると突然、容赦ない激しいピストン運動が始まった。

「ふうっ！　ああっ、ああっ、あっ！」

体と体が重なっては離れる音が部屋をぐっしょり濡らし、熟れすぎて溶け落ちた内壁を、ムギョンの硬い性器が猛烈なスピードで突いたり擦ったりした。

今や涙は、ただ流れるのが当然のようにポロポロ落ちた。

亀頭が前立腺を突き上げ、太く大きな肉棒が狭い内壁を遡《さかのぼ》って奥までねじ込まれるたびに、絶頂に似た快楽が襲ってきた。体がピクピク震えまくったが、やめろとかイヤだとかいう言葉は出てこなかった。

これ以上は、感じることすらできないらしい。自分の体が骨と肉で構成された肉体ではなく、熟れすぎた果実か何かになったような気分だった。

好きだ。愛してる。お前だけだ。ピストン運動を止めずにムギョンが囁く甘い言葉が、頭の隅々までいっぱいになって溢れた。彼の甘い声に窒息死しそうだ。

数え切れないほど何度も擦られて敏感になった粘膜の上、奥深くに、ついに熱い液体が何度か注がれた。それが広がっていく感覚が烙印《らくいん》のように鮮明に刻まれ、体の中が彼の精液でいっぱいになったかのような錯覚が頭を支配した。

ああ。

ハジュンは満ち足りた気持ちを抱くと、穏やかに意識を失ってしまった。

＊　＊　＊

[……キム・ムギョン選手は、これよりもずっと大きなプレッシャーや試練にも常に打ち勝ってきたんですから]

遠くから微かに響くようにして聞こえてきた音は、客観的に聞くと非常に聞き慣れない自分の声だった。

まだ意識がぼんやりしていた。何度か目をゆっくり瞬かせ、頭の向きを変えた。その動きにいち早く気付いたムギョンは体を横に向け、自分の腕を枕にして寝転がっているハジュンを見つめた。

「目が覚めたか？」

「うん……」

ムギョンはクスッと笑いながら、手にしていた携帯電話を下ろした。

「番組を見てたんだ。腹立たしくはあるけど、いいところもあるな。お前がたくさん映ってたから、保存しておかないと。見たか？　お前の名前、検索ワードランキングにも入ってるぞ」

「……俺が？」

「イ・ハジュンの人気が上がりすぎるのは、個人的には喜ばしくないけど、世間の見る目は認めないとな」

ムギョンは携帯電話を置いて、ハジュンを抱き寄せた。チュッと頬に唇が触れた。何度も顔に唇を押しつけながら笑うムギョンを、ハジュンは無表情で暫く見つめてから視線をぎこちなく下ろした。ムギョンが眉を微かにひそめて尋ねた。

「なんだ？　またキスがイヤか？」

「あ、いや……。なんか、不思議で……」

「何が？」

「終わった後に、こんなふうにお前と一緒にいるなんて初めてな気がして……。ちょっとヘンな気分だ」

彼との行為で気を失ったのは初めてではなかった。今までは目を覚ますと、微かな光が差し込むだけの真っ暗な部屋の中で一人横になっていたが、今日はまったく違った。

ムギョンがもたらしてくれる絶頂もまた、同じだ。一度もイヤだったことはないが、網のように体を縛りつける執拗な快感は、いつも鎮まるまでシーツを引っ掻いたり体を震わせたりしながら耐えなければならなかった。今日はムギョンが抱きしめてくれたので、いつもよりもずっと気持ち良かった気がする。

気分がいい。思わず笑みがこぼれてムギョンの胸に顔を埋めた。すると、彼の腕が背中を力強く包み込み、頭上にある唇から謝罪の言葉が飛び出した。

「ごめん」

「えっ？　いや。謝ってほしくて言ったわけじゃないよ。ただ、うれしくて……」

無理に土下座でもさせてしまったかのように、急に心苦しくなった。ぽつぽつと会話をしているうちに、次第に頭がクリアになってきた。なぜ自分が深夜にここで彼と抱き合っているのか、ハッキリ思い出した。

ハジュンは顔を上げ、ムギョンの表情を窺いつつ尋ねた。

「キム・ムギョン、もう機嫌はすっかり直ったのか？」

ムギョンはハジュンをじっと見つめ、微かに苦笑いを浮かべた。

「気を失って目を覚まして、最初に訊くことがそれかよ」

そして今度は自分のほうがハジュンの胸に顔を埋めるように、ムギョンはハジュンの腕を引っ張って自分の首に回しながら言った。

「どうせこうなると分かってたら、さっさと自首して光を求めてりゃ良かった。悪知恵を働かせた結果が、このザマだ」

「えっ？　自首って？」

唇で顎のあたりを擦られている間にも、ハジュンは目をパチクリさせながら次の言葉を待った。

「オセロ症候群の末期患者だったっていう、あいつの話さ」

「お父さんがその病気だったことが、お前となんの関係があるんだよ。キム・ムギョン、大丈夫だ。世間だって一瞬興味を持つだけで、すぐに忘れる。合意もなしに放送されたことについては黙ってちゃいけないけど、あんまり心配するな」

キッパリした口調に、ムギョンは姿勢を変えてハジュンを抱き直し、彼と目を合わせた。腕枕をされたままムギョンと向き合ったハジュンは、目を逸《そ》らすことなく見つめ返した。ムギョンの瞳に満ちていた怒りは、もう確実に冷めているように見えたが、ハジュンは思わずムギョンの頬に手を乗せた。

なぜこうも不安そうなんだろう。長年隠し続けてきた秘密がこんな形で知られてしまったのだから、当然ショックではあっただろう。だが彼は元々、人の視線をそこまで気にする性格ではない。

ムギョンの口がゆっくり開いた。

「関係……あるんだ」

「えっ?」

「俺は、あいつとそっくりなんだ。顔も性格も、あの病的な疑《うたぐ》り深さも全部」

ムギョンは、自分の首のあたりに置かれたハジュンの手首を掴んだ。

「お前がユンの野郎とモーテルに入っていくのを……お前の後をこっそりつけて目にしたんだ。俺に内緒でヘンな真似《まね》してるんじゃないかって疑って。我を忘れてモーテルの中へ入ろうとした。今は勘違いだって分かってるけど、あの時は本気であいつを殺してやりたかった」

ハジュンの顔が固まり、目が丸くなった。ムギョンはその表情を黙って見つめ、また彼を抱き寄せてしまった。

「だけど、モーテルのドアに自分の姿が映ってたんだ。顔も表情も、あのイカれた野郎と瓜《うり》二つで、自分でも驚いたよ。いや、驚いたどころの話じゃない。あいつみたいには絶対にならないって、そう思って今まで生きてきたのに……」

「……それなのに?」

「とっくにそうなってたんだ。イカれたみたいにお前を疑って尾行して……。お前が他のヤツらと一緒に笑ってるのを見るだけでも、腸《はらわた》が煮えくり返りそうだった。俺は、そんなふうになっちゃいけないのに」

「……」

「だから、お前と離れようとした。いっそのこと愛想を尽かされて、俺の視界からいなくなって、この関係も終われば、もうバカな真似をすることもなくなると思って。だけど……」

空気が抜けるようなフッという笑い声が、再び聞こえた。

「本当にお前の姿が見えなくなったら、今にも死にそうだった」

ハジュンはムギョンの胸元に顔を埋めたまま、目を閉じているも同然の真っ暗な視界を前にして、瞬きをしながら彼の声を聞いていた。食事も摂《と》れず、眠ることもできず、目の下が窪《くぼ》み、ピッチに立つことすらできなかったムギョンを思い出した。

「だから、その方法は間違ってるって分かったんだ。それでも、お前のことが好きだってことは最後まで認めたくなかった。好きだとか言い合って、本当に恋人にでもなったら……俺はもっとおかしくなっちまうに決まってるから」

「どうして……」

「一生あんな人間にはなるもんかって決めたのに」

そしてムギョンは、やっとハジュンを胸から引き離した。何を言えばいいのか分からないと言わんばかりに狼狽《うろた》えている黒い瞳が、こちらを見ていた。

一生、誰かを愛したりしない。これからの長い人生、何が起こるかも知らない幼い少年は、アッサリと大いなる決心をしてしまった。今日この瞬間まで、その決意が守れなくなると思ったことなどなかった。時間の無駄だと思っていた一年間の逸脱で、その決心を打ち砕く相手に出会うなんて誰が予測しただろうか。

「どうすればいいか悩んで、お前の言う通り自分勝手に思い込んで先走って結論まで下したんだ。セフレに戻って体だけくっつけといて、コンディションが元通りになれば俺も助かるし、これからはもうあんなふうに一線を超えることもないだろう、って。お前も俺に想いが残ってるなら、そういう付き合い方はお前にとっても悪くない、って。完全に自分のことしか考えずに駄々をこねたんだ。ここまでが、俺が言えないって言った話だ。どうだ？　お前が聞いても恥ずかしい話だろ」

ムギョンの手が、ハジュンの額に下りた前髪をすくい上げた。

「あの時は……お前が俺のことが好きだっていうのが、どういうことなのかよく分からなかった。人ってのは、自分を基準にして他人を見るものだから」

「……その後、考えが変わったのか？」

「ああ」

「俺が十年間、お前のことが好きだったこととか、あんなファイルなんかが、お前にとってはそんなに大ごとだったのか？」

ムギョンは苦笑いを浮かべた。

「お前にとっては、息をするのと同じだって言ってたっけ」

「……」

「俺にとっては違う。俺は……そんなに長い間、あんな形で誰かを好きでいられるなんて、考えたこともない。そんなお前が、まだ俺のことが好きだっていうのに、つまらない言い訳を続けてたら本物のバカだろ。幸い、俺はそこまでバカじゃなかった」

ムギョンのため息が、額に落ちてきた。

「番組に出てきてない話、してやろうか？」

「……どんな話？」

「あいつと母さん、一緒に車に乗ってガードレールに突っ込んで死んだんだ」

「知ってる。詳しくは知らないけど、事故だったって」

そして、再びハジュンの視界が暗くなった。ムギョンが元通りに彼を胸の中に抱き寄せたのだ。また何か不安になったらしい。そう思いながら、ハジュンは彼の背に腕を回した。

「事故じゃなかったかもしれない」

「……」

「いつか母さんはあいつに殺されるんじゃないかって、いつも心配してたら……結局あんなことになって」

ハジュンの手は石のように固まっていたが、すぐにムギョンの背中を探った。緊張で割れた声が、やっと外に出た。

「そうじゃないかも……しれないだろ？　どうしてそう思うんだ？」

ムギョンの声が、もう少し低まった。

「あの野郎、終《しま》いには俺まで疑い始めたから」

「……」

「俺って、成長が早かっただろ？　十歳の頃には、すでに身長が一六〇を越えてたし。そしたら、あいつの目には息子すら男に見えたらしい」

胸に閉じ込めたハジュンの体が硬直するのが感じられた。ムギョンはさらに腕に力を入れた。

「だから母さんも、ついに勇気を出したんだ。あの頭のおかしい怪物を捨てて、俺と逃げなきゃって……」

「……」

「あの日は、一緒に逃げるって決めた日だったんだ。下校したら家には帰らずに待ってるように言われてた。やっとあいつの手の内から抜け出して、母さんと二人きりで暮らせるんだと思うとうれしかった」

「キム・ムギョン」

「よりによってそんな日に起きた事故が、本当に事故なもんか。俺は今でも、そうとしか思えない。でも、どうしようもないだろ？　証拠もないし、大きな事件でもないし、十一歳の孤児が事故じゃないっていくら言ったところで誰も聞いちゃくれなかった。すぐに事故として処理されて、俺は児童養護施設に送られて終わったんだ」

抑揚のない低い声だが、その中に結ばれた感情は、長い年月を経てもなお鮮明だった。ガチガチに固まったまま言葉を失ったハジュンの頭の上に、ムギョンは視線を落とした。

……この腕を離してもいいのだろうか。離しても逃げないだろうか。こんな話を聞いても、それでもイ・ハジュンは俺のそばにいようとするだろうか。

あの怪物は、単に妄想に取り憑《つ》かれただけのDV男ではなかった。結局は母の首にまで手をかけ、自らの身を炎の中に投げて死の道へ向かった人殺しなのかもしれない。それこそ誰も、パク・ジュンソン監督すら知らない、ムギョンが最も隠したかった秘密であり、自分自身に対する疑いの源だった。

「とりあえず、離してくれ」

ハジュンは落ち着いた声で言った。だがムギョンは、すぐには腕から力を抜けなかった。

手を離したら、怯《おび》えたハジュンの顔を目《ま》の当たりにするんじゃないかと怖かった。このまま終わりを告げて去ってしまうんじゃないか、ついさっきまで俺のことが好きだと囁いてくれたハジュンの声を、二度と聞けなくなるんじゃないかと不安になった。

だが、こういう恐怖心こそが、あの怪物を蝕《むしば》み破滅させた害虫だということもムギョンは知っていた。

好きという気持ちとは、なんなのだろうか。そして、愛とは。自分にとってそれらの単語はいつも、ぬくもり、美しさ、幸せよりも、不安や死、破壊のイメージに繋がっていた。そうじゃないかもしれないと思わせてくれた人がやっと自分のそばにいようとしてくれているのに、今さら恐れるわけにはいかない。

ムギョンは喉仏を上下させ、ゆっくり腕の力を緩めた。彼の胸から抜け出たハジュンは、体を起こして座るとムギョンを静かに見下ろした。

「……どうして言わなかったんだ？」

ムギョンは肩をすくめながら苦笑いを浮かべた。

「こんな話をして、お前に嫌われたらどうするんだよ」

ハジュンは一瞬、呆れ顔になり、ムギョンの髪をクシャクシャと散らした。

「まったく、自分勝手なんだから。キム・ムギョン、普通は知りもしない父親がろくでなしの人より、いきなり暴言を吐いてくる人のほうを嫌うんだ。どういう基準なんだ？どうでもいいことまでベラベラ喋《しゃべ》ってたくせに、この話は俺に嫌われると思って言えなかっただって？」

「忌《い》まわしく思ったり、呆れたりしなかったか？」

「嫌ったりしないよ！　こんな理由で嫌いになるんだったら、とっくに嫌いになってるだろ！　……モーテルに入るところを見られたの、前も怒って当然だと思ったよ。いっそ、後を追って入ってきてたら、すぐに誤解だって分かっただろうに」

「本当に？　それくらいは、してもいいのか？」

「……他の人とくっついてるのも、イヤだと思われても仕方ない。これからは気を付けるよ。俺が思うに、お前は単にヤキモチ焼きなだけだ。それにちょっと……想像力も豊かみたいだし」

髪に絡ませていた手が、いつの間にか優しく頭を撫でていた。

「モーテルに入って、俺を殴ろうとでもしたのか？」

「バカか？　なんでお前を殴るんだ⁉　ユンの野郎を引きずり出して、不倫したって恥をかかせようとしたんだよ！」

ムギョンが閉口すると、ハジュンは微笑んだ。

「息子だから、少しくらい性格は似るかもしれないけど、お前はお父さんとは全然違うよ。俺もよく分からないけど……そう思う」

一瞬だけ叱責を飛ばしたハジュンは、今はムギョンを黙って見下ろしているだけだ。優しい黒い瞳に、ハッキリとした哀れみの色が漂っていた。ムギョンは、そんなハジュンの表情を窺ってから尋ねた。

「イ・ハジュン、俺が可哀想か？」

「えっ？」

ハジュンが困惑を露わにしながら、目を丸くした。

「いや。可哀想だなんて。違うから……」

「違わないだろ。そう言わずに、俺のことを可哀想に思ってくれ」

「……」

「なっ？　不幸なキム・ムギョンを憐《あわ》れんでくれ。そして、ずっとそばにいてくれ」

「……まったく、呆れて何も言えないや……」

ガックリして呟くハジュンをよそに、ムギョンは彼の手を掴んで手のひらに口づけた。その上に頬を好き勝手に擦りつけ、腰を抱き寄せると、太ももの上に顔を乗せた。

ハジュンはすぐにため息をつき、ムギョンの頭を再び撫でてから低い声で呟いた。

「でもさ、キム・ムギョン。ちょっと違うけど、お前の気持ちも分かる気がする」

「どんな気持ち？」

「実は俺も、みんなに言えない話があるんだ」

「なんだ？」

「俺の父さんは、俺が子どもの頃に自ら死を選んだんだ。犯罪みたいに悪いことでもないし、父さんがあんなふうに亡くなったからって俺まで同じわけでもないのに、なんだか話しにくいんだ。わざわざ話す必要がないってのもあるけど、必要性とは関係なく言葉が出てこない。隠すようになっちゃって」

腰を抱く腕に力が入っていった。ムギョンは顔を上げ、とても驚いた目でハジュンを見上げた。

「それは知らなかったよ。イ・コーチ、つらかっただろうな」

「……お前に比べたら、なんてことないさ」

「人っていうのは、曖昧な関係の相手から、つらくて不幸だったたって話はあまり聞きたがらない。仕方ないことさ。聞いた瞬間から重荷になる。それで言いづらいんだよ。だから、俺たちだけでしよう。お互い、さらけ出しただろ？　二人でつらさを吐き出して、二人で励まし合おう。そうすればいい」

その言葉に、ハジュンはわずかに開けていた口を閉じた。ムギョンは自分を見下ろしている黒い瞳を、どうすればいいか分からないと言わんばかりにあちこちに傾けられる視線を、目で追った。結局、小さく込み上げた涙を流す姿を見て、体を起こした。

自分を抱く腕をあえて振り払うことはせず、ハジュンは涙ぐんだぼんやりした声で不満を漏らした。

「っていうか、どうして……。不本意な話を放送されたのはお前なのに、なんで俺が泣いてばかりなんだよ。本当にヘンだ……。俺、こんなに泣き虫じゃないのに」

ハジュンの涙は必ず飲み干さねばならないというルールでも決めたかのように、ムギョンは、今度もそれを唇で拭った。

「今まで、つらかっただろ」

ハジュンは何も答えずムギョンの唇に顔を委ね、暫く経ってから声を落とし、悪さをした子どものようにおずおずと答えた。

「まぁ、ちょっと……。人並みには……」

「俺はつらくて死ぬかと思った。ほら、俺ばかりに泣き言を言わせるなよ」

その言葉に、ハジュンは遅まきながら小さく頷いた。

「うん……。つらかった」

「大変だったな」

ムギョンの慰めの一言に、新たに湧き上がるように涙をポロポロ頬に落としながらも、ハジュンは唇に微笑みを浮かべた。その表情に、ムギョンが訝しげに目を丸くして再び唇を近づけると、ハジュンは声を低めて言葉を続けた。

「だから……お前のことが好きなのは、全然つらくなかった」

「……」

「お前のことが好きじゃなかったら……もっとつらかったはずだ」

出口がなさそうに見えていた回し車のような生活。一日の練習を終えて帰宅すると、幼い弟妹は二人きりで部屋の隅で子どもらしからず大人しく遊んでおり、母親は酒に酔って食卓や布団の上に突っ伏しているのが日常だった。時々、母も父の後を追ったのではないかとドキッとして、眠っている母の呼吸を確認したことだって何度もあった。

才能があると褒められたとはいえ、プロになれるかどうかは分からなかった。練習で疲れた体を引きずり、時間を見つけては短期アルバイトなどをして少額の金を手に入れると、何もかもが虚《むな》しかった。悪くないと思って選んだ道だが、一日に何度も「すべて放り投げてしまおうか」「高校にも行かず、すぐに金を稼げる他の仕事をすべきだろうか」と悩みながら、くすんだ低い天井を見上げるばかりの日々だった。

自分の前に膝をついて座り軽く応援の言葉をかけてくれた、太陽のように輝く同い年の未来のスーパースターに出会ってから、洞窟に閉じ込められていたような毎日に細い光が差した。彼がさらに大きな世界にズンズン進出していく姿を見ると、自分のことのようにうれしかった。

天井よりも空を見上げるほうが好きになり、サッカーをプレーするのも観戦するのも楽しくなった。ササッと抜かりなく手を動かしていたムギョンを何度も思い出し、わけもなくそれだけは練習して、かなり不器用な自分も弟妹のスニーカーの紐《ひも》くらいは結んでやれるようになった。

特別な気持ちがバレてしまうのではと怖くて近づけなかったが、一緒に招集されたり同じイベントに参加したりする時には、少し離れた場所からいつも彼を探した。無愛想な表情や、皮肉混じりの笑みを浮かべた顔で人々と話をするムギョンの姿を、この世で一番美しいものを見るような気分で盗み見ていた。

そんな中で突然、屈託なく声を上げて笑う顔に遭遇したりすると、夜になっても胸がドキドキした。一日の最後に、その日その日に新しく出た彼の写真や記事などを収集整理することはまったく手間ではなく、つらい日々におけるささやかな楽しみだった。その頃のイ・ハジュンの人生の中で、ムギョンのことを想う気持ちだけが、鮮明な何か、輝いている何かだった。


涙を拭った口づけが、今度はハジュンの唇を覆った。腕が体を抱き寄せ、手が髪をまさぐった。やはり言葉よりも体でするほうがずっと上手い彼の慰めを、ハジュンは全身で受け止めて味わった。ムギョンは唇を離すと、名前を呼んだ。

「イ・ハジュン」

「うん」

「半ば強制的ではあったけど、とにかく全部言ったぞ。さぁ、採点してくれ」

ハジュンの顔に薄くかかっていた影が、完全に引いた。点数は、宿題を提出される前からすでに決まっていた。

採点されたムギョンは少年のように笑い、さっきは一度しかできなかったから、もう一回ヤろうと飛び掛かってきた。彼に押し倒されたハジュンは、ふと思い出して彼に言った。

「お前の部屋じゃダメか?」

「俺の部屋?」

「ここじゃなくて、お前の寝室。一度も入ったことないんだ」

「別に何もないけど? 二階だから、わざわざ上がらなかったんだ」

だがムギョンは、それ以上は拒まずに頷いた。そして先に立ち上がって、まだベッドに寝転がっているハジュンをサッと抱き上げた。ハジュンは驚いてムギョンの首に腕を回した。

「下ろせ！　さっきもそうやって……、お前、足首！」

「もう治った」

昨日まで立ち上がれないから手を握ってくれと言っていたのに、変わり身の早さが凄《すさ》まじい。ムギョンは本当に平気なのか、ハジュンを抱き上げてもフラつくことなく天井の高い部屋の階段を上り、廊下にあるドアの一つを開けた。

ハジュンが使っていた寝室よりもさらに広く、窓がもう少し大きく、棚、小さなソファ、テーブルとノートパソコン、そして壁にはリビングのものと同じくらい巨大なテレビが一台掛けられた、リビングと同様に派手な飾りのないモダンでシンプルな部屋がハジュンの目に入ってきた。ムギョンは笑って彼をベッドに下ろした。

「何もないだろ？　この家は仮住まいだから、インテリアに凝ったりもしなかったんだ」

暫く大人しく座ってから、ベッドの上の枕に顔を埋めながらハジュンは明るく笑った。その姿を見るムギョンの顔にも大きな笑顔が浮かんだ。

「部屋を見たかったからじゃなくて、お前が毎日寝てる場所だからいいんだ。写真に撮ってスクラップしておきたいよ」

「好きなだけ撮れよ。俺も、寝室に誰かを入れたのはお前が初めてだ」

「そうなのか？」

目が輝いた。ムギョンは、そんなハジュンをかわいいと言わんばかりに見つめた。

「なんだ？　初めてだから、うれしいか？」

「当たり前さ。初めては、なんだって少し特別だろ？」

ムギョンはベッドに腰掛け、体を傾けた。再び目が合い、一度咳払いをしたムギョンが少し緊張した口調で切り出した。

「イ・ハジュン、俺は絶対にああはならない。あいつのようにはならない。約束する」

「うん……まぁ俺は、取っ組み合いだってできるほうだし、結構力も強いから……お前がどうしようとしたって、思うようにはいかないさ」

すると、ムギョンは笑いながらハジュンの頬を撫でた。

「だろうな。最初から、ディフェンダーにしては大人しすぎると思ったから」

「大人しいって……。お前の目には、そう見えるだろうな」

「まぁ、お前レベルなら強いほうさ。だから十年間もたった一人だけを見つめて、おかしなことを言われても我慢して……。グリーンフォードでも、タフでしつこいヤツらは全員ディフェンダーだよ。今後、俺がまたバカなことをしたら蹴り飛ばせ」

そう言うと、眉間に皺を寄せて急いで付け加えた。

「本当に足蹴にしろってことだ。別れろってことじゃなくて」

「俺に蹴られたことあるか？　そんなこと言って、後悔するぞ」

クスクスという笑い声、しゃぼん玉がはじけるような小さな口づけの音が行き交っては部屋に響き、声は静まりながら暗闇に沈んでいった。

寂しさと強さを区別できずに成長してしまった少年たち。そのせいで寂しくなろうと努力しながら、それぞれの月日を耐えてきた者たちにやっと訪れた、誰一人寂しくない夜だった。

16

ロッカールームに入る前、ムギョンは軽く眉をひそめてドアの前で暫《しばら》く立ち止まった。だが数秒躊躇《ためら》っただけで、すぐにドアを開けた。

中にいた選手たちが、一斉にムギョンを見つめた。着替えやおしゃべりをしていた選手たちが、競って声をかけてきた。

「ムギョン先輩！　おはようございます！」

「おはようございます」

ムギョンは、ロッカールームに入りながら挨拶を受け止めた。

「昨日の放送、見ましたよ。先輩の話はいつ見ても、感動そのものです」

予想はしていたが、取り入ろうと褒めてくるヤツはいても、番組内で語られた特定の話題に言及する者はいなかった。

別にムギョンを意識してそういう態度を取っているというわけでもないだろう。多くのプライベートな話題がそうであるように、注目を集めたとはいえ、ほとんどの人にとっては翌日まで引っ張るほどの話題にすらならないだけだ。むしろセックススキャンダルだったならば数日は騒がしかっただろうが、身の上話など、耳にした瞬間少し驚いてから「そうなのか」と思ってやり過ごす程度に過ぎない。

実の父親がイカれていたという事実など、今さら人の評判を気にして隠していたわけではない。麻薬やアルコール中毒者、家庭内暴力なんかありふれているし、凶悪犯罪者の息子だっている業界だ。今も貧困から脱出する手段としても人気があるヨーロッパサッカー界では、そういうケースが数え切れないほどあった。

グリーンフォードのチームメイトの中にも、暴行の常習犯である上に麻薬取引をして刑務所暮らしまでしたクズのような人間を親に持つヤツがいた。そいつは、その事実を隠さなかった。本人は親とは別の人間だからという確信を持っているからだろう。当然だ。そいつはわけもなく誰かを殴ることも、麻薬取引もしていないのだから。

彼とは違ってすべてが心の問題である自分は、相変わらずなかなかその確信を持てずにいる。だが、ハジュンはすべてを知っても自分を受け入れてくれた。

ならば、他の人たちが自分をどう思おうと興味はない。これから気にすべきなのは、残りの人生をかけて「自分はあの怪物とは違う人間だ」ということを、イ・ハジュンに、そして自分自身に証明することだけだ。

「よぉ、キム・ムギョン」

「ああ」

他のみんなとは違い、ムギョンの児童養護施設時代を知る数少ない人間であり、中学生の頃からの友人、イム・ジョンギュの表情は少し気まずそうだった。もちろん、ムギョンのことを気まずく思っているというよりは、やむを得ず秘密を知ってしまった後ろめたさに似た気まずさだった。

イ・ハジュンの秘密もムギョンの秘密も、ジョンギュはなんだかんだ強制的に聞かされてばかりだった。普段からお節介を焼きまくっているから、ブーメランを食らったのだと思うことにした。

「これから、どうするんだ？　あの放送、合意の上のものじゃないんだろ？」

「どうするも何も、訴えるさ」

「視聴率って、そんなに金になるのかな。怖い怖い」

「ありもしない事実を捏造《ねつぞう》するヤツらだってごまんといる業界だから、この程度ならむしろ可愛げがあるほうだな」

ムギョンがクスッと笑うと、ジョンギュの表情もやっと少し和らいだ。そんな素振りは見せないが、相当心配していたらしい。最近は健気《けなげ》な一面もないことはないから、スネてしまう前に早く娘にプレゼントを買ってやらなければ。

足首の痛みが完全に消え、痛めていた靭帯《じんたい》も正常判定を受けたので、今日からはまた通常の屋外練習に参加することにした。着替えてピッチへ向かうと、ハジュンはすでに屋外に出ていた。青い秋空、一年中よく手入れされた青々とした芝生、そして一年中カッコいいイ・ハジュン。

あのカッコいい男こそが、キム・ムギョンが愛する恋人だ。つい口角が上がり、笑みがこぼれる。ムギョンはすぐに芝生には立ち入らず、他のコーチと真剣に話をしているハジュンの姿を遠くからぼんやり眺めていた。後を追って出てきたジョンギュが、彼の肩をトンと叩《たた》いた。

「ぼーっと突っ立って、何してるんだ？」

「ああ、行かないとな」

返事をしながらも、ムギョンの目がハジュンから離れることはなかった。そんなムギョンの視線をたどって目を動かしたジョンギュは、瞳孔を震わせつつ再びムギョンを見つめた。そして、ムギョンのほうに体を向け、好奇心いっぱいの声で躊躇うことなく囁《ささや》いた。

「おい、お前たち、付き合うことにしたのか？」

「ああっ、マジで気持ち悪い！　誰が耳元で囁けっつった!?」

ムギョンはウンザリしながらピッチの中へ入っていった。スタスタと近づいていくと、その間に他のコーチとの話を終えて一人で立っていたハジュンが振り向いて彼を見た。

「キム・ムギョン、おはよう」

軽い照れくささを含んだ日差しのように明るい笑みが、色白の顔の上にパッと広がった。ムギョンは我慢できず、彼に覆いかぶさるように抱き寄せた。

この顔をユンの野郎に見せてやりたい！

今までハジュンがユンの野郎に見せる表情の異様なかわいさにいちいち腹を立てていたが、今はもう違う。単に懐《なつ》いているだけの先輩、もしくは単に信頼しているだけの相手に見せる微笑《ほほえ》みとはまったく違うじゃないか。堂々と自信を持つことができた。今、この世でイ・ハジュンの一番かわいい表情を見られるのは、この俺だ！　キム・ムギョンなんだよ！

驚いたハジュンは、ムギョンの腰を叩きながら声を落とした。

「何するんだよ。ここは練習場だぞ」

「別にいいじゃないか。他のヤツらだってみんなしてることなのに、俺はしちゃダメなのか？　こうやって俺がピッタリくっついていれば、バイキンどもも寄ってこないだろ」

「チームメイトをバイキン呼ばわりか？　相変わらず口の悪いヤツだ」

ムギョンをたしなめつつ、ハジュンは目をキョロキョロさせた。もちろん彼の言う通り、今さら抱きしめ合ったところで、二人に注目する人など誰も……。

一人いた。ジョンギュと目が合ったハジュンは、顔を少し赤らめながらムギョンの腰を突っついた。

「ジョンギュが見てる」

「見せつけときゃいい。お節介の報いだ。誰か一人に落ち着けって、あんなにも口うるさく言ってたんだ。望み通りにしてやるんだから、文句ないだろ」

少し申し訳ない気持ちでジョンギュを見ていたハジュンは、結局ムギョンの好きにさせたまま放っておくことにした。ムギョンのことが好きだと打ち明けてさえいなければ、ジョンギュも他の選手たちと同様、この光景に特に疑問を持つこともなかっただろうに……。

だがハジュンは、すぐに意外そうな口調でムギョンに囁いた。

「ジョンギュが笑ってる。ご機嫌そうだけど」

「笑ってる？　何がうれしくて笑ってるんだ？　まったく、あいつも変わってるな」

「十年以上もお前と友達をやってるってことは、ジョンギュだって普通じゃないだろ」

「イ・ハジュン……。そういうお前は、なんなんだよ」

正面からハジュンを抱きしめていたムギョンは、今度は背後からハジュンを抱き寄せた。ポジションを変えながらハグをしている間に練習が始まり、ムギョンは仕方なくハジュンを解放してやった。

ランニングをしていると、スタッフの一人が突然ムギョンを呼んだ。ムギョンは選手たちの列から離れ、彼に向かって走っていった。

「なんですか？」

「お前に来客だ。この前、撮影に来てたテレビ局の人だって」

ムギョンは眉をひそめた。

エージェンシーは、すぐに訴えることにした。ありもしない事実を捏造したわけでもないし、思惑を取り繕った上に、他でもなく家庭内のことについての話だ。だから、それを利用して注目を集めたことで得た利益に比べて重い処罰が下されるのは難しいと思われた。だが、このまま見過ごすわけにはいかなかった。

一瞬の関心を引くためなら、人のプライバシーなど吐いて捨てるガム同然に思っている人間に会ったことなんか、一度や二度ではなかった。今回は、こちらが先に侮辱したという経緯もあるので、相手がネガティブな感情を抱いたとしても仕方ないことではあった。だが、だからといってこんな稚拙なやり方の報復に納得してやる理由もない。

とにかく、こんなに早く尻尾を巻くケースは初めてだった。だったら、なんのために。ムギョンはブツブツ言いながら水を一口飲んで、練習用ユニフォーム姿のまま、客が来ているというクラブハウスへ向かった。

屋内に入ると、まだ練習中なので選手は一人もおらず、がらんとしたラウンジのテーブルについていた女性が立ち上がった。ムギョンは硬い表情を崩さず、彼女に近づいていった。例の番組のアナウンサー、ミン・ジェヨンだった。

「今さら、なんの用ですか？」

ミン・ジェヨンは頭を下げた。髪を後ろで結った彼女は、撮影時とはまったく違うスーツ姿だった。

「本当に、すみませんでした」

ムギョンは首を傾《かし》げながら席についた。ミン・ジェヨンも、再び椅子に座った。

「あなたが謝ることじゃないでしょう。責任者は他にいるだろうし。俺たちみたいに顔を出して仕事をする人間ばかりが、いつも損するんですよね」

「……もちろん私は責任者ではありませんが、私が司会を務めた番組ですから。言い訳するようですが、私はすべて合意の上での撮影だと思ってたんです」

「言われなくても、それくらいは分かってます。俺もいろんな記者、キャスター、評論家たちと会ってきたし、どうやって番組が作られているのかも大体は知っています」

「ご理解くださって、ありがとうございます。ですが、謝らせてください。いずれにせよ、あの映像はこれからも残り続けるでしょうし、そこに私がいたことは事実ですから」

彼女を見つめていたムギョンは、同情の意を表す舌打ちをした。

「お気持ちは分かりますが、それはいけませんよ。謝罪はむやみにするものじゃないし、するにしても責任者がするものです。もしかしてプロデューサーに頼まれたんですか？　キム・ムギョンは女好きだから、会いに行って色仕掛けでもしろって？」

彼女は目を見開いて、姿勢を正した。

「違います。誰かに言われて来たんじゃありません」

「世間知らずな人だな。これじゃあ、誰に言われたわけでもないのに自らしゃしゃり出て矢面に立つ羽目になるだけです。お引き取りください。お気持ちは受け取りますが、謝罪は受け取りません。あなたは謝罪する必要がありませんから」

ムギョンはそう言うと、暫く黙ってから肩をすくめながら言った。

「だけど、プロデューサーはなかなかやり手のようですね。イ・ハジュン・コーチの尺が思ったより長かったので、意外でした」

「それは……私の個人的な意見も入っています。前にも言いましたが、現役時代にファンだったんです。番組に出せばきっといい反応があるはずだと説得したら、オッケーが出まして」

ムギョンは片眉を軽く引き上げた。そして、ミン・ジェヨンを暫くじっと見つめてから言葉を続けた。

「ミン・ジェヨンさん。来年はワールドカップもあるので、俺の密着番組も増えるでしょう」

「そうでしょうね」

「その時はミン・ジェヨンさんが司会をする番組を最優先すると、内部資料を回します。お望みでしたら、今度は今のような衣装のほうがいいと俺から提言しますし。昨日の放送も、こういう感じのスタイルのほうがずっと合っていたと思いますけど」

その言葉に、ミン・ジェヨンは目を丸くした後、すぐに苦笑いを浮かべた。

「それはありがたいですね。やり手のプロデューサーだからか、その部分については意見を出しても聞き入れてもらえないんです」

ムギョンは席を立った。

「急がずお帰りください。練習を抜けてきていますので、お先に失礼します」

続いて立ち上がったミン・ジェヨンが、再び頭を下げた。ムギョンはそんな彼女を振り返ることなく出入口のほうへ向かっていたが、ピタリと足を止めて横を向いた。

「イ・ハジュン？」

テーブルからは見えなかった柱の向こうにハジュンが立っていた。周りを気にするようにモジモジしている彼のそばに、ムギョンは近づいていった。

「こんなところで何してるんだ？」

「……テレビ局の人が来たって聞いて、心配になってちょっと来てみたんだ。ケンカでもするんじゃないかと思って……」

「ケンカする相手なんか、来てもいない。あの時一緒に会ったアナウンサーだ」

「知ってる。声が聞こえたから」

ハジュンが柱の陰から顔を出して振り返ろうとすると、ムギョンはすぐにハジュンの肩を抱いて前を向かせた。

「早く行こう。こんなに長いこと練習を抜けてちゃダメだろ」

機嫌を損ねては勝手に練習を抜け出していた男の口から出るにしては不自然なセリフだった。ハジュンは結局振り返ることなく、ムギョンに肩を組まれたままクラブハウスを出た。並んで歩きながら、ムギョンの横顔だけを見つめていた。

ムギョンは意識していないようだが、彼は今日もまた誰かの靴紐《くつひも》を結んでやったのだ。たぶん彼にとってはなんでもない、だが、してもらった人にとってはずっと記憶に残る、最も必要なタイミングでの、最も適切な親切。

これこそが、天性としか説明できない部分ではないだろうか。ムギョンの母親のことはよく知らないが、自分は父親似だというムギョンの主張とは異なり、もしかしたら彼の性格は母親に似ているのかもしれない。

「キム・ムギョン」

「ん?」

「俺が思うに、お前はヘンに努力しないで、ありのまま生きればいい。わざわざお父さんを意識して苦労することないよ」

「どうして急にそんな話を?」

「なんとなく。そう思ったんだ」

ムギョンは、わけが分からないという表情でハジュンを見た。そして練習場に入る直前、人目が届かない建物の陰でサッと口づけた。ハジュンの目がまん丸になったが、ムギョンは笑いながら何事もなかったと言わんばかりに肩を組み直した。

「なんにせよ、褒め言葉っぽいからうれしいよ」

「こういうことするの、やめろよな。誰かに見られたら、どうするんだよ」

顔を赤くしたハジュンは、心底慌てたように責めた。ムギョンは「イギリスじゃ、選手同士で軽いキスだって頻繁にするんだ」と図々しく振る舞うも、「こんな調子じゃ同じチームに居づらくなるから、本当に転職するぞ」という脅しに大人しくなった。

*　*　*

スクリーンが真っ暗になり、エンドロールが流れ始めた。ハジュンは余韻に浸っているかのように、ぼんやりとした表情でスクリーンを見つめていた。悪くない映画だったが、今日のムギョンは映画よりハジュンの表情を見るのに忙しかったせいか、彼のように余韻に浸ることはできなかった。

笑えるシーンになればハジュンも笑うのかどうか確認し

ようと、そして悲しいシーンになればハジュンが泣いてしまうのではと思って顔を向けた。彼は泣くことはなかったが、眉間に軽く皺《しわ》を寄せてスクリーンに集中していた。少し遅れて微笑みを浮かべたハジュンは、ムギョンのほうを向いた。

「ここ、いいな。映画館よりもいい。人のことを気にせず話もできるし、俺たち二人だけだし」

「だよな。シートも座り心地がいいだろ？　映画館の椅子とは比べ物にならない」

「ずっとアクション映画ばかり観てたけど、久しぶりにこういう落ち着いた映画を観たら、意外と面白かった。これからは、こういうのもちょくちょく観ようかな」

夜のきらびやかな場所で数え切れないほど多くの女性と会ってきたが、デートと言えるほどの経験はムギョンといえど皆無に等しかった。昨夜、二人は話を終えた後にも再び体を重ねた。さらに激しくなった行為にハジュンは涙し、気絶するように眠りに落ちた。ハジュンが寝ている間、ムギョンはやっと普通の二十六歳の青年らしく、デートコースを真剣に調べた。

一夜明けて、練習を終えたムギョンは、貸し切ったセレクトショップへハジュンを連れていき、とりあえず服をたんまり買い与えた。車も買ってやろうとすると「要らない」と断られ、「好きに使え」とクレジットカードを渡そうともしたが「重すぎる」と遠慮し続けるので、それも諦めた。

どうにか買い与えた服やら靴なども、「こんなに高価な服を山ほど持ち帰ったら、家族に変な目で見られる」と心配するため、ムギョンの家に置いておくことにした。むしろ、そのほうがいい。今後はハジュンが泊まっていく日が増えていくだろうから、明日にでも人を呼んで一部屋丸ごとハジュンのドレスルームに変えるように言うつもりだった。

そして、同様に予約しておいたプライベートレストランで食事をして、最後に比較的素朴なデートコースとしてドライブインシアターという場所に来たのだった。ムギョンもこういう場所に来たのは初めてだったが、ハジュンがものすごく楽しそうにしているので胸がいっぱいになった。

体を傾けてキスをすると、ハジュンは一度も拒むことなく素直に口を開けてムギョンを受け入れてくれた。映画館だったら、たとえ人がいなくても防犯カメラなどを気にして、こういうことはできないだろう。

「こういう場所は初めて来たけど、結構人気なんだな」

俺も初めてだ。ハジュンの言葉を満足げに聞いていたムギョンは心の中でそう答えつつ、ふとその単語に引っかかった。

「初めて？」

「うん。さっきみたいなレストランも初めてだ。ものすごく高いんだろ？　ワインがメチャクチャ美味《おい》しかったよ」

ワインが美味しかったと言うハジュンの言葉に、自然と微笑んでしまう。ひとくち口に含むなり目を丸くして、「数えるほどしか飲んだことはないが、今まで飲んだものとはまったく違う」「こんなにも美味しいワインは初めてだ」と、しきりに感嘆していたのだ。

そんな姿を見ると、あまり飲んだことはないとは言っても味はちゃんと分かっているようだ。さすが、賢いイ・コーチだ。今度は、テイスティングコースを用意してやらないと。

「はした金さ。頼むから、俺の金をケチろうなんて思わずに使うことを考えろ。行きたいところ、食べたいもの、買いたいもの、金が必要なことがあれば必ず言うんだぞ。カードは受け取らないって言うから。他に行ってみたいところはないか？」

「うーん……。実は俺もよく知らないんだ。俺は、どこでもいい。どこへ行って何をしても、ほとんど全部初めてだろうから」

「何言ってるんだ。デートもしたことないのか？」

ハジュンは照れくさそうに小さく笑った。

「うん……。ほとんど」

その表情は、愛しいながらも胸がムカムカした。今まで付き合ってきた男は一人や二人じゃあるまいし、どうしてそんなに初めてのことだらけなのだろう。自分はセックス以外には興味もない生活を送ってきたからともかくとしても、ハジュンがそうだったとは思えない。

突発的なワンナイトも人知れず楽しむ猫被りの仔牛とはいえ、基本的には人に優しく誠実なヤツだ。いつもそんな関係ばかりを築いていたわけがないじゃないか。一体どんなヤツらと付き合ったら、デートをほとんどしたことがないなどという状況になるのだろう。

どんなクソ野郎どもが、今までイ・ハジュンを通り過ぎていったんだ？

そう思い始めると、またみぞおちが熱くなってきた。だが、その間もハジュンの心の片隅にはいつもキム・ムギョンがいたのだという紛れもない事実を思い浮かべながら熱を落ち着かせた。ヤツらは単に通り過ぎていった束の間の恋人たち。鼻紙の切れ端に過ぎないんだ！

ハジュンは、そんなムギョンを怪しむように目を細めて見て尋ねた。

「お前、なんかヘンなこと考えてるだろ」

「えっ？　ヘンなことって？　考えてないさ」

車が一台二台と出ていった。話題を変えるように、ムギョンも急いでエンジンをかけた。

「俺の家に行ってもいいよな？」

「うん」

「二日連続外泊だけど、お母さんは何も言わないのか？」

「母さんは最近お前に夢中だから、お前の家に住むって言っても何も言わないと思う。また遊びに来いって」

「お母さんって、本当に素晴らしい人だな。初めて会った時から、そう思ってたよ」

一瞬で機嫌が良くなった。車を走らせながら、ムギョンは言った。

「今日も特別な一日だっただろうな。俺とこういうところに初めて来たから」

「もちろん。日記帳に書いておくよ」

「日記もつけてるのか？」

「ああ。お前が俺に言ったヘンな発言も、全部記録してある」

「冗談だよな？」

ハジュンは返事をせずに笑うだけだった。冗談のようではあるが、いつも彼が記録をつけているノートのことを思うと、どうしても冗談とは思えず肝が冷えた。過去の醜態は一日でも早く忘れてほしいのに、記録まで残っている可能性があるなんて……。本当ならば、隙を見て燃やしてしまわないと。運転しながら、ムギョンはバカげた考えを整理した。

（何はともあれ、ポジティブに考えよう。なんでも初めてだから特別だって言ってるんだから、昔の男どもとはデートもしてなくてラッキーじゃないか）

駐車場に車を停《と》め、二人は並んでエレベーターに乗った。ムギョンが玄関にカードキーをかざそうとすると、ハジュンはそんな彼の手を掴《つか》んで止めた。

「ちょっと待って」

「えっ？」

ムギョンが手を止めている間に、ハジュンはカバンから財布を取り出した。今まで渡せずにいた玄関のカードキーを、今日やっと渡したのだ。

ハジュンの財布が読み取り機に近づけられ、ピッという音と共にロックが外れた。ドアを開けながらも自分の行動が恥ずかしいのか、ハジュンは顔をほんのり赤らめて笑った。

「お前んちの玄関、俺が開けたぞ」

そんなハジュンを熱い眼差《まなざ》しで見つめていたムギョンは、突然スピードを上げてハジュンの後を追い、靴を脱いで部屋に上がりもしないうちにハジュンの肩を抱き寄せた。

白い頬に浴びせるようにキスをすると、一瞬で肌が熱くなった。ついに唇に唇を重ねれば、熱くなった吐息が互いの体温を急激に引き上げた。突然のキスの洗礼に、ハジュンは驚いたように息を整えたが、すぐにムギョンの首に抱きつき、顔を舐《な》めようとする犬のような勢いで覆いかぶさってくる男を懸命に迎え入れた。唇をくっつけては離すたび、呟《つぶや》くムギョンの声が混ざった。

「お前のせいで、はぁ、どこでどうそそられるか予測もできない」

「で？　今はどうして興奮してる、んだよ……」

荒い息遣いが時折混ざる叱責に、かえって頭のてっぺんにまで血が上った。ムギョンはハジュンの腰とお尻を支えてひょいと抱き上げ、そのままズンズンとリビングへ入っていった。慌てて体を曲げてムギョンに体重を預けながらも、ハジュンは文句を言った。

「俺にだって足はついてるのに、どうして毎回そうやって抱き上げるんだ？　軽くもないのに、人をひょいひょい持ち上げるな。力自慢なんかして、腰でも痛めたらどうするんだよ！」

「そしたら、イ・ハジュンが上に乗って腰を振ってくれるだろうな」

「冗談を言ってるんじゃない。怪我《けが》を甘く見るな」

「あー、俺の恋人はまるで羽根みたいに軽いなぁ」

ハジュンは、その言葉に呆《あき》れたというニュアンスの苦笑いを浮かべると、言い返す意欲を失ったのか、それ以上は何も言わなかった。

そしてハジュンを抱きかかえたままソファに座り、整った額から始まって鼻筋、目の下、頬や唇まで伝い下りながらキスをばら撒《ま》けば、今までムスッとしていた彼の顔はすぐに柔らかなバラの花びらのようになった。ムギョンはため息をつき、ハジュンの首筋に顔を埋めた。

「どうしてお前は、どんどんかわいくなるんだ?」

「俺が何をしたって言うんだよ」

「子どもじゃあるまいし。自分の手で玄関のカギを開けたのが、そんなにうれしかったのか?」

そう言うと、ハジュンの顔はさらに赤く染まっていった。

「だって、初めてだから。今日だけだ」

初めてだからと喜んでいるのもかわいい。そうだ。人には何事にも初めてがあるものだし、多くの人がその初めてを特別に思うのだ。「初」がつく固有名詞が、たくさんあるくらいに。初恋、初キス、初あんよ、初体験……。

「……」

そこまで考えたムギョンの思考が、ゆっくり止まった。

思い切り唇を押しつけまくっていたのに、バッテリーが切れた機械のようにキスがピタリと止んだ。そんなムギョンを、最初は大人しく待っていたハジュンだったが、沈黙が長引くと不思議そうに様子を窺《うかが》った。

「キム・ムギョン?」

突然訪れた心のざわつきは、ムギョンにとっても初めての経験だった。さほど長く生きてもいないが、それにしたって世の中にこんなにも未経験の「初めて」がたくさんあるとは。

ムギョンは自分自身を、この年齢にしてはいくつもの苦労を経験してきた成熟した男だと思っていた。ハジュンに出会って感じた様々な混乱は、不慣れでありながらも恥ずかしく、振り返りたくないが忘れることもできない、まさに精神的な初体験だった。

そんな自分の肉体的初体験はどうだっただろうか。ロンドンに発つまでは、ジュンソンが保護者として存在していただけでなく、ムギョン自身も朝から晩までサッカーをして家に帰れば早く眠る健全な青少年だった。性的な関係には関心もなく、セックスはおろかキスもしたことがない状態だった。

初めての相手は、グリーンフォードに移籍して間もない頃にチームメイトたちと一緒に行ったパーティーで出会ったスポーツキャスター。実は新人選手キラーで有名だった彼女との関係は、まさに成り行きで共にすることになった一晩だった。

彼女は一度寝た男は振り返らないことで有名だったし、ムギョンもそんな態度を寂しく思うどころか、そういうやり方もあるのだという教えを授かった一番弟子ように、その頃から派手なスキャンダルの日々を翼のように広げ始めていったのだ。だからムギョンにとって初体験は、文字通りスタートを切ったということ以外になんの意味もなかった。つまり、まったく特別ではなかったということだ。

　だが、イ・ハジュンは違う。

　小さな「初めて」すら大切に思う彼にとって、初体験が持つ意味はどれほどのものだろうか。その時の記憶は、並々ならぬ記憶力を持つ頭の中に大事に保管されているだろう。そして時に特別な「初めて」として召喚され、宝石のような瞳の中で回想なんかをされたりする特権を味わっているのかもしれない。胸をドキドキさせながら日記だって書いたに違いない。

　考えただけでも妬ましいが、一度過ぎ去ってしまった「初めて」は決して戻らない。ムギョンがいくら頑張ったところで、彼の特別な「初めて」になることはできないのだ。

　どんな野郎だ？　イ・ハジュンの特別な初めての相手になった幸せ者は、一体どんな野郎だったのだろう。

　一度気になり始めると、ドライブインシアターにいた時はみぞおちの熱気止まりだったジェラシーが、心臓まで燃やしてしまいそうだった。気合を入れて隠さない限り、ムギョンの本心は簡単に表に出てしまう。ムギョンの様子がおかしいことに気付いたハジュンは、ため息をつきながら尋ねた。

「黙り込んで、今度は何を考えてるんだ？」

「なんでもない」

「嘘《うそ》つけ。いきなり電池が切れたみたいにしてるくせに」

「どこからキスしようか考えてたんだ」

　そう言ってムギョンが再び目元に口づけると、ハジュンはその言葉を信じるようにムギョンの首に腕を回した。目元に落とされていた唇が滑《なめ》らかな頬を伝い下りて再び唇を覆い、舌がねっとりと入り込んで深いキスに移っていく間、二人は暫く黙っていた。

　実際には温度が変わるはずもないリビングの空気が熱く感じられ始めた頃になって、ムギョンはようやく口づけをやめた。目を閉じ、温かくなったハジュンの首筋に顔を擦りつけながら、噛《か》み締めるように切り出した。

「俺も、男はお前が初めてだ」

　その言葉にハジュンは目をパチクリさせると、目を三日月のように細めて答えた。

「知ってる」

「終わった後にベッドで一緒に寝たのも、お前が初めてだし」

「うん」

「好きだって言ったのも、お前が初めてだ」

「……」

「初めてだけど、全部メチャクチャうれしい」

次々続けられる告白に、ハジュンの口からも照れくささうに同意の言葉が出た。

「俺も……うれしい」

すると、ハジュンをじっと見つめていたムギョンは、色白の額を覆った髪を後ろに流しながら尋ねた。

「初めての時は、どうだった？」

「なんの初めて？」

「セックス」

すると、ハジュンは眉を微《かす》かにひそめた。

「なんだって、そんなことを……。そういう話、別に好きでもないくせに」

「俺だって散々遊びまくったんだから、過去のことには嫉妬しない。ただ気になるから訊《き》くだけだ」


口をグッとつぐむハジュンに若干の嘘を交えて答え、めげずに頬にキスをした。ムギョンは質問を続けた。

「初めても、男だったのか？」

「……ああ」

「どうだった？　初めての時も、今みたいに良かったか？」

その言葉にハジュンは呆れたと言わんばかりにクスッと苦笑いを浮かべると、躊躇うことなく即答した。

「痛かったよ」

「ホントに？」

「ああ。メチャクチャ痛くて、気絶しそうだった」

ムギョンの目がショックで大きくなった。その表情を目《ま》の当たりにしたハジュンは、ムギョンの額を指で軽く押し、どこか恥ずかしがるように急いで体を起こして付け加えた。

「でも、うれしかった」

「……」

「俺、シャワー浴びに行くよ」

いつもなら一緒にシャワーを浴びようと言って後を追うはずのムギョンだが、軽いショック状態に陥った彼は、こくんと頷《うなず》くだけでハジュンを引き留められなかった。バタンとバスルームのドアが閉まる音が聞こえた後になって、徐々にムギョンの眉間に皺が寄り始めた。

痛かっただって？

気持ち良かったからでもなく、痛くて気絶しそうだった？

しかも、なんだって？　でも、うれしかっただと？

小さな火種が飛んだ心の中に一滴二滴と落とされていた油が一気に注ぎ込まれた。胸が松明《たいまつ》のようにゴォゴォと燃え上がり始め、ムギョンは歯ぎしりをした。

どんなクソ野郎だ？　八つ裂きにして殺してやりたいくらいだ。

初めては特別だと言うハジュンが、初体験を思い出して最初に口にした感想が、よりにもよって「気絶するほど痛かった」だなんて。

彼のように感じやすい体の持ち主を痛がらせるだけというのも、なかなかできることではないから驚くべき才能だ。セックスのセの字も知らないヤツだったのだろう。そんなヤツとヤっておいて、それでもうれしかっただなんて。一体どんな野郎だったんだ？

悔しくて悔しくて涙が出そうだった。恥知らずな野郎め。許せない。誰なのか調べ上げて、涙を流しながら許しを請うまで復讐《ふくしゅう》しまくってやりたい！

ソファの上でくすぶっていたムギョンは、沸き上がる怒りと情念を消化できず勢いよく立ち上がった。足早にバスルームのドアを開けた。ちょうどシャワーを止め、その下に濡《ぬ》れた体で立っていたハジュンは、微笑みながらムギョンを迎えた。

「お前もシャワー浴びに来たのか？」

頬についた水滴と同じくらい澄んだ表情に、胸が痛む。ムギョンはハジュンに近づき、濡れた体を勢いよく抱き寄せた。突然のハグにもそれなりに慣れたのか、ハジュンはすぐにムギョンの腰に腕を回しつつも、ため息をついた。

「服が濡れちゃうじゃないか……」

その素振りが愛おしくて、腕にさらに力を込めながら、ムギョンは覚悟を決めた。

「クソみたいなヤツらと付き合って苦労したな、イ・ハジュン」

「えっ？」

「これからのお前の人生、きっと幸せなことばかりだ。俺がそうするから。今まで付き合ったクズどものことは、全部忘れちまえ。初めてのお前に痛くしたっていう、そいつのことも」

「……ああ……」

「ああ、分かってる。俺だって、今までお前にひどいことしたけど、でもセックスの相性だけはピッタリだったじゃないか。だろ？」

「う、うん。そうだな」

ハジュンが懸命に頷いた。実のところ、「ひどいことをした」の一言で済ますにしては、自分が発したゴミのような言葉だって掃き溜めレベルだ。それでも積極的に相槌《あいづち》を打ってくれるハジュンのことがさらに愛おしくなり、それに比例してクソ野郎に対する怒りも高まった。

「できることなら、お前と初めてヤったっていうそいつ、今すぐ見つけ出して痛めつけて、すがりついて謝るまでぶん殴ってやりたい。運悪く道端で転んで、脚の骨でも折っちまえばいいのに」

「——キム・ムギョン、そういうこと言うな！　現実になりでもしたら……！」

ハジュンはビックリしながら真剣な顔になり、声まで上げてムギョンを咎《とが》めた。ムギョンの眉間がさらに狭まった。

「昔の男の話に、どうしてそんなにマジになるんだ？やっぱり初めての相手だから、肩を持ってやりたいのか？」

「何言ってるんだ。そういう問題じゃないだろ？　相手が誰であろうと、そんなこと言っちゃダメじゃないか」

困っているように見えたハジュンの目つきと口調が硬くなった。

「過去のことには嫉妬しないんじゃなかったのか？」

「……嫉妬じゃない。嫉妬じゃなくて、腹が立つんだよ」

本当だ。ハジュンが何人もの男と付き合ってきたということくらい、とっくに知っていたのだから、今さら顔も知らない昔の男どもに嫉妬する理由などない。何より、過去のことを言うなら自分だって何も言えなかった。

だが、いつも一晩か二晩で終わっていた自分とは違い、ハジュンはもう少しマシなヤツらと付き合っているべきだった。初めてだから特別だとおだててくれるのはものすごくうれしいが、「昔付き合っていた人はもっと美味しいものをおごってくれた」と自慢されたとしても、腹が立つことはなかったはずだ。いっそのこと、そう言われていれば嫉妬したことだろう。昔の男たちをライバル視しながら。

これは嫉妬というより、まるで自分が残念な初体験をしたイ・ハジュンになったかのように腹が立っているだけだ。

そうだ。これは絶対に嫉妬なんかじゃない！

「そいつ、俺よりもカッコよかったか？」

「いや。この話はやめよう」

「俺よりも金持ちだったたか？」

「いや」

「アソコでもデカかったのか？」

「いや……」

「俺よりもいいところが一つでもあったか？」

「なかったよ。もう、この話はやめようって言ってるだろ。痛かったのは、最初の一回だけだ」

おかしくなりそうだった。自分よりも優れたところ一つないヤツが、イ・ハジュンの特別な初体験を、そんなふうにぶち壊すなんて……。

これ以上言うなと言われたから、もう言いはしないが、心の中ではそいつを呪いまくりながらハジュンの腰を抱いた。ハジュンは、そんなムギョンの顔をじっと見つめてから、細くため息をついた。

「お前、まださっきの話題を考えてるだろ」

「いいや」

「言わなきゃ良かった。ただ気になるから訊くだけだなんていう言葉を信じた俺がバカだったよ」

ムギョンは言い訳を探そうとモゴモゴして、肩をすくめるだけだった。

「さっきは本当に気になるから訊いたんだ。でも、お前が痛かったって言うからムカつくじゃないか」

「……インターネットで見たんだけど、初めてはちょっと痛いものなんだってさ。だから、そんなに怒らなくてもいい」

「いくら初めてだって、ちゃんとヤってれば開口一番痛いなんて言葉は出ないだろ？　そんなに庇《かば》ってやる必要ない。初めての相手を痛がらせるだけのヤツなんて、クソ野郎だ。どうせ二度と会うこともないんだから、悪口くらい言おうぜ。脚が折れろってのがあんまりなら、腕――」

腕でも折れちまえと言おうとしたが、ハジュンの手が慌ててムギョンの口を塞いだ。どうすればいいか分からないという困惑を顔いっぱいに浮かべて。

いくらなんでも優しすぎるだろ。もう会うこともない相手に、暴言でも吐いて鬱憤を晴らそうと言っているのに、そこまでナーバスになることか？

「頼むから、そういうこと言わないでくれ。考えもするな」

口を塞がれて何も答えられない。ムギョンは眉間に皺を寄せたまま、うめきながら眉だけを動かして、「悪口も言えないのかよ」と伝えた。ハジュンは目をキョロキョロさせて暫く悩んでから、少し緊張した面持ちで口を開いた。

「キム・ムギョン、俺の言うことを聞いて驚くなよ」

「……」

「お前も知ってる人なんだ。だから、悪口を聞いていられなくて」

その言葉に、ムギョンはすぐさまハジュンの手首を掴み下ろした。

「俺の知ってるヤツだって？　誰だ？」

まさかユンの野郎？　いや、あいつとは実質的な進展は何もなかったって言ってなかったっけ？

何かにつけてくっついてくるオランウータンどもの中の誰かか？　それともスタッフ？　まさか……ジョン・コーチ？

ハジュンも自分も知っている人間なら、代表チームもしくはシティーソウルのメンバーしかいない。シレッとした顔で挨拶を交わしながらベタベタ触れるヤツらの中に、殴り殺すべき相手が混ざっているかもしれないなんて！


「ここまでにしてくれないか？　別に、誰なのかまでは」

「ダメだ」

そう言うと同時に、ムギョンの片腕がハジュンの腰をさらに強く抱いた。今までの緩いハグが拘束するかのように力強く変わると、ハジュンはすぐさまハッと息を吐いた。

ムギョンのもう片方の手が、背中を伝って下がっていった。水に濡れた背中を、魚のように滑《なめ》らかに指が這《は》った。軽く俯《うつむ》いたムギョンの唇がハジュンの耳を咥《くわ》え、中に舌を押し入れた。

聴覚をダイレクトに刺激する不規則な音と振動に、ハジュンの体から力が抜けた。ムギョンの首に慌ただしく腕が回された。突然始まった愛撫《あいぶ》に、なす術《すべ》もなく体を預けて喘ぐハジュンをしっかり支えながら、ムギョンは彼の耳に囁いた。

「頼むから教えてくれ。嫌がらせなんかしない。会いに行って責めたりもしないし、俺だけに留めておくから」

「ふうっ、じゃあ、あっ、知らなくたっていい、じゃないか……」

「気になるんだよ！」

ムギョンは声を荒げ、勢いよくハジュンを抱き寄せた。

「イ・ハジュン、俺の立場になって考えてみろ。お前の知り合いの中に、俺が初めて寝た人がいるって言われたら、誰なのか気にならないか？」

その言葉を聞いて、ハジュンの目が困ったように揺れた。ムギョンは、さらに顔を近づけた。イ・ハジュンも人間だから、この質問に「気にならない」と答えることはできないのだ。人間の好奇心は、本能も同然だから。

「気になるだろ？」

「……」

「ここまで言っておいて、教えてくれないなんて拷問だ。言わないんなら、俺だって黙ってないぞ」

＊　＊　＊

水墨画のように濡れた髪先から水がポタポタと滴《したた》り、体と体の隙間から覗《のぞ》く革の上に落ちた。高価なソファのようで気になった。

ハジュンはソファにできた染みを見て、ムギョンの肩に乗せた手に力を入れた。気を取られていた水の染みの心配も、すぐに脳裏に散らばった。


「ふぁ、うっ……」

喘ぎ声は、今やほとんど泣き声になりつつあった。硬く反り立った性器が、ムギョンの手の中で擦られた。ただ軽く握って擦っているだけの、緩い手淫だった。

はぁ。ムギョンが吐いた落ち着きのない呼吸が、ハジュンの耳元を微かにくすぐった。それと同時に、第一関節ほどまでしか入っていなかった四本の指が、後ろからゆっくりと押し入ってきた。少しも急がず、いや、むしろゆっくりすぎるほどの進入に、ハジュンの滑らかな腹筋が激しく上下した。

「ふぅ、うっ、キム・ムギョン、あっ、もうやめ、ろ……」

一度は前、一度は後ろ。ゆったりとした柔らかな刺激が、もう何度も与えられていた。たっぷり咥えられたり吸われたりした乳首はすでに膨れ上がり、バスルームにいる時から水に濡れたまま指を一本ずつゆっくり受け入れていた後ろは、ローションやその他の潤滑剤もなしに広がり、今や「すべて入り切った」と自慢でもするかのようにムギョンの長い指四本を容易《たやす》く飲み込んだ。

グッと奥まで入った指の関節が軽く曲げられ、奥をくすぐるように引っ掻《か》く。いつもはグチュグチュという音が耳に響くほど、手首まで揺らして刺激されていた場所だ。指は何度もそこをかすめているのに、今日のムギョンは一度として手を揺らすことも、そのポイントをまともに押してくれることもなかった。

「白状さえすれば、頼まれなくたってやめてやるさ」

ムギョンは囁きながら、再び手で性器をシュッとしごき上げた。ハジュンは腰を後ろに引きつつ手の動きから逃れようとしたが、お尻の間に埋められている手はそのままなので、前にも後ろにも、どこへも逃げ場がなかった。

「はぁ、んっ……！」

親指はカウパー液が滲《にじ》んだ亀頭の上をスリスリと擦るだけで、中に入った指は止まったまま動かなかった。さっきから下っ腹がズキズキと重く疼《うず》いていたが、いつものように熱を解き放つ機会が一向に与えられない。

いつもは受け止め切れないほど注がれる強烈な刺激に耐えるのに精一杯だが、こんなにも弱い愛撫ばかりを長時間受け続けるのは初めてだった。快感はもちろん、不慣れな感覚をどう鎮《しず》めればいいのか分からず、ハジュンはひたすらムギョンの肩に顔を埋めた。彼の背中や肩に爪を立て、体の中に入っていた指がずるんと抜けていく感覚に、思わず後ろを締め上げた。

「あっ、ふぁ……」

「このままじゃ、イっちまうぞ」

独り言のように呟いたムギョンは、大きな両手で臀部《でんぶ》を掴んで揉みしだきながらお尻を広げた。指先が何気ないふりをして入口をかすめるたび、肩までがビクビク震えた。

ムギョンが、ハジュンの耳元に唇を寄せて囁いた。

「まだ言う気にならないか？　イきたくないのか？」

「い、いや、イ、イきた、い……。はっ、ふうっ」

「教えてくれれば、すぐにイかせてやるよ。穴がメチャクチャ熱くなってるからか、指が溶けちまいそうだ」

そんないやらしいセリフは聞きたくないと言わんばかりに、ハジュンは弱々しく首を横に振った。しかしムギョンは耳から離れず、ハジュンの体をさらにピッタリと引き寄せた。ハジュンのお尻を自分の股ぐらにくっつけ、凶器のように反り立ったモノを会陰部《えいんぶ》に当てて擦りつけた。

上に向かって硬く反り立った性器でお尻の間まで摩擦し、本来ならばとっくに済まされているはずの挿入を想像させた。ムギョンは文句を言うように言葉を続けた。

「もう焦《じ》らすなよ、イ・ハジュン」

「どっちの、セリフ……あっ、あっ！」

「俺だって、早くお前の後ろに突っ込みたい。根元まで挿れて揺すったら、すくみ上がるだろうな。きっとイくのに五秒もかからないぞ」

「あっ、そういうこと、言うな……」

ハジュンは、ムギョンの胸のさらに奥へ入り込んだ。自分から逃げ隠れする場所が自分の胸の中だという事実が、どれだけかわいいことか。それこそ、頭隠して尻隠さず状態のウサギのような姿だ。

余裕ぶっているが、ムギョンももう限界だった。こんなにひた隠しにするなんて、一体相手は誰なんだろう。

初めての相手ならば、全体的に若いヤツらばかりが集まっているシティーソウルの選手ではなさそうだ。やはり、コーチや昔から縁のある人。だが、ユンの野郎じゃないのなら……。

「まさか、ジョンギュか？」

あまりにお互いよく知っているので容疑者リストにすら入っていなかった人物まで、大いに疑わしくなってきた。ムギョンはハジュンの肩を掴み、目を見開きながら尋ねた。

自分がイギリスに行っている十年の間に、二人の間にアクシデントが起きた可能性もなくはない。元々お節介を焼きまくるヤツではあるが、そういえばハジュンに対してはかなり気を遣うところがたしかにあった。今は奥さん一筋だが、恋愛もさほど経験せずにいきなり結婚したバカではない。ハジュンの目も、つられて大きくなった。

「バ……バカか？　ジョンギュが男と寝るわけないだろ！」

「俺だって、お前と出会う前は、男と寝ようなんて思わなかった」

「違う！　ジョンギュを疑うなんて、どうかしてる！」

「そんなに躍起になって否定すると、余計に怪しいな。イム・ジョンギュの野郎、ただじゃおかない。一体誰に……」

そう言ってムギョンがギリギリと歯ぎしりをすると、ハジュンはもう一度強く否定した。

「違う。本当に、ジョンギュじゃないってば」

「庇うなよ。俺もお前も知ってる人の中で思い当たる人間は、どう考えてもジョンギュしかいない」

「違うって言ったら、人の話を聞け！」

突然、ハジュンが握った拳の関節の部分でムギョンの額をコツンと殴った。いきなりゲンコツを食らったムギョンは、額を手で覆って悔しそうに声を上げた。

「ジョンギュの心配をして、俺を殴ったのか？」

「ジョンギュじゃない。関係ない人を責めるな！」

「じゃあ、誰なんだよ」

ハジュンは息を荒げると、ため息をつき名前を呼んだ。

「はぁ……。キム・ムギョン」

「なんだよ」

ムギョンの額に、今度はデコピンを一発食らわせたハジュンが叫んだ。

「お前だよ、お前！」

「俺が、なんだ？」

「——初めての相手は、お前なんだよ！」

おしゃべりのように続いていた口ゲンカが、突然ミュートにされたスピーカーのようにプツリと止んだ。二人以外誰もいないリビングが静まり返った。

ムギョンは目を丸くしてハジュンを見つめた。ハジュンは顔を真っ赤にしながらそんな彼を見つめていたが、すぐに俯いてムギョンを押しのけようとした。だが、ムギョンは腕にギュッと力を込め、それでもハジュンを離さなかった。逞《たくま》しい脚の上から降りようと、ハジュンはムギョンの肩をバシバシと音を立てて叩いた。今日だけで、もう何発殴られているのだろう。まったく、腕っぷしも強い。人は殴らないと言っていたが、真っ赤な嘘だ。

「放せ」

「イヤだ」

硬い腕が、ハジュンの腰のあたりを力強く捕らえた。

「爆弾を爆発させといて、どこへ行くっていうんだよ。詳しく話せ。初めての相手が、俺だって？」

「……」

「そんなわけないだろ？　だって、あの時たしかに……」

ムギョンの記憶が、それまでの出来事を高速スキップしてハジュンと初めて夜を過ごした日まで巻き戻った。

あからさまに自分のことを避けていた彼のほうから声をかけてきて、パスを出して練習に付き合ってくれた日。ジュンソンが倒れた後の対応を一緒にしたことで、自分のことを根に持っていたイ・ハジュンが機嫌を直したのだと思ったのが、あの日の前半。

長いこと雨に打たれつつゴール練習をしてから一緒に

シャワーを浴びて、帰宅しようと建物を出る直前、ハジュンがあれこれと慰めの言葉をかけてきた姿を見て、ふと奇妙な直感に襲われたのが、あの日の後半。

誰にでも親切で、相談も面倒がらず、士気が上がるような応援も頻繁にして、選手たちから人気のイ・ハジュン・コーチ。そんな彼が、自分にだけは非常に言いにくいことを言うかのように、まともに目も合わせず、振り絞るようにして慰めの言葉を口にしている姿がしっくりこなかった。「もしや」と思って池の水面を飛んでいく石のように投げたキスは、「やはりそうだった」という結論で戻ってきた。すると、ただの一度も感じたことのない、「目の前の男とセックスしたい」という衝動に襲われ、ムギョンは特に躊躇うことなく一晩を共に過ごそうと提案した。

快く提案を受け入れたハジュンも、長く悩むことはなかった。軽い会話を終えて自分と並んで歩く彼の姿から特別な感情は読み取れず、それどころかなんとも思っていないようにも見えた。だからムギョンはあの時、質問を一つ付け加えたのだった。

『お前、こういうことするの、初めてじゃないよな？』

『ああ』

ハジュンはたしかに自分の質問にそう答えた。男が初めてじゃないのはもちろん、ああいう形のワンナイトも初めてではないと。

「ベテランでいらっしゃるだろうから、ご指導を頼む」という冗談に「ああ」と笑いながら頷いたことまで思い出した。ムギョンの眉間が少し狭まった。

「お前、俺に嘘ついたのか？」

ムギョンの質問に、ハジュンはまたもや何も答えなかった。視線を避けようと俯いた困り顔が火照《ほて》っているだけだ。

問いかけている間に、その後のことも続けて思い出した。そうやってハジュンを家に連れてきて、まさに今座っているこのソファの上で関係を持った。男とのセックスは、きっと女性とのそれよりも複雑で気を遣うべきことが多いだろうと思い、どうすればいいのかと尋ねると、ハジュンの答えは思いの外シンプルだった。

そのままヤればいいと言った。そのまま挿れろと……。

「──お前、どうしてあんなこと言ったんだよ」

ムギョンの声に一瞬で熱がこもった。危機感を覚えたハジュンの唇はピクピクしていたものの、簡単には言葉が出せずにいた。

その時はまだムギョンも、男とのセックスやアナルセックスについては知識も経験も一切なかった。だが何も知らない自分が聞いても、あの発言は奇妙極まりなかった。「そのまま突っ込めなどと平気な顔して言うなんて、どれだけガバガバなんだ」と、心の中で舌打ちまでしながら、カバンの中からスポーツジェルを取り出した。

今さら、どうにもならない。ジェルを使うことを思いつかなかったら、一体あの後どんな事態になっていただろうか。その次のセックスで、ハジュンは「後ろをほぐさなきゃいけない」と言って、自らの手で穴をほじくった。それをサービスだと思ったことまでを思い出したムギョンは、独り言を呟いた。

「初めての時、痛かったからだったんだな」

「えっ？」

痛くて気絶しそうだったたって？

そりゃそうだろう。ジェルを適当に塗っただけで、手をかすめることすらせず、そのまま突っ込んでハメたんだから！

一気に頭が熱くなった。初めてではなく今のハジュンが相手だとしても、あんなふうにしたら痛いと言うだろう。ちょっと強く肌を噛んだだけでも痛い痛いと騒ぐくせに、あの時は一体どうして……。

「クソッ、そいつは脚が折れるくらいじゃ足りない。死ねって言ってやれ！」

「キム・ムギョン、頼む！　そういうこと言うなって！」

「一体どうして、あんなこと言ったんだよ」

もうかなり昔のことが、ついさっき起こった出来事のように感じられる。今さらこんなことを言ったところで無駄だということは分かっているのに、何度も問いただしてしまう。

「あんなこと言って、怪我でもしたらどうするつもりだ？　向こう見ずなところがあるのは知ってるけど、あれはひどすぎるだろ！　俺のことが、初めてだって言っても事情を汲《く》んでやらないような人間に見えたから？　だから、あんなことを？」

「違う。そんな理由で嘘ついたんじゃなくて」

「だったら？」

「初めてだって言ったら……」

ハジュンはそう言って一度生唾を飲み込むと、過《あやま》ちを告白するように沈んだ声で言葉を続けた。

「お前が……やめちゃうと思って」

ムギョンは、今度は口まで軽く開けたまま、ぽかんとしてしまった。困り果てたハジュンの顔を、何も言えずに見つめた。「そんなわけないだろ」と、すぐに反論したかったが、もし彼があの時そう答えていたらどうなっていたかを想像したからだ。

あの時の自分が望んでいたものは、いくら美化しようとしても結局のところ「ちょっと変わった手軽なワンナイト」、それ以上でも以下でもなかった。あの夜、初めてなんだとハジュンが正直に告白していたら、たしかに興醒《きょうざ》めしていたかもしれない。

でもそれにしたって、こんな嘘はあまりにも……なんと言えばいいか、純粋なほどに無謀じゃないか。

ハジュンの顔をじっと見つめていたムギョンは、少し落ち着いてから彼を呼んだ。

「イ・ハジュン」

「うん」

「お前……俺以外に、誰かと付き合ったことはあるのか？」

ハジュンの喉仏が動くのが見えた。そんなつもりで言ったわけではないのに、取り調べをするような雰囲気になった。背中を撫《な》で下ろしながら頬にチュッと口づけると、ハジュンの口がやっと開いた。

「いや……」

ムギョンは、自分の膝に座った体を力いっぱい抱き寄せた。

「セックスが初めてなら……じゃあ、キスは？」

「……それも……」

「デートも？」

「うん……」

ムギョンの口から、呆れたと言わんばかりの静かなため息が漏れた。

十年だと言った。中学生の頃から自分のことが好きだったという話はすでに聞いていたし、彼が自分のことをどれだけ大切に思ってきたかも知っているが、こっちはつい去年までイ・ハジュンという人間をまともに認識すらすることなく生きてきた。

一人で抱えていた想いがどうであれ、彼は彼だけの人生を送ってきただろうから、自分が知り得ない関係が当然存在するはずだと思っていた。自分に気持ちがあったとはいえ、そんなにも長い間、他の関係まで遠ざけて生きてきたなんて、これっぽっちも思っていなかった。今まで自分という人間にとって心と体は一致するものではなかったし、一致すべき必要もなかったから。

何度も強調していたではないか。人は、知っているものしか見えないのだと。ムギョンの眉間が微かに狭まった。さっきまでは単に熱いだけだった目と鼻筋が、今はズキズキと疼《うず》いた。

「バカみたいに、どうしてあんなことを？」

「キム・ムギョン」

「自分のことが大事じゃないのか？」

自分で考えてもキム・ムギョンはなかなかイイ男だった。カッコよくて、イイ体をしているし、稼ぎだっていい。時には我慢できずに悪口を言われるようなこともするが、それなりにいいことも時々するし、義理堅いし、本業のサッカーに限っては飛び抜けた才能と根性、プロ意識を兼ね備えている。

だが、そこまでだ。お互いの体を重ねてこっそり絡み合う関係において、誰かの特別な初めての瞬間を占めるほどの価値が自分にあると思ったことはない。抱く相手を特別に思ったことがないので、自分も相手にとって消耗品のポジションに置かれることを望んだ。

そんな自分にとってハジュンの想いはあまりに尊く、手に入れるのも失うのも怖い、未知の宝物だった。彼の大切で特別な初めての相手になるには、まったくもって足りない。

だから事実を知っていたら、ハジュンが心配していた通りになっていたかもしれない。さすが十年もキム・ムギョンを研究してきたイ・ハジュン・コーチ、ムギョンのことを熟知している。だからこそ、危ないことをしたと言って彼に怒ったり責めたりもできず、ついさっきまで呪っていたクソ野郎である自分自身に怒りの矢が向くだけだ。

「殴れ」

「えっ？」

「もっと殴れ。ゲンコツなんかじゃ気が済まないだろ。拳で殴るなり蹴り飛ばすなり、お前の好きにしろ。お前が痛かった分だけ殴れ。ゲンコツなら、百発くらい殴ればいい」

「バカ言うな。俺がちゃんと言わなかったからなのに、お前を責める資格なんか……」

言葉尻を濁すハジュンをまっすぐ見つめ、ムギョンはそのまま彼の両頬を引き寄せて唇を重ねた。計画になかった自白をした唇は熱く、その熱のせいか、さっきまでしっとり濡れていた唇はすっかり乾いていた。

乾いた唇を再び濡らすかのようにサッと唇を舐めたムギョンは、すぐにその中に舌を埋めた。ハジュンは困った質問から逃れられて良かったとでも思ったのか、体の力を抜きながらキスに応じた。

「ふっ、うっ……」

唇を離さず体を横に倒し、ハジュンをゆっくりソファに寝かせた。予告もなく姿勢が変わると、ハジュンは少し驚いた表情でムギョンを見上げた。

ムギョンは頭の中で記憶を遡《さかのぼ》っていた。あの時も、ちょうどこんな状況だった。膝の上に乗せてキスをしてから、ソファにハジュンを寝かせて、ちょっと乳首を吸って。

「んんっ、はぁ！」

すでにバスルームでひとしきり噛まれたり舐められたりして腫れた突起の上をスーッと舌で覆うようにして舐めると、胸をビクつかせながらハジュンが喘《あえ》いだ。すっかり腫れているので、激しく愛撫したら痛いかもしれない。なだめるようにゆっくり何度か繰り返し舐めると、喘ぎ声が濃密にふやけていった。

ちょっと会話をしている間に萎えてしまった性器は、ほんの少しの愛撫だけでも、すぐに復活して硬く反り立った。ムギョンは彼の体を黙って見下ろし、骨盤あたりのアザの上に手を乗せた。あの時のハジュンはTシャツを着ていて、服の裾を下に引っ張りながらムギョンにこう言った。

『見苦しいだろ？　ごめん。全部脱がなきゃ、そんなに見えないから』

ヤるのに支障さえなければ、どうでもいいと答えたっけ？

正確になんと答えたのか、記憶が曖昧だった。とにかく、言うべきことを言わなかったということだけは明白だった。

「キム・ムギョン……？」

動かずにいると、ハジュンが訝《いぶか》しげに名前を呼んだ。

ムギョンは、そのアザにチュッと口づけた。何度か唇を当ててから離れた。ハジュンが、どうすればいいのか分からないという表情でその姿を見下ろし、ムギョンは顔を上げて目を合わせた。

「お前、あの時はここを見せないようにしてたよな」

「……だって、見苦しいじゃないか」

「あの時だって、見苦しいとは思わなかったよ」

あの場でそう言ってやるべきだったのに。見苦しくないと。ただ、ちょっと驚いただけだと。

ザラザラした色の濃いアザの上を、ゆっくりと舌が這っていく。感覚が死んでいるので何も感じないと言っていた場所。だがハジュンは、小さな愛撫に驚いたかのように体をピクリと震わせた。小さな荒れ地の上を、ムギョンの声が風のように散らばった。

「今は……ここも綺麗《きれい》だと思う」

「……」

「こういうこと言うと、気分悪いか？」

ハジュンは急いで首を横に振った。

ムギョンは再び体を引き上げ、ハジュンの上に重なるようにして顔を近づけた。唇が触れ、舌を中に入れ込むと同時に、お尻の間に指を押し入れた。

腹筋が細かくヒクついた。ついさっきまで執拗《しつよう》に触られていた後ろは、もうほぐす必要もないほど柔らかかったし、射精直前まで責め立てられていた体は未《いま》だにその熱を失わず、ねっとりとして熱かった。中の内壁を指で叩くように動かすと、キスで塞がれた唇の間から浮ついた喘ぎ声が漏れ出た。

「ふっ、うっぷ、うっ……」

ハジュンの片脚を自分の腕に乗せ、跳ね上がるように揺れる腰にのしかかった。ついにムギョンのモノが後ろの入口に触れた。ハジュンはビクビク震えながら、ムギョンの腰にもう片方の脚を乗せてきた。その動きに、ムギョンは苦笑いを浮かべてしまった。たしかに、かなりの時間が流れたのだ。

何も知らず、そのまま挿れろと言ったイ・ハジュン。言われるがままにその言葉を信じ、本当にそのまま突っ込んだ自分。

今は指だけで何度も彼を絶頂に至らせることもできる。ハジュンは、ねだるように腰に脚を回すこともできる。

状況が似ているだけで、どう足掻《あが》いても過ぎ去ったものは取り戻すことも再現することもできない。今できるのは、彼と気持ちのいい新しい夜を作ることだけだ。明日も、明後日《あさって》も、これからもずっと。

白状させようとハジュンをいじめている間、欲求を抑えて我慢していたのはムギョンも同じだった。いつもよりもさらに硬く反り立ち血管がくっきり浮き上がった性器が、たっぷり熱くなった粘膜を掻き分けて中に入っていった。

柔らかくもねっとりと締まる中の感覚に、自然とため息が出た。

「ああ……狭い」

「あ、あっ……ふぅ、うっ！」

切に挿入を求めていたハジュンの後ろがグッと締まり、腹までが引きつった。ムギョンは止まることなく腰を押しつけた。

ぷくりと突き出た亀頭が前立腺を通り過ぎる時には、腰を前後に小さく動かし、そこを何度も突いてやった。ハジュンの長い首が後ろに反れ、悲鳴に近い喘ぎ声を上げた。あの時も、こうやって叫んでいた気がする。ただ、あの時は痛がって、今日は感じて。

「あっ！　ふぁ、あっ、あっ……！　あっ、キム・ムギョン、ちょっ……そ、そんなに……！」

「まだ全部、挿れてもいないのに……」

「あっ！　あっ！　あううっ……！」

「待てなんて言って、はぁ、どうするんだよ」

ムギョンは低いため息を吐いた。ギンギンになった性器が内壁を引っ掻きながら奥まで一気に押し入っていった。中が性器を締めつけると同時に、ハジュンの体がプルプルと痙攣《けいれん》するように震えた。

ムギョンはその震えを丸ごと抱き寄せ、胸に集めた。我慢していた息を吐き出すように、ハジュンの唇の間から切羽詰まった吐息が流れ出た。

「はぁ、はっ……！　ふうっ……うっ、あっ！」

恥骨がぶつかり、亀頭が一番奥を突くや否や、触れ合った腹がすぐに熱く濡れた。ハジュンの性器から流れ出た体液が、二人の腹部を同時に汚していた。

挿れて何回か揺すってやれば五秒も経《た》たずにイくと公言したが、かかった時間はそれよりもずっと短かった。腰をゆっくり回し、内壁の粘膜の四方を擦りながら、ムギョンは笑い混じりに囁いた。

「イ・ハジュン。お前、挿れた瞬間に終わったぞ」

ハジュンは真っ赤になった顔を手のひらで隠し、言い訳するように呟いた。

「ふっ、あうっ、お前が……さ、さっき、手で、いっぱい……」

「別に何も言ってないだろ？　挿れるなりイって、かわいいって言ってるんだけど」

「あっ、待って……まだ、動くな、ふううっ！」

すでに限界まで熱せられた体は挿入だけで絶頂を迎えたが、ムギョンはやっと中に入ったばかりで、まだ腰をまともに動かしてもいなかった。

狭い中をぎっちり埋め尽くしたモノを後ろに抜くと、ぷっくり浮き出た血管と亀頭が内壁を引っ掻き下ろす。それだけで、ハジュンは泣き顔になって身震いした。性器からは、まだすべては出し切っていない精液が今も流れている最中だった。まるでそれを拭うかのように手で性器を包んでしごき上げると、ハジュンは大きく驚いて体を引き上げようとした。

「ふうっ、あううっ！　キム・ムギョン、ちょっ、待って……！　あっ、あ！」

「イ・ハジュン、大丈夫だ。いいから感じてろ」

囁き声が耳をゾクゾクさせる。ハジュンの息遣いから力が抜けた。

「何がダメなんだよ。怖がるな。そんなに逃げようとしないで……」

「はぁ、はっ、うっ」

ずっしりとした体重が乗せられた体は、自分を束縛する腕から抜け出すことができなかった。ムギョンはスピードを上げて腰を突き動かし、奥深くまで硬い肉棒をズブズブと突っ込んだ。

「あ、あっ、うっ……！」

間もなくして、ハジュンの目から涙が溢《あふ》れた。

お腹《なか》の中を擦られまくって奥まで突かれる重い快感だけでも耐えられないのに、性器を掴んだ手はとても離れてくれそうになかった。そこも、さっきからずっとムギョンの手の中に閉じ込められて擦られて敏感になっているのは、後ろと同じだった。

前にも後ろにも同時に浴びせられる感覚に、気を失いそうだった。怖がるなと言うが、体を襲う快感が大きいあまり、一瞬一瞬思考が停止して何度も怖くなった。ハジュンはガクガク震えながら、亀頭をいじるように動く手を辛うじて掴んだ。

目の前が真っ白になり、キーンと耳鳴りがする。強烈な快感に襲われると、叫び声を上げるどころか、まともに声を出すことすらできなかった。

「ふううっ、手……ふぅ、あっ！　手、うっ、どけ……て……」

「前を、触られるのも、はぁ、好きじゃないか」

「今、今は……イヤだ……、ううっ、うっ、あっ……はっ、はぁ、あっ……！」

放してくれるどころか、亀頭を擦る手の動きがさらに速くしつこくなっていく。ハジュンの体はブルブル震え、胸とお腹が慌ただしく上下運動を繰り返した。全身がくすぐったくて耐えられないようでもあり、電流が全身にビリビリ流れているようでもあった。

やめろ、やめてくれ。声にならない声を出しながら機械的にそうせがんでみたが、パンパンと後ろを突き上げる性器も、自分のモノを擦る手も、まったくスピードが落ちる気配がなかった。

さっき射精をしたばかりなのに、再び排出感が尿道の先まで込み上げてきた。単に出したいという欲求が同じなだけで、射精欲求とは違った。前にも一度経験したことのある感覚が次第に大きく膨れ上がり、ツンツンと体を刺激する。ハジュンは慌ててジタバタしながら、ムギョンの手をどかそうとした。

手を放してくれないので、ソファのひじ掛けを掴んで必死に体を引き上げようとしたが、抜け出すことはできなかった。振り払おうとすればするほど、手の動きはさらにしつこくなり、性器はいっそう奥深くに入ってきた。

「我慢せずに、ふっ、イきたいならイけ」

「ち、違う、ふうっ、もう、触るな、もう……！」

「何が違うんだ？」

「俺、トイレ……トイレに行きたい。はぁ、だから」

ムギョンが口角を軽く上げて笑った。

「あー、あれか」

そう言うと、放してくれるどころか、手のひらで亀頭をグリグリと擦った。手のひらで擦られる感覚が、体の中までくすぐるように広がった。

「大丈夫だ」

「ふぁ、あっ、ああ！」

なんとも言えない奇妙な感覚に、ハジュンは首を横に振りながら声を上げた。今にも出てしまいそうなのに、一体何が大丈夫なんだか分からない。

「やめろ、はうっ、キム・ムギョン！　頼む、あっ、頼む、やめてくれ！」

「ああ、出したら、やめるよ」

「――あっ！　ああっ、あっ！」

ハジュンの体がブルブルと大きく震えた。ムギョンの腰を包んでいた太ももがギュッと締まり、硬く力が入った。手の中に閉じ込められていた性器はビクンと小さく跳ねると、亀頭の先端が一瞬で濡れ、ずっと我慢していた排出がついに始まってしまった。

「ふぅ、ふぅ、ふっ……！」

「トイレに行きたい」という言葉を証明するように、流れ落ちる液体は精液ではなかった。透明な液体が湧き水のように噴き出し、そのままムギョンの手の甲を伝って、ハジュンの体の上、そしてソファの上までダラダラと流れ落ちた。

限界まで我慢していた尿意に似た感覚が解消されると、その快感に全身を震わせながらも、恥ずかしさで頭がクラクラした。勝手にビクビク痙攣する体には力が入らず、一度出始めたものは我慢しようとしても止まらなかった。それでもできる限り下っ腹を締めつけたハジュンは、すぐに手で顔を隠した。

「ふっ、うっ……だから……やめろって言ったのに……」

「なんだよ、かわいいのに。出したいなら出せって言ったじゃないか」

「ああっ、ソファ、どうしよう……」

「……ソファの心配をする元気は、まだ残ってるんだな」

荒ぶった性器が再び中に突っ込まれ、ハジュンは体をビクつかせながら口を開いた。荒い息が不規則に吐き出された。そういえば、まだムギョンは一度も射精していなかった。

ゴツゴツした熱い肉棒が内壁をゆっくり刺激する感覚に、お腹の中ではなく頭まで溶け落ちてしまいそうだ。とてもじゃないが、ムギョンが射精するまで耐えられそうになかった。ムギョンが敏感な奥のポイントを突き上げると、まだ中に残っているのか、性器がチョロチョロと水を吐き出し、そのたびに顔が燃えるように熱くなった。

「ど、どうしよう。止まらない……。ふぅ、あっ！」

「ただ感じてればいい。他のことは考えずに……」

「あっ、あ、あっ！」

「俺はお前のことが好きだ、ってことだけ考えろ」

その言葉に、本当に頭が溶けていく。

ハジュンは顔を隠していた手をゆっくりとどかし、自分を見下ろしているムギョンの首に再び腕を回した。すると大きな手が寝かされていた体を抱き上げ、再びムギョンの上に座らせた。体重がかかってさらに挿入が深くなり、そのまま下からスピーディーに突き上げられた反動で、体を小刻みに揺らしながら、ハジュンはひっきりなしに喘いだ。

濃厚な余韻に似た軽い絶頂が何度も体を掃いて通り過ぎていった。止まらないのではないかと怖くなるほど出っぱなしだった体液ももう出てこなくなって、硬く反り立っていた性器が少し萎えた頃、ムギョンも動きを止めた。

「はぁ……」

ムギョンは長く息を吐きながら、いつものように白い首筋に鼻を埋めた。火照ったハジュンの体から出るにおいは、キャンディよりも甘かった。その息遣いを感じているハジュンも、ぼんやりと目を半分閉じて、まだお腹の中に埋まったままの性器を反射的に締めつけつつ、ぐったりした体をムギョンに預けた。

そうして暫く休んでいると、ふと違和感を覚えた。終わりを告げる焼き印のような、いつもの熱の感覚がまだだった。中がいっぱいにされるような錯覚を呼び起こす熱い射精もなく、後ろに入っている性器は最初とまったく変わらず、硬く反り立ったままハジュンを貫いていた。

チュッチュッという音を立てて、熱い口づけが頬をくすぐる。その感触に、くすぐったがるように小さく肩をすくめ、ハジュンはゆっくり口を開いた。

「お前、まだイってないじゃないか……」

頬に乗せられていた唇が、ニコリと微笑みを作った。

「お前が満足するまでしたから、もういいよ」

「どうして?」

「今日みたいな日にも俺の気が済むまでヤったら、さすがにひどすぎるだろ? こんなことしたところでたかが知れてるけど、自分で自分に与える罰だ」

そう言いながら、ムギョンはハジュンの腰を掴んで立たせようとした。深く入っていた性器が抜け出ようと滑る感覚に細く喘ぎつつも、ハジュンは体重をかけ直し、ガッチリした太ももの上に頑《かたく》なに座り続けた。

ムギョンは軽く眉を吊《つ》り上げた。顔を見ることもできず、ハジュンは小さな声でゴネた。

「二人で最後までしたい……」

「お前、もう何度もイっただろ」

「もっとヤってもいい」

俺は、ただ感じてるよ。他のことは考えずに。

恥ずかしさに勝てず、ボソボソと言葉を続けた。ムギョンは、そんなハジュンを魂が抜けたかのようにぼーっと見ていたかと思うと、突然ハジュンの膝裏に腕を入れた。お尻を支えて持ち上げ、そのまま立ち上がった。

「あっ……！」

「しっかり掴まってろ。腕に力入れて」

いきなり不安定な姿勢になり、今にも落っこちてしまいそうだった。ハジュンは「こんなことしてると怪我するぞ」と小言を言うのも忘れ、さらにピッタリ腕を回してムギョンの体にくっついた。

ハジュンがちゃんと抱かれると、ムギョンはそのまま歩き始めた。これしきのことはわけもないのか、大股で足を踏み出すたびに奥に埋まった性器がつられて動き、お腹の中を揺らして突き上げた。ピストン運動とは違う刺激に顎が震える。目を閉じてその感覚に浸りながら、ハジュンは自分を抱える体にしがみついた。

「はっ……！」

ムギョンが階段を上り始めると、ハジュンの喘ぎ声に新たな熱が混ざった。

腕が震え、何度も力が抜けそうになった。すでに彼に抱かれているにもかかわらず、ハジュンは倒れるようにムギョンに体を預けた。

彼が階段を一段また一段と上るのに合わせて、自然と接合部がくっついては少し離れてを繰り返した。体が上下に揺れた。彼が足を一歩踏み出すたび、体の中をズン、ズンと深く響かせる感覚に、今にも気を失ってしまいそうだった。

メチャクチャに性器を突っ込むピストン運動に比べれば弱い刺激だが、ムギョンの足から伝い上がってくる振動が、体の中で小さな地震を起こす。階段を一段上がるごとにプルプル震えるお腹の中の内壁を、太くゴツゴツした竿が不規則に擦ったりツンツンと押したりしてくる。

全身がガタガタ震えた。腕の力まで抜けてしまいそうで、ムギョンの背中に爪を立てた。いつにも増して筋肉が盛り上がった背中が硬かった。まともに勃ってもいないハジュンの性器の先端から、とろりとした体液が、唾液のようにだらりと流れ落ちた。

「んんっ、はぁ、あっ……」

開いた口からもよだれが垂れたが、口を閉じることすら思い至らなかった。ただ、ムギョンの体に力いっぱいしがみつくことしかできない。二階へと続く階段が、今日は永遠に続くかのように長く感じられた。

やっと階段を上がり切ったムギョンが歩みを止めると、ハジュンの背後でドアを開ける音が聞こえた。ほどなくしてベッドの上に座ったムギョンは体を傾け、息を切らしているハジュンの背中を撫で下ろした。

「最後は、イ・ハジュンが好きな俺の部屋でヤらなきゃな」

ベッドに寝かされるや否や、我に返る暇もなく、すぐさま絶頂へと向かう無慈悲な出し入れが始まった。暫くの間、性器を杭《くい》のように突き刺されて揺れていた内壁は、いつもに増して柔らかくほぐれ、その分さらに奥まで亀頭が滑り込んできた。ハジュンは出るがまま悲鳴を上げた。

「あっ、ああっ！　ああっ！　あっ！」

「ふぅ、はぁ、あっ」

強く突き上げる腰の動きによって暴力的なほどに肉と肉がぶつかる音が部屋に響き、スピーディーに抜けたり入ったりして柔らかな内壁を激しく打ちつける水音のようなものが、その間に混ざった。小さな動き一つひとつを極限まで敏感に感じる体は、激しいピストン運動にガタガタ震え、すぐに泣き声を上げた。

自分の泣き声すら他人の声のように感じられるほど、感覚が遠ざかっていた。ハジュンは、自分を支配する頭がおかしくなりそうなほど痺《しび》れて胸に迫る感覚を、羞恥心も忘れて小さな子どものように泣きじゃくりながら呟いた。

「あ、あ、いい、ふうっ、いい、ああっ、俺、いい……」

「はぁ、俺も、すごくいい。イ・ハジュン、メチャクチャいい」

全身がぼんやりと散らばっていくような錯覚が起きる。だが、バラバラになろうとする体をムギョンの腕がしっかりと掴み、再び引き寄せた。遠ざかりゆく意識が、一瞬一瞬鉤《かぎ》に引き留められるような感覚さえも、ねっとりとした甘い快感となって頭をクラクラさせた。

好きだ。キム・ムギョンは、キム・ムギョンは俺が好きだ。キム・ムギョンは、俺のことが……。

真っ暗になっていく意識を少しでも長く保とうとして、「俺はお前が好きだ、ってことだけを考えろ」というムギョンの言葉を呪文のように唱えた。すると、彼の笑い声が聞こえ、続けて耳元に低い声が響いた。

「そうだ。キム・ムギョンは、イ・ハジュンが好きだ。ハジュン。愛してる」

ついに体の中が熱く濡れた。何度かに分けて中に注がれる熱い液体を、もっとくれとねだるように、ハジュンはせわしなく腰をよじった。

細やかな光が、夜空でもなく、天井で星のように輝きながら飛び回っていたが、その光も徐々に暗くなっていった。

＊　＊　＊

目を開けると、ムギョンはまだ自分の上でうつ伏せになっていた。

だが、情事は確実に終わったようで、彼もハジュンの胸に顔を乗せて穏やかに寝そべっているだけだ。ハジュンが手を持ち上げてムギョンの髪を触ると、彼も顔を上げてクスッと笑いながら体を引き上げた。

「起きたか？」

「……俺、どれくらい……」

「少しだよ。五分くらい？」

ムギョンの唇が、ハジュンの額に乗せられた。そして、ほんの数センチ離れ、自分をじっと見下ろしている視線に、ハジュンは顔を赤らめてそっぽを向いた。

「どうして、そんなに見てるんだよ」

「かわいいから」

ムギョンの口角は上がりっぱなしだった。どこかで耳にした表現を借りるなら、蜜がこぼれ落ちそうなほど甘い眼差しだった。何がうれしいのかニコニコ笑ってこちらを見る彼は黙っているにもかかわらず、ハジュンはなぜか居たたまれない気分になった。あちこちに目を逸《そ》らしてみたが、結局ハジュンの視線が最後に留まる場所は、目の前にあるカッコイイ顔だった。

ムギョンがため息をつきハジュンの髪を撫で上げた。

「分かってはいたけど、やっぱり俺って身勝手だな」

「今度はなんだよ」

「さっきは、お前が痛かったって言うからムカついたけど……お前には、他の人がいなかったって聞いて、ぶっちゃけちょっとうれしい」

ハジュンは、クスッと空気が抜ける音を立てながら笑った。

「だから、もうヘンな想像するなよ。罪のない人たちを疑ったりしないで」

「もっと早く知ってたら、俺だって最初からあんなこと考えなかったさ」

ムギョンは不満を言うようにツンとして答えて暫く黙っていたものの、どうしても我慢できないと言わんばかりに体をくっつけて、ハジュンを抱き寄せた。突然の強い抱擁に、ハジュンは咳込《せきこ》みそうになって彼の背中を叩いたが、拳で殴られてもめげず、ムギョンは噛み締めるように独り言を吐いた。錯覚でなければ、すっかり声が震えているようだった。

「どうしよう、クソッ……メチャクチャうれしい……」

何がそんなにうれしいのだろう。まったく理解できないが、それでもムギョンがうれしいと言うので悪い気はしなかった。ハジュンは笑いながら聞き返した。

「何がそんなにうれしいんだ？　お前が初めてだから？」

ムギョンが酔いしれたように、「はぁ」と長くため息をついた。

「初めてだからじゃなくて、俺だけだから。さっきみたいなお前のかわいい泣き顔、俺だけじゃ、俺以外は誰も見てないってことだろ？　初めてが俺ってだけじゃ、ここまで喜ばないさ」

その言葉に、ハジュンはかえってスネた表情になった。

「男がグズってるのの、何がかわいいんだ？」

「……お前に自覚がないから、不安なんだよ」

暫く眉間に皺を寄せていたムギョンは、すぐにハジュンの手を持ち上げて、自分の頬に叩くようにトントンとぶつけた。

「初めてがあんなふうで、次の日、体は大丈夫だったか？」

「少し痛かったけど、大丈夫だったよ。俺の体は、そんなにヤワじゃない」

「知らなかったとはいえ、痛くしたことは叱られないと。反省文でも書こうか？」

「要らない。反省文を読んでチェックするのも手間だ。面倒くさい」

「じゃあ、俺はどうやって反省すればいいんだ？」

「俺だって嘘ついたんだから、お互い様だよ」

「じゃあ償いでもさせてくれ」

「償いって？」

その言葉に、ムギョンは自分の腕の上に頭を置きながらブツブツ言った。

「悔しくないのか？　お前の十年が、もったいなさすぎるだろ。俺ばかりいい思いしたんだから、何かさせてくれ」

「お前に言われて他の人と付き合わなかったわけでもないのに、どうしてお前に償ってもらわなきゃいけないんだよ」

「時計もイヤ、車もイヤ、現金もイヤ。じゃあ何をしてやればいいんだ？　服を何着か買っただけじゃ気が済まない」

「金目当てで、お前のことが好きなわけでもないのに、そんなの必要ないだろ」

普通の人なら喜びそうな言葉だったが、ムギョンはその言葉にむしろ途方に暮れた表情を浮かべると、気落ちしたようにハジュンの隣にくっついて寝転びつつ腰を抱いた。

ハジュンは暫く黙っていたが、ため息をつきながら肩をポンポンと叩いた。

「一人で過ごすのが寂しくて、好きでもない人とセックスしたり付き合ったりすれば、自分を大事にすることになるのか？　お前のせいじゃなくて、俺が気乗りしなかったからしなかったんだ」

つまらない負い目だった。いつかムギョンと分かち合う瞬間を夢見てわざわざ大切にしてきたならばともかく、ハジュンに今まで経験がなかったのは、食っていくのに、そして家族の面倒を見るのに忙しくて、恋愛のことなんか頭にすらなかったという理由が一番大きかった。財産は少なく、養うべき家族ばかりが多い自分の状況を、他の誰かにまで背負わせたくもなかった。それに特にここ数年間は突然の進路変更のため、勉強で忙しくもあった。

黙ってハジュンを見つめていたムギョンが、今度は少し不思議そうな様子で尋ねた。

「興味持ったりもしなかったのか？　恋愛って、セックスって、どんなものなんだろうって」

「少し……？　分からない。俺は心が惹《ひ》かれないから、したくもなかったけど」

ハジュンとしては、特別な気持ちもなく手あたり次第に誰かと付き合って関係を持つ人たちのほうが、もっと理解できなかった。

分からない。ムギョンに向かった一方的な気持ちがなかったなら、もっと寂しくて、他人のぬくもりや慰めを求めたのだろうか。だが、マッチの火が消える前のマッチ売りの少女のように、ハジュンは胸の中に小さくても大切な火種さえあれば、わざわざ他の人の手助けを望まなくても良かった。

今となっては、自己満足や自己セラピーだったのではないかと疑うようになった行為や感情を、ムギョンがあまりにも高潔な純情に仕立て上げてくれているようで、自分としては少し照れくさかった。

ムギョンとの初体験は、もちろん痛くてつらかった。だが、あの時「痛い」と、「やめよう」と言っていたら、きっと彼は大人しく自分の言うことに従っただろう。結局、苦痛を甘受し、痛くないふりをして最後まで行為を続けたのは、完全に自己満足のための選択だった。そんなことに、ムギョンが反省や償いを口にするなんておかしい。

「キム・ムギョン」

「ん？」

「痛かったたって一番に言ったのは……お前に良かったたかって訊かれて、ちょっと意地悪しちゃったんだ。お前が初めてで、俺はうれしかった」

「……」

ハジュンを見ていたムギョンの目が丸くなった。そんなに驚くようなことか？　特に何も考えずに言ったのに、次第に顔が火照っていった。

「俺、シャワー浴びに行かなきゃ」

そう言ってハジュンはその場から逃れようとムギョンの腕を抜け出し、ベッドから勢いよく立ち上がった。だが突然脚から力が抜けて、そのままフラッと転びそうになった。

「気を付けないと」

すぐさまムギョンが背後から腰を受け止め、クスクス笑った。

「仔牛が、よちよち歩きしてるな」

「……お前、この前から仔牛[9]って言うけど、なんなんだ？」

ムギョンは答える代わりにハジュンを再び抱き上げた。バスルームへ向かうムギョンの声が、鼻歌でも歌うようにウキウキしていた。

「初めてが俺とで、良かったか？」

「……良くない理由なんて、あるか？」

いくら経験がなくたって、すべての人が好きな人と初めてを迎えられるわけではないということくらいは知っている。初体験を好きな人としたのだから、どう考えても自分にとっては損なことではなかった。

ムギョンは微笑みを含んだ顔で「そうか？」と聞き返しながら、ハジュンを抱いたまま体を揺らした。

「俺が綺麗に洗ってやるよ。中まで」

「いや、いい！　手も触れるな」

「また、そういうこと言って」

笑い声と共にバスルームのドアが閉まった。深まっていく夜、注がれる水音の間を転がる砂利のような二人の声も、一緒になって響いた。

9　訳注：韓国で牛の持つイメージとしては、勤勉・誠実・地道・忍耐強いなどのプラスのものと、鈍い・頑固・生真面目などのマイナスのものが挙げられる。

17

　上り坂へと続く街路沿いの路肩に、スラリとした車体を誇るシルバーグレーの車が停《と》まっていた。運転席に座ったムギョンが時間を確認したその時、制服を着た少年少女たちが坂を下り始め、その数は次第に増えていった。

　パーン。短くクラクションを鳴らすと、数人が車のほうを振り向く中、隣り合って歩いていた少年少女が目を丸くして車へ近づいてきた。ムギョンは窓を開けて彼らと目を合わせ、ドアロックを外した。乗れと言いもしないうちに、後部座席に乗り込んだ女の子が呟《つぶや》いた。

「こんなに近くで待ってて、どうするんですか？　みんなに見られちゃう」

「別にいいじゃないか。みんなに見せつけちゃダメなのか？」

「そういうわけじゃありませんけど。この車って、なんですか？　もしかして、フェラーリってやつですか？」

「これはポルシェ。フェラーリで来たほうが良かったかな？」

　すぐさま道路を走り始めた車は、とあるレストランの前で再び停まった。ムギョンが先頭に立って歩くと、店の中から店員がドアを開けた。

　開いたドアをくぐり、双子は我慢できないといった様子でキョロキョロと顔を小さく動かした。かなり大人びた雰囲気を感じるのか、少年が囁《ささや》くようにムギョンに尋ねた。

「制服で来てもいいんですか？」

「高校生にとっちゃ、制服は正装だろ？　メシを食う場所なんだから、気楽に考えて」

　二人は案内され、ムギョンと向かい合ってテーブルについた。すでに予約を済ませてあるムギョンは手短に注文を終え、シンプルながらも豪華な店内を目で楽しんでいる双子に声をかけた。

「元気にしてたか？」

「はい、また遊びに来てください。母さんも、ムギョン兄さんに会いたがってます」

「もちろん、そのつもりさ」

　食前酒としてムギョンにはシャンパンが、双子にはノンアルコールのシャンパンが出された。軽く乾杯をする双子の顔は上気していた。ひと口飲んだミンギョンが、目を細めた。

「ところで、どうして会おうって言ったんですか？」

「ん？」

ムギョンは軽く笑った。

「友達の弟妹に、一度ごちそうしたくて」

「何か用があるからじゃなくて……？」

ミンギョンという子は、予想通り目ざとかった。ムギョンはグラスを置いた。

「ああ。実は、訊《き》きたいことがあるんだ」

ハジュンは「気が向かなかったから、他の人と付き合わなかっただけだ」と言ってクールに振る舞ったが、このまま やり過ごすわけにはいかない。彼は十年も俺を見つめながら操《みさお》を守ったというのに、その年月にあぐらをかくほど厚かましくはなかった。

頬や目元を赤く染め涙をポロポロ流す顔も、興奮して熱くなるとポツポツと淡い花が自然に咲く白い肌も、挿《い》れただけですくみ上がる体も、誰も見たことも感じたこともない。ハジュンのそんな姿を知る人間は、この世でただ一人、俺だけなんだ！

「どうして何も言わずに笑ってるんですか？」

「いや」

唇が勝手に曲がるのを抑えるため、咳払《せきばら》いを一度して表情を固めた。

イ・ハジュンの十年を知りもせず、すっかり我がものにしただけでなく、特別な初夜をあんな苦痛の夜にしてしまった償いをしなければならない。

泣いて跪《ひざまず》くまで徹底的に復讐《ふくしゅう》されるべきセックスのセの字も知らないクソ野郎を、当事者は寛大にも許してしまった。それだけではなく、「初体験の相手がお前でうれしかった」などという、おかしくなってしまいそうなことまで言ってくれたのだから、せめて金で補償でもしなければ気が済みそうになかった。

「なんですか？」

「この前、イ・ハジュン・コーチにものすごく世話になったんだ。だからプレゼントしたいんだよ」

「すればいいじゃないですか」

「普通のものじゃなくて、すごくいいものをあげたいんだ。でも何が欲しいか訊いても、欲しいものなんかないとしか言わないから、もどかしくて」

「それは、まぁ……」

双子は納得するように頷《うなず》いた。二人から見ても、自分たちの兄はそれほど物欲があるタイプではなかった。物欲を持つ暇もなく生きてきたので、欲張り方も忘れてしまったと言ったほうが正確かもしれない。

ヨーロッパ移籍の話が出て手元に小金ができた時でさえ、ハジュンは一時も余裕を楽しまなかった。自分たちの大学の入学金の話などを口にしながら、「貯金しなければ」と母と話をしているのを、ミンギョンは聞いたことがあった。

「家族だから、知ってるだろ？　イ・コーチが普段、何を欲しがってるのか」

「うーん……でも、お兄ちゃんって、本当にあんまり欲がないんです」

双子は軽く眉間に皺《しわ》を寄せて懸命に考え込んでいたが、簡単には思いつかないようだった。ムギョンは心の中で脱力した。修道士でもあるまいし、本当にそんなにも望むものがないっていうのか？

「価格帯は……？」

「そうだな……。十億？　二十億？　いや。金のことは考えなくていい」

「えっ？　いくらですか？」

「今住んでるマンションを変えてやったら、お兄ちゃんは喜ぶと思う？」

ミンギョンが目をまん丸にしてムギョンを見ると、再び眉間に皺を寄せた。

「そうなったら、そりゃあたしはうれしいですけど、お兄ちゃんは受け取らないと思いますよ」

「だよな？」

ハギョンが興奮して尋ねた。

「アパート？　十億？　いくら世話になったからって、やりすぎじゃありませんか？」

「キム・ムギョンがやるなら義理さ。それに俺は金持ちじゃないか」

「うわぁ、監督のために年俸を返納して韓国に来たって話を聞きましたけど、ムギョン兄さんって、マジ最高ですね」

話をしている間に、アペタイザーが出てきた。外側を揚げたように調理されたホタテをひと口齧《かじ》ったミンギョンが、ふと思い出したようにムギョンに尋ねた。

「前の猫のぬいぐるみも、キム・ムギョン選手がプレゼントしてくれたんですよね」

「ああ」

あの時のことを思い出すと、やはり決まりが悪い。渋々答えるムギョンをじっと見つめていたミンギョンが、ノンアルコールの食前酒をもうひと口飲んだ。

そうしている間に、ハギョンが「ちょっとトイレに行ってくる」と言いながら席を立った。彼が遠ざかっていくのを見ていたミンギョンが、突然口を開いた。

「あのー、キム・ムギョン選手。あたし、お兄ちゃんが浴室のシャンプーの入れ物が好きだって言っても、うれしいです」

「……えっ？」

「お兄ちゃんは、あたしたちのせいで一度も自分の思い通りに生きたことがないんです。だからお兄ちゃんが喜ぶなら、あたしはなんでもうれしいです」

ムギョンは黙って生唾を飲み込んだ。ミンギョンは残りのホタテを口に入れた。

自分よりもずっと若い子と話をすることに慣れていない。何か適当な話題を探していると、ミンギョンがついにいい答えを思いついたかのように、「あっ」という感嘆詞を出しながら慌てて言った。

「お兄ちゃんが欲しがってるもの、あります！　昔、住んでた家です」

「家？」

そういえば、「昔は庭のある家に住んでいた」とさらりと言っていたことが、ふと脳裏をかすめた。

「じゃあ引っ越せ」と言うと、「そのつもりで金を貯めている」と言っていたっけ。家なら、値段もある程度するだろうし、そんなに小さなものでもないから、プレゼントにちょうどいい。

「お父さんが、ほとんど自分で設計して建てたような家なんですけど、お父さんが亡くなって差し押さえられちゃったんです。あたしはものすごく小さかった頃にしか住んでないから、よく覚えてませんけど、お兄ちゃんは『お金を貯めて絶対に戻るんだ』って言ってます。でも、コーチのお給料を貯めたところで、ソウルにある家なんていつになったら買えると思います？　ブタの貯金箱に小銭を貯めて『家を買うぞ』って言ってる子どもを見てるみたいですよ。借金はしたくないって、ローンを組むのも嫌がるんです」

ミンギョンが、深くため息をついた。

「土地代が高いエリアだから、家もかなり高いみたいで……。一軒家だから古いし、建て直されちゃうんじゃないかって、お兄ちゃん、いつも心配してるんです」

ムギョンは、そんなミンギョンを見て、どこか感心するように言った。

「君って、ものすごく大人っぽいんだな」

「うちの家族は、みんな人が好《よ》すぎるんです。あたしは勉強も得意だから、お金をたくさん稼いで成功して、この一家を立て直してみせます」

「カッコイイじゃないか。ウサギの洞窟に、虎が住んでたな」

「ウサギ？」

「いや。早く食べなよ。その家の住所って分かるかな？」

「はい。住所なら、あたしも知ってます」

ミンギョンが頷いた。メッセージで送られてきた住所を個人マネージャーに転送しつつ、購入できるか調べるように伝えたムギョンは、ニコッと笑って携帯電話を置いた。

その後は、一層軽くなった気分で食事をすることができた。

*　*　*

『開発の話もあるし、最近は商圏が拡大してるとはいえ、急いで購入する価値のある物件じゃないらしいけど。今は家主本人が住んでて今すぐ売却する意思もないし。どうしても買わなきゃいけないのか？』

直近ではハワイにマンションを買うなど、あちこちの不動産投資でもかなりの利益を上げているムギョンが突拍子もなくソウルの住宅街の一軒家を買うと言うと、投資専門家とマネージャーは難色を示した。だが今回は投資目的ではなかったので、どうだって良かった。どんな価格を提示されようが、ハジュンが求めているという理由だけで、いくらでも支払う用意はあった。

最初は「引っ越しするつもりはない」と言って拒んでいた家主も、不動産評価額の二倍を提示すると、すぐに考えを変えた。そして休日である今日、ムギョンは実際に物件を見に、家のある町に来たところだった。

お金持ちの多いエリアだが、少しさびれた雰囲気がある町だった。こんな場所に新しい駅ができたり新築マンションでも建てられたりすれば、開発が急激に進み、住宅を取り壊して賃貸用のビルを建てるケースも多いので、ハジュンが「急に家がなくなるのでは」と心配する理由も理解できた。

初めて来た町のはずなのに、見慣れない景色でありながらも見覚えがある感じがした。考えてみたら、子どもの頃に暮らしていた児童施設からさほど遠くなかった。あの時は金を盗みに地下鉄やバスで行ける範囲をあちこち歩き回っていたので、ここにも一度くらい来たことがあるのかもしれない。だとしても、もう十年以上も前のことなので、いろいろと変わったことだろう。

「367番地……」

車を停め、ムギョンは住所の場所に向かって歩いていった。大通りを進み、住宅が密集したやや上り坂のひっそりとした広い路地に入った。

数歩歩いてから、ムギョンは暫《しばら》く歩みを止めた。やはり既視感があった。ムギョンは周りをゆっくり見渡し、再び歩き始めた。

路地に入った後は直進だった。さらに数分歩いて目的の場所の前にたどり着いたムギョンは、木製の門の前に立ち、もう一度住所を確認してから、数歩下がって家の全景を眺めた。

「……」

気のせいか？

ムギョンは塀の上に突き出ている何本かの木をじっと見つめた。秋なので枝には緑色が抜けつつある葉がついているだけで、記憶に残っている薄紫色の花はどこにもなかった。

だが、たしかにあの家と似た形だ。薄れた記憶をたどりながら、ゆっくりと門に近づいて呼び鈴を押した。買主の訪問を待っていたであろう家主はすぐに飛び出してくると、本当にスター選手がやって来たのを見て、驚きつつも笑顔でムギョンを迎えた。

「ゆっくりご覧ください。すごく暮らしやすい町ですし、家もしっかり建てられているので、長く住むつもりで買ったんです。お買いになるのがキム・ムギョン選手だと知らなかったら、絶対に手放しませんでしたよ」

門の中に入って見回した庭の景色は、不透明な記憶と比較しても、あちこち異なっていた。長々とチェックする必要もない。ムギョンが確認しなければならないことは、一つだけだった。

「あの木のことなんですが」

「ああ、はいはい」

「もしかして、ライラックの木ですか？」

「そうです。春になると、とっても綺麗《きれい》ですよ。普通は庭木としては一本植えることが多いんですが、この家には大きなものが三本も植えられていたんです。この家に引っ越してきてから、あまり春に花見に行かなくなりましたよ。庭がすごく綺麗だから」

上機嫌で答えた家主が、歩きながら後ろを振り返った。

「キム・ムギョン選手？」

「……あ」

木を眺めてぼんやり立ち尽くしていたムギョンは、暫く言葉を失ったように家主を見てから口を開いた。

「もう確認しなくても良さそうです」

「えっ？　じゃあ取引は……」

「よろしければ、すぐに進めましょう。契約が終わったら、振り込みもこの場で確認できるようにします」

「あ、そ……そうなさいますか？　どうぞ、お入りくださ い」

家主が出したコーヒーを礼儀上ひと口飲んだムギョンは、契約と契約金の入金確認まで済ませると、「この後の手続きは、代理人が処理してくれるはずだ」と言って席を立った。サインもしてやったし、子どもたちと写真まで撮ってやった。家主が売却を決心してくれたおかげで、ハジュンにやっとプレゼントらしいプレゼントをしてやれることになったのだから、難しいことでもなかった。

別れの挨拶を受けながら門を出たムギョンは、花が咲いていないライラックの木を暫く見上げていた。そして壁にもたれかかって、どこかへ電話をかけた。

――うん、キム・ムギョン。

開口一番に名前を呼ぶ声が受話器を通して聞こえてくると、自分を包んでいた肌寒い秋が、一瞬で春になってしまう。すぐに返事ができず、太陽の光が差した目の前の路地の景色だけを見つめていたムギョンは、彼がもう一度自分を呼ぶ前に会話を続けた。

「俺の恋人は、今何してるんだ？」

――勉強会の資料の準備。お前は？

「コーチは休日も忙しいんだな。俺は、ちょっと買い物しに出掛けた」

――アイスクリームでも買いに行ったのか？

そう言いながら小さく笑う声を耳で味わうように、ムギョンは目を瞑《つむ》った。

「イ・ハジュン」

——ああ。

「お前、子どもの頃は庭のある家に住んでたって言ったよな」

——うん。急にどうして？

「何歳まで？」

——十二歳まで。

ムギョンは一人で頷いた。

「そうか」

そうだったのか。後をついて出た独り言に、ハジュンは怪訝《けげん》そうに聞き返した。

——そんなこと、どうして訊くんだ？

「急に思い出したんだ。将来、庭のある家で一緒に暮らしたくて」

照れくさいのか、「何言ってるんだ」と笑い飛ばすハジュンの声を、再び引き留めた。

「一緒に夕飯食べようか？」

——あ……ごめん。今日は資料の準備をしなきゃいけなくて。最近、遊びすぎたみたいだ。ちょっと溜《た》まってて。

「じゃあ後で家の前に行ったら、少し顔でも見せてくれないか？」

——本当に、ちょっとだけなら。

そう言ってまた笑う。その笑い声に、ムギョンの顔にもいつの間にか笑みが結ばれた。夜に会おうと約束してから電話を切り、まるで記憶の中の少年が立っているかのように、ムギョンは自分のすぐ前のどこかに目をやった。

時間に埋もれて霞《かす》んでいた顔が、まるで昨日見たかのようにハッキリと蘇《よみがえ》る。だがきっとこの顔は、今のハジュンを知っているせいで作られた、実際の少年とは異なる顔だろう。

いきなり手首を掴《つか》み、俺を門の中に引っ張っていった色白の顔の子。綺麗な花が咲く家に住んでいて、怪我《けが》をしたら薬を塗ってくれる母親がいた少年。

再会はできなかったが、きっとどこかで幸せに暮らしているだろうと信じて疑わなかった。

あの時諦めずに、後になってでも探し続けていたら……。

滅多に感じない、ヴェールのように淡い悔恨に包まれていると、スタスタと軽い足音が聞こえてきた。地に足をつけて立っているが、まるであの時の子どもに戻ったかのようにプカプカ浮いた気分だったムギョンは、その音で現実に戻され、音のするほうへ顔を向けた。

一人の子どもが、下校中なのかリュックを背負って路地に入って歩いてきていた。むくれた表情をした子の顔には小さなかすり傷があり、手にサッカーボールを持っていた。ムギョンとその子の目が合った。怒りと寂しさでいっぱいだった子どもの目が、たちまち驚きでまん丸になった。

「えっ……？」

子どもが騒いだり質問したりするのを待つことなく、ムギョンはこっちへ来いと手招きした。

「君が思ってる通りだから、ボールを持ってこい。サインしてやるよ」

そう言っても、その子は気軽には近づけずにモジモジしながらその場に立っていた。暫くの間、目の前にいる男が本当にキム・ムギョンなのか見定めるようにしていたかと思うと、周りを見渡した。

「ドッキリカメラとかじゃないですよね？」

「違うよ」

最近の子どもは、しっかりしている。やっと子どもが近づいてきて、ボールを差し出した。

さっき家の中で使った後、うっかりそのまま持ってきてしまったマジックペンを取り出し、サラサラとサインをした。目線を合わせるために膝をついて座り、子どもにボールを返しながら尋ねた。

「その顔、どうしたんだ？」

「友達とケンカしたんです」

「どうして？」

「知りません。何をスネてるのか、最近みんなが仲間に入れてくれなくて。新しいボールを買ったから、一緒にサッカーしようと思ったのに」

子どもがボールを見て、目を輝かせながら尋ねた。

「これを持っていったら、みんな仲間に入れてくれるかな」

「……どうかな。入れてくれるかもしれないし、入れてくれないかもしれないな」

ムギョンは虚空《こくう》を見つめ、独り言のように言った。

「それとも、今仲がいい子たちじゃなくて、他の子たちが君と仲良くなりたがるかもしれないし……そうやってるうちに、本当に君と合う人が現れるかもしれない」

子どもの返答など、もう待ちもしなかった。

「自分の人生はどうしてこんなにクソみたいなんだろうっ

て思うことは、一度や二度じゃないけど……でも、明日は今日よりマシだろうって思いながら生きなきゃダメだ。そうしてれば、きっとチャンスが来る。でも諦めたら、知らない間に過ぎてしまうこともあるから……諦めても逃してもダメだ」

「あ……はい……」

突然、ムギョンから長い演説を聞かされたその子は、目をパチクリさせて聞き返した。

「今日、キム・ムギョン選手に道端で会ったって、グループトークとネットにアップしてもいいですか？」

「……好きにしな」

「証拠写真、一枚だけ撮ってもいいですか？」

いいと言うと、子どもはすぐさま携帯電話を取り出し、ムギョンの隣にピッタリくっついてインカメラで写真を撮り、大きな声で言った。

「ありがとうございました！」

その子は、ついさっきまでの憂鬱さがどこかへ行ってしまったかのように、はしゃいで走っていった。やはり子ども同士のケンカは、そう大したことではなかったらしい。ムギョンはその後ろ姿が消えるまで目で追い、再び正面に顔を向け、まだ花が咲いていない木の陰を見上げた。

子どもの時間は速い。あれくらいの時、自分にとって一秒後、一分後、一時間後、明日は、永遠と同じ未来だった。今はクソみたいだが、もしかしたら十分後にはいいことが起きるかもしれないと思った。

一秒後、一分後、一時間後、明日を夢見て、一秒前、一分前、一時間前、昨日を振り返る余裕はなかった。そのせいだろうか。あんなにも自分を苦しめていた実の父親や園長に対する恨みなんかも、ほとんど残っていない。ただ似たくないだけだ。

何が起こるか分からなかった。今、俺の前でギャーギャーと声を上げている怪物や豚が、十秒後には自分の怒りに耐えられずに突然倒れるかもしれないし、三十秒後には後ろから強い正義の味方が現れて、俺たちを救ってくれるかも。今日は失敗したけど、明日には金持ちの財布を盗むのに成功したり、明後日《あさって》には宝箱でも見つけられたりするかも。そして、ここではないどこかへ旅立てるかも。

そこがどんなところなのか、属したことがないから詳しく思い描くことはできなかった。だが、世間が言う永遠の幸せや美しい光のようなものが待っている場所だろうと、漠然と想像した。

想像していたことは何一つ叶《かな》わなかったが、水の泡になることもなかった。結局俺はパク・ジュンソン監督に出会ってサッカーのスター選手になったし、そのずっと前には、ライラックが咲く家に住んでいた少年と出会い、命の危機から辛うじて救われたのだから。

それまでに自分がしたことといえば、ただ飽きもせずに無駄な希望を抱きながら耐えることだけだ。

ハハッ。

ムギョンの口から小さく笑いが流れ出た。彼は壁に預けていた体を起こし、数歩歩いた後、先ほど買い入れた、間もなくハジュンのものになる童話の挿絵のような家をもう一度見渡した。

イ・ハジュン。

愛という感情がどれほど堅固なものなのか、本当に永遠に続くものなのか、俺という人間が果たして最後までお前を傷つけずにいられるのか、そして、お前はずっと俺のそばにいてくれるのか……最善を尽くそうとしているが、正直言って俺はまだ自信がない。

お前の心は、俺が手に入れたんじゃなくて、お前がくれたに過ぎないし、お前は今も俺に期待することも望むこともないから。「片想いは、つらくなかった」、「俺のそばにいる時が、つらかった」と言うお前の恋心は、ただひとえにお前の気持ち一つにかかっているのだから、いつだって引っ込めたり消したりできるだろう。

だが、お前が俺を救ってくれたという事実は不変であり永遠だ。それは絶対に変わらない。お前は俺を救い、俺は恩を受けた。そして、人は恩を返さなければならない。

良かった。お前がもう俺を愛さない日が来たとしても、俺がお前を愛し、お前にしがみついてもいい理由ができたから。

今夜彼に会ったら、一番欲しがっていたものをやると言うんだ。最初はビックリして断るかもしれないが、ハジュンだってこれほどのプレゼントを拒み通すことはできないはずだ。「もう買ってしまったのに、どうしろと言うんだ」、「払い戻しはできない」と言い張れば、結局は受け入れるだろう。可愛らしく頬を赤らめながら、ありがとうと言ってくれるかもしれないし、もしかしたら、本当にちょっと見せるだけだと言っていた顔を、もっと長く見せてくれるかもしれない。

せっかく用意したプレゼントなのに、その姿が完全ではないのが残念だった。ムギョンはゆっくりと歩き出し、家に背を向けた。花が咲くまで、まだ半年は待たなければならなかった。

ライラックが咲いたら、その頃には彼も俺のことを覚えているかどうか訊かなければ。とはいえ、覚えていないと言われても構わなかった。そう言われたとしても、変わることなど何もないのだから。

俺の手首を掴んで引っ張る白い手に導かれ、子どもの頃からあれほど望んでいた「あの場所」に、ついにたどり着いたのだ。これからは、俺が彼の手を掴む番だった。幸い、まだ手遅れではなかった。

18

リーグ試合も終盤。怪我《けが》から回復したムギョンのコンディションは絶好調だった。今のようなコンディションで韓国に留まっていなければならないというのが、少し残念なくらいに。今なら、どんなリーグ決勝戦でも勝ちまくれそうなのに。

試合直前、入場待機場所に立って腕や脚をほぐしていると、誰かに肩を軽く叩《たた》かれた。顔を上げた先に、人間の姿になって地上に降り立った真っ白なユニコーンが目の前にいた。薄暗い待機場所の中でも、一人キラキラ輝いているみたいだ。このところ、ムギョンのコンディションが絶好調な理由。愛しい俺の恋人ではないか。

思わず口角が上がってしまう。そんな自分を見ながら向かい合って笑ってくれる顔を見ていると、頭の中に花畑が広がる。困った。試合を前にして、戦闘力が何度も落ちかけた。

「コーチ。コーチが眩《まぶ》しくて、試合前に失明しそうだ」

「またバカなこと言って。最終チェックするから、ここに座れ」

努めて表情を引き締めると、ハジュンはムギョンの手を掴《つか》み簡易椅子に座らせ、その前に膝をついて体を屈《かが》めた。

「足首を再確認しよう。大丈夫って言ったけど、一応」

「それを口実に、また俺に触ろうとしてるんだろ?」

「早く足首を出せ」

冗談を言えば、すぐに無愛想な声になる。たまに愛嬌《あいきょう》が足りないと思うこともあるが、それもまた魅力だ。こんなツンツンした姿が、ベッドの上でどう崩れるのか知っているから。

ふにゃふにゃに緩みかけた闘争心が、試合後に待っているご褒美を想像して再び強固になる。

「イ・ハジュン?」

その時、向こう側……アウェイチームの待機場所から、誰かがハジュンを呼んだ。足首をチェックしていたハジュンは座ったまま顔を向け、ムギョンも視線を上げた。

相手チームのユニフォームを着た一人の選手が、距離を置いて二人を見下ろしていた。

「ソウルでコーチしてるって、本当なんだな。なんで初戦では会えなかったんだ?」

誰だ?

ムギョンはすぐさま目に角を立てた。初めて見るバイキンだった。優しく純真な恋人はチーム内外で人気だから、一瞬たりとも安心できない。

「久しぶり」

ハジュンは素っ気ない顔で立ち上がり、彼の挨拶らしからぬ挨拶を受けた。それぞれのチーム陣営に立ち、特に近づくこともなかった。男が言葉を続けた。

「子どもの遊び相手してるって聞いたけど、その仕事は終わったのか? どうだ? 大人のチームのコーチの仕事は」

「うん。やりがいもあるし、俺に合ってるよ」

「コーチの仕事に就くのも簡単なことじゃないだろうに、お前もまったくやることが速いよな。とにかく、昔から人をたらし込む才能がある。上の人たちからも、よく可愛がられるもんな」

言い方が癪《しゃく》に障《さわ》った。ムギョンの眉間が一気に歪《ゆが》んだ。椅子から立ち上がろうとすると、ハジュンはそんなムギョンの肩を掴んで押しながら、笑顔で答えた。

「それは、俺が一生懸命頑張って上手くやってるからだろうな」

相手は何か一言付け加えようとするように口を開いたが、向こうのチームのスタッフが彼を呼んだため、会話が中断した。ケンカを売ってきた選手は、顔を軽く歪めてハジュンに一瞥《いちべつ》をくれてから、仕方ないというようにその場から離れた。

ムギョンの声が険しくなった。

「あいつ、なんだってケンカ売ってくるんだ?」

「気にするな。高校の同級生なんだけど、あんまり仲が良くないんだ」

ムギョンはショックを受けたように目を丸くして尋ねた。

「お前と仲が良くない人なんているのか?」

「当たり前だろ? 生きてれば、仲が悪くなる人だっているさ」

ハジュンは、何をそんな突拍子もないことを訊《き》くんだという表情で言ったが、ムギョンはにわかには信じられなかった。イ・ハジュンのことが嫌いな人がいるなんて。どう考えても普通じゃない。かなりの人数が所属しているシティーソウルの中にも、そんな感じの人はいないのに。

いや、癪に障る行動を取る人間には総じて理由がある。

みんなが好きなハジュンに、特にツンケンした態度を取るヤツがいるとしたら、その理由は……。

「あの野郎、お前に下心があるみたいだけど」

「……キム・ムギョン。世の中の人たち全員が、そういう目で俺を見てるわけじゃない」

ため息が少し混ざったハジュンの言葉を、ムギョンは堂々と鼻で笑った。デートすらしたこともなく、優等生みたいにボールだけを蹴って生きてきた純真極まりない仔牛に、何が分かるというんだ。

世間擦れしていると思っていた時のほうが、かえって気が楽だった。今日の試合中はしっかりハジュンを見張って、ヤツとは二度と言葉を交わすことがないようにしなければ。

最後のストレッチをしているうちにキックオフの時間が近づき、選手たちは一斉にグラウンドへ歩いて出ていった。

「うわぁ、ありゃなんだ?」

試合開始前、列を作ってグラウンドを見回していると、ジョンギュが感嘆混じりの独り言を言った。ムギョンも目を瞬《またた》かせた。

ムギョンやジョンギュのような人気選手の応援ボードが観客席にあるのはいつものことだったが、今日は選手ではない人の応援ボードがいくつか見えたのだ。

〈白く輝くイ・ハジュン大好き　イ・ハジュン・コーチ頑張って。L・O・V・E〉

ジョンギュがハハッと笑ってムギョンのほうを向いた。

「テレビの力って、やっぱりすごいな。まぁ、あの番組でハジュン、メチャクチャ映えてたから。二人して立ってると、お前のほうが助演みたいだったぞ?」

「どうせ実物には及ばない。カメラなんかには、うちのイ・コーチの美貌を映し切れないさ」

そう答えると、ジョンギュが顔をしかめ声を落とした。

「はぁ……。その言葉には同意するけど、お前はマジで気持ち悪い。付き合うのはいいけど、惚気《のろけ》もほどほどにしろよ」

ムギョンは思い切り呆《あき》れ顔になりながら、声を上げてせせら笑った。

「今までお前の惚気に苦しめられた人たちのことは考えないのか? 今まで自分がやってきたことを、今度はお前が食らってみろ」

「……分かった、分かったってば」

積み重なった業を指摘すると、ジョンギュはすぐに怯《ひる》んだ。そんな彼を横目で睨《にら》んでいたムギョンは、首を傾《かし》げつつ言った。

「でも意外だな。俺たちがこういう関係になったら、お前はあんまり喜ばないと思ったんだけど」

「どうして？　二人がケンカしてるより付き合ったほうが、俺やチームにとっても、ずっといいだろ。問題なく仲良くしてくれさえすれば、俺はなんの不満もない」

ヒソヒソ喋《しゃべ》っていると、相手チームの陣営からブツブツ言う声が聞こえた。

「意味分かんねぇだろ。引退したサッカー選手崩れに、応援ボードなんて」

ムギョンとジョンギュが同時にそちらに顔を向けた。ムギョンの眉間が狭まった。さっきのヤツだった。

「おい、やめろよ。聞こえるぞ」

「俺が何か間違ったこと言ったか？　コーチが試合に出るのかよ。大してサッカーに興味もないヤツらが、こういう時ばかりスタジアムにまで押し寄せやがって」

同じチームの選手たちが止めても、文句を言い続けていた。ムギョンの表情が尋常ではなくなったのに気付いたジョンギュは、今にも飛びかからんばかりに力が入っていく肩をグッと掴んだ。

「キム・ムギョン。今こんなところでトラブルを起こして、一番傷つくのは誰なのか考えろ」

「……俺は初めて見るヤツだけど、誰なんだ？」

「ハジュンと高校の頃に一緒にプレーしてたヤツなんだけど、仲が良くないんだ。ポジションがかぶって争って、なんだかわだかまりがあるらしい。まぁ……劣等感だろうな。無視しろ。どうせこの試合が終われば、もうお前と会うこともない」

「お前は奥さんがあんなことを言われても、無視できるのか？」

「……黙ってないにしても、試合が終わってからにしろ」

もう会うこともないということは、代表チームに選ばれるほどの実力ではないという意味だ。主に控え選手だったとはいえ、絶えず招集され続けていたハジュンに比べたら、テクニック不足だったのだろう。高校で同じチームだったという以外には共通点もなかったヤツだろうから、ジョンギュの言う通り劣等感を覚えているに決まっていた。

殴る価値もないヤツではあるが、ムカつく。試合が始まりもしないうちから、腸《はらわた》が煮えくり返った。ムギョンの心とは関係なく、選手たちは列を作って立ち、間もなくホイッスルの音と共に試合が始まった。

和らいでいた闘争心は、あらぬ方向へ燃え上がってしまった。ムギョンは相手をぶっ潰すと言わんばかりの勢いで走った。他の選手たちもその勢いにつられ、優勝が確定した状況とは思えないくらい必死だった。初戦で負けたので万全の準備をしたであろう相手チームは、今回も名誉ある結果を出せそうになかった。

前半戦で、すでにスコアは2対0に開いた。後半三十分、シティーソウルはフリーキックのチャンスを勝ち取った。今日もフリーキッカーはキム・ムギョン。ボールを前にして息を整えていると、選手たちがゴールの前に並んで立ち、壁を作った。さっきのヤツもその間に挟まって、防御に立った状態だった。

試合だろうがなんだろうが、このまま走っていって、胸ぐらを掴んでぶん殴りでもすれば少しは気が晴れそうだが、ここはピッチの上だ。サッカースタジアムでは、ボールで話をするしかない。

現在のスコアは2対0。まだ十五分ほど残っていたが、ほぼ勝負はついていた。到底負けそうにない試合だった。もし負けたとしても、シティーソウルの優勝はもう確実だ。

一度首を傾げたムギョンは少し後ろに下がって助走をつけた後、ボールをポーンと蹴った。ボールは砲丸のように飛んでいき、それと同時に人々が「ワーッ!」とどよめいた。

「あれは完全に、食らって死ねっていうシュートだけど?」

シティーソウルのコーチの一人が、驚いた口調で呟《つぶや》いた。ハジュンの目も丸くなった。

ムギョンが蹴ったボールは、ゴールではなく壁、それもよりによって相手チームの選手の顔面を直撃したのだ。審判が試合を中断し、状態を確認しに行った。

「鼻血が出てる」

「うわぁ、痛そう。どうして顔でボールを受け止めるんだよ」

人々が嘆く中、鼻血を出した相手チームの選手は、ムギョンを指さしながら近づいていった。ムギョンは「すまない」という表情で両手を上げ、わざとじゃないというジェスチャーをしていた。

ついさっき自分にケンカを売ってきた高校の同級生が、鼻血を流してコートの外へ歩いて出ていく姿を、ハジュンはなぜか生唾を飲み込みつつ見つめる状況になった。

幸い大怪我はしていないようで、ボールを食らった選手は鼻血が止まると、再びコートの中に戻った。その間にムギョンがもうワンゴールを決め、さらに点数差が開いていた。試合は、逆転されることなくシティーソウルの勝利に終わった。

試合後、ムギョンはユニフォームを脱ぎながら、さっきボールを顔に食らった選手に近づいていった。突然露《あら》わになったムギョンの山脈のような裸体と、自ら和解を求めるマナーある態度に、人々は熱狂して写真を撮りまくった。

「さっきは悪かった」

ユニフォーム交換を求めるために近づいてきたムギョンを見て、鼻血を出した選手は気に食わないといった表情をしながらもユニフォームを脱ごうとした。服を脱いだムギョンの大きくガッチリとした体は、服で隠されていた時よりも、かえって相手に脅威を感じさせる雰囲気があった。

ムギョンは、彼が服を脱ぎもしないうちに軽いハグをし、笑顔で声を低くして囁《ささや》いた。

「大した才能がなくても、サッカーは続けたいだろ?」

「……えっ? 何を……」

「サッカーを続けたいなら、余計なことをベラベラ喋るな。口から出るがままにくっちゃべってもいいのは、それでもお呼びがかかる人間だ。俺みたいにな。そのレベルになれないなら、すっこんでろ」

「……」

「俺はイ・ハジュン・コーチと仲がいいから、人に悪く言われてるのを聞くと気分が悪いんだ」

ムギョンは笑いながら相手の背中を二、三度ポンポンと叩き、ユニフォームを渡した。

「何してる? 早く服を脱いで笑え」

会話を終えたムギョンは、交換したユニフォームを持ってベンチへ向かった。ハジュンが訝《いぶか》しげな表情で彼を待っていた、ムギョンはユニフォームを持ち上げてみせた。

「謝ったぞ」

ハジュンは何か言おうとしたが首を傾げ、再び口を開いた。

「えらかったな。珍しく大人じゃないか」

あと数試合も残っていなかった。シティーソウルの優勝は、残りの試合結果とは関係なく確定していた。下に並んだチームはまだ抜きつ抜かれつの熾烈《しれつ》な戦いを繰り広げている最中だったが、シティーソウルの選手たちは、もう余裕だった。上機嫌で騒がしいバスに乗り、ハジュンの隣に座りながらムギョンが尋ねた。

「今日は別荘に行こうか?」

「ああ」

ハジュンは笑って頷《うなず》いた。別荘というのは、ムギョンが最近ハジュンにあげたプレゼントだった。「何も受け取らない」と、手をヒラヒラさせて断っていたのに、自分がどうしても受け取らざるを得ない唯一のものを、ムギョンはすぐに探し出して持ってきてしまった。

最初はなんの冗談かと思って面食らうだけだったハジュンは、ムギョンと共に誰も住んでいない空き家に足を踏み入れて初めて、本当に昔の家が他人の所有物ではなくなったことを実感した。

父が生きていた頃に住んでいた、自分の一番古い記憶が始まった家。父が死んだ後、母と弟妹の手を取って半地下のワンルームを、屋塔房《オクタッパン》を、[10]地上階のワンルーム、2DKを、そして今住んでいる古いマンションまで引っ越しを繰り返しながらも、ハジュンにとっていつだって「自分の家」は、とっくの昔に自分の家ではなくなった、あの家だけだった。

非現実的な夢だということは分かっているが、いつか必ず帰るんだと夢見ていた家。同じように非現実的だと分かっていながら、ハジュンはムギョンに「金は、どれだけ時間がかかっても必ず返す」と何度も言い、最後にはみっともなく涙まで見せてしまった。

だが、いざ取り戻してみると、その家は双子の学校から遠すぎて、今すぐ引っ越して住むのは難しかった。やはり二人の大学が決まってからでないと、引っ越しは考えられそうになかった。

ムギョンは「かえって良かった」、「引っ越しするまでは別荘のように使おう」と言って、あっという間にベッドやらソファやらをたっぷり買い込み、内装工事も終わらせ、がらんとしていた空き家を、たちまち人が生活できる空間に変えた。金さえあれば世の中なんだって瞬《また》く間に解決できるということを、ハジュンはムギョンと付き合いながら実感している最中だった。

早くライラックの花が咲くといいのに。春になれば、この家がどれだけ美しくなるのか、ムギョンに見せてやりたかった。

二人は並んで家の中に入った。いつもならばとっくにハジュンの首に唇をくっつけているムギョンは、リビングに上がると、先ほど受け取ったユニフォームを取り出してごみ箱に投げ入れた。その姿を見たハジュンは、さっきから抱いていた疑いを確信に変えて尋ねた。

「キム・ムギョン、わざとやったんだろ」

「ん？」

「フリーキックの時に、顔に当てたの。わざとなんだろ？」

ハジュンは、眉間に皺《しわ》を寄せながら近づいた。

「大変なことになるところだったじゃないか。あんなことして怪我でもさせたら、どうするつもりだったんだ？」

「サッカーボールが当たって、死んだ人はいない」

「誰もあいつが死ぬ心配なんかしてないだろ？　お前が余計な悪口言われるんじゃないかって心配してるんだよ。どうせ、一言二言ケンカ売ってくるだけだ。しょっちゅう会うヤツでもないし」

ムギョンは答えもせずに肩をすくめると、とぼとぼとソファに近づいてドサッと座ってしまった。ハジュンはそんな彼をぽかんと見て、続いて隣に座った。

「そんなに腹が立ったのか？　俺は本当に気にしてない。あいつには、一年に一、二度会うか会わないかだ」

ムギョンは、ハジュンの顔をぼんやりと見つめた。

あの野郎が、お前のことを引退したサッカー選手崩れと言ったなんて、そんなことは当然伝えることはできない。

「ハジュン」

「ん……？」

まだ慣れない呼ばれ方に、ハジュンは気まずそうな、だが嫌がってはいない表情を浮かべた。ムギョンは、彼の腰を抱き寄せた。

「ちょっと重い話かもしれないけど」

「……予告までして、何を言おうとしてるんだ？　なんだか怖いな」

目を合わせて暫《しばら》く黙っていたムギョンは、言葉を続けた。

「なぁ……リハビリする気はないか？」

ハジュンの目が驚いたように大きくなった。ムギョンはその表情を少しの間見つめていたが、せっかく切り出した話は最後までしなければ、と言わんばかりに口を開いた。

「お前の怪我の話は、前にジョンギュから大体聞いた。あいつが言うには、生活の問題でリハビリはほとんどできずに、すぐにコーチに転向したみたいだって」

10　訳注：小規模アパートやヴィラの屋上に設置された小屋のような簡易住居。半地下と同様に家賃が比較的安く、低所得者層が暮らす住居の代表的なイメージ。

「……」

「ちゃんとリハビリすれば、違う結果が出るかもしれないだろ？　もう金の心配をする必要もないし、まだ若いんだから、リハビリだけに集中すれば、また現役でプレーできるかもしれないじゃないか」

まったく予想していなかった話に、ハジュンは面食らって目をパチクリさせた。簡単に口にしたわけではないということは、ムギョンの表情と瞳、自分を抱く腕の緊張から感じられた。昨日今日、突然思いついた衝動や気まぐれではないということも。

ハジュンはその顔をじっと見つめ、ゆっくりと、微《かす》かに苦笑いを浮かべた。

「ダメだ」

「……どうして？」

「ジョンギュも、よく知らずに話したんだ。すぐに諦めたわけじゃない。ダメだって、いや、無理だろうって言われて諦めたんだよ。日常的な運動はできても、プロ選手は難しいって」

「不可能だって言われたのか？　絶対に無理だって？」

「医者っていうのは、そんなふうに断言しないものなんだ」

短く笑ってから、ハジュンは軽くため息をついた。

「チャレンジはできるだろうな。でも、もうすぐ二十七歳だ。リハビリに時間を費やしてるうちに、あっという間に二十九歳、三十歳になっちゃうだろうし、そこから運良く選手としてプレーできたとしても、何年も空白期間のある年を取った選手を採ってくれるチームなんか、そうそうない。復帰したとしても、体力も実力も昔と同じってわけにはいかないだろうし、代表チームなんて夢にも見られないだろうし」

愚痴るように言っていたハジュンは、眉間に微かに皺を寄せた。

「二部リーグのチームでも万年ベンチでもいいから、どこかでプレーするほうがマシだって思う人もいるだろう。だけどさ、キム・ムギョン。海外組にはなれなかったけど、俺は国内では結構すごいほうだったんだ。正直言って俺にだって望む条件ってものがあるから、今さら一から始める自信はない。お前にとっては似たり寄ったりで、くだらないプライドに見えるかもしれないけど」

「……」

「それに、いざやってみたら、選手よりコーチのほうが俺の適性にずっと合ってる気がする。やりがいもあるし。最近、本当に楽しいんだ。コーチになるために選手を経験したんじゃないかって思うくらいなんだから」

そう言って今度はちゃんと笑うハジュンの顔を、ムギョンは何も言えずに見つめた。

本当に一抹の未練もなさそうだ。今の仕事にそこまで満足しているというなら、むしろ良かったと言うべきだろう。

「そうか……」

ムギョンはゆっくり頷いた。

「とにかく、医者が無理だって言ったってことだな」

彼は膝に肘をついて顎を支え、体を前に傾けて座った。その姿は、まるでふてくされた子どものようだった。

口元に歪んだ微笑《ほほえ》みが引っかかってから、すぐに消えた。続いて眉間が狭まり眉尻が下がるムギョンをじっと見つめていたハジュンは、慌てて彼を呼んだ。

「キム・ムギョン。どうしたんだ？」

いつもは険しい目元から、突然ポロポロと涙がこぼれた。前触れもない涙に驚いたのは、ハジュンのほうだった。

「どうして泣くんだ？」と、一緒になって体を屈め、どうすればいいか分からずムギョンを見たが、彼の涙は止まる気配がなかった。暫く黙って正面を睨みながら涙を流していた彼は、目元を手の甲でゴシゴシ擦って涙を拭い、沈んだ声で呟いた。

「どうして思い出せないんだよ……」

「思い出せない？　何が？」

「お前と一緒にプレーしたっていうのに、なんで俺はちゃんと思い出せないんだ？　みんなはお前のアシストがすごかったって言ってるのに。この足で、そのボールを受け取ったくせに、一体どうして」

「……」

「どうしてあの時、あんなふうに何も考えずに当たり散らしてばかりで、試合後にまともにモニタリングもしないで……。前回のワールドカップの時以外だって、お前もたしかに代表チームに何度も来てたはずなのに、なんでこんなに何も覚えてないんだよ」

ハジュンは、その言葉に口をつぐんだ。

いつも先発・主戦メンバーだった彼と、主に控え選手だった自分が、実際に共にプレーした試合は多くなかったし、一緒に印象深いシーンを作ったのは、前回のワールドカップが最初で最後だった。とはいえ彼の言う通り、何度か同じ釜の飯を食った彼が自分のことをまともに覚えていない理由は、一つだけだった。

自分が意図的に彼を避けていたから。

彼のことを他の人とは違う目で見ているのがバレるのではないかと恐れ、どうしても必要な時以外はまともに向き合おうとすらしなかった。時々ジョンギュに「見かけよりいいヤツだ」「あんまり難しく考えるな」「同い年だからツルもう」と言われても、笑いながらはぐらかした。ジョンギュも何度かは誘ってきたものの、ムギョンのことを煙たがっていると思ったのか、それ以上ハジュンに勧めることはなかった。

代表チーム招集期間は短い。ムギョンは自分の領域外の他人にさほど関心がなく、ハジュンは彼の領域を故意に避けていたから、彼が自分のことをぼんやりとしか覚えていないのは当然だった。

「過ぎたことを引っ掻《か》き回す趣味はない。そんなことをしたところで無駄だから。お前にしてやれなかったことは全部、今からだってできるし、お前が望むものはなんだって持たせてやれる」

「……」

「だけど……これだけは、もうどうにもならないじゃないか」

下睫毛《したまつげ》に涙を溜《た》めたムギョンの目が、虚空《こくう》を見つめた。

「さっきの、あんな野郎にだって、お前と試合で一緒にプレーした記憶があるだろうに……。あの頃に戻って昔の自分にビンタでもしてやりたい。本当に何も知らずに、クソッ……」

また悔しそうに、ムギョンの目から涙がこぼれた。ハジュンは口を少し開け、そんな彼を驚いた表情で見てから、ハッとして慌てて言った。彼の頭を、腕の中に抱いた。

「泣くなよ」

「……ごめん……。忘れちまって」

「いや。覚えてないのは、お前のせいじゃない」

ムギョンを慰めていたハジュンは、唇を噛《か》んで俯《うつむ》いた。自分で考えてもまったく幼稚な感情が、胸の中にムクムクと込み上げてきたのだ。

……うれしい。

可笑《おか》しなことに、ムギョンが泣いてくれることがうれしかった。

彼の暴言や無礼な行動の数々のせいで怒ったり混乱した

りしていた時、その後ムギョンがいくらごめんと謝り、これからは気を付けると誓っても、さほどピンとこなかったのは、結局は彼にそういうものを期待したことがなかったからだったのだろうか。

以前、彼のそばにただ留まっていただけの時、愛や好意や優しさ、ひいてはせめて尊重してほしいとも、自分は望まなかった。侮辱され傷つくことを望んだわけではないが、特別に親切にしてほしいと望んだこともない。彼の望み通り、シーズンが終わるまで性欲処理のためのセフレとして過ごすこと。それ以上のことは、胸に抱くこともなかった。

「だから、いいんだ……」

だが今、彼の涙は春の雨のようにハジュンの心に染み込んでいる。あの時と何が違うのだろう。自分自身の想いに浸って、力ない口調でムギョンを慰めていたハジュンの目にも、うっすら水気が満ち始めた。

望むことは特になかった。ムギョンの愛を独り占めできるなんて夢見たことはないが、一度くらい彼に認められたかった。それこそが、長年の願いだった。

最初で最後、彼と共にした舞台で活躍した試合は、ムギョンにとっては忘れたい負け試合として残り、彼は昔の自分の姿をまともに覚えてもいなかった。

逃げ回っていたのは自分のほうなのに、ピッチ上の姿すら覚えていない彼に対しては、やはり寂しく思った。だが、もう今はピッチで共にプレーすることもボールを蹴ることもできないからと、とうの昔に諦めた夢。

しかし彼は今、泣いている。一時はチームメイトだったイ・ハジュンを惜しんで。一緒にプレーした瞬間を覚えていないから。「復帰して一緒にプレーできないのか？」と言うくらいに。

少し湿っぽくなった目を急いで乾かしつつ、ハジュンは朗らかに尋ねた。

「俺のアシスト映像、見てみた？」

「ああ。本当にすごかった」

ムギョンは顔を上げて答えた。

「残念だな。セックスくらいプレーの相性もピッタリだったのに。イ・ハジュンがレフトバックだったら、俺はもっと上手くやれるんだけど」

そう言いながら、ムギョンが額をくっつけてきた。ハジュンはいたずらっぽく笑った。

「だったらそばにいた時、もっとちゃんとしてくれてれば良かっただろ?」

「そうだな」

同じように冗談っぽく答える顔を撫《な》でていたハジュンは、自分が泣く時にいつもムギョンがするように、彼の目に口づけた。彼の涙からも、他の人と同じように少し甘くしょっぱい味がした。

最近は彼の甘いセリフを毎日のように浴びながらも溶けずにいた、春の日でも氷が張った陰のような部分が、自分の心の中に残っていたということに初めて気付く。ムギョンの涙がその場所まで流れ込み、小さく割れる音を出しながら、冬に向かっていた季節は消え去り、見紛うことなき春をもたらす。

自分からムギョンに口づけると、泣き止んだムギョンの大きな手が、いつものように腰を撫でてきた。ハジュンは、小さな声で彼を呼んだ。

「キム・ムギョン」

「ん?」

「俺はもう、お前にイ・コーチって呼ばれるほうがいいよ」

ムギョンがクスリと笑った。

「さようですか? イ・コーチ」

完全にいたずらっぽさが戻った声を聞きながら、ハジュンは自分の首を触っているムギョンの手の動きに合わせて顔を上に向け、窓の外を見つめてから目を閉じた。

早く花が咲けばいいのに。

*　*　*

一夜を「別荘」で過ごした翌日、練習を終えたハジュンはマンションに帰ってきた。ちょっと離れることすら惜しんで我慢できないムギョンをなだめて帰し、まだ暫くの間は住まなければならない今の家に入った。

食卓について雑誌を読んでいたハジュンの母が、彼を迎えた。

「ハジュン、おかえり」

「ただいま。母さん、夕飯は食べた?」

「ええ。適当に済ませたわ」

まだ双子が帰ってきていないので、家の中は静かだった。

ハジュンは自分の部屋に入り、暫くベッドの上で寝転んで瞬《まばた》きをした。

そして体を起こし、ムギョンの資料をスクラップしたファイルを何冊か取り出した。だが、そのファイルを開く代わりに、そのファイルの隙間に隠すように埋めておいた薄いフォルダを手に取って開いた。

立ったままそれを見下ろしていると、ドアが開いた。ハジュンがビクリと驚いて振り向くと、フルーツ皿を持った母が入ってきていた。

「最近、紅玉が美味《おい》しいっていうから買ったの。食べて」

「うん、ありがとう」

「それ、なぁに？」

彼女は、ハジュンが手に持っている書類を覗《のぞ》き込んだ。ハジュンは笑いながらフォルダを閉じた。

「契約書。前にフランスに行きかけた時に書いたやつ」

「あら、まだ持ってたの？ 全然見かけないから、捨てたと思ってたわ」

「うん……。なんか、急に思い出して」

ハジュンは冗談交じりに言った。

「記念に、どこかよく見えるところに置いておこうかと思ってさ。一応、ヨーロッパ進出しかけたって証拠だから」

「そうしなさい！ 額にでも入れて、リビングに飾る？」

「いや、そこまでは……」

冗談に対して本気の同調が返ってきたので、苦笑いを浮かべながらフォルダを机に置いた。母が部屋を出た後も、椅子に座ってグチャグチャに散らかった机の上の景色をぼんやり見つめていたハジュンは、フォルダを取り出すために棚から抜いたスクラップファイルのうちの一冊を適当に開いた。

グリーンフォードのチームメイトとチャンピオンズリーグ優勝トロフィーを持って笑っているムギョンの姿が目に入ってきた。ハジュンは反射的に小さく微笑んだ。二十一歳、いや、二十二歳の時だっけ。

この試合の前、グリーンフォード移籍後に快進撃を続ける彼を、国内のテレビ局がロンドンまで追いかけていってリアルタイムで現地取材していたことがある。その時点ですでに一度チームを優勝に導いていた彼は、名実共に世界的スターだったし、記者は決勝戦を目前に控えた彼にマイクを向けて質問した。

「キム・ムギョン選手、今日の試合はどんな結果になると思いますか？ 優勝できそうですか？」

多少急いで投げられた、試合を目の前にした選手にとっては軽率で失礼になり得る質問だったが、ムギョンは無表情で前だけを見つめながら、ぶっきらぼうに答えた。

「はい。できます」

「韓国でも今、たくさんの人が試合を見ていると思います。一言お願いします」

するとムギョンはカメラのほうをチラッと見て、すぐに口角をニッと引き上げて笑い、軽くウィンクをした。自信に溢《あふ》れた姿で頼もしいと笑っていた記者の声。そして、あの時テレビでそのシーンを見て、膝に乗せていたクッションをはち切れんばかりに抱きしめた瞬間まで思い出した。

その時は、まだ自分も毎日のように芝生の上を走っていた。ムギョンと一緒にワールドカップに出ることを初めて夢見ながら、一層意欲を燃やした。振り返ってみると、ちょうどあの頃が人生で一番大きな希望を抱いていた時期だった気がする。

できる。時々キム・ムギョンが口癖のように吐き出す言葉を心の中で繰り返すと、なぜか自分もなんでもできそうな気がした。幼い頃から忘れていた「明日が待ち遠しい」という感覚を、少しずつ取り戻しながらボールを蹴った。

光が降り注ぐ芝生の上を走りつつも、ずっと陰の下に閉じ込められているような気分が消せなかった。その結末もまた、美しい言葉で表現することはできないだろうが、それでもあの日々を振り返った時、輝く日の光が一番に思い出されるのは、写真の中で笑っている彼のおかげが大きい。ハジュンはもう何ページかめくって見てからファイルを閉じ、本棚にきちんと戻した。

彼が放つ光を、勝手に浴びながら走っていた道。キム・ムギョンという目標を勝手に立てていなければ、とっくに諦めていたかもしれない道だった。今日こそ本当に、過ぎ去った選手時代と決別できそうだ。

ありがとう、キム・ムギョン。俺の不在を悲しんでくれて。一瞬だったけど、俺がお前にとって素晴らしいパートナーだったと言ってくれて。俺とプレーした瞬間を惜しみ恋しがってくれて。もうお前の隣で走ることはできないけれど、俺に与えられた新しいポジションが、お前にとっても意味があることを願うよ。

俺のピッチの、始まりと終わり。何があっても、お前が俺の永遠のファンタジスタだという事実は、変わらないだろうから。

19

今年は寒くなるのが、かなり早かった。十一月中旬なのに、朝には息が白くなった。

ジャージの上にネックウォーマーを巻いたハジュンは、手袋をはめた手で拳を握っては開いた。以前ならこの程度では寒いとは思わなかった気がするが、怪我《けが》をして以来、朝に弱くなっただけでなく寒がりにもなった。いくら回復したとはいえ、まるで完全には埋まらない大きな穴が体に開いたようで、事故の後遺症を感じるたびに複雑な気分になった。

その時、突然背中にぬくもりを感じた。振り返らなくても、背中と肩を包む体温の持ち主が誰なのか分かる。低く温かな声が、冷たくなった耳を溶かした。

「そんなに寒いか？」

「まぁ、朝だけさ」

寒さを消してくれる体温はうれしかったが、手あたり次第に肩やうなじに顔を擦り始めるムギョンを、結局ハジュンは突き放さなければならなかった。

「いい加減にしろ。お前、いくらなんでも練習場で」

「誰も気にしてないって」

「俺が気にするんだよ」

声を抑えて言い争いではない言い争いをしている間に、監督がホイッスルを鳴らして選手たちを集めた。ムギョンとハジュンは同時に走っていき、ムギョンは選手たちの集まった場所に、ハジュンは監督の隣に急いで並んだ。

数日前の試合を最後に、シティーソウルのワンシーズンが終わった。すでに優勝が確定していたシティーソウルは最後の試合でも勝利を掴《つか》み、まさに全勝に近い記録を打ち立てた。シティーソウルの最後の試合は、チケット争奪戦が繰り広げられるほどの大注目の中で行なわれた。試合終了後、ムギョンはグラウンドをひと回りしながら、シティーソウルのファンたちに感謝を示して別れの挨拶をした。

チームの次の課題は、来シーズンのキム・ムギョンの不在を埋める戦略を立てることだ。ムギョン一人が抜けたからといって戦力が急下降してしまったら、前シーズンの優

11　訳注：ファンタジスタ（Ｆａｎｔａｓｉｓｔａ）とは、ボールを持った瞬間、観客を魅了するほど魅力的なプレーをする選手のこと。

勝チームとして、これほどメンツが傷つくこともない。

　練習も今日で終わり、キャンプまでの暫《しばら》くの間、選手たちはオフシーズンに入る。ランニングをする選手たち……正確にはムギョンを見つめていたハジュンは、足元に軽く視線を落とした。

……レギュラーシーズンが終わった。

　ムギョンとシティーソウルの契約は、今月までだ。彼は冬の移籍市場が解禁される一月にグリーンフォードに復帰し、今頃は一層熾烈《しれつ》な競争が繰り広げられているであろうプレミアリーグとチャンピオンズリーグにメインフォワードとして投入されるのだ。向こうの人たちがキム・ムギョンの帰還を心待ちにしているという知らせが、国内にまで続々と入ってきた。

　ずっと無視していた現実が、目前に近づいてきていた。ムギョンはロンドンに戻る。夢のような日々は、あまりにも短かった。彼が帰ってしまえば、寂しく苦しかった数々の瞬間までもが恋しくなりそうだ。

　最近ハジュンは、前もって心の準備をしようと努力中だった。初めての恋愛だったし、その上相手は十年も見つめ続けてきたムギョンだ。毎日毎日、甘い夢に浸っている気分をわざと振り払うたびに、お湯も出ないワンルームで冬の朝にいつも感じていた顔を洗う時のヒヤッとした寒さが蘇《よみがえ》るように、骨の髄まで冷たくなった。しかし、その冷ややかな空気に、そろそろ慣れなければならない。

「今シーズン、本当にお疲れ様。しっかり休んで、キャンプ招集日に会おう」

「お疲れ様でした！」

　監督の挨拶に力強く答えながら、選手たちは散らばっていった。優勝後、チーム全体での打ち上げはすでに済んでおり、選手たちは仲のいい者同士数人でまとまって帰ったり、各自帰宅を急いだりした。

　数日前、ジョンギュとムギョン、ハジュンは、前回流れてしまった三人だけの席を設けた。毎日「結婚、結婚」とうるさいので、保守的だとばかり思っていたジョンギュは、意外にもムギョンとハジュンが恋人関係になったことを喜んだ。

『あちこちフラフラしてたキム・ムギョンの野郎は落ち着いて良かったし、ハジュンも好きだったヤツと付き合えてうれしいだろうし、俺もお前たち二人にもう気を遣わなくてもいいから、みんな良かったじゃないか』

合理的だった。

「ムギョン先輩、韓国を発つ前に必ず連絡ください」

「俺も、忘れないでくださいよ」

事実上今日が、ムギョンがシティーソウルの選手として過ごす最後の日だった。ロッカールームで着替え終えた選手たちはムギョンに声をかけながら出ていき、ムギョンも適当に受け答えつつ帰り支度をした。

駐車場へ向かう途中で、ハジュンが待っていた。ハジュンが停留所の近くまで歩いていき、周りの人たちに隠れて車に乗らなくなって久しい。みんなハジュンとムギョンは親しいと思っているため、相乗り通勤していると言っても誰もヘンに思わなかった。車のドアを開けながら、ムギョンが言った。

「今日は俺たち二人きりで、シーズン終了祝いでもしよう。飲み会だの送別会だの、そういう煩わしいものは全部終わったから」

「ああ」

ムギョンの言葉に、ハジュンも笑顔で頷《うなず》いて車に乗った。

本当は、シーズン終了を祝いたい気持ちなど少しもなかった。シーズンが終わったということは、ムギョンがロンドンに戻らなければならないということだから。そんな自分とは正反対に喜んでいるようなムギョンの横顔を、ハジュンはチラリと見てから視線を戻した。

清々《すがすが》しいってことか？

パク監督がいなければ来ることもない韓国だったし、ましてや序盤の数試合を除けばパク監督の下でプレーすることもできなかったのだから、彼にしてみれば早くロンドンに戻ってヨーロッパリーグに参加したくて、体がウズウズしていることだろう。

ライラックの木は、もう葉もほとんど落ちて枝だけの姿だった。あんなにも戻りたかった家なのに、うれしいというよりは、その情景が物寂しかった。最近はムギョンの家よりも、練習場から遠いこちらの家に来ることのほうが多かった。

「ほら」

シャワーを浴びて服を着て出てくるなり、ムギョンはハジュンをテーブルの前に座らせ、いつの間に用意したのか、ワインボトルをハジュンに差し出した。薄く透明なグラスに、赤黒く澄んだ液体が音もなく注がれていく。

恋人になったムギョンは、意外と言うべきか驚きもしないと言うべきか、かなりマメで細やかな人間だった。この前、ワインばかりが何種類も出てくるコース料理をごちそうになったのだが、その中で一番美味《おい》しいと言ったワインを覚えていたのか、その時と同じものを今二人だけの席に用意して注いでくれていた。

「どうだ？」

「美味しい」

軽く乾杯した後、ひと口飲んだハジュンは笑いながら答え、グラスの中を見下ろしてから首を傾《かし》げた。

「でも、あの時とは少し味が違うような気もする。同じものなのに、どうしてだろう」

「鋭いな。デキャンティングしてないからさ。それをしないと、味がまろやかにならないから。今度は徹底的に準備しなきゃな」

なんの話なのか、よく分からない。ハジュンはただ笑ってみせた。あの時とは違ったが、今日も十分美味しかった。ムギョンはグラスを置き、シーズン終了に相応《ふさわ》しいコメントを言った。

「イ・コーチ。今シーズンの間、お疲れ様」

「俺は別に。コーチングなら、他のコーチたちの力のほうがずっと大きかったよ」

「謙遜して。お前がいなかったら、まともに動けもしなかったって分かってるくせに」

ハジュンは、その言葉に苦笑いを浮かべた。そうは言っても、グリーンフォードに戻ったら誰よりもピョンピョンと走り回るムギョンの姿が目に浮かぶからだ。

ワインの味が違って感じられるのは、ムギョンの言うようにデキャンティングとやらをしていないせいではないらしい。口の中がザラザラして、何を食べてもまともに味を感じにくい気がした。再びワインで口を濡《ぬ》らすと、ムギョンが先に話し始めた。

「もうシーズンも終わったから言うんだけどさ」

「……」

「もう少し早く言うべきだったんだけど……シーズン中は、チームの仕事に集中したいだろうと思って我慢してたんだ」

「うん」

「十二月中に手続きを終えてロンドンに戻る。一月からは合流しなきゃいけないから」

宣言にも似た言葉に、ハジュンは頷きながら必死に笑った。わざと明るい声を出そうと努めつつ聞き返した。

「もっと早く行かなきゃいけないんじゃないか？　余裕を持って、ひと月は現地に慣れたほうがいいと思うけど」

「何年も暮らしてた場所だから、そんなに長くは必要ない」

ハジュンはムギョンに聞こえないように、小さく深呼吸をした。彼にとってこの一年は、正常軌道から外れた猶予期間だった。

今は韓国での生活にも慣れ、シティーソウルでの役割や自分のそばで過ごす時間を、今までずっとそうしてきたかのように自然に受け入れているようだが、ロンドンに戻ればすぐに気付くはずだ。そこがムギョンの本来いるべき場所であり、彼の現実だという事実に。

そう考えないように努めていたが、向こうに行くなりすっかり忘れられるんじゃ……真っ先にそんな心配をしてしまうのは仕方ない。「去る者は日々に疎《うと》し」という格言くらい、恋愛経験のない自分でも知っていたから。

海の向こうから毎日のように聞こえてきていた彼の華麗なプライベートも、ピッチと共に彼を待っていることだろう。だからロンドンに戻ったムギョンが、ソウルに残した自分のことをいつまで今のように恋しがってくれるかは疑問だ。試合後には必ずセックスをしなければならないほど性欲だって強いヤツが、そばにいない自分のことを果たしてどれくらい……。

そう考えると、無理して浮かべていた笑みを、それ以上顔に引っかけているのもつらくなった。ハジュンは無表情で彼を見つめてから、グラスを置いた。

「キム・ムギョン」

「ん？」

「なんだか意地を張るみたいだけど……」

「意地？　張ってみろよ。イ・ハジュンが意地を張るところを、見てやるから」

思い切って切り出したのに、ムギョンはニッと笑い、なんとも興味深そうな顔をした。ハジュンは生唾を飲み込み、唇を軽く噛《か》んでから、ゆっくりと言葉を続けた。

「あっちに戻っても……他の人とは寝ないでくれないか？」

ムギョンの目が一気に大きくなった。その表情に、ハジュンは視線を外しながらも切り出した言葉を止めなかった。

「俺が言えたことじゃないのに大変な要求をしてるのかもしれないけど、お前がロンドンに戻っても、俺たちは付き合ってる関係だろ……？　いくら離れていても、他の人とセックスはしないでほしいんだ」

ハッ。ムギョンが呆《あき》れたと言わんばかりにせせら笑う声が聞こえた。ハジュンは目を合わせられずにテーブルだけを見下ろしていた。冷ややかになった声が聞こえてきた。

「お前、何言ってるんだ？」

「パーティーとかで少し遊ぶくらいは構わない。ただ、最後まではいかないでほしいんだ。俺も最近いろいろ考えてみたけど、そこまではどうしても耐えられそうにない」

「笑わせるな、イ・ハジュン」

口調もぶっきらぼうになった。怒っているようだ。ハジュンは横目でチラッとムギョンのこわばった顔を確認し、素早く視線を下ろしてから、まだワインが残っているグラスの脚《ステム》ばかりを触っていた。

「呆れたよ。そんなこと、俺に言うか？　今さら？」

「……ごめん」

「お前はいつも、忘れた頃にそういうシラけるようなこと言って人を驚かせる。俺、今ちょっとカチンときてるぞ」

「ごめん。怒らせようと思って言ったわけじゃないんだ」

ムギョンが席から立ち上がり、テーブルを迂回《うかい》して自分のほうへ近づいてくるのが見えた。ハジュンはピクリと肩を跳ねさせつつ顔を少しずつ上げ、いつの間にか自分の隣に立っているムギョンを見上げた。眉間に皺《しわ》が寄った表情が、本気で不愉快そうだった。

共に過ごす日はもう何日も残っていないのに、余計なことを言ってしまった。せめて出発直前にでも言えば良かったと、遅まきながら後悔した。時間もさほど残っていない中で、彼の気分を害したくはなかったのに。

そうして近づいてきたムギョンは、気に食わないといった表情でハジュンを見下ろしてからため息をつくと、突然跪《ひざまず》いて座った。椅子に座ったハジュンの目線の下に大きな男の姿がスッと下がって初めて、ムギョンが何か箱を持っているのがハジュンの目に入ってきた。

「ちょっと、足を出してみろ」

しゅんとしてしまい、そう言われても簡単には動けずにただ座っていると、ムギョンはハジュンの足を手で持ち上げて床に座ったまま自分の膝の上に置き、箱を開けた。

何かと思ったら、中には新品のサッカーシューズが入っていた。ムギョンは、それを取り出した。

「来シーズンに発売される、俺の名前が入ったシグネチャー限定版最終プロトタイプだ。このまま市販はされないだろうから、世界にたった一つしかないってことだな」

彼は、立てた膝に置いたハジュンの足にシューズを履かせた。サイズはピッタリだった。

ハジュンが目を丸くして彼の動きをぽかんとしたまま見守っていると、ムギョンはシューズの紐《ひも》を結び始めた。やっと彼が何をしているのか気付いたハジュンの口が、細く開いた。

ムギョンは珍しく照れくさそうな表情を浮かべていた。彼は顔を上げてハジュンを見つめ、クスッと笑いながら尋ねた。

「自分で自分に嫉妬するなんて初めてだよ。イ・ハジュン、中学生の頃みたいに、少しはときめいたか？　あの時よりも喜んでくれなきゃいけないんだけど、なんかもう雰囲気がメチャクチャな気がするんだよな」

「……」

「どうせ、フィジカルコーチングをちゃんと学ぶには国内だけじゃ限界があるって、お前が一番よく分かってるだろ？　一緒に行こう。イギリスには専門コースの大学院まであるし、グリーンフォードにもインターンのコーチが必要だっていうから、俺が話をつけておいた」

彼が口にしている言葉が、すぐに頭に入力されない。ぼんやりと彼を見ているうちに、少しずつ我に返ってきた。ハジュンはモゴモゴと答えた。

「いや、ダメだ。俺は、行けないよ……。母さんの具合も悪いし、もうすぐ双子だって大学に行くのに、俺がいなきゃ、まだ……」

左の靴紐を結び終えたムギョンは、そんなハジュンをじっと見上げると、膝に口づけた。ピクリと体を震わせると、彼は咎《とが》めるように言った。

「いつまで大黒柱をやるつもりだ？　それに、そういうことが問題なら、もう解決したじゃないか。金持ちの恋人を捕まえたのに、何を心配してるんだ？」

「……」

「それかさ……ちょっと時間はかかるだろうけど、みんなで一緒に行ってもいい。お前の妹、ミンギョンは勉強も得意だろ？　大きな抱負も持ってるみたいだったし、イギリスやドイツへ留学に行くことも考えてみるよう言ってやれ。ヨーロッパがイヤならアメリカでもいい。お母さんのことが心配なのも分かる。お前が望むなら一緒に連れていってもいいし、そうじゃないなら一緒に説得するし」

　ムギョンは、もう片方のサッカーシューズを取り出した。

「通院のことが心配なら、常駐ヘルパーをつけてやってもいい。仕事で忙しいお前より、プロのヘルパーのほうがきっと頼りになる。前にも言ったけど、お前は家族と離れる練習もしないと。それに俺が思うに、お母さんも双子も、お前が行くって言ったら反対しない気がする。むしろ歓迎すると思うけど」

　もう片方の足にもシューズを履かせるのを見ていたハジュンが、消え入るように小さくなっていく声で答えた。

「だって、そしたら全部お前の……世話にならなきゃいけないじゃないか」

「金の心配か？　俺のものは、すべてお前のものだ」

「……何をバカなこと言ってるんだ」

「人生ってのは、一人で生きるんじゃないって教えてくれたのはお前だ。それなのに、そんな言い方されちゃ、寂しいだろ。俺ばかりがお前に一方的に与えてるか？　金がすべてか？　俺だって、お前から受け取ったものがあるじゃないか」

　ムギョンの指先から、蝶《ちょう》の形の結び目がしっかりと作られた。その様子を見ていたハジュンの目が、本当に春の日の蝶を見ているかのように、少し焦点を失ってぼやけた。

「どこかで耳にしたんだけど、いい靴を履くといい場所に連れてってくれるんだってさ。一緒に行こう。きっと楽しい」

「……」

「キム・ムギョンの残りの人生は、全部お前のものだ。俺一人で行けなんて、寂しいこと言うなよ」

　ムギョンは手で新品のサッカーシューズを履いた両足を持ち上げると、満足げにその上に口づけた。

　新品の靴ではあるが、足に口づけるという行為自体に驚いて、ハジュンは脚を持ち上げた。するとムギョンは眉間に皺を寄せ、立ち上がってハジュンを抱きしめた。ふいに顔がすぐ目の前に近づいた。

「それはともかくとして、ただでさえアンコウみたいなヤツらだらけの場所なのに、お前を置いて一人でどこへ行くっていうんだ？　バカ言うな。不安でまともにボールも蹴られなくなってもいいのか？」

「……いや……」

「それとも、ここに居座るか？　Kリーグでサッカー人生

を終わらせようか？」

「バカなこと言うな！」

やっと完全に我に返ったハジュンがビクリとして声を上げると、ムギョンは本格的にグチグチ言い始めた。

「どうしたら、まだ他の人とセックスするとかしないとかいう言葉が出てくるんだ？　これも俺の罪なのか？　じゃあ、イ・ハジュン。俺が一人で行ったら、お前もここに残って他の人とセックス以外、直前まで全部するのかよ」

「頭おかしいんじゃないか？　誰がそんなこと言った？　試合後には絶対ヤらなきゃダメだって、いつもお前が騒ぐから……」

「お前とヤらなきゃダメってことだろ、それは」

ムギョンが小さく舌打ちしてから口づけてきた。ワインの香りが漂う舌を飲み込みながらも、ハジュンはなぜかこの状況が現実とは思えなかった。

キスは短かったが濃厚だった。優しく舌を吸い上げて口づけを終え、ムギョンはワインよりも甘い声で囁《ささや》いた。

「言えよ。キム・ムギョンは、お前のものだって」

「……」

「早く」

そう催促すると、禁じられた言葉を唱えでもするように、小さな声が自信なさげに流れ出た。

「……キム・ムギョンは……俺のものだ」

「他の人と寝るなって、目もくれるなって言え」

ハジュンは黙ってそんなムギョンの目をじっと見つめた。さっき熱烈な求愛を受けた人とは思えない蝋《ろう》人形のように固まった顔がわずかに歪《ゆが》むと、ハジュンは突然ガバッとムギョンの首に腕を回し、俯《うつむ》きながらしがみついた。爆発するように吐き出した声に、水蒸気が作った雫《しずく》のような熱気が滲《にじ》んだ。

「他の人と寝るな。目もくれるな」

「分かった」

「軽いキスもダメだ。手も握るな」

「ああ」

「――これからは、スキャンダルとかも絶対に許さない。浮気したら、殺してやるから」

速まった言葉尻が潰れると、ムギョンは何がうれしいのかハハッと声を上げて笑い、冗談半分脅し半分の妙な口調で尋ねた。

「今の言葉、お前にも同じように適用されるって分かってるよな?」

慣れない言葉を吐き出すと、顔が赤く熟れて息まで荒くなる。熱くなった顔を隠そうとするように、ハジュンはムギョンの肩の上に顔を埋めていたが、暫く経《た》ってから心配そうに尋ねた。

「俺、英語下手なんだけど、大丈夫かな……? 昔、フランス語はちょっと勉強したんだけど」

「暮らしてるうちに、すぐに覚えるさ。語学研修も受ければいいじゃないか」

そしてムギョンは、ハジュンを抱いたまま部屋へ向かった。今となってはインテリアがまったく変わってしまったが、子どもの頃にハジュンが使っていた部屋だった。

二人は一緒にベッドにうつ伏せになり、グリーンフォードがどんな場所で、練習はどのように進められるのか、ロンドンの気候はどんな感じなのか、学校はいつ開講して、それまでにどんな準備が必要なのか、すぐに学校に入るより、まず語学研修を受けたほうがいいのか、インターンのコーチは週に何回出勤しなければならないのか、本当に勉強しながら仕事ができるのかなどについて、時が経つのも忘れてヒソヒソと語り合った。

＊　＊　＊

観客席は、様々な種類の騒音が一つとなって巨大な音の塊を成していた。ある人は大韓民国《テーハンミングッ》コールをし、ある人は空気を入れた応援ポールを叩《たた》き、ある人は太鼓を打ち、またある人はブブゼラを吹いたりもした。

騒がしさも顔負けするほどスタジアムの雰囲気は盛り上がっており、選手たちは綱渡りをしているかのようにピリピリと緊張していた。相手はメキシコ。スコアは1対1。試合時間は、あと五分余り残っていた。

キム・ムギョン二度目のワールドカップは、四年前とは違っていた。最初から今までチームワークも素晴らしく、選手たちの息もよく合っていた。選手も観客も皆、勝利に向かう雰囲気を感じているところだった。今回は違うという期待感が熱気球のように膨れ上がってざわついていたが、ボールの支配率もオンターゲット数も間違いなくずっと高いにもかかわらず、決定的なとどめのゴールが爆発せずにいた。

後半戦に入り、両チームとも気が急《せ》いてミスが増えていった。まだ前半戦では上手くいっていたボールキープが鈍くなり、ボールがコロコロと両チームをしきりに行き来した。

韓国のディフェンスが一瞬油断した隙を突いて、メキシコのミッドフィルダーが、かなり遠い場所から突然シュートを試みた。ディフェンス陣を突っ切って飛んでいったボールは、もう少しでゴールネットを揺らすところだったが、間一髪ジャンプしたイム・ジョンギュの手に捕らえられた。何人もの人が吐き出す安堵《あんど》のため息と嘆息が、ざわざわとスタジアムを彷徨《さまよ》った。

「危ないところでしたね」

「もうあまり時間が残っていませんが、焦《あせ》らずに、もう少し集中して主導権を握らなければなりません」

「こういう時ほど、油断しやすいですから。韓国選手たちにはもう少しだけ、最後まで頑張ってほしいですね」

大型スクリーンが設置された広場に、安堵と緊張を同時に込めた解説者たちの声が響いた。路上に座って両チームの最後の駆け引きを見ている人々は応援するのも忘れて試合に没頭していたが、誰かが盛り上げると、やっと拍手をして叫び声を上げた。

ジョンギュが前に走り出しながら、砲丸投げのようにボールを投げた。ボールは一度バウンドして上がり、センターサークルまで届いた。ミドル陣は何度かボールをやりとりしてからムギョンにパスを試みたが、メキシコ選手たちが走ってきてボールを奪った。

ボールはセンターサークルから抜け出せず、人々の足の間をせわしなく転がった。焦る視線が注がれる中、試合はアディショナルタイムへ突入していった。

ワーッ！

だが次の瞬間、人々が声を上げた。メキシコのパスを韓国選手が絶妙にカットし、ボールを奪取したのだ。

彼は奪ったボールをすぐにディフェンス陣に回した。まともに持ち主を探せずにあちこち行ったり来たりしていたボールが、やっと遠くへ飛んでいった。フィールド全体を見渡していたセンターバックも、ボールを受け取るなり遠くへ蹴って左に送った。ついさっきまで選手たちが右に集まっていたので、それなりにボールを通せる空間があった。ドリブルをしながら走り始めたレフトバックがムギョンを見つけ、直ちにパスを繋《つな》げた。彼はすでにボールを受け取る位置に狙いをつけて走っているところだった。

ムギョンがボールを受け取ると、危機を感じたメキシコ選手たちがすぐさま彼に向かって走ってきた。前半のワンゴールは他の選手が決めたので、ムギョンはまだゴールの喜びを味わっていない状態だった。

頑張りすぎて前半戦で力を使い果たしたのか、後半戦に入って選手たちの体力と集中力は落ち、度々パスが途切れた。たまにボールが近づいてきたと思っても、ほぼ包囲されてしまったり完全に反則覚悟のタックルを食らったりして、ムギョンはまともにボールを受け取れずにいた。やっとボールをキープした彼は、狩猟犬のように目を光らせながらボールを操って走った。

一人の選手が、ムギョンにタックルをかけるためにスライディングしてきたが、ムギョンはボールをつま先で蹴り上げ、彼をヒョイッと飛び越えた。前へ、横へ、ほぼ同時に走ってくる三、四人を避けつつ、軽快にドリブルしながら走った。

後半戦の間ずっと牽制《けんせい》ばかりされていたせいで、他の人たちとは違って体力を温存していたのか、ムギョンはさほど疲れているようには見えなかった。突然繰り広げられた華麗な独壇場に、人々は熱狂して叫び始めた。

慌てたゴールキーパーまでが前に出て、正面にディフェンダーたちが走ってくると、ムギョンは一瞬ボールを横に逸《そ》らして進路を変えた。急旋回した彼を追いかけられずたじろいでいる選手たちの間に、ムギョンは躊躇《ためら》うことなくボールを蹴った。球体はゴールキーパーの背後に滑り込んだ。

スタジアムと広場が一気に巨大な溶鉱炉になったかのように沸き上がった。叫び声が空を飛んでいくようだった。

［ゴール！　ゴールです！　アディショナルタイムにゴールが炸裂《さくれつ》しました！］

［非常に完璧な！　完璧な締めくくりです！　キム・ムギョン選手、たった今フィールドを完全に我がものにしました！］

［ベスト8です！　韓国のベスト8進出は何年ぶりでしょうか！］

大きくなった解説者の声にも、隠し切れない興奮が宿った。その間に、ゴールの主役であるムギョンは、拳を振り回しながらピッチの上を走っていた。その後ろをチームメイトたちが追って走った。ピッチの上は興奮の坩堝《るつぼ》に変わった。

「本当に華麗に最後を飾ってくれました！　このベスト8進出において、キム・ムギョン選手は大いなる立役者と言っていいでしょう。今年はチームワークも非常にいいとのことですし」

「私を始め、多くの人たちがベスト16進出だけでも大成功だと思っていたでしょうが、こうなってくると期待がどんどん膨らみますね。パフォーマンスが非常にいいです」

「ところでキム・ムギョン選手、チームメイトたちとセレモニーをせずに、どこまで行くんでしょうか」

　カメラが引いて、今までクローズアップしていたムギョンを遠くから捉えた。ベンチのほうへ走っていく彼の姿が映り、試合終了に合わせてほぼフィールドの中にまで立ち入っていたスタッフの間に走り込んでいくシーンが続いた。

　再びレンズがムギョンにフォーカスを合わせた。ムギョンがコーチのネームプレートを掛けた一人の男を抱きしめていた。そして、その二人の周りを一瞬で選手やスタッフが幾重にも取り巻き、揉みくちゃになって互いを抱き寄せる。人々で作られた巨大な円がピッチに広がった。解説者たちは笑いながら、その光景を説明した。

「あっ、イ・ハジュン・コーチですね！　二人は格別親しかったようです」

「イ・ハジュン・コーチが現役から引退して、まだ数年ですよね。前回のワールドカップの時も、キム・ムギョン選手と非常に素晴らしい息の合ったプレーを見せてくれましたから。去年、シティーソウルでのパートナーシップも非常に良かったため、キム・ムギョン選手がイ・ハジュン・コーチをグリーンフォードまで連れていったという話が有名ではありませんか」

「そうですね。引退さえしていなければ、きっと今日も素晴らしい活躍をしていたことでしょう……」

「……」

　観衆たちの叫び声、押し寄せる取材陣の声、カメラのシャッター音がすべて背後で薄れていく。

　ムギョンは目を閉じていた。ドクンドクン、爆発しそうなほど跳ねる自分の心臓と、胸に抱き寄せている男が吐く息の音だけが耳から入ってきて、頭の中を満たした。

　キム・ムギョンと韓国代表チームは、今回のワールドカップでベスト8に進出する。いい予感がする。もしかしたらベスト4まで、ものすごく運が良ければ決勝戦まで行けるかもしれない。先のことは誰にも分からないじゃないか。

ゴールを決める直前と直後、感覚が異様に研ぎ澄まされる瞬間がある。人々の話し声一つひとつが聞こえるようでもあり、まるでピッチの芝生が動く方向までもが分かる気がする。

胸に抱いたハジュンがビクリと驚いて少し体を硬くしてから、ニコッと笑って肩に顔を埋める瞬間が、急ぎつつも丁寧に背中に回した腕にギュッと力を入れて自分を抱きしめる感覚が、今はスローモーションのように細かく感じられる。柔らかな髪が、汗に濡れた首筋をくすぐる。

「キム・ムギョン、本当に良くやった！　今日も、お前が最高だ！」

胸の中にピッタリくっついても、歓声に埋もれてしまうのではないかと声を大きくして何度も叫ばれる賛辞が、歌のように耳を撫《な》でた。思い出せない四年前と似ていながらも異なるシーンに、やっと目を開けたムギョンの口元にも笑みが結ばれる。

忘れてしまったものは、どうしようもない。記念にできるような他の思い出を、また作ればいいじゃないか。こんなふうに。

まだ共にするピッチは、数限りなく残っていた。

〈ハーフライン2　終わり〉

本書は各電子書籍ストアで配信中の『ハーフライン』14～32話までの内容に加筆・修正をしたものです。

渡英後のキム・ムギョンとイ・ハジュンを描いた『ハーフライン』外伝（33話以降）が各電子書籍ストアにて好評配信中です。

作者紹介

マンゴーベア

韓国の人気作家。

代表作に『ハーフライン』『セコンドピアット』『ウィンターフィールド』など。

『ハーフライン』は韓国の電子書籍プラットフォームRIDIBOOKS「2019年BL小説大賞」最優秀賞受賞作である。

訳者紹介

加藤 智子　かとう ともこ

大阪外国語大学外国語学部国際文化学科日本語専攻（専攻語：朝鮮語）卒業。

2018年よりウェブトゥーン翻訳を中心に韓日翻訳の仕事を始める。

翻訳済みウェブトゥーンは『怪しい社長を知ってる俺は』（ベビ・作/Peanutoon & ForReaders）など4,500話70作品以上、その約半数がBL作品。

ボイスル第1回 ウェブトゥーン翻訳コンテスト 韓国語→日本語 優秀賞受賞。

訳書に、『ハーフライン1』（マンゴーベア・作／すばる舎）。

ハーフライン2

2024年7月23日　第1刷発行

作　者　マンゴーベア

訳　者　加藤 智子

発行者　徳留 慶太郎

発行所　株式会社すばる舎
東京都豊島区東池袋3-9-7 東池袋織本ビル 〒170-0013
TEL 03-3981-8651(代表)／03-3981-0767(営業部)
FAX 03-3981-8638　https://www.subarusya.jp/

印　刷　株式会社シナノパブリッシングプレス

落丁・乱丁本はお取り替えいたします

ISBN978-4-7991-1252-6